爱 玛

Emma

[英] 简·奥斯汀◎著 李 采◎译

煤炭工业出版社

·北 京·

图书在版编目（CIP）数据

爱玛／（英）简·奥斯汀著；李采译. －－北京：
煤炭工业出版社，2016（2022.3 重印）
ISBN 978 - 7 - 5020 - 5340 - 6

Ⅰ.①爱…　Ⅱ.①简…　②李…　Ⅲ.①长篇小说—
英国—近代　Ⅳ.①I561.44

中国版本图书馆 CIP 数据核字（2016）第 153802 号

爱玛

著　　者	（英）简·奥斯汀
译　　者	李　采
责任编辑	马明仁
封面设计	新吉乐夫
封面插画	严文胜

出版发行　煤炭工业出版社（北京市朝阳区芍药居 35 号　100029）
电　　话　010 - 84657898（总编室）
　　　　　010 - 64018321（发行部）　010 - 84657880（读者服务部）
电子信箱　cciph612@126. com
网　　址　www. cciph. com. cn
印　　刷　唐山楠萍印务有限公司
经　　销　全国新华书店

开　　本　710mm×1000mm^1/$_{16}$　印张　17　字数　280 千字
版　　次　2016 年 9 月第 1 版　2022 年 3 月第 3 次印刷
社内编号　8197　　　　　　　定价　58.00 元

蒙殿下恩准

以最崇高的敬意

将本书献给

摄政王殿下

永远忠诚您的仆人

作者

目　录

第一卷

第二卷

第三卷

第一卷

第一章

爱玛·伍德雷斯小姐相貌端庄，聪明好动，性情开朗，家境宽裕，仿佛上天将最美好的事物加于她一身了。已经快21岁的她，生活一直无忧无虑。

爱玛是小女儿，上头有一个姐姐，父亲是一位很慈祥的老人，对两个女儿非常宠爱娇惯。自从姐姐出嫁以后，爱玛便成为这个家庭的女主人。她的母亲去世很早，仅有的一点母爱也只在她的记忆中留下模糊的印象。恰巧一位杰出的家庭女教师填补了母亲的空缺，她给予的慈爱绝不亚于一位亲生母亲。

泰尔勒小姐在伍德雷斯家里生活已经有16年了。在这个家庭中，与其说她是个家庭女教师，不如说她是这个家庭的挚友。她非常喜爱这两位姑娘，特别是更年轻的爱玛。长时间的相处，她们之间，姐妹情深更胜于师生关系。泰尔勒小姐性情温和，即使是在教爱玛读书的时候，也少加约束。现在，教师的权威早已烟消云散，两人就像亲密无间的朋友一样生活在一起。爱玛率性而为，爱做什么就做什么，虽然她非常尊重泰尔勒小姐的意见，但是办起事来主要还是凭自己的主张。

在爱玛的生活中，如果说有什么美中不足的话，就在于她自行其是和有些自视甚高。这些不好的毛病，在许多情况下可能会给她带来不快。然而，这种难以觉察到的危险，还算不上是她的不幸。

然而悲哀降临了——虽然只是个轻微的哀叹而已——更何况又不是以痛苦的方式降临的——泰尔勒小姐结婚了。失去泰尔勒小姐的爱玛，第一次感到了悲伤。在这位好友结婚的那天，爱玛平生头一次对未来感到凄楚。婚礼过后新人离去，饭桌上只剩下她和父亲，再也不可能指望有第三个人在漫漫长夜里活跃气氛。她的父亲像往常一样饭后便早早地上床休息，而她自己在炉前哀叹神伤。

在这桩婚姻中，她的朋友定能拥有幸福的未来。维森顿先生的人品可嘉，家境富裕，年纪相当，温和有礼。每当爱玛想到是靠自己的自我牺牲精神和慷慨无私的友谊才促成了这桩婚姻，内心就感到一丝满足。但对她来说那天早上却是阴郁的，她每时每刻都在思念泰尔勒小姐。她回想起她那溢满慈爱的笑容——十六年如一日地那样亲切善良——记起从自己五岁起她便开始教授她知识，陪自己做游戏——记起她在自己健康时形影不离，逗她开心——记起在自己幼年生病时更是关心呵护、百般照料、无微不至。为此她心中时常洋溢着感激之情。姐姐伊莎贝拉出嫁后的七年里，她俩在家里平等相待，坦诚以对，这些都是亲切美好的回忆。泰尔勒小姐是个非常难得的朋友,聪颖过人,知识渊博,谦恭助人,对家庭的一切都非常了解,事事关心,对爱玛尤其重视,对她的各种乐趣、各种想法都很感兴趣。爱玛可以向她倾诉衷肠,泰尔勒不会对她有任何挑剔。

她该如何忍受这种改变呢? 虽然她的朋友离她家仅仅不到半英里,但是爱玛知道半英里之外的维森顿太太与原来这所房子中的那位泰尔勒小姐有着巨大的差异。尽管爱玛条件优越,后天的培养使她更优秀,但这却使她在精神上感觉更孤独。虽然她非常爱自己的父亲,但是他成为不了她的伙伴,无论是进行正式的探讨还是玩笑逗乐,父亲与她都是话不投机。

由于伍德雷斯先生结婚较晚,父亲的老态和习惯把他们之间因为年龄而造成的鸿沟衬托得更加明显。父亲因为身子虚弱多病,他既不能锻炼身体,也没有时间培养心性,于是未老先衰。虽然他心地善良,性情和蔼,能够处处赢得人们的爱戴,但他的天赋实在令人无法恭维。

与他人相较,爱玛的姐姐嫁得并不远,就在离家 16 英里外的伦敦,但她也不能每天都回来;爱玛不得不在哈特菲尔德的宅子里熬过 10 月和 11 月里许许多多漫长的夜晚,等到在圣诞节前夕伊莎贝拉夫妇和他们的孩子到来时,才能有人做伴。

海伯利的规模跟一个城镇差不多。虽然哈特菲尔德有草坪、灌木丛和自己独特的名字,但是它其实只是海伯利的一部分。但是,在全村里却找不到能与爱玛相配的伴侣。伍德雷斯家是当地的大户人家,人们都很羡慕。由于爱玛的父亲对谁都很客气,她在村里也有很多熟人。可惜这些熟人中没有谁能够代替泰尔勒小姐,哪怕只有半天也不行。面对这令人沮丧的变化,爱玛除了胡思乱想、唉声叹气之外,没有任何办法,直到父亲醒来,她才不得不强颜欢笑,因为她的父亲需要人安慰。他精神很脆弱而且很忧郁,而且喜欢跟自己熟悉的人交往,无论遇到谁,在分手的时候他总是很伤感。他讨厌任何改变,由于婚姻势必会引起各种变化,所以他从来不会对婚姻有什么好感,甚至他自己亲生女儿的婚姻至今也不能得到他的认可,若不是出于怜悯和同情,他绝不会提起她,尽管那婚姻是爱情的产物。现在,他又不得不与泰尔勒小姐分别。他有点自私自利,考虑问题时根本想不到别人可能跟自己有不同的想法,他甚至认为泰尔勒小姐做了一件令人十分伤心的事。他觉得她的整个余生要是在哈特菲尔德度过,肯定会更加幸福。爱玛强颜欢笑,尽可能保持与他有说有笑,尽可能把话题从这个问题上转移开来,但到茶点端上来时,他又一字不差地重复说起在午餐时讲过的话:

"可怜的泰尔勒小姐! 我真希望她能够回来,维森顿先生偏偏打她的主意,这多遗憾呀!"

"我不能同意你的看法,爸爸,我根本不能同意! 维森顿先生性情和善,他是个优秀的男人,绝对配得上一位贤惠的妻子,泰尔勒小姐现在有了自己的家,总不能让她与我们一起生活,容忍我的种种怪脾气吧?"

"她自己的家! 她自己的家有什么好? 这个家比她的家大三倍。再说,我的宝贝,你也没有任何怪脾气啊。"

"我们可以经常去看望他们,他们也可以常常来探望我们,我们可以常常来往,经常见面呀,我觉得我们必须一开始就这样做,赶紧去拜访那对新婚夫妻。"

"啊,我的天哪,我哪能走那么远啊?朗道斯宅子那么远,我连一半的路也走不了。"

"没事的,爸爸,我没打算让你步行。我们乘马车去。"

"马车!就为了走这么点路,詹姆斯才不愿意套车呢。再说,我们在他家的时候,可怜的马该拴在哪里呢?"

"拴在维森顿先生的马厩里啊!爸爸,你知道这个问题我们已经解决啦!昨晚上我们已经和维森顿先生谈妥了。至于詹姆斯,我敢保证,他肯定喜欢去,他女儿正在那里做女佣呢。我倒怀疑他肯不肯送我们到别的地方去。这可是你的功劳,爸爸,你给汉娜找了一份好工作。要不是你提携汉娜,谁也不会想到她——詹姆斯感激着你呢!"

"我真高兴当时想起了她。这也是运气好啊,我也不愿意让可怜的詹姆斯在任何情况下感到自己卑微。另外,我相信汉娜一定会是一名好用人的。她是个懂礼貌、会说话的好姑娘;我对她的印象很好。无论在什么时候,只要她见到我,她总是优雅地向我行礼问安;而且你叫她来咱们这儿做针线活儿的时候,我注意到她总是轻轻地开门,从来不把门摔得很响。我敢说,她一定能成为一名出色的用人的。对于可怜的泰尔勒小姐,身边有个熟悉的人,这会是多大的安慰啊。你看吧,要是詹姆斯去看他女儿,泰尔勒小姐肯定能听到我们的消息。他会把咱们大家的情况都告诉她的。"

爱玛尽可能地鼓励父亲慢慢道出这些令人愉快的想法,引导着他按照这个思路往下说,而且还希望用一副十五子棋①,让父亲在这漫长的夜晚里不感到厌倦,她把遗憾隐藏在心里,不提起任何不愉快的事。棋桌刚刚摆好,就有一位客人来造访,这棋也不用下了。

奈特利先生是个聪明人,大约有三十七八岁。他不但是这个家庭亲密的老朋友,而且他是伊莎贝拉丈夫的兄长,与这个家庭还有一层亲戚关系。他住在离海伯利村约一里远的地方。他是常客,而且总是很受欢迎,这次他是从伦敦他们共同的亲戚那里直接过来的,所以比平时更受欢迎。他外出了几天,返回后就在家吃了顿很晚的晚餐,现在到哈特菲尔德的宅子来告诉他们住在不伦瑞克广场②那边的一家人都很好。这是个令人高兴的消息,伍德雷斯先生兴奋了好一阵子。奈特利先生的和颜悦色每次都能让他感到愉快,他那些关于"可怜的伊莎贝拉"以及关于孩子们的问题总能得到令人满意的答案。此后,伍德雷斯先生一本正经地说道:

"奈特利先生,非常感谢您那么晚了还来看望我们。我真替您担心,怕路上不安全啊。"

"没事的,先生。今晚月光非常明亮,天气也十分暖和,你这里炉火那么旺,看来我得离这炉火远点。"

---

① 一种双方各有 15 枚棋子、掷骰子决定棋格数的游戏。
② 伊莎贝拉一家住在不伦瑞克广场。

4 | 爱 玛

"可是路上一定非常泥泞,天气又潮湿,希望您不会着凉。"

"泥泞?先生,不会的,看看我的鞋子吧,连一点儿泥都没沾上。"

"哎哟!真没想到吃早饭时我们这儿下了一场挺大的雨,大约有半个小时,我甚至想劝他们推迟婚期呢。"

"对啦——我还没有向你们道贺呢。我了解你们的喜悦滋味,所以也就不急于向你们道喜了。不过,我希望婚事办得还不错。他们怎么样啊?谁哭得最厉害?"

"唉!可怜的泰尔勒小姐呗!真是一件令人十分伤心的事。"

"应该说是可怜的伍德雷斯先生和伍德雷斯小姐吧,请你们原谅,我绝不会说'可怜的泰尔勒小姐'。我对您和爱玛都很尊敬,但是除了在依附他人还是独立的问题上,不管怎么说,只让一个人满意总比让两个人都满意要容易很多。"

"特别是当这两个人当中还有一个是如此喜欢空想,如此惹人恼火!"爱玛玩笑式地说道,"我知道这就是你的想法——要是我父亲不在场,你肯定会这么说的。"

"我相信,亲爱的,真的,"伍德雷斯先生叹了口气说,"我有时变得非常善于空想,实在令人讨厌。"

"我最亲爱的好爸爸!你不会认为我真的在说你吧,也不会认为奈特利先生也在说你吧。多么可怕的念头啊!哦,不是这样的!我说的是我自己。您知道的,奈特利先生总喜欢挑我的毛病——那是个玩笑——纯粹是开玩笑。我们从来都是想说什么就说什么,没什么顾忌的。"

的确,能看出爱玛·伍德雷斯的缺点的人本来就不多,但发现又愿意告诉她缺点的也只有奈特利先生一位了。虽然爱玛并不怎么喜欢这种人,但是她也知道,父亲听了别人说她的缺点以后会感到更加不高兴,所以,她不愿意让父亲察觉到大家认为她并不是完美无缺的。

"爱玛知道我从来不奉承她,"奈特利先生说,"但我刚才并没有指责任何人。泰尔勒小姐习惯了让两个人都感到满意,可现在只需获得一个人的欢心。所以她一定能从中获得好处的。"

"喂,"爱玛不想再谈论这个事情,便说,"你不是想听听婚礼的事吗?我很愿意给你说,因为我们大家全部都举止得当。每个人都准时出席,每个人都喜气洋洋。谁也没有哭,也没有看到谁不高兴。嗯,不是吗?我们觉得只不过是分开半英里的距离,肯定每天都会见面的。"

"亲爱的爱玛对任何情况都能适应得了。"她的父亲说道,"可是,奈特利先生,她对失去可怜的泰尔勒小姐其实是非常伤心难过的,我能肯定,她的思念程度肯定比她自己想象的还要深。"

爱玛转过脸去,强装微笑,但泪水却怎么也止不住地流了出来。

"爱玛怎么可能不去想念那样一位朋友,"奈特利先生说,"她要是不想念的话,我们以前也不会那么喜欢她了。但是,她知道这桩婚姻会给泰尔勒小姐带来幸福,她也知道对于这个岁数的泰尔勒小姐来说,拥有自己的家庭是多么不易的事情,她也知道泰尔勒小姐能过上有保障的舒服的生活是多么的重要,因此我想爱玛一定会让自己更高兴,而不是悲伤。泰尔勒小姐的每一位朋友看到她婚姻如此幸福,都应该为她感到高兴。"

"你还忘了一件值得我高兴的事了,"爱玛说,"而且这是一件非常重要的事——那就是我亲自从中撮合的。你知道吗,是我在四年前牵的线、做的媒。当时好多人说维森顿先生不会再婚了,可我还是把这桩喜事给办成了,还有什么能比这件事更让我高兴的呢?"

奈特利先生冲着她摇了摇头。她父亲疼爱地回答道:"哦!亲爱的,我真希望你没做过什么媒,也没有预言过什么事情,因为你说的话总是能应验。请你别再给人做媒了。"

"爸爸,我保证我不会给我自己做媒。但我得为其他人做媒,那可是这世界上最大的乐事啊!尤其是在我成功之后!你看这次——大家都说,维森顿先生绝对不会再婚了。哦,天哪,可不是嘛!维森顿先生已经单身生活了那么多年,他过得多么惬意,而且每天又是忙得不可开交,不是在城里埋头做生意,就是在跟这里的朋友们一起打发时间,无论到哪儿都能给人带去欢乐,都会受到大家的欢迎——要是维森顿先生喜欢的话,一年到头他也不会一人度过哪怕是一个晚上。维森顿先生绝对不会再婚!有些人甚至传言他在妻子死前曾经发过誓绝不再婚。还有一些传言,说是他儿子和舅父不让他再婚。关于这事有乱七八糟的很多传言,可我一点儿都不信。大约就在四年前的一天,我和泰尔勒小姐在百老汇遇到他,正好下起了蒙蒙细雨,他表现得很热情,飞快地从农场主米切尔那里为我们借来两把伞,我当时便起了这个心思。从那时起,我就暗下决心要为他做媒,而且还制订好了做媒计划。既然这件事情获得如此巨大的成功,亲爱的爸爸,您可不能让我放弃做媒。"

"我真不明白你说的'成功'是什么意思。"奈特利先生说,"成功意味着曾经进行过努力和奋斗。如果说在这四年中,你一直在为促成这桩婚姻而努力,那么你的时间就没有白费。对一位年轻姑娘来说,这也很值。不过,在我看来,如果你所谓的做媒只不过是为之制订了一个你的计划,并且以后每过一段时间就这么自言自语一番'如果维森顿先生娶泰尔勒小姐的话,对泰尔勒小姐来说可是再好不过的事情'。如果只这样的话,你还有什么成功可言?你的功绩在哪里?你还有什么值得骄傲?你不过运气好,侥幸猜中一个谜。仅此而已。"

"难道你从来没有体会过侥幸猜中一个谜的得意和欢乐吗?你真让我感到可怜。我原以为你很聪明,侥幸猜中并不仅仅是因为运气好,其中一定是需要天赋的。我用了这可怜的字眼'成功',就让你喋喋不休,更没想到我对这个词竟然完全没有使用权。既然你描绘了两幅图画——不过我认为还应该有第三幅——介于什么也不做和什么都做之间。假如我没有邀请维森顿先生来这里做客,没有给他那么多微妙的鼓励,没有在出现问题时打圆场,或许根本就不会有现在这样的结果。我想你相当熟悉和了解哈特菲尔德,你一定能理解这件事情。"

"一位像维森顿那样真诚和心胸宽广的男人,和泰尔勒小姐那种聪慧和落落大方的女人单独相处时,他们可以处理好自己所关心的事情。对于他们而言,你做的事情可能毫无裨益,却可能使你自己深受其害。"

"爱玛帮助别人时从来不会考虑自己的,"伍德雷斯先生不完全明白两人的意思,却再一次介入他们的交谈,"但是,亲爱的,请求你别再替人做媒了,那不但是做傻事,也会严重伤害一个家庭。"

"再做一次,爸爸。仅仅替艾尔顿先生做一次,唉,可怜的艾尔顿先生!你是喜欢艾尔顿先生的,爸爸。我得给他物色一位妻子。在海伯利村没有人能配得上他。他在这儿已经整整生活了一年啦,房子布置得那么舒适,如果还再是独自一人过下去的话,那简直太可惜了。今天婚礼上,他们握手的时候我就产生了这样的想法,他看上去好像特别希望自己也有那么一天!况且我对艾尔顿先生的印象很好,这是我唯一可以帮他的方式。"

"艾尔顿先生确实是个非常英俊的年轻人,而且是个非常优秀的青年,我对他也是很看重的。但是,亲爱的,倘若你想向他表示你的关心,那就请他改天来与我们一起吃顿饭,这种方式好得多。我冒昧地说,奈特利先生也会很高兴见到他。"

"非常乐意,先生,什么时候都行,"奈特利先生笑道,"我完全同意您的意见,那会是更好的方式。爱玛,请他来吃饭吧,请他吃最上等的鱼肉和鸡肉。至于说找妻子嘛,还是让他自己去选择吧。相信他吧,一个二十六七岁的男人会照顾好自己的。"

第二章

维森顿先生出身于海伯利一个乡绅门第,在过去的两三代中他的家族逐渐积累起财富,也进入到体面的上流社会。他受过良好的教育,并且很早就接受了一小笔遗产,已经没有必要再自谋生活了。但是他厌倦了他的兄弟们从事家族传统生计的平凡生活,于是决定从军为国效力,以满足他活泼欢快的天性和热衷于社交的性情。

维森顿上尉是个广受大家喜爱的人物。借军队活动之便,他认识了约克郡的一个望族——丘吉尔家的小姐。丘吉尔小姐爱上了他,这事谁也没有感到意外,除了她的兄嫂,因为他们从未与他见过面。这对一向自视清高、傲慢自负的夫妇来说,这种关系对他们的尊严和地位是一种冒犯。

但是,丘吉尔小姐已经成年,而且对自己的财产拥有自主权——虽然她的财产在家族产业中所占比例很小——无论别人怎么劝说也不肯罢休,硬是结了婚。在那场令丘吉尔夫妇十分恼怒的婚礼结束后,丘吉尔小姐便以一种体面的方式被赶出了家门。一桩并不怎么般配的婚姻,并没有为彼此带来多少幸福。维森顿太太本该从婚姻中体会到很多的幸福,因为她那热心而善良的丈夫面对她这种做出了巨大牺牲的爱,只能以一种面面俱到的关怀来回报。然而,尽管她不缺乏勇气,却也并不是那么的完美无瑕。她有着足够坚定的决心去面对兄长的反对而坚持自己的意愿,但是,兄长毫无道理的愤怒激发出她心中不合情理的遗憾,却是她的决心所无法克服的,她还怀念着过去那个家的奢侈生活。现在他们过着还算宽裕的日子,即使如此,也无法与恩斯康伯宅子里的奢侈生活相提并论。虽然她对维森顿先生的感情并没有日渐减少,但她一直既想做维森顿上尉的妻子,又想做恩斯康伯宅子的丘吉尔小姐。

维森顿上尉在大家的心目中——尤其在丘吉尔家人的心目中——并非是个门当户对的女婿，结果也证明，这宗婚姻确实是非常糟糕。他的妻子在婚后第三年就去世了，这时他不但比婚前更加贫穷，而且还得抚养一个孩子。不过，不久他就用不着为养孩子的费用而操心了。孩子后来成了两家僵硬关系和解的桥梁，孩子的母亲长期病痛使得她兄嫂的强硬态度慢慢地软化，又因为丘吉尔先生和太太一直没有孩子，家族里也没有其他近亲晚辈可供他们抚养，于是在丘吉尔小姐去世后不久，他们便提出要收养那个孩子——弗兰克。虽然失去妻子的父亲还有着种种顾虑和不情愿，但是为了弗兰克的前途，孩子便被送到富有的丘吉尔家接受照顾。现在他只需追求自身的安逸生活，只要尽力改善自己的不安境遇。

以前的生活迫切需要一场彻底地改变，于是他便离开了军队，做起了商人。由于几个兄弟在伦敦已经站稳了脚跟，因此他着手经商的条件不错。靠着一个小店，刚好能保证他有事可做。他在海伯利仍有一所小房子，那也成了他度过大多数闲暇时日的地方。在这之后的 18 到 20 年，他过着一种一边处理各种繁忙的事务，一边享受交友欢乐的生活。如今，他的财产也已经积累到足够在与海伯利相邻的地方买下一小片地产（那是他长期以来渴望得到的），也有足够的钱与一位像泰尔勒小姐那样没有陪嫁的女人结婚，并继续按照他友好而喜欢社交的性格快乐地生活下去。

他对泰尔勒小姐的想法已经有很长时间了，但这并不是年轻人对年轻人所拥有的那种不顾一切的情感，因而也没有动摇他在买下朗道斯宅子前不结婚的决心。他早早就有购买下朗道斯宅子的这个目标，怀着这个目标，他坚持不懈扎扎实实地奋斗下去，终于把它变成了现实。也拥有了属于自己的财富，能够娶到妻子，开始新生活，他比以前任何时候都具有获得更多幸福的机会。他是个天性乐观的人，这是他的脾气所决定的，即使他在第一次婚姻中也是这样。然而，他的第二次婚姻将会向他证明，一位聪颖、和善的女人能给他带来多大的喜悦；也将会向他证明主动选择的结果比被对方选中的事实更愉快得多，被人感激也比感激别人要好得多。

他完全可以按照自己的心愿去做任何事：他的财产完全属于自己。至于弗兰克，他不仅仅已经认可作为他舅舅的孩子得到抚养，领养关系也已经公开声明，而且在他成年以后将会使用丘吉尔的姓氏。他需要父亲帮助的可能性微乎其微。那位舅母是个在家庭中有着统治地位的剽悍女人。维森顿先生自然也想不出，即使娶这样一个悍妇，对弗兰克也不会有什么伤害。他相信他们之间的亲情是理所当然的。他每年都要去伦敦见儿子一面。他向海伯利的人们夸赞自己的儿子已经成为一位俊朗的年轻人，以至于大家也都替他感到骄傲。人们认为他的成就和未来理所当然地成为大家所关心的内容。

弗兰克·丘吉尔先生成为海伯利引以为荣的众多人物之一，以至于人们渴望见到他的愿望也日渐强烈起来。然而这种恭维得到的回报却极其渺茫，虽然大家常常说起他很快会来看望他的父亲，但却从来没有成为现实。

但现在，大家一致认为，父亲的新婚典礼是个最值得关注的事件，儿子理应来此拜访。无论是在佩利太太与贝茨太太和贝茨小姐一块儿喝茶时，还是在贝茨太太和贝茨小姐回来拜访时，在这个问题上大家都没有任何异议。现在弗兰克·丘吉尔先生应该回来了。特别是在得知他给新婚母亲写过贺信后，这种愿望又一次得到了加强。一连几天，海伯利的人们串门拜访时，在闲谈中都要提到维森顿太太收到的那封内容友好的来信："我想，你准知道弗兰克·丘吉尔先生写给维森顿太太的那封精彩的信吧？我看那一定是一封得体的信，是伍德雷斯先生告诉我的。伍德雷斯先生看过那封信，他说他从来没有看过那么得体的信。"

那封信的确受到高度重视。当然，维森顿太太自然对这位未曾见面的年轻人有了非常好的印象。写信的口吻非常礼貌，既让人感到心情愉悦，也完全能够证明他有很好的修养。虽然他们的婚姻收到由各种渠道和各种方式送来的祝贺，但这封贺信无疑是最受欢迎的。她觉得自己是世界上最幸福的女人。凭着多年的生活经验，她相信别人也觉得她很幸运，然而，美中不足的是再也不能与朋友们在一起了，不过她相信与朋友之间的友谊绝对不会冷淡下去，谁能舍得与她分手呢！

她知道，有人会时常地想起她。她也不无痛苦地想象着爱玛孤独一人时，当失去一桩乐事，或者遭受一时的无聊的时候她会是一种怎样的状况。但是可爱的爱玛绝不会意志软弱，她会很坚强。与大多数姑娘相比，她的适应能力更强；而且她聪明，有活力，也有坚定的意志，当遇到困难和怅然时总能够以乐观的心情去面对。令她颇感欣慰的是朗道斯的宅子离哈特菲尔德的宅子并不远，即使一个女人独自步行来回也很方便；而且维森顿先生很和蔼，经济状况还不错；这样看来他们这些老朋友在以后每周都能够在一起消磨几个夜晚。

她为能成为维森顿太太充满感激之情，她那片刻的遗憾也只是稍纵即逝，她的满足——不止是满足而已——使得她的幸福是那样的真实。尽管爱玛对自己的父亲非常了解，但当他们在舒适的朗道斯的宅子前与维森顿太太道别时，或者在晚上目送她在丈夫的陪同下登上自家马车时，听到父亲居然还用"可怜的泰尔勒小姐"时，爱玛感到十分吃惊。当维森顿太太离开时，伍德雷斯先生每一次都要轻叹一口气，说：

"唉！可怜的泰尔勒小姐。她要是能留下来准会非常高兴的。"

泰尔勒小姐是不可能回来啦——他也不可能从此不再对她表示怜悯。但是几个星期的交往给伍德雷斯带来了些许安慰。邻居们的恭贺已经结束啦，人们也不再以这个惹人伤心的事件为由来嘲笑他，而那个让他感到极为沮丧的婚礼蛋糕终于吃光了。他的胃口消化不了油腻的东西，他便认为别人可能与他一样。凡是对他有害的东西，他便认为对其他人也不利，于是，他诚恳地劝说人们不要制作婚礼蛋糕。当这项尝试以失败告终后，他又诚恳地去劝阻任何人吃蛋糕，他甚至不厌其烦地就此事向佩利医生请教。佩利医生是一个有见地的人，他的时常拜访给伍德雷斯先生的生活带来了一种安慰。当人们一再追问佩利医生，尽管他看上去显得极为不情愿，但不得不承认，婚礼蛋糕的确对许多人而言都不适宜，除非有节制地食用。这个观点自然证实了伍德雷斯先生自己的看法，于是他便希望可以劝说每一位来向新婚夫妇道喜的访客；然而，没想到结婚蛋糕还是被吃光了；他的神经直到蛋糕被吃得一干二净时才松弛下来。

在海伯利流传着一个很奇怪的谣言,说是有人看见佩利家的孩子每人手中都拿着一块维森顿太太的婚礼蛋糕。但是,伍德雷斯先生相信这是一种无稽之谈。

第三章

伍德雷斯先生喜欢用自己的方式从事社交活动,他喜欢请他的朋友来家里做客。

由于种种原因,例如他长期居住在哈特菲尔德宅子,因为他的脾气好,也由于他的财富和他的女儿们,他便可以在自己的这个小小的交际圈里,在很大程度上,按照自己的方式来安排他的客人们。在这个圈子之外,他与人也没有什么交往。他不但害怕熬夜,也害怕大型晚会,除了那些按照他的条件来访的客人,与其他熟人他完全合不来。幸运的是,包括朗道斯宅子在内的海伯利村教区和邻近教区的唐沃尔宅子①——奈特利先生的私宅——对他的习惯都多少有些了解。在爱玛的劝说下,他时常与最要好的几个朋友在一起吃饭。他特别喜欢在晚上聚聚,除非他自己太累了。一个星期中,爱玛基本上都能找到人手陪他玩扑克。

由于维森顿夫妇和奈特利先生是至交好友,经常来访。但对于这个一直独自生活但却不能忍受孤独的年轻人艾尔顿先生来说,他是想凭借在伍德雷斯先生家雅致客厅中的社交活动,特别是他女儿的怡然微笑,来打发自己闲暇的夜晚,排除那些空虚孤寂。这种特权当然没有被丢弃的必要。

除此之外,还有一批常客。经常来的人中有贝茨太太、贝茨小姐和哥达德太太,这三位女士几乎是每请必到,而且经常是由马车接送。伍德雷斯先生认为这对于詹姆斯和马匹来说,算不得什么。要是一年之中只有一次这样的接送,这对他们来说倒是有点为难了。

贝茨太太是海伯利一位前牧师的遗孀,由于她的年纪实在是太大了,除了喝茶打扑克②外,几乎什么也做不了。她与自己的独生女儿生活在一起,过着一种单调无趣的生活。尽管有着种种不幸的遭遇,大家依然对一位与世无争的老太太有着特殊的敬意。她女儿是一位既不怎么年轻漂亮,也不富有的未婚女子,却仍然能得到大家非比寻常的认可,贝茨小姐受到这样的待遇却使她处于极其难堪的境地。按理说她本人既缺乏自知之明,也不会威胁那些可能厌烦她的人们,这让他们至少在表面上对她很尊敬。她给别人的印象是既不漂亮,也不聪明。无声无息中她的年轻时代已经逝去,她的中年时光也都花在照顾衰弱的母亲和维持生活上。但同时她也是个乐观的女人,任何人说起她时都觉得她是个不错的人。她对每一个人都是关怀备至,善于发现每个人的优点。她认为自己是最幸福的人,拥有这么好的母亲,而同时又深受大家的祝福,身边不但有这么多的好邻居和好朋友,而且还有一个幸福的家。她那纯朴而乐观的天性和知足而感恩的性情,不但使得她能够得

---

① 此处曾有一座唐沃尔修道院,故得名唐沃尔。
② 当时流行的一种扑克游戏名为古阿德利尔,使用四十张牌,四人游戏。

到别人的认可,也是她自己深感幸运的源泉。她能就很小的事说个不停,这也倒正好符合伍德雷斯先生的胃口,因为那都是些生活琐事和一些无伤大雅的闲言碎语。

哥达德太太是一所学校的女教师——那既不是一所女子学校,也不是一个专门的学校,更不是有任何专业性的学府,也不是根据新教育体系和新道德规则,把知识和道德规范相融合的地方——在那种地方,年轻女士们用高昂的学费只能换一堆无用的知识,并荒废健康。哥达德太太则正是在一所正牌的、可靠的老式寄宿学校里任教。在这种学校里,花点合理的钱就能够学点有用的知识,姑娘们也不会被引入歧途,那些琐碎的知识也不会使姑娘们丧失她们的本色。哥达德太太的学校享有很高的声誉,而且的确名副其实;大家都说海伯利是个非常有益身心健康的地方。在她那所大房子和大花园里,孩子们可以吃到许多丰富而健康的食品,夏天孩子们可以在太阳底下肆意玩耍,到了冬天,孩子们也能够得到她的悉心照顾。所以,每当看到40个年轻的女孩子排成两行,跟在她身后去教堂的时候,大家一点儿也不觉得奇怪。她是个面冷心善的女人。因为年轻时候的辛勤劳作于是便理所当然地认为,现在有权可以享受一点点诸如吃茶访友一类的闲暇生活。另外,伍德雷斯先生以前待她也不错,所以只要有时间,她就会离开挂满了她那用刺绣装饰的整洁客厅,凑到他的壁炉前,赌上几个便士①。

这就是爱玛觉得很容易聚在一块儿的几位女士,同时又因为她的父亲,她也很高兴自己能办成这件事情。对她自己来说,维森顿太太不在的遗憾是无法弥补的。当她看到父亲心情很舒畅的时候,自己也感到欣喜,也为自己能够随机应变而雀跃不已。可是,这三位女人的单调乏味的交谈让她觉得假如每天晚上都是这样,那她可难熬啦。

一天上午,正当她在想着该如何度过这一天的时候,哥达德太太差人送来一张便条,上面用非常尊敬的口吻邀请史密森小姐一起来做客。这真是个最受欢迎的请求。史密森小姐是一位17岁的姑娘,爱玛不但经常见她,而且长期以来因为她的美貌而对她很感兴趣。这封有着非常礼貌口吻的邀请信,使得华宅中的漂亮女主人不再觉得这个长夜那么难熬了。

哈利特·史密森是一个不知名的人的私生女,几年前被人送进哥达德太太的学校,最近那人将她的地位又从普通生提高为寄宿生。对于她的身世,几乎每个人都知道。除了海伯利的几个朋友之外,她没有其他什么朋友。这个时候,她刚从乡下的几个同窗学友那儿回来。

她长得非常漂亮,而且,她的音容笑貌恰好是爱玛所欣赏的。她身材不高但却丰满,金发碧眼,皮肤白嫩,脸颊红润,五官端正,可爱动人。不到夜深人静聚会结束时,爱玛就已经对她有了比较好的印象,决心与她继续交往下去,不仅是由于她的长相,更是出于她的举止。

她从史密森小姐的谈吐中觉得她并不聪明,但却发现她非常可爱——并没有让人不舒服的羞怯,也没有寡言少语——举止得体、落落大方,为自己能够被带进

---

① 6便士为一种通用硬币的面值。此处意为在纸牌戏中的输赢。

哈特菲尔德宅子来满心欢喜，深感荣幸。面对这里一切物品的风格都比她熟悉的东西更加高雅的时候，她毫不做作地表现出很着迷的样子。爱玛觉得她品性善良，值得鼓励和培养。那双柔和的蓝眼睛和她身上体现出来的天生丽质，不应当被埋没在海伯利及其周围的下等阶层中。她以前结识的人与她都不怎么相称。她那些刚刚离开的学友尽管都是些很好的人，但是肯定对她没有什么好处。那家人姓马丁，是奈特利先生的佃户，租种着他大片土地——她也相信，他们非常厚道和老实——她还知道奈特利先生很认可他们——不过，他们都是些粗俗不雅的人，根本不适合跟一位知识丰富且拥有完美风度的姑娘进行密切交往。爱玛要帮助这位姑娘，让她的地位得到提高，让她与那些粗俗的朋友少来往，她要把她介绍给上流社会，让她有着自己独特的风范和观点。这将会是一件非常有趣的事，而且肯定会成为一桩善事，这也一定会成为她生活中的寄托和乐趣，另外也再一次可以显示出自己的能力。

爱玛沉浸在对那双柔和的蓝眼睛的赞美中，时而交谈和倾听，脑子里忙着构思着自己的帮助计划，结果一个晚上的时间不同以往地飞驰而过。过去她都是盯着表，心里盼望晚餐早早地摆好，好给这种晚会画上一个完美的句号。但是今天在不知不觉中发现餐桌早已摆设得当，而且被移到炉火旁边。尽管她平常也不是那么冷淡，但今天她的表现却远远超过了平时。她的计划让她格外热情，她一再劝说大家多吃点鸡肉丁和干贝肉。她知道，虽然大家都盼望能早早结束回家休息，但却唯恐动作太急有失斯文，因而非常乐意接受。

每次遇到这种情况，可怜的伍德雷斯先生心里面极其矛盾。因为他喜欢看到桌子上铺好台布，这是他从小就养成的习惯。但是由于他认为吃晚饭对健康极其有害，所以每当见到任何东西摆到台布上，他心里便不是滋味；尽管他善意地欢迎客人们尽情地享受桌上的一切，但是，出于对他们的健康考虑，看到他们真的去享受那些食物，他不由得会担心起来。

他出自内心提出的建议是希望大家都能够像他那样，喝一小碗稀麦片粥，但一见到女士们尽情扫荡桌上的美味时，他又忍不住地说：

"贝茨太太，我建议你鼓起勇气吃一枚鸡蛋。煮得很嫩的鸡蛋对健康是有好处的。赛尔比任何人都更会煮鸡蛋。我可不会向你推荐其他人煮的鸡蛋——你根本不必害怕——你看哪，它们全都很小——吃一枚我们这种小鸡蛋对你是非常有益的。贝茨小姐，让爱玛帮你递一小块水果馅饼——只吃一小块。我们的馅饼完全是用苹果做的。你在这儿根本不用担心有不干净的果脯。我可不推荐那种牛奶蛋糕。哥达德太太，来半杯葡萄酒怎么样？只喝一小杯——兑上一小杯水好不好？我看这是对你没有什么害处的。"

爱玛任凭他父亲的嘴唠叨下去——可她自己却亲自动手为客人们劝酒加菜招待，使他们感到更加满意。当今晚送大家走的时候，看到大家高兴，她心里也乐滋滋的。史密森小姐的快乐正是她心中所盼望的。伍德雷斯小姐在海伯利是个举足轻重的人物，能认识她既是姑娘的乐事，又让她感到一丝丝恐慌——因此，这个身份卑微还有点害羞的小姑娘在分手的时候心中充满着浓浓的谢意。

更让她深感荣幸的是,伍德雷斯小姐整个晚上都亲切地在招待她,而且到最后还跟她握了手①!

第四章

哈利特·史密森与哈特菲尔德宅子的亲近关系很快就成为现实。爱玛以自己独特的敏捷果断的方式当即向她发出邀请,并鼓励她经常来他们家。随着她们关系的日渐加深,两人相互间的默契也越发深厚起来。爱玛早就意识到她或许会成为自己有益的散步伙伴。特别是维森顿太太走后,她就没有伙伴了。她父亲散步最多走到矮树丛,两块空地就能满足他的散步需要,具体距离随季节变化而定。所以自从维森顿太太走后,她的活动范围便受到很大的限制。她曾经独自冒险徒步到朗道斯,可发现一点儿乐趣也没有。因而,现在有了这么一个可随时做伴的哈利特·史密森,这对于有着散步习惯的她来说绝对是个有价值的补充。而且随着对这姑娘的了解加深,她越来越满意,越发地坚信自己最初善意的计划能够实现。

哈利特虽然并不聪明,不过她天性温顺,又有颗知道感恩的心,还没有什么傲气,心里唯一的愿望就是希望能够得到某个高高在上者的引导。最初,她们的关系非常亲密,事实证明,虽然并不能指望这孩子有多么聪明,但她却不缺乏鉴赏能力。她完全相信哈利特·史密森恰恰是她所需要的年轻朋友——完全是她家里所缺少的那么一个人。像维森顿太太那样的朋友是不可能再有了。世界上不可能存在两个同样的人。她们类型完全不同,并且这种内在的情感方面的性质也不相同,这两件事根本不能相提并论。维森顿太太是她感激和尊敬的人,哈利特则是她热爱并且认为对自己有益的人。爱玛为能够证明自己的价值而做的第一个尝试,便是设法查出这孩子的父母是谁,但是哈利特也说不上来。虽然她愿意讲出她自己知道的一切,可是对于这个问题她的确一无所知。爱玛尽情地发挥着自己的想象力,可她却怎么也不能相信,以她现在的地位,却依然无法查出实情。哈利特没有洞察力。哥达德太太说什么她就信什么,并不愿意刨根问底。

哥达德太太、学校的老师们、女同学和学校的所有事情自然而然地成为她谈论的主要内容——除此以外就只有谈谈住在阿比水磨农场上她所熟悉的马丁一家。马丁一家在她心中有着非常重要的地位,她曾经跟他们在一起度过了非常愉快的两个月时光,现在也很乐意谈起她那次拜访中的趣事,也喜欢描绘当地的许多稀奇古怪的事情。在爱玛的鼓励下,她现在变得十分健谈。爱玛从中知道了另一个阶层有趣的生活景象,也喜欢她单纯幼稚地以狂喜口吻所做的描述:"马丁太太家有两个客厅,真是两个特别好的客厅,有一间足有哥达德太太的卧室那么大;她有一个贴身女佣,这个女佣跟了她足足 25 年;那儿有八头母牛,两头是奥尔德牛;还有一头是韦尔奇种,那真是头非常可爱的韦尔奇小牛;马丁太太特别喜欢说,应该把她们叫成她的母牛才对。花园里有个非常漂亮的凉亭,又大又漂亮的凉亭,能容得下 12 个人呢,人们喜欢那里吃茶点。"

---

① 在奥斯丁生活的时代,"握手还没有取代鞠躬和屈膝礼,在社交中传达亲切或爱护之意"。

有一段时间,爱玛感到非常高兴,除此之外她并没有考虑其他原因。但她对那个家庭渐渐了解后,便产生了一些疑虑。她竟然产生了错误的理解,她原来想象是母亲和女儿,儿子和儿媳全都生活在一起。在哈利特的谈话中有一位马丁先生,她总是用称赞的口吻描绘他,说他做任何事情的时候脾气都是那么的好。可后来爱玛听说他却是个单身汉,并没有什么年轻的马丁太太,更没有什么儿媳妇。她担心她那可怜的小朋友会在这殷勤款待和善意中遇到什么危险。但是,如果再不关心照料她,她就真的会沉沦下去了。

有了这种不安的想法后,她便有了各种各样的问题,特别是在诱导哈利特更多地谈论马丁先生的事情时。对于这个话题哈利特并不厌烦,她也极其乐意谈起她和他们一同在月光下的漫步,晚上举行的许多愉快的游戏,还不厌其烦地说起他的欢乐和殷勤。比如有一天,他跑了三英里路,仅仅是为了给她弄点核桃来,因为有次她偶然提到过自己是多么喜欢核桃。他对任何事都是如此热心!还有一天晚上,他把他家雇的牧羊人的儿子叫到客厅,让他为她唱歌。他非常喜欢唱歌,而她也会唱。她觉得他非常聪明,什么都懂。他有一群优质的羊,她在那儿生活的那段日子里,他的羊毛的拍卖价格比乡下任何人的都高。

她相信,大家对他的评价都很好。他母亲和姐妹也都特别喜欢他。有一天,马丁太太对她说,她儿子是世上最优秀的。说这话时,马丁太太的脸都红了,马丁太太说,她能肯定,他结了婚一定能成为一个好丈夫。可她并不想要他结婚。她更不急于让他结婚。

"不错啊,马丁太太!"爱玛心想,"你对自己的目标知道得清清楚楚。"

她离开马丁家时,善良的马丁太太还送给哥达德太太一只肥大的鹅,那可是哥达德太太见过的最漂亮的鹅。于是,哥达德太太在一个星期天将鹅做了一顿丰盛的晚餐,请学校的三位教师:纳什小姐、普林斯小姐和理查森小姐共进晚餐。

"我猜想,马丁先生除了自己的行业之外,不会有多少知识吧。他会读书吗?"

"啊,不!也就是说,我不知道。不过我相信他读过很多的书。只不过那些不是你能想到的那种书,他读《农业报告》之类的书,书就放在一个窗台的旁边。他完全是自己默读的。不过有时候在晚上开始打扑克之前,他会给我们大声朗读一些非常优美的文章,特别有意思。我知道,他读过《维克菲尔德的教区牧师》①。但他没有读过《浪漫森林曲》②,更不要说《寺中的孩子》③了。当我提到这些书名时,他说他以前从来就没有听说过这种书,不过他决心会尽快找到这些书看看。"

下一个问题是:

"马丁先生长什么样子?"

"啊!不好看,一点也不好看。一开始我觉得他很普通,可我现在觉得不那么

---

① 1766 年出版的一本英国小说,英国作家奥利弗·格斯密斯著。

② 同时代出版的一本英国小说,英国作家安·雷德克利夫著。

③ 同时代出版的一本英国小说,英国作家丽贾纳·玛丽亚·罗奇著。牛津版本《爱玛》的前言中指出,奥斯丁以《浪漫森林曲》和《寺中的孩子》这两部书为例,是为了说明哈利特的受教育程度和阅读趣味较低。

平凡了。你知道,人们过一段时间就会习惯的。你从来没见过他吧？他隔一段时间就会到海伯利来的,而且每星期肯定要骑马到金斯顿去,那时他会经过这里。他经常遇见你。"

"有可能吧！或许我见过他不止一次呢,可就是对不上号,也不知道他的名字。不管是骑马还是步行,年轻农夫都很难激起我的好奇心。自耕农是一群我觉得不值得交往的人。如果是低一两个阶层的,再加上容貌朴实的人,或许会引起我的兴趣,我可能在某些方面会对他们的家庭帮上点忙。但是农夫们用不着我的帮助。所以说,在这方面他们用不着我费心,在其他方面又不值得我为他们担心。"

"确实是这样。啊！是的,你不可能注意到他。可他的确很熟悉你,我的意思是说面熟。"

"看来他是个值得尊敬的年轻人,这一点我毫不怀疑。我知道他的确是这样,也希望他一切都好。你觉得他有多大年纪？"

"6月8日他满了24岁,我的生日是23日。刚好差两个星期零一天！真巧哇！"

"仅仅24岁。这么小的年纪干吗急着定终身呢。他母亲说得很对,不必着急。他们家保持现状不就挺好的吗,如果她匆匆给他娶个媳妇,一定会后悔的。六年以后,如果他攒了点钱,遇到个门当户对的年轻好姑娘,那才会是非常好的。"

"六年后！我亲爱的伍德雷斯小姐,到那时他可就30岁了！"

"是啊,如果不是生在富有人家,大多数男人不到这个年纪是不会有钱结婚成家的。照我看哪,马丁先生的财富得完全靠他自己挣,跟其他人不会有什么不同。虽然他父亲去世可能会给他留下钱,无论他的财产在那个家庭资产中占有多大的比例,我敢说,那可全都是未知数。也许他可能凭借自己的智慧,或者是一点好运气,会发财致富,可是要他现在就能够有什么成就的话,那几乎是完全不可能的。"

"是啊,的确如此。不过,他们过得很惬意呢。他们就是没有仆人,除此之外好像什么都不缺。不过,马丁太太常念叨着要雇个男佣呢。"

"不管他什么时候结婚,哈利特,我希望你不要卷进他的麻烦中。我的意思是说不要与他的妻子有什么来往。虽然他的姐妹认识几位受过良好教育的姐妹,这也没有什么,但是他不可能跟一个值得你赏识的女人结婚。因为你出身不幸,所以你在跟别人交往时要特别注意。不可否认,你是一位绅士的女儿,你必须尽自己的能力维护自己的这种地位,否则就会有许多人贬低你、嘲笑你。"

"是啊,肯定是这样。我猜会有这种人的。伍德雷斯小姐,你对我这么好,而且还邀请我到你这来,我就不怕什么人了。"

"你对环境影响力的理解很不错呢,哈利特。但是,我要你在上层的社交圈子里奠定坚实的基础,最后即使不依靠哈特菲尔德和伍德雷斯小姐也能自立。我希望看到你永远只跟上流人士结交。所以为了这个目标,我建议你最好不要有那种乱七八糟的关系。我跟你说,如果在马丁先生结婚的时候你依然在本地,我可希望你不要因为跟他那些姐妹们的关系,去结识那位妻子,那个女人很可能是个农夫的女儿,根本没受过什么教育的。"

"是啊。我没想过马丁先生会跟没受过教育的人结婚。他的妻子应该有个好出身才对。我也肯定不希望跟他的妻子结识，但是，我不是反对你的看法，我要保持跟马丁家小姐们的关系，尤其是伊丽莎白，要是我不得不与她断绝关系的话，我会非常伤心的。"

爱玛一边听她断断续续地说出这段话，一边仔细地观察她。不过她并没有看出让人惊奇的恋爱征兆，对哈利特来说那个男人只不过是第一个对她有爱慕之心的人而已，她深信除此之外并没有其他关系。从哈利特方面讲，为她作出友好的安排并非是什么难事。

就在第二天，她们俩恰巧迎面碰到马丁先生。当时她们正在唐沃尔路散步，他也是步行。他非常友好地打量过爱玛之后，便把目光转向她的同伴。目光中有种毫不掩饰的喜悦之情。爱玛趁机朝前面走去，并用敏锐的目光迅速打量了这个年轻人——罗伯特·马丁先生。他的外表很整洁，看上去是一个很聪明的年轻人，但除此之外好像这个人就没有什么其他优点了。她将他与其他绅士们做比较，认为哈利特喜欢的所有方面跟其他上流绅士相比全都没有价值，哈利特并非不注意他的风度。她曾经怀着敬佩和好奇之心不自觉地观察过爱玛父亲的绅士风度，可马丁先生仿佛根本不知道风度是什么。

因为不能让伍德雷斯小姐长时间等着，所以他们在一起仅仅停留了几分钟，哈利特紧跑几步赶上她。哈利特脸上还挂着微笑，情绪也有些激动，伍德雷斯小姐希望她能尽快平静下来。

"没想到，会这么巧，我们竟然会遇到了他！多奇妙啊！他说，他原来打算绕朗道斯宅子走，只是偶尔改变了计划 我想他也没想到我们也会走这条路的，他以为我们大多数日子走的都是通往朗道斯宅子的那条路。他还没有找到《浪漫森林曲》。伍德雷斯小姐，他跟你想象的一样吗？你觉得他怎么样？你认为他很平凡吗？"

"他无疑是平凡和无奇的，这也不算什么。我没有期待更多，但是我没想到他竟然这么粗鲁和笨拙，一点风度也没有。坦白地说，我原以为他多少还文雅一点儿。"

"真的是这样，"哈利特小声说着，"他的确不像真正的绅士那么文雅。"

"哈利特，自从你与我们交往以来，你已经见过几位真正的绅士了，你自己一定为马丁先生与他们之间的巨大差距感到震撼了吧，你曾经在哈特菲尔德宅子见到过那些堪称典范的例子。他们是些受过良好教育、有着良好教养的人。见过他们后，假如再次跟马丁先生交往时还没看出他是个下等粗俗的人，我一定会感到很吃惊，你准会感到奇怪为什么以前没有看出他这么讨厌，难道你现在还没有这种感觉吗？难道你一点都没有受到震撼——那么笨拙粗鲁的嗓音，丝毫也不加节制，我站在这儿都能听得到。"

"当然，他跟奈特利先生的确不同。他没有那种优雅的风度，也没有奈特利先生走路时的仪态。两个人的差距我看得很清楚，不过奈特利先生是个多么高雅的人啊！"

"奈特利先生的风度极其优雅,拿马丁先生和他相比的确也是不公平的,或许你在一百个人中也找不到一个像奈特利先生这样标准的绅士。但他并不是你最近见到的唯一的绅士,你认为维森顿先生和艾尔顿先生怎么样?拿马丁先生与他们其中的任意一个相比,比较他们文明的举止、高尚的谈吐还有那平静的态度等等,他们的差距和不同你一定能看出来的。"

"啊,是的!差别太大了。但是维森顿先生几乎已经是个老年人,都差不多四五十岁了。"

"所以啊,马丁先生的风度显得更没有价值。哈利特,人的年纪越大,讲究礼貌就越发重要,如果声音洪亮,粗野和笨拙就越发刺眼,越发让人讨厌。年轻时可以忽略的事情,到了老年的时候,却很容易让人发现。马丁先生现在已经又笨拙又唐突了,你还能想象他到了维森顿先生这个年龄后的样子吗?"

"真的没法说,真的!"哈利特一本正经地说。

"不过,这很容易能猜出来。他将来会变成个感觉迟钝、粗俗不堪的农夫——完全不顾自己的颜面,只会斤斤计较。"

"他如果真是这样,那可太糟了。"

"生计已经占用了他的精力,结果他都忘记寻找你推荐的书了,这不已经很明显了吗?他满脑子里都是市场行情,根本不会去考虑其他的东西——对于这样一个整天忙着发家致富的人,这倒是很正常的。可是他要书籍有什么用处?我从来没怀疑他将来会变得非常富裕,但他的无知和粗俗用不着我们去关心。"

"我也不知道他是不是记得那本书。"哈利特沉闷地答了一句。爱玛认为这个话题可以结束了,两人沉默了许久后,她又开口说:"从某种意义上讲,艾尔顿先生的风度或许胜过了奈特利先生和维森顿先生,但是他们更加优雅。把他们当作榜样或许更加合适。维森顿先生性情直爽,思维敏捷,心里不藏事,因而大家都喜欢他,认为他很幽默——但是一味模仿他就不合适了。奈特利先生那种独特的直率、果断、居高临下的风度也是不能模仿的——尽管对他来说非常合适,这是因为他的体态、容貌和生活地位允许这么做。但是,如果每一个年轻人都去模仿他的风度,那确实是不可思议的。恰恰相反,按我的想法,一个年轻人如果以艾尔顿先生为榜样,那还是比较适宜的。艾尔顿先生脾气随和,天性乐观,态度谦和,举止文雅。在我看来,他最近已经变得极其文雅了。哈利特,我不知道他是否在刻意奉承我们两人中的一位。他的温文儒雅也比以前更加明显了,这让我感到十分惊奇。如果他真的有神秘想法的话,那准是想取悦于你,我以前没告诉你他是怎么评价你的吗?"

接着她不断说出艾尔顿先生对哈利特的热情赞美的话,听着这些话,哈利特脸色涨红,泛出了微笑,说她一直就认为艾尔顿先生是很讨人喜欢的。

爱玛让哈利特关注艾尔顿先生,目的就是将那个年轻农夫从哈利特的脑子里驱除出去。她觉得艾尔顿先生和她才是极为般配的一对,只是太理所当然和容易撮合了,如果这样的话,她的做媒计划也称不上什么功劳。她害怕别人也会预料到这些事情。但是,任何人都不可能比她更早去着手,因为早在哈利特第一次拜访哈特菲尔德宅子时,她脑子里就已经萌生了这个念头。这事情她越想越觉得是个好主意。艾尔顿先生是最合适的人选,他基本上是一位绅士,跟下层社会也没有什么关系;并且,也没有哪个家庭因为哈利特的身份不清楚而拒绝她。他有一个舒适的家可供她生活,爱玛想他有一笔足够大的收入。海伯利的教区牧师收入虽然不高,但是人们都知道,他自己还有一笔足够他花销的财产。而且,她对他的评价很高,认为他是个性格温顺,本性善良,值得尊敬的年轻人,而且知识还十分渊博。

令她感到欣慰的是,他也认为哈利特是个漂亮姑娘;她相信两人随着在哈特菲尔德宅子的频繁见面,这就为他们以后的发展提供了足够坚定的基础。至于哈利特这一方面,他的感情会对她产生相当有分量的影响,这一点也没有什么值得怀疑的。而且他真的是个很让人喜欢的年轻人,除了喜欢挑剔的女人外,任何女子都会喜欢上他。当然只有她是个特例,她认为他并不具备完美的优雅的外表特征。然而,一个只是罗伯特·马丁骑马在乡下买核桃送礼便能使他感动的一位姑娘,肯定非常容易就能被艾尔顿先生征服。

第五章

"维森顿太太,我不知道你对爱玛和哈利特之间的亲密关系有怎样的看法,"奈特利先生说,"但我觉得这不是一件好事。"

"坏事!你真觉得这是件坏事吗?为什么?"

"我认为她们不会对彼此有什么裨益。"

"你太让我惊讶了!爱玛肯定是对哈利特有好处的。爱玛给她提出一个新目标,也许是对哈利特有益处。看到她们那么亲密,我感到非常高兴。我们的感觉差距真大啊!你觉得她们不会为对方做任何有益处的事!奈特利先生,看来在这个问题上我们以后少不了因为爱玛而争执。"

"也许你会认为我知道维森顿不在家,是故意来和你争吵的,你还会孤军奋战。"

"如果维森顿先生在家,他绝对会支持我,因为在这个问题上他和我的意见完全一致。我们昨天才谈论过这个问题,都觉得在海伯利能有这么个姑娘跟爱玛做伴,对她来说真是太幸运了,奈特利先生,我不容许你在这个问题上充当所谓的裁判官。你已经太习惯于一个人的生活,对于朋友的价值几乎一无所知。也许,没有哪个男人能够体会一位习惯于终身与同性伴侣交往的女子所得到的惬意。我可以想象出你为什么讨厌哈利特·史密森,是由于她没有爱玛的朋友所应有的高贵地位。但是,从另一方面来说,正是由于爱玛希望她变得知识更丰富,她就有了阅读更多书的动力。她们会一起读书的。我知道,这本来就是爱玛的打算。"

"爱玛从12岁以来就希望可以多读点书。我看到过她在不同时期制订的阅读计划单,那是她计划通读的书单——是些特别好的书单——书选得不但合理,而且安排有序——有些是按照字母顺序排列的,有些是按照别的排列的。她14岁时制订的读书计划——我记得当时我还评价过,我不但对它评价很高,而且这评价过了很长时间我还记得。我敢说,她现在可能制订了不错的书单,但我不敢奢望爱玛能够再认真稳定地读书了。她再也不会做那些需要勤奋和耐心才能完成的事情,也不会再让想象服从于理解。我可以担保,如果泰尔勒小姐以前没有能把她激励起来,那哈利特·史密森更是起不了任何作用。你再也不能劝去她阅读了,即使你希望她能够把那些书籍读掉一半。你也知道这不可能成功。"

"说实话,"维森顿太太微笑着回答道,"当时我就是这么想的。但是,自从我们分别以后,我不记得爱玛忘记做我希望她做的任何事情。"

"现在几乎没有回忆那种事情的欲望了,"奈特利先生用他那极富感情的语调说完,稍加沉默。"但我这个人,"他马上补充说,"尽管感觉里没有那么迷人的东西,但却不能不继续看,倾听,还要回忆。因为爱玛是家里最聪明的孩子,所以她被宠坏了。她年仅10岁时,就不幸能回答出她16岁姐姐也回答不了的问题。她老是那么敏捷自信。伊莎贝拉却总是迟钝而又缺乏自信。爱玛从12岁开始便是家里的女主人。她失去了唯一能够管束她的母亲,但由于她继承了母亲的天赋,当年一定是只服从于她母亲的。"

"奈特利先生,幸亏我不需要你的推荐,否则我准会倒霉。假如我辞去伍德雷斯先生家的职位,去找另一份工作,我敢肯定你不会替我说一句好话。我敢肯定,你一直都认为我以前做的那份工作不称职。"

"不错,"他微笑着说,"你在这里更适合,非常适合做一名妻子,但是一点儿也不适合做个家庭女教师,你在哈特菲尔德宅子时,一直在为将来能做个贤惠的妻子做准备。以你的能力判断,你本可以给爱玛提供一个更加完满的教育;你倒是从她那里受到了教育,比如在婚姻中绝对服从。假如维森顿让我向他推荐一名妻子,我肯定会推荐泰尔勒小姐。"

"谢谢你。想要在维森顿先生这种和蔼亲切的男人面前做个好妻子并不需要很多优点。"

"怎么啦,要承认事实嘛,我看你有些任性,尽管你能忍受各种坏脾气,结果并没有遇到值得你忍受的脾气。不过,我们不会失望的。维森顿会因为过分舒适而导致脾气变怪。或者他的儿子搞恶作剧会使他变得愤怒。"

"我希望不会发生那种事——那是不可能的。奈特利先生,别从那个角度去预测糟糕的事情。"

"我这可不是预测,只不过指出一些可能性罢了。我可不想在天才的爱玛门前卖弄什么预测和猜想的伎俩,我真心希望那个小伙子能把维森顿一身的优点和丘吉尔的财富结合起来。不过,说到哈利特·史密森,我还没说完呢。我认为她是爱玛最糟糕的伙伴。她自己什么也不懂,而她依赖的爱玛却什么都懂。她会从各方面都吹捧爱玛;最糟的是她那么做也并非是故意的。她每时每刻的吹捧便是一种无知的表现。以哈利特的这样的表现,我们怎么认为爱玛能从她那儿学到东西呢?至于哈利特那一方面,我敢大胆地说,她也无法从这种关系中得到什么好处。哈特菲尔德宅子只能让她学会蔑视自己所应当归属的地方。虽然她会变得越来越高雅,但如果回到她出生和居住的环境中她就会感到不舒服。如果爱玛的教诲能让人陶冶心性的话,那就算我搞错了。那些活动也不过是做点表面文章而已。"

"如果我不是比你更加相信爱玛的理智,就不会更加担忧她现在生活的舒适环境。我不会反对她们的关系。昨晚她看上去多美丽啊。"

"啊！你爱谈论的是她的外表而不是内心,对吗？不错,我承认,爱玛确实长得好看。"

"好看！应该说漂亮才对。你能想象到还有什么人会像爱玛这样,同时拥有完美的容貌和身材吗?"

"我不知道我能想象出什么,不过我承认,我之前从来没有见到过任何人的容貌和身材比她更惹人喜爱。可是我已经算是个她的老朋友了。"

"多么美的眼睛——纯粹的褐色——明亮！五官端正,肤色白皙！啊！脸色健康红润得像盛开的花朵,身高和各部分搭配都如此匀称,个子高挑。她的健康不仅体现在红润的面容上,还体现在她头发的光泽,她的发型,她的眼睛。当人们说,某个孩子像'画里的健康孩子',在我的脑海里,爱玛就是一幅典型的成年健康姑娘图画。她绝对是可爱的化身。奈特利先生,难道我说的有什么不对吗?"

"她的外表的确是完美无缺的。"他回答说,"我对她的印象正如你描绘的一样。我喜欢看她。另外,我还想再对她额外夸奖一句,她并不爱慕虚荣、贪图浮华。尽管她非常好看,她似乎对此并没有十分在意。她的自负表现在别的方面了。维森顿太太,我不喜欢她与哈利特·史密森的那种亲密关系,我觉得这种关系对她们两人都有害,对此我是深信不疑的。"

"可我同样坚信他们的这种关系对她们不会有任何害处,奈特利先生。尽管亲爱的爱玛有各种小毛病,但她仍然不失为一个杰出的姑娘。我们到哪儿才能找一个比她更好的女儿,更善良的姐妹,更真诚的朋友呢？根本找不到。她为人十分善良真诚,绝对不会将任何人引入歧途。而且她不会固守己见,爱玛可能会出一次错,可是她也有一百次是正确的。"

"那好吧,我不再惹你不开心了。就让爱玛做美丽天使吧,直到圣诞节将约翰和伊莎贝拉送回来之前,我会一直把我的担忧藏在心底。约翰喜欢爱玛是比较理智的,不是盲目的溺爱,伊莎贝拉与丈夫的想法向来一致,唯一的例外是他不太关注孩子的健康。我想他们的想法是和我一致的。"

"我知道,你们都实在太喜爱她了,绝不会对她有什么伤害,可是,奈特利先生,请你原谅我,我觉得我可以代替爱玛的母亲说几句话,我们谈论哈利特·史密森与她的亲密关系没有什么好处。但是,就算在这种亲密关系中她们会遇到某种小小的麻烦,但只要这关系能给爱玛带来乐趣,她就不应该终止这关系;假如爱玛向父亲诉说,因为父亲管理孩子是天经地义的事情,而父亲又完全赞成她们交往。多年来,我的职责就是向人提供忠告,所以,奈特利先生,容许我冒昧地说一句,希望你不会感到吃惊。"

"一点也不吃惊,"他喊道,"我甚为感激。这是非常好的忠告,并且这个忠告比你以前给过的忠告会有更好的效果,因为这次我听你的。"

"约翰·奈特利太太很容易大惊小怪,也许会为她妹妹的事情发愁的。"

"放心吧,"他说,"我不会嚷嚷的。我会把不愉快藏在心里。我对爱玛是真心诚意的。伊莎贝拉和我的关系并不像和妹妹那么亲密,她从来没有引起我多大的兴趣。但是，爱玛让人牵肠挂肚，我真想知道她最后会怎么样！"

"我也想知道，"维森顿太太温和地说，"特别想知道。"

"她老是声称自己永不结婚，当然，这也没有什么意义。不过我倒是真的没见过她喜欢什么男人。倘若她真能深深地爱上一个合适的对象，那倒也不见得是一件坏事。我很希望看到爱玛爱上某个人，也希望看到她不清楚对方是否爱他，那对她有好处。但周围没有什么人值得她迷恋，再说她一般也不离开家。"

"现在看来，好像很难使她改变决心，"维森顿太太说，"既然她在哈特菲尔德宅子里过得那么愉快，我也不能真的期盼她跟什么人坠入爱河，否则可怜的伍德雷斯先生就苦啦。我现在不会劝说爱玛去结婚，不过我向你保证，我绝对赞成她结婚。"

她在谈这个问题时有一种意图：尽量掩饰一个对她们夫妇俩有益的想法。关于爱玛的终身大事，朗道斯宅子的主人有几种希望，但是他们并不喜欢别人察觉这些希望。奈特利先生悄然地转移了话题："维森顿认为今天会下雨吗？"她坚信关于哈特菲尔德宅子，他再也没有想说的了，也没有什么可猜疑的。

第六章

爱玛毫不怀疑，她已经将哈利特的幻想引上了一个正确的方向，并且将她的感激之情和年轻的虚荣心指向一个很好的目标。自从感觉到艾尔顿先生是个英俊的男人，并且高雅吸引人，她就发现哈利特变得十分通情达理了。由于他明确表达崇拜哈利特并没有表现出迟疑，她不久便根据一些令人愉悦的暗示，确定哈利特已经对艾尔顿先生产生了好感。她还极为有把握地认为，艾尔顿先生即使现在还没有萌生爱意，但在不久也会坠入爱河。对于他，她毫不怀疑。他谈论哈利特，用那些热情洋溢的语言去赞美她，所以觉得再过一段时间就可以水到渠成了。自从哈利特来到哈特菲尔德宅子以后，举止风度有了明显的长进，他对她的变化看在眼里就是一个令人高兴的证明——他愈加关注她了。

"你将史密森小姐需要的一切都给了她，"他说，"你使她变得高尚娴雅。虽然她来到这里时本来就是一个美丽的姑娘，不过，在我看来，她因你而增加的婀娜多姿远远超过了她原本具有的自然美。"

"我很高兴你认为我对她有什么帮助，但是哈利特原来欠缺的不过是一点儿诱导、暗示而已。她本身具有全部的自然美，甜美优雅，天性可爱，朴实可嘉，我也没有做什么。"

"如果可以表达与一位女士不同的意见……"艾尔顿先生殷切地说。

"或许我使她的性格中变得更加果敢了点，还教她考虑一些以前不曾想过的问题。"

"的确如此，那正是让我大为惊讶的事情。她现在果断多了！你真厉害！"

"我感到极大的乐趣。我以前可从来没有遇见过这么可爱的人呢。"

"我对此毫不怀疑。"这话带着一种兴奋的叹息，就像恋人一样。又有一天，她感觉到同样欣喜的是，她突然产生了一个念头：要为哈利特画一幅像。

"你之前让人画过像吗,哈利特"她问道,"你一动不动坐着让人画过像吗?"

哈利特当时正要离开房间,停下脚步,带着淳朴的天真和浓厚的兴趣说:

"哦!天哪,从来没有。"

她刚离开,爱玛就感叹起来:"要是拥有她的一幅好画像该是多么美妙啊!无论多么昂贵我都想要。我想亲自为她画像。我敢说你并不知道,其实两三年前我非常热衷于画像,也试着为我的好几位朋友画过像,大家觉得还说得过去。不过,后来由于种种原因我不愿意再画了,放弃了。但是,如果哈利特愿意坐在我面前,我还是可以试一下的。有她的一幅画像应该是多么让人高兴啊!"

"我支持你,"艾尔顿先生喊道,"那的确让人很兴奋!伍德雷斯小姐,我支持你为朋友施展自己迷人的天赋。我了解你的绘画水平。你怎么以为我不知道呢?这间屋子里不是到处挂着你画的风景和花卉吗,难道维森顿太太的朗道斯宅子客厅里那几幅无法复制的素描不是你画的吗?"

爱玛想,但这些与人像画有什么关系呢?你对画像真是一无所知。不要在我面前表现出对画十分痴迷的样子。将你的痴迷留在哈利特面前使用吧。

"艾尔顿先生,既然你对我如此热切鼓励,我就决心尽我所能尝试一番。哈利特的容貌清秀,为她画像实在困难。不过她的眼睛的形状和嘴巴周围的线条有些特别,这可是画的重点呢。"

"的确如此——眼睛的形状和嘴巴周围的线条——我坚信,你一定能画成功的。请你,请你尝试一下吧。既然是由你来画,那么借用你的话来说:拥有她的一幅好画像是多么令人高兴的一件事啊!"

"可是,艾尔顿先生,我担心哈利特不喜欢让我画。她很少考虑自己的美貌。你没有注意到她回答我时的态度吗 那意思完全是在说:'为什么要画我的像?'"

"可不是嘛,我也注意到了,我也没有无视这一点。虽然这对我并没有什么损害。可是,我还是不能想象说服不了她。"

哈利特很快就回来了,大家马上向她提出建议。在两人恳切的催促下,她毫不迟疑地答应下来。爱玛想要立即动笔,于是便马上取来画夹,里面装着她为各种人物所做的画像,但是这些画像却没有一幅是完成的。他们讨论着为哈利特画得像的大小。她也将许多作画方式展示给大家。那些微型画、半身像、全身画、铅笔画、蜡笔画、水彩画的方式她都轮番尝试了一番。她总是什么都想做,还总是出力少收获大。她也会弹琴,会唱歌,对每一种绘画风格几乎都尝试过;唯一缺乏的就是恒心。她几乎没有费什么力气就达到了优秀水平,她原本应该很乐意驾驭这些技巧才对,可总是半途而废。她对于自己在艺术和音乐方面的才能很有自知之明,不过,如果其他人受到蒙蔽,觉得她的成就高于实际情况,她也并不会感到有什么不安。

每幅画都有优点——越是没有完成的或许优点就越多。她的风格是精神饱满,生机勃勃。如果本来并没有什么优点,或者本来优点的数目只有现在的一半,两位伙伴的喜悦和崇敬之情也不会有什么不同。她们两人好像都兴奋得忘乎所以了。任何人都会对画像产生兴趣,而且又认为伍德雷斯小姐作的画绝对是一流的。

"我也没有多少人可以画的，"爱玛说，"我能画的只是我的家人。"这一幅是我父亲。不过，他因为画像而坐在这里时，觉得很紧张，所以我只能偷偷画，看起来这两幅都不像他。你们看，这幅是维森顿太太，这也是，这幅也是。亲爱的维森顿太太！无论在什么时候她都是我最好的朋友。我要她坐在哪儿，什么时候画都行。这是我姐姐，挺像她那优雅的身段！不过面孔也不无相像。倘若她能多坐一会儿，那我就可以画得更好，可她心里着急要我画她那四个孩子，总是静不下来。下面是我努力给四个中的三个孩子画的像——都在这儿，画布上依次是亨利、约翰和贝拉，他们中的每一个都野得好像能要了其他几个孩子的命。她那么希望我把他们画下来，我简直无法拒绝，可是你们也都知道，让三四岁的孩子站着一动不动这是不可能的。要想为他们画像真是太难了，除了模样和肤色，其他都很不容易，除非他们五官长得比别的孩子都粗俗。还有这幅是我为第四个孩子画的像，是个婴儿。他在沙发上睡着的时候我画的。你们看，他帽子上的花结我画得像极了，他脸朝下趴着，睡得很香甜。那幅画非常像。真为小乔治感到骄傲。这个沙发的一角很不错。接下来这是个小幅素描，是一位绅士的全身像——是我最后一幅画，也是最好的——我姐夫约翰·奈特利先生。本来这幅画用不了几笔就完成了，可当时我有些生气，就把它搁在一边，发誓说再也不画像了。我无法不生气，因为我付出那么多辛劳，而且画得相当好——维森顿太太跟我的意见特别一致，觉得这些画非常像真人——只是美化了一点儿——比真人稍微好看些——可这是褒扬呢——结果呢，可怜的宝贝伊莎贝拉冷冷赞扬道：'是有点像——不过说实在的，这对他可不够公平。'可我们当时是费了很大力气才把他劝坐下来的。我本来是出于极大的好心画的。总之，我再也忍受不了，所以就根本没有画完，就算画完也得不到人家喜爱，省得对每天上午来自不伦瑞克广场的人赔礼道歉。就像我刚才说过的，从那时起，我就发誓再也不为任何人画像，但为了哈利特，或者不如说是为了我自己，因为在这其中没有夫妻之类的关系问题，我破一次例。"

艾尔顿先生听了这话，看上去颇为感动，十分高兴，嘴里一再重复道："正如你说的，确实没有掺杂夫妻之类的关系。"爱玛觉得眼前的情景十分微妙，不由开始考虑是不是该马上离开，将他们两人单独留在屋里。可是，由于她要作画，所以只能让他们之间的表白①稍稍搁置一段时间了。

她很快就决定了画幅的尺寸和类型。跟奈特利先生的那幅一样，应该是全身水彩画像。假如她满意的话，最终它将挂在壁炉架上占有极为显眼的位置。

哈利特开始坐下充当绘画模特儿。她脸上带着微笑，脸颊露出红晕，唯恐不能保持她最美丽的姿势和表情，在艺术家目不转睛地注视下，展现出年轻姑娘非常甜美的面貌。可是这些全都没有用处，艾尔顿先生焦躁不安地站在她身后，每画一笔他都盯着看。她本想恳请他选择一个既能盯着看，又不至于影响她作画的位置；可实际上却不得不放弃这种想法，正说要他回避。可她突发奇想：要他朗读。

"如果你愿意为我们朗读就太好了，我就不会那么紧张，这也可以让史密森小

_____

① 此处表白暗指爱玛想象中艾尔顿先生会向哈利特求婚一事。

姐的感觉不那么烦躁。"

艾尔顿先生十分乐意。就这样,哈利特倾听,爱玛平静地作画。她不得不准许他频繁回过头来观望。如果连这个要求都不能允许的话,那对于一个恋人来说未免太过于苛刻了。即使是在画笔最短暂的停顿中他都准备跳过来看看绘画的进展情况,并且为此着迷。这样的鼓励也不是令人厌烦的,因为他的激动的心情使得所画像之处还没有画上就已经几乎被辨认出来。爱玛虽然不喜欢他的鉴赏能力,但是无可指责他的爱和他的痴情。

模特儿也相当令人满意。爱玛对第一天的素描十分满意,便希望这幅画能够完成下去。画上不乏相像之处,姿态也特别迷人,她打算稍微修改一下身段的线条,以便让她显得略微高些,更加优雅。她确信,这幅画最终不管从哪一个角度看都是一幅漂亮完美的画像,她有信心将它摆上预想的那个重要的位置,因为这其中包含她们两人的优点:不但纪念了其中一位的美貌,而且还展示了另一位的才华,同时那还是两人友谊的存照。

因为哈利特第二天还要继续充当模特儿。艾尔顿先生则也很高兴继续得到允许在场为她们朗读。

"当然啦。你能来参加,我们将非常高兴。"

翌日,在绘画过程中伴随着同样的开心礼貌和殷勤周到,同样的成功和满意,画像完成得既快又好。谁见了这幅画都很喜欢,艾尔顿先生更是欣喜不止,对任何批评意见都要驳斥一番。

"伍德雷斯小姐为她的朋友补充了她美中不足的一点,"维森顿太太评论道——她一点也没有感觉到自己是在对一位坠入情网的人讲话——"眼睛画得再好不过了,可是史密森小姐本来没有那种眉毛和眼睫毛,那正是她容貌中的缺陷。"

"你真的这么认为吗?"他问道。"我不能同意你的看法。我觉得在任何方面都极为相像。我一辈子从来没见过这么相像的画像。你要知道,我们应该允许色调所造成的效果。"

"你把她画得过高了,爱玛。"奈特利先生说。

爱玛知道的确如此,但她却不愿承认。艾尔顿先生便热切地补充道:"啊,不!当然不算过高,一点儿也不算高。考虑到她采取的是坐姿,自然看上去不同,这样正好,必须保持这个比例,对吧?按近大远小的比例原则。啊,一点儿也不高!它给人的高度印象正好和史密森小姐一样。确实是这样!"

"极为好看,"伍德雷斯先生说,"画得好!像以前的画一样好,亲爱的。我从没见过比你画得更好的人。可我唯一不喜欢的是,她看上去像是坐在室外,肩上的披风太小了吧——这真让人担心她要着凉。"

"亲爱的爸爸,我想让人把这看作夏天,是夏天温暖的日子。你仔细看看那些树。"

"可是,亲爱的,坐在室外总归觉得不安全。"

"你怎么说都行,先生,"艾尔顿先生大声说着,"但我必须说,我觉得将史密森小姐安顿在室外是一种最令人满意的想法。再说,树画得真是栩栩如生!换到任何其他位置都没有那么逼真。整体来说——史密森小姐纯真的态度——啊,简直是棒极啦!我简直不愿移开目光。我从来没有见过这么好的画像。"

接着要给这幅画加个框,这可有点儿困难。这事应当立刻着手办,而且必须在伦敦做。但这个订单必须交给某个有文化的人,而且这个人的品位必须值得信赖。平常这样的事都由伊莎贝拉去做,但这次绝对不 能求她去办,因为现在已经是12月了,伍德雷斯先生绝对不可能允许她在12月的大雾中出门。艾尔顿先生一听说这件事,难题便迎刃而解。他向来十分机智,随时准备献上殷勤。"如果信赖我去执行这项使命,我会感到无上的荣幸!我随时愿意去伦敦,我执行这项任务的满意度简直无法用语言形容。"

"他真是太好了!"她真是于心不忍!说什么也不能让他去做这麻烦事。可他一再地表示渴望,又是恳求,又是保证,过了几分钟,便敲定了这件事。

艾尔顿先生要带着这幅画去伦敦,选好画框,叫人送回来。爱玛觉得她可以将画包装起来,这样既能保证画的安全,又不使他觉得太麻烦,但他却是生怕没有麻烦似的。

"这是一件多么珍贵的宝贝啊!"他接过画的时候轻轻地叹了口气说。

"这个人殷勤过分,可不像是个心中装着爱的恋人,"爱玛想道,"我觉得该是这样,不过,我想,恋爱准是有一百种不同的表达方式。他是个了不起的年轻男人,和哈利特非常匹配。就像他自己的口头禅那样:'确实如此'。"爱玛叹了口气,也感到苦恼。"他的奉承太多了,如果我是他奉承的首要对象,一定会受不了。虽然我处于次要地位,但受到的奉承也太多了。好在他感激我是因为哈利特的缘故。"

第七章

自从艾尔顿先生去了伦敦,爱玛当天就发现了有一个向朋友提供帮助的机会。哈利特像平常一样,早饭之后就一直在哈特菲尔德宅子里,待了不久就回家一趟,然后回来用午餐,大家刚刚开始谈论她,她便回来了。只见她神情紧张,情绪激动,声称发生了一件异乎寻常的事,急于讲出来。事情半分钟便讲完了。原来是她刚回到哥达德太太那里,就听说马丁先生一小时前去过,发现她不在,就留下一个小包裹走了,那是他一个妹妹送的。她打开包裹,发现里面除了她借给伊丽莎白供她抄写的两首歌页之外,还有一封给她的信。这封信是马丁先生写的,内容很明确,要向她求婚。"谁会想到这种事呢!这让我太吃惊了,简直让我手足无措。那封信写得很得体,至少我是这样认为的。信上的口吻好像他真的很爱我!所以,我就赶紧跑回来了,向伍德雷斯小姐请教我该怎么办。"爱玛看到她的朋友看上去这么兴奋,还这么拿不定主意,真感到有点羞耻。

"我敢说,"她喊道,"这个年轻人决不会因为羞于请求而失去这个良机。他要尽可能地攀上这门亲事。"

"你愿意读读这封信吗?"哈利特喊道,"希望你还是读一读,请你读读吧。"

爱玛受到催促并不觉得有什么难为情,她读了那封信却感到惊讶。信的文体大大超出了她的想象,不但没有语法错误,而且结构高雅得不亚于一位绅士,语言虽然朴实无华,但却热烈真挚,传达的感情恰如作者其人。信虽然简短,可是表达出真诚美好和那热情的爱恋,充分而且甚至颇为雅致地表达出了他内在的情感。她不禁停了片刻,哈利特站在一旁,急切地等待要听她的观点,嘴里一再说:"唉,唉,"最后不得已才问道:"是不是一封好信? 是不是有点短?"

"不错,确实写得不错,"爱玛缓缓回答道,"哈利特,这封信写得很好,我找不到任何一方面的错误,所以我觉得这准是得到他的一位妹妹的帮助。我可想象不出那天跟你交谈的那个年轻人怎么能将自己的意思表达得这么贴切,然而,这又不是一个女子的风格。当然不是,篇幅很简短,口气也是那么强烈,不是女子那种缠绵的口吻,他无疑是个聪明的男人。我猜想,他可能还非常果断,还有着一定的思维天赋,手中一抓笔,文如泉涌。有些男人就是这样。是啊,我可以理解这种思维能力。生机勃勃,坚定果断,在一定程度上还带点感情,也并不粗鄙。哈利特,这封信比我想象的要好。"说完将信递给了她。

"可是,"哈利特依旧在徘徊着,"可……可……可我该怎么办呢?"

"你该怎么办! 是关于哪方面的? 你是说关于这封信?"

"是。"

"这你还有什么好疑惑的? 你必须写回信,而且一定要快。"

"好的。可我该写什么呢? 亲爱的伍德雷斯小姐,请你给我出点主意吧。"

"啊,不,不! 信最好还是你自己来写。我敢保证,你会非常恰当地表达自己的意思。不要词不达意,这是第一位的。你必须毫不含糊地表达出来你的意思,既不能有丝毫的疑虑,也不能以高雅端庄的姿态去回避。我确信,那种所需要的客套话诸如感激之类的词汇,例如为自己给他带去的痛苦表示关切之类词语,会自然涌上你的心头。不提醒你也知道,写的时候不能因为顾及到他的失望而感到有什么悲伤。"

"那么,你觉得我应该拒绝他了?"哈利特垂下了头。

"应该拒绝他! 我亲爱的哈利特,你这是什么意思? 难道对这你还有什么可怀疑的吗? 不过我请你原谅,或许我出了个错。如果你对自己怎样回答都不能确定,那我一定误解了你的意思。我之前还以为你是向我请教如何措辞呢。"

哈利特不吱声了。态度有些保留,爱玛继续说道:

"我想,你是想要答应他吧。"

"不,不是这样的。我可没有这个意思——你对我有什么忠告吗? 亲爱的伍德雷斯小姐,求求你,告诉我究竟该怎么办。"

"我什么忠告也不能给你,哈利特。我不会牵涉进这件事的。这件事必须你自己按照自己的感情去处理。"

"没想到他这么喜欢我。"哈利特认真品味着那封信说。爱玛默默忍耐了一会儿。不过,仔细一想,她开始认识到那封信中的甜言蜜语恐怕具有太强的迷惑能力啦,她觉得自己应该和她好好谈一谈。

"哈利特,我们不妨立个一般性的原则,那就是说,假如一个女人对是不是该接受一个男人还有疑惑,那么她当然应该拒绝他。如果她说'是'的时候犹豫不决、徘徊不定,那就应该直接说'不'。心怀疑虑半信半疑的那种态度是危险的。作为一个比你年长的朋友,我想我有义务对你说这番话。但是别认为我想影响你。"

"啊! 不,我知道你完全是为我好——不过,如果你能给我点忠告,告诉我该怎么办那就更好了——不,不,我不是这个意思——正像你所说的,主意必须坚定,不能迟疑——这个可是件非常严肃的事情。也许说'不'是比较保险的。你是不是觉得我最好说'不'?"

"我绝对不会提这种忠告,"爱玛优雅地笑了笑,说,"不管选择哪条路,对于自己的幸福,你自己无疑是最好的裁判。如果你喜欢马丁先生胜过其他人,如果你认为他是跟你做伴的人里最让你幸福的,那你还在迟疑什么? 哈利特,你脸红了。听我这样说,现在是不是有其他人浮现在你的脑海里? 不要被感激和冲动冲昏了头脑。此刻你想到了谁?"

已经有了可喜的征兆——哈利特没有作声,一脸迷茫地转过头去,站在炉边沉思。虽然那封信还是在她手里,但是她只是心不在焉地将它掂来递去。爱玛耐心地等待着结果,心里怀着强烈的希望,最后,哈利特迟疑地说:

"伍德雷斯小姐,既然你不想将你的观点强加于我,我必须尽自己的努力。现在我已经做出了决定,我想我已经决定要拒绝马丁先生了。你认为我做得对吗?"

"完全正确,绝对正确,我亲爱的哈利特。你做出了应该有的选择。你心存疑虑的时候我没有表达自己的感情,可你既然已经做出决定了,我就可以完全地支持你。亲爱的哈利特,我真为你感到高兴。如果失去你这样的一位朋友,我会特别伤心的,假如你跟马丁先生结婚,我想那一定会是那样的结局。当你还有哪怕一丝的迟疑,我也什么都不能说,因为我不想影响你,哪怕这意味着我会失去我的一位朋友。我可不想去拜访阿比水磨农场的罗伯特·马丁太太。现在这样了,就可以保证我们永远在一起了。"

哈利特完全没有想到问题这么严重,但是听爱玛这么一说,这让她大为震惊。

"你不可能去拜访!"她喊道,"不,当然你不会来的。可我从来没想到这一点。那太可怕了! 真险哪! 亲爱的伍德雷斯小姐,我宁可失去一切,也不愿失去我们的友谊和我们在一起的快乐以及带给我的荣幸。"

"确实,哈利特,要是失去你,我真的会极度的痛苦。但是那样必定会失去你。你就把你自己从这个社交圈子排斥出去。那样的话我只有放弃你了。"

"我的天哪! 我怎么能承受得了这个! 如果我再也不能到哈特菲尔德宅子来,那不就等于要我的命啦!"

"亲爱的,你看我们的感情多么深厚! 是你自己排除了阿比水磨农场! 你永远抛弃了无知和粗鄙的生活圈子! 真不知道那个年轻人哪儿来的自信向你提出那种要求,他也未免自视甚高了吧。"

"总的来说,我倒不认为他自负。"哈利特说。听到爱玛的话,她的良心对这种斥责也过不去,"至少他是个天性善良的人,我会一直感激他、尊敬他……你知道,虽然他可能喜欢我,并非说我就应当……当然,我必须承认,自我到这儿拜访以来,我认识了一些人……如果与他们相比，无论是外表还是举止，他都无法与之相较。这里的人如此漂亮，如此让人快乐。不过，我真的认为马丁先生是个非常和蔼亲切的人，我对他的评价特别高。他那么依恋我……他还写了这么好一封信……不过，至于说要离开你，这是我无论如何也不愿意的。"

"谢谢你，我最亲爱、最甜蜜的小朋友，我们不会分离。一个女人不能仅仅因为一个男人向她求婚就以身相许，也不能因为他单方面的依恋，或者写过一封信就嫁给他。"

"啊！不能——再说充其量不过是一封短信。"

爱玛感到她这个朋友有些粗俗，但并没有去计较，只是说："对极了。他那种小丑一样的举止或许时时刻刻都会惹你生气，就算他会写一封好信，对你来说也只不过是一种小小的慰藉。"

"啊！是的，的确是这样。没有人会关心一封信的。问题是要作为他的伴侣和他在一起，就要一直享受幸福。我已经打定主意要拒绝他了。可我该怎么办哪？我怎么说哪？"

爱玛向她说，回信很容易的，而且建议她写回信要直截了当。哈利特还希望得到她的帮助，爱玛表示同意。尽管爱玛口头上仍然表示拒绝提供任何的帮助，但事实是在每个句子的写作上都给予了帮助。哈利特在写回信时再次看他写来的那封信，原来的决心有点动摇，所以特别需要爱玛提供几个态度坚决有分量的句子支持她。哈利特十分在意的是，如果她刺激他生气了，他母亲和妹妹会怎么想，怎么说，哈利特希望她们不会将她看作忘恩负义的人；爱玛相信，假如那个年轻人现在来到她面前，她便会马上接受他的求婚。

不过，这封信还是写了出来，封了口，发了出去。这件事终于结束了，哈利特便平安无事了。整个晚上，她的情绪都有些低落，不过爱玛可以体谅她那有点低调的遗憾。为了安慰她，她有时候谈起自己的深情厚谊，时而会谈起有关艾尔顿先生的话题。

"我再也不会被邀请去阿比水磨农场做客了。"她说这话的语气有些伤感。

"我的哈利特，即使你收到邀请，我也不忍让你去啊。我不能让你离开这儿而去阿比水磨农场，因为我太需要你了。"

"我肯定再也不想去那儿了，因为只有在哈特菲尔德宅子我才会觉得很幸福。"

少顷，谈论的话题又变了："我觉得哥达德太太要是了解发生过的这一切，一定会感到非常吃惊。我相信纳什小姐肯定也会惊讶，因为纳什小姐认为她的亲妹妹嫁了个好人家，其实她只不过是嫁了个卖亚麻布的。"

"哈利特，看到学校教师那种过度的自豪和矫揉造作，真让人感到可惜。我敢说，纳什小姐甚至会为你得到这么个结婚的机会而嫉妒。就连得到这样一个人的欢心，在她眼里都会显得有价值。如果征服个比你地位高的人，我想啊，她定会傻了眼。人们才不会理会那些海伯利的闲言碎语。这是因为只有你我从他的外貌和举止有所变化才能看出他的想法来。"

哈利特脸红着微笑着说，不知道那人怎么会这样喜欢她。谈起艾尔顿先生这当然会让她觉得很兴奋,可是,过了一阵子,当说起拒绝马丁先生的事情的时候,她的心又软了。

"现在,他应该已经收到我的信了,"她轻轻地说道,"我真想知道他们都在干什么……她的妹妹们是不是也知道了……如果他不高兴,她们肯定也不会高兴的。我希望他不会那么在意。"

"我们还是说些那些让生活快乐的朋友吧,"爱玛大声说道,"现在,艾尔顿先生或许正在让她母亲和姐妹们看你的画像,告诉她们画里这个人,本人还要更漂亮,等到她们询问了五六遍,他才让她们得知你可爱的名字。"

"我的画像!他不是把画像留在邦德大街了吗?"

"他怎么会!要是那样,就算我根本不熟悉艾尔顿先生。不会的。我亲爱的温柔的小哈利特,相信他吧,在明天上马之前,肯定不会将画像留在邦德大街。那幅画今天晚上会陪伴着他,是他的安慰和快乐。他会向他的家庭公开未来的打算,他会将你介绍给她们,这将唤起他们内心的渴望和对你期盼的感情。多么欢乐,多么高兴,多么值得猜想,他们的想象又多么忙碌不已!"

哈利特又笑了,而且笑得越来越开心。

第八章

那天晚上,哈利特就在哈特菲尔德宅子过夜了。在过去几个星期中,她的一半时间是在这儿度过的,后来就索性专门为她准备好了一间卧室。爱玛觉得,目前让她尽可能跟自己在一起,无论从哪个角度看都是最安全,最好的。她第二天早上要到哥达德太太那里去待一两个钟头,这还要跟哥达德太太说好,她要回到哈特菲尔德宅子,在这儿做几天例行的拜访小住。

她不在的时候,恰巧奈特利先生来访,与伍德雷斯先生和爱玛在一起聊了会儿,因为伍德雷斯先生之前早就要去散步,再加上女儿坚持不放弃计划,虽然将客人撇下并不符合他以前的礼貌客套,然而经不住两人的一起鼓动,最后还是离开奈特利先生去散步了。奈特利先生不拘泥客套,回答干净利索,这与主人的长久的道歉和欲行又止的礼貌形成了鲜明的对比。

"奈特利先生,请你见谅,我相信如果你认为我并不是十分冒昧无礼,那我就接受爱玛的建议,去散步一刻钟吧。由于太阳快落山了,我最多走三圈就回来。奈特利先生,我就不客套了。由于身体原因,我想我就享受这点特权吧。"

"亲爱的先生,别与我太客气了。"

"那就让我的女儿爱玛代表我,她一定很高兴招待你。因我觉得我要请你原谅,去走我那三个地段——那是我冬天的例行散步。"

"这样就再好不过了,先生。"

"我本想请你陪我,但你知道我走得很慢,我想你肯定会厌烦我这慢吞吞的速度,再说,你回唐沃尔还要走很长的路。"

"谢谢你,先生,我马上就走了。我觉得你越早出发越好,让我帮你取大衣,给你打开园子门。"

后来,伍德雷斯终于走了。可是奈特利先生并没有马上就走,而是又坐下,似乎还想多谈一阵,于是他开始说起哈利特,谈论她时所用的由衷赞扬之词,这是爱玛以前从来没有听到过的。

"我不像你那样把她看作美人,"他说,"不过她确实很好看,我觉得她的天性很特别。她的性格容易受周围人的影响,如果受到好的影响的话,她会变成个品德高尚的女人。"

"我很高兴你有这种想法,我希望,这里并不缺乏好的影响。"

"哎哟,"他说,"既然你想受到恭维,那就让我告诉你,怎么能让她提高。你治好了她原来那种女学生般的傻笑,她确实给你争了光添了彩。"

"谢谢你。倘若我感到自己一无是处,我会感到悔恨的。不过,并不是每个人会夸奖人的。你就不肯多夸奖我。"

"我记得你曾经说过,你今天上午要等她?"

"几乎时时刻刻都在等她。她原来的计划并没有离开那么久。"

"可能因为发生什么事被耽搁了吧,也许是她的一些客人到访。"

"海伯利村闲扯的谈话!真是让人讨厌!"

"哈利特不会和你一样觉得每个人都讨厌吧?"

爱玛知道这话说的是事实,无法争辩,也就什么也没说。他很快微笑着说道:

"我不敢说我了解时间或地点,但我必须告诉你,我有理由相信,你的小朋友很快就会听到某个对她有利的事情。"

"是吗?为什么?是什么事情?"

"十分严肃的类型,我向你保证。"仍然是一脸微笑。

"十分严肃!那我只能想到一件事就是谁爱上了她!什么人能够让你如此深信不疑?"

爱玛十分希望艾尔顿先生能够留下什么暗示。因为奈特利先生是大家共同的顾问和朋友,她知道艾尔顿先生会向他请教的。

"我有理由认为,"他回答道,"哈利特·史密森很快会收到求婚信,求婚者是个无可挑剔的人——罗伯特·马丁。今年夏天她去拜访阿比水磨农场时好像他被迷住了。他爱她爱得发狂,决意要娶她为妻。"

"虽然他这人特谦恭,"爱玛说,"不过,他能确定哈利特有意嫁给他吗?"

"这个嘛,他有意向她求婚,你说行吗?他前天晚上专门到阿比来向我请教这个问题呢。他知道我对他和他的家庭都特别敬重,我相信他认为我是他最好的朋友之一。他想听听我的意见,问我这么早便成家是不是鲁莽;问我是不是觉得她太年轻。总之,问我是不是支持他的这个选择,他担心的是她的社会地位高于他,尤其是因为你提高了她的地位。我对他说的话感到非常愉快。我从来没有听到过比罗伯特·马丁更真诚地表达他那美好的愿望。他说话时总是十分中肯爽快,直截了当,并且通情达理。他把一切都讲给我听了,详细地告诉我他的情况和计划,还把他结婚后的家庭安排告诉了我。他真是个杰出的年轻人,既是个好儿子,又是个好兄长。我毫不迟疑地赞成他结婚。我深信,处在他的位置上,他做得再好不过了。我也赞扬了那位美丽的姑娘。最后,高高兴兴地送他出门。如果说他先前没有重视过我的意见,那么这次他一定听从了我的建议。我敢肯定,他离开时,心里一定认为我是他有生以来最好的朋友和最善于出主意的人。这是前天晚上的事了。现在,我觉得他会找准时机与这位女士谈一谈。显然由于他昨天没有谈过,那么今天他就不可能不到哥达德太太那里去;也许她会被一位访客缠住无法脱身,心里根本不知道他等的是如何的难熬。"

"奈特利先生,请问,"爱玛在听他谈话的时候心里都感到好笑,"你怎么知道马丁先生昨天没有说过?"

"当然啦,"他回答道,心里觉得很奇怪,"我并不十分清楚。但这是可以推测出来的。她昨天难道不是整天都跟你在一起吗?"

"好啦,"她说道,"作为你对我说的这一情况的回报,我可以告诉你一些情况。他昨天说过了——确切地说是他写过了,而且被拒绝了。"

奈特利先生要求她重复这番话,最后才相信是真的。他又惊讶又生气,站起身的时候脸都气得涨红了,说道:

"那她一定是个大傻瓜,我以前可没想到。这个愚蠢的姑娘到底想要干什么?"

"啊!"爱玛大声说道,"男人从来就弄不清楚为什么一个女人会拒绝男人的求婚。在男人的想象之中,一个女人就应该嫁给任何向她求婚的人。"

"胡扯!男人才不会有这种想法。可是这究竟是怎么回事呢?哈利特·史密森拒绝了罗伯特·马丁?假如这是真的,那就太疯狂了。我想,你该不会是搞错了吧?"

"她写回信时我亲眼看到的。"

"你看着她写回信?你还替她写了吧?爱玛,那可是你常有的作为。难道是你劝说她拒绝了他?"

"我绝对不允许自己那么做。但是如果我真的那么做的话,我也不觉得自己有错。马丁先生是个十分值得尊敬的年轻人,不过我认为他配不上哈利特,况且我对他居然厚着脸皮给她写信感到极为惊讶。要是照你的说法,他似乎还有点顾虑。可惜的是,他居然克服了这些顾虑。"

"他配不上哈利特?"奈特利先生气愤地大喊起来。片刻之后,他以比较平静而却十分尖刻的声音补充道,"不错,他确实跟她不匹配,因为他的才智和社会地位都比她高得太多。爱玛,你对那个女孩子的宠爱蒙蔽了你的眼睛。你从哪里得出她比罗伯特·马丁优越——不论出身、性情还是教养上?她只不过是个不知名人物的私生女。再说,她肯定没有什么令人羡慕的社会关系。在大家心目中,她不过就是个普通学校的寄宿生而已。她不是个有见地有知识的姑娘。她学到的都是些没用的东西,她本人太单纯,太年轻,自己也没有学到什么本领。在她这个年龄,不可能有什么经验。就凭那点可怜的智慧,绝不会做出对自己有益的事情。她也就是长得漂亮,脾气温顺而已。我向他提出忠告时唯一的顾虑是替他着想,因为她配不上他,而且跟他也是门不当户不对。就财产而论,我认为他本来该娶个更加富有的姑娘;在寻找明白事理的伴侣和得力的帮手方面,他也不可能找到比她更糟的对象了。但我不能对一个正在恋爱的男人做如此推测，再说，我也坚信对她而言，这桩婚事也是有利无害的，因为她的天性得到像他那样的正确指引也许很容易被引上正途，得到极好的结果。我感觉到，这桩婚事受益的完全是她；直到现在，我都深信不疑，如果大家得知她会遇到这样的好事，也会羡慕不已的。我甚至肯定你对此也会非常满意的。我当时立即就想到，你肯定不会因为你的朋友离开海伯利而感到有什么遗憾，因为她的终身大事定得这么好。我还记得当时自言自语说过：'虽然爱玛那么偏爱哈利特，可是就连爱玛也会认定这是一桩多么般配的婚事啊。'"

"你对爱玛了解得如此少，竟然还能说出这种话来，真让我大为诧异。那是个什么人啊！想想吧，一个农夫怎么能配得上我一个最亲密的朋友？虽然马丁先生有很多优点，但也只不过是个农夫而已！让她嫁给一个我绝不愿结识的人，我才不会因为她要离开海伯利而感到遗憾！真不知道你怎么会认为我会产生这种感情。我肯定你我的想法会大相径庭。我不得不认为，你的说法实在有失偏颇，你对哈利特的评价有失公允，其他人和我都会替她感到不平的；在他们两人之中，马丁先生也许比较富有，然而，在社会地位方面，他无疑比她地位低。她活动的圈子明显高高在上。他们如果结婚，那她可就是屈身下嫁。"

"一个无知的私生女，高攀一位知识丰富、受人尊敬的绅士农场主，这也能算屈身下嫁吗？"

"从法律角度讲，她出生的情形也许上不得什么台面，但这并不影响人们对她的正常的评价。她不能因为别人的错误而付出代价，她的社会地位不能因此就低于那些养育她的人，可以明确地说，她的父亲是个绅士，而且是个很富有的绅士。她的生活极为充裕，凡是能让她生活更加舒适，地位改善的东西，从来都没缺过。她是个绅士的女儿，这一点是毋庸置疑的。她能与一位绅士的女儿关系密切这一点，恐怕谁也不能否认吧。因此，她比罗伯特·马丁先生更加优越。"

"不管她父母是什么人，"奈特利先生说，"不管她的保护人是谁，反正他们显然没有把她介绍进你所谓的上流社会。在接受过一点微不足道的教育之后，她被送到哥达德太太的学校。简而言之，就是按照哥达德太太的方式生活，与哥达德太太的熟人进行交往。她的朋友们觉得这对她已经足够不错了，而且也确实是这样。她本人也没有更高的奢望了。在你选择她做你的朋友前，她对自己的生活方式丝毫没有感到有什么不满意的地方，也没有产生过超越这种方式的想法。夏天的时候，她与马丁一家在一起生活时，觉得无比幸福。那时她并没有什么优越感。倘若她现在有了，那就是你强加给她的。爱玛，你对哈利特·史密森真不够朋友。如果罗伯特·马丁没有确定她如此倾心于他，他是绝对不会向她求婚的。我非常熟悉他。他的感情太真挚了，不会随便向一个任性的女人求婚的。至于说高傲，据我所知，他比任何男人都更加远离这种品质。相信我吧，他肯定觉得女方对他十分有意思。"

爱玛感到对这种断言最好不要直接回答。她接着自己刚才的话题说：

"你是马丁先生非常热心的朋友。可是，我刚才已经说过了，这对哈利特太不公平了。哈利特所希望的婚姻，并非像你描述的那么卑贱。她的确算不上聪明的姑娘,可是她的智商比你想象的要好,她的才智也不该受到这么轻蔑的评判。姑且不说她的才智,姑且认为她就像你描绘的那样,只是个相貌漂亮、脾气温和的姑娘,让我来告诉你吧,就她拥有的这两种东西,在世人眼里也并非微不足道,因为她长得实在漂亮,百分之九十九的人都会有这样的看法。除非男人们对美的要求都是哲学化的,在男人们所喜欢的都是知识丰富的大脑之前,还会有人崇拜和追求像哈利特这样漂亮的姑娘的,她有权力从众多的追求者当中去选择。她的好性格也是个不小的优点,她的脾气和礼貌从来都是那么温柔可爱、知书达理、友善他人。如果你们男性不认为她是漂亮的,不喜欢女子具有的这种最好的天姿,那我可真是无话可说了。”

“确实,爱玛,听了你这套滥用的理由,几乎也让我产生同样的想法。宁愿没有理性,也不要那样滥用。”

“可不是嘛!”她开玩笑式地说道,“我知道你们都有那种感觉。我知道像哈利特这样的女孩子确实是每个男人都喜欢的。一见面就能让人着迷,称心如意。啊!但哈利特可以有选择。如果你自己要结婚的话,她对你再合适不过了。她年方十七,才开始生活,刚开始为人所知,难道因为她对收到第一封求婚信表示不同意,就该受到人们的责难?不,请你准许她点时间,让她自己去考虑吧。”

“我一直都认为你们之间的亲密关系是十分愚蠢的,”奈特利先生说,“但我从来没跟别人说过。现在,我认为这种关系对哈利特来说简直就是极为不幸。你总会以她自身的美和她的愿望把她吹捧起来,用不了多久,她就会忘乎所以啦。当弱者有了虚荣心之后,就会做各种蠢事。傻女人最容易有着不切实际的幻想。尽管哈利特·史密森小姐是个美丽姑娘,但是并不会不断地有人向她求婚。不管你怎么说,聪明的男人绝不会选择愚蠢的女人做妻子。出身名门的男人也不会喜欢与这么一个出身低微的女子白头偕老——稳健世故的男人则会担心她那神秘的父母有朝一日被揭露,害怕自己卷入那种不雅的境地。让她跟罗伯特·马丁结婚吧,她会因此感到平安,受到尊敬,永远过上幸福生活。如果你觉得她只有与一位有势有钱的人结婚才能让她满意的话,那么她很可能一辈子都要在哥达德太太的学校当住宿生——换句话说,至少在她嫁人之前会是这样,因为哈利特·史密森最终是要嫁人的,我看啊到最后说不准要嫁给一位老书法家的儿子。”

“我们在这个问题上的看法不一样,奈特利先生,我看再继续深入谈下去已经没有什么意义了。不然的话,我们只会使对方越来越生气。不过,让我同意她跟罗伯特·马丁结婚是不可能的。她已经拒绝了他,而且态度非常坚定,我认为,这样做的目的是为了防止他再次求婚。不论拒绝他的后果是什么样,她都得承担。至于说拒绝这件事情,我也不装作说自己对她毫无影响力。不过,我向你保证,现在我或者任何人都很难再做什么。他的外表和他那粗俗的行为举止,就算她以后能对他产生好感,但至少现在不会。我可以想象得到,在她遇到比他优越的人之前,她肯定会单身的。他是她朋友们的哥哥,他努力讨好她。的确在阿比水磨农场的时候也没有更好的人选了——这对他倒是个有利条件——在那里她或许会发现他并不令人讨厌。可是现在情况不同了,她现在知道什么才是绅士,除了那些有着良好的教养,风度优雅的绅士之外,哈利特不会选择其他人。"

"胡说八道!"奈特利先生嚷道,"罗伯特·马丁风度翩翩,热情大方,充满和蔼的魅力;他内心十分优雅,哈利特·史密森根本不了解。"

爱玛没有回答,装出一副欢快和漠不关心的样子,但她心里很不舒服,希望他快点离开。她对自己的所作所为并不感到有什么后悔的地方,仍然认为自己在判断女性权利和把握女子的微妙心理方面比他要强。然而,她一向佩服他的判断能力,正因为这样,他才敢大声反驳她,而且现在又几乎怒不可遏地与她坐着对峙。这种情形令人非常不愉快。不声不响几分钟过去了,爱玛有话没话地说着天气,可他没有搭理她。他在思索。思索的结果最终变成了下面这段话:

"罗伯特·马丁没有受到什么大的损失——但愿他也会这么想,我希望他不用多久就会这么想。你最好在心里保留对哈利特的看法。不过,由于你为人做媒的嗜好已经为大家所知,所以对你的想法进行一下猜测没有什么不可以的——但作为一个朋友,我要提醒你,如果那个男人是艾尔顿的话,我看那是枉费心机啦。"

爱玛笑着否认。他继续说:

"相信我吧,艾尔顿不合适,虽然艾尔顿是个特别好的人,而且是海伯利非常受人尊敬的教区牧师,找另一半根本不可能如此冒失。他比任何人都精明。艾尔顿讲话的时候可能感情充沛,可他的行为是非常理智的。他对自己的长处清楚得就像你对哈利特的特点了解得一样清楚。他知道他是个十分漂亮的年轻男人,也知道不管到什么地方,他都是个非常受欢迎的人。在只有男人的场合,从他坦诚的谈话中,我相信,他并不想随意地处置自己。在他妹妹的好朋友家里,我听过他和许多年轻女士绘声绘色地谈过话,那可都是每人都有两万镑收入的家庭。"

"我真的要谢谢您了,"爱玛再次发笑说着,"如果我真的打定主意要让艾尔顿和哈利特结婚,能让我了解这么多事情真是太好了。不过,现在我只想让哈利特陪着我自己。我也没打算再给人做媒。我在朗道斯宅子的成就不可能再遇到了,我要见好就收。"

"祝你早晨愉快。"他说完站起身,突然离去。他极为懊恼。替那个年轻人感到失望,觉得自己在这件事中鼓励了他,但现在觉得有点悔恨,他为爱玛在这件事中起到的作用尤其感到愤怒。

爱玛也烦恼了好一阵子,不过让她烦恼的原因比他更加牵扯不清。她并不像奈特利先生那样,总是对自己充满自信,坚信自己的意见是正确的,而别人都是错误的。他走出去时的自信满满的神态比她的更甚。不过,她的沮丧并没有持续太久,因为片刻之后哈利特就回来了,她的神态马上恢复得相当正常。哈利特在外面待了那么久,已经让她不安了。那个年轻人如果到哥达德太太那里与哈利特见面,向哈利特再求婚,这种想法真让她感到可怕啦。对这种想法的恐惧造成了她的不安。哈利特回来了,并不是因为那种原因而迟迟不归,她感到很满意,这事不但让她安心,而且使她确信她做的事情没有一件是与女性之间的友谊和感情相悖的,甭管奈特利先生怎么说或怎么想。

不过他对艾尔顿先生的说法让她大吃一惊,但考虑到奈特利先生不可能像她观察得那么仔细,也不会具有她这样的兴趣,再说,他是在愤怒的情绪中匆匆讲出来的,她于是有理由相信,他说出来的只是自己心里的想法,无凭无据。这事必须她自己来判断,而不能由奈特利先生冒充内行。他自然比她更有可能听到艾尔顿先生那十分开朗的交谈;艾尔顿先生在金钱问题上或许不会草率鲁莽从事;这他当然会十分谨慎。

不过,奈特利先生并没有谈起艾尔顿先生那火一般的激情所产生的影响。奈特利先生没有看见过这样的激情,当然也就想象不到那种效果。可是她却对此习以为常了,根本对它能克服一切疑惑而有什么怀疑,即使因为合乎情理的谨慎而产生的疑惑。她相信,过分谨慎并不是艾尔顿先生的特点。

哈利特的欢乐让她有所触动。她回来的时候不是在思念马丁先生,而是在谈论艾尔顿先生。纳什小姐和她说的事情,她恨不得马上就兴致勃勃地复述出来。佩利先生曾去哥达德太太那儿诊视一个生病的孩子,纳什小姐见了他,他对她说,昨天离开克雷顿公园时曾见到艾尔顿先生,极为惊奇的是发现艾尔顿先生正在去伦敦的途中,虽然那晚是桥牌俱乐部聚会的日子,他说打算明天才回来,以前他可一次也没有错过这种聚会。佩利先生竭力劝阻他,说他是极好的桥牌手,要是没有他的出席,大家该是多么的失望,所以劝他推迟一天行期,然而却没有什么效果。艾尔顿先生是因为要去办件事才决定要走,说是因为一个特别的原因,任何事情都不能使他推迟。那是一个非常令人羡慕的差事,他本人担负的任务是保护一件极为珍贵的物品。可佩利先生不太明白他的话,但是,他肯定是因为一位女士,他也是这样告诉他的。艾尔顿先生当时只是笑了一下,便高高兴兴地驱车出发了。纳什小姐把这一切都告诉了她,另外还说了艾尔顿先生的很多事情。纳什小姐还煞有介事地看着她说:

"我也不知道他去办什么事情,不过有一点清清楚楚的是,那个艾尔顿先生喜欢上的女人一定是世界上最幸运的女子,因为艾尔顿先生是一个没有人能够比得上他的美男子,性情又是那么的友善。"

第九章

奈特利先生可以跟她争论,然而爱玛心中却不能与自己争论。一气之下他很长时间没有拜访哈特菲尔德宅子,等到他们再次相见时,他那满脸的怒气表明,他还没有原谅她。为此她感到很遗憾,但是她非但没有幡然悔悟,反而在以后的几天里更加热心地实施起她的计划了。

艾尔顿先生回来后不久,那幅镶框精致高雅的画像便被送了回来,挂在起居室的壁炉上方。他站着直直地看着它,嘴里称赞不已。至于哈利特,她对艾尔顿先生的依恋之情逐渐坚定起来,越来越强烈,这正是她这个年纪和这种类型的思维模式所决定的。爱玛很快便感到十分满意,艾尔顿先生与马丁先生比起来,前者占有极大的优势,在这种情况下哈利特再也不会想到马丁先生了。

她希望能够拓宽哈利特的知识面,于是决定让她进行大量有益的阅读,并与她进行广泛交流。然而,不论读哪本书,却每次只能读到开始的几个章节,她们的想法往往拖延到明天。也许随意闲聊比认真的研究要容易得多,在想象中设计哈利特的未来和费心拓宽她的知识,或者和板着脸做枯燥的练习相比,前者要更加舒服些。现在,哈利特为将来作书面研究的内容所做的唯一的准备,就是将自己发现的很多谜语收集起来,抄写在她朋友制作的四开热压纸张上,还画上符号和图案花边。

在这个印刷普及的年代,如此大规模的收藏也不是什么稀罕事。在哥达德太太那所学校任骨干教师的纳什小姐就曾经抄写过至少三百条谜语。哈利特从她那里得到的第一个暗示,便是希望能够在伍德雷斯小姐的帮助下,收集得比她还要多。爱玛帮助她做这样的事,辅助她记忆。因为哈利特的书法很漂亮,在形式和数量上很有可能都是最棒的。

伍德雷斯先生像两个姑娘一样对这种爱好非常感兴趣。常常努力回忆起很多值得她们记下来的东西。"我年轻时有过很多充满智慧的谜语——我不知道现在能不能想起它们了!不过我希望到时候能想起来。"每次到最后要结束的时候总不忘背诵一句:"基蒂虽然很美,却冷若冰霜。"①

她女儿的初衷并不是把海伯利的全部智慧都集中起来。她仅仅是想能够得到艾尔顿先生的帮助,要求他提供自己想起的好谜语、哑谜、字谜等。她喜欢观察他冥思苦想的样子。与此同时,她还能感受到他嘴唇上流露出的阳刚之气和那男性所特有的完美气息。她们有两三条背辞精练的字谜是他提供的。他终于在回忆起一个字谜时欢欣雀跃,然后富有感情地把它背诵出来:

我的第一个字母表示苦恼,

第二个字母表示要经受这苦恼,

但我的整体是一剂解毒药,

既能缓和苦恼,更能治愈苦恼。②

让她感到遗憾的是,他们早已收录了这条字谜。

"艾尔顿先生,你亲自为我们写上一条不好吗?"她问道,"只有这样才能保证不会与其他谜语发生冲突。这对你来说不是很容易吗?"

"啊,不行!我从来没有编过,以前从来没有编写过这样的东西。我是个最愚蠢的人!我想恐怕就连伍德雷斯小姐,"他停顿了一下,"或者是史密森小姐都不能鼓励我编出谜语来。"

可就在第二天,他就有了灵感。在一次短暂的拜访中,他将一张纸条留在桌子上,按照他的说法,上面是他的一位朋友写的字谜,是给一位自己爱慕的年轻女士的,不过,爱玛从他的姿态立马看出那一定是他自己写的。

"这不是献给史密森小姐收集用的,"他说,"因为这是我朋友写的,我没有权利将它以任何方式公开出来。不过,倒不反对你们看一下。"

这些话主要是对爱玛说的,而不是哈利特,爱玛能明白这一点。因为他的目光

---

① 英国演员、剧作家大卫·加里克(1717—1779)写的一个谜语。

② 谜底是 woman(女人)。第一部分是 woe(痛苦),第二部分是 man(男人)。

十分深沉,他发觉和她的眼睛对视,比盯着她朋友的眼睛容易些。他稍稍停留了片刻便走了。

"拿着吧,"爱玛笑着将那张纸推到哈利特面前,"这是给你的。你自己好好留着吧。"

哈利特浑身颤抖着,以致都不能接触那纸片。爱玛向来不反对抢第一,便高兴地自己拿过来仔细读着。

致某小姐
字谜
第一半表示王者的富裕与豪华,
世界的奢靡与繁华。
第二半显示出人的另一面,
看他吧,那是海洋的君王!
啊!坚如磐石,众望所归!
人吹嘘出的力量和自由,全部化为乌有。
陆地与大海的主宰者都会俯首称臣,
女人,可爱的年轻女人孤独地统治着。
聪明伶俐的你能快速猜出这个词,
愿那温柔的眼睛闪烁出赞扬的光芒。

她盯着这个字谜,思考着,捕捉着其中的含义。重新审读一遍,仔细品味之后理解得更加深刻了,然后把纸片递给哈利特,满含微笑着坐下来。哈利特却糊里糊涂盯着那张纸苦思冥想。爱玛坐在那里心想:"想得不错,艾尔顿先生,想得真好。我看过比这还蹩脚的字谜。是'求婚',这是非常好的暗示。我真佩服你。这正是你内心真正的感情。这相当于是直截了当地说:'史密森小姐,请你允许我向你求婚。请一眼看出我的谜和我心中的想法吧'。

"愿那温柔的眼睛闪烁出赞成的光芒!

"哈利特,太对了。温柔,这个字眼用来描写她的眼神真是太贴切了,所有定语中最恰当的就是这个字眼。

"你很聪明伶俐,很快就能猜出这个词!

"哼——哈利特聪明伶俐!这样倒更好。如果一个男人这样描绘她肯定是深深爱上她了。啊!奈特利先生,我真希望你能够知道这事;我看这准能让你相信。虽然你一辈子没认过错,这下不得不承认你错了吧。这个字谜真好!而且正中目标。现在事情该很快达到关键时刻了。"

她本来还希望再思考得更深入一些,结果哈利特提出了些迷惑不解的问题,她不得不中断那令人愉快的思索。

"伍德雷斯小姐,这是什么字呀?到底是个什么字?我是一点头绪也没有。一点也猜不出。它可能是什么呢?伍德雷斯小姐,你来猜猜吧。帮帮我。我以前从来没遇到过比这个更难猜的谜。是'王国'吗？不知这是哪位朋友写的——那个年轻女人又是谁！你认为这是个好谜语吗？谜底可能是'女人'吗？

"女人，可爱的年轻女人孤独统治！

"是海神尼普顿吗？

"观察他吧，那是海洋的君王！

"要不就是那个母夜叉？或是美人鱼？鲨鱼？啊，不可能！鲨鱼这个词只有一个音节。谜底一定很难，不然他不会送来。啊！伍德雷斯小姐，你觉得我们能够猜得出来吗？"

"美人鱼和鲨鱼！瞎说！我亲爱的哈利特。你到底在想些什么呀？假如他只是送来一个朋友编写的字谜，只有什么美人鱼和鲨鱼，那有何用处？现在把纸条给我。我解释给你听：

"致：……小姐。这其实就是史密森小姐。

"第一半表示王者的富裕与豪华，

"世界主宰的奢靡与繁华。

"这说的就是宫廷。

"第二半显示出人的另一面，

"看他吧，那是海洋的君王！

"这说的是海船——没有比这更简单的了。现在猜猜其中的重要意思吧。

"啊！坚如磐石，众望所归！

"人吹嘘出的力量和自由，全都化为乌有。

"陆地与大海的主宰者都会俯首称臣，

"女人，可爱的年轻女人孤独地统治着。

"这是个非常恰当的恭维！接下来的是请求，依我看，我亲爱的哈利特，你应该理解了吧。自己好好读读吧。毫无疑问这是为你写的，献给你的。"①

哈利特显然不能拒绝如此令人高兴的劝告。她又读了最后两行，立刻感到幸福极了，乐得坐都坐不住。但她不能说出来，也没有人想听她讲。这种仅仅的自我感觉就足够了。爱玛替她讲出了心里话。"在这个恭维中，意思很明显，"她说道，"我对艾尔顿先生的意图丝毫不感到怀疑。你就是他的目标——用不了多久，你肯定会得到最直接的证据。我认为一定是这样。我想我不会看错。现在我认为事情已经非常清楚了，正如我刚认识你便希望的一样，他已经下了决心。我这么长时间以来一直希望的事情，现在它已经发生了。我简直不能分清楚你和艾尔顿先生之间的恋情究竟是最称心如意的，还是最和谐自然的。这其中的可能性与和谐性简直太相称了！我真为你感到高兴。我衷心地祝贺你，我亲爱的哈利特。每一个女人都会为能够得到这样的恋情而感到自豪。这种恋情只会产生好的结果。它会提供给你所需要的一切——温柔体贴、独立还有一个舒服的家——它会让你在你

① 因为上面的谜语谜底为"courtship"，即"求爱"。这个词的前一半是"court"，意即"宫廷"。后一半是"ship"，即"船"之意。

真正的好朋友中间,在离哈特菲尔德宅子和我很近的地方安家,这样我们就能永远地保持亲密关系。哈利特,这将是一个永远不会使我们脸红的婚姻关系。"

"亲爱的伍德雷斯小姐,亲爱的伍德雷斯小姐……"哈利特一边亲热地拥抱着爱玛,一边不断地念叨着。等到最后她们都平静下来时,她的朋友非常清楚地发现,她看得出,艾尔顿先生的确在很多方面都颇具优越性。

"你的话从来都是正确的,"哈利特大声说,"所以,我猜测,我相信,我期望,一定会是那样的。如果你不说,我还真猜不出来。这已经远远地超过我的期望了,有谁不愿意跟艾尔顿先生结婚啊?人们对他赞不绝口,他是多么优秀。光是想想这些甜蜜的诗句——'致……小姐'天哪,多么聪明!这指的真是我吗?"

"我不能问也不愿意听这样的问题,那是毫无疑问的。照我看呢,接受他吧。这就像是一场戏开头的警句,后面才是实实在在的正文。"

"我敢这样说,一个月前,谁也想不到会发生这种事。我自己就什么也不知道!这世界真奇妙啊!"

"当史密森小姐和艾尔顿先生相识的时候,这种事就注定会发生,确实有些奇妙。如此称心如意的事情,也许别人还需要认真准备,可即刻就化作现实,因此这才显得非同一般。因为你跟艾尔顿先生离得不远,而且你们又是门当户对。我看你们的婚姻可与朗道斯家的婚姻相提并论。看来,哈特菲尔德宅子中也有一种奇异的东西,它能产生正确的爱情,然后送它流向正确的渠道。

"真诚的爱情从来都是好事多磨……①

"根据哈特菲尔德宅子的情况,真应该给莎士比亚的这行诗句做一个长长的注释才对。"

"艾尔顿先生居然会爱上我,为什么不是别人,而是我?可我并不了解他,只是在米迦勒节②跟他说过几句话!他是我见过的最帅气的美男子,就像奈特利先生一样,他是大家都非常喜欢的人!大家都想与他成为朋友,人们都说,如果他愿意的话,他一顿饭也用不着独自在家吃。他受到的邀请多得都排不过来。而且他在教堂的举止风度是那样的得体!连纳什小姐把他到海伯利以来的所有讲道内容都记录下来了。我的天哪!回想起我第一次见到他的场景,当时我还傻傻的,几乎什么也不懂!阿博特加的那两个孩子和我闯进正厅,透过窗帘朝里面窥视,突然听到他来了,纳什小姐便过来把我们轰走,她自己却留在那儿朝里面望。但是很快她把我也叫过去,让我也朝里面看,她真是个好心人。我们都认为他帅极了!当时他跟克尔先生手挽手在一起。"

"这种婚姻对你的任何朋友们来说都是高兴的,当然,这里的前提条件是他们有正常的意识;我们不可能把这件事讲给傻瓜听。假如他们的愿望是看到你结婚幸福,那么这个人从各方面都能保证这一点。假如他们的愿望只是让你在这片土地上定居,与熟悉的人们在一起生活,那么这个愿望也一定能实现。但她们的愿望

---

① 参见莎士比亚所著喜剧《仲夏夜之梦》第一幕第一场。
② 英国传统节日,定在每年的九月二十九日。

是希望你'嫁个好人家',那么这桩婚姻的结果是家境殷实,受人尊敬,他们一定会满意的。"

"是啊,确实是这样。你的话讲得太好了,我喜爱听你的话。你懂得真多。和艾尔顿先生一样聪明。这字谜太了不起了!我恐怕就是再研究上一年也想不出像这样的谜语。"

"看到他昨天拒绝的态度的时候,我就猜到他想试试自己的技巧。"

"毫无疑问,我认为这个技巧确实很高深,这是我读过的最棒的字谜了。"

"当然,我也从来没有读过目的性如此明确的字谜。"

"另外,它的长度和我们以前见过的几乎所有字谜一样。"

"我看它的长度倒也没有太多独到的地方,一般这种东西都不能太短的。"

哈利特目不转睛地读着那些句子,几乎顾不上听爱玛的话。她满脑子想的都是那些让她满意的景象。

不久,她容光焕发地说:"和别人一样用简短的话语表达出来是一回事,但像这样用诗句和字谜来表达那是另外一回事。"

爱玛没有想到她对马丁先生的信会作出那么强烈的抨击。

"如此优美的诗!"哈利特继续说道,"看看最后这两行!但是我该怎么回答呢?还是我只要能猜出来就行了?啊!伍德雷斯小姐,我们该怎么办呢?"

"把它交给我好了,你什么也不用做。我向你保证他今晚会回来的,到时我会把它送还,我们会一起谈谈,你也可以不参与。但只要你选择合适的时机,让你温柔的眼睛闪烁几下就可以了。相信我。"

"啊!伍德雷斯小姐,这太可惜了,我不能将这条字谜收集在我的册子里!我肯定,我收集的东西能有这样高水准的还不足一半。"

"只要不把最后两行抄上,没有什么理由能阻止你把它收集在你的册子里。"

"啊!可是这两行……"

"……是最好的。但是只能供个人欣赏,要是只能供个人欣赏,就保留着。而且不会因为你不抄,它就没有什么意义了。这两行诗不会消失,意思也不会改变。去掉它们就看不出它的用意,但那漂亮睿智的字谜仍然完整存在,它就可以抄在任何集子里。相信我的话,他肯定不喜欢自己写的字谜随意处置,就像不愿让自己的热情随便受到捉弄一样。一位恋爱中的诗人必须在这两方面都受到鼓励,要不然就别理他。把册子拿来,我来抄写,这样就没有你的痕迹了。"

哈利特乖乖听着爱玛的话,不过,她的脑子几乎离不开这件工作,因为她心里非常肯定,她的朋友写的不仅是爱的宣言,如果将这么珍贵的礼物以任何形式公诸于众那可就太可惜了。

"这本册子我将永远保留着。"她说。

"好吧。"爱玛说道,"这是最真诚的感情了;感情越久,我就越感到高兴。我父亲来了,我想你不反对我把这个字谜读给他听吧?他会很高兴的!他很喜欢这种东西,尤其是对女人赞扬恭维的话,他对我们非常慈爱,你得让我读给他听。"

哈利特神色有点严肃。

"我亲爱的哈利特,你不必过分在意这个字谜,要是你太敏感,太着急,你不仅会白白牺牲自己的感情,而且会不时地无中生有。别让这么个小小的爱慕就让你魂不守舍。假如他希望保守秘密,就不会当着我的面留下这张纸片了。不过,他当时是把它推到我这儿的。咱们不能对这件事太认真,就算咱们对这个纸条熟视无睹,他也会有勇气继续下去的。"

"啊!不,但愿我没有惹出什么笑话来。请便吧。"

伍德雷斯先生刚走进门,很快就又谈到了这个主题,他问了那个常问的问题:"姑娘们,你们编纂的册子怎么样啦?有新东西了吗?"

"是的,爸爸,我有个东西要读给你听,这可是个全新的东西。今天早上我在桌子上发现一张纸条,我们猜想是某个仙女留下的,因为这上面有一个非常精彩的字谜,我们刚刚把它抄到册子上。"

她读给他听,就按照他喜欢的那样缓慢而清晰地读,读了两三遍,一边读一边解释着每一部分。正如她预料的那样,他听了后感到非常高兴,尤其是那末尾的赞扬之词尤其让他感动。

"对呀,的确如此,讲得好极了。非常正确。'女人,可爱的年轻女人。'这个字谜太美了,亲爱的,我很容易就猜出是哪个仙女送来的。没有谁能写出这么美妙的东西,除了你,爱玛。"

爱玛微笑着点了点头。他想了片刻后很温和地叹了口气,又说:

"不难看出你像谁!在这些方面你那亲爱的母亲可是聪明极了!我要是有她的记忆力就好了!可我现在什么都记不起来,就连你曾经听我提到过的那则谜语也记不得了。现在我只能想起第一段。"

"基蒂虽然很美,但是却冷若冰霜,

"燃起热情,却又让我悲伤,

"招来江湖好汉相助,

"又害怕他们的到来,

"因为会对我求婚造成威胁。①

"我也只能记起这些了——不过整个谜语编得很流畅。我想,亲爱的,你说过你抄下它了。"

"是的,爸爸,这谜语就抄在这个册子的第二页。我们是从《雅粹精品文摘》中抄下来的。你也知道,那是加里克出版的。"

"对极了。我要是能多回忆起一些该多好啊!

"'基蒂虽然很美,但是却冷若冰霜',

"这个名字让我想起了伊莎贝拉,因为她的教名与凯瑟琳②十分相似,那是她祖母的教名。我想我们下个星期能请她来。亲爱的,你想过把她安顿在哪儿比较

---

① 此谜语由演员、剧作家大卫·加里克(1717—1779)所编,一共有四小节。谜底是"清扫烟囱的孩子"。

② 基蒂是凯瑟琳的昵称,在英语中,人名多有对应昵称,昵称供亲密之人使用。

好吗? 对了,还有她的孩子们该住哪个房间?"

"啊! 想过了——她当然要独自住一间,就住在她常住的那间,孩子们也像往常那样住在自己的房间。难道有什么需要改变的吗?"

"我不知道,亲爱的——她已经很长时间没有来过了! 自从上个复活节住过短短的几天后,以后就再也没有来过。约翰·奈特利先生做个律师可真不方便。可怜的伊莎贝拉! 人家把她从我们身边夺走了,真伤心哪——她到这儿来不能和泰尔勒小姐见上面,该有多遗憾呢!"

"爸爸,至少她不会感到意外吧。"

"这我可说不准,亲爱的。反正我第一次听到她要结婚的消息时感到非常吃惊。"

"伊莎贝拉来的时候,我想我们得请维森顿夫妇来跟我们共进晚餐。"

"对,亲爱的,要是有时间的话就这么办。不过,"他压低声音说,"她回来只能待一个星期,这么短时间什么也做不成。"

"他们不能久留,这太遗憾了,不过看来他们也没有办法啊。因为约翰·奈特利先生必须在 28 号回到城里,不过我们应该知足,爸爸,因为他们在乡下停留的这段时间全部用来陪我们,他们可没有计划去唐沃尔宅子住两天。奈特利先生保证说,今年圣诞节不要求他们去了——不过你也知道,他们已经有很长时间没在一起了,比我们分离的时间还要长。"

"亲爱的,假如伊莎贝拉去了别的地方而不来哈特菲尔德宅子,那我可真会受不了。"

伍德雷斯先生并不考虑奈特利先生对他兄弟可能的要求,更不能容忍其他人对伊莎贝拉的要求,他要他们全部都来陪他。他坐着想了一会儿,然后说:

"他可以走,可是我不知道伊莎贝拉为什么非要急着回去。爱玛,我想,我要设法说服她多跟我们住一段时间。她和孩子们可以好好住一阵子的。"

"啊! 爸爸——这事我想你不会成功。伊莎贝拉不能忍受不跟丈夫在一起,你阻止不了她。"

没必要进行什么争执,这是事实。尽管伍德雷斯先生不情愿,可是他也只能轻轻地叹息一声。爱玛担心因为女儿与丈夫的眷恋之情而使他的情绪受到影响,于是便立刻转向那些能让他们精神振奋的话题上去了。

"我姐姐和姐夫来的时候,哈利特一定要和我在一起。我相信她一定喜欢跟孩子们做伴的。我们真为孩子们感到自豪,不是吗爸爸? 她会认为哪个更漂亮些,亨利还是约翰?"

"啊,我也不知道她会认为哪个更漂亮。可怜的小家伙们,他们会很高兴来这儿哪。哈利特,他们会非常喜欢到哈特菲尔德宅子来的。"

"我肯定他们都喜欢来,先生。我相信他们没有一个是不愿意的。"

"亨利是个好孩子,但是约翰跟他妈妈很像。亨利是老大,是根据我的名字定的名,不是随他父亲的名字,约翰是老二,随了他父亲的名字。我相信,有些人感到很惊讶,为什么老大没有随父亲的名字,不过,伊莎贝拉叫他亨利,我认为她干得很漂亮。他真是个非常聪明的孩子。他们全都很聪明，而且有许多有趣的花招。他们会跑到椅子前问我，'外公，你给我们一根绳子好吗?'亨利还向我要过一把刀子，不过我告诉他说刀子是专门为外公、爷爷们制造的。我觉得他们的父亲也许对他们太粗鲁了。"

"在你看来他显得很粗鲁，"爱玛说，"那是因为你自己太过于文雅了。如果你将他与其他父亲做个比较的话，就不会觉得他粗鲁。他希望他的孩子们能够活泼而坚强。但如果他们调皮捣蛋，免不了会斥责他们两句。约翰·奈特利先生当然是个慈爱的父亲。孩子们都很喜欢他。"

"可是他们伯父一来，就把他们抛得有天花板那么高，挺吓人的!"

"可是他们喜欢这样。他们最喜欢的就是那种活动了，假如伯伯不定下轮流陪他们玩的规定，那他们谁也不愿意把机会让给对方。"

"哎呀，这我可无法理解。"

"爸爸，我们大家都是这样。世界上总会有一些人不会理解另一些人的乐趣。"

快到中午时分，就在两位姑娘打算为每日下午四点钟的正餐做准备的时候，那条无与伦比的字谜的作者进来了。哈利特赶忙转身回避，爱玛则露出平常挂在脸上的微笑来迎接了他。她那可以洞察人的内心的目光很快便从他的眼睛里看出，他已经意识到自己就像掷出个骰子一样应该采取主动行动了，依照她的判断，他此次来的目的就是想看看结果如何。不过，他找的借口却是为晚上不能来出席伍德雷斯先生的晚会而道歉的，并且希望不会因此给哈特菲尔德宅子带来什么不愉快。不过，如果他确实给大家造成不快的话，那么他就会放弃其他事情过来参加。不过，因为克尔先生再三邀请他，并且对这事非常重视，所以他已经决定答应了。

爱玛向他表示感谢，说不能因为他们的原因而让他的朋友感到失望，他父亲一定会找到其他人玩骨牌。他再次恳请，她再次谢绝。看到他似乎准备要躬身告辞，爱玛便从桌子上拿起那张纸片归还给他：

"啊! 非常感谢你将这个字谜留给我们看。我们都很喜欢它，非常冒昧，我们把它放在史密森小姐的集子里了。我希望，你的朋友不会认为这有什么不妥吧。当然，我也就仅仅抄写了前八行。"

这下艾尔顿先生不知道当然该怎么说好了。他的表情显得疑惑——颇为不解，不过嘴上却一直说着像"很荣幸"一类的客套话，朝爱玛和哈利特扫视一眼，然后发现了在桌子上的那本已经打开着的册子，便捧起来认真地阅读。爱玛认为是该打破这个尴尬的时候了，便微笑着说：

"请向你的朋友带去我的歉意，一个字谜不该只留在一两位读者之间。他在编写时态度既然如此诚恳，就应当得到每一位女子的嘉赏才对。"

"我可以毫不犹豫地说。"艾尔顿先生回答道，不过他说这话时却有点迟疑，"我丝毫不怀疑，我的朋友知道这样的结果后会有和我一样的感觉，像我这样看到自己小小的作品却被如此厚爱，那他也认为这将是他一生最值得自豪的事情。"

说完他朝册子又望了一眼，并把它放在了桌子上。他说完这些话便匆匆离去了，爱玛认为这是因为害羞，尽管他有高尚的品质和温顺的脾气，可是他的话却是那么的虚情假意,她当时便想要笑,于是她连忙跑开好让自己笑个痛快,也让哈利特单独留在那里体会这温情而神圣的喜悦。

第十章

尽管正值 12 月中旬,但严寒的天气并没有阻止年轻女士们的日常户外活动。一大早,爱玛便动身前往海伯利村外一个贫穷生病的人家里作慈善拜访。

那座陋舍所在的巷子与本地虽不笔直但却还宽敞的正街互相垂直,我们之所以提到这条巷子,是因为艾尔顿先生的家也坐落在这里。过去几座比较简陋的房子后,在这条巷子大约四分之一英里处就是这位教区牧师的并不起眼的宅第。房子的位置虽然不是很优越,与街道也靠得很近,但是因为房主而使这宅子显得活泼而富有生气。两位朋友经过房子时减慢脚步,仔细地观察。爱玛这样评论道:

"就是这儿。总有一天,你和你的谜语册子会一起到这儿来的。"

哈利特说:"啊!多美的家!多漂亮啊!你看那好似纳什小姐最崇拜的黄色窗帘。"

"我现在不经常走这条路,"爱玛边走边说,"不过,当时这里的东西非常惹人喜欢,我要慢慢熟悉海伯利这个地书的树篱、大门、池塘和树桩。"

她发现,哈利特一辈子从来没到过牧师家附近的地方,所以她对这所房子显得极为好奇。看她的神态,爱玛只能将它与艾尔顿先生在她身上发现的机敏归入一类,都是爱情最好的证明。

"我真想能有个好主意,"她说,"不过我想不出能进去看看的理由——我不需要向佣人打听他家的情况,我父亲也没有让我带给他的口信。"

她想了一下,可是什么也没有想出来。两人沉默几分钟后,哈利特再次开了口:

"伍德雷斯小姐,你为什么不结婚?也不打算结婚?你这么富有魅力!"

爱玛笑了,回答道:

"哈利特,我有没有魅力并不能诱使我去结婚。我必须发现其他人是有魅力的——至少得找到一个有魅力的人才能行。我不仅现在不打算结婚,而且我根本就没有结婚的打算。"

"啊!你要是这么说,我可不太相信。"

"要使我动心,除非我遇到某个比其他人都优秀很多的人。你明白的,艾尔顿先生……"她镇定下来,"这是根本不可能的。我不愿意找这种人,我看不上,我不能放弃将来那些更好的选择。假如我现在结婚,将来肯定后悔。"

"我的天哪!听到一个女人这么说,真是太奇怪了!"

"我可没有普通女人那种结婚的打算。假如我恋爱了,那也将会是另一番模样!可我从来没有爱上过谁。我想我对这个并不怎么擅长,再说那也不是我的天性。即使没有爱情,我也不会改变我现在的处境,否则我就是个傻瓜。幸亏我也不想改变,我不需要恋爱的过程,也不需要因为它而产生的重要地位,因为我知道,几乎没有多少结过婚的女人像我一样在家里有着一半的权威,也不可能得到像我这样被大家喜爱的地位。在任何男人的眼里,都不会把我像在父亲的眼里那样永远放在第一位,永远都是正确的。"

"但是你最终会变成个老小姐的,像贝茨小姐一样。"

"哈利特,你描绘的那可是个可怕的景象,假如我觉得我可能变成贝茨小姐那样,那我明天就结婚。她是那么愚蠢和自负,虽然脸上挂着那样的微笑,可说起话来却是喋喋不休,没有一丝的高贵气质,一切也都不讲究,还喜欢整天地搬弄是非。不过,跟你说句悄悄话,我深信,除了不结婚这点之外,我跟她根本没有相似点。"

"不过,你仍然还会变成老处女的! 那实在是太糟糕了!"

"哈利特,不要这样,我不会变成贫穷的老处女,公众只会蔑视那些贫穷的独身者! 一个独身女人如果很穷的话,那一定是非常可笑,准会惹人讨厌! 老处女! 那是少男少女的笑柄;不过一个富有的独身女人向来都会受人尊敬,她可以像别人一样那么聪明,非常享受生活。这种区别并不像世人看到的那样,是多么的合情合理。因为收入微薄会使人思维萎缩,脾气怪异。那些几乎难以维持生计的人的生活肯定会在一个非常狭小的范围里,而且通常来说都是生活在社会的底层,这种人当然没什么趣味可言,更不用说什么心情了。不过,这贝茨小姐并不是这样的。虽然她的脾气很好,但她太愚蠢,这怎么能与我相提并论? 不过,总的来说,她虽然是贫穷的独身者,大家倒是都挺喜欢她的。贫穷并没有让她变得心胸狭隘。我真的相信,假如她有一个先令的话,她会把六个便士送人,人们谁也不害怕她,这就是她了不起的魅力所在。"

"我的天哪! 那么你打算怎么办呢? 等你老迈的时候怎么办呢?"

"哈利特,假如我还算有点自知之明的话,我要说,我的脑子活跃又那么爱动脑筋,更有比别人多得多的独到见解,我想不出我四五十岁时会比 21 岁时缺少消遣的内容。到时候也会像现在一样让我忙碌,或者我的生活不会有什么大的变化。比如我少画些画,可我会多看些书;我不搞音乐,我可能会去织地毯。说到个人爱好和感情寄托,那其实是自卑的症结所在,也是不结婚的人要极力避免的。我没有什么关系,我姐姐所有的孩子我都非常热爱和关心他们。无论如何他们都是我老年时的感情依靠。他们数目多得能够让我寄托各种希望,带走种种焦虑。虽然我对孩子的慈爱怎么都赶不上对父亲的爱,不过这很适合我的口味,它要比热情的愚昧好得多。我的外甥和外甥女们! 我要让一个外甥女长年地守在我身边。"

"你认识贝茨小姐的外甥女吗? 我知道你跟她见过很多次,但是你对她很了解吗?"

"挺熟的,她每次到海伯利来的时候,我们总是能遇上。顺便提一下,有一个外甥女在身边,几乎能让人忘记骄傲和自负。我的天哪! 把奈特利一家人需要我耐住性子忍受的东西都加在一起,也比不上简·菲尔法克斯家的一半。一听简·菲尔法克斯的名字就让人受不了。她写去的每封信都要读上四五遍。她对所有的朋友都恭维个没完。假如她寄给姨妈一款胸衣图案,或者寄给外婆一双吊带袜,那么接下来的整整一个月的时间大家都别想听她说别的内容。我愿意祝福简·菲尔法克斯,不过她确实让我厌烦死了。"

当她们来到那座陋宅外的时候,闲谈也都停止了。爱玛非常富有同情心,只要她能帮助,就肯定会减轻穷人们的各种痛苦,她不但会帮助他们,还会耐心倾听他们的烦恼,并给他们忠告。她理解他们的生活,原谅他们的无知和受到的诱惑,也不幻想这些人对这些善意毫无浪漫的想法,因为他们所受到的教育实在是太少了。她知道并了解他们的难处,用自己的智慧和好心给他们提供力所能及的帮助。今天来拜访的是个贫病交加的家庭。她要在这里停留很长的时间,在给他们以安慰和忠告之后,她同哈利特告辞出来,心情很沉重,她说:

"哈利特,看看这样的情景对人是有好处的。与这种境况相比,其他一切都显得多么微不足道啊!我现在仿佛感到我会把这辈子的精力都放在这些可怜的人们身上,至于其他东西就不会考虑了。可是,谁又能知道这种想法多快就会从脑子里消失呢?"

"对极了。"哈利特附和道。

"可怜的人们!真是让人没有心思想别的啦。"

"实话实说,这种印象不会很快消失。"爱玛说着穿过低矮的树篱,趔趔趄趄地走在狭窄而溜滑的小径上,最后回到小巷里。她停下脚步再次朝这个贫穷可怜的地方瞅了一眼,心里又回想起那室内悲惨的景象。

"啊!天哪。"她的同伴说。

她们接着朝前走去。小巷稍有些崎岖,从那段弯路走出来后,她们便看到了迎面而来的艾尔顿先生,这么近距离就要接触,这只让爱玛有一点时间去接她的话。

"啊!哈利特,这个突然袭击可是对你的想法的一次考验哦。"她微笑着说,"假如同情能够激发起受苦人的努力,并对他有所安慰的话,我想说,那我们就算达到了目的。假如我们体谅那些可怜的人们,尽我们的全力去帮助他们,其他的东西只是空洞的怜悯,那这样做除了让我们自己感到压抑之外,不会有任何好处。"

哈利特刚来得及回答说:"啊!亲爱的,是啊。"话音刚落,那位绅士便走了过来。不过,他们谈的第一个话题还是那个贫穷家庭。他说他还要过一段时间再去拜访他们,三人在一起谈得很好,内容大致围绕着可以为他们做些什么,以及必须做些什么。艾尔顿先生转身陪伴他们往回走。

"他们出来恰巧遇到了一起,"爱玛想道,"我还是做一个善良点的事情吧,这也许会让他们大大加深对对方的感情。假如他们能因此互诉衷肠,那是多么在情理之中呢。假如我不在这儿,我想他们肯定会有话要说的,要是我不在这里那有多好。"

她急于给他们创造机会,于是便很快走到小巷对面旁的一条狭窄小路上去了。可是,她走了不到两分钟,就发觉哈利特早已养成依赖和模仿习惯,竟也踏上了这条小径。很快他俩就赶上她。这怎么能行呢?她立即停下脚步,装作要系鞋带,弯下腰蹲在小径上,告诉他们接着往前走,说她半分钟后就赶上来。他们便按她的意思接着走。等到她觉得时间已经足够系好鞋带了,这时又有一个借口,那家派来的孩子赶了上来,那孩子要她带着罐子到哈特菲尔德宅子去盛鸡汤。与这个孩子并肩步行,与她交谈并问她,这情景是最自然不过了,至少用不着她刻意地去找理由,一切都是那么天衣无缝。这也意味着那两位可以继续在前面走,而不用等她过去。不过,尽管不情愿,可她还是逐渐赶上了他们。因为孩子走得挺快,而他们却走得较慢。而让她越发着急的是,看得出他们是在谈论双方都感兴趣的话题。艾尔顿先生讲得津津有味,哈利特也听得兴致盎然。爱玛告诉那孩子继续往前面走,自己则是考虑怎样继续设法留在后面,但这时他们俩都转过身来,她又不得不与他们走在一起。

艾尔顿先生仍然在说话,继续讲述着某个有趣的细节。爱玛感到一阵失望,因为她发觉他不过对自己的同伴讲述着昨天与他的朋友克尔先生聚会时的轶事,她来的时候刚刚赶上听到他在讲昨天吃的东西:什么威尔特郡斯蒂尔顿的干酪、黄油、甜菜根和各种各样甜点。

"很快他们就会转到某种有趣的话题上去,"她自我安慰道,"那将是两个恋人共同感兴趣的话题,是通向两人心田的话题。或许我与他们保持点的距离就好了。"

这时,两人肩并肩默不作声地走着,等快要走到牧师宅第的板栅时,爱玛突然想到一个好主意,要让他至少将哈利特带进那房子里。于是她再次发现自己的靴子有了问题,再一次留在后面整理,她迅速地扯断鞋带,搜出来抛进一条壕沟,接着请求他们停下脚步,解释说自己靴子不小心坏了,就连凑合走回家也不太现实了。

"我的鞋带的一截不见了,"她说,"我不知道该怎么应付了。和你们一起我一直在添麻烦,不过我希望我的靴子不会那么一直倒霉吧。艾尔顿先生,我想在你家稍事停留,让你的管家给我找根带子或者细绳子,好把我的靴子拴在脚上。"

艾尔顿先生听到这建议高兴极了,马上显得热情和殷勤,带着她们走进房子,然后尽量做得贴切。她们首先走进他用的最重要的一间正房,后面是与这相通的另一间屋子,两间屋子间的门是敞开的,爱玛与管家一同走进那扇门,欣然接受他的帮助。她只好看着那扇门敞开着,不过,她心里真希望艾尔顿先生能把它关上。可是门仍然敞开着没有关。她与那管家滔滔不绝地交谈着。心里希望他能在隔壁那间屋子里随心所欲地交谈。但在这十分钟的时间,她除了自己说话的声音之外,却什么都没有听见,可是她不可能长时间地让他们独处。她只好快速结束谈话出现在他们面前。两位"恋人"并肩在一扇窗户前站着,看着窗户外那怡人的景色。看到这些,爱玛沉浸在了自己策划成功的喜悦之中。然而情况并非如此,他根本没有想到这一点,他的态度谦恭,心情也特别高兴。他告诉哈利特说刚才看到她们经过这里,便跟在她们身后。还说了些殷勤和表示善意的话,不过并没有什么表示。

"要小心,他要非常小心,"爱玛想道。"他这是在一步步地逼近,除非他能够保证自己成功,否则不会贸然行动一步。"

尽管她的精心策划并没有取得预期效果,不过她仍开心地认为,两人都在享受眼前的情形,最后结果必然是那个伟大的事件。

第十一章

现在,爱玛只能将艾尔顿先生独自撇在家里。她此时既没有能力左右他的幸福,也不能促使他加快步伐采取行动。不久她姐姐一家要来访,等待过后紧接着便是忙忙碌碌的接待,这反而成了她最感兴趣的地方。在她们暂住在哈特菲尔德宅子的这段日子里,她除了向那对"恋人"偶尔提供些帮助之外,没有能力做更多的事情,她自己对这也没有什么指望。假如他们对彼此真有意思的话,一定能很快有结果。但是,不论他们情愿与否,他们必须按照某种方式进展下去。她不相信他们会处于停滞状态。他们是人,你越是为他们做得越多,他们自己的行动就会越少。

约翰·奈特利夫妇已经很久没有来萨里郡①了。自他们结婚以后,几乎每一次长假都有一半是在哈特菲尔德宅子度过,另一半在唐沃尔宅子度过。但是,今年秋天的每一个假日,他们都带着孩子到海滨去洗海水浴,所以萨里郡的朋友已经有好几个月没有见到他们了,伍德雷斯先生压根儿就没有拜访过他们,因为他根本不想到比伦敦还远的地方去旅行,即使是为了去见伊莎贝拉也不行。伊莎贝拉现在怀着又紧张又担忧的欢乐心情,要到这里来进行短暂探望。他操心她的旅途劳顿和麻烦,却担心自己马匹的疲劳,也不考虑车夫的辛劳,可是他的操心是完全没有必要的。那16英里的旅程很快就结束了,奈特利夫妇、他们的五个孩子,以及随着他们来的几名女佣,全都安全地到达了哈特菲尔德宅子。到这里后,是一派忙碌和欢乐的气氛,他们互相打着招呼,说着热情洋溢的话,表示欢迎。人们在下车,在走动,一幅忙碌和吵吵闹闹的场面,如果换到其他场合,伍德雷斯先生绝对受不了,就是现在,他也没忍多久。约翰·奈特利夫人十分敬重哈特菲尔德宅子的习俗和他父亲的情感,尽管她作为母亲渴望自己的孩子们马上欢乐一番,也希望他们能够得到很好的照料,好好吃喝之后再好好休息,然后再尽情玩耍,总之,让他们随心所欲地享受生活。但是,她也绝对不让孩子们打扰他,不仅孩子们不可以,就连那些用人也不可以。

约翰·奈特利太太是一位面容姣好、身材匀称、小巧玲珑的女人,态度谦恭,脾气温顺,是这个家庭的中心。她可称得上是一位贤妻良母,对父亲和妹妹的关心和爱仅仅次于对丈夫和孩子们的爱。在她的眼中,他们都是完美无缺的。她不是一个聪明伶俐的女人,在这一点上,她继承了父亲的大部分特质,由于她对孩子们过分操心致使她的体质很弱,心里压力很大。她父亲喜欢求教于佩利先生,而她却喜欢向温费尔德先生求教。父女俩还有许多相同之处:比如乐于助人,为人善良,对老熟人更是情深义重。

约翰·奈特利先生,一副绅士模样,聪明绝顶。他在工作中不但出人头地,在家庭中也占据主导地位,在社会上更是受到人们的普遍尊重。不过,因为他的严肃

---

① 萨里郡位于英格兰东南部,伍德雷斯一家居住的海伯利和奈特利一家居住的唐沃尔都在这个郡之内。

谨慎,大家很难与他打成一片,他有时还会当众发脾气。但他并不是个容易发怒的人,也不是爱找麻烦。不过他的性情并非尽善尽美,再说,和一位这么值得爱慕的妻子相比,他天性中的那些瑕疵就更明显了。她性情中的甜美必然会影响他的习性。拥有着明晰敏捷的思维的他,虽然有时会做出些粗俗的举动,或者说些严厉的话。

她漂亮的小姨子并不怎么喜欢他。他有什么过失都逃不过她的视线。她对伊沙贝拉受到他的各种细微的感情伤害非常敏感,而伊莎贝拉自己却根本察觉不到。也许他再恭维一下伊莎贝拉的妹妹,她或许可以不去注意那些过失,可是他的态度就像个平静的兄弟和朋友一样,既不恭维别人,也不放过别人的缺点——他有时就犯这种毛病——对她父亲也这样。他在这方面并不是那么有耐心。伍德雷斯先生的怪癖和烦躁脾气有时使得他与之针锋相对,总是给出一些规劝甚至是尖锐的反驳,但这些事情并不经常发生,因为约翰·奈特利先生对岳父大人其实是非常尊敬的。并且也理解他岳父的一些行为,但是爱玛还是认为他说得太多,不够宽容,所以尽管有些冒昧的话并没有说出口,爱玛却常常因为担心而焦虑不安。每次拜访开始并不会发生这样的事,不过这样毕恭毕敬的态度和这种必不可少的礼貌非常短暂,可能消失在纯洁而诚恳的气氛中。他们神态安详地并没有坐在一起多久,伍德雷斯先生便忧郁地摇了摇头,叹了口气,又对他女儿说起自从她上次走后,哈特菲尔德宅子里发生的伤心事。

"啊!我的天哪。"他说,"可怜的泰尔勒小姐——真是让人伤心极了。"

"哦!是啊,"她立刻表示同情起来,"你肯定非常想念她!亲爱的爱玛也肯定想念她!这是你们俩的巨大的损失!我一直替你们伤心。我简直想不出,没有她你们怎么过。这确实是个惹人伤心的事。不过我希望她过得幸福,爸爸。"

"说得好,亲爱的——我也希望——她过得很好——我甚至不能知道她是否能适应那个地方。"

约翰·奈特利先生此时已经平静下来,然后问爱玛,朗道斯宅子是不是有什么值得怀疑的地方。

"啊,没有——没有任何值得怀疑的地方。维森顿太太生活得这么好,那是我从来没有见过的,她看上去从来没有像现在这么好。这不过是爸爸在表达自己心中的那点遗憾罢了。"

"这关系双方的名誉。"他回答说。

"爸爸,你能常常见到她吗?"伊莎贝拉用父亲乐意接受的平淡的语气问道。

伍德雷斯先生迟疑了一下说:"亲爱的,并不像希望的那样经常见。"

"啊!爸爸,自从他们结婚以来,我们只有一天没有见着他们。除去那一天,不是上午就是晚上,我们总是能够遇到他们,有时是维森顿先生,有时候是维森顿太太,不过在大多数的时候是两人相偕而来,不是在朗道斯宅子就是在这儿——伊莎贝拉,你可以想象出,他们更多的时间是在这里度过的。他们能到这儿真是太好了,维森顿先生像她一样好,爸爸,你说话时那么的忧郁,这会让伊莎贝拉对此产生错误印象。大家都知道我们想念泰尔勒小姐,但是大家也都能知道,维森顿夫妇的确尽可能地做出自己的努力免得我们思念她——这可是千真万确的事实哪。"

"确实是这样，"约翰·奈特利先生说，"跟我从你们的信中期待的一样。我从不怀疑她对你们的关心，维森顿先生是个有闲暇并且喜欢社交的人，这就使一切都变得非常简单，亲爱的，你一直感到焦虑不安，还记得我对你说过，我认为哈特菲尔德宅子里不会有什么大的变化，现在，听了爱玛的话，我希望你放心啦。"

"当然啦，"伍德雷斯先生说，"不错。我当然不能否认。可怜的维森顿太太和维森顿先生的确常常来看我们，可她拜访后还是要离开的。"

"爸爸，如果她不愿意走，那维森顿先生就太难受了，你别忘了还有维森顿先生。"

"这也是啊，"约翰·奈特利先生高兴地说，"我想维森顿先生可能会有些小小的抱怨，爱玛，我们不妨站在那丈夫的立场上想一想。我是个丈夫，你还没有成为妻子，也许一个男人的抱怨会让我们产生同感的，至于伊莎贝拉，她结婚已经很久了，自然很容易将丈夫完全排除在外。"

"我！我亲爱的。"他妻子听见他的话，还没完全听明白便嚷起来，"你说的是我？我敢说，在倡导重视婚姻关系方面，我确信没有哪个人比我更赞成了。假如不是由于她离开哈特菲尔德宅子给大家带来了那么多伤感，我一定会认为泰尔勒小姐是世界上最幸福的女人。至于大家怠慢了维森顿先生，我认为维森顿先生是一位最优秀的先生，他没有什么不配得到的。我相信，他是世界上脾气最好的男人。当然，你和你兄弟是例外，我真不知道除此之外，还有谁的脾气能比他好。还记得去年复活节的时候他迎着大风帮亨利放风筝。去年九月，他晚上十二点了还专门好心写来条子，向我保证科海姆不会流行猩红热，自从那以后，我就相信，世界上再也没有比他更加关心别人的人，也没有比他更好的人了。"

"那他的儿子人哪？"约翰·奈特利先生问道，"他有没有参加他们的婚礼？"

"没有来，"爱玛回答道，"大家原以为他应该在他们婚后不久就回来看望，可是他却没有来。而且最近也没听人们提起过他。"

"我想你该对大家讲讲那封信的事，我亲爱的，"她父亲说，"他给可怜的维森顿太太写了封信，向她祝贺，那封信既得体，又文雅。她让我看过那封信。我认为他做得非常好。可你们知道，大家说那上边不是他自己的想法。他还那么年轻，或许是他舅舅……"

"我亲爱的爸爸，他都23岁啦，你怎么忘了呢？"

"23！真有那么大了！哎呀，我真不敢想——他母亲去世时他才两岁呀！可真是光阴似箭哪，我的记性太差啦。不过，那的确是一封极好的信，让维森顿先生和维森顿太太看了都极为高兴。我记得信是从韦茅斯①发来的，日期是9月28日——信的开头是这样写的：'我亲爱的夫人'，但我记不得后面是什么内容了。信的末尾签名是'F·C·维森顿·丘吉尔'。这些我可是记得清清楚楚。"

"这是多么让人感到高兴，多么得体的事啊！"好心的约翰·奈特利太太感叹

---

① 位于英国南部，是多塞特郡治内的一个港口小城。

道,"毫无疑问,他是个和蔼可亲的年轻人。可是,他不跟父亲在家里一起生活,这是多么让人伤心啊!一个孩子离开父母,还不回自己的家这让人感到多么伤心!我真想不通维森顿先生怎么会舍得离开他。放弃自己的孩子!我实在不敢想象一个人竟然能向另一个人提出这样的建议。"

"我想,没有哪个人认真替丘吉尔家考虑过,"约翰·奈特利先生冷冷地评论道,"不过,也用不着想象维森顿先生打发亨利或者约翰走的时候是什么样的心情。维森顿先生个性从容欢快,不是个感情浓烈的人。他随遇而安,无欲无求,并且总能从中发现乐趣。他从所谓社交中获得的快乐,也就是说,从吃、喝,从每周在邻居家打五天惠斯特牌中获得的乐趣,超过他并不在乎的家庭温暖中,或从家庭乐趣中获得的那些享受。"

爱玛想这段话她心里不能赞同,这明显是对维森顿先生指责的话,便想说出来,不过她竭力忍了忍,没有开口。她要尽可能保持这样祥和的气氛。她姐夫有着一种强烈的家庭荣誉感,由于他从他的家庭中能够获得各方面的满足,所以他对一般意义上的社会交往,以及亲戚们的社交活动都不乏鄙夷——这一切都要求高度的忍耐。

第十二章

奈特利先生要和他们一起吃晚饭,这是伍德雷斯先生并不怎么情愿的事情。因为他不愿意与任何人分享他与伊莎贝拉第一天团聚的美好时光。不过爱玛还是将这事确定了下来。这中间除了两位兄弟应受同等待遇的考虑之外,在不久前奈特利先生与她意见不一致的情况下,还是向他发出诚挚的邀请,这让她感到十分高兴。她希望能与他和好如初。她认为现在是弥补错误的绝佳机会。其实这也不能算是弥补。她本人也没有什么过错,而他那一方也决不屈服和迁就。不过,现在可以作出这样的表态,那就是忘记过去不愉快的经历。她希望这有助于恢复友谊。当她走进屋子里时,他正与一个孩子在一起——那个是最幼小的孩子,出生只有八个月,长得非常漂亮的小姑娘,这是她第一次来到哈特菲尔德,俯在姨姨的怀抱中荡来荡去,显得非常高兴。这的确有帮助,因为他刚开始的时候还板着脸,简短缓慢地说着,可是不久便恢复了常态,谈起孩子们,以不拘礼节的高高兴兴从她怀中接过孩子。于是爱玛便感到他们又恢复了以往朋友之间的关系。想到这些,她先是感到十分得意,然后便不管冒失与否以赞叹的口吻谈起了孩子。

"多么惬意啊,对我这些外甥和外甥女我们有着一致的看法。不过对于说起男人和女人们,我们的观点就有所不同啦。不过在孩子们身上咱们还是有着共同的话题的。"

"如果你在评价男人和女人的时候,就像你与这些孩子们交往一样,思想顺其自然地去想象,少受那些想法和心理冲动的支配——那我们的意见就会永远一致了。"

"当然啦。我们的意见不一致总是我的错。"

"是啊,"他微笑着说,"确实是这样,你出生的时候,我已经16了。"

"那就是非常重要的区别，"她回答道，"毫无疑问你在那时候比我懂事多了；可是，在随后的21年中，我们的理解和领悟力不就非常接近了吗？"

"的确是大大地接近了。"

"但是，在我们看法不同的时候，我仍然没有机会去证明哪怕我有一次是对的。"

"我仍然比你多了16年的经验。而且我不如你年轻漂亮，也不是个被宠坏的孩子。行啦，可爱的爱玛，别再说这些了，让我们言归于好吧。告诉你姨妈，小爱玛，告诉她应该树立个好的榜样，不要再对往事发牢骚了。如果她刚才没错，那她现在可能要犯错误了。"

"说得对，"她嚷道，"对极了。小爱玛，长大要做个比姨妈好很多的女人，要比姨妈聪明得多，不过要比姨妈少些高傲自负才好。奈特利先生，我还有几句话就要讲完了。也许我们两人都是对的，我说，从争论的效果看，根本不能证明谁有什么错误。我只是想知道马丁先生是不是非常非常失望。"

"一个男人不能比这再失望了。'他简短而完整地回答道。

"啊！那我非常抱歉，来，跟我握握手吧。"

正在这时，约翰·奈特利突然出现了，问候道："乔治，你好。""约翰，你好。"接下来的气氛是典型英格兰风格，既那么冷静，又那么热情，彼此的感情非常真挚。假如需要的话，一方为了另一方的利益什么都愿意做。

晚上的时光平静而温馨，因为伍德雷斯先生拒绝打扑克牌，而是陪他亲爱的伊莎贝拉畅谈长聊。这个小小的聚会自然被分成两圈，一圈是他和他的女儿，另一圈是两位奈特利先生。他们的交谈差别很大，或者说很少有交集。爱玛只是很偶然地加入一个圈子或另外一个圈子。两兄弟谈论的是他们感兴趣的内容和想要追求的东西，不过那位哥哥好像是主导，他生性善谈，而且是个滔滔不绝的演讲者。作为一个地方官员，他也有一些法律问题要向约翰请教，至少有一些滑稽的趣闻轶事可讲；作为一个在唐沃尔有自家农场的农场主，他一定要说明年每块土地上要种什么庄稼，他还讲了很多当地的趣事，这些对跟他长期生活一起、情同手足的同胞兄弟来说是很有兴趣的。什么下水道计划、更换篱笆、砍伐某一棵树、每一英亩土地是种麦还是种萝卜，还是春季种玉米等等，涉及了很多方面，起初冷漠的约翰渐渐有了浓厚的兴趣。假如他那位讲得激情飞扬的哥哥还有什么没有说明白的地方，他就会用请求似的语气去问个清楚。

这两位的交谈是如此聚精会神，伍德雷斯先生也正在与他女儿一起分享着倾诉衷肠的快乐还有他那夹杂在慈爱中的忧愁。

"我可怜的伊莎贝拉，"他温柔地拉住她的手说道，甚至有好几次想打断她为孩子们进行的忙碌活动，"自从上次你们走后，好长时间了啊！你们走了那么长的路，一定很累吧。亲爱的，你们需要早早地休息。在你们离开之前，我要向你们推荐一种麦片粥。一起美美地喝上一碗。亲爱的爱玛，咱们大家都喝点麦片粥吧。"

爱玛不敢应承这种事情，因为她知道，两位奈特利先生，像她自己一样，在这种问题上对他的这种想法不敢苟同。因此只要了两碗粥，伍德雷斯先生于是只对两碗麦片粥表示些许赞叹，又对大家居然每天晚上并不是都喝这种粥表示了一些感叹和惊奇之后，他开始带着深沉的语气说："亲爱的，这可真是件令人感到尴尬的事，你秋天不来这里而在南方①度过。你知道我对海上的空气从来就没有什么好印象。"

"爸爸，那可是温费尔德先生推荐的，否则我们也不会去那儿。他建议我们带所有孩子一起去，尤其对最虚弱的小贝拉的喉咙是有好处的——既能呼吸海边的空气，又能洗海水浴。"

"啊！我的老天哪，佩利对海水是不是有好处还有疑惑呢。我一直相信，海洋不会对人有什么益处，也许我以前没告诉你。有一次，它差点要了我的命。"

"得啦，得啦。"爱玛嚷道，她觉得这不是个好的话题，"我求求你们别再谈大海了。它让我嫉妒，也让我伤心。我还从来没看到过大海呢！请求你们别再谈南方了。亲爱的伊莎贝拉，我还没听见过你问起佩利先生呢，他可从来没有忘记你呢。"

"啊！令人尊敬的佩利先生——爸爸，他怎么样啊？"

"身体不是很好。可怜的佩利患有胆囊病，他没有时间照顾自己，这真叫人难受。可乡里总有人请他去看病。我猜想在那地方找不到比他更聪明的人了。"

"佩利太太和孩子们呢？他们怎么样？孩子们长大了吧？我很敬重佩利先生，真希望他能早些来这儿拜访，他见了我的孩子们一定会十分高兴。"

"我希望他明天会来这儿，因为我要向他请教一两个要紧的事。等他来的时候，我觉得你最好让他看看小贝拉的喉咙。"

"啊！我亲爱的父亲，我已经不再担心她的喉咙了，已经好得多了。也不知是海水的缘故，还是得益于温费尔德先生开的一剂涂擦药，这种药我们从八月开始一直到现在不间断地使用。"

"亲爱的，海水浴对她应该没多大益处，要是我早知道你需要擦些药，我就会跟……"

"我怎么觉得你们好像把贝茨太太和贝茨小姐忘记了，"爱玛说，"我还没听到你们提起过她们呢。"

"啊！好贝茨家——我真觉得难为情——你在每一封信里几乎都提到她们。我希望她们都好。我的好贝茨太太——我明天就带我的孩子们去拜访她们。她们向来都喜欢看到我的孩子们。还有那位了不起的贝茨小姐！多好的人啊！她们都好吗，爸爸？"

"这还用问吗，当然很好，亲爱的，她们全都很好。不过，可怜的贝茨太太在一个月前得了一场重感冒。"

"我真难过！今年秋天感冒特别多，这在以前是没有的。温费尔德先生告诉我说，他也从来没有见过这么普遍、这么严重的感冒——简直就像流行性感冒一样厉害。"

"亲爱的，的确是这样的情况。不过没有你说得这么严重。佩利说，感冒一直

---

①　指的是英国南部埃塞克斯郡的绍森德，为海滨度假胜地。

都有，不过一般情况下在 11 月得的感冒没有这么厉害的。"

"是啊，我不知道温费尔德先生是不是认为它属于生病的季节……"

"啊，我亲爱的宝贝孩子，问题是，在伦敦，这本来就是个生病的季节。在伦敦无论是谁都无法使自己健康。还有一件令人可怕的事就是你们不得不居住在那个地方！那里又是那么的远，空气还是那么的糟！"

"不，不是这样——我们的环境并不糟糕。我们在伦敦的住处比其他部分都好得多！亲爱的爸爸，你不应该把伦敦所有的地方都混同起来。不伦瑞克广场跟其他地方完全不同的。我们那地方空气是非常清新的！我想，要是让我搬到其他地区，我是不会愿意的。要让我的孩子住在任何其他地方，我都不会感到满意。可是我们住的地方空气是格外清新！温费尔德先生说，如果不论别的，只从空气清新的角度讲，不伦瑞克广场区域是伦敦最好的地方。"

"啊！我亲爱的，那也不能跟哈特菲尔德宅子比。但请你们尽情享受吧，等你们在哈特菲尔德居住上一个星期后，你们就会发现自己的身体焕然一新，气色也是大不一样。我不敢说，现在你们是不是看上去都很好。"

"爸爸，你这么说我真伤心，不过我向你保证我的身体已经很好了，除了有时候感到一点儿头痛和心悸之外。你要是说孩子们在休息之前脸色显得有些苍白，那是因为他们路上辛苦，来到这里又比较兴奋，所以就显得劳累些。明天他们就会看上去会好得多，我向你保证，温费尔德先生告诉过我，他从来没见过我们在出行前身体都这么好。至少我相信，你不会认为奈特利先生是病了吧。"她转过头去，满脸柔情地看着自己的丈夫。

"一般，亲爱的。不敢恭维。我看过约翰·奈特利先生的气色，真像是生病呢。"

"怎么了，先生？你是跟我说话吗？"约翰·奈特利先生听到有人喊自己的名字，说道。

"亲爱的，我感到十分遗憾，因为我父亲认为你的气色不是很好。不过我觉得，这是因为旅途太劳累了。再说，我想你离开家之前是去看过温费尔德医生的。"

"我亲爱的伊莎贝拉，"他连忙说道，"请你别为我的模样担心。仔细照顾你自己和孩子们吧，不要管我的气色怎么样啦。"

"我不太能听懂你对你哥哥说的话，"爱玛嚷道，"就是你的朋友格雷姆先生有意向从苏格兰请个管家照顾他的新产业，会有人来应聘吗？他原有的偏见是不是太深了？"

她就这样滔滔不绝地说了很久，而且讲得很成功，当她最后不得不将注意力再次转向父亲和姐姐时，发现并没有什么争执，所听到的只不过是伊莎贝拉对简·菲尔法克斯做的善意的询问。虽然她对简·菲尔法克斯并不是特别感兴趣，可是在那时她十分乐意夸奖了她几句。

"那是个甜美温和的简·菲尔法克斯！"约翰·奈特利太太说，"我已经有很长一段时间没见到她了，只不过有几次在城里遇到她！她去看望她的老外婆和那位好姨妈，她们该多高兴啊！我从爱玛那里听说她不能经常住在海伯利，这真的很遗憾,可是现在堪贝尔上校和堪贝尔太太的女儿都结了婚,我想他们再也离不开她了。爱玛又多了一个伴!"

伍德雷斯先生完全赞同,而后又补充道:

"不过,我们的小朋友哈利特·史密森也是一位和蔼可亲的小人儿。你会喜欢哈利特的。对爱玛来讲,她也是个很完美的好伙伴。"

"听到你这样说我真是高兴。不过要说既有学识又高雅的,那也就只有简·菲尔法克斯!而且跟爱玛还年纪相当。"

大家高兴地说了好长时间,也陆陆续续地谈了其他几个问题。不过,在最后还是有一点小小的争执。麦片粥送来后,大家议论纷纷——有了许多赞叹和评论——有的说这对每个人的整体健康无疑是个好的做法;也有的相当猛烈地抨击了某些家庭,说他们根本不能做出那些能够满足人们愿望的好粥;更为不幸的是,在女儿的众多失误中,她最新举的一个例子,也是最明显的一个失误便是说起她在南方临时雇的一位年轻厨子,当时她要求那位厨子为她准备一碗好吃的麦片粥,要稍稍稀一点但不要太稀,而那厨子根本不懂她的意思。这话就成了一个争执的开端。

"啊!"伍德雷斯先生摇了摇头,用慈祥的目光看着她,冲着爱玛的耳朵大声说道,"啊! 你们到南方去会产生无穷无尽的烦恼,实在让人难受!"就在这一刻,爱玛真希望他不要再讲话了。沉思了一番,或许这能让他回到美味爽口的麦片粥上,然而,停顿几分钟后,他开口说:

"一想到你们今年秋天要去海边而不是到这里来,我就会觉得十分难过。"

"可是爸爸,为什么难过呢? 我想那对孩子的健康是有益的。"

"要是你们非去海边不可,也最好不要去南方,南方不是个好地方。佩利听说你们打算去南方时也非常吃惊。"

"我知道许多人都存有这种想法,可是爸爸,那都是些十分错误的看法。我们在那儿身体非常健康,那些想法都是不对的。我肯定温费尔德先生是个非常值得信赖的人,他对空气的质量了解得非常清楚。而且他的亲兄弟一家也三番五次地到那里去了。"

"我亲爱的,你们要是实在想去,那就去科罗摩尔①,佩利曾经在那里待过一个星期,他说,那是个非常好的海水浴场,而且那儿的海面很宽,空气很清新,据我所知,大家还可以在离海岸大约一里之外的地方租到住处,非常的舒适方便。你们应该询问下佩利才对。"

"但是,我亲爱的爸爸,那路途的远近可就相差很大,一处有 100 英里远,另一处只有 40 英里远。"

"啊! 我亲爱的,佩利说,身体健康是第一位的。既然要旅行,那么 40 英里和 100 英里也没有什么太大的区别啊。要是旅行 40 英里到一个空气恶劣的地方,还不如干脆不去旅行,最好是待在伦敦别动。这话是佩利说的。他好像认为那是个

———————————

① 另一个海滨度假胜地,位于诺福克郡。

十分不明智的决定。"

爱玛想要阻止父亲，可是一点用也没有。当听到这儿，爱玛心中不免又担心姐夫会生气，果不其然她的姐夫说话了。

"佩利先生，"他用不愉快的声调说，"最好把意见藏在心里，不要信口开河。他怎么能多管闲事呢？我带自己的家人到这个海岸还是那个海岸与他又有什么关系？我有我的想法，他也有他的意见。我只有在吃他的药时才需要遵照他的医嘱，仅此而已。"他停顿了一会儿，口气变得越来越冷漠，然后用讽刺的语气干巴巴地补充道："如果佩利先生能告诉我，怎么样带着妻子和五个孩子走130英里路比英40里路不多花一分钱，也不会有什么不便的话，我倒很乐意像他说的那样到科罗摩尔海岸而不是去南方。"

"说得对，说得对，"奈特利先生当即插进来，便大声嚷道，"对极了。的确是得这么考虑。约翰，说到我刚才的想法，我看也没有什么困难，也就是将小径挪到朗海姆，多朝右边转转弯，用不着穿过家里的整个草地了。如果这对海伯利居民有什么不便的话，我就不改了。不过，你只要看看现在这条道路……唯一的办法就是看看地图。我希望明天跟你能在阿比水磨农场见面，然后我们就能实地勘测，到时候再请你谈谈你的想法。"

伍德雷斯先生听到有人对他的朋友佩利有这么不敬的言论，感到很受伤，虽然他自己并没有意识到，但的确他的许多判断和说法都来自佩利先生。不过好在他女儿们对他的安慰逐渐抚平了刚才的创伤，同时由于一位兄弟十分机警并迅速转移了话题，另一位兄弟的心情才逐渐平静，这才防止了再起争端。

第十三章

世界上几乎没有哪个人能比约翰·奈特利太太这次拜访哈特菲尔德更幸福了。她每天早上带着五个孩子到处拜访老熟人，到了晚上就把一天的所见所闻讲给父亲和妹妹听。除此之外，她没有别的什么更多的愿望，只是希望日子过得慢些。这是一次极其愉快的拜访，只是时间太短暂，但是非常完美。

一般来说，晚上很少与朋友见面的情况，只有一次是应邀出席晚宴，而且还是在别的地方，尽管那天是圣诞前夕，且他们也无法谢绝。维森顿先生执意坚持，要他们全家非去不可，还一定要在朗道斯宅子住一天。就连伍德雷斯先生也被说服了，他也只得认为参加这个聚会比不去要好。

他本来还想因为大家都去，该如何动身出个难题。可惜他女婿和女儿的车马都在哈特菲尔德，关于此他除了提个简单问题之外，也没什么好说的。那问题连点疑惑都没有激起。爱玛没有费多少口舌便说服了他，他们的几辆车还有空位让哈利特也坐进去。

哈利特、艾尔顿先生和奈特利先生是专门请来与他们作陪的。时间要早，人数要少，每方面都照顾到了伍德雷斯先生的习惯和嗜好。

这真是惊奇了——因为伍德雷斯先生居然同意在12月24日晚上出席外面的聚餐会——但在这之前的那天晚上哈利特待在哈特菲尔德宅子，不想她却患了感冒,难受得厉害,要不是她执意回去让哥达德太太照料,爱玛绝对不会放她离开这房子。爱玛第二天去看望她,发现她已经不可能去出席朗道斯宅子的聚会了。她发着高烧,喉咙还疼得厉害。哥达德太太满心慈爱地悉心照料她,还请佩利先生看过。哈利特病得太重,精神也很萎靡,她因而不能参加这次令人愉快的聚会,她说起自己的这次惨重损失时泪流满面,伤心不已。

爱玛尽量多陪了她一会儿,在哥达德太太不得不离开时照料她,为了使她打起精神,爱玛说艾尔顿先生知道她的状况,说不定会感到多么难过多么忧伤。到最后离开时,哈利特有了些安慰,心里甜蜜地认为没有她在场,他会觉得那将是一次最索然无味的拜访,而且相信大家也都会非常想念她。爱玛离开哥达德太太的门子还没有走出几码远,迎面就遇到了艾尔顿先生,他显然也是去看望哈利特的,他们并肩缓缓走着,谈起病人的情况,他听说她的病不轻,本打算去问候,以便将她的病情给哈特菲尔德说下。约翰·奈特利先生迎头赶了上来,他刚刚带着两个大些的儿子去唐沃尔宅子做每日一次的例行拜访回来。两个孩子显得十分健康,两颊红扑扑的,一看就知道是在乡下自由自在地奔跑玩耍闹的,而且现在是匆匆赶回家,似乎是能保证迅速吃上烤羊肉和大米布丁。他们聚到了一起,并肩而行。爱玛给他们描述了她那朋友的主要症状:喉咙疼得像着了火,浑身发烧,脉搏很快,却很虚弱,等等。她还从哥达德太太那里知道,哈利特很可能会得非常严重的喉疾,她为此感到非常恐慌。艾尔顿先生听了大惊失色,惊叹道:

"喉疾!我希望不是传染性的。我希望不是传染的坏疽性咽炎。佩利看过了吗?你关心你的朋友,也该关心关心你自己才对。我要恳求你别冒险。佩利为什么不去看她?"

爱玛对此一点儿也不感到惊慌,她尽力平息这种过度的焦虑,信誓旦旦地说哥达德太太有经验会照料。但是,看到他仍然有着一定程度的不安,可她又并不想让他觉得像没事似的,其实,她倒宁愿他担点心。不久,她用仿佛谈起完全另外一码事的口吻补充道:

"天气太冷,真是冷极了,看来马上要下雪。要不是今晚另一个地方有一个聚会,我真的会找借口躲在家里,还要劝阻我父亲也别去。不过,既然他已经打定了主意,再冷他也不觉得冷。我也就不便干涉了。不然的话,维森顿夫妇会极为失望的。不过听我说句话,艾尔顿先生,假如是你请客,我肯定会谢绝。你已经让我觉得有些冒失,考虑到明天要谈个不停,那将会让人感到疲劳不堪,我认为今晚待在家里好好休息不失为谨慎做法。"

顿时,艾尔顿先生显得很尴尬,似乎不知道该怎么回答才好。事情也的确是这样的,因为有那样一位好夫人悉心照料,他应当心存感激,而不是反对她的任何忠告,可他丝毫也不想放弃这次拜访。不过,爱玛脑子里那些先入为主的成见太深,这时也在忙着动脑筋,根本不可能站在不偏不倚的立场上听他说,观察他的时候也好像戴了有色眼镜。听到他喃喃地重复她的话:"天气太冷,真是冷极了。"她感到非常惬意。她继续往前走的时候,心情十分欢快,以为她成功地打消了他去朗道斯宅子的念头,并且认为他这天晚上每个小时都会让人来打听哈利特的消息。

"你做得对，"她说，"我们会替你向维森顿先生和维森顿太太道歉的。"

既然艾尔顿先生是因为天气的原因而不能去，在她刚刚说完这番话后，她姐夫礼貌地请他上车。艾尔顿先生立刻表示极为满意，接受了这邀请。这下麻烦了，艾尔顿先生执意要去，他那张宽大漂亮的面孔从来没有表现出像此刻一样的喜悦，他从来没有这么喜笑颜开过，两眼也没有这样喜气洋洋过。

"哎呀，"她自忖道，"没有比这更奇怪的事情了！我好不容易才帮他脱身出来，可他马上又选择去凑热闹，把生病的哈利特孤零零留在那里！这的确太奇怪了！不过我相信，许多人，尤其是单身男人，出外吃饭不仅是他们的乐趣，还仿佛是他们的职业、义务和尊严，因而一切必须让位。艾尔顿先生肯定就是这样。毫无疑问他是个极其和蔼，令人愉快的年轻人，而且肯定深深地爱着哈利特。不过，他却不能谢绝邀请，只要有人请他吃饭，他随时都会出席。爱情真是个怪物！他能理解哈利特的小聪明，却不肯为她而留在家里独自吃饭。"

不久艾尔顿先生与他们分手了，分别时提起哈利特的名字让他的态度显得大为伤感。他向她保证说，要去哥达德太太那里去询问她那位漂亮朋友的情况，在说这话的时候，他的声调听起来是那么充满感情。他希望再次见面的时候能向她提供点好消息。他叹了口气，微笑着告别而去。爱玛心中的天平也因此倾斜了过来，对他的评价变成了嘉许。

约翰·奈特利与她之间保持了几分钟的沉默后，他开口说道：

"我一生中从来没见到过像艾尔顿先生这样热心，这样令人愉快的先生。他对女士们关怀备至。跟男士们在一起时，他头脑清醒，毫不矫揉造作，但是为了讨女士们欢心，他就会使出浑身解数。"

"艾尔顿先生的风度并非完美无缺。"爱玛回答道，"当你想达成一个愿望时，其他方面往往会受到人们忽视，而且人们大都会忽视。在这种情况下，一个具有中等能力的人尽自己最大努力，就会超过一个具有高超能力而不怎么尽心的人。艾尔顿先生完美的性格和善意十分难得。"

"是啊，"约翰·奈特利先生立刻说道，口吻中夹带着些许诡谲，"他似乎对你特别友善。"

"对我！"她吃惊地微笑道，"难道你把我当成艾尔顿先生追求的目标啦？"

"这种想法使我感到难过，爱玛，这一点我承认。假如你以前从来没考虑过，现在不妨开始考虑一下。"

"你是说艾尔顿先生爱上了我！你怎么会有这种想法！"

"我并没有这么说，不过你可以好好考虑是不是这样，然后相应地调整你的行为举止。我认为你对他的态度是对他的鼓励。爱玛，我是以一个朋友的身份对你讲这话的。你最好观察一下自己的左右，弄明白自己该怎么做，自己的愿望是什么。"

"那我谢谢你。不过我向你保证，你确实是弄错了。艾尔顿先生与我是非常要好的朋友，仅此而已。"说完她便接着往前面走去，心里为这种错误的想法感到滑稽，这种错误只是以不完整的表面现象为根据，而那些自命不凡的人们却往往陷入这种错误境地。对于姐夫认为她那么茫然无知,需要人帮助她感到很不高兴。幸亏他没有再说什么。

伍德雷斯先生对这次拜访下定了决心,尽管天气越来越冷,他却似乎丝毫不打算退缩,最后与大女儿共乘自己的马车,准时来到。此刻,他心中都是对这次外出的新奇感,对朗道斯宅子的活动充满着希冀,所以根本无心注意天气是不是寒冷,再说,他身上穿的衣服太厚,也实在没有什么感觉。然而,这的确是非常寒冷。等到第二辆马车出动时,开始下雪了。天色显得异常沉重,只要刮起一阵小风,便很快就能营造出一个洁白的银色世界。

爱玛很快便发现,她的同伴并不是那么高兴。在这种天气下做好准备外出,而且还要在晚宴后让孩子们受罪,简直令人无法忍受,至少让人感到不愉快,约翰·奈特利先生无论如何也不会喜欢。他觉得这次拜访有点得不偿失。在驱车前往教区牧师宅子的整个路途中,他一直表示着不满。

"一个人,"他说,"要求别人离开自己家的炉火来看望自己时,自己应该心里有数,尤其是在遇到这种恶劣天气的时候更应该如此。他必须认为自己是个很了不起的人。我可不敢那么自负。看哪,都下雪了,真荒唐。不让人家舒适地留在家中实在是愚蠢。人们本来应该待在家里,但却跑出来犯傻!假如我们有什么事情要办,我们会认为那是不得已必须要忍受苦难。可现在呢,也许我们身上的衣服比平时还单薄,却心甘情愿地出来,可这种天气是让人待在家里,尽可能留在藏身之所的。可我们现在却要出发到另一个人家里去度过五小时乏味的时光,要说的话和要听到的东西都与昨天说过的听过的那些毫无二致,而且明天还得照样听。在阴霾天气下动身,回来的时候也许更糟。四匹马和四个用人带出去的是五个冷得浑身发抖的可怜虫,还送进比家里寒冷的房间,与糟糕的家伙们做伴。"

要想欣然地表示赞同,爱玛觉得自己确实有点为难。然而,约翰·奈特利先生却习惯于别人对他迎合。爱玛可不会模仿他的旅伴通常说的那样:"对极了,我亲爱的。"她已经打定主意,闭口不言。她不能表示顺从,也害怕进行争执,她只好保持沉默了。她任凭他说下去,扶了扶眼镜,把自己身上的衣裳裹紧,闭口不语。他们到了,马车转了个弯,车梯放了下去,艾尔顿先生立刻出现在他们身边,只见他身着黑色礼服,动作非常潇洒,满脸带着微笑。爱玛感到高兴,谈论内容终于可以改变了。艾尔顿先生不胜感激,而且浑身洋溢出欢乐情绪。他的态度既彬彬有礼,又那么喜形于色,她于是开始认为,他一定是收到了有关哈利特的什么说法,而且一定与自己得到的完全不同。她在梳洗打扮的过程中曾经派人去询问过,得到的回答是:"没什么大的变化——没有好转。"

"我从哥达德太太那里得到的消息,"她一下马车就说,"不像我希望的那么令人愉快——'没有好转。'我得到的回答就是这样。"

他的面孔立刻拉长了。他回答的时候口吻也变得伤感起来。

"啊!我正要告诉你呢,我回来换衣服前,曾经去过哥达德太太的家,结果得到通报非常令人伤心,史密森小姐没有好转,根本没有一点儿好转,而且好像情形更加糟糕。我感到特别伤心,极为担心。我心里原来还想,她在上午得到那么真挚热情的看望之后,肯定会有所好转的。"

爱玛微笑道:"我希望,我的探望对她紧张的神经是一种安慰。不过,看来我也不能让她的喉咙疼有所缓解。她患的是真正的重感冒。你也许听说,佩利先生去看过她吧。"

"是……我猜……也就是说……我没听说……"

"他已经知道了她的那些主要症状,我希望明天一早,我们会得到些令人安慰的消息。不过,要想一点儿焦虑也是不可能的。我们今晚的聚会见不到她真令人伤心!"

"真是太可怕了!的确让人很伤心。大家每时每刻都会想念她。"

这倒是很妥当,随之而来的迹象也是可估计的,不过,持续的时间应该长些才对。可是,半分钟过后,他就开始谈起其他事情,而且是以极为欣喜的口吻和兴趣谈的,这让爱玛感到颇为沮丧。

"那真是个绝妙的设计,"他说道,"使用绵羊皮制作马车篷。多么舒适的安排。有了这样的防御措施,就不可能感到寒冷了。现代发明将绅士们的马车制作得极尽舒适完美。把车内乘客与外面的天气完全隔绝开来,一丝空气也钻不进去。可以不必在意天气的变化。今天下午非常寒冷——哈!我看见下了点儿雪。"

"不错,"约翰·奈特利说,"我看这雪还要大下特下呢。"

"圣诞节的天气嘛,"艾尔顿先生评论道,"很符合这个时节。我们还认为不是从昨天开始下雪实在是太幸运了,否则的话今天的聚会就办不成了。要是那样的话,聚会肯定会有些困难,估计伍德雷斯先生看到地上有那么厚的积雪,恐怕就很难冒险外出了。可是现在并没有什么影响。现在正是友好会见的时节。到了圣诞节,大家都邀请朋友们相聚,即使天气再坏也不在乎。记得有一次,大雪把我挡在一位朋友家里待了一个星期。没有比那更让人愉快的事情了。我本来打算去那儿待一个晚上,结果到了第七个晚上才走。"

约翰·奈特利先生的样子仿佛无法体会到那种愉快,他仅仅冷淡地说:

"我可不希望被大雪封在朗道斯宅子里,住上一星期。"

要是换了其他场合,爱玛或许会感到滑稽可笑,可是现在她为艾尔顿先生的精神状况感到太吃惊了,他竟然还能想到其他的事情。在等待愉快聚会的过程中,哈利特仿佛被他抛到脑后了。

"肯定会有温暖的熊熊炉火,"他接着说,"一切都极为舒适。维森顿夫妇很富有魅力。维森顿太太是个大家都纷纷夸奖的人,维森顿先生是真正值得大家尊重的人,他喜欢社交活动交朋友。今天的晚会规模虽小,但是宾客经过仔细挑选,这样的聚会是最令人身心愉悦的。在维森顿家的餐厅里就座的人如果超过十位,便会显得不舒适,在这种情况下,我宁愿少请两位,也不愿多两位。我想你们会同意我的想法。"说着他态度温和地转向爱玛,"我认为你肯定会表示赞同,不过,奈特利先生大概因为已经习惯了伦敦的大型晚会,不见得会与我产生同感。"

"先生,我没有参加过伦敦的大型晚会,我从来不跟那些人共进晚餐。"

"是吗?"这话是以惊讶和惋惜的口吻讲出来的,"我没想到搞法律会那么辛苦。不过,先生,那很快就会让你得到报偿的,届时你就可以少劳多得啦。"

"我的首要享受,"约翰·奈特利穿过敞开的大门时回答道,"就是安全返回哈特菲尔德宅子。"

第十四章

每一位先生在进入维森顿太太的客厅时,神态都要有一些改变。艾尔顿先生则要克制点他那兴高采烈的态度,而约翰·奈特利先生应该增加点微笑,这样才能符合这个场合的要求。爱玛只要自然点,表现出她的快乐就成了。对她来说,只要见到维森顿夫妇,就是真正的享受。维森顿先生是她十分尊敬的人物,对维森顿先生讲话她毫无顾忌,就像对他妻子讲话一样。她对任何人讲话都不可能跟他们讲话时这样推心置腹,不管是琐碎小事,还是一些让人感到为难的问题,即使是她父亲和她生活中的乐趣,她都深信她的话定会被仔细聆听,对方从来都会感兴趣。对于哈特菲尔德宅子的事情,她不管谈什么,维森顿太太都有强烈的兴趣。

半小时不停的交流过后,就连日常幸福生活不可或缺的琐事她们都滔滔不绝地说起来,两人都觉得十分开心。

或许一整天的拜访都不会这么愉快,可就在目前这半小时中得到了。只要一看到维森顿太太,见到她的笑容,听到她的声音,爱玛马上从心底产生一股激动的浪潮。她决心不管艾尔顿先生的那些奇怪行为,也不考虑那些不快的事情,痛痛快快地享受眼前的种种快乐。

爱玛还没到,哈利特不幸感冒的消息已经传播开来。伍德雷斯先生稳稳当当坐了很长时间,讲述着病情的发展过程,当然,他也谈论了他自己的各种病史,说了些伊莎贝拉的到来的事情,当他心满意足地讲到结束时,谈到詹姆斯应该来看看自己的女儿,这时其他人来到了。维森顿太太在这之前一直全神贯注地照顾他,此刻才能抽身出来,欢迎她亲爱的爱玛。

爱玛本来打算暂时忘却艾尔顿先生,但入席之后才发现,他们的座位紧挨着,这让她感到十分遗憾。要让他把思绪转向哈利特还真不容易,他不仅坐在她旁边,还不时地将他那副面孔探过来,引起她的注意,而且还就所有问题发表热心的评论。结果,她不但没法把他撇到脑后,内心中反而涌起这样的念头:"真的跟我姐夫想象的一样?难道这个男人喜欢我?这真是荒唐得令人难以忍受!"他对她嘘寒问暖,关怀备至,还不断询问她父亲的情况,谈到维森顿太太时满怀欣喜,最后说起她的众多油画时热情备至,可是却没有多少真知灼见,那种热烈的劲头活像掉进情网里的恋人。她为了保持自己的风度不得不忍耐自己的不满。为了她自己和哈利特的关系,她不能表现得粗鲁,心中盼望着能赶紧换个话题。在艾尔顿先生喋喋不休说个不停的时候,她特别希望能听到另外一些新鲜的东西。在她听到的只言片语中,她了解到维森顿先生正在谈他儿子的情况。她听到"我儿子""弗兰克"这两个词,还听到"我儿子"这个字眼重复了好几次。从她听到的其他几个不完整的音节中推断,她好像觉得他在宣布他儿子不久以后就要来访,然而,她还没来得及制止艾尔顿先生的喋喋不休,那个话题就已经结束了,她也不便旧话重提。

尽管爱玛决心永远不结婚，但是当她听到弗兰克·丘吉尔这个名字时，心中总是很感兴趣。特别是维森顿先生与泰尔勒小姐结婚之后，她经常冒出这样的念头：如果她真的要结婚，那么在年龄和条件方面，弗兰克·丘吉尔无疑是她最合适的人选。从家庭的关系来看，他与她似乎也门当户对。她不禁作出这样的假设：凡是认识她的人都会认为他们两人十分般配。她确信，维森顿夫妇也会有这样的看法。尽管她不愿意受他的诱惑，也不会受到任何人的劝说，让她放弃现有的地位而去换取其他的地位，她还是觉得自己现有的地位要好得多。不过，她却很想见到他，决心弄清楚他是不是令人感到愉快，希望最好自己能够得到他某种程度的喜欢，再让她朋友们想象他俩是一对恋人，想到这些心里不由得一乐。

有了这样的想法，艾尔顿先生表现出的礼貌殷勤更是显得不合时宜。虽然她表面上十分客气，心里却十分厌烦，她觉得心胸开阔的维森顿先生也许一晚上都不会再提到那个消息了，也不会再说关于它的有关方面的内容了。但事实并非如此。在餐桌旁，她坐在维森顿先生旁边，在摆脱艾尔顿先生不休止的谈论的空当里，就在吃羊里脊肉的时候，他趁机向她表达地主之谊，说：

"要是再来两位，我们就能凑个整数了。真希望你那位漂亮的朋友史密森小姐和我儿子能来。要是那样的话，我们这次的聚会将会是完美的。我确信，你没有听见我对别的人谈起我的弗兰克要来的事吧？今天早上，我收到他的一封信，他说两个星期之内就要回来与我们团聚。"

爱玛听到这话时表现出一种恰当的喜悦，而且完全赞成地说，如果弗兰克·丘吉尔先生和史密森小姐能来，那这次聚会将会更加圆满。

"他从9月以来就一直想回来和我们团聚，"维森顿先生接着说，"他的每一封信里都表达了这个意思。但是他时间有限。不过这次我深信不疑在1月份的第2个星期在这里就能够见到他。"

"你会感到多么高兴啊！维森顿太太也十分渴望认识他，她也一定跟你一样高兴。"

"是啊，她会感到很愉快，不过她认为他可能会推迟回家的时间。她可不像我这样坚信他会来，因为她不如我了解那些人。你知道吗，关键是——这一点可是个秘密，除了你我之外不能让别人知道的，我在其他场合一个字都没有透露。你知道的，每个家庭都有自己的秘密——问题是，他的一些朋友受到邀请，要在1月份到恩斯康伯宅子去做客，弗兰克要想回来，就得希望他们延迟下时间。如果他们不推迟，他就不能离开。不过我十分了解他们，因为在恩斯康伯宅子的那个家庭中，有一位地位特殊的女士，她有个怪癖。尽管每隔两三年邀请他们来一次是非常有必要的，但是，每到这时却总是要延迟行期。对此我是深信不疑。我坚信1月中旬能在这里见到弗兰克，这就像我自己就在这儿一样保险。不过你的那位好朋友，"他说着面向桌子仰了仰脑袋，"她的想象力实在是太差，在哈特菲尔德宅子就没有接触过这样的事情，所以也不相信会有什么结果，可我早已习惯于做这种事情了。"

"如果在这种事情上还有什么可以怀疑的，那我就感到非常遗憾了，"爱玛说，"但是我倾向于支持你的看法，维森顿先生。如果你认为他能回来，我认同你，因为你是最熟悉恩斯康伯宅子的。"

"是啊,我是很熟悉那里,虽然我一生从来没有去过那里。她是个老女人!为了弗兰克好,我从来不说她的坏话,因为我相信,她非常喜爱他。我以前曾经认为她就只喜欢她自己呢,但是她对他从来都那么慈祥——当然,她也会以自己的方式,偶尔有些心血来潮和胡思乱想,并且要求每一件事都照她的心意来办——依我看,他能得到她的欢心也算是个小小的成功。虽然我不想对别人谈起这事,但是,我对你说,她在一般人面前,可是一副铁石心肠。"

爱玛对这个话题很感兴趣,他们一走进客厅,她就开始对维森顿太太提起,希望她也能体会到那种快乐。但是,按照她的说法,她认为第一次会见一定会比较敏感。维森顿太太表示赞同,补充说,她有信心,不会为第一次见面感到担忧的:"因为我想他不会来。我可不像维森顿先生那么乐观,令我深感担心的是,最后可能是一场空。我相信,维森顿先生把这件事的底细都告诉你了。"

"是的,好像事情完全依赖一个脾气恶劣的丘吉尔太太,我想这一点是世界上最不靠谱的。"

"我的好爱玛!"维森顿太太面带微笑着回答道,"反复无常的说法会有什么可靠的?"说完她转向伊莎贝拉,因为刚才一直没有人与她说话,"你一定知道的,我亲爱的奈特利太太,依我看,我们根本不能确信能见到弗兰克·丘吉尔先生,但是他父亲却保证他会来。这事完全取决于他的一个舅母的情绪如何,说简单些,就是要依赖她的习性脾气。你们就像我的两个女儿,我可以对你们说真心话。丘吉尔太太是恩斯康伯宅子的统治者,她脾气很古怪,他是不是能回来要取决于她是不是愿意放他走。"

"我想每个人都知道丘吉尔太太,"伊莎贝拉回答道,"我一想到那位可怜的年轻人,心里就充满了同情。一直跟一个脾气恶劣的人生活在一起,是件多么可怕的事。生活得这么幸福的我们肯定不会了解那种情形,但那一定是一种悲惨的生活。幸亏他没有孩子!如果她生了孩子,那孩子们过得是多么不幸啊!"

爱玛真希望自己能够跟维森顿太太单独在一块儿。要是那样的话,她就能多了解一些情况了。维森顿太太一定会给她多说些,不像现在因为伊莎贝拉在场而有所担心。她相信,她不会对自己掩饰丘吉尔家的情况,不过对那个年轻人就有些特殊了,不过,她凭自己的想象就可以了。但是现在就没有什么可说的了。伍德雷斯先生很快便跟着她们走进客厅。晚餐后长时间坐在一起对他来说真是难以忍受。喝着葡萄酒交谈对他来说并不是什么乐趣,于是他便愉快地走向那些永远都能让他感到快乐的人们。

在他和伊莎贝拉谈话的时候,爱玛趁机说:

"这么说,你还不确定你儿子是否来访?这真令人十分遗憾。那些说不准的事情,真希望它越早结束越好。"

"是啊,每次拖延都让人担忧会不会发生更多的耽搁,就连布雷思维特一家也不得不推迟,我还担心,他们是不是故意找到某个借口让我们失望。这也有可能,因为他们有嫉妒心理。一句话,我一想到他们的不情愿,我就感到很痛心,丘吉尔一家十分希望他跟他们生活在一起。即使是他对自己的父亲表示一下尊敬，他们也会嫉妒。总而言之，我看他不一定能来，我只是希望维森顿先生别太乐观了。"

"他应该来，"爱玛说，"就算他只能住上两天，也该来。一个年轻人如果连这点魄力都没有，那真是太可怕啦。一个年轻的女人，如果落在坏人手里，也许会受到玩弄，身不由己地被弄得远离她所想见的人。但是一个年轻的男人受到这样的束缚，想见见父亲，跟父亲一起生活一星期都不能，那就真是太不可思议啦。"

"如果想知道他会怎样做，就需要去恩斯康伯宅子去亲自了解下那个家庭的规矩。"维森顿太太回答道，"评判任何家庭中任何一个人的行为，都需要采取相同的标准。不过我深信，如果评论恩斯康伯宅子，那就不能用一般的标准来衡量了。因为她太不讲人情了，什么都要顺从她才行。"

"她十分喜欢这个外甥，他是她最喜爱的孩子。根据我对丘吉尔太太的了解，真实的情况是，虽然她的一切都来自丈夫，可是她却不愿意为丈夫的利益作出任何牺牲。但是，她却会竭尽所能为他的外甥做出一切。这个外甥常常能左右她，尽管她什么也不欠他。"

"我亲爱的爱玛，你的脾气那么温顺，别假装理解恶劣性格的样子，也别为它定什么标准，你不要去理睬它。虽然我确信，他不时地能发挥一下相当的影响。不过要预测到什么时候他才能来是完全不可能的。"

爱玛听完这些话，淡淡地说："他不来我会很失望的。"

"他可能在某些问题上非常有影响力，"维森顿太太接着说，"但是在其他的问题上，几乎没有。离开他们来看望我们，不是一件他能够左右的事情。"

第十五章

伍德雷斯先生不久就想要喝茶。喝过茶后他就迫不及待地要回家。他的三位伙伴尽了很大的努力，才把他的注意力从时间已晚的事实上转移开来，直到另外三位先生也走进客厅。维森顿先生生性活泼健谈，朋友们都不会为了任何原因而提前散场。最后，聚在客厅人数终于变多了。艾尔顿先生兴致高昂，首先进入客厅。维森顿太太和爱玛正一起坐在一张沙发上。他立刻走上去加入她们的圈子，不等邀请便坐在两人中间。

此刻爱玛心里期盼着弗兰克·丘吉尔先生的到来能给大家带来乐趣，兴致也正浓，就乐于原谅他这种不适宜的举止，像以前一样觉得对他还算满意。听到他开始说的第一个话题就是有关哈利等的，爱玛又显出乐于倾听的友好表情。

他声称，对她那位美丽的朋友他感到十分担忧——她那位朋友既美丽，又甜美可爱。"我们到了朗道斯之后，你了解——或者说你听到有关她的什么消息没有？我十分担忧，说真的，她那些症状真让我感到十分吃惊。"他很专注地说了很长时间。

可后来，事情好像有了变化。似乎突然之间与其说是替哈利特担忧不如说是他替她感到惊慌，与其说是害怕那是一种严重的咽喉炎症，不如说是盼望她能逃避那种传染。他用十分诚恳的口吻劝说她最近不要再去那病房看望，劝她不要冒那个险,等他向佩利先生咨询过后再说。尽管她把这个话题一笑置之,并且努力将话题拉回正轨,可是他对她的极端担忧并没有停止。由此,她感到很生气。她不可能将它掩藏起来,就像看起来他是爱她而不是爱哈利特的表情一样。如果这是真的,那这将是最让人不能容忍的见异思迁!她几乎就要快忍不住发作起来。他转向维森顿太太,期望向她寻求帮助:"你难道不支持我吗?你不想帮我说服她,让伍德雷斯小姐不要去哥达德太太那里,等到证实史密森小姐的病不属传染病再说吗?她要是不给我作出保证我可不太放心。你能用你的影响力劝说她吗?"

"对别人那么关怀备至,"他接着说,"对自己却那么疏忽大意!她要我待在家里不要感冒,可她自己却有染上白喉的危险!你认为这样的事公平吗,维森顿太太?你给评评理,难道我连点抱怨的权利都没有吗?我相信你会支持和帮助我的。"

爱玛看见维森顿太太惊奇的表情。因为在他的言谈举止中,毫不含蓄地认为自己有权利对她感兴趣。而在她这一方面,她觉得自己受到了过分的刺激和冒犯,一时竟然不知道怎么直接表达才好。她只能瞪他一眼,她觉得这么看一眼一定能让他清醒过来。接着,她起身离开那沙发,走向她姐姐身边的一个座位,一心一意地与姐姐交谈起来。

她还没有弄清艾尔顿先生该怎样接受那种责难,另一个主题就紧接着开始了。约翰·奈特利先生到外面看了一下天气情况,接着回到屋子里。他对大家通报说,外面遍地都覆盖着白雪,而且雪下得很急,风刮得很紧。最后,他对伍德雷斯先生说:

"父亲,你将为你的冬季活动拉开序幕。不过对于你的马车夫和马匹来讲,穿越暴风雪可是件新鲜的事情。"

可怜的伍德雷斯先生一时吓得说不出话来,但是其他人却讲个不停,有的表示吃惊,有的不感到吃惊,有的提出问题,还有的安慰几句。维森顿太太和爱玛努力让他不要理会他的女婿,让他欢乐起来,可他那位女婿正进行近乎残酷的穷追猛打。

"父亲,我敬佩你的勇气,"他说,"在这样的天气状况下任何外出都会冒险,当时你一定看出马上就要下雪了。大家也都看出要下雪。我敬佩你的勇气,我敢说,我们会平平安安地回到家的。就算再下上一两个小时的雪,路也不会变得不能通行。而且,我们还有两辆马车,即使一辆车在荒郊野外出了事故,还有另一辆,我敢说,我们不到午夜便都能安全地回到哈特菲尔德宅子。"

维森顿先生用另外一种得意的口吻承认说,其实他早知道在下雪,不过一个字也没有吐露,免得引起伍德雷斯先生不舒服,怕他以此为借口提前动身离开。至于说雪下得有多大,会阻挡他们回家,那不过是玩笑而已,他还害怕他们不会遇到什么困难呢。他倒希望路真的不能通行,那样的话,他就能把大家都留在朗道斯宅子里了。他满腔热情地向大家保证说,这里有足够的住处供每个人居住。然后他招呼妻子,要她表示同意。他说,只要稍微安排一下,大家都能住下,可是她却不知道该怎样安排,因为这座宅子只有两间空屋子。

"该怎么办呢,亲爱的爱玛?"这便是伍德雷斯先生的第一个感叹,而且有一阵子他再也没有说话。他望着她,希望能够得到一些安慰。她向他保证说,他们是安全的,他们的马匹不但个个膘壮精良,而且詹姆斯技艺精湛,还跟这么多朋友在一起。他听了这些话,精神才没有那么紧张。

她大女儿和他一样恐慌。她害怕的是她被困在朗道斯宅子里,而她的孩子们全都在哈特菲尔德,这样的情景让她更是难以忍受。她认为对于勇敢的人们来说,道路现在还能通行,她是一刻也不愿意耽搁,急切希望面前的这个问题能够得到解决。她要父亲和爱玛留在朗道斯宅子,她和丈夫立即出发,否则就会被雪阻挡住的。

"亲爱的,你最好直接向车夫下命令,"她说,"我敢说,如果现在出发我们还能走,即使遇到什么糟糕的事情,我还能从车里钻出来步行。我一点儿也不感到害怕,哪怕就是步行一半路程我也不在乎。回家之后,我就可以换双鞋,不是吗?而且穿着这双靴子我也不会觉得有什么冷的。"

"真的吗!"他回答道,"如果那样的话,我亲爱的伊莎贝拉,那简直是世界上最惊奇的事情啦,因为平常无论什么事情都会使你着凉。步行回家!我敢说,也许你穿的那双漂亮鞋子适合步行回家。可对马匹来说,那可就糟透了。"

伊莎贝拉转向维森顿太太,希望她赞同这个计划。维森顿太太只能表示赞同。伊莎贝拉又转向爱玛,可是爱玛不愿意完全放弃大家一起走的想法。正当大家还在进行争论的时候,奈特利先生从外面回来了。他刚才一听到他兄弟关于下雪的报告,就走出外面去察看了一番。他对大家说,他刚刚在室外察看过,现在可以给大家一个明确的回答,那就是:不管是现在出发,还是一小时后再走,都不会有哪怕一丁点儿的困难。他刚才沿着海伯利空旷的道路朝前面走了一段,那里的积雪很浅,都没有超过半英寸厚。在许多地方,地上甚至没有雪。现在只不过飘着很少几片雪花,况且云彩已经散开,种种迹象表明很快就会放晴。他还跟马车夫谈过,两个马车夫都同意他的意见,认为根本没有必要担忧。

这消息对伊莎贝拉是个很大的安慰,爱玛由于父亲的缘故,听了也同样感到十分高兴,父亲听了马上稍感宽心。但是,只要他待在朗道斯宅子里,刚才那股惊慌情绪就会一直让他不自在。现在回家没有什么危险,这让他感到满意,但是没有什么能让他觉得继续留在这里是安全的。大家纷纷开口,有的劝说,有时提议,奈特利先生和爱玛三言两语就解决了这个问题:

"你父亲感到不舒适。你为什么不走?"

"我已经准备好了,如果大家都走,我就走。"

"我打铃好吗?"

"好,打吧。"

铃声响了,有人招呼马车。几分钟之后,爱玛心中就希望在这次困难的拜访之后,其中那位喜欢惹麻烦的伙伴能够回到自己家后,变得清醒冷静下来,另外一位能够重新快乐起来。

马车驶了过来。伍德雷斯先生在这种场合总是首先受到关照,奈特利先生和维森顿先生小心地搀扶着他。不过他一看到雪仍然在下,夜色比自己心里预想的更加黑暗,他又感到害怕起来。"我害怕路不好。我觉得可怜的伊莎贝拉不喜欢这种情形。而且可怜的爱玛又是坐在后面那辆车里的。我不知道他们该怎么办才好。"于是就交代詹姆斯,要他赶车慢些,等等后面那辆车。

伊莎贝拉紧跟着父亲上了车。约翰·奈特利先生忘了他本来不属于这批人,便自然而然地跟在妻子身后上了车。结果,爱玛发现艾尔顿先生陪着她并且跟着她上车后,车门理所当然地关上了,让他们做一次 tête-à-tête① 的旅行了,就这样他们一路都面对面地坐着。如果没有这天产生的疑心,她也就不会这么尴尬,本来可以十分愉快的,她可以跟他谈起哈利特,四分之三英里的路程就会显得像是只有四分之一英里那么短。可是现在,她真希望刚才的事情没有发生过。她心想,他刚才喝了那么多维森顿先生的上等葡萄酒,他肯定会胡说八道。

为了尽量约束他,她马上做好准备,用自己优雅而平静的态度,谈到这种天气和夜晚的危险性。然而,她还没有来得及开口,他们的车几乎还没有穿过敞开的院门,刚刚接近前面的马车,她就发现自己的想法就被打断了,她的手忽然被紧紧抓住,艾尔顿先生猛烈地向她求爱。他抓住这个宝贵的机会,公开了他自认为已经是心照不宣的感情,他表达得既有希望,又有畏惧,还有崇拜,声称假如她拒绝,他宁愿去死。但是,他自作多情地以为,他那热烈的依恋之情、无比的爱心和空前的激情肯定会有效果的。总而言之,他下定决心,非要她尽快认真地接受不可。事情难道真的发展成了这样?他竟然没有顾虑,没有歉意,更没有表现出多少羞愧,哈利特的恋人艾尔顿先生就变成她自己的爱人了。她想设法阻止他,但是却没有效果。他非要把话说完,尽管她十分愤怒,但是在这个环境的限制下,她决定开口讲话时保持克制。她认为,他的这种愚蠢行为一半是因为酒醉,或许过段时间他就能恢复正常。由于他处于半醉半醒的状态,她也相应地用半开玩笑半认真的态度回答道:

"艾尔顿先生,我感到十分吃惊。对我!你竟然忘记自己是谁了。你把我当成我的朋友啦,不过你要是对史密森小姐表达这样的意思,我倒是十分乐意地传达。但是请你别再对我这样说。"

"史密森小姐!对史密森小姐表达的意思!你这是什么意思!"他口气非常坚定、惊讶地重复着她的话。她十分迅速地回答道:

"艾尔顿先生,你的举动真是让人感到意外!我对此的解释就只有一个,那便是你脑子现在不正常,不然你不会以这种态度跟我讲话,也不会这样跟我谈论哈利特。请你自重,不要再多说了,我会尽量忘掉今天的这件事。"

事实上艾尔顿先生喝的葡萄酒并不多,只是使自己能够鼓起勇气来而已,头脑根本没有受到什么影响。他对自己的意图知道得清清楚楚。对于她的怀疑,他温和地表示抗议,认为她这样做极大地伤害了他的感情,他轻描淡写地表达了对史密森小姐的尊重,说那是朋友间的尊重,又对她提起史密森小姐感到十分惊奇,他又回到了刚才的话题,重新表现出自己的仰慕之情,并且急切希望得到一个肯定的回答。

---

① 法语,意为两人促膝谈心。

她认识到他是处于清醒状态的，那他就是朝三暮四。于是，她便不再注意礼节，回答道：

"我不用再怎么考虑了。你已经说得很清楚。艾尔顿先生，你让我感到很吃惊，我无法表达我有多么惊讶。在过去一个月中我一直在注意你对史密森小姐的举动，每天都注意到你对她的关注，可是现在你却用这样的态度跟我讲话，这完全是一种轻浮的性格，我没想到你会是这样！相信我吧，先生，听到这样的表白，我没有感到一丝喜悦。"

"哦，老天哪！"艾尔顿先生喊道，"你这到底是什么意思？史密森小姐！我这辈子从来没有对史密森小姐有什么想法，我从来没有注意过她，我只是把她作为你的一个朋友来对待，我毫不关心她的死活，她仅仅是你的一个朋友而已，假如她曾幻想过，那是她的一厢情愿，我觉得非常抱歉，极为遗憾。史密森小姐！哼，伍德雷斯小姐！有伍德雷斯小姐在旁边，我怎么还会考虑史密森小姐呀！我以我的名誉起誓我想的只有你一个人。说我对别人有过哪怕是一丝丝的关注，我都要表示抗议。许多个星期以来，我说过的话，做过的事全都是显出我对你的仰慕。你并不是真的感到怀疑。不可能！"他用讨好的腔调说，"我敢说你一定是看出了我的心意，也明白了我的用心。"

听过这席话，爱玛简直想堵住自己的耳朵——她的愤怒快要爆发了。她气得一时答不上话来。这时，沉默对艾尔顿先生来说，那就是个很好的鼓励，他试着再次握住她的手，嘴里快乐地喊道：

"美丽的伍德雷斯小姐！请允许我来解释这种沉默吧。这说明你长期以来一直明白我的心。"

"不，先生，"爱玛喊道，"它没有说明什么。也不是什么明白，在此之前我一直尊敬你的意见，但却没有想到结果是大错特错。我很遗憾你居然会产生这种感情。这与我的本意相差得太远了。我本来的愿望是你喜欢我的朋友哈利特，去追求她，而且你看上去已经是在追求她，那给我带来极大的欢乐，我一直诚心地祝福你能成功。如果她并不是你到哈特菲尔德宅子来的原因，那么我会认为你如此频繁拜访纯属居心不良。难道我会相信你从来没有想过要与史密森小姐结合？难道你从来没有认真地考虑过她？"

"从来没有，小姐，"这次轮到他对她喊了，"我向你发誓，从来没有。恐怕我不会认真考虑史密森小姐的！史密森小姐是个很好的姑娘，看到她生活在受人敬爱的环境中，我衷心地感到高兴。我祝福她一切都好。毫无疑问，有些男人或许会接受她——当然每个人都有自己的追求，不过我认为我自己不会被她迷住。我不会因为追求不到一桩公平的婚姻而绝望地去向史密森小姐求婚！不会的，小姐，我去拜访哈特菲尔德宅子完全是为了你，我得到的鼓励……"

"鼓励！我给过你鼓励！先生，你要是这么想实在是错得离谱。我只是把你看作我朋友的追求者。不论从哪一方面来说，你对我而言都仅仅是个最普通的熟人而已。对此，我感到非常遗憾，不过好在这场错误就此结束了。假如你还要像以前那样的话，说不定史密森小姐会误解你的意思。她也许像我一样，不会意识到你这么敏感你们中间的那种极大的地位差别。不过,依现在的情形来看,失望只能是单方面的,我相信它不会持久。目前,我是不考虑婚事的。"

他气得默不作声。看到她的态度坚决无比,恳求已经没有什么效果了。这种怨恨越来越浓厚,两人却不得不继续在一起停留一段时间,因为伍德雷斯先生的缘故,他们只能在这么一个禁闭的地方,他们离得太近了。若不是怒气冲冲,两人一定会感到绝望般的尴尬。但是,他们现在彼此已经挑明的感情,没有给彼此留下任何回旋的余地。他们连马车什么时候拐上牧师巷的都不知道,甚至就连车是什么时候停下来的都没有意识,却突然发现车已经停在他的房门前。他径直地跳下车。爱玛这时才意识到,不说句晚安的客套话确实不合适,可结果是得到了一个冷淡而高傲的回应。爱玛带着无法形容的愤怒回到哈特菲尔德宅子。

到家后,父亲极为热情地欢迎了她,他一直为她独自乘车穿过牧师巷而感到害怕不已。她也不会想到要转过那个弯子,而且是在一个陌生人的驾驭之下——那只不过是个普通的车夫,而不是詹姆斯。在这儿,仿佛她的归来使一切纳入了正轨。因为约翰·奈特利先生害羞于自己的恶劣脾气,现在他整个人都换了样,既体贴又殷勤。他非常关心父亲的安康,好像不跟他一道喝碗麦片粥不算表现得圆满周到。对于这批外出者来说,这天是在平静祥和的气氛中结束的,例外的只有她。她从来都没有这样心烦意乱过,她需要付出最大的努力,好不容易装出这副精神集中、情绪欢快的样子,直到大家分手她才长长地松了一口气,平静地回想着今天发生的这一切。

第十六章

发卷已经夹上,便打发走了女佣,爱玛坐下来仔细地思索着,心里怎么也不舒服。这确实是个伤心的故事。她一直盼望的各种各样的前景全都被打碎了!这件事情出现了最不受人欢迎的结局!这对哈利特的打击是多么大呀!这是最糟不过的事。事情的方方面面都给她带来了痛苦和屈辱,不过这与它给哈利特造成的伤害比较,已经无足轻重了。她心甘情愿承受由于误解所造成的伤害都落在她一个人身上。

"假如不是因为我的劝告,哈利特喜欢上这个男人,我是可以忍受这一切的。他就是跟我有再大的关系也不会有什么事情的。现在可怜的哈利特怎么办!"

她怎么会能受如此的迷惑!他说过,从来没有认真考虑过哈利特——从来没有!她尽量回忆过去发生的事情,但是一切都是那么混沌不堪。在她脑子里先是有了个先入为主的想法,她假设是那样的,于是便把一切都朝向那个方向上面想。可他的态度也是不明白的,好像左右摇摆,让人举棋不定,如果不是这样也不会有什么误解。

那幅画!他是那么渴望为那幅画镶画框啊!还有那个字谜!甚至还有那么多的其他场合,这些都是多么明显指向哈利特!当然,那个字谜中的"敏捷才思"和"柔和的眼睛"对两个姑娘都不合适,不过是个没有品位,并不真切的含糊说法。可是谁又能看透这种无厘头的胡说八道隐藏的含义呢?

当然啦,她觉得他对她的殷勤是没有必要的,特别是在最近。不过她认为那只不过是他做事的方式而已,把他看成又仅是由于判断错误,认识错误或者是格调不高,看成他并非一直生活在上流社会的证据。虽然他讲话时向来都非常斯文,但是这也不足于显示他的优雅。在今天之前,她一点也没有怀疑过,她觉得他对她表示感激和尊崇仅仅是在于她是哈利特的朋友。

对于这桩事情,约翰·奈特利先生曾经给过她十分中肯的意见。她现在不得不承认,那两位兄弟的确有着犀利的眼光。她想起了奈特利先生是如何对她谈艾尔顿先生的,他发出过警告,坚信艾尔顿不会那么轻率地选择另一半。一想到他们对他性格的判断比她正确,她便感到一阵阵的害羞。事实证明,她感到非常痛心的是艾尔顿先生在许多方面都与她的意图和她所确信的完全相反,他不但骄傲自负,还独断专行,一心只为自己打算,却极少考虑别人的感情。

艾尔顿先生想要向她求婚,结果却是一团糟,他在她心目中的地位下降了。他的表白和求婚对他没有任何好处。她对他的恋情没有理会,他的希望对她来说是一种欺侮。他想要攀上这门好亲事,便不自量力地看上她,大言不惭地说已经爱上了她。可是她却很坦然,并想他丝毫没有受伤,也压根儿没有失望之情,因而就不需要任何安慰,从他的表现中根本看不出有什么真正的爱。不过哀叹和漂亮的辞藻倒是足够多,可是她很难想象出与真正的爱情联系不大的其他的表达方式,也没有想象出还有什么其他的腔调。她不必费心费力可怜他。他所需要的只是用此来提高自己的地位,增加自己的财产罢了。如果他不能如他所愿将哈特菲尔德三万镑①财富的继承人伍德雷斯小姐轻易搞到手,他立刻就会转向只有两万镑的某位小姐,甚至是只有一万镑的另外一位。

他居然论及什么鼓励,竟然认为她知道了他的意图,接受了他的心意,简而言之,想要说的就是要与他结婚!不管是在实际上还是在想象里竟认为他能跟她平起平坐!并且蔑视她的朋友,只看到那些比自己社会地位高的,却对比自己地位低下的人视而不见,还以为对她的求爱不算是冒昧,这真是最叫人冒火的事情了。

要他感到他在天赋和精神境界的优雅方面两人不可相提并论,或许这并不公平。或许这种平等的缺乏本身就让他无法看到这一点。不过他知道,在财富和势力方面,她要远远优于他。他一定知道,伍德雷斯家庭在哈特菲尔德是有若干代传统的,现在居住在这里的只是一个古老家族的年轻分支,而他艾尔顿能算得上什么呢?至于哈特菲尔德宅子的不动产当然是可以忽略不计的,那只不过是整个唐沃尔地产上的一个斑点而已,住重要的是整个海伯利的那片地产。另外他们家族在其他方面的财产,甚至是在各个方面的势力,都可与唐沃尔相比。长期以来伍德雷斯家族在当地就享有较高的声誉,而艾尔顿先生来到这个地方生活的时间还不到两年,仅仅刚开始创业,除了几个业务联系的熟人之外,没有一个同盟者,可以说除

---

① 根据简·奥斯丁的手记,她的前三部小说出版后得到的报酬仅有六百四十五英镑,而出版《爱玛》一书所得的稿酬不过三十九英镑,因此我们可以据此得知三万英镑在当时是非常可观的一笔巨额财富。

了他现在的地位和礼貌态度之外,他没有什么可引人注意的地方。但他居然认为她爱上了他,而且还对此深信不疑。爱玛狂乱地抨击他的狂妄的态度和自负的想法后,也渐渐恢复了平常的睿智,冷静了下来,想了想,承认自己的确在他身边的行为过分随和,过分谦虚,过于礼貌,而且也太注重他了,如果说对方没有意识到她的真正意图,那么像艾尔顿先生这种观察能力平平,缺乏敏锐的人,就不免把它想象成对自己倾心的明证。既然对她的感情理解是错误的,那他在自身利益的遮蔽下对她产生误解,她也就不怎么感到奇怪了。

最开始的错误和最大的错误都在于她。把这样的两个人拢在一起真是太愚蠢了,而且是错得离谱。那是过分冒险,理想超越现实,嘲弄了本该严肃的事情,将本来简单的事情复杂化,为此她感到非常焦虑,感到害羞,下决心再也不做这种事了。

"是我让可怜的哈利特深深迷恋上这个男人的,"她说,"她也许绝对没有想过他的目标是我。如果不是我向她保证说他深恋她,她也绝对不会对他满怀着希望,因为她那么谦虚恭顺,正如我以前对他的看法一样。唉!我还劝说她不要接受年轻的马丁先生,还自鸣得意呢。那件事我做得对,干得好,可是我随后应当立刻罢手,以后的事让时间和机缘去安排。我这是将她介绍给了上流社会,让她有机会找到值得交往的伴侣。我不应当走得那么远。可是现在呢,可怜的姑娘,她得将有很长时间失去那原有的平静。对她来说,我只是半个朋友。要是她对这事感到非常失望,我敢说肯定有其他人不想要她了。威廉·考科斯,啊!不,我可受不了威廉·考科斯,那个经常出言不逊的年轻小律师。"

她整理了一下自己的思路,为自己旧态复萌感到脸红,不自觉地笑出声来。接着,她重新开始了更加严肃,更让她沮丧的思考,考虑着那些可能发生、已经发生以及必然发生的事情。想到她不得不向哈利特解释这令人苦恼的现状,想到可怜的哈利特此刻的痛苦,想到未来面对她时必然感到的难堪,想到是否要维持朋友关系,想到是把感情控制住还是把憎恨隐藏起来,要不要避免正面相见打招呼——这些想法一直萦绕在她的脑子里,这让她感到非常沮丧,到最后上床休息的时候,她什么结论也没有得出。不过有一点是肯定的,那就是她犯了个非常严重的错误。

像爱玛这样富有朝气的姑娘,虽然晚上暂时会感到一阵忧郁,但当太阳升起的时候,肯定就会高兴起来。欢快的早晨和她一样有活力。只要不是沮丧情绪没有浓烈到夜不能寝的地步,那两眼睁开时就会有新的希望。

第二天早上,爱玛起床后觉得更加不舒服了,更加希望能缓和目前的不快,希望能从现实中逃脱出来。

如果艾尔顿先生并不是真正爱上她;假如他不是那么百般温柔亲切,如果这样的话他对她的失望便不会产生那么大的震动;假如哈利特并不是那么高洁多情,感情也不是那么的敏感持久;假如除了三位当事人,根本不让其他人知道此事;假如这一切都是事实,那对她而言将是个多么好的安慰啊。特别是不能让她父亲感到丝毫的不安,哪怕只有片刻。

可这都是非常乐观的想法。当她看到地面上有厚厚的积雪时,她心情变好了一点,因为,目前只要是能让他们三人相互远远离开的任何理由都是受欢迎的。

对她来说,最有利的是天气。尽管今天是圣诞节,可是她却不能去教堂。伍德雷斯先生如果听到女儿想去,会感到十分凄凉。这样,她便处在非常安全的地位,既不会引起也不会招来各种不安和不快的想法。地面覆盖着厚厚的白雪,天气仍是阴阴的,空气中有着各种雨、雪、霜等悬浮物,这种天气是最不宜出外锻炼的。每天早上不是要降雨就是要降雪,每个夜晚都冷得要结冰,许多天来她一直都心甘情愿地做个囚徒。她与哈利特也没有办法相互来往,当然写封短信除外;不仅圣诞节不能去教堂,连星期日也去不成;而且用不着到处找借口去解释艾尔顿先生为什么不来访。天气是把大家都困在家里的原因。虽然她知道并且相信父亲在另外一个交际圈子里能得到慰藉,不过,现在她父亲心满意足地独自待在家里。他对无论在什么样的天气情况下都来问候的奈特利先生说:

"啊!奈特利先生,你为什么不像艾尔顿先生那样待在家里呢?"

如果不是因为她本人陷入困窘境地,这些天她本可以过得非常愉快,因为她姐夫的性情恰好喜欢这种隔离状态,而这位先生的情感总会对他的同伴产生重要的影响。再说,他在朗道斯宅子时的坏脾气已经消解得快差不多了,在他住在哈特菲尔德宅子的剩下的日子里,他的面孔上总是呈现出和蔼的表情。他总是和和气气、和蔼可亲,谈起任何人来都是那么次快有趣。尽管爱玛希望获得快乐,而且目前的舒适仍在持续,可是,早晚她都必须向哈利特作出解释,这块不祥的阴影总是笼罩着她,这使得爱玛片刻也不能获得切底的放心。

第十七章

约翰·奈特利夫妇的自由并没有因天气而长久地限制在哈特菲尔德宅子里。对那些勤于锻炼的人们来说,天气情况已经有所好转了。伍德雷斯先生还是像以前那样,虽然设法劝说女儿和所有孩子们都多停留些日子,到最后也不得不送他们全体启程,然后返回家里,一直悲叹可怜的伊莎贝拉不幸的命运。而那可怜的伊莎贝拉与她过分溺爱的孩子们在一起消磨生命,眼睛看到的全是他们的优点,对他们的缺点视而不见。她总是稀里糊涂地忙碌不停,倒是个纯粹的幸福女性的典范。

就在他们走的当天晚上,一封艾尔顿先生写来的书简送到了伍德雷斯先生手中,这是一封长长的信,信里面用礼貌的口吻,正规格式并以艾尔顿先生最正规礼貌的话说:"迫于朋友的急切请求,我将于次日离开海伯利赴巴斯,并在那里住上一段时间。鉴于天气及事务等诸多不便,不能亲自往伍德雷斯先生府上告辞,为憾,承蒙盛情款待,心中常怀感激之情。如伍德雷斯先生有所托,非常乐意从命效劳。"读此,爱玛感到惊喜不已。艾尔顿先生这个时候离去正是她所盼望的。她很佩服他想出这个点子,不过对他所采取的这种通知方式实在不敢恭维。这封信中满是对她父亲的客气,根本只字没有提起她,这也就再明白不过地表达出了他的怨恨之情。甚至在信的开头也丝毫没有提到她,而且信中压根没有提到她的名字,这种变化可是太惊人了,开始她还认为 如此那封一本正经地表示感激的告辞信,可能会引起她父亲的怀疑。

可是它却逃避了他的疑心。艾尔顿先生的这次突如其来的旅行让她父亲感到极为吃惊,他便担忧艾尔顿先生能不能安全到达目的地。但是并没有从他的语言中看出任何异乎寻常之处。那是一封非常有用的信,因为它为他们在度过孤独的夜晚时光提供了思考和交谈的新鲜内容。伍德雷斯先生一次又一次地谈起他的担忧,爱玛则以她惯有的机敏劝说他,让他放下心来。

到了这种时候,她决定不能再让哈利特蒙在鼓里。她有理由相信,她已经大体上从感冒症状中恢复过来,而且她也希望,在那位绅士回来之前,她能从那种打击中恢复过来。于是第二天,她便去拜访哥达德太太,准备去接受那不可避免的赎罪方式,那真是一件十分残酷的事情。她不得不亲自摧毁自己辛勤培育的所有希望——那个原来喜欢的人的性格那么令人讨厌——她得承认自己大错特错,她自己在这件事情上完全判断错误,这还说明了过去六个星期中所有的观察,所有的信念,所有的预测全都错得离谱。

这种坦白又使她再次感到了刚开始的耻辱——哈利特的泪水让她冒出了另一种想法:她以后再也不会喜欢自己了。

哈利特听到这个消息后,表现出了足够的勇敢,她没有责怪任何人,从每个方面都显示了她那纯朴的性情和自卑的心理,在她的朋友看来,她的优点表现得明显无疑。

爱玛的心境能使她对这种质朴和谦虚进行最高度的评估。所有的温情和依恋,这些好像全属于哈利特的,而她自己却是滑稽得根本不沾边。哈利特认为自己没有什么可抱怨的。她绝对配不上像艾尔顿先生这样的人,被他所爱会是一种极大的荣誉。除了伍德雷斯小姐这样对她偏爱和和蔼的朋友,其他人根本配不上他。

她的眼泪潮水般涌流出来——她的悲伤是那么真诚且毫无虚饰,在爱玛的眼里,它比任何尊严都更加让人肃然起敬。她仔细地听着她的诉说,设法用自己全部的诚意和真心去安慰她,当时她确实感觉到,如果拿她们两人比较,哈利特明显更加坚强一些。

天色已经很晚了,不能再继续这样傻待着,在她离开时,她记住了要谦虚和谨慎,以后不要再胡思乱想。她此时的第二项职责便是竭力帮助哈利特改善现在的生活,让她过得舒适愉快,对她来说,这是仅次于照顾她父亲的紧迫需要。她要用一种比做媒更好的方式来表达自己的爱,她把她带回哈特菲尔德宅子,向她表示出一贯的善意,努力帮她解闷,使她高兴起来,并经常用读书和交谈的这种方式使她不再想艾尔顿先生。

她明白,要想彻底完结这件事,必须要有足够的时间。她认为自己在这类问题上的判断总的来说还是比较客观的,尤其不会同情艾尔顿先生的恋情。不过在哈利特这样的年纪上,从希望彻底的幻灭到恢复正常镇定,这个过程也许在艾尔顿先生回来之前便能完成,然后再让他们在平常场合见面,这样既不会流露柔情也不会增添蜜意,她认为这是合情合理的。

哈利特的确认为他是个完美无缺的人,还坚持认为没有哪个男人能在人品和美德方面能与他相媲美。事实,她超过了爱玛的预见,坚定不移地爱上了他。不过她也明白,这种情感到头来只不过是单相思,这是非常自然而且是不可避免的。所以凭她的领悟力,她无法理解这样的青感能持续多久。

毋庸置疑,艾尔顿先生回来后会显得特别的冷漠,她毫不怀疑他会有这样的表现。她无法想象哈利特在看到他时,回忆起他的过去,会继续浮现出什么样的幸福的表情。

他们在一处定居,毫无选择地生活在一处,这对他们三个人来说是件坏事。他们之中没有人有足够的能力迁走,也没有能力能够影响现在的生活圈子。他们不可避免地要经常会面,长期相处。

在哥达德太太那里,哈利特那些爱说闲话的伙伴们会让她更加不幸,因为艾尔顿先生是全体教师和高年级女生相互推崇的偶像。所以,只有在哈特菲尔德宅子里才允许她听到对他冷静地分析,并说出那些令人反感的事实来。爱玛认为,在哪里摔倒就应该在哪里爬起来,只有看到哈利特走上恢复之路,她才会真正地感到释然。

第十八章

离约定的时间越来越近了,弗兰克·丘吉尔先生却一直没有来。一天突然收到了表示不能来的致歉信,这自然让维森顿太太感到不舒服。信上说目前他不能抽身前来,这让他感到"特别伤心,非常遗憾;"不过他依然"盼望在不远的将来能造访朗道斯宅子。"

维森顿太太感到极度失望,虽然她对于能见到这位年轻人并不抱多大的希望,可是她此时的失望却比她丈夫更甚。不过对于一个生性乐观的人来说,尽管希望的事情并不能经常实现,可也并不会因此就感到沮丧。眼前的失败很快就会过去,很快燃起新的希望。在这半小时的光景里,维森顿先生感到十分吃惊和难过,但是,接着他便认为,弗兰克一定会在两三个月之后再来,而且那会更好些。因为那将是一年中比较好的时光,而且天气也好了很多。毫无疑问,到那时,肯定要比现在匆匆来访能多待些日子。

这样一想,他很快就有了坦然自若的感觉。维森顿太太则是疑虑很多,她预见到的只有一次又一次的重复道歉,又一次把行期拖延。无论如何,她担心丈夫会因此而感到痛苦,而她自己则是更难过。

爱玛除了替朗道斯感到可惜之外,此时也没有心情去认真考虑弗兰克·丘吉尔先生还能不能来访。此时她没有兴趣与他相识。她希望不会受到任何诱惑,希望安安静静的。不过,她最好像往常那样,在平常交往中露面,她对这种情况表达了谨慎的关心,对维森顿夫妇的失望表示同情,因为这自然属于他们之间友谊的一部分。

她是第一个向奈特利先生通报这件事的人,作为圈内人——可能还有更不凡的关系——她先是对丘吉尔家控制他的行为表示了十分不平,接着她开始说了些言不由衷的话;谈起他会给萨里郡狭隘的社交圈子增加色彩;谈起看到一个新人的加入会感到如何愉快;谈起整个海伯利,看到他都会感到像过节般的喜悦。最后说到丘吉尔夫妇的反应,结果发觉自己陷入与奈特利先生意见完全不同的尴尬之中。当她意识到的时候感觉十分滑稽,她站在与自己真实感觉完全相反的立场上,以维森顿太太的论点反驳起自己来了。

"犯错误的很可能是丘吉尔夫妇,"奈特利先生冷淡地说,"不过我敢这样说,如果他想来的话,他就能来。"

"我不明白你为什么要这样说。他是特别希望来,但是他的舅舅和舅母不允许他来。"

"他要是决心想来,我相信他肯定能来得了。没有真凭实据,我不能相信你这种说法。"

"你可真是个怪人!弗兰克·丘吉尔先生做了什么,让你把他看得那么不通人情?"

"我从来没有把他当成什么反常的怪物,没有说他因为与那些人生活在一起,就把他们作为榜样,因而就看不起自己的亲戚,除了自己的乐趣之外他极少关注其他事。一个年轻人让自豪、奢侈、自私的人养大成人后,自然而然,他自己的态度也会变得自豪,生活奢侈,性格自私。假如弗兰克·丘吉尔想见见他父亲,他就能计划好,就能在9月到1月之间来拜访。到他那个年龄的男人——他多大了?二十三四岁——怎么可能做不到这一点,这是不可能的。"

"你说得容易,想得也轻巧,因为你是自己的主人,但你却不懂寄人篱下的难处,你也不懂得应该如何管住自己的脾气。"

"很难想象,一个二十三四岁的男人,头脑和四肢居然没有这点自由。他肯定不缺钱,也肯定有空闲时间。正相反,我们知道他这两样都很充裕,他很乐意在这个最闲散的地方来打发这两样东西。不久之前,他曾经去过韦茅斯的事实就证明了他有能力离开丘吉尔家人。"

"是啊,可那也得等时候。现在,他是在等待时机离开他们。"

"只要他认为这么做是值得的,只要有娱乐的引诱,就会有这种时机。"

"如果对一个人的具体情况不怎么熟悉,就对他的行为妄加评论,这是非常不公平的。不是来自一个家庭的,谁也不好说哪个家庭的某个成员有什么难处。只有对恩斯康伯宅子有足够的熟悉,对丘吉尔太太的脾气有足够的了解,才可能推断出他外甥会怎么做。当然,在某些时候,他或许有能力做更多的事情。"

"爱玛,有一点,只要一个男人愿意,他什么时候都可以做,他有责任去那么做。他用不着要手段,而只要靠着旺盛的精力和坚强的决心。弗兰克·丘吉尔有义务关心他父亲。从他的承诺看来,这一点他也明白;如果他愿意来的话,就一定能来。一个感情丰富的男人会简洁果断地对丘吉尔太太说:'你知道为了你我可以牺牲一切。可是我必须立刻出发去看望父亲。我知道,如果我不向他道贺的话,他就会感到被伤害。所以,我决定明天出发。'如果他以成人坚定的口吻这样对她说,就不会有什么意见能够阻止他。"

"很好,"爱玛笑道,"不过,他们或许会做出某些事情来不让他回去了。对一个非常依赖别人的年轻人,请别说出那样的话!奈特利先生,除了你谁都没有可能想象出那种话。但是你压根儿不知道处在与你不同的地位上的人,他们该怎么办。弗兰克·丘吉尔先生绝不会这样对舅舅和舅母讲话!你要了解,是他们把他养育成人,而且还继续向他提供生活保证——设想一下,他在屋子中央站着,用震耳欲聋的声音讲话! 你怎么会想到他会采取这样的举止呢?"

"相信我吧,爱玛,一个有头脑的人不会觉得这有什么困难的,而且他也会觉得自己有权利这么做。一个有头脑的男人会以恰当的态度作出这种声明,那将会使他的身份提高,并增强他的养育者对他的兴趣。毫无主见或者唯命是从是绝对不会产生这种效果的。如果行为正当,大家会对他更加爱护,此外还更加尊敬。他们可以信赖他,会认为既然这个外甥能对父亲孝敬,将来也能孝敬他们。因为他们非常清楚地知道,他应该去祝贺父亲。他们也知道,卑鄙地滥用自己的权力只会拖延时间,他的屈服并不能维护他们的利益。每个人都感觉到应该尊敬正当的行为。假如他能以这种态度行事,坚持原则,始终如一,那么,他将会折服众人。"

"我对此感到怀疑,你非常热衷于折服那些弱小的心灵。不过,假若这弱小的心灵属于有钱有势的人,我认为他们会得意忘形,最后变得像大人物一样不可驾驭。我可以想到,奈特利先生,如果突然之间你成了弗兰克·丘吉尔先生,很自然的,你的言谈举止会按照你对他的建议,或许那很可能会产生更好的效果。丘吉尔夫妇或许会被顶撞得哑口无言。那么,你也就不会有早年顺从的习惯了,也没有突破习惯的借口了。可是对于他而言,要想突然之间就独立自主,压根儿不顾及感激和尊敬之情,对他们提出的种种要求,那就是件十分困难的事情啦。他可能像你一样,有着强烈的是非感,但要想在那个特殊的环境下付诸行动,却就不可能像你这样啦。"

"那他还没足够强烈的意识。如果没有同样的行动,那就没有同样坚定的信念。"

"啊! 要注意不同的环境和习惯! 我希望你能理解,一个和蔼的年轻人与那些孩提到少年时期都一直非常尊敬的那些人正面顶撞会是什么样的情景。"

"假如这是第一次他为了贯彻一个决定,恰当地与其他人的愿望抗争,那你的这位和蔼的年轻人就非常懦弱了。都到了这个时候了,他应当把那些已经履行的义务变成他的习惯才对,而不是对别人唯命是从。如果是个孩子,那还可以原谅,但是对于一个成人来说,那就不是这样的了。随着他变得越来越有理性,他应当能把自己的意识唤醒,而不应该完全受他们的摆布。他应当挺身反抗他们试图蔑视他父亲的第一次行为,假如他采取了恰当的行动,也许就不像现在会有什么麻烦了。"

"在他的问题上我们永远达不成一致意见,"爱玛嚷道,"可是这也难怪,维森顿先生绝不会对愚蠢视而不见,即使是他的儿子,不过他很可能愿意让他的儿子心甘情愿地顺从,养成温和的性格,而不是你那种对完美男性的要求。我敢说他确实是这样的,虽然这样做,他可能会失去一些优点。但是却因此也会获得另外的收获。"

"是啊,他的优点在于该动起来的时候沉稳着不动,在于过着舒适懒散生活,还自鸣得意地以为找到了世界上最好的方法,自以为为这种生活找到了绝妙的借口。他坐在那里写一封优雅华丽的信,表面上是信誓旦旦,可实际上是虚伪不堪,自认为能保持自己的平静,又能让他父亲无法抱怨。"

"你的感觉真奇怪,他的信似乎能让大家都感到满意。"

"我想恐怕维森顿太太是不会感到满意的。那是很难满足一个有她那种良好意识和敏锐感觉的女人,虽然她居于母亲的地位,但却没有让母爱把这些都蒙蔽。正是因为她,朗道斯宅子才值得人们倍加注意,她因而也能倍加感觉到那孩子不来的影响。我敢说如果她是个有重要影响的人,他肯定会来,他来不来都没有什么大不了的。你能想象到你的朋友在困窘中没有这样的考虑吗?你以为她不会常常这样扪心自问吗?不,爱玛,在我看来你那位年轻人的温和脾气只能是法兰西式的①,而不是英格兰式的。他或许非常'温和',风度潇洒,而且还非常谦和,但是事实上其他人感觉不到他的英格兰式的优雅,他没有任何温和可言。"

"看来,你已经认定他是个坏人。"

"我!绝对不是,"奈特利先生有点生气地回答道,"我非常希望他不是个坏人。我像任何其他人一样,愿意看到他身上那些的优点,可惜我们却没有听说过他这方面的事情,只有些关于他个人的看法,比说他个头长得高,面孔长得好,能说会道,大体上还过得去。"

"假如他没有别的引人注意的地方,那他到了海伯利会是个宝贝啦。我很难见到这样出身高贵、举止优雅、令人愉悦的年轻人。我们不要要求那么苛刻,要求对方要具备各种优点。奈特利先生,你难道想象不出,他的到来会引起怎样的轰动吗?到那个时候我看啊,整个唐沃尔和海伯利教区届时将只有一个共同的话题,一个共同的兴趣,到时候大家谈论的内容将全部是关于弗兰克·丘吉尔先生的。我们那时候眼里只有他一个人。"

"请原谅,你简直要把我打垮了。假如我发现他还有点什么谈资的话,那认识他我会感到高兴。可是如果他仅仅是个会甜言蜜语的纨绔公子,那我可就不愿意搭理他了。"

"我是这样想的,他能够与任何人交谈那些趣事,有能力成为大家喜欢的人,也有这样的愿望。跟你,他会谈种田,和我,他会谈绘画和音乐,与其他人,他能谈其他部分。因为他有着各种各样的知识,因而在交谈中不但能十分恰当地迎合别人的话题,还能起导向的作用,他能把每一个话题都谈得恰到好处。这就是我对他的期望。"

"我的想法是,"奈特利先生积极回应着说,"假如真是那样,那他准是个最让人无法忍受的家伙!难道不是!在23岁就成了同伴中的王——伟人——有经验的政治家,就已经能把每个人的性格看透,能充分利用每个人的天赋去交往,与他相比大家都是傻瓜!我亲爱的爱玛,真正到了那时候,你自己也会无法忍受的。"

"我不想再谈他了,"爱玛嚷道,"难道他在你眼里无论做什么都是邪恶的吗?我们两人都有各自的倾向,你反对他,我推崇他。在他真正到这儿来之前,我想我们不可能达成一致意见的。"

"有偏见!我可没有任何偏见!"

"我就很有偏见,并且丝毫不感到有什么羞耻。我爱维森顿夫妇,这样会使我

---

① 英语和法语中都有相同的"温和(amiable)"一词,奈特利先生此处所言之意为:在法语中这个词更多指一个人在礼仪上和蔼可亲,但在英语中这个词则多用来表示一个人在性格上让大家喜欢。

不可避免地产生对他有利的那些想法。"

"我不会想到这么个人。"奈特利先生略带苦恼地说。爱玛见势不妙立刻转移了话题，可她不理解的是他为什么会如此恼火。难道就仅仅因为与他的脾气不同的这么一个年轻人，就讨厌他？这与她平时对他的印象完全相悖，她一直认为他是个慷慨大度，值得崇拜的人，她从来就没有怀疑过，他会对别人的优点做出不公正的评判。

第二卷

第一章

　　某天上午,爱玛和哈利特肩并肩散步,按照爱玛的推测,那天她们关于艾尔顿先生的事情已经谈得够多的了。她认为,无论是为了安抚哈利特,还是为了挽回自己的错误都不应该接着谈下去了,所以,当她们返回的时候,她尽量想方设法避开这个话题。可是,就在她以为将要获得成功的时候,这话题又突然被提起来了,当时她谈起穷人在冬天肯定会遭受到的苦难的时候,谈了一段时间,得到的却还是这样的一句非常忧郁地回答:“艾尔顿先生对穷人真好!”她意识到还得必须继续努力才行。

　　此时她们正走近贝茨太太和贝茨小姐住的房子。她想去拜访她们,以便在人比较多的地方哈利特就不会提起那个话题了。爱玛从来都有充足的理由来说服自己去拜访她们。贝茨太太和贝茨小姐喜欢有人去拜访她们,她知道,有一小撮人总是希望从她身上发现某些不足,认为她不会想到拜访别人,还认为她没有为她们的可怜的乐趣作出应有的贡献。

　　关于她在这方面的不足,奈特利先生多次提醒过她,她自己内心也时常能够感觉得到。但是没有哪种能消除她现在内心中的感觉——这种纯粹的拜访——简直就是在浪费时间,两个烦人的女人,她害怕成为海伯利二流或三流的人物,因为就是那种类型的人物才会经常去拜访她们。所以,她很少到她们住的地方去。可在这个时候,她却做出了一个决定:应该进去拜访一下。她在心里盘算好了之后,便对哈利特说,此时她们没有收到简·菲尔法克斯的信。

　　这房子原本是属于一位商人的。贝茨太太和贝茨小姐住在客厅。虽然这是个面积十分狭窄的房间,但却是她们的所有活动场所,她们在这里受到了最热情,甚至是感恩般的欢迎。那位衣着整洁、安详的老太太坐在一个最暖和的角落编织着,见到她们来了,她甚至想把那个地方让给伍德雷斯小姐坐。她那个活泼而好客的女儿以自己所有的善意和周到来迎接她们,这将客人搞得有点不知所措。她感激她们来访,并关心地询问她们的鞋子有没有湿,急切地询问着伍德雷斯先生的健康状况,并用那欢快的语气说着她母亲的健康状况,还拿出甜点心说:“克尔太太人真好,刚离开不到十分钟,跟我们一起坐了一个钟头,还吃了块点心,说非常喜欢。所以,我希望伍德雷斯小姐和史密森小姐也能品尝一块这美味的点心。”

　　提到克尔一家肯定会谈到艾尔顿先生,因为他们的关系很密切,艾尔顿先生走后只有克尔先生得到了他的消息，爱玛知道下面该怎么做了。她们肯定会再次提起那封信，算算他已经离开多长时间了，并夸赞他是个很好的朋友，无论他到哪里都会受到大家的喜欢，还有那"礼仪王"舞会挤满了那么多人。她不停地说着，充满了让人感兴趣的话题和竭尽所能的恭维之词，爱玛应付自如，并且总是设法在哈利特之前表示感谢。

她走进这房子时就已经准备好面对这一切了，不过，她的意思是在适当地评论过他之后，就不要讨论这个令人生厌的话题了，而只是随便聊聊海伯利小姐太太们的牌局聚会。可她没有想到，她们在谈完艾尔顿先生的话题后会转到谈简·菲尔法克斯，令人想不到的是贝茨小姐急匆匆撇开艾尔顿先生的话题后，从她外甥女的一封信突然换了话题谈起了克尔家。

"啊！不错……我当然知道，艾尔顿先生……克尔太太告诉我说……他曾经在巴斯的舞厅跳舞……你也知道克尔太太跟我们坐了挺长时间，谈到过简。从她一进门就开始打听简的情况，简在那里很受大家的喜欢。克尔太太跟我们聚在一起的时候，每次都会询问简。我要说的是，简比其他任何人都应该得到大家的赞赏。克尔太太开口就直接说：'你们最近没有听说简的事情吧？那是因为还不到她写信的时候。'我连忙说：'今天早上我们刚刚收到她的一封信，'我没有见过比她更加吃惊的表情了。'是吗，那真是太好了！'她说，'这可太惊奇了。你给我说说他们都说了些什么。'"

爱玛非常礼貌地表达了自己的兴趣，微笑着说："刚刚收到菲尔法克斯小姐的信？我真是太高兴了。她还好吗？"

"谢谢你。你真是太好了！"这位姨妈信以为真，高兴地回答道，她急切地想找到那封信。

"啊，在这儿。我知道不可能放得太远，不过你看，我不经意就把针线盒压在上面了，弄得看不见了，我刚刚还看过，所以我确信它就在桌子上面，我刚才还读给克尔太太听过，她走后我又一次向妈妈读过，因为这对她来说是个非常高兴的消息，她并不是常常能看到简写来的信。所以嘛，我知道这信就在很近的地方，这不，就放到了我的针线盒子下面。承蒙你的关心，希望你也能听听她怎么说——不过，我先声明，我要替简道个歉，因为她写的信都很短，仅仅只有两页——你看，还不到两页呢——她写满一页，又勾掉了半页①。我母亲觉得我还能辨认出来而一再感到惊奇。刚刚拆开信的时候，她一再说：'赫蒂，看到这样我就很头痛，我们能从这张格子里辨认出什么呢，'你是这么说的吗？妈妈？后来我对她说，我敢说，即使没有人帮忙，她也一定能想法子辨认出来，并认出其中的每一个字，只要潜心研究每一个字，到最后每个字肯定都能认出来的。事实上，虽然我母亲的眼神没有别人的好，但是，她戴上眼镜仍然是能看得相当清楚的，感谢上帝！这真是件幸运的事情！

---

① 牛津版《爱玛》在此处注解道：当时的人们出于节约的考虑，一般只用一张信纸。一面写满后会将纸横过来，勾画出空白的地方继续写。寄信也无须使用信封，只需将信纸折叠成长条，使用火蜡封住边缘，在纸背上写收信人地址和姓名。

其实我母亲的眼力好得很。简在这儿住的时候就常常说：'姥姥，我敢说你的眼睛就像你的身体一样那么好。那么多要眼神精细的活计你都曾做过！我真希望我的眼神以后能像你的一样。'"

这席话说得太快了，贝茨小姐不得不停下来喘口气。爱玛趁机夸奖了几句，说菲尔法克斯小姐的书法好极了。

"你真好。"贝茨小姐以十分感激的心情回答道，"你的书法那么漂亮，当然是有眼力的。没有哪个人的赞扬能比伍德雷斯小姐的这番话更让我们感到高兴。你知道的，我母亲耳朵有点儿聋，所以她听不清楚，"她转身对母亲说，"妈妈，你听见伍德雷斯小姐对简的书法是怎么评价的吗？"

爱玛有幸地听到自己的那番蠢话又被重复了两遍，好在那位老太太最终听清楚了。在这个时候她正在考虑，如何既不显得无礼，又能让她们不再提起简·菲尔法克斯的那封信。就在她刚想要找个小小的借口，赶紧离开时，突然贝茨小姐再次把目光投向了她，对她说：

"我母亲的耳背程度很轻——几乎算不得什么。只要我提高声音说上两三遍，她肯定能听见。不过，还好她对我的声音已经习惯了。奇怪的是，当她在听简说话的时候好像更容易懂。简说话那么清楚！不过，她不会认为她外婆的耳朵与两年前有什么差别，处在我母亲这个年纪上能这样已经很不错了。自从简上次走后，已经有两年整了。我们从来没有在这么长时间内没见着她，我对克尔太太说，我们现在几乎不知道该怎样款待她啦！"

"菲尔法克斯小姐很快就要回来吗？"

"啊，是的。就在下个星期。"

"是吗！那真是让人高兴极了。"

"谢谢你，你真太好了。没错，下个星期。这事谁都没有料到，人们也都很高兴。我敢肯定，正如大家喜欢见她一样，她也很高兴见到大家。但她说不准是星期五还是星期六，因为堪贝尔上校可能会在当中的一天也要用马车。他们真是太好了，要专程把她送回来。你知道，他们总是这样。下个星期五或者星期六。正如她这封信上所说的，她才没有按平常一样的日期写信。要是往常，我们也许要等到下个星期二或者星期三才能够收到她的信。"

"是啊，我刚才还想，恐怕今天很难听到菲尔法克斯小姐的好消息呢！"

"你真是太好了！如果不是因为有这么一个特别的机会，我们也不可能收到她的信。得知她这么快就能回来，我母亲真是太高兴了！她还要回来跟我们一起待上三个月呢。三个月，她信上是这么说的，我很高兴能读给你听。事情的起因是堪贝尔一家要去爱尔兰。狄克逊太太便劝说她父母直接来看望她。他们原本是打算夏天再去，但是迫不及待地要再次见到他们——在去年10月她结婚前，她从来没有离开过他们长达一星期之久，身处他国肯定是件非常奇特的事情。她也许给母亲写了封信，也许给父亲写了一封加急信，我得说，我不知道她是给哪一位写的，不过我们很快就能从简的信里弄明白了——为了加强语气，以她和狄克逊先生的名义，说他们要立刻回去，要在都柏林接他们，然后一起回拜勒克莱格乡下去。我猜想,那肯定是个漂亮的地方。我是说,简肯定从狄克逊先生那里听说那个地方是如何漂亮的,我不知道她还能从什么别的人那里听到这话。你知道,他讲话时习惯性地会喜欢提起自己的家乡。堪贝尔上校夫妇,对自己的女儿不愿独自与狄克逊先生外出十分不快。对此我也不想责怪他们。当然啦,他对堪贝尔小姐讲起他的爱尔兰的老家时,她肯定听到了。我记得,她曾经对我们写信说过,他让她们看过那个地方的画,那是他自己创作的风景画。我相信,她是个温柔、有魄力的年轻人。听了她的描述,简非常渴望去爱尔兰。"

此刻,爱玛突然有了其他的想法,对简·菲尔法克斯产生了一种从未有过的怀疑,因为有这么个富有魅力的狄克逊先生,她怎么可能不跟着去爱尔兰呢。她为了进一步把整个事情弄明白,便故意设计圈套说:

"菲尔法克斯小姐能在这个时候回家探望,你们一定会感到非常高兴吧?考虑到她与狄克逊先生的特殊友谊关系,你们几乎不该指望她会不陪伴堪贝尔上校和堪贝尔太太。"

"非常正确,说得对极了。这正是我们害怕的事情。因为我们非常不喜欢离这么远,还要几个月见不着面,要是发生点什么意外,我们也去不了。可是你看,结果是非常完美,他们——狄克逊夫妇——非常希望她能跟堪贝尔上校和堪贝尔太太一块儿去,而且觉得她会去的。简说,他们的联合邀请信比什么都有诚意,更加迫切。你马上就能听到,狄克逊先生也会全程关注此事。他是个富有魅力的年轻人,自从他在韦茅斯救了简以后,好像就更加明显了⋯⋯那时他们在水上开聚会,她还绕着帆桅打了个旋,可差点就要落入海水中。实际上,如果没有他的话,她就会整个掉进水中,他手疾眼快,一把上去拽住了她的衣服——一想到这里我就情不自禁地浑身发抖——不过,自从知道这件事情后,我就特别喜欢这位狄克逊先生。"

"不过,尽管有着菲尔法克斯小姐的朋友的一再劝说,而且她自己也是非常地渴望去爱尔兰观光,可她最后不还是心甘情愿地与你和贝茨太太在一起度过这段时光吗?"

"是的——完全是她自己的决定,肯定是她自己的选择,堪贝尔上校和堪贝尔太太认为她做得非常对,因为他们也打算向她建议这样做的。事实上,他们非常希望她能够呼吸一下自己家乡的空气,因为最近她的身体不是很好。"

"你这样说,我很担心,不过还好他们很明智。不过狄克逊太太恐怕为此一定感到非常失望。我知道,狄克逊太太本人并不十分漂亮,根本不可能跟菲尔法克斯小姐相提并论。"

"啊!确实不能,非常感谢你的赞扬——当然是不能的啦,他们之间确实没有可比性。堪贝尔小姐虽然长相一般,但是却极为高雅。"

"是啊,我想肯定是这样。"

"不知道简得了重感冒,可怜的孩子,11 月 7 日——正如我读给你听的那样——从那以后就一直觉得不舒服。患感冒这么久,真算得上很长时间了,不是吗?她以前从没有提起过,就怕我们着急,这完全符合她的风格!总是照顾别人!不过想一想,她还根本没有痊愈呢!堪贝尔一家,她的朋友们希望她最好回家来,呼吸呼吸家乡的空气肯定对她有好处的。他们相信，在海伯利住上三四个月，她会彻底痊愈的。既然她身体不好，能到这里来肯定比去爱尔兰对她更加有益处。没有人能像我们这样精心照料她。"

"我觉得这样安排最好。"

"就像简的信里所说的那样，她会在下星期五或者星期六回来，而堪贝尔一家会在下个周一离开城里去霍利海德。这么突然！亲爱的伍德雷斯小姐，你也许能想得到，我们是多么的激动啦！如果不是因为她生病——恐怕我们见面后会发现她十分可怜。说到这里我想告诉你，我在处理这件事情上犯了一个很大的错误，我从来都是自己先看一遍信然后再读给母亲听，免得让她听到信中有什么让她伤心的事情，简想要我这样，而且我也是一直这样做的，所以今天我也像往常一样心情忐忑地拆开信，当我看到信中提起简生病的事情，我就吓得大声喊起来：'我的天哪！可怜的简生病了！'我母亲当时正留神，我突然明白过来了，顿时惊慌起来。不过，当我最终看完信后，发现并没有开始想象的那么严重，于是我就轻描淡写地念给她听，她也就没把这事看得太可怕，现在我是真后悔，当时那么不留神！假如简不能很快好起来，我们就请佩利先生过来看病。费用问题不用考虑，但我们可不能让他白来一趟，这你也是知道的，他也有家人要养活的，不应该白给人帮忙。我只是很随便提了一下简在信上说的事情，我们还是言归正传，说说她的信吧，我敢说她说自己的事情比我替她说要好多了。"

"实在是不好意思，我们得赶回去了。"爱玛瞅了哈利特一眼，开始站起身，"我父亲还在等着我们，我们本来就想打个招呼……本来我只想在这里停留五分钟，没有想到我们愉快地聊了很长时间了！现在，我们必须要告别了。"

等说完各种敦促和鼓励的话她们就出来了，她再次来到街道上，虽然听到了很多不愿意听的话，尽管也在事实上已经非常清楚简·菲尔法克斯来信的所有内容，可她已经用不着去听贝茨小姐念信了，这让她感到十分高兴。

第二章

简·菲尔法克斯是个孤儿，她是贝茨太太的小女儿的独生女。

某部兵团的菲尔法克斯中校与简·贝茨小姐结婚的时候，洋溢着幸福与快乐，不过现在却成了过眼云烟，剩下的只是他在海外战斗中牺牲的伤心回忆，以及那个寡妇不久之后便陷入了悲伤，并死于肺结核的悲惨记忆，还留下了那个可怜的女孩。

她是在海伯利出生的。自从三岁时母亲去世后，她就成了姥姥和姨妈的宠儿，她是她们的财富，也是她们的感情慰藉。当时简似乎要永远生活在那里，只能接受一个贫困家庭所能提供的全部教育，除了惹人喜爱的外表、良好的理解能力和那些热心善良的亲戚之外，没有别的任何有利的社会关系或其他有利条件能够改善她的成长环境。

但是，她父亲生前一位富有同情心的朋友让她的命运悄然发生了巨大的改变，他就是堪贝尔上校，他对菲尔法克斯有着极高的评价，说他是最有功劳的杰出的军官，并认为是他曾经救过自己的命，因而要报答他的恩情。他一直没有忘记，直到后来他找到了那个孩子，提出要承担她的教育费用。自从那时起，简就成了堪贝尔上校家庭的一分子，并一直与他们生活在一起，只是偶尔回家看望一下外祖母。

他们的目标是将她培养成一名教师。她从父亲那里继承了区区几百镑的财产，这样她是无法独立生活的。堪贝尔上校却尽管他的工资和从继承中得到的财产收入颇为丰厚，可是他的财富却不是很多，而且最后必须全部遗赠给自己的女儿。于是，他希望让简接受教育，以便日后能让她过上受人尊敬的幸福生活。

这就是简·菲尔法克斯的故事。她被好心人收养了，在堪贝尔家得到了无微不至的关怀，而且还接受了良好的教育。由于她一直与心地正直、知识丰富的人一起生活，她的文化教养也得到了极大的提高。堪贝尔家在伦敦居住，在那里每一种细微的天赋都会在别人的指导下进行培养。她的天性和漂亮也没有辜负他们的心血。到了十八九岁，她已经完全能够胜任作为一名优秀的教师的工作了。但是大家都非常喜欢她，不忍心与她分开居住。不仅父母亲都不同意，就连女儿离开她也是受不了。所以那分离可怕的日子就被大家一推再推。大家都认为她还很年轻。简一直跟他们生活在一起，就像家里的另一个女儿，分享着这个有着优雅家庭环境的乐趣，这里既有家庭的温馨，也有消遣的快乐，只有未来是唯一的障碍，她的良知冷静地提醒她，这一切很快就要结束了。

简比起堪贝尔小姐，容貌要更加美丽和漂亮，因而全家人对她都十分喜爱，尤其是堪贝尔小姐对她的热情爱慕。那位小姐不可能不关注到她天生丽质，父母亲也不可能体会不到她的智慧。然而，他们对她的慈爱一如从前，甚至到堪贝尔小姐结婚时也没有改变。机会和幸运往往令人不可捉摸，它们宁愿给那些平庸的人，也不愿意高攀优秀，堪贝尔小姐就这样得到了一位年轻、富有而有魅力的狄克逊先生的欢心，他们几乎是刚刚认识便结为连理，愉快而惬意地生活在一起。而简·菲尔法克斯却不得不为生计而奋斗不止。

这件事情就发生在最近，她那位不怎么幸运的朋友简还没来得及找到工作，对简来说，自己的确是到了应该开始工作的时候了。很早以前她就下定决心到了21岁就工作，所以在见习期间她表现出很坚强的献身精神。她决定要在21岁时彻底牺牲自己，放弃人世间的一切乐趣，放弃所有快乐的交往、平等的关系、平静的心情和希望，永远承担起做教师的屈辱和辛劳。

尽管堪贝尔夫妇很不愿意她这么做，但是他们的良知却不能反对。只要他们还活着，他们的家永远是她的家。如果只是为了使他们自己得到安慰，他们倒是情愿让她待在家里，不过这就太过于自私了。既然是命运，不如尽快地实现。他们或许开始感到，克制住拖延时日的诱惑是更加明智的决定，也更加富有爱心。现在必须让她获得完全的独立的地位，脱离那些舒适和闲暇的生活情调。然而，慈爱之心仍然乐于寻找各种各样合理的借口，以延缓那个可悲的时刻。他们的女儿出嫁之后，他们还没有完全恢复过来。特别是简生病后，在她的身体完全康复之前，他们不许她承担工作责任，她虚弱的身体和不稳定的情绪是承担不了工作负担的，在最有利的条件下外出工作，那可需要全身心地投入才能勉强胜任。

　　至于不陪着他们一起去爱尔兰,虽然在她写给姨妈的信中说的是事实,不过有些事情并没有完全说出来。趁着他们外出的机会,回到海伯利的决定是她自己做出的。也许她只是想跟自己最亲近的亲戚在一起,来度过这完全放松的最后几个月的时光。堪贝尔夫妇对这个安排立刻表示赞同,不管他们内心中到底有什么想法,也不论他们的目的是否单纯的,还是有其他的想法。总之,他们表态说,让她在土生土长的地方呼吸几个月新鲜空气,这对她恢复健康会有好处,除此之外他们不会考虑其他问题的。因此,她一定要回来。于是,海伯利不再对从未来过这里,但在很久以前便许诺要来的弗兰克·丘吉尔先生有什么期望,转而暂时希望看到简·菲尔法克斯,不过她能带给大家的或许只有两年不见的新鲜感而已。

　　爱玛感到非常遗憾——她总是做不想做的事情,而想做的又做不成!她要拜访自己不喜欢的人,而且长达漫长的三个月!她为什么不喜欢简·菲尔法克斯这是个非常难回答的问题。奈特利先生曾经告诉她说,这是因为她发现那是个真正的才女。而她原来只是希望别人把自己看作才女。虽然这种想法当场便受到了她的反驳,但是后来她也反省,良心上感觉自己并非无辜。我与她合不来,我也不明白这是为什么,可心里就是既冷淡,又保守。不论我高兴还是讨厌,我就是要表现出冷漠。再说,她姨妈是个多么喋喋不休的人!大家都很烦她!在大家印象中,她们会是亲密的朋友——因为她们年龄差不多,大家都以为她们会相处得极好。除此以外,她并没有其他道理可说。

　　那是一种毫无理由的厌恶——每一种强加给她的缺点都经过想象而被数倍地夸大,结果,不论多久没有见面,只要相见,便不由觉得感情受到她的伤害。现在,她两年后返归故里,但是在见面后,她的外貌和行为举止让爱玛大受震动。这两年多的时间里,爱玛心里一直蔑视她。简·菲尔法克斯,但是发现她确实是非常高雅,异常高雅,她的身高十分标准,她的身材也极为优美适度,正好介于肥胖与消瘦之间,程度适中,还有,那微微显露的病态似乎让她更加讨人喜欢。爱玛情不自禁地感受到了所有的这一切。再说她的面貌吧,她的面貌比爱玛以前见过的任何人都漂亮。那是令人惊叹的美。她的眼睛是深灰色的,睫毛和眉毛呈深黑色,人人见了都赞不绝口。虽然爱玛一向喜欢挑剔人家的皮肤,可她的皮肤却是十分白净柔嫩,并不需要红润去衬托。那是一种美的类型,她那优雅的举止更是锦上添花。根据她的原则,她应赞叹才对——不论是某个人,还是某个事物,这都是在海伯利难得遇上的真正的优雅。可以毫不客气地说,她与众不同,品质卓著。

　　在第一次见面时,她就坐在简·菲尔法克斯的对面,心里怀着双重的喜悦,既感到高兴又觉得自己很公正,这决定了她从此不会再厌烦她。她喜欢她的美,理解了她的成长和她的处境,当她想到所有这些优雅品质的归宿的时候,考虑到未来她将要委身何处,考虑到以后她将如何开展生活,要想不对她有所同情和表示尊敬是不可能的,特别值得一提的是,她那充满魅力的表现也许让狄克逊先生着迷,因为连她本人都产生了这种感情。假如真是那样,没有别的事情比她决心做出这样的牺牲更加令人同情,更加令人肃然起敬。此时爱玛非常愿意原谅她诱使狄克逊先生移情别恋,也愿意原谅她搞的所有恶作剧,当然啦,这些都是在她的想象中才会产生的东西,假如这是爱情的话,那只能是最简单不过的而且是不成功的单相思,简作为她的谈话对象,或许已经不由自主地喝下了一剂悲伤的毒药。从内心那些善良的动机出发,她现在不准自己去爱尔兰,决定不久便开始努力工作,并将自己与他的一切联系彻底地割裂。

总之,当爱玛与她离别,在回家的路上不禁频频张望,哀叹海伯利没有一个年轻人能配得上她。

这是一种非常迷人但并不长久的感情,她还没有来得及在公开场合宣称自己的意愿,要与简·菲尔法克斯一直保持友谊关系,也没有来得及纠正自己以前的偏见和错误,只是这样对奈特利先生说道:"她长得确实非常漂亮,并且漂亮只是她众多优点的一个!"最终的结果是,简在她姨妈和外祖母的陪伴下到哈特菲尔德宅子来拜访,聊了一个晚上,一切又回到常态,以前让人恼火的事情再次重演。那位姨妈还是像以前一样烦人,这次更加厉害,因为这次除了夸耀她的能力外又增加了担心她那虚弱的身体,大家不得不听她反复唠叨,说什么她早饭吃了一点点的面包和黄油,中午吃了多么小的一片羊肉。另外她还展示自己的新帽子,还有她和她母亲的新针线袋等,她现在是越来越讨厌简了。她们演奏了音乐,爱玛受邀弹奏,但是在她看来,在演奏之后简所表示的感谢和赞扬虽然态度直率但却显得非常做作,似乎自己很了不起,但演奏的目的只是想表现自己高超的演奏技巧。除此之外,最糟糕的是她本人还是那么的冷漠,那么的谨慎!一点也看不出她的真实念头,她仿佛就像一件包在礼貌的外套中决心不让任何东西遭到危险,她的那些内在保护令人非常反感和怀疑。

如果说还有什么隐秘的话,那就是她在狄克逊家的问题上更加的谨慎,她似乎故意不说出狄克逊先生的性格和年纪,也不评论对他交友的原则,更不发表他婚姻的任何意见。完全是一般性的赞叹和圆滑,没有描述过任何事物,也没有对任何东西进行评述。然而,这对她没有任何用处。因为她把谨慎抛在了脑后。当爱玛看出其策略的时候,就立刻想到了那些自己原先的猜疑。或许需要掩盖的东西太多了,以至于远远地超过了她自己的想象。狄克逊先生在当时更换交友对象,他选中堪贝尔小姐,也许意在将来的那 12000 千英镑。

但是在另外的话题上,她也表现出相似的谨慎。她在韦茅斯的时候,弗兰克·丘吉尔也在那里。虽然据说他们还有一定的交往,可是爱玛怎么也不能从她嘴里打听到他的真实情况。"他长得帅气吗?""大家认为他还不错。""那他的脾气好吗?""一般人都认为他很好。""那他看上去是个有魅力的年轻人吗? 是不是有文化?""我们只在海水浴场或者在伦敦一般性的社交场合见了几次,所以很难就这些方面做出任何判断。现在我能做出正确判断的只有他的举止礼貌,丘吉尔先生的举止是很容易被了解的。我相信大家都认为他的举止得当。"爱玛不能原谅她。

第三章

爱玛不能原谅她。可是,由于她们和奈特利先生在一起时,既没有表现出激越的情绪,也没有表现出憎恶的心情,行为表现出的只是恰当的关注和那些令人十分愉快的举止。于是,第二天上午当他再次到哈特菲尔德宅子与伍德雷斯先生谈事情的时候,尽管她没有像她父亲不在场时那样表示嘉许,但是爱玛也完全能够明白他的意思。在此之前,他认为爱玛对简的看法有点偏见,现在,他很高兴看到她对她的态度大为改善。

他与伍德雷斯先生谈完正事,伍德雷斯先生也明白他的意思,便一边收拾文件,一边开口说:"昨天真是个令人愉悦的夜晚,格外令人高兴。你和菲尔法克斯小姐演奏的音乐是那么悦耳。能舒舒服服地坐在这里待上整整一个晚上,能与两位这么优秀的年轻女子娱乐,时而演奏音乐,时而侃侃而谈,真是莫大的享受。爱玛,我能保证,菲尔法克斯小姐一定也会认为那是个非常愉快的夜晚。我很高兴你让她弹奏了那么多,你知道她外婆家没有琴,在这里她一定感到非常的尽兴。"

"能得到你的夸奖,我感到很高兴,"爱玛微笑道,"不过我希望不会对常常来访问哈特菲尔德宅子的客人欠下什么人情债吧。"

"不,我亲爱的。"她父亲立刻开口道,"我肯定你不会。每个人的周到和礼貌都只能抵上你的一半。如果说有什么问题的话,那就是你过分周到了。比如昨晚的小松饼——如果仅仅请大家吃上一圈,我觉得就已经足够了。"

"不,"奈特利先生几乎是抢着同时说,"你是没有什么欠缺,无论是在礼貌方面还是在理解别人方面。所以,我想你是理解我的。"

爱玛露出诡谲的表情:"我很理解你。"然后她只是说了一句,"菲尔法克斯小姐有些谨慎。"

"我一来就对你说,她是有那么一点儿。不过你很快就能帮她克服掉的,那不过是羞怯而已。在我看来谨慎的举止应当受到礼遇。"

"你认为她羞怯,我还真没有看出来。"

"我亲爱的爱玛。"他挪到离她近些的椅子上,"我不希望你会对我说,你过了个非常不愉快的夜晚。"

"啊!不。我非常佩服自己提问时的那股坚韧的精神,也为得到的回答内容如此之少而感到滑稽。"

"可我现在感到非常失望。"他仅仅这么回答道。

"希望大家都度过了一个非常快乐的夜晚。"伍德雷斯先生以他一贯的平静语气说,"我过得很愉快。只是有一段时间,我觉得火烧得太旺,便悄悄地向后移动了一点儿,只是很少的一点儿,便不再觉得有什么不舒服了。贝茨小姐,总是那样健谈,态度和善,只是说话速度有点儿太快。不过,她和贝茨太太一样令人高兴,当然了她有另外一种风格。我是喜欢老朋友的。简·菲尔法克斯小姐属于非常美丽的类型,既漂亮,又举止高雅。奈特利先生,她肯定会认为那是个愉快的夜晚,因为她能跟爱玛在一起。"

"是这样的,先生。而且爱玛也一定觉得很愉快,因为她跟菲尔法克斯小姐在一起。"

爱玛发觉了他的焦虑,便想让他放心,至少目前应当得到缓和。所以她以不容任何人质疑的诚恳态度说:

"她是个浑身上下都会引人注目的美丽姑娘。我总是用艳羡的目光盯着她看。我是打心底对她表示同情。"

从奈特利先生的表情来看他是极其满意爱玛的这个回答的，他还没来得及说话，伍德雷斯先生就已经将话题转向贝茨一家了，说道：

"真是太可惜了，她们家的经济那么拮据！实在太可惜了！我经常怀有这样的想法——但是我们又不能做得太多——只好给她们一些小小的馈赠，送点稀罕东西——恰巧我们刚刚杀了头小猪，爱玛正想送给她们一块五花肉或一条猪腿。虽然猪非常小，但是味道非常好。哈特菲尔德的猪有着自己的特点，不过仍然是猪。我亲爱的爱玛，我想我们最好送条腿，要是送其他部位的话，除非她们能像我们家那样精心炸成猪排，一点儿猪油也不留，还绝对不能烤，否则谁的胃口也受不了烤猪肉的。你明白我的意思吗，亲爱的？"

"亲爱的爸爸，我已经把整个猪后腿都送去了。我知道这正是合乎你口味的想法。你知道，猪腿能腌起来吃，味道好极了，她们可以随意烹饪五花肉哦。"

"对，亲爱的，对极了。我之前没有考虑过，不过那才是最佳的方式。她们可不能腌得太咸了。假如腌得不是太咸，而且炖得软软的，就像塞勒给我们炖得那么软，吃的时候跟白萝卜、胡萝卜或防风根（一种植物）放在一起，只要别吃太多，我看还是不会有损健康的。"

"爱玛"，奈特利先生随后便说道，"我要告诉你一个消息，一条你喜欢听的消息。这是我在到这儿来的路上听说的，我想你会非常感兴趣的。"

"消息！啊！当然，我很喜欢听新鲜事！是什么消息？你为什么笑得那么奇怪？是从哪儿听来的？难道是从朗道斯宅子？"

现在他好不容易才得到个说话的机会，说：

"不，我没有去那里，就连朗道斯宅子周围我都没有去过。"刚刚说到这里的时候，门突然打开了，贝茨小姐和菲尔法克斯小姐快步走进屋来。贝茨小姐连连称谢，声称有消息要通报，都不知先讲哪个好了。奈特利先生很快便发现自己说话的机会已经失去了，休想插进去哪怕一个字。

"我亲爱的先生，你今天上午过得好吗？我亲爱的伍德雷斯小姐，我简直都不知道怎么感谢你好了。那么好的言腿猪肉！真是感谢你们的慷慨了！你们收到消息了吗？艾尔顿先生就要结婚了。"

爱玛在这之前甚至连想一下艾尔顿先生的念头都没有。当她听到这话时彻底呆住了，身体不禁略微地颤动了一下，脸颊也稍稍涨红了一点。

"和我想告诉你的消息一样——我想你会感兴趣的。"奈特利先生说完微微一笑，似乎表示他们要说的是一回事。

"你从哪儿听来的？"贝茨嚷道，"这消息你是怎么知道的，奈特利先生？我五分钟之前才收到克尔太太的便条——不对，可能超过了五分钟——要不就是十分钟——因为我当时正要戴上帽子、穿好短大衣，准备出门——我刚刚到楼下跟帕迪说那猪肉的事——简就站在走廊里——是不是这样的？简？当时我母亲还担心我们没有足够大的腌肉盆子。所以我就说要下去找找。简就说：'我替你去好吗？你现在有点感冒，帕迪正在清洗厨房！'我就说：'我亲爱的……'正在这时，有人送来了个便条，那是一个陌生人送来的。说是与一位霍金丝小姐结婚。我就知道这些了。是巴斯的一位霍金丝小姐。奈特利先生，可你怎么会知道这消息的，那可是巴斯的一位霍先生告诉克尔太太的，她马上就坐下来给我写便条，一位霍金丝小姐……"

"一个半小时之前，我跟克尔先生谈了些事务。恰巧他刚刚读过艾尔顿先生寄来的信，便递给我并让我看看。"

"哎呀！这可真——我想啊。没有哪条消息能比这消息更让大家激动了。我亲爱的先生，你真是太慷慨了，我母亲要我代她向你们表示最真诚的致意和问候。向你们表示无限感谢，这让我们不知道说什么好了。"

伍德雷斯先生答道："我们哈特菲尔德的猪肉，事实上比其他地方的猪肉要好得多，所以爱玛和我的最大快乐就是……"

"啊！亲爱的先生，我母亲说啦，我们的朋友对我们真是好极了，如果真有天上掉馅饼的事情，我想，那一定是让我们碰上了。我们可以自豪地说：'我们命中注定会有一份好的运气。'①话又说回来，奈特利先生，这么说你是亲眼见过那封信了，那么……"

"信特别短，只是个公开宣布——当然口气是十分欢快和兴奋的。"他朝爱玛诡谲地看了一眼，"他真是太幸运了——现在我已经忘记了他的原话是怎么说的了。内容就像你说的一样，他要跟一位霍金丝小姐结婚，从他那封信的措辞口气上看，我看这婚事已经定了。"

"艾尔顿先生要结婚了！"爱玛一有机会便开口说，"我想每个人都会祝福他的。"

"他这么年轻就定下了终身大事，"伍德雷斯先生感慨道，"他最好别那么着急，我觉得他的经济状况是很宽裕的。我们一直都欢迎他到哈特菲尔德来做客。"

"伍德雷斯小姐，你终于又要有个新邻居了！"贝茨小姐快乐地说，"听到这个消息，我母亲是非常高兴的。她说她实在是受不了那破旧的老郊区牧师宅子里没有一位女主人。这真是个特大新闻，简，你从来没见过艾尔顿先生！难怪你特别想见到他。"

简的好奇心并不是表现得那么明显，她的个性显然与那种急不可耐的类型搭不上边。

"是啊！我从来没见过艾尔顿先生，"她回答道，然后问道，"他是……他是个高个子吗？"

"那要看谁来回答这个问题。"爱玛嚷道，"我父亲也许会说'是的'，奈特利先生可能会说'不高'，而贝茨小姐和我的回答肯定是个头适中。菲尔法克斯小姐，等你在这儿住些日子，就会明白艾尔顿先生在性格和思想这两个方面上是海伯利完

---

① 这句话出自《圣经·旧约·诗篇》第十六篇。此处引用和《旧约》原文不完全一致。

美的标准。"

"至于霍金丝小姐的身份、相貌以及他们俩多久之前认识的,"爱玛说道,"我是真的无法理解,好像他们认识的时间并不很长,他离去才不过四个星期而已。"

对此,谁也没有明确的答复,迟疑了片刻,爱玛说道:

"菲尔法克斯小姐,你一直没有发表意见,可我想你对这个消息是感兴趣的。你最近听到看到那么多这类话题,对于堪贝尔小姐的婚事你也知道不少。要是你那么冷漠地对待艾尔顿先生和霍金丝小姐的事情,那我们可不能原谅你了。"

"等我见到艾尔顿先生再说吧。"简回答道,"我打赌,我会感兴趣的。可是我相信我缺乏切身感受。再说,堪贝尔小姐结婚已经好几个月了,有些事情都已经忘了。"

"不错,伍德雷斯小姐,正如你所说的他才走了四个星期而已。"贝茨小姐说,"刚巧是四个星期前的——认识了这么个霍金丝小姐——可是,我们还一直认为他会爱上本地的一位姑娘,我倒不是——克尔太太有一次跟我悄悄地说过——可是我马上就回答道:'不会的,艾尔顿先生是个高尚的年轻人,不过……'简而言之,我发现对这些事情我还不是特别的敏感。我也不假装。我只能看到眼前的东西。假如说艾尔顿先生有此志气,谁也不会对此感觉奇怪。十分感激伍德雷斯小姐允许我说了那么多,你真是太好心了。她知道我绝不会惹人生厌的。史密森小姐现在好吗?她现在应该完全康复了吧。你们最近有约翰·奈特利太太的消息吗?啊!那些可爱的小娃娃们。简,你知道吗?我老是把狄克逊先生想象成约翰·奈特利先生。我的意思是他俩的外貌非常像——高高的个子,还有那种面孔——不怎么爱说话。"

"不对,我亲爱的姨妈,他们根本不像。"

"太奇怪了!谁也不可能未卜先知。人们都是先形成一个观念,然后抓住不放。你说过,严格地说,狄克逊先生并不漂亮。"

"漂亮!没有吧——他长得非常一般。我曾经告诉过你的。"

"我亲爱的,难道你忘了,你说过堪贝尔小姐不允许别人说他长得一般,而且你自己……"

"至于我嘛,我的评价无足轻重,我从来都认为所有人都是值得一看的。但是我相信,大家都会认为他长得确实很一般。"

"哎呀,我亲爱的简,我看咱们必须非走不可啦。今天天气真是不好,你外祖母会担心的。我亲爱的伍德雷斯小姐,你真是个好心人,但我们必须要走了。这真是个最令人高兴的消息。我必须要到克尔太太家去一趟,不过最多只能在那儿停留三分钟。简,你最好立即回家去,我可不能让你在外面淋雨。我们认为她在海伯利已经好得差不多了。感谢你,我们真的感谢你。我不到哥达德太太那儿去了,我看她除了炖猪肉之外,什么都不会在意的,当我们在吃猪肉的时候,那当然就是另一回事了。亲爱的先生,祝你晨安。啊!奈特利先生也要一起回去,那简直太好了!我相信,要是简觉得劳累的话,你会让她扶住你的。艾尔顿先生要娶霍金丝小姐,祝他们晨安。"

家里只剩下爱玛与她父亲,她的大部分注意力便集中在了父亲身上。爱玛一边听他感叹年轻人都那么着急着要结婚——而且还是跟陌生人结婚——她一边用心思在仔细考虑这件事。在她看来,这是件虽然滑稽但会大受欢迎的消息。她知道艾尔顿先生不会难受多久,但是却为哈利特感到难过。哈利特一定会感到难过。只不过她现在所希望的是由她自己把这消息告诉她,免得她从别人那里听到感到突然。现在,她可能来访。要是她在路上见到贝茨小姐那就惨了!想到马上要下雨,爱玛估计天气可能把她阻止在哥达德太太那里,在那儿,这消息肯定会毫无防备地向她袭去。

雨下得很急,不过却很短暂,只有不到五分钟后,哈利特走进门来,只见她表情焦急激动,只有在满怀心事匆忙赶来时才会有这种表情。她一见爱玛立刻张口喊道:"啊!伍德雷斯小姐,你知道发生什么事情了吗?"声音明显地显示出她心中很慌乱。既然她已经遭到了打击,爱玛便认为此刻除了倾听没什么更好的办法来安慰她。哈利特一五一十地讲出来:"我半小时前从哥达德太太那儿出来,我担心天要下雨,也许会随时都可能来一场倾盆大雨,所以我认为还是先跑到哈特菲尔德宅子为妙,于是我就尽快地赶路。等到了一所房子,因为那儿有一位年轻女子正在为我缝制一件外衣,我便临时决定进去看看进度如何。我在里面只停留了一段时间,刚出来就发现开始下雨了,我不知道怎么办了,就开始拼命奔跑,后来到伏特商店里避雨。(伏特商店是家兼营毛、麻织品和缝纫用品的大商店,也是本地最大和最时髦的)我在那儿等了有一分钟,正在思索着什么。突然间,你知道谁进店来了——真是太怪了!不过他们倒是经常在伏特商店买东西——你知道是谁吗?是伊丽莎白·马丁和她哥哥!亲爱的伍德雷斯小姐!我想我当时高兴极了,我不知道该怎么办。我就坐在靠近门的位置上,伊丽莎白看见了我,可他没看见。他当时正忙着收雨伞。我确定他看见我了,可是他马上将目光看向别处故意不理睬我。他们俩快步走向了商店另外一头。但我在门口呢!啊!亲爱的,我觉得好悲惨啊!要不是外面仍然在下雨,我真希望能躲到什么地方去,就是别待在那儿,啊!亲爱的伍德雷斯小姐,最后,我想。他在朝周围望的时候,肯定看见了我。因为他们没有买东西,但却停下来窃窃私语,我确信他们谈论的是我。我不禁想,也许他是在说服她跟我谈谈。你认为是不是这样?因为她很快便走上前来,来到了我跟前,向我问好,看上去要是我愿意,她随时准备跟我握手。她的这些举动跟以前差别太大了。我看得出她变了,不过。幸亏她竭力表现出十分友好的样子,我们便握了握手,站在一起交谈了一阵子。不过我不记得当时说了些什么,因为那时我心慌得厉害!我记得她说,很遗憾这么久没见面了。我觉得她对我真是太亲切了!亲爱的伍德雷斯小姐,我当时真难挨呀!当时,虽然雨下得很大,可我下了决心,无论如何我都要离开。我发觉他也在朝我的方向走来,你知道吗?他走得很缓慢,仿佛不知道该怎么办。他终于走了过来,开口说话,我就回答。在那儿站了一会儿,我感觉可怕极了。你知道吗?说不上是什么感觉。然后我鼓起勇气,就说,雨停了,我该走了。我就走了出来。在我离开门还没有走出三码远,他突然追过来对我说,如果我是到哈特菲尔德宅子,最好绕过克尔先生的马厩,因为刚才的雨把近路淹没了。

啊！我亲爱的，当时我觉得我难受得简直要死了！我就说我十分感谢他。你知道，我只能那么说。然后，他走回到伊丽莎白身边，我绕过马厩——我相信我是那么走的——可我简直分不清方向了，也不知道我做了些什么。啊！伍德雷斯小姐，打死我也不愿意再做出这样的事情。但是，看到他么善意欢快的举动，我也很感动。看到伊丽莎白也是这样。啊！伍德雷斯小姐，你和我说说话，安慰安慰我吧。"

爱玛真心想找到个理由安慰她，可是她却力不能及。她不得不停下来想一想。她自己此时的感觉并不是很舒服。那个年轻人和他妹妹的举动看来是发自内心的真情，可她对他们却只是感到了同情，按照哈利特所说的，他们的行动是一种有趣的混合体，其中掺杂了受到伤害的爱情和真正意义上的柔情，她以前也认为他们是些善良而值得交往的人，但是这能改变与她不般配的事实吗？那么容易受到表面现象的迷惑简直是犯傻。当然啦，他失去她一定感到很难过——他们一定都感到难过。除了爱情之外，他们的抱负也受到了打击。或许他们希望通过与哈利特结婚而提高自己的地位。另外，哈利特为什么要这么说？那么容易获得快乐，那么没有眼力，她的赞扬有什么意义？

她竭力把过去的一切都看作是微不足道的琐事，不值得放在心上，希望能通过这个办法来安慰自己。

"当时也许是挺尴尬，"她说，"不过看来你能够很好地应付了，过去的事情就让它过去吧，或许永远——确实永远不会再次发生，不会再像第一次见面那样。所以，你也不必多想。"

哈利特说："太好了，"还说，"不想了。"可是她还在谈论着，仍然不能转移到别的事情上。最后，爱玛为了阻止她谈论马丁一家，便立刻向她通报了那消息。她原来计划是小心翼翼地讲给她听，可是看到可怜的哈利特在目前的心境下，她不知道内心该如何表达，是该感到羞愧还是觉得可笑。

艾尔顿先生对她的重要性竟这样就要终结了！虽然她并没有昨天或者片刻之前听到这消息时的那种惊奇，不过地很快对这消息有了浓厚的兴趣。她们刚刚结束最初的交谈，她便很好奇地投入对那位幸运的霍金丝小姐身上了，在她的遗憾、痛苦和愉快的感情之中，马丁一家人便被放在第二位了。爱玛为哈利特有过这么一次巧遇而感到由衷的高兴。因为它有效地减轻了一场震动，而哈利特没有留下多少惊慌失措。考虑哈利特目前的地位，马丁一家一定不会不假思索地便来找她，因为他们既没有足够的勇气，同时也有碍于尊严。自从她拒绝那位兄长后，妹妹们上学也不到哥达德太太那里了。可能在十二个月中他们连一次凑在一起的机会也没有，就更不要说交谈的机会了。

第四章

如果处于一个大家都感兴趣的情况中，人们就会赢得普遍的好感，也许这也是人之常情吧。因此一个年轻人，不论是结婚还是早逝了，人们总会说上几句好话的。

不到一周的时间，霍金丝小姐这个初次在海伯利被提到的名字，便已经让人们以这种或那种方式探明了她的底细,不论是在容貌还是在性情上,她都是很讨人喜欢,既漂亮,又优雅,多才多艺,温柔多情。因此在艾尔顿先生返归故里时,除了得意地显露自己的光辉前景和宣扬她的优秀之外,他发现除了介绍她的教名与她擅长弹奏曲子的名称外,已经没有什么别人不知道的了。

艾尔顿先生回来成了一个非常幸福的人。他走之前惨遭拒绝,受到侮辱——特别是在得到一连串似乎是强有力的鼓励之后,就在成功在望的时候,却一下子跌入失望的万丈深渊,不仅永远失去了他觊觎的那位女士,而且还发现自己竟成了他根本看不上的另一个女子的理想对象,他的身价是一跌再跌。他走时气恼至极,回来时却已攀上了另外一门亲事。这一位自然要比原先的那位更胜一筹,因为在这种情形下,人总会认为得到的必定比失去的要好。他得意扬扬,踌躇满志,脑子里已经不再有伍德雷斯小姐了,更不要说史密森小姐了。

那位迷人的奥库斯塔·霍金丝小姐不仅才貌双全,更难得的是还拥有一笔可独立支配的资产。据说财产为数不少,起码上万英镑。

人们把艾尔顿先生的故事,传说得有声有色。说什么他并未自暴自弃,他得到了一位拥有一万英镑的女子。一经相亲相识,对方便对他一见钟情。他详细地对克尔太太讲了恋爱发展的全过程,讲得兴趣盎然。战略步骤果断迅速,先是装作偶然邂逅,接着是一同列席格林先生家的晚宴,然后是参加布朗太太家的晚会——那种嫣然一笑、羞涩动人,那都是非常有趣的——再加上恰到好处的姿态神情。他没多费事就让女士动了心,是典型的一见钟情。总之,虚荣心得到了满足。他既可得到财产,又可收获爱情,可以说是双丰收,很自然地就成了名副其实的幸运儿了。他一开口便吹捧自己的情场是如何如何,以及接下来自己的宏图大略——接着便等着别人对他道贺——任凭大家的嘲笑——并且面带真诚、无所畏惧的笑容,与在场所有的年轻女士从容攀谈。这在仅仅几个星期之前,他还只能是小心地向她们献殷勤呢。

婚礼会在近期举行,因为双方都觉得什么时候合适什么时候举办,只要完成了准备工作,别的是不用等的。因此当他再次起身去巴斯时,大家都预计下一次他回到海伯利时一定会带上新婚夫人了,而克尔太太一个意味深长的眼神更是使大家坚定了这样的看法。

艾尔顿先生这次回家时间很短,爱玛更是很少与他见面。不过这已经让她认识到第一次接触的结果,得到的结论是,他依然没有什么长进,仍然是一肚子的怨气再加上莫须有的趾高气扬,那股子臭酸气简直是随处可见。事实上,她自己也开始极其纳闷,自己过去怎么会觉得他那么讨人喜欢的。只要看见他人在场,就必定会引起她的不快。她祝他事事顺心,可是他使自己痛苦。只要他的喜事是在二十英里之外的地方举办,那她就十分庆幸,心满意足了。不过他还得继续在海伯利住下去,这倒是非常令人伤心的。

但是这种痛苦必将因他的结婚而有所减缓,更重要的是许多无谓的忧虑可以消除了。有了一位艾尔顿太太,改变交往的方式也便有了借口。原先的亲密接触自可疏远,甚至连解释都省了,大家又可以重新客客气气以礼相待了。

　　爱玛倒没有把那位小姐看在眼里。认为她配艾尔顿先生真是屈才了,对于海伯利这种小地方来说,她的文化修养应该算是比较好的了。人也是够漂亮,不过跟哈利特一比,那就很一般了。至于家世嘛,爱玛也没有什么好担心的,心想,这个人如此自高自大也没有攀上什么高门第嘛。再说她这个人怎么样,那当然谁也不了解。不过至于她的来历,倒是可以查出来。除了有一万英镑,她在家排行老小,也没有什么比哈利特强的。她不能给男方带来显赫的门第、血统和姻亲关系。她的父亲是布里斯托尔的一个商人。不过,他一生都在商业圈打拼,可获利却似乎不多。从这一点来看,认为他所干的那个行当也是差强人意,这也并非言过其实。霍金丝小姐现在每年冬天都在巴斯住上一阵,但她的家却是在布里斯托尔的市中心。父母亲几年前双双离世,只有一个叔父健在。这叔父并没有做出过什么惊天动地的伟业来,只知道他曾服务于法律界。这个侄女就跟他一块儿过日子。爱玛猜想他准是在某位律师手底下打杂干苦工的,因为愚笨总也升不上去。亲戚中唯一能引以为荣的是她有个姐姐,十分风光地嫁给了布里斯托尔附近的一位绅士,据说那人还有两辆马车呢!这也许就是在整部历史中,霍金丝小姐能最拿得出手的一个值得炫耀、能够给自己贴金的资本了。

　　她怎么才能够让哈利特全面了解自己这方面的想法呢?在她的劝说下曾经让哈利特坠入情网,但结果却演变成,她很难再用语言把她从那里拉出来。一个人占据了哈利特整个心灵,要想全部抹去并非易事。最好的办法是用另一个人去取代!这事已经非常明朗了,即使是一个罗伯特·马丁也足以胜任啦。但是她还在担心,也许哈利特的伤痕是再也无法平复的了。哈利特是那样的痴情,忠贞不贰。唉,可怜的姑娘,艾尔顿先生的出现会给她带来更大的打击。她不管在哪里总会看见他的。爱玛只见到过他一回,可是哈利特每天一定会都能见到两三回。不是刚好碰见他,就是正好看到他走开,或是正好聆听到他在说话,或是看见他的背影,或是正好出了点什么事,便让他一直生活在自己的幻想里。要知道哈利特眼下正处于充满诧异与猜想的激动之情绪之中,而且,她还会不断地听人说起他,除非是来到哈特菲尔德,否则她总是被那样一些人包围着,他们丝毫察觉不出艾尔顿先生有的缺点,全都认为在这个世界上谈论他是最有趣的事了。因此,每一则信息,每一种猜测——只要是与他的事情有关的所有已经发生、可能发生的事,甚至包括收入、仆佣、家具等等——都在她周围被谈论得沸沸扬扬。别人对艾尔顿先生是众口一词的赞叹,这只会让她对他更加爱慕,她就更加遗憾,更加心烦意乱了,因为总是听到周围人在接二连三地感叹,说霍金丝小姐和艾尔顿先生是多么的情深义重。甚至她们说,只需看他走路的步态和戴帽子的方式,便能看出他那幸福的样子!

　　倘若这些所得到的乐趣只是常态的话,倘若这不至于给她的朋友带来痛苦,给自己带来什么良心上的责难,那么,爱玛倒是觉得哈利特这是蛮有趣的思想波动。有时候是艾尔顿先生,有时候则是马丁一家,而且有时双方还能起到互相抵消的作用。艾尔顿先生的订婚让她因见到马丁先生所引起的骚动完全平静了下来。获悉订婚的消息所产生的不愉快在几天后伊丽莎白·马丁对哥达德太太学塾的拜访而减轻了不少。恰巧哈利特正好不在家中,可是有一封客人给她留好的信,那信写得非常令人感动——通篇都是温暖的体己话,不过稍微带上了几句埋怨性的语言。艾尔顿先生的到来让哈利特从这封信的心理压力下解放了出来,在这之前她脑子里盘算的是应该怎么回信,心里很想写一些不敢承认的事。但是艾尔顿先生一来,就把这种种忧虑烦恼一扫而光了。只要他还在海伯利生活,马丁一家就会被抛在脑后。就在他再次动身去巴斯的那天早晨,为了缓解一些因为此事所带来的痛苦,爱玛认为应该让哈利特去拜访一下伊丽莎白·马丁更好一些。

至于这次访问会受到怎样的对待,必须做些什么,怎样做才是最安全的,这些全都是让她煞费苦心的问题。万一人家邀请了你,但是到了那里完全不理睬那位母亲和姐妹,那会显得多么忘恩负义啊,那是绝对不可以的。但要是跟她们热乎呢,又面临着恢复旧交的危险!

她实在想不出还有什么更好的办法了,虽然这样做肯定也有她不怎么满意的地方——是有些缺少人情味,好像只是在做表面文章——可是也只能如此了,不然的话哈利特又会落到什么地步呢?

第五章

哈利特实在是没有什么心思去拜访马丁一家。就在她的朋友到哥达德太太处来接她之前的半个小时前,她可以说算是倒霉透顶了,竟会刚好走过马车站,恰好见到有只写着"巴斯,怀特·哈特,交菲利普·艾尔顿牧师收"的大箱子,它正在被抬上肉铺老板的板车上,准备运到驿车会经过的一个地方去。于是,除了那口大箱子和那个标签外,整个世界在她的脑海里全都变成了一片空白。

但是,她还是去了。她们来到农庄之后,她从宽阔、干净的砾石林荫道的一侧下了车,经过两边都是苹果树,而且顶上搭有棚架的那条小路,来到房子的前门口,看见去年秋天曾经带给她那么多愉快的一切,她不禁触景生情。爱玛与她分手时,发现哈利特正带着一种既害怕又好奇的心情在环顾四周,于是暗下决心不让这次回访的时间超过预定的时间。她独自一个人继续往前走,想利用这点时间去看望一个已经结了婚,并且在唐沃尔居住的老用人。

一刻钟之后,她掐准时间来到那扇白色大门前。在听到她的喊声之后,史密森小姐毫无耽搁就出来了。她是自己沿砾石路走过来的,仅仅只有一位马丁小姐把她送到门口,显然这只是礼节性的客套而已。

哈利特一下子也说不明白。她感触良多。爱玛从她那里打听到很多的情况,了解了这次见面引起的苦恼,她只是见到了马丁太太和两位小姐。她们接待时,都是说些很冷淡的话,几乎从始至终说的不外乎是那些很客套的话。直到最后,马丁太太才忽然提到,她觉得史密森小姐好像是长高了,这才引出了一个比较有趣的话题和比较和缓的气氛。去年秋天,她就是在这个房间里跟两位女友一起量过身高。在那个窗户的护壁板上还有铅笔划痕和记下的备忘缩写字母呢。还记得是她做的记录呢。大家好像都记起了那一天,那些在场的人,那个场合——感受到了相同的气氛还有那相同的遗憾——正准备要恢复她们那些曾经有过的良好的关系的时候(爱玛猜想,哈利特一定是这几个人中马上变得最具热情、起劲的那一个了),马车回来了,于是一切都宣告结束。这种拜访的格调以及短处的时间,让人觉得是够果断的。在不到六个月之前,哈利特还曾经在这里共处过六个星期,而此时却只给了14分钟!爱玛自然能觉察到这一切,感觉到她们心怀怨恨是合乎情理的,哈利特当然也会感到很难过。这事的确是值得不漂亮。为了让马丁家的社会地位能上升一级,她宁愿做出巨大的努力,也愿意忍受巨大的痛苦,他们是很不错的,只要稍微提高他们的地位就足够了。但是事情已经成了这样,她还能怎么样呢?根本是不可能的呀!她可不能后悔。一定要让他们分手。可是在这个过程中会有很多的痛苦——她自己此时就感到十分痛苦。她此时就觉得需要一些小小的安慰,于是决定经由朗道斯回家。她一想起艾尔顿先生和马丁一家,心里就堵得慌。到朗道斯去清醒一下是非常有必要的。

这主意虽然是挺好的,但是马车来到门口时她们却听说先生和太太都不在家。他们出去已经有些时候了,男仆说,他们是去哈特菲尔德了。

"这真是太糟糕了,"马车掉头时爱玛喊道,"我们正好错过他们了,这真令人扫兴。我真不知道什么时候会比现在更令人沮丧了。"接着她就往车座的角落里靠去,嘴里面还一个劲儿地嘟哝着,想让自己尽量想开一些,能够平静下来。或许这两种办法都有。过了没多久,马车停下来了,她抬头一看,原来是维森顿夫妇,他们正站在路边要跟她说话呢。一见到他们,她心情立刻就变好了,更何况是有那么动听的声音正对着自己说话呢,正在她想着的时候,维森顿先生已经在向她问候了:

"你好啊?我们刚才还在陪老伯聊天呢——看到他身体很健康,我们可高兴了。弗兰克明天就来——我今天早晨刚刚收到一封信。明天吃晚饭时见到他是一定没有问题的了。他今天在牛津,而且要在我这里待上整整两周呢。我就知道他一定会来的。他如果是圣诞节那会儿来,那连三天都待不满。我一直宁愿他别在圣诞节来。现在来,对他来说天气也更加合适,晴朗、干爽,不会阴雨无常,他就可以一直陪着我们。"

这样的消息当然让人很高兴,维森顿先生那张喜气洋洋的脸的感染力令人无法抗拒,何况再加上他夫人的话语和表情,尽管没有那么滔滔不绝,也没有什么喜形于色,但是都同样显示出了他们都很高兴。丘吉尔确实要来,让爱玛也相信这件事不会有什么问题了,她打心底里为他们感到高兴。饱受打击的心灵总算是得到了一些慰藉。灰暗的过去将被新的局面冲击得无影无踪。爱玛在纷繁的思绪中突然想到,以后是不会再有人去谈论艾尔顿先生了。

维森顿先生告诉她他们在恩斯康伯所做出安排的过程。那边准许他的儿子自由支配整整两个星期,而且走什么路线、坐什么车也全部由他儿子自己安排。她听着,微笑着,向他表示着自己的最真诚的祝贺。

最后,维森顿先生说:"我肯定会带他去哈特菲尔德的。"

爱玛好像见到维森顿太太在丈夫说这句话时轻轻捅了他的胳膊一下。

"我们还是往前走吧,维森顿先生,我看我们就别再耽搁这两位小姐的事情了。"

"对,对,马上走。"接着他转过身来对爱玛说,"你可不要过高估计这孩子呀。

你只是听了我的一面之词。你也明白,其实他也没有什么特别出众,值得大家关注的地方。"不过话虽然是这么说,但是他那双炯炯有神的眼睛却传达出了他内心真正的想法。

爱玛只好尽可能装出一副全然不察与极为天真的模样,而且用模棱两可的话做出了回答。

"明天四点钟左右,你一定要记得想到我呀,爱玛。"维森顿太太分手时嘱咐道,语气里夹杂着一些焦虑。

"四点钟!他三点钟就来到这里啦。"维森顿先生连忙补充了一句。这次让人心情舒畅的会见就这样结束了。

爱玛变得兴高采烈起来。眼睛所看到的地方,一切都是那么光灿灿的了。詹姆斯和他那两匹马也不像原先看上去的那样懒散了。她看到树篱,觉得那些树不久就会发芽了。她转身面向哈利特,见她满脸的和煦春光甚至还有那一抹淡淡的笑意呢。

"弗兰克·丘吉尔先生会经过牛津,不知道会不会经过巴斯呢?"哈利特虽然提出了一个疑问,但这实际上毫无意义。

但是,地理问题也好,心情也好,都不是一下子就能得到解决的。爱玛此时的心情让她觉得,到时候,两个问题都迎刃而解。

让人感到振奋的早晨来临了,这位维森顿太太的好学生不管是在十点、十一点,还是十二点钟,都有一直提醒着自己应该在四点钟的时候想起她。

"你真是个急性子!"她自言自语地说着,走出自己的房间沿着楼梯往下走去,"你就知道为别人的事操心,却一点也不关心自己。我看你现在又心神不宁了,到他的房间里看了又看,看看还有什么没准备齐全的。"她路过大厅时,听到钟响了十二下,"已经十二点了。我想再过四个小时我肯定会想起你的。明天的这个时候,或许稍微再晚一点,我估计他们全家没准就会来这儿看望我们。他们肯定很快就会把他带来的。"

当她推开客厅的门时,看到有两位男士正跟她的父亲坐在一起——那一定就是维森顿先生父子了。他们是几分钟之前来到这里的。维森顿先生好像正在向她父亲解释弗兰克为什么会提前一天到达,她父亲也正很热情地表示欢迎。就在这个时候,她走进来了,接着带着她的那份惊讶和欣喜,做了自我介绍。

大家议论了那么长时间,引起大家那么大兴趣的那个弗兰克·丘吉尔真的出现在她的面前了。他们把弗兰克介绍给她,弗兰克果真是个翩翩美少年——身材、气质、谈吐,全都是无可挑剔的,他的样貌很有几分他父亲的神采与活力,显得精明强干。她立刻就感觉到自己在未来是会喜欢上他的。他有一种只有受过良好教养的人才会有的那种潇洒风度,他也很健谈,这就使得爱玛相信他是怀着一颗诚挚的心来跟自己交朋友的,他们也一定很快就会熟悉。

他是昨天晚上到达朗道斯宅子的。因为他急着要来,所以就改变了行程,提前出发,而且提前半天到来。爱玛听到他能这样做非常高兴。

"我昨天就和你们说了,"维森顿先生高兴地说道,"我和你们说他会提前来的。我记得我以前也是这样做的。出行的人应该很紧张地赶路,你走着走着,就不由得要加快行程了。即使多受点苦,可是为了让朋友们有个惊喜,这又算得了什么呢。"

"能来到无拘无束的地方,这真让人心旷神怡。"那位年轻人说,"即使目前我还不敢说我熟识几户人家,可是回到这里,我的家来,我总觉得十分自在。"

那个"家"字让那位父亲继续用十分欣赏的眼光看着他。爱玛马上认定,这个青年很会讨人喜欢。接下来发生的事又让她进一步确定了她的这个看法。他说他非常喜欢朗道斯宅子,认为房子的布局十分合理,甚至不认为它很狭窄;他也十分欣赏它的地理位置,更是欣赏步行到海伯利的那点距离以及海伯利本身,对哈特菲尔德更是赞不绝口。同时他承认自己一直对乡下情有独钟,但是这种感情又因为这地方是他的老家而愈加浓烈。这里对他而言,真可以说是魂牵梦萦了。既然如此,他以前又为什么一直不实现自己的梦想呢?爱玛很自然地闪过这样一个念头。即使这话是谎言,那也是一个美丽的谎言,而且还说得那么动听。从他的态度上丝毫看不出有什么做作。看着他的神情,听他的话语,倒确实觉得他的心情是兴奋得异乎寻常。

总体来说,他们聊的都是人们开始认识时常谈到的一些话题。不过他提出的问题是:"小姐你爱骑马吗?这里有适合骑马道路吗?还有散步的条件怎样?乡邻们多吗?我想海伯利肯定有很多社会活动,对吗?附近一带好房子也很多嘛。舞会呢——这里举办舞会?我想这地方音乐气氛还算可以吧?"

等到他在所有的问题上都得到了满意的回答后,他们对彼此也更加熟悉了,他看到两位父亲正在热烈地攀谈,于是就找了个机会问起他继母的事情来。他用了很多高度赞美的词语,说她使他父亲感到幸福,然后又说对他的招待是如何的亲切,这真让人非常钦佩,极为感激。这也更加说明了他很会讨人喜欢——不过也证明,他显然认为下功夫去讨爱玛的喜爱是十分有必要的。他对维森顿太太的称赞,在爱玛看来都是非常贴切的,可是毫无疑问,他是不大可能了解得这么清楚的。至于说什么话能让人听得进去他是十分有数的,但其他方面的事情,他就不见得那么有把握了。"家父这次续弦,"他说,"真可以说是明智之举。我想每一个朋友都会为之击掌叫好的。他能够从家人那里获得如此多的幸福,我也一定会铭记在心,一定会全心全意加以回报的。"

他言语之间表达的意思好像是因为泰尔勒小姐品德出众而感激爱玛。但是他倒像是没有糊涂到如此的不明白,因为按照常理,当然是泰尔勒小姐培养了伍德雷斯小姐的这些品德,而不像他说的那样恰巧反过来。最后,他好像是下决心不再绕弯子了,他说,他真是为泰尔勒小姐竟会如此年轻,而且还有那貌美的脸庞深感意外呢。

"绝好的风度,优雅的气质,这倒是在我预想之中的,"他说,"不过我承认,考虑到很多方面的因素,我原以为能是一位长相还不错的中年女子就可以了。我真没想到维森顿太太会是这样的年轻美丽。"

"就我的感情而言,从你眼睛里看出她有多么的完美,我都不会觉得过分,"爱玛说，"即使你认为她只有十八岁，我听了也会非常高兴的。不过如果让她听到你这么说她，我想她肯定会跟你急的。千万不要让她猜到你把她形容得这么年轻漂亮啊！"

"我想不至于这样吧，"他回答道，"不过，请你放心好了，"说到这里他优雅地躬了躬身，"在跟维森顿太太说话时，我知道该怎么称赞而不至于是被认为不符实际地奉承。"

爱玛对于他们认识会有什么结果感到非常怀疑，她不知道他有什么样的疑虑。他的恭维的话究竟是为讨好人随便说说而已呢，还是在大胆地表示自己的真心想法。她只能在和他多多接触后才能了解他的思维方式。到目前为止，她只是觉得他的想法还是蛮讨人喜欢的。

她十分清楚维森顿先生脑子里在打什么主意。她看得出他那双锐利的眼睛带着笑意，而且又是一遍又一遍地朝他们这边扫过来。她敢确信，即使是他下定决心不再看的时候，他也一直是竖起了耳朵在仔细聆听着。

她自己的父亲倒是没有这方面的想法。再说他也完全没有这样的洞察力和猜疑心，这倒是很让人宽心。巧妙的是他既不赞成结婚，也从来不会预测有什么喜事出现。尽管他一直反对给人做媒撮合等这样的事，但他对这种事情总是后知后觉，也不会有什么样的烦恼了。看来他根本不会把两个人的相互熟识看得有多么严重，会想到他们会结婚；如果真是出现了这种事，他又会十分伤心。这样的视而不见让爱玛简直要感激上苍了。父亲心无他物，更没有料到客人会对他忘恩负义，所以现在正礼貌地招待客人。他不断询问弗兰克·丘吉尔一路上歇息得是否好，说着什么要知道在路上过两个夜晚是无论如何也睡不好的之类的话。他还极为真诚地问道，是不是真的逃过了感冒这一劫？至于他自己，如果不是要好好地睡上一夜，那他可是不能完全放心的。

这次拜访礼数既然已经尽到，维森顿先生就要告辞了。"我真的要走了。你们知道我在科朗那边还有点干草方面的事情要处理，还得去伏特老铺给太太买一大堆东西呢。不过，我可是没有催促别人也要急忙离开的意思。"他的儿子是个很守规矩的人，竟没领会话语的暗示，立刻跟着起身说道：

"既然你还有事情要忙，父亲，那我不如就趁这个机会去看望另一位吧，反正迟早是要去的。我十分幸运地认识小姐的一位邻居，"说到这里他把身子转向爱玛，"她住在海伯利或是周边的一位女士，姓菲尔法克斯，在这里找到她的那幢房子应该不会太难。不过，那家人家好像不姓菲尔法克斯——我想大概是巴恩斯或是贝茨吧。你知道有姓这样的人家吗？"

"那还用说嘛，"他的父亲大声喊道，"贝茨太太——就在我们过来的时候还经过她的房子——而且我还看见贝茨小姐站在窗前呢。对了，你是认识菲尔法克斯小姐的。我想起你一定是在韦茅斯认识她的，那是个好姑娘啊。去看看她吧，你一定要去的。"

"其实也不一定今天上午去，"那年轻人说，"哪天去都行，反正在韦茅斯我们算是比较熟的朋友，所以——"

"哦,今天就去。不要拖延。早事早了。还有,我必须得提醒你,弗兰克——在这个地方千万不要怠慢她。你以前见到她的时候,她是跟堪贝尔家在一起的,在那个时候她跟大家来往都是平等的,但是她在这里是住在可怜的老外婆家里,生活比较贫穷。你要是不早点儿去,那便是瞧不起人了。"

儿子听着,好像是被说服了。

"我听她说过认识你,"爱玛说,"她真的是位优雅的年轻小姐。"

虽然他对此表示十分同意,但仅仅是十分低声地说了一个"是"字,这使爱玛差点要怀疑他是否是真心同意了。倘若简·菲尔法克斯也只能算是勉强说得过去的话,那么风度翩翩在时髦社会的示准就真不知要高到什么地方去了。

"倘若以前她没给你留下什么深刻的印象的话,"她说,"那么今天一定会的。你能更加清楚地看到她,听她说话——不,恐怕连她一句话你都不会听到,因为她有一个说个不停的大姨。"

"你是认识简·菲尔法克斯的,对吗,先生?"伍德雷斯先生说,"那么,我向你保证,你一定会发现她是位十分可爱的佳丽。她是来看望自己的外婆和大姨的,那可都是十分值得尊敬的人啊。我可是认识她们一辈子了。她们见到你一定很高兴,这我能确定。我让一个用人领你去就是了。"

"亲爱的先生,用不着这样,我想父亲会给我指路的。"

"但是,你父亲也走不了那么远呀。他只是去科朗,那是在街道的另一头,那地方房子多得很,你怎么能清楚呢。路面又十分脏,你不得不靠最边上走才行。我的车夫会告诉你哪条马路是最为合适的。"

弗兰克·丘吉尔先生仍然拒绝了,而且是一副十分真诚的样子。他父亲也认为没有必要,大声说道:"我的亲爱的朋友,你太客气了。前面有水潭,弗兰克还能看不到吗?从科朗去贝茨太太家里,他一跳就能到了。"

他们还是不让人送。父子俩,一个真诚地点了点头,另一个十分优雅地鞠了个躬,然后就走了。这场初次相识的整个过程都使爱玛觉得极其高兴。她现在整天都在想象这几个人在朗道斯宅子的场景,坚信他们一定总是欢欢喜喜的。

第六章

第二天早晨,弗兰克·丘吉尔先生又过来了。不过这次他是和维森顿太太一道来的。无论是对于她,还是海伯利,他好像是真的喜欢上了。看来,他是一直在家里十分亲切地陪维森顿太太聊天的,在她平日要出来活动的时候,问到他喜欢去哪儿散步的时候,他立刻就选定要来海伯利走走。"随便走,都是对的,但是倘若由当小辈的我来选择,那是什么时候都不会变的。那就是去海伯利,那儿空气清新,令人欣喜,而且还总是喜气洋洋的,去得再多也不会烦呀。"不过这对维森顿太太来说,去海伯利就意味着去哈特菲尔德宅子,她相信弗兰克也不会有别的想法的。于是他们就直接朝这边来了。

爱玛根本没想到他们会来,维森顿先生想要听别人夸奖他的儿子漂亮,刚刚还来过,待了一小会儿,他根本不知道他们要来。因此,当爱玛看见这两个人挽着手臂一起朝她家走来时,惊喜万分。她很想再次见到他,特别想看见他跟维森顿太太在一起,她要根据他对继母的态度来决定自己应该对他持一种什么样的态度。如果他在这个方面有什么纰漏的话,那即使别的方面再强也不能弥补。不过,看到他们两个在一起,她心里的石头总算是落地了。他不仅用华美的言辞与周到的礼仪在尽自己的义务,而且他对继母的态度也是再好不过,让人欣喜的了。最让人高兴的就是他表示希望能和继母真的交上朋友,希望能博得她的喜爱。况且爱玛要做出合理的判断有得是时间,这是因为他们要在这里待上整整一个上午。他们三个在附近转了一两个小时,先是在哈特菲尔德灌木丛周围走了一圈,接着又在海伯利走了走。无论是什么他都觉得很好。如果他称赞哈特菲尔德宅子的话让伍德雷斯先生听到了,那他准会非常开心。他表示想对整个村镇有更深的了解,决定再往远处走走,时而发现这里不错,那里也挺有意思。他会如此兴味盎然,倒让爱玛感觉有些意外。

他对某些事物感兴趣,说明他心里怀有情意。他求她们带他去看父亲的旧居,他父亲曾经在那里住过很长时间,同时也是他祖父的故居。接着他又想起曾经带过他的一个老太太至今仍然健在,于是为了找到她住的村舍,便从街的一头走到了另一头。虽然他兴致勃勃地看的某些东西,并做出了某些判断,仔细分析下并没有什么意思,但是总的来看这显示出此人对海伯利还是有感情的。这让与他一起散步的人看来,很难说不是一个优点。

爱玛通过观察断定,说他以前存心不来是不对的。他也并没有什么装腔作势,奈特利先生那样说他肯定是有失公允的了。

他们停下来的第一个地方是科朗旅店,虽然房子并不起眼,但已经是同类旅店中最大的一家了。那里养着两匹驿马,那是为了方便当地乡亲的使用。弗兰克那两位女伴没有想到那儿会有什么引起他的兴趣,而且会使他滞留不走,在经过时给他说起那个后来加盖的大屋子的来历。那原本是多年前为了要建个舞厅才盖的。当时本地人丁兴旺,跳舞成风,常常在这里举办舞会。那样的好日子一去不复返。如今,这地方的主要用途就是充当本地绅士和准绅士们组织的一个惠斯特俱乐部的活动场所。弗兰克听到这些,立刻就产生了兴趣。这可原本是个舞厅呀,他觉得太有意思了。因此便不往前走了,在两扇开着的镶工颇为讲究的窗子前停住了脚步,朝里张望,估算着能容纳多少人,并为房子不再用来跳舞而感到惋惜。他并不觉得这个房间有什么不好,她们说的那些缺点他并不认可。房间够长,够宽敞,也够漂亮,足够容纳下很多人,而且还不显得拥挤。这个冬天,他们应该每隔两周就在这儿举行一次舞会。为什么伍德雷斯小姐没让这个房间再现往昔的精彩呢?在海伯利,她不是什么都能做到的吗?她们说,本地没有多少上等人家,附近一带的那些人恐怕也未必能够吸引来。他却不这样认为。他在周围见到这么多幢漂亮房子,难道里面真的就找不出人来参加舞会吗?这一点他是绝对不会相信的。甚至在给他介绍了详细情况以及一家家的具体情况后,他仍然认为贫富不齐的人同乐没有什么不好的,在翌日凌晨个人回到自己的住所也是完全没有问题的。他兴奋地说着,真像是个对跳舞有瘾的小青年了。爱玛非常惊讶地注意到在他身上,维森顿家的习性大大地压过了丘吉尔家惯有的行事方式。他在生气勃勃、精力充沛、性格开朗与喜爱社交上面很像他的父亲,同时也丝毫没有恩斯康伯身上的傲慢与矜持。虽然对于身份悬殊他全不在乎,但这又显得心灵上有点不够高雅。然而他又察觉不出被他低估的那种祸害和危险,这也无非是他天性活泼的流露罢了。

最后,她们总算把他从科朗旅店的大门口拖开了。快到贝茨家所住的房子的时候,爱玛记起他昨天说过是要去拜访的,于是便问他是否去过。

"去了!"他回答说,"我正打算提这件事呢。这次的拜访非常成功。三位女士我都见到了。我真的要感谢你事先的提醒。倘若毫无思想准备,就会让那位喋喋不休的大姨吓了一跳,我怕是连小命都保不住了。结果呢,我不得不待很长一段时间。本来也许待上十分钟就再恰当不过了。我还跟父亲说过会比他早些回家的,可是我实在脱不了身,话头就是停不下来呀。父亲在别处找不到我,最终只好也上那儿去与我会合,那时我发现在她们家已经坐了快三刻钟了。那位好心的女士连一次给我脱身的机会都没有。"

"那菲尔法克斯小姐看上去怎么样?"

"不好,如果一位年轻小姐脸色成那样,那就说明她不够健康。不过,一般人可能不会接受这样的看法。维森顿太太,是不是这样?人家总以为年轻小姐绝不会脸色不好的。虽然菲尔法克斯小姐天生脸色苍白,几乎是显得带点病态了。脸色苍白得让人觉得可怕。"

爱玛对此却不敢苟同,她极力为菲尔法克斯的肤色辩护起来:"虽然她算不得是容光焕发,可是总体来说,也不能说是面带病容呀。况且她的皮肤那么柔和细腻,这使得她的脸韵味十足。"弗兰克恭恭敬敬地听着,承认说他也听到有不少人这么说来着,可是他必须坦诚相告自己的看法,在他看来,脸色缺乏光彩,是一项无法弥补的缺陷。无论五官是不是周正,只要脸色一好就能遮去百般缺点。要是五官长得也十分秀丽,其效果便——幸好他无须一一描摹那效果究竟会是怎样的。

"好了,"爱玛说,"审美趣味这方面可是没什么可争论的。至少,除了脸色之外,你还是很欣赏她的。"

他摇了摇头,笑着说:"可我还是无法忘记她的脸色。"

"你在韦茅斯经常见到她吗?你们有相同的社交圈吗?"

这时候,他们已经来到伏特老铺了,弗兰克急忙喊道:"哈!这肯定是大家每天都来光顾的那家铺子了,我父亲总是这么跟我说的。他说,他一星期里有六天要到海伯利来,每回都要到伏特铺子买点东西。要是你们方便,那就让我们进去吧,也让我体会下主人的感觉——是真正的海伯利人。看来我必须在伏特老铺买点东西,这可是在使用我的自由权利了。我敢说他们那里有手套吧。"

"哦,有的,手套什么的都是有的。真没有想到你是这么热爱家乡。在海伯利你肯定会得到大家的欢心的。你人还未来,大家就已经对你非常感兴趣了,因为你是维森顿先生的儿子。你只需在伏特老铺花掉半个几尼①,别人就会因为你行为

———————————

① 旧时英国使用的一种金币,价值等于 21 个先令。

妥当而喜欢上你了。"他们走了进去,在看到一双双款式新颖、包装讲究的"男式毡"与"约克棕"被从货架上取下来、摊开在柜台上的时候,弗兰克说:"真不好意思,伍德雷斯小姐,方才我大发思乡之情的时候,好像你有话要说,可千万别让我错过了这句话呀。请你一定相信,公众间再好的声誉也是弥补不了私人生活中所丧失的乐趣。"

"我只不过是想问问,你在韦茅斯的时候是不是跟菲尔法克斯小姐和她周围的人很熟。"

"哦,我明白了,你的问题提得可有点儿别扭呢。判断是否熟悉,那从来都是女士的专利。我想菲尔法克斯肯定已经提供了她的看法,我再说什么那就是多此一举了。"

"真是的,你的回答简直就跟她的一样。不管她说什么,都留下好多空白让人费解。她也未免过于保守、过于谨慎了,对旁人的事连半个字都不愿多说,因此我真的希望你能尽量多谈谈和她来往的情况呢。"

"我能吗,真的? 那我可就照实说了,这最合我的心思了。在韦茅斯我经常能遇见她。在伦敦时我就与堪贝尔一家相识,在韦茅斯我们恰好又属于同一个社交圈子。堪贝尔上校和蔼可亲,堪贝尔太太待人友好,很是热心肠。他们俩都是我很尊敬的。"

"我想,你是了解菲尔法克斯小姐的处境的吧。你知道她是想怎么安排自己的生活的吗?"

"是的,我想我是知道的。(相当犹豫)"

"你可涉及十分微妙的话题上去了,爱玛。"维森顿太太微笑着说,"别忘了有我在场呢。我想当你提到菲尔法克斯小姐的人生境遇时,弗兰克·丘吉尔先生恐怕简直都不知道该怎么回答了。我看我还是走开一点吧。"

"我倒是真的忘记了,"爱玛说,"我对她呀,除了是我的朋友还是最要好的朋友之外,还真忘了她还有别的身份呢。"

弗兰克表现出对于爱玛这样的感情,好像是非常了解也是极其尊重的。

手套买好,三人离开店铺后,弗兰克说:"就我们方才提到的那位小姐,不知道你们有没有听到过她弹琴?"

"有没有听到过?"爱玛重复了那个问题,"你好像忘了她压根儿就是海伯利人嘛。从我和她开始学琴时起,我就能听到她弹的琴。她弹得很好听呢。"

"你是这样认为的,对吗? 我想知道真正懂音乐的人的意见。我知道她弹得不错,很有味道。但我自己可说是一窍不通。音乐嘛,我是很热爱的,但是却一点儿不会演奏,没有资格去评判别人弹得如何。常听到大家夸奖她水平很高。我还记起一件事,那足以说明人家认为她弹得非常好。有一位男士,音乐修养很高,他爱上了另外一位女士,和她订了婚,眼看就要结婚了。可他只想请到方才提到的这位女士坐下来演奏,其他人是不可替代的。只要能听这位女士弹就绝不想听另一位弹。因此我想,能证明她的弹琴水平了吧。""证明,那当然能!"爱玛说,她也来了兴致。"狄克逊先生音乐水平很高,是吧? 看来我们半小时之内从你这里得知的比半年里从菲尔法克斯小姐嘴里抠出来的信息还要多呢。"

"是的,我指的正是狄克逊先生和堪贝尔小姐。"

"当然,这是很有可能的。老实说,要是我是堪贝尔小姐的话,会因为这个证明过于有说服力,而感到不高兴的。一个人竟然把音乐看得比爱情还重,更重视美妙的音乐而不是未婚妻的感受,我想这是我无法原谅的事。不知道堪贝尔小姐对此有何反应?"

"可是,你要知道那人是她很耍好的朋友呀!"

"这又有什么用呢!"爱玛说着,一边大笑起来,"我倒宁愿那是个陌生人而不是自己特别要好的朋友呢。如果是个陌生人,那么事情就不会再次发生了,可要是有位交情很深的朋友总在你身边,万事都比你好,那该有多倒霉哪。可怜的狄克逊太太!唉,我真为她去爱尔兰定居而感到庆幸。"

"你说得很对。这话也许对堪贝尔小姐是不太恭敬,不过她事实上好像是根本没有什么反应。"

"我都不知道该怎样评论了。不过,不管她是脾气好,还是人有点傻,是否有义气,我想有一个人一定能感觉到了,那就是菲尔法克斯小姐自己。她肯定已经觉察出这其中的不妥与危险之处了。"

"这个嘛——我倒不——"

"哦,别以为我打算从你那里,或者是从其他人那里,听到关于菲尔法克斯小姐感情方面的事情。我猜,除了她自己,不会有任何知道的。不过,要是狄克逊先生每次都请她弹奏的话,那人家爱怎么想就由不得她了。"

"他们三人之间像是非常默契的——"他脱口而出,但又立刻打住,接着补充道:"不过,他们相处得究竟如何——内里的实情又是怎么样,这就不是我能说清楚的了。我只能说,表面上看,一切显得都很融洽。但是你从小就认识菲尔法克斯小姐,必定能比我更加准确地判断她的性格以及她在遇到紧急事情的处理方法。"

"虽然我们从小相识。我们小时候、长大后都在一起,别人自然认为我们一定非常熟悉,而且她还常常回来看望亲友,我们关系就应该越来越要好。可事实并不尽然。我也不知道怎么会变成这样。也许其中一小部分原因是因为我这人脾气比较刁,特别是见到她大姨、外婆和她们那帮子人一直如此宠她,夸她,我就看不顺眼。另外,她自己又是个闷葫芦!跟一个心思谨慎的人我是处不好关系的。"

"的确,这样的性格最烦人了,"弗兰克说,"当然,对自己倒是有好处,可是永远也不会讨别人的欢心。什么都不说倒是很安全,可那对别人就没有吸引力了。谁会爱上一个沉默寡言的人呢?"

"除非是不再沉默,那样,也许对别人的吸引力才会很大。不过,我只有在比平常更加需要一位朋友,或是想找一个推心置腹之交的时候,才会费尽心力去帮人家解除戒备,获得友情。看来要在菲尔法克斯小姐和我之间建立起亲密友谊恐怕是没有什么希望了。我没有理由看不起她——哪怕是任何理由——但是她言语、态度上永远是那么的小心翼翼,谈及什么人时都生怕表露出一点点明确的看法,这就让人不得不怀疑她是不是有什么不可告人的事情了。"

弗兰克完全同意她的看法。总之,他们一起散步这么久,想法又是这么的一致,爱玛觉得已经跟他是熟人了,几乎都不敢相信这仅仅是他们的第二次见面。他跟自己原来预想的不很相同,虽然从他的一些见解来看他还不是那么老于世故,也并非娇生惯养的富家子弟的做派,因此他要比自己想象的要好些。他的观点比较温和,感情也更奔放一些。不过令她十分感动的是他对艾尔顿先生的房子以及那座教堂的态度。他想去看看,又仔细打量了一下,不过在女士对牧师住宅挑剔毛病的时候,却没有随声应和。不,他对它是没有什么意见的,更不觉得有这么一所房子就显得很没面子。如果是和一位心爱的女子一起住的话,有这么一所房子的男人没什么值得好怜悯的。里面肯定有足够多的房间,而且可以过得舒舒服服。要是住在这里还不知足,那一定是脑瓜不好使了。

维森顿太太笑了起来,说他简直都不知道自己在说什么。他自己是住惯了大宅子,从来不会想到房子大能有多少好处与方便,他并不清楚小房子带来的不便。可是爱玛却有自己的想法,认为弗兰克是十分清楚自己在说什么的,而且从中表现出了一种想早点成家的倾向,他很可能出于某种很好的动机要打算结婚呢。他也许不了解,如果没有女管家专用的房间,如果备餐室条件很差的话,那会对一个家庭的安宁带来多么大的影响。但是毫无疑问,他一定深深地感到恩斯康伯无法使他幸福,说不准哪一天他爱上了谁,他会心甘情愿放弃大部分财产,好让自己早些成家的。

第七章

爱玛对弗兰克·丘吉尔非常好的印象在第二天就稍稍有所改变了。因为她听说他仅仅为了理一个发到伦敦去了。他似乎是在吃早饭时突发奇想的,于是立刻就要了一辆轻便马车出发了。他打算回来吃晚饭,可是除了理发,看起来似乎也没有要紧的事情要办。为区区小事来回奔波16英里这当然也无所谓,但是从这里面透露出一种纨绔子弟的无聊习气,这让她不能接受。她昨天本以为自己发现他办事稳重,不铺张浪费,心地善良,谁知他今天的行为却让人大跌眼镜。爱慕虚荣、大手大脚、见异思迁,无论好坏总要采取某种行动才能满足心愿。他竟然全然不管他父亲和维森顿太太是否喜欢,也不理会公众对他这样的做法有何想法。他是免不了会受到这样那样的非议的。虽然他父亲只是说这孩子像是个纨绔公子,认为这件事还蛮有趣。可是维森顿太太确实不以为然,她只用一句话把这事带了过去:"年轻人都免不了有点心血来潮。"

爱玛发现除了这点小毛病之外,弗兰克此次拜访给她的朋友留下的全是良好的印象。维森顿太太也是一再说,他与人相处是多么的体贴而又和蔼可亲,她从他的性格中看到了多少可取之处,他性情看来十分开朗——显然是极为活泼。她看不出他的想法中有什么不对之处,而且时不时会听到从他嘴里说出些异常精辟的见解来。他提起自己的舅父时总是满怀深情,他很乐于谈论他的舅舅,说如果一切事情都能由他自己做主,那他舅舅必定是世界上最好的人了。虽然他并不是很喜欢他的舅妈,但他却怀着感恩之心承认她对自己非常的眷顾,而且似乎永远都不说她的坏话。要不是他突发奇想要去理发，那就没有什么能够表明他不配得到那份殊荣。这殊荣，如果还不能让他真正爱上她，至少也是极其接近了。之所以这感情不等于是爱，主要还是因为爱玛对爱情态度冷漠——因为她仍然抱定主意坚持单身。总而言之，这殊荣就是让双方共同的熟人都认定弗兰克就是能与爱玛相般配的对象。

维森顿先生呢，又在自己这一面有所表示，这也为这种观点增加了一定的分量。他对爱玛说，弗兰克是非常爱慕她的，认为她可爱美丽。既然弗兰克总的来说可称道之处很多，爱玛认为自己也不能对他过于苛求了。维森顿太太不是也说了嘛，"年轻人都免不了有点心血来潮。"

但是弗兰克在萨里新结识的朋友中却有一人对他并不那么宽容。一般来说，弗兰克在唐沃尔和海伯利两个教区都受到了热情地接待。对于如此英俊的一个年轻人——认为他笑容可掬，行礼潇洒，即使有些小毛病，那又算得了什么呢？然而偏偏有这么一位先生，眼光敏锐挑剔，硬是没有被鞠躬与微笑所蒙蔽，他就是奈特利先生。在哈特菲尔德宅子，当他听说了那件事情后，他没有作声。但紧接着，爱玛就听到他对着手里的一张报纸自言自语道："哼！果然不出我所料，根本就是一个轻浮的小傻瓜。"爱玛听到后很生气，都有点想反驳了。但是接着想想，他这么说，也只不过是发泄情绪罢了，并没想与谁过不去，因此也就没有理会。

维森顿夫妇早上来访，虽然有时候有人带来了一条不好的消息，但是话又说回来，来得倒正是时候。他们在哈特菲尔德宅子的时候，爱玛遇到了一件事，这使得爱玛想要听听他们的意见。更顺心的是，他们的意见正符合爱玛的心意。

事情是这样的：克尔夫妇在海伯利落户已有些年头了，他们待人友好、宽容，还很坦诚。可在另一方面，他们因为出身低，是做买卖的，只是略有上流社会的气息。他们最初来到时，过日子量入为出，深居简出，不大与人来往，即便有点来往，也很节俭。可是近一两年来，他们的家境大大改善了——城里的那家商号收益颇丰，可以说是时来运转，一帆风顺了。富有之后，他们的目光开始向上看，他们要换一处更大的住房，也想多参加些社交活动了。他们添置了房产，增添了仆佣，也增加了各项开支。如今，他们在财富与生活方式上，已经紧挨在首富之家哈特菲尔德宅子的后面了。他们喜欢交际，又新建了餐厅，而且准备请大家都来做客。他们也已经举行过几次聚会，邀请来的基本上都是单身汉。爱玛寻思，他们还不敢贸然邀请正正经经的大户人家吧——就像唐沃尔、哈特菲尔德、朗道斯。如果他们真的来邀请，自己是绝对不会去的。但是让她感到遗憾的是，她父亲的习性显然是声名在外，她再严词拒绝怕也会得不到想要的效果。克尔夫妇自然有他们值得尊敬之处，可是也应该让他们知道，大户人家去他们那里做客，这可是不该由他们来安排的。爱玛寻思着，这一课，怕是得由她来给他们上了。对奈特利先生，她只抱着点点纤弱的希望；对维森顿先生，则是完全不抱希望。

爱玛在好几星期之前就想好了要如何应对他们这样的冒昧行为，可是，等到那场侮辱终于来到时，她可是别有一番滋味在心头了。连唐沃尔与朗道斯的主人们都收到了那户人家的邀请，可她父亲和她却没有。维森顿太太是这样解释的："我想那是因为对你们他们不敢冒昧打扰。他们知道你们是不会去别人家里吃饭的。"但这样的解释显然比较牵强。爱玛觉得自己应该具有拒绝的权利。可是后来,她倒不确定是不是一定能挡得住那种诱惑,能不能言辞谢绝,因为她不免一次又一次地想到,在那里举行的聚会中,参加的人里有一些正是自己最愿意与之来往的。哈利特晚上要去那里,贝茨一家也要去。前一天在海伯利周围散步时,大伙儿都说起这事,对于她的不参加,弗兰克·丘吉尔还叹息不已呢。到最后会不会以一场舞会来结束呢?这可是他十分感兴趣的话题。正是因为有这样的可能性使爱玛心中更觉得不是滋味了。就算是别人认为她高不可攀,不发邀请正是为了给她面子,但是她仍然感到凄凉。

恰巧在维森顿夫妇还没离开哈特菲尔德的时候,请柬就送到了,他们的在场就成一件很有趣的事情。尽管她看了之后马上就撂下一句"当然不去",但紧接着她还是请教他们她应该怎么办。他们当然是劝她去,而这个劝告好像也有了效果。

爱玛承认,在对各个方面因素做了综合考虑之后,自己倒并不是不愿参加这次聚会,克尔夫妇的表示还是很得体的——起码礼貌方面算得上是很周全了,而且对她父亲也够体贴入微的了。请柬上面写道:"原当更早恳请光临,可因为折叠屏风迟迟未能从伦敦运抵,故而请柬不敢贸然送上。现屏风已到,当可为伍德雷斯先生遮去些许风寒,故不揣冒昧,望大驾光临,以使蓬荜生辉。"总体而言,爱玛这人是很通情达理的,是能听得进劝告的。当下,他们几个就商定,她怎样做才能既可赴会又不疏忽老父亲的安适。当然,倘若贝茨太太来不了,那就要请哥达德太太来陪伴伍德雷斯先生。另外,还要跟伍德雷斯先生好好谈谈,让他同意女儿出席即将到来的这次宴会,不能整个夜晚都陪伴在他的身边。至于他是否去,爱玛认为父亲还是觉得在家更好。再说,时间这么晚,参加的人又这么多,他也不喜。老先生很快就爽快地答应了。

"我是不喜欢外出参加晚宴的,"他说,"一向都不喜欢,爱玛也跟我一样。在说很晚了还闹哄哄的,对我们不好。不过克尔夫妇非要是这么做,我还真感到遗憾。我想,等夏天到了,找个合适的下午,请他们上我们这儿来喝茶,那一定会好得多。甚至邀请我们下午一块儿散散步,这也是可行的,因为时间安排上对我们挺合适,不必在潮气很重的深夜还要赶回家。再说夏天晚上有露水,我可不愿意看到有任何人被露水打湿。不过嘛,既然他们这么希望我亲爱的爱玛去赴宴,那你们都去吧,奈特利先生也去,她们也好有人照顾,我就不再阻拦了。只要天气正常,既不潮湿,不冷,也不刮风,那就行了。"说着他又对维森顿太太说,脸上带着温和的责备说:"唉,泰尔勒小姐,如果你没有结婚,那在家里就有人陪着我了。"

"啊,老伯,"维森顿先生大声说道,"既然是我把泰尔勒小姐抢走的,那么就应该由我找个人来替代她。如果你不反对的话,我马上就去跟哥达德太太说,请她来陪你。"

一听到"马上"这两个字,伍德雷斯先生的思想不但没有放松,反而更加紧张了。女士们更明白应该如何应付,她们让维森顿先生不要再出声。她们把一切事情都安排得滴水不漏。

经过这样的应付后,伍德雷斯先生马上平静了好多,可以跟平常那样轻松自如地说话了,"哥达德太太能来做客是最好的状态。对哥达德太太,你爸爸是非常尊重的。爱玛可以写封邀请的信件。信嘛,可以让詹姆斯送去。不过最好还是先给克尔太太写封回信呀。"

"你得替我表示歉意,宝贝儿,语气尽量客气一点儿。你说我身体不好,不适宜外出,所以对于他们的诚挚的邀请实在难以接受。一开始还得先表达我对他们的敬意。不过,一切你都会做得非常得体的,不用我再一一教你。不过要记住必须提醒詹姆斯:星期二要用到马车。他负责接送你,我就放心了。路修好后,那里我们只去过一次,但是我仍然相信詹姆斯会把你安全送到的。到达目的地之后,你应该非常清楚地告诉他什么时候再去接你,你最好把时间提早一点儿。你肯定不想待得很晚吧。茶喝过后你就会感觉到非常疲惫。"

"可是,您不会在我还没感觉到累的时候就让我离开吧,爸爸?"

"哦,当然不会,我的宝贝儿,不过你非常容易累的。到时很多人一起说话。你不会喜欢那种喧闹的声音的。"

"不过,亲爱的先生,"维森顿先生哭笑不得地说道,"爱玛提前离席,聚会也会提前散席的。"

"那样也没什么坏处嘛,"伍德雷斯先生说,"所有的宴会都是越早散越好。"

"但是你没考虑到克尔夫妇的心情。爱玛一喝完茶立刻就离开,很明显就是看不起人嘛。他们都是老实人,倒是不会斤斤计较。但是大家都匆匆忙忙离开,这不是什么有颜面的事。并且伍德雷斯小姐带头离开会比在场的任何一位客人离开都更加受到注意。我敢保证,老伯,你并不打算扫克尔夫妇的兴,有意让他们难堪的吧。他们也是地方上数一数二的好人哪,和你做邻居都有整整十年了。"

"当然不会这样想,我发誓没有这样的想法。维森顿先生,非常感谢你提醒了我。如果这样让他们很痛苦,我会非常难过的。我很敬重他们。佩利告诉我,克尔先生不喝酒。你从表面上看不出来吧。但是克尔先生脾气很大。不过,我倒是不想让他们因为我而不高兴。我的好爱玛,我们应该要考虑到这一点。我认为,你就算不想留在那里,也最好再多留一段时间了,以免不小心得罪了克尔夫妇。你要是倦了就忍一下吧。所幸你和朋友们在一起,不会有安全问题的。"

"哦,当然可以,爸爸。我对自己真的是一点儿也不担心。我会和维森顿太太一起离开的,无论她会待多么晚,我完全可以。我就是担心您会一直不睡觉等着我回来。您和哥达德太太一块儿打牌会十分开心,这我是不担心的。她喜欢打两个人玩的'皮克'牌,您了解的。但是她离开后,我害怕您不像平常那样准时睡觉,却一个人坐在那里等我。心里一想到这件事情,我是不会有心情玩的了。您一定答应不要坐着等我。"

他答应了,但是也要她先答应自己几件事情。比方说,如果回家时觉得冷,就一定要把全身弄暖和。如果感觉饿,就一定要先吃点食物。她房里的侍女必须要等到她回来再睡。塞尔和男管家一定得全方位仔细检查,保证家里跟平时一样安全无恙。

第八章

弗兰克·丘吉尔又回来了。即便他父亲为了等他很晚才开的晚饭,哈特菲尔德宅子这边也不知情。因为维森顿太太一直想让他巴结伍德雷斯先生,即使他在什么地方犯了错,她也会替他妥善处理得不留一丝痕迹的。

他回来了,把头发理了,十分绅士地自我解嘲了一下,但是没有对自己的行为感觉到羞愧。他没有必要要用长发来掩饰自己脸上的尴尬,也没有必要想着靠节约这点儿钱来使自己的心情变好一点儿。他还是一如既往的充满生命力。

爱玛遇到他之后,不由自主地想:

"我不知道这样想对不对,那就是不按常理出牌的事被聪明人随随便便地去做,也就不荒唐了。邪恶从来都是邪恶,荒唐事不一定总荒唐,那还是要根据不同人的。奈特利先生,可不是个轻率浮躁、没思想的毛小伙儿。若他是,他就不会这样做了。他要么是为做了这件事情而沾沾自喜,要么就是感到非常害羞。要么就像狂妄的少年那样加以炫耀,要么就是躲躲藏藏,像性格怯懦不敢声张的人一样。不,我敢肯定,他既庄重,又聪明。"

随着星期二的到来,她可以再次见到他了。这一次相处时间更长,完全可以了解他的各个方面,而且还可以推断出他对自己的看法。她还可以推想一下什么时候自己的神情应该变得冷淡一些,而且还可以得知看到他们第一次在一起的那些人,都分别会是怎么评论的。

她本来是计划要愉快地度过这个夜晚的,虽然是在克尔先生家里,她也无法忘记,在她还没有与艾尔顿先生闹僵的那段日子里,她非常不喜欢艾尔顿先生的一点,就是他经常到克尔先生家吃饭。

她父亲被安排得非常舒适,不但哥达德太太来了,而且贝茨太太也来光临了。她离开家之前做的令大家非常高兴的事情,就是等两位老太太用完餐坐下来时,向她们表示谢意,并且在父亲兴致高昂地夸她漂亮的衣饰时,尽自己最大的能力招待好她们,给她们端去几块厚厚的蛋糕,往她们杯子里斟满酒。因为她们用餐时,伍德雷斯先生考虑并关怀了她们的肠胃承受能力,她们一定是十分不情愿地压抑了自己。她是准备了丰盛的饭菜的,她真希望她们能吃得非常愉快。她随着另一辆马车来到克尔先生家的门口,很高兴地认出那是奈特利先生的马车。因为奈特利先生只养了很少的几匹马,手头没有多余的钱,他很壮实,爱运动,不喜欢受管制,因此他不喜欢用马车,不像唐沃尔修道院庄园主人的那样。奈特利先生停下来扶着爱玛下马,爱玛心里一震,心里想总算有了个机会可以夸奖他一下了。

"这样才与你的身份相符呢,"她说,"这比较像一位绅士嘛,我非常高兴能遇到你。"

他对她表示了感谢,说:"我们居然同时抵达这里,多么幸运的巧合。但是,如果我们是在客厅里遇到的话,恐怕你就认识不到我比平时更像绅士了。单从我的神态和举止看,你是不会知道我是怎么来的。"

"您说笑了,我可以看得出。我肯定能看出来。当一个人用非常低于自己身份的方式到达某个地方的时候,他一定会表现出一种害羞或是慌张,不稳重的神情。我想你感觉你掩饰得非常好了吧,可是你却以装模作样跟故作镇定的神情出现。你那时的神态我一下子就能看出来。这一回,你也不用再继续装下去了。你也不用担心别人认为你是害羞了。你不用装得高人一等。这一回,我将因为能和你一起走进同一个房间而非常荣幸。"

"没正经的姑娘!"奈特利先生说了一句,不过并没有不高兴。

爱玛对奈特利先生的表现感到非常符合心意,她也有非常多的理由对所有人感到满意。她受到了热情的款待,心里十分高兴。她还被当作一个贵宾来招待,她对这一点感到非常满意。维森顿一家抵达时,夫妇一起向她投来了最和蔼可亲的目光,表达出了最诚挚的敬意。但是那位公子,尤其兴奋、热情地走向她这边,对她表现出了高度的关注。晚宴桌上,她又发觉他坐在自己的身边。爱玛相信,这肯定是他故意的。

这次宴会非常盛大,因为另外一个家庭——一个正直的、忠厚的乡绅之家也是其中的客人,对于这家人,克尔夫妇是非常重视的,在熟人的面前总是再三提起。并且,还邀请到了海伯利的律师考科斯家的几位男士。地位低一些的客人要晚一点才能来,包括贝茨小姐、菲尔法克斯小姐与史密森小姐。但是,到了宴会开始时,人很多,场面很混乱,很难可以聊共同的话题。在谈过了政治和艾尔顿先生的话题后,爱玛总算可以放松心情来享受旁边那位绅士的妙语连珠了。但是餐桌那头传来的一片混乱不清的声音中居然提到了简·菲尔法克斯的名字,她顿时感觉应该好好听一听他们在讲些什么。克尔太太好像是在讲一件关于简·菲尔法克斯非常有趣的事。爱玛听了听,感觉确实是有一点儿意思。获得了这些生动的素材,爱玛开始了幻想,这个特点是非常可贵的。克尔太太是说,她去贝茨小姐家,一进到房间,映入眼帘的是一架钢琴,是样子非常奢侈的那种。不是大三角钢琴,而是大尺寸的立式钢琴。克尔太太的大概意思,大家的插问和由此产生的惊奇,克尔太太的祝贺,贝茨小姐单方面的解释,总之,就是在叙述这样一件事:前一天布罗德伍德琴行①送来这架钢琴,大姨和外甥女压根儿没有想到,所以都很吃惊。照贝茨小姐说,她一开始惊呆了,因为她猜不出是谁送的这架钢琴。但是她们俩现在知道是谁送的了,钢琴只能来自一个地方——不用说,那一定是堪贝尔上校寄来的。

"我完全想不到还有什么其他的可能,"克尔太太接着说,"倘若对这件事有所疑虑,那我反而会觉得不对劲了。但是,简好像前几天刚收到过他们的来信,信中并没有提及此事。简是最了解他们的做事风格的。但是我认为,他们没说这件事,不见得是不准备送这件礼物。他们或许是想给她一个惊喜。"

克尔太太的见解得到大家的认同。对这个问题发表见解的人一致确信钢琴一定是堪贝尔上校送的,也全都对送的是如此贵重的礼物赞赏有加。很多人都想发表一下自己的意见,这就让爱玛可以一边以自己的思路思考这件事,一边听克尔太太接着继续讲道:

---

① 18 世纪时享誉英国的一家钢琴制造商。

"我可以肯定,我从来没有听到过像这件事一样让人感到欣慰呢。简·菲尔法克斯琴弹得如此好听,但是没有一架钢琴,这让我非常难过。这太不公平了,尤其是想到那么多人家有好钢琴,但是就在那里放着当摆设。这不等于是打了我们一记耳光。昨天,我还跟克尔先生讲起,真是感到非常不好意思。客厅里摆放着一架新的大三角钢琴,但是连键盘之间有什么区别我都搞不懂,我们的女儿们刚刚开始学,可能什么都学不会。但是可怜的简·菲尔法克斯呢,她可是位大师级的人物呀,可是连一件属于自己的乐器都没有,哪怕是整个世界上最破旧的斯皮耐琴①。昨天我还跟克尔先生说这件事呢,他也非常同意我的观点。他也是太喜欢音乐了,所以才忍不住买下钢琴,只希望各位好邻居能赏脸,找空闲时间来弹弹,也好让这琴不会在我们这里被搁置。这才是买下这架钢琴的真正原因,否则我们真的是没有颜面了。我们诚挚地希望伍德雷斯小姐今晚能够赏脸来试试这架钢琴。"

伍德雷斯小姐非常优雅地做了个可以的表示。她感到从克尔太太嘴里不会再听到什么有意思的消息了,便把脸转向了弗兰克·丘吉尔。

"你为什么要笑?"她说。

"没有啊。你自己又为什么要笑呢?"

"我笑,也许是因为觉得十分有意思,堪贝尔上校竟然如此有钱,如此大方。这绝对是一份昂贵的礼物呀。"

"的确很丰厚。"

"我有点好奇的是,为什么这个礼物不早些时候送。"

"可能是认为菲尔法克斯小姐以前从来没有在这里待这么长时间吧。"

"或者就是因为他不想她用他们的琴。那架琴现在一定是锁在伦敦家中,没有人弹。"

"那是架大三角钢琴,他或许觉得太大了,贝茨小姐家里太小了。"

"你总是有说不完的理由,不过看你的样子,起码在这个问题上,我们俩的想法还是相似的。"

"我不清楚。我觉得你把我想得太聪明了。我笑,那是因为你笑了,我可能还会因为你对什么起疑心我也就起了疑心呢。不过这会儿我倒觉得一切正常。倘若不是堪贝尔上校送的琴,那又会是哪位呢?"

"你觉得会是狄克逊太太吗?"

"狄克逊太太！对啊,真是的。我怎么没想到她呢。她一定像她父亲一样清楚,送钢琴是很令人高兴的。而且这件事做法与众不同,非常神秘,令人意想不到,确实是更像一位年轻女士而不是一位年长者的做法。我敢肯定是狄克逊太太了。我跟你说了,我总不由自主地跟着你猜很多。"

"倘若真是这样,那你必须得接着刚才的思路往下猜,也要想到狄克逊先生。"

"狄克逊先生！好吧。我立刻就感觉到,那肯定是狄克逊先生与太太联合送的礼物。那天我们还提到的,他可是十分崇拜菲尔法克斯小姐的演奏呀。"

---

① 17 世纪时在英国流行的一种小型羽管单键盘琴。

"是啊,你对我说的情况证明了我一开始就有过的一个想法。我倒不是对狄克逊先生或是菲尔法克斯小姐的善良的心意有所怀疑,但是我不自觉地要这么思考:难道是那位先生向堪贝尔小姐表白之后,又意外地爱上了简,或者就是他也觉得简也喜欢自己。虽然这只是我们的想法。但是我敢确信,她一定有重要的原因才会来海伯利,而没有跟随堪贝尔夫妇去爱尔兰。她在这里,过的是穷苦与寂寞的生活,但是如果是在那边,过的是无忧无虑、自由自在的生活。对于说回来生活对自己健康有利的说法,依我而看不过是个借口。倘若是在夏天呢,这理由还能说得过去。但是现在正是冬季,对于健康不佳的人来说,能暖和身体的只有火炉和密封严实的马车。照我来看,她的身体很虚弱,不能经得起严寒。我并没有想要你完全接受我的想法,即使你很绅士,声称和我的想法一致,我也不过是开诚布公地把我的真实想法毫无保留地告诉你罢了。'

"说真的,你那些推测倒是非常有道理啊。狄克逊先生确实是喜欢听她弹琴胜过喜欢她的朋友弹琴,这一点我可以肯定。"

"而且,你有没有听说过?他还是她的救命恩人。一次在海上旅行时,她一不留神掉到船外去了,幸好狄克逊先生一把抓住了她。"

"的确如此。我是在场的——跟那家人在一起。"

"你真的看到了?嘿!可是,很明显你什么都没有看出来,因为你好像现在才突然有所察觉。如果当时我在场,我一定能有某种发现。"

"那是肯定的。但是我却糊里糊涂的,除了表面的以外,没有其他的想法。我只看见菲尔法克斯小姐快要落出船外的那一刻,狄克逊先生抓住了她——事情只发生在那一瞬间。尽管引起了很大的震动,而且很久之后还让人后怕——真的,我相信足足过了半小时,大家才定下心来——不过这慌乱很正常,看不出什么人表现得与众不同。当然,我不是说,你在场不可能会从中觉察出一些深层次的东西。"

说到这里,谈话就终止了。隔了好久才上来另外一道菜,他们只好和别人一样,傻坐着摆出一副冠冕堂皇的模样。等餐桌上重新上好菜肴,每个角上也摆好各种各样的菜碟之后,又恢复了原来谈话时那种欢快的气氛。这时,爱玛说道:

"我对这架钢琴的到来极为好奇。我原想多了解一些情况的,现在事情马上就水落石出了。你相信我就好了,我相信很快我们就会听到消息,说这是狄克逊夫妇赠送的钢琴。"

"不过,如果狄克逊夫妇说礼物不是他们送的,我们必须认定是堪贝尔夫妇送的了。"

"不,我敢保证,一定不是堪贝尔夫妇送的。菲尔法克斯小姐也很明白一定不是他们送的,否则,最初就会猜得到他们。如果她确信是他们送的,她就不会一头雾水了。我或许没有办法让你相信我,但我自己对此毫无怀疑,我认为这整件事里,狄克逊先生起了主要作用。"

"我很同意你的看法。对你的推测,我还真是紧紧跟随呢。最初,我以为你确信了是堪贝尔上校送的,我也感觉那就是父亲般的慈爱所致,那是世界上再自然不过之举。然后,你怀疑是狄克逊太太,我又感觉这是女友之间的友谊赠送的,那就更加令人心暖了。而现在呢,我只有一种看法,非常适合,不偏不斜,那肯定就是爱情的奉献。"

　　这个问题已经没有继续研究的意义了。他看上去像也是这样认为了。爱玛没有再多说,他们便岔开了话题,晚宴也基本上告一段落了。接着甜食端了上来,孩子们也进来了,大家在聊天中不由自主地跟孩子们聊上几句,并把他们赞赏一番。谈话中偶尔也会出现一些很深邃、发表与众不同的见解的话,有些完全就是令人不敢恭维的话,大多数是像平常一样的——再平常不过了,是千篇一律的老生常谈、过时的新闻与让人兴奋不起来的笑话。

　　女士们刚刚回到客厅不久,其他的女宾陆陆续续地来到了。爱玛看到哈利特走了进来。如果说爱玛很难赞赏哈利特仪态高贵优雅,那么不但可以为她灿若桃花的甜美与清纯天真的风姿而高兴,而且还能发自内心地夸奖她那开朗大方如少年不知愁滋味的好性格,幸亏有这样乐观的性格,她才能从失恋的打击中走出来。她坐在那里——谁又能看出她最近流淌过多少眼泪呢?能和大家在一起,自己打扮得漂亮得体,看到别人也那么整齐大方,坐着,笑着,觉着自己挺快乐,什么都不说,就沉浸在现在的幸福状态中对她来说已经足够了。简·菲尔法克斯高贵大方,举止优雅,的确如此。不过爱玛猜测,她也或许愿意与哈利特交流一下想法的——诉说自己被女友的丈夫爱上的种种危险的快乐,去换取哈利特无望地爱上别人,甚至是爱上艾尔顿先生后的失恋痛苦。

　　客厅里有很多人,爱玛可以不用必须过去和简聊天。她不愿意谈论那架钢琴的事,感觉自己对这个秘密了解得太多了,不用再表现出惊奇与感兴趣的样子了,所以就有意地疏远了她。但是这件事情立刻再次被别人提出来了,于是爱玛看到在接受祝贺时那张脸上的害羞的神色,以及说到"堪贝尔上校对我太好了"这句话时,所表现出的由于心虚所致的红晕。

　　维森顿太太忠厚善良又喜爱音乐,因此对这件事非常感兴趣,并一直地说来说去,爱玛忍不住偷偷窃笑。在音质、键的弹性与踏板方面维森顿太太竟有如此多要问要说的地方,却完全感觉不到对方希望尽可能少谈这话题。这一点,爱玛从那张漂亮精致的脸上看得很清楚。

　　过了没多久,几位绅士也参与到其中,来得最早的人当属为首的弗兰克·丘吉尔,他是走在最前面的,最英俊潇洒。在顺便跟贝茨小姐与她的外甥女打了个照面,他便径直走向坐在圈子对面的伍德雷斯小姐,最初是站着,一直等她身边有了空位子才坐下来与她交谈。爱玛当然明白大家都肯定会想:她是他追求的目标,无论是谁心里都清楚。她向他介绍了自己的朋友史密森小姐。后来,适当的时候,又听到他们互相评价了对方。"倒是一直都没见到过这么可爱小巧的脸呢,我很喜欢她那天真样子。"而那一位的说法则是:"大家那么关注他,感觉对他关注得太过火了,不过我总觉得他和艾尔顿先生有点相像。"爱玛强忍住自己的怒气,一句话也不说地把脸转向另一边。

　　在朝菲尔法克斯小姐看了一眼之后,爱玛和弗兰克互相心照不宣地笑了一下,但是她知道自己一定要慎重小心,一定不要像小鸟一样窃窃私语。弗兰克告诉爱玛,他在餐厅里实在是待不住,一门心思地想快点出去。他只要有可能,他一定是最早离席的那一个。他又说他的父亲、奈特利先生、考科斯先生十分愉快,包括克尔先生,都还待在餐厅里眉飞色舞地谈着教区的工作。但是,他在那里听听倒也感觉挺不错的,因为他发现他们是一群绅士气十足、非常有思想的人。他又夸奖海伯利,说它什么都好,有如此多的让人喜欢的人。这倒让爱玛开始觉得,自己过去是不是太小看这个地方了。她向弗兰克打听约克郡社交界的情况、恩斯康伯宅子周围人家的情况,诸如此类。从他的回答中她发现,就恩斯康伯宅子本身而言,社交活动很是匮乏。他们只是与很少的几个大户人家走动,相互之间的路程都很远,即使有时是日期好了,也答应别人的邀请了,丘吉尔太太又说不定会身体、心情不佳,不想去了。他们家还立有一个规矩:新认识的人家是一定不会去拜访的。因此,虽然他单独与别人往来,但要出去探访,有时候却不是那么容易的事情,不多费些唇舌是行不通的。对于留朋友在家住上一夜,那更是不太可能的了。

爱玛知道,既然恩斯康伯宅子不能如自己的心意,那么海伯利,看到它最好的一面,肯定可以使一个心不愿在家里的年轻人觉得如自己心意。很显然,他在恩斯康伯并不是没有地位的。有一点他没有炫耀,但却可以看得出来,那就是在他舅父和他舅妈沟通不了的时候,他到可以劝得动。爱玛想到了之后忍不住放声大笑。这时他又承认,除了两件事情之外,只要多花些时间去磨,他一定会劝得动舅妈去做任何事。然后他也坦诚地讲出了连他也说服不了的那两件事情是什么。他一度非常想出国,一心只想能让他到处走走,可是舅妈无论如何也不同意。这还是去年的事情。事到如今,他也逐渐地不抱希望了。

另一件说服不了的事情是什么,他没有说。但爱玛认为,应该是要好好对待他自己的父亲。

“说来我真感觉有点儿悲哀。”他稍停顿了一会儿之后又接着说,“过了明天,我在这里将近住了一个星期了——我一半的时间已经用掉了。我从来没有感觉到时间过得如此快。到明天居然就整整一星期了!我还没玩够呢。只是刚刚跟维森顿太太和其他几个人熟识了,我一想起这件事心里就闷得慌。”

“或许你从现在就开始后悔,只有这么短短几天的时间,真不该花费整整一天的时间去理发了吧。”

“这倒不会,”他微笑着说,“那本来没什么好后悔的。如果我觉得自己被人看着不整洁,我是不会跟朋友们见面的。”

此时,其他的男士也都走到房间里来了,爱玛感觉自己有义务转开脸朝向他们,听克尔先生的谈话。等克尔先生离开了,她又准备把注意力放在弗兰克·丘吉尔这边来的时候,她看到他此刻正看向坐在房间对面的菲尔法克斯小姐。

“怎么啦?”她问道。

弗兰克惊吓了一下。“射谢你叫醒我。”他说道,“我知道刚才我非常失礼了。不过菲尔法克斯小姐把她的头发做得如此奇怪,非常奇怪,因此我才注意到她。我从来没有见过那么奇怪①的呢！看到那几个发髻！肯定是她自己特意设计的。我从来没见到其他人像她这个样子的。我要过去问问她这是不是爱尔兰发式。我可以去吗？对，我要去的，我应该要去。你就等着看她的反应是什么样的吧，看她会不会脸红。"

他说到做到。很快，爱玛就看到他站在菲尔法克斯小姐的面前，并且跟她聊起天来。不过，那位小姐的神色是怎么样的，爱玛完全没有看到。因为弗兰克恰好挡在了她们两人之间，和菲尔法克斯小姐紧挨着。还没等弗兰克走回来，维森顿太太已经坐到了他的座位上。

"这就是大型宴会的好处，"她说，"你想走向哪位就走向哪位，想说什么话题就聊什么话题。我亲爱的爱玛，我跟你说一件事。就和你一样，我也一直在琢磨和猜测，我要赶紧把这件事情告诉你。你知道贝茨小姐和她的外甥女是如何到达这儿的吗？"

"如何来的？一定是受到邀请才会来的，难道不是这样的吗？"

"哦，当然——我是问，她们是怎么抵达的？用什么方式来的呢？"

"走来的呀，我敢确信。她们还可以怎么来呢？"

"对呀。是的，刚才我还在想这件事，如此寒风彻骨的天气，让简·菲尔法克斯深更半夜里再一次徒步回家去，这样就可太不像话了。所以我就看着她，虽然此刻她比其他时候看上去都漂亮风光，但是我想，她此时一定被火烤得很热，出去就非常容易着凉了。可怜的姑娘！我越想越不忍心，所以，一等维森顿先生从餐厅出来，我就走到他面前，向他说起马车的事。你想象得到，他马上就非常痛快地答应了我的要求。征得了他的同意，我就马上走到贝茨小姐面前，让她尽可能地放宽心。马车可以先送她们回家，然后再来接我们。天哪！她听了以后感动得跟什么似的。她说：'世界上是绝对不会有比她们幸运的人了！'——接着又是感谢了一番——'不过倒是不用麻烦了！'因为载着她们来的奈特利先生的马车还会把她们两人送回家的。我听了感到相当吃惊。不用说，我是挺高兴的，可的确是太令人想不到了。你看这个人的心地是多么的美好啊，考虑得又是多么的周到啊！这样的人在男人中不多呢。总的来说，根据对他一贯作风的了解，我十分乐意地认为，他一切是为了方便两位女士，才要用到马车的。我真不敢相信，他只为了自己就动用一对马儿，这不过是为找到个能帮她们忙的借口而已。"

"有这样的可能，"爱玛说，"没有什么比这更加可能了。我认识的男士里，再没有人比奈特利先生更可能做出这样的事情来了——做一些确实是好心、有用、考虑细致或是忠厚善良的事情。他不擅长向女人献殷勤，但是很会体贴照顾人。考虑到简·菲尔法克斯健康不佳，他会觉得这样做是非常正常，应该的。做好事但不张扬，我看除了奈特利先生之外也不会再有别的人了。我知道他今天坐马车来的，因为我们是一起到达的。我还为这件事说了他几句，他却连一句能让人猜出底细的话也没说。"

---

① 原文此处使用的是法语词汇。

"啊，"维森顿太太眯着眼睛笑着说，"对于这件事，与我的看法相比，你比较认为他更多的是简单地、不计个人得失地去做好事了。因为，在和贝茨小姐说话时，我脑海里突然闪过一个疑惑的想法，后来无论如何再也摆脱不了了。我越想，就越觉得很有可能。坦白地讲，我觉得奈特利先生和简·菲尔法克斯的确是天生一对。瞧瞧，与你一起竟得出了这样的结朿！你觉得如何呢？"

"奈特利先生和简·菲尔法克斯！"爱玛喊道。"亲爱的维森顿太太，你怎么可以这样想？奈特利先生！奈特利先生绝对不会结婚的！你难道想让小亨利被赶出唐沃尔？哦，不行，不行。亨利必须住在唐沃尔。我绝对不会赞同奈特利先生结婚，而且我敢确定这件事绝对不可能。我很吃惊，你居然会有这样的念头。"

"我的好爱玛，我不是跟你说了我是怎么想到这上面来的嘛。我没想要帮他们做媒——我当然也不想伤害亨利小宝贝——可是目前的情况让我不由自主地考虑到这上面来了。不过假如奈特利先生真的想结婚，你总不会想他会为了亨利而不这样做吧？亨利只不过是个六岁大的男孩，还什么都不懂呢。"

"不，我是这样想的。我不想看到亨利被别人给赶出去。奈特利先生要结婚！不，我以前压根儿都没有这样想过。我现在也接受不了这样的想法。而且，还不是其他女人，恰恰却是简·菲尔法克斯！"

"为什么不行，她一直是他最喜欢的人啊，这一点你是十分清楚的。"

"可是这样的结合实在是太唐突了！"

"我并没有说够不够慎重——只是思考有没有可能。"

"我可看不出有什么可行性，陰非有比你刚才提到的更具有说服力的证据。他的好脾气，还有我跟你说过的好心地，已完全能够解释为什么要备马了。他很尊重贝茨一家，可这跟简·菲尔法克斯无关，他一直对她们非常照顾。我亲爱的维森顿太太，你可不要再胡乱给人做媒了，在这方面你是不行的。简·菲尔法克斯去做唐沃尔宅子的女主人？哦，不，不——怎么想都怎么觉得不可思议。就算为奈特利先生自己着想，我也不可以让他这样发疯胡来的。"

"不够慎重，你要这么说也不是没有可能，但别说是发疯胡来。除了财产状况不相称，年龄上也许有一点儿悬殊，别的我看真的没有什么不妥的。"

"但是奈特利先生根本不想结婚嘛。我敢确定他一丁点儿这样的想法都没有。可别向他灌输这种念头啊。他为什么要结婚呢？他独自生活，要多愉快有多愉快。他有农庄，有羊群，有藏书，还有整个教区要经营，再说他也十分疼爱他弟弟的那些孩子。不管是为了打发时间还是要弥补空虚的心灵，他都不一定要结婚呀。"

"我的好爱玛，如果他一直这么想，那显然没问题。但是，如果他真的爱简·菲尔法克斯……"

"胡说！他甚至都不能算是喜欢她。至于说爱，就更不用说了。他可以为她或是她一家人做很多好事，但是……"

"得了吧，"维森顿太太都笑出声音来了，"也许他能为她们做得最大的好事就是给简一个非常体面的家。"

"就算这对她来说是件好事，但我肯定对他自己来说不是件好事——攀一门既失颜面又非常与身份不符的亲事。贝茨小姐和他成了一家人,他怎么能忍受呢?让她留在唐沃尔宅子,一整天喋喋不休地感谢他的好心,因为他娶了简?'真是位心地善良的大好人哪!当邻居时就一直那么善良具有亲和力。'可是话还只是说了一半,又岔开话题,就转到她母亲的旧裙子上去了。'倒也不能说那条裙子很旧——其实还可以穿很久呢——家中的裙子都是这么经久耐穿,真得让人说一声感谢上帝呀。'"

"多不好意思,爱玛!别学她了。我本来觉得不能笑,却也硬被你逗乐了。但是,你相信我的话绝对没错儿,奈特利先生不会太担心贝茨小姐的唠叨。小事情不会让他这么不耐烦的。她是可以说她的,要是轮到他有话想说,他只需要声音大一些,把她的声音压下去就可以了。问题不在于这门亲事是否门当户对,而在于他喜欢不喜欢。我想他是喜欢的。我是听到过他对简·菲尔法克斯所说的非常欣赏的话的,你不是也听到了嘛!他对她十分关心,担心她的健康状况,又非常担心她将来过得不幸福!我听他在讲这些事情的时候都是动真感情的,他是如此欣赏她的琴艺,欣赏她的嗓音。我乐意听他说,愿意一直这样听下去。哦!我差点忘了说我想到的一件事情了,那架送到这里的钢琴。虽然我们都觉得一定是堪贝尔夫妇送的,可是这礼物有没有可能是奈特利先生送的呢?我不自觉地怀疑到他身上。我想,就算是没有在谈恋爱,他也是能做出这样事情的人。"

"那也不能以此为理由说明他爱上了谁呀。不过我认为他不会去做那样的一件事。奈特利先生做任何事从来都是正大光明的。"

"我听他一而再地感叹她没有钢琴。按照他一贯的做事风格,他不会如此掩掩藏藏的呀。"

"很好。要是他想送她一架钢琴,他会开门见山地告诉她的。"

"可能是觉得害羞吧,我的好爱玛。我有一种很强烈的感觉:钢琴就是他送的。克尔太太用餐时告诉我们这件事的时候,他没有说话,很奇怪。"

"你突然有一个这样的想法,维森顿太太,就放任自己的思想,顺着往下乱猜,以前你还总是责怪我这样呢。我根本就没有看出有什么恋爱的迹象,也不相信钢琴是他送的,除非见到了证据,我才会相信奈特利先生会有那么点儿要娶简·菲尔法克斯的意思。"

她们针对这个事情来来回回又争论了很长一段时间,爱玛这次又占了上风,因为两人之间,习惯于做出让步的总会是维森顿太太。后来,房间里有了一点声音,说明大家已经喝完茶,开始要弹钢琴了。这时,克尔先生走了过来,希望伍德雷斯小姐能试一下他们家的新琴。刚刚两人太热烈的交谈,爱玛没精力顾及弗兰克·丘吉尔,只是看到他在菲尔法克斯小姐身边找了个空位坐下来。这时,他又跟在克尔先生的身后,一起使劲请求她。爱玛一开始就觉得从各个方面看,首先弹琴的都一定会是她,于是推托了一番便答应了。

她很清楚自己水平有限,所以就只弹了几首容易被大家喜欢的曲子,弹奏这种小作品她倒是能演奏得非常有味道和有情调的,并且还可以弹唱一起进行。她听到有一个男声和着她在唱二声部,十分好听,感到有点惊讶。唱歌的不是别人,正是弗兰克·丘吉尔。一结束他立刻向她表示歉意，于是一切按惯例进行下去。她都嗔怪他嗓子那么优美，音乐修养那么高，却要深藏不露。他急忙否认，说对此是完全不懂，嗓子就根本上不了台面了。他们又合唱了一首，然后爱玛便让位给菲尔法克斯小姐。无论是弹琴还是歌唱，菲尔法克斯都远远超过爱玛，对于此爱玛还是非常清楚的。

钢琴跟前围着许多人，爱玛心情复杂地坐在距离远一些的地方听着。弗兰克·丘吉尔又跟着唱起来了。看情形，这两个人在韦茅斯就一起唱过一两次。但是，看到最起劲的那一群人里居然有奈特利先生的身影，爱玛便没有什么心情听了。她想起了维森顿太太的猜测，脑子便时不时要想起这件事，优美的合唱声只是偶尔才传进她的耳朵里。她反对奈特利先生结婚的想法一点儿没有停止。她眼里只有他们俩结合的恶果。这会使约翰·奈特利先生十分失望，伊莎贝拉也是这样认为的。那几个孩子会受到真正的伤害——对他们来说那可是一场灾难和物质上的巨大损失呀——她父亲呢，可就过不了他的安稳的日子了。还有她自己呢，让简·菲尔法克斯主导唐沃尔宅子，这样的事她是无法忍受的。一个人人都要对她俯首称臣的奈特利太太！不行——奈特利先生绝对不能结婚。小亨利一定是唐沃尔的继承人。

没多久，奈特利先生转回头看了看，接着又走过来坐到她身边。一开始他们谈的只是这次演奏的事。奈特利先生的赞赏的确是非常的热情。她想，如果不是有维森顿太太的那些话，她根本是不会心存芥蒂的。但是，作为尝试，她还是把话往他好心接送那对姨甥这上面引去。她感觉他的回答很简单想转移的意思。她相信那仅仅是表明他做了好事不想多谈而已。

"我常常感到担心，"她说，"因为我不敢在这样的环境下更多地使用我们家的马车。倒不是我不想这样做。我想你是了解的，家父一直觉得让詹姆斯这样劳累是非常不合适的。"

"根本不会有这种问题，根本不会有这种问题，"他回答说，"可我敢保证你又一次还想这样做。"他露出笑容，仿佛对自己因为对此毫不怀疑感到开心。于是，她只好用另一种方法了。

"堪贝尔夫妇送的东西，"她说，"那架钢琴，可真是一份一掷千金的贵重的礼物呀。"

"是的，"他回答道，完全看不出脸上有任何窘态，"但是倘若他们能事先告诉她一声，事情就做得更完美了。让人吃惊的是不妥的行为。不但不会带来很多的快乐，而且时常会造成非常尴尬的局面。我原以为堪贝尔上校会想得非常周到的。"

从那一刻起，爱玛可以发誓说，奈特利先生与送钢琴的事没有一点儿关系。可是，对于他是否完全没有一点特殊的感情，是否没有真正的偏爱，她的疑问不是一下子就能散开的。在第二首歌快唱完时，简的嗓子变得不是那么的清亮了。

"可以啦，"歌一唱完，他就大声地说了出来，"你一个晚上唱这么多足够了，现在可以歇一会儿了。"

可是，马上就有人求她再来一首。"再唱一首，这绝对不会累到菲尔法克斯小姐的，只要再来一首。"这时又听到弗兰克·丘吉尔在说："我想这不会让你太费劲的。刚才那段非常好唱，费力的是歌里的第二段。"

奈特利先生发怒了。

"那家伙，"他恼火地说，"只想着自己出风头，全然不顾别人的感受，这可不行。"这时贝茨小姐刚从他身边走过，他就碰了碰她。"贝茨小姐，你是怎么了，就任由你外甥女把嗓子唱哑吗？快去管一管她吧。他们对她是不会手下留情的。"

贝茨小姐出于对简的真正关心，连声谢谢也没顾上说，一下子冲了上去，阻止她唱下去。这样，晚会的音乐表演部分也就此结束了，因为能演奏的也只有伍德雷斯小姐与菲尔法克斯小姐这两位年轻女士。可是没多大会儿，还没到五分钟，又有人提出跳舞——一开始是哪个提的就不清楚了——克尔先生和太太当然非常赞成，于是就让人把一切东西立刻清场，腾出空间来。维森顿太太最擅长于弹奏乡村舞曲。她就在钢琴前坐下，弹起了一首让人不由自主就舞动的华尔兹。此时，弗兰克·丘吉尔做出一副极为讨人喜爱的绅士姿态，来到爱玛跟前，紧紧抓住她的手，把她带到领舞的位置上。

在等待别的年轻人两两上场的时候，虽然耳边响起对她的嗓音与品味的极度称赞，爱玛却还能开个小差儿朝奈特利先生那看了一眼，想知道他如何了，这可是个试验他的好法子了。他一般是不跳舞的。如果他这个时候急急忙忙地跑去请简·菲尔法克斯跳舞，那可以从中看出点什么了。不过一时倒没有看出什么蛛丝马迹。他一边跟克尔太太说话，一边不经意地朝周围看。有人在请简跳舞，而他依然在跟克尔太太谈话。

爱玛不再为小亨利感到担心了，他的利益到目前为止依然是可以保障的。于是她从心底里兴致高昂、高高兴兴地领头跳起舞来。只凑来了五对，不过正因为能跳舞的人十分少，事情又发生得很匆忙，舞跳得才非常起劲儿，并且她发现舞伴和自己配合得非常默契。他们这一对真的很引人注意。

令人扫兴的是，总共只能跳两个舞曲。天越来越黑了，贝茨小姐急着要赶回家，她挂念着家中那位老母亲。于是，虽然有人要求继续跳一会儿，大家还是不得不满脸失望地向维森顿太太谢过后，结束了舞会。

"这样也好，"弗兰克·丘吉尔说，一边送爱玛登上马车，"否则我还得请菲尔法克斯小姐跳，在跟你跳舞搭档之后，她那柔弱的跳法我还真的很难配合得好呢。"

第九章

爱玛虽然说降低身份去了克尔家，可是并不后悔。这次拜访让她第二天想起来还觉得回味无穷。她打破了靠与世隔绝建立起的尊严，或许算得一种损失，但是，在宴会上出尽了风头，在这方面却得到了很多的回报。她一定使克尔夫妇感到高兴——他们是有地位的人，倒是应该让他们觉得快活快乐的呀！而且，她还能留下一个令人难以忘记的好名声呢。

完美无缺的快乐即使是在回忆也是非同寻常的。她想起了两件让自己不大安心的事。她把对简·菲尔法克斯感情的怀疑透露给了弗兰克·丘吉尔,她不知道自己是否违背了女人之间应该互相遵守的那些不成文的约定。这样做很难说是正确的。不过当时这个想法太强烈了,使她不得不说出来。但是无论她说什么,他都恭恭敬敬,表示很赞同,这不等于是在恭维她的洞察力嘛。这就自然使得她难以明确地认识到,是不是应该管好自己的舌头了。

还有一件让她懊丧的事也与简·菲尔法克斯有关,在这件事上她倒是没有一点怀疑。她在弹琴唱歌上面比不上别人,这确实让她感到沮丧不已。她为自己小时候过于懒惰而感到由衷的悲哀,于是便坐下来,发奋苦练了足足有一个半小时。

后来,哈利特走进屋来,便打断了她练琴。倘若哈利特的称赞能让她感到满足,也许她就不至于很长时间高兴不起来了。

"哦,我真巴不得你和菲尔法克斯小姐弹得一样好呢!"

"别把我跟她相提并论。我没有她弹得好,就像一盏灯不如太阳明亮一样。"

"哦,可我还是觉得你弹得更好。一点儿也不比她差。我倒是更愿意听你弹。你没有看到昨天晚上,每个人都夸奖你弹得好吗?"

"真正懂行的人就能听得出高低了。实话跟你说吧,哈利特,我的琴艺只能赚取几句夸奖,但是简·菲尔法克斯的层次就高得多了。"

"可我还是觉得你们弹得一样好。就算真有什么差别,旁人也听不出来的。克尔先生说你弹得非常有情调。弗兰克·丘吉尔先生也对你弹的情调表示很赞赏,他觉得情调比技巧更重要。"

"唉,但是简·菲尔法克斯不仅有高超技巧而且还有情调。"

"你真的也是这样认为吗?不错,我看得出她技巧不错,但没觉出她有什么情调。没人说她有啊。而且我最不喜欢听意大利歌曲了,恐怕我一个字都听不懂。而且,她弹得确实好,因为她要去教别人弹琴呀。考科斯夫妇昨晚还在想她能不能到哪个大户人家去当家庭教师呢。你认为那两夫妇的看法怎么样?"

"还是和原来一模一样——简直是俗不可耐呗。"

"她们和我说了一些事儿,"哈利特支支吾吾地说,"不过也没说什么重要的。"

爱玛忍不住问她们告诉了她什么,即便很担心这样又会把艾尔顿先生牵扯进来。

"她们告诉我,在上星期六马丁先生跟她们一起吃饭了。"

"噢!"

"马丁先生有事情找他们的父亲,于是他们的父亲就把他留下来吃饭。"

"噢!"

"他们好像说了一大堆和他相关的事,特别是安妮·考科斯。我不知道她是什么意思,不过她倒是问我今年夏天想不想再上那边去待上一段时间。"

"她这是脸皮很厚地想打探别人的事情,你知道安妮·考科斯就是这种人。"

"她说马丁先生那天在她们家吃饭的时候,人极为和气。在饭桌上,他就坐在她的身边。纳什小姐觉得,考科斯家两个小姐好像都很有意要嫁给他。"

"这个可能性非常大。我认为她们毫无例外都会有这念头。因为她们是海伯利最俗气的姑娘。"

哈利特有事要去伏特商店。爱玛觉得，还是谨慎一些，最好跟她一起去。说不准会再次与马丁一家邂逅。根据哈利特目前的状态，情况真是颇堪忧虑呢。哈利特这个人，见到什么都中意喜欢，很容易受别人的影响，买东西最耗时间了。就在她还对着细纱布犹豫不决的时候，爱玛干脆走到门口去眺望那田野里的景色。

在海伯利，即使是在最最热闹的地方，你也别指望能看到多少车辆行人，见到的最多情景就是：佩利先生匆忙地从门前走过，威廉·考科斯先生走进他办事处的大门，刚遛完他那两匹马的克尔先生拉车回来。要么，就是那个趁送信出来闲逛的邮差被一匹犟骡所折腾。这些就是她能期盼见到的最为生动的场面了。因而，当她看到一个手捧托盘的肉店老板；一个手提满篮东西衣着整洁地从店铺走出来的老太太；两只争夺一根脏骨头的癞皮狗还有那一群眼巴巴盯着面包房小凸窗摆着的姜汁饼的野孩子的时候，她就知道，自己的运气还算不错，不虚此行，这样在店铺门口站着就非常值了。一个人心境活泼愉快时，即使什么都没看到也没有关系，而且眼光所见，也都是些赏心悦目的场景。

她朝通往朗道斯的那条路远望看去，景色明显地开阔多了。只见两个人的身影越来越近，原来那不是别人，正是维森顿太太和她的继子。他们正走进海伯利镇，明显的是要去哈特菲尔德宅子那里。不过他们先在贝茨太太家门口停了下来，那里要比伏特老店距朗道斯宅子稍微近一些。他们刚要敲门就看见了爱玛，于是就穿过马路朝她走来。昨天聚会玩得很开心，这使得今天大家见了面也非常高兴。维森顿太太告诉爱玛，她拜访贝茨家的原因是想听听新钢琴声音怎样。

"都因为陪伴我的这位年轻人告诉我，"她说，"昨夜我确实是答应过贝茨小姐，今天早上要去看她们的。我自己倒是没什么印象。我不记得说那天去了。但是他说我是说过的，所以今天我就来了。"

"在维森顿太太去探望她们的时候，"弗兰克·丘吉尔说，"如果你们打算回家，我希望我能得到允许我跟你们一起去哈特菲尔德宅子。"

维森顿太太感到有些失望。

"我本来以为你想跟我一起进去呢。你要是去的话，她们会觉得非常高兴的。"

"我！我如果在，会让人觉得很碍事的。但是也许，我在这儿，说不定也同样会碍事的。伍德雷斯小姐好像也不太欢迎我。以前我舅妈买东西的时候总是把我支开。她说因为我她现在非常烦乱。你看伍德雷斯小姐的表情，恐怕她也快要这么说了。你看我该怎么办是好呢？"

"我来这儿可不是为了自己的事儿。"爱玛说，"我只是在等我的一个朋友。或许她很快就能买完东西，我们就回家了。但是我想你最好还是跟维森顿太太一起去听听那乐器声音如何吧。"

"既然你也这么建议，那好吧。"说到这里他微笑道，"假若堪贝尔上校委托的是一个比较粗心的朋友，如果钢琴声音不是那么精准的话，那我该怎么办呢？我又不会帮维森顿太太圆场。她一个人对付也许会好得多。无论多么不开心的事经她一说，也会好听得多。我是最不会说好听的假话了。"

"我可一点儿也不信,"爱玛回答道,"我相信,必要时,你也会像别人一样不真诚的。但是,没有理由去怀疑钢琴的质量问题呀。如果我没有猜错,菲尔法克斯小姐昨天夜里的话是说那音质实际上是十分不错的呢。"

"和我一块去吧,如果你不感到太勉强的话,"维森顿太太说,"我们不会待很长时间的。之后我们就去哈特菲尔德宅子。让她们先走,我们随后就到。我真的很想你也能一起去。这样的话她们就会觉得自己很受尊重,而且我还一直以为你是准备去的。"

他不好再说什么了,心里想反正可以在哈特菲尔德宅子能够得到些补偿的东西,于是就和维森顿太太重新朝贝茨太太家走去。爱玛目送他们走进门,就回到那个把哈利特吸引住的柜台前面去了,打算费点力气深刻地让哈利特了解,倘若自己需要的是素色布,那么不要再看带花纹的了。要是看到一条蓝缎带,即使觉得它再好看,也要想想这与她的黄衣料搭配不搭配。终于,一切都办好了,甚至连往哪儿送也确定了。

"那是不是要送到哥达德太太那里去呀,小姐?"伏特太太问道。"是的——哦不——是的,送到哥达德太太那里好了。不过我裙子的样子却在哈特菲尔德宅子。算了,还是送到哈特菲尔德宅子吧,好吗? 不过哥达德太太还想看看我买的衣料呢。不过什么时候都可以把样子带回去的呀。但是现在缎带我是急着要用的,所以我想最好还是送到哈特菲尔德宅子吧! 要不就请你分成两包,伏特太太,这样可以吗?"

"有必要分成两小包吗,哈利特?"

"哦,那就算了吧。"

"一点儿也不麻烦的,小姐。"伏特太太十分热情地说。

"哦,但是我其实还是更愿意只打一个包的。如果不嫌麻烦的话,就请你都送到哥达德太太那里吧——我也实在是不知道怎么办了——我想,伍德雷斯小姐,我觉得还是让他们把东西送到哈特菲尔德宅子去会更好一些,等到晚上我再把它带回家去。你说可以吗?"

"你就别在这件事上浪费时间了。就送到哈特菲尔德宅子吧,真是麻烦你了,伏特太太。"

"是啊,还是这样的好。"哈利特说,"本来我就不该想到往哥达德太太那边送的。"

这时,只听见外面有人说着话朝店铺走来,更确切地说,是有两位女士走过来——维森顿太太和贝茨小姐。

"我亲爱的伍德雷斯小姐,"贝茨小姐说,"我是特意跑到街对面这里来的,是请你赏脸去我们家小坐一会儿,给我们评点一下那架新钢琴质量怎么样——请你和史密森小姐一起去。你看好吗,史密森小姐? 谢谢。我恳求维森顿太太陪我来,这样就能够请到你们我心里就更踏实了。"

"我希望贝茨太太、菲尔法克斯小姐全都……"

"都好着呢,你这么关心我们,我真是感激不尽呀。我母亲身体很好,那真让人感到欣慰。简昨天晚上也没有着凉。伍德雷斯先生也好吗？听说他也不错，我简直太高兴听到这种好消息了。刚才维森顿太太告诉我说你在这里呢。我就说了：'那看来我一定要赶快过去，我敢确定伍德雷斯小姐一定会允许我跑去请她光临寒舍的。我母亲见到她会非常高兴的。现在家中来了贵客，她一定不会不给面子的。''也是，那就快点去吧，'弗兰克·丘吉尔先生说了，'伍德雷斯小姐对钢琴的评价是很中听的。''但是，'我说了，'要是你们之中的哪一位能陪我一块去，那我就更有把握。''哦，'他说，'再等半分钟，我就把手里的这活儿忙完了。'伍德雷斯小姐，你也许不会相信，他竟然用这世界上最最热心的态度，在为我的母亲修理眼镜。今儿早上我母亲的眼镜上的小钉松脱了——竟然戴不上了。你也知道每一个人都应该准备一副备用眼镜，这笔钱可是不能省的。简也是这样的看法。我原本是想一有空就拿到约翰·桑德斯那里去修，可是一上午都抽不开身。事情忙个不停，都弄不清楚是怎么回事了。一分钟前，佩蒂来告诉我说，她觉得厨房里的烟囱该叫人来通一通了。'哦，'我说，'佩蒂，你不要再拿坏消息来烦我了。你看看，老太太眼镜上的小钉子都松掉了。'接着，烤苹果饼又送来了。① 那是沃利斯太太派她的男孩送来的。对我们非常客气友善。沃利斯一家从来就这样客气。我也听别人说过，说沃利斯太太有时脾气非常坏，能把人气个半死。但是我们倒从来没有遇到过这种情况，她对我们一直是客客气气的。也许是因为我们经常照顾他们的生意吧，不过我们才能吃多少面包呀？要知道我们总共才三个人。而且，亲爱的简，这段时间——几乎是滴食不进——就连早饭也就吃那么一点，你见了都会吓一跳的。我都不敢让母亲知道她胃口有这么小。所以就支支吾吾地说了一通，总算是替她遮掩过去了。但是快到中午时简又觉得饿了，她最喜欢吃烤苹果饼。这东西也最不伤胃，因为那天我曾向佩利先生请教过，当时我正好在街上遇见他。你知道我常常听到伍德雷斯先生劝别人吃烤苹果饼。我相信他老人家可能觉得，苹果只有这么吃才最有好处。其实我们是经常吃苹果饼，佩蒂的苹果饼那是她最拿手的了。好了，维森顿太太，我想你已经说通了，两位小姐都会赏光的。"

爱玛对能够问候贝茨太太表达了十分荣幸的意思。于是大家都离开店铺，可是贝茨小姐少不得还要杀上一通回马枪：

"你可好啊，伏特太太？这得请你原谅啊，因为我刚才没有看见你。不过我听说你刚从城里新进了一批好看的缎带。简昨天回到家中就说喜欢得不得了。真是谢谢你呀，手套还是挺合适的，不过就是手腕那儿肥了一些。简正在往里收，准备戴上呢。"

等到大家都来到街上时她又开始说开了，"我刚才说到哪里呢？"她问道。

爱玛心想，她说的这些事儿都乱七八糟的，都能装满一箩筐了，谁会知道她到底指的是哪一桩呀。

"你看我连刚才说什么来着都不记得了。哦，对了，我母亲的眼镜！弗兰克·丘吉尔先生真是很热心的呀！'哦！'他说，'我想把铆钉固定好这点事我还是能够

---

① 在当时普通人家惯常做法是将食物送到周边的面包房，出钱请面包房代为加工。

做好的。这类活儿我也最爱做。'这说明,你知道吧,他是那么的老实。这我得讲明,虽然我以前听说了很多,也有过很多的设想,但是他比我想象的还要好!维森顿太太,我真羡慕你呀。他比最慈祥的父母所能指望的还要好。'哦!'他说,'我能把铆钉安好的。这类活儿我最爱做了。'我想我是永远也不会忘记他那殷切的态度。接着我就从食品柜里取出苹果饼,希望朋友们来了能尝上几口。他见了立刻就说:'哦!水果嘛,再也没有这么好吃的水果啦,我一辈子都没见过烤得这么漂亮的自制苹饼呢。'这话,你知道吧,简直就是说到人的心坎上去了。而且,我敢说,我看得出来他绝对不是在阿谀奉承。但是那些苹果饼也的确是让人看了高兴,沃利斯太太做得真棒。我们也就是只烤了两次,没有按照伍德雷斯先生吩咐的那样烤上三次。伍德雷斯小姐心胸宽广,该不会在老伯面前提这件事的吧。苹果本身质量就是上乘,用来烤着吃最合适不过了,这是意料之中的。都是唐沃尔的苹果——是奈特利先生慷慨大方赠送的礼物里的一部分呀。他每年都要送给我们一口袋的。他家的苹果树——我想是有两棵——最容易摘苹果了。我母亲说在她年轻时唐沃尔的果园就已经美名远扬。但是那天我确实是大吃一惊。奈特利先生来我们家的时候,简正在吃送来的苹果,我们就谈到苹果上头来了,说简是多么喜欢吃。他就问我们苹果是不是就要快吃完了。'我看你们一定是快没有了,'他说,'我让人再给你们送一些来。我那儿多着呢,反正自己也吃不完。威廉·拉金森今年比往年都留得要多。我再让人送些过来,省得烂掉怪可惜的。'我当然是让他千万别送——虽然我们确实快没有了——顶多剩下五六个了,并且还都得留给简吃。但我又十分不忍心让他再送了,你们也知道他已经够慷慨了,简也是对他这样说的。奈特利先生走后,简差点跟我争吵起来。不应该说是争吵,因为我们一直以来也没有红过脸。不过,在我说到苹果快吃完时她听了特别不高兴。她希望我能让他相信我们还有很多。我说,'亲爱的,我已经在努力往好里说了呀。'就在当天晚上,威廉·拉金森就送来一大篮子苹果,还是那个品种的,至少也有一蒲式耳①。我真是感激呀,就连忙下楼去向威廉·拉金森道谢。我说了很多表示感谢的话。威廉·拉金森那可是老熟人了!我看到他总是特别的开心。可是,哪知道,后来我从帕迪那里打探到,威廉说这个品种的苹果,他主人也就这么多了。他把剩下的全都送来了。现在,他的主人要烤要煮,恐怕连一个都不剩了。威廉自己倒没觉得这样有什么不好,他还挺高兴的,以为主人卖出去了那么多。你知道,他把主人的收益看得比什么都重要。可是,他说,霍奇斯太太看见苹果都送走了心里很不舒服。主人今年春天连一个苹果饼也吃不上了,你说她能受得了吗?他跟帕迪说了,叫她不要太在意,甚至还叫她连一个字都不要跟我们提,因为霍奇斯太太说不定什么时候就要发脾气,苹果卖出去那么多,剩下的由谁来吃,这还有什么重要的呢。帕迪一五一十地告诉给了我,我听了大吃一惊呀!这事儿绝对不能让奈特利先生知道。我本来也想瞒着简的。但不幸的是,我稀里糊涂,一不留神就说出来了。"

贝茨小姐这句话刚说完,帕迪就已经把门打开了。客人们也因为听不到什么

———————

① 谷物计量单位,在英国约等于36.368升。

正经话,便一个个地向上楼走去,只听见从背后传来的好心的叮嘱声。

"千万要小心呀,维森顿太太,拐弯处有一级台阶的。当心点儿,伍德雷斯小姐,我们这儿楼梯太黑了呀——又黑又窄,简直令人难以想象。史密森小姐,一定多加小心哪。伍德雷斯小姐,我很担心,你千万不要绊着脚了。史密森小姐,拐弯处有台阶,一定要注意要踩稳呀。"

第十章

当她们走进那个小起居室时,发现这地方绝对称得上是"静谧"。贝茨太太没有像平时那样忙这忙那了,坐在炉火的一旁打起了瞌睡。弗兰克·丘吉尔坐在她的桌子边上,正一心一意地修理老太太的眼镜呢。而简·菲尔法克斯则背对他俩站着,对着钢琴发呆。

那年轻人虽然正忙着,但是再次见到爱玛时仍然很高兴。

"确实很好,"他说,声音压得很低,"比我预计的至少早来了十分钟。我还想做个有用的人呢。你看我能不能修好。"

"天啊!"维森顿太太说,"你居然还没有修完? 我想你要是银匠师傅,这样的速度可过不上好日子呀。"

"我没有不停地干,"他回答说,"我刚刚帮菲尔法克斯小姐把钢琴放稳。它之前有点晃动,我想是因为地板不够平。你看,我们在一条腿的下面塞进了些纸。你答应来了,这真好。我还有点担心你要着急回家呢。"

他竭力让她坐在自己身边,殷勤地帮她挑选烤得火候正好的苹果饼,又让她在修眼镜上帮自己出出主意,直到简·菲尔法克斯在钢琴前坐下来完全准备好。爱玛猜测,简之所以没能快点准备好,那是因为她神经紧张。她得到这钢琴时间不长,摸到琴心里还有点七上八下的呢。她必须克制住那份烦躁不安才能弹奏。不管她这种心情是因为什么,爱玛都只能表示谅解与同情,而且决心绝不再向旁边的那个人透露一丁点自己的想法。简终于开始了,虽然开头的几个小节弹得很轻,但是渐渐地,这架具有良好性能的琴得到了充分地展现。维森顿太太刚才就很高兴,现在更是听得如痴如醉。爱玛跟着她赞叹不已。而那架钢琴在经过各个方面的严格检验之后,也被认定是件值得重用的佳品。

"无论堪贝尔上校委托的是谁,"弗兰克·丘吉尔说,"我想这人算是选对了。我在韦茅斯就经常听说堪贝尔上校有很强的鉴赏力。这琴的高音键音质柔和,一定是他和身边的那些人最为满意的。我敢说,菲尔法克斯小姐,要么是他给他的朋友作了十分具体的交代,要么就是他给布罗德伍德琴行写信安排过。"

简没有回头。她不一定非要搭理他不可,这时,维森顿太太也正在跟她说话。

"这不公平,"爱玛耳语道,"我那也是瞎猜的。你让她难过了。"

他笑眯眯地摇了摇头,好像是表示他确实无怜悯之意。稍停片刻之后,他又开始说了:

"如果知道你如此开心,我想你在爱尔兰的那些朋友一定会十分高兴的,菲尔法克斯小姐。我敢说他们一定会常常想到你,并且惦记着乐器具体哪一天能送到你的手里。你认为堪贝尔上校知道事情此刻的进展吗？你认为这是他直接托办的结果呢，还是他没准只是对订货作了一般性的要求，在时间上也没有作具体的限制，只是让商号视自己的业务情况方便行事呢？"

他说了这些。简就不能再充耳不闻了，也不得不作回答。

"我也只有收到堪贝尔上校的信才能知道，"她说，听声音就知道她是在故作镇定，"否则那就只能是胡乱猜测，那是完全猜不准的。"

"猜测！没错，人有时猜测得对，有时候不对。我还想猜到我何时能把这小铆钉子钉结实呢。伍德雷斯小姐，人在专心干活的时候说话，说出来的肯定都是胡话。真正的干活人是不怎么开口的。但是我们这些人干起活来，只要抓住一个词儿——菲尔法克斯小姐不是刚才也提到要猜测什么的，对吗？好了，修好了，"他对着贝茨太太说，"很荣幸能够为夫人修好了眼镜，现在使用应该没有什么问题了。"

母女俩对他再三道谢。他怕后面那位贝茨小姐再打开话匣子，便走到钢琴跟前，恳求坐在那里的菲尔法克斯小姐能够再弹奏几曲。

"如果肯赏脸的话，"他说，"最好能弹一下昨晚我们跳的那些华尔兹曲子中的一首，也好让我们回味回味呀。昨晚你可不如我玩得尽兴，你好像自始至终都很疲倦似的。我看我们结束跳舞时你好像是挺乐意的。要知道为了能再玩上半个小时，我是宁可舍弃一切的。"

简弹起来了。

"能再次听到曾经让人快乐的曲子，真是幸福啊！如果没有记错的话，在韦茅斯就跳过这支舞曲。"

她仰起涨得通红的脸，看了他片刻，接着又弹起了另外一个曲子。他从钢琴近边的一把椅子上拿起几篇乐谱，转身对爱玛说：

"你看，这里有首曲子我没听过的呢。你清楚吗？那是克雷默①出版的。这儿还有一组新的爱尔兰曲子。不用说，也是那样的老字号印的了。这都是和钢琴一起送来的。堪贝尔上校考虑得真周到呀，对吧？他一定知道菲尔法克斯小姐这儿不可能有乐谱。对于这种无微不至的体贴，我真佩服不已。这说明这一切都绝对是发自内心的。一切都做得那么有条不紊，完美无瑕。只有精诚所至，才能做到这样。"

爱玛希望他说话别那么尖刻，可又不由自主地觉得十分有趣。这时她朝简·菲尔法克斯瞥了一眼，看到她脸上还留有几分尚未退尽的笑容。爱玛发现这姑娘尽管脸颊羞得通红，心里却在偷着乐，于是她便不感到有什么愧疚了，可以衷心享受那其中的乐趣了。别看这位简·菲尔法克斯脾气挺和顺、好像挑不出一点毛病，肚子里肯定还藏着些不可告人的秘密呢。

于是弗兰克把乐谱全都抱到爱玛这儿来，他们一起翻看。爱玛趁机悄悄地说：

"你说得也太露骨了。她肯定会听出来你的意思的。"

"我正巴不得她明白我的意思呢。我就是要让她领会我的含义。我这样一想，

_____

① 当时享誉英国的一家专业出版乐谱的商店。

一点儿也没觉得有什么难为情的。"

"不过说实在,我倒真有点不好意思呢。但愿没有过那个念头。"

"我倒很高兴你的突发奇想,而且还告诉了我。我现在有了一把钥匙能打开她所有那些古怪神情和举止的秘密了。她要是做了亏心事,就应该承受那些心理上的负担。"

"我想,她并非是心情平静的。"

"这我可没怎么看出来。现在在弹《罗宾·阿戴尔》①了——那可是他最喜欢的一首歌了。"

没过多久,贝茨小姐从窗前走过,告诉大家,奈特利先生正骑着马在不远处走着。

"奈特利先生,真是他! 只要有机会,我一定要跟他说几句话,为的是要谢谢他。我不开这边的窗子,免得你们着凉。不过我可以去开母亲房间里的,对吧? 我敢说,他要是知道都有谁在这儿,肯定会进来的。大家能在这里相聚,我真是太开心了。我们的小屋真是蓬荜生辉了!"

她话还没说完就冲进隔壁房间,一边开窗一边叫住奈特利先生。他们两人说的每一个字别人都能听得清清楚楚,好像他们也在这个房间里一样。

"你好吗? 我们好得很,谢谢你惦记了。昨天晚上还劳烦你马车接送,真是太谢谢你了。我们回来的时间刚刚好,我母亲那时正准备迎接我们呢。请上来坐一会儿吧,一定要来哦。我这儿有你的好几位朋友呢。"

贝茨小姐就这样开了头,而奈特利先生貌似也决心在轮到他说话时让大家都能听见,因此他吐出来的字很明确,就像发布命令似的。

"贝茨小姐? 你外甥女可好? 我向你们全家问好,特别是你的外甥女。菲尔法克斯小姐怎么样? 昨晚她没着凉吧? 她今天怎么样? 请告诉我菲尔法克斯小姐的情况。"

如此的咄咄逼问,使得贝茨小姐不得不直截了当地回答他。旁边听着的人都觉得十分滑稽,而维森顿太太则给了爱玛一个富有深意的眼色。可是爱玛仍然是摇了摇头,不以为然。

"太感谢你了! 让你用马车接送。"贝茨小姐又扯回到这种不痛不痒的问题上来了。

他果断地将她的话头截住:

"我还要去金斯顿。你有什么事情需要我帮忙办的吗?"

"哦,天哪! 去金斯顿——是吗? 克尔太太那天还说要去金斯顿买东西来着。"

"克尔太太是有佣人可派的。你有什么事要我办的吗?"

"谢谢你了,我没有什么事情,不过请进来坐坐吧。你知道都有谁在这儿吗?

---

① 这首曲子源自 18 世纪的一首苏格兰歌曲。1750 年一名叫卡罗琳·凯佩尔的女子为之撰写了歌词,献给一名叫作罗宾·阿戴尔的爱尔兰外科医生。深爱罗宾的卡罗琳不顾家族反对和罗宾结婚。牛津版《爱玛》中注解此处说,这首歌应该是弗兰克·丘吉尔所喜爱的歌曲,而非狄克逊先生喜爱的,因为这首歌曲的浪漫气质和弗兰克较为相似。

是史密森小姐和伍德雷斯小姐。她们可真好，到这儿来听听新钢琴。你把马拴在科朗旅店，上来坐一会儿吧。"

"那好吧，"他不慌不忙地说，"或许我可以待上五分钟。"

"这儿还有弗兰克·丘吉尔先生和维森顿太太呢！这多么让人高兴啊！你看这么多的朋友聚在一起！"

"不了，我先不上去了，谢谢你。我必须尽快去金斯顿。恐怕连两分钟都待不了。"

"哦，来吧！我想他们是十分见到你的。"

"不，不了。你家已经高朋满座了。我改天再来拜访吧，顺便也听听琴声。"

"唉，那可真是太遗憾了！奈特利先生，昨晚的聚会多有意思呀！所有的一切都那么让人高兴！这样的跳舞场面是不是挺有趣？我可从未见到过像伍德雷斯小姐跟弗兰克·丘吉尔先生配合得这么完美的一对呢。"

"哦，特别有趣，确实的！我也只能跟着你说好话了，伍德雷斯小姐和弗兰克·丘吉尔先生恐怕都在听着呢。"他又提高了些嗓门，"我真不明白，怎么没有提到菲尔法克斯小姐呢。我觉得菲尔法克斯小姐的舞跳得也非常好。估计维森顿太太是全英国乡村舞曲弹奏得最好的一位了，可以说是无人能及呀。现在，如果你那些朋友觉得心存感激的话，必定会大声回报几句吹捧我们两人的话的。"

"哦，奈特利先生，请再多待一分钟。这事十分重要！苹果的事，让简和我都十分震惊呢。"

"怎么啦？"

"想想看吧，你居然把苹果全都送给我们呀！你还说你还有很多，但现在你连一个都没留下。我们能不大吃一惊吗！霍奇斯太太这次可真的要生气了。威廉·拉金森来这里时曾提到过。你不应该这样做的。哎呀，他走了！他从来都听不得别人谢他的话。我还以为他能留下来呢，真可惜，竟没来得及提——唉！"说完这些，她回到了起居室。"奈特利先生没有停下，我没能留住他。他要去金斯顿。他还问我有什么事情需要托他办。"

"是的，"简说，"我们都听见他很客气地问了。"

"哦，我亲爱的，我想你们也应该听见了。因为，这窗户也开着，这扇门也开着，奈特利先生说话声音也很响亮。你们肯定都听见了。'你们有什么事需要我在金斯顿做吗？'他是这么说的。伍德雷斯小姐，你一定要走吗？你好像才刚刚来嘛。你能来，我感到真是太荣幸了。"

爱玛的确觉得到该回家的时间了。这次拜访，时间已经持续得很长了。她看了看表，知道上午快过完了。维森顿太太和那位年轻人也告辞离开。不过他们只能陪两位小姐走到哈特菲尔德宅子大门口，之后就要回朗道斯宅子去了。

第十一章

其实一直不跳舞，日子也是很平常地过。有些年轻人一连好几个月一个舞会也没去参加，身体照旧健康，精神上也没有受到什么大的影响，这种例子并不少见；

但是一旦跳开了头,一旦体验到了那种快速回旋所带来的快乐,哪怕只是稍稍尝到了一点甜头,谁要是不想多跳几回,那他就是个木头脑袋。

弗兰克·丘吉尔曾在海伯利跳了一次舞,就巴不得再跳第二次。一天伍德雷斯先生在女儿的劝说下,由女儿陪着去朗道斯宅子过了一个黄昏,告辞前,两个年轻人就为这件事整整特意筹划了半个钟头。主意,是弗兰克出的;当然,也属他最热心;而她懂得办个舞会的难处,有什么困难,姑娘家看得最清楚了,至于气派、排场、场地设备,姑娘家也最讲究。不过她还是很想再让大家看看弗兰克·丘吉尔先生和伍德雷斯小姐的舞跳得有多么赏心悦目。再说啦,就跳舞来说,把她与简·菲尔法克斯比起来绝对用不着害羞了,不过,她也真有些期待,更何况,就算完全没有虚荣心在作祟,仅是跳舞本身也就够吸引她的了。所以她就帮弗兰克先用脚步测量了一下他们所在的那个厅堂的面积,看看这里可以容纳几对舞伴,然后又步量了一下另一间客厅的面积,尽管维森顿先生多次申明那两个厅堂大小完全一样,他们却还是心存侥幸。巴望这一间能量出来大点,真希望哪怕大一点点也好。

弗兰克提出的方案是:在克尔先生家举办的舞会只能算个开始,所以还应该有个圆满的结尾,还应该请原班的人马、原来的钢琴伴奏——他一提出这个建议,立即就得到了大家的同意。维森顿先生十分赞赏这个主意,维森顿太太也极其乐意,表示他们跳多久,她就一定伴奏多久。接下来忙乎的就是些十分有趣的事儿了:比如估计一下到底有哪几位会来参加,自然还免不了要算一算每一对舞伴要占到多大的地方。

“你,菲尔法克斯小姐,史密森小姐,就是三个了,加上两位考科斯小姐,就是五个,”这话也不知被翻来覆去说了有多少遍了,“这边呢,基尔波特家两位,加上小考科斯,我父亲,我,这还没包括奈特利先生呢。人足够了,跳个痛快肯定是没问题。你,菲尔法克斯小姐,史密森小姐,这就是三个了,加上两位考科斯小姐,也就是五个,五对舞伴,绝对可以跳得开。”

可不一会儿他的意见就遭到了异议。

“可五对舞伴能跳得宽舒吗?我倒真有点不放心:恐怕未必。”

又有人说:“不管怎么说,若是特地想把舞会办起来,但只请五对舞伴实在是太少了。仔细想想,只有五对舞伴能算什么舞会呢。既然要请,仅请五对怎么能行呢。要是一时的心血来潮,倒是可以理解的。”

有人说,估计基尔波特小姐也会来她哥哥家,所以她也应在被邀之列。又有人说,要是那天晚上邀请基尔波特太太,她来的话不参加跳舞才怪。又有人出来说考科斯家还有二儿子小考科斯呢!等到最后维森顿先生又提出了两户人家,一户是他们的表亲,不可不请,还有一户是老相识了,也不能排除在外,这样一来,人数要扩大到十对。可这么多人怎么安排呢,大家纷纷提出自己的设想,这倒也非常有趣。

两个厅堂正好门对门。“何不把两个厅并用,就在过道里跳来跳去呢?”这好像是个最佳的方案了,不过这还不够理想,很多人都还希望能有一个更好的办法。爱玛说那有失雅观,而维森顿太太则愁的是晚饭该往哪儿摆,伍德雷斯先生则更是极力反对,理由是这对于健康十分不利。为此他还十分不高兴。再也忍不下去了。

"那不行,"他这么说,"这太欠考虑了。为爱玛着想,我肯定不能同意! 爱玛身子骨儿不结实,受了凉是要得重伤风的。我那可怜的小哈利特也一样。你们大家又有谁能例外呢? 维森顿太太,你也非得病倒了不可。这种异想天开的主意,不能让他们再提啦。那个年轻人,(压低了声音)真是很不体贴人。有句话你可别跟他爸爸说啊:我老觉得这个年轻人有点不对劲。今天晚上他总是开了门而不关,这也未免欠考虑了吧。他也不想想这了是有穿堂风的。我可不是故意在你的面前说他的坏话,但我总觉得他不怎么样!"

维森顿太太听到如此的指责,心里自然不安。她知道这话的分量,便说尽好话,希望能消除老人家的不满。于是门都关上了,那个利用过道的计划也被搁到了一边,又重新提起了原先的第一个方案,也就是将跳舞的场地仅以眼前的这个客厅为限。弗兰克·丘吉尔也真会凑趣,一刻钟之前还被认为容不了五对舞伴跳舞的这么点地方,现在一下子就被说成是来十对也绰绰有余了。

"刚刚我们也太讲究了,"他说,"有些不必要的面积也被算进去了。事实上这里来十对人跳舞也完全容得下。"

爱玛表示反对:"那太挤了——挤得不像话了;跳个舞连个转身的余地都没有,还有比这更扫兴的事吗?"

"话是这样说,"他收起笑容回答,"是很糟糕。"不过他还是仔细地量了一下,最后得出了结论:

"我看完全容得下十对人跳舞。"

"不行,不行,"她说,"你也真不讲道理。到时候弄得挤挤的,简直难受死了。这样人挤人的跳舞,哪还有一点乐趣呀——简直就是螺蛳壳里人挤人。"

"这话不错,"他回答说,"你说得很对。螺蛳壳里人挤人——伍德雷斯小姐呀,你真犀利,寥寥几个字,就形容得十分生动。绝了,真绝了! 不过,事情既然已经到了这个份儿上,我们不能半途而废呀。如果就这样撒手不管的话,我父亲会感到失望的——总而言之——我虽然还不是十分确定——不过现在还是比较倾向于这个意见,那就是:能完全容得下来十对舞伴。"

爱玛看出来了:别看他平时对女性那么殷勤,其实骨子里却还是有点一意孤行的味道,他宁可违背她的观点,也绝不想错过与她共舞的快乐。这个美意她心领了,其他的也都不去计较了。如果她真的有意嫁给他,那也许就应该静下心来好好地仔细琢磨琢磨,看看他这宁可这样也不愿那样的心态到底算是好呢还是不好,看看他的这种脾气到底算是什么性格。然而,尽管跟他交往并不代表就想嫁给他,可他毕竟还是挺惹人喜欢的。

翌日中午之前,他就来到了哈特菲尔德宅子。他进屋时的那笑眯眯的样子,明显就是在说他还是来谈那个他的计划的。果然不一会儿他就说了:他是来宣布他有个改进的方案了。

"伍德雷斯小姐,我说呀,"他直截了当地说起来,"我父亲家的厅堂实在是太小了,我想那该不会吓退了你,扫了你的一团舞兴吧。对于这个问题,我现在带来了一个新的建议,那是我父亲出的主意,你们要是点头同意,那就可以去办了。另外我斗胆设想,计划中的这个小舞会一开起来,能不能请你赏光,由我来陪你跳头两支舞? 至于舞会呢,现在不打算在朗道斯宅子办了,打算改在科朗旅馆了。"

"难道要改在科朗旅馆?"

"对,只要你和伍德雷斯先生没有什么异议。那我相信你们也不会有什么异议的,我父亲就希望他的朋友都能去那边跟他相聚。那边的设备必定要好得多,服务也一定可以跟朗道斯一样周到。这主意可是他自己想出来的。维森顿太太的意见呢,是只要能让你们满意,她就不会有什么异议的。其实我们大家都是这么想的。哎呀,你昨天说得真有道理! 把十对舞伴塞在朗道斯宅子两间客厅的任何一间里都是不行的——挤成那样还是舞会嘛! 我是向来觉得你说得很有道理,只怪我求成心切,就想好歹能有个场地跳舞就行,所以不肯听你的。现在找了个变通的办法不是很好吗? 你同意吗——你不会不同意吧?"

"照我看,既然维森顿夫妇不反对这个方案,其他人也不会有什么意见的。方案本身我觉得还是挺满意的,如果让我说点什么的话,那就是我感到十二分的满意——看来除此之外也想不出其他的好办法了。爸爸,你看换用这个办法好吗?"

她不得不重复了好几遍,老人家才完全听懂;这样的事也的确新鲜,所以要想不多做些说明,休想叫老人家能够接受。

但老人家却认为不行。他认为这个办法不仅不好——根本要不得——甚至比原先那个办法还要糟得多。旅馆里的房间常年潮湿,空气又不流通,危害性太大了,那怎么能待呢。假如他们一定要跳舞,还是要到朗道斯宅子去跳。他这辈子还从来没有踏进过科朗旅馆的房间——甚至跟旅馆的东家连一面都没见过。不行不行——这个计划根本行不通。他们到别处去跳舞,也许因为不小心会得感冒;但是到科朗旅馆去,那肯定要得重感冒不可。

"我正想跟你说呢,先生,"弗兰克·丘吉尔说,"我们之所以提出要在这个地方,其中很重要的一条原因就是看准了那里不容易得感冒——这远比朗道斯宅子安全多了。我们换到这儿,也许只有佩利先生才会有理由感到不快,其他人无论是谁也不会不乐意的。"

"先生,"伍德雷斯先生说这话的口气就相当激动了,"假如你以为佩利先生是那种人,那你就误解我们了。我们谁要是得了病,佩利先生的那份关心那才叫无微不至呢。不过让我不明白的是,为什么科朗旅馆的房间对于你们,会比在你父亲的家里安全呢?"

"主要原因是,先生,那里的地方大。我们压根儿用不着开窗——即使闹到天亮都用不着去开窗。这种情况你最清楚,先生,就是这爱开窗的要命习惯害了人,你想,身上热乎乎的,透进来一阵冷风一吹,不感冒才怪呢。"

"开窗? 可是丘吉尔先生呀,如果是在朗道斯宅子的话,怎么可能会有人想到要去开窗呢。谁也不会那么冒失的! 我可从来没听说过有这样的事。开窗跳舞! 你父亲也好,维森顿太太(也就是原先那位可怜的泰尔勒小姐)也罢,我相信他们无论是谁也不会允许这样胡来的。"

"啊！可是万一有个愣小子悄悄地钻到窗帘后面,把起落窗往上一推,那可谁也不会发觉哩。这种事,我就曾碰到过好几回啦。"

"你真碰到过吗,先生?我的天!我怎么也想不到。我不经常出门,听到了什么新闻大吃一惊也不算是什么新鲜的事。但是话又说回来,这件事毕竟关系重大,我们还是应该好好商量一下,反正这种事情是需要慎重考虑的。不能匆匆忙忙就做决定。如果维森顿夫妇愿意赏光,某天早上能驾临舍下,我们倒不妨好好商量一下,看看还有什么可行的方法。"

"先生,你要知道我时间有限哪。"

"哎,"爱玛赶忙插话道,"不急不急,一切都好商量嘛。爸爸,如果可以把地点安排在科朗旅馆的话,我们的马就可以省出不少力呢。出自己的马厩几步路就能到啦。"

"这倒是,亲爱的。那真是太好了。倒不是因为詹姆斯抱怨过什么,主要是考虑到我们的马,尽量让它们省点力。不过我就是还有点担心,要是那边的房间通风良好就好了——再说斯托克斯太太的为人可信赖吗?这我真有点怀疑。我跟她是素不相识,甚至连面都没有见过。"

"这方面的问题,一切都由我来担保,先生,因为事情都是维森顿太太亲自督办哩。维森顿太太负责一切。"

"你瞧,爸爸!有我们的自家人,亲爱的这下你总该放心了吧!维森顿太太亲自负责哩,难道对她的小心周到还有什么可怀疑的吗?你还记得吗,那是好多年前的事啦——那回我得了麻疹,佩利先生是怎么说来着?'有泰尔勒小姐呢,爱玛小姐的穿戴保暖都由她来照料,那你就万事放心吧。'我经常听到你旧事重提,总是搬出这句话来,那可是作为对她最大的赞扬!"

"对,佩利先生是这么说来着。我想我永远也忘不了这句话。可怜的小爱玛!那回你的麻疹多严重啊——说实在的,当时要没有佩利先生给你悉心调治的话,你可就真危险了。他每天要来四次,整整一个星期天天如此。他一开始就一直安慰我们说,病情已经是很平稳的了——就因为有了他这句话,我们才安下心来;不过麻疹这种病确实是可怕。万一以后可怜的伊莎贝拉那几个小家伙出起麻疹来,希望也能请佩利来看才好。"

"现在我父亲和维森顿太太就在科朗旅馆,"弗兰克·丘吉尔说,"正在实地考察那个地方到底能用不能用。至于我急于想听听你们的意见,所以就让他们留在那儿,自己赶快到哈特菲尔德宅子来一趟,我心想或许能请得动你,跟他们一起去实地看看,有什么意见和提议不妨就当场提出。其实他们俩也正巴望着我来跟你说呢。你要是能允许我陪你一块儿去,他们一定会高兴得不得了。要是没有你在,他们办什么事心里都不会踏实。"

请她去商议这样的大事,爱玛心里是再高兴不过了。老人家则一口答应说,等女儿走后他一个人把这事情再好好考虑考虑,于是两个年轻人片刻也没有耽搁,立刻一起去了科朗旅馆。刚巧维森顿夫妇俩都还在那儿,见她来了,并且得到她的赞同之意,夫妇俩都很欢喜。两口子虽然都忙得很,可也都开心得很,只是方式不尽一样：太太还有些小小的不满意；而先生则觉得样样都是尽善尽美。

"爱玛，"太太说，"这墙纸比我原先预料的要差多了。看看！有些地方你看脏得还挺吓人哩，护墙板又黄又朽了，我怎么也没想到会是这样。"

"亲爱的，你也太挑剔了，"她先生说，"那又有什么要紧呢？在烛光下你就一点也看不出来了。在烛光下看去，那会跟朗道斯宅子一样，干干净净的。我们晚上在俱乐部聚会的时候，就什么也看不出来。"

一听这话，两位女士交换了一下眼色，那意思好像是在说："男人们连东西脏不脏都不知道哩。"估计两位男士大概也各自在肚子里寻思："女人们总是这样，大惊小怪，无事乱操心。"

不过，有一个难题让两位男士不能不理了：那就是晚餐没有餐厅可用。这里当年建造舞厅的时候，并不需要考虑晚餐的问题，所以只在隔壁添置了一个小小的玩牌室。可如今怎么办好呢？这个玩牌室，此次还是要做打牌的地方用的。就算他们四位为了图个省事，不设牌局，可在那么个小小的玩牌室里吃顿晚饭能吃得舒坦吗？如果要另外找个远比这里宽舒的房间做餐厅，倒也不是没有；可是那个房间远在旅馆的另一头，去那儿还得过一条过道，非但长，而且还不好走。这就麻烦了。维森顿太太所担心的是那个过道里的穿堂风会把年轻人吹出病来，而爱玛和两位男士则一想到吃晚饭要挤得磕头碰脑的场景，便觉得怎么也忍受不了。

维森顿太太提出，那就不准备正规的晚餐了吧，就简单地备些三明治之类，摆在那个小间里，可是大家觉得这是个馊主意。举办私人舞会而不宴请大家吃顿晚饭，这简直是藐视男女来宾的应有权利，会很没面子。于是维森顿太太只好另谋对策。那个小房间也不知到底怎么样，她探头朝里瞧了瞧，说道：

"我看这间屋子也不算太小嘛。我们也没有那么多人啊。"

早就向过道快步走去的维森顿先生，此时也喊了起来：

"你总是说这过道长啊，亲爱的，我看这也算不了什么嘛，而且楼梯上也完全没有一丝穿堂风。"

"我们要是能够知道大部分客人喜欢怎么样的安排，事情那就好办了，"维森顿太太说，"反正我们只有一个目标，那就是怎样让最大多数人觉得满意，我们就怎么办。"

"你说得很对，"弗兰克高声说道，"是应该了解街坊邻里都有什么样的想法了。你有这种想法并不奇怪。最好能够弄明白他们中间的主要人物有什么意见——就比如克尔夫妇，好在他们住得并不远。要不我去登门请教？还有贝茨小姐？她家就更近些了。不过我也有些摸不准，不知道贝茨小姐对大家的心意是不是最了解？我想我们征求意见确实应该再扩大些范围。你们觉得贝茨小姐怎么样？""嗯——也好，"维森顿太太的口气有些犹豫，"只要你觉得找她问问能管用的话，那你就去吧。"

"去找贝茨小姐是问不出什么名堂来的，"爱玛说，"她就会说，太高兴啦！但具体意见半句都不会有。恐怕连你问了她什么，她都不见得会仔细听呢。我看找贝茨小姐请教没有什么用。"

"可是她特别有意思！我就是喜欢听贝茨小姐说话。放心吧,我也没有必要把她全家都请过来的。"

这时候,维森顿先生过来了。一听到这个建议,他特别赞同,而且态度特别坚定。

"行,就这么办,弗兰克,你去把贝茨小姐请来,我们也好把这件事情赶紧定下来。我肯定她会喜欢这个方案的,我看请教她是最合适的了,只有她才能指点得了我们碰到难题该怎么办。去把贝茨小姐请来吧,我们一味地讲究高雅,高雅得未免有点过头了。其实她才是个活教材呢,可以让我们学学如何保持快乐。最好把她们两位都要请到。"

"两位都请来,爸爸？那位老太太能行吗？"

"怎么可能是老太太,当然是年轻的那位小姐啦！弗兰克呀,要是你只请姨妈,而没请外甥女,那我就要说你简直是个大蠢材啦。"

"哦,真是对不起,爸爸。我的脑子一下子没有转过弯来。既然你也这样说,那我一定无论如何,也要把她们两位都给请来,你就放心吧。"说完他一溜烟跑了。

后来他果然陪同着那位矮小利索、步履矫捷的大姨和那位气度优雅的外甥女,一起回来了。不过还没等他回来,维森顿太太这个不愧是个秉性温良的妇女,又是位贤惠妻子——早已把那条过道又仔细地查看了一遍,结果发现过道的问题远不像她之前设想的那么严重——事实上根本就没什么了不起的;这样,没有了拦路虎,做出决定就再也不难了。其他的一切问题也都迎刃而解了,至少现在看起来应该是这样子的。桌子椅子、烛光和音乐、茶点和晚餐,这些小事的安排都自然解决了,即便还剩下些琐事,也可以由斯托克斯太太和维森顿太太随时商量解决。受到邀请的客人肯定都会光临。弗兰克也写信去恩斯康伯宅子了,要求在原定的两个星期之外再多住几天,他这个要求是不可能被拒绝的。一个快乐的舞会,就指日可待了。

贝茨小姐到后,也极口称赞这一定是个快乐的舞会,言辞诚恳。她此来,商量事情是大可不必了;不过来赞许几句(也许担当这个角色要安全多了),她还是受到由衷欢迎的。她的称赞,既面面俱到又细致入微,感情奔放,怎么会不招人喜欢呢。大家就在各个厅室之间忙来忙去地转了半个钟头,有的不时地发表些意见,有的只是静静倾听,每个人都沉浸在未来的快乐之中。待到兴尽人散,丘吉尔在舞会上跳头两支舞的舞伴自然也早有了着落,爱玛就是今天这场戏的主角了,并且爱玛也无意中耳闻到了维森顿先生对他太太说的一句悄悄话:"他求过她啦,亲爱的。真是太好了。我就知道他会去求她！"

第十二章

在爱玛看来现在就只差一件事,这设想中的舞会就应算是非常圆满了——那就是舞会的日期一定要安排在弗兰克·丘吉尔来萨里郡小住的时间之内。因为,尽管维森顿先生把握十足,她还是认为丘吉尔夫妇也许只允许外甥待满两个星期,多住一天都不行,不过,她这个如意算盘看来估计是行不通的。因为各方面的准备工作都很花时间,要等到第三个星期才能完全准备就绪。这样,他们就得冒好几天的风险——况且在她看来这风险还挺大——尽管该准备的还在准备,该办的还在办,可心里却一点把握也没有,要是弄得不好的话,这一切都会统统白费。

不过,恩斯康伯方面还是挺宽仁的——尽管他们话里并没有这样表示,但事实上是这样的。弗兰克表示很想再待几天,这明显不合他们的心意,可他们也并没有表示反对。总算一切顺利,顺顺当当。但是人总是这样,旧愁一去,新愁便来。虽然舞会现在有了着落,可爱玛又来了第二个烦恼,那就是奈特利先生对舞会漠不关心,这叫她看着很生气。不知道是他不爱跳舞呢,还是因为筹划这个舞会时没有找他请教,反正他好像拿定了主意,不为所动,铁下心现在绝不过问,日后也绝不来凑这个热闹。爱玛主动去找他通通气,得到的回音也是模棱两可的:

"很不错嘛。如果维森顿一家觉得花这么大的力气去热闹几个钟头值得的话,我也无话可说。我只想说,我有我的乐趣,不该由他们代我来选择。当然!去,我总还是得去的,不去是不礼貌的。到时候我一定竭力不打瞌睡就是。可就我本意来说,我还是宁可留在家里,看看威廉·拉金森的一周以来的账目。说实话,我真想留在家里呢。看人家跳舞是个可开心的事吗?我实在不觉得有什么快乐——我就从来不看——也不知道有谁爱看。我相信,舞跳得好,就像做人做得好一样,受益的只有自己。旁观的人脑子里想的往往就不是那么回事了。"

爱玛一听到这句话,觉得这是针对自己的,她觉得非常生气。不过,对方显得这么冷淡,或者应该说显得如此气愤,那可不是为了要讨好简·菲尔法克斯;所以他对舞会不以为然,并不是受她的看法的影响,因为她一听说要办舞会,就高兴得不得了。她顿时就来了劲——把心里话全都说了出来了。

"哎呀!伍德雷斯小姐,真希望舞会能够顺利举行,别有什么闪失!要是开不成该多扫兴啊!不瞒你说,我是很盼望着呢。"

由此可见,他去跟威廉·拉金森做伴,绝不是为了要去讨简·菲尔法克斯的欢心。才不会呢!她越来越相信维森顿太太的那个猜测是绝对错了的。他是对简·菲尔法克斯是有深厚的友情和同情——而不是爱情。

唉!她马上就没有闲工夫与奈特利先生闹别扭了。快快活活、平平安安的日子只过了两天,然后一下子就全砸了。丘吉尔先生来了封信,催促外甥速归。说是丘吉尔太太身体欠佳——情况还挺严重,外甥应该待在身边。据她丈夫说,两天前她给外甥写信时,病情就已经很严重了,不过因为她就是这样的脾气,总是不愿意让别人感到难过,又不习惯于为自己着想,所以信上只字未提。可现在她的病情加重,不得不请外甥立即动身返回恩斯康伯,千万不可拖延。

维森顿太太写来一张便条,把这封信的大意立刻转告了爱玛。他要走,这是无法避免了。尽管舅妈的病情实际上并没有引起他的惊慌,但他还是得在几个钟头之内就得启程。他太了解舅妈了,她老是这样:觉得什么时候该发病,什么时候病就自然发作了。

维森顿太太在便条上还说:"由于时间仓促,他早餐后便赶往海伯利与友人道别,那边关心他的朋友还是会有一两位的,估计他稍后便会前来哈特菲尔德。"

这个有不好消息的便条,让爱玛连早饭都吃不下去了。从头至尾看完,她除了唉声叹气,就只有发呆的份儿了。舞会落空了——那个年轻人走了——那个年轻人所想的一切,这下子也全吹了。真是太可悲了!原本到了那天晚上,该有多快乐啊!大家都会感到特别幸福的!而最幸福的,恐怕就是她和她的舞伴了。"我早就说过,好事多磨!"这也许就是她唯一的自我安慰了。

但她父亲的看法却完全不同。他所担心的主要是丘吉尔太太的病情,想知道她这病是怎么治的。至于舞会的事,看到亲爱的爱玛会这样大失所望,自然也叫他吃了一惊,但是待在家里还是要平安些。

爱玛等了一会儿,客人才来。旦是,如果对方并不是那么急于想走的话,那么他进门时的哭丧着脸和没精打采的神态,倒也可以替他把罪过都抵消了。离别的难受,压得他简直都开不了口。所有的灰心丧气,都统统流露在脸上。他一来就坐在那儿发呆,过了好大一会儿才打起些精神来,可也只是说了这样一句话:

"恨事有万千,别离为最啊。"

"可你还会再来的,"爱玛说,"你来朗道斯宅子来探亲,不会就这一回吧。"

"啊!"——"我什么时候能再来,又有谁知道呢!我一定要尽全力去争取!我的一切所思所虑,都要围绕这个目标!如果我舅舅、舅妈来年春天去伦敦的话——不过只怕他们未必会去了——他们今春就没去成——这个老规矩。"

"看来我们那个可怜的舞会也只能完全放弃了。"

"啊!舞会!其实我们何必还要等这等那呢?总是准备准备,结果却毁掉了幸福,这种事难道还少吗?你早就对我们说过,就怕好事多磨。啊!伍德雷斯小姐,你怎么总是能够预测到这些事情呢?"

"还说呢,我说中了这种事,我心里才叫遗憾呢。我是宁愿不要这种先见之明的,不然我还能乐上一通呢。"

"如果我还能再来,我们的舞会一定要照办不误哦。我父亲还盼望着我们办呢。别忘了一言为定啦。"爱玛眼望着对方,一副很大方的样子。

"多么有意思的两个星期啊!"对方又接着说,"只觉得一天比一天宝贵,一天比一天快乐!我越来越觉得我不会再去别的地方了。留在海伯利的人们真幸福啊!"

"既然现在你是这么喜欢这儿,"爱玛说,"我倒想冒昧问几句,在你刚来的时候是不是还带着些疑虑呢?我们是不是已经超乎你的预想呢?我相信会是这样的。我相信你一定没有预想到会喜欢上我们。你若是早就对海伯利心存好感,早就来了。"

他很不好意思地笑了起来,尽管他嘴上说不是那样的,爱玛还是确信事实就是这样。

"看来,你今天早上就要动身了?"

"对啊,我父亲说好到这里来接我,然后立刻送我动身。说不定他马上就到了。"

"你难道不抽五分钟,去你的朋友菲尔法克斯小姐和贝茨小姐那儿告别一下吗？这太遗憾了！贝茨小姐能言善辩，又善于明辨事理，你要是跟她见一面，听她说说，也许意志就可以更加坚定了。"

"是啊——我已经拜访过了。恰好路过她们家，我想还是去拜访一下为好。我应该这么做。我本打算只是打个招呼，因为贝茨小姐不在，我就只好留了下来。她出去了，我想总不能不等她回来吧。这位女士，你可以笑她，我想你也一定会笑她，可是你就是觉得不能瞧不起她。我应该去拜访一下。"

他犹豫了一下，站起身，走到窗前。

"总之一句话，"他说，"也许可以这样说，伍德雷斯小姐——我看你可能会不可避免地感到有些疑心……"

他两眼看着她，似乎很想弄明白她脑子里到底在想些什么。爱玛简直不知道该说些什么。看来这是个引子，下面就是些正经话了——但她确实不想听。她想把对方的话头引开，想自己先说，于是就若无其事地说：

"你做得非常对。去拜访一下，也确实是人之常情。"

而他却没有作声。她相信他是在盯着自己看，可能是在琢磨她这句话的意思，琢磨她到底是个什么态度。她听见他叹了口气，他当然觉得自己有理由要叹气了。他不敢相信她竟会敦促他把话说下去。沉默了片刻以后，他又坐了下来，换了一副比较果断的口气，说道：

"我本来还挺高兴的，打算把剩下的时间就全都奉献给哈特菲尔德了。我对哈特菲尔德是极有感情的。"

话又顿住了，他站起身来，看上去十分尴尬。他对她一往情深的程度，果真超过了爱玛自己私下的猜测呢。要不是他父亲来了，这个场面还真不知道会如何结束呢。不一会儿伍德雷斯先生也来了。小伙子不得不尽力应酬，这才平静下来。

好在过了没几分钟，这难熬的尴尬局面便结束了。维森顿先生一向这样，只要有事得办他就从来不会慢慢腾腾的，既不会拖延那些不可避免的坏事，也不会去遇见那些可能的坏事。他于是就说："该走啦。"尽管那年轻人不想就这样回去吧，却不得不应上一声，起身告辞了。

"我会得到你们大家的消息的，"他说，"这也是我最大的安慰了。你们有什么事儿，我都会知道的。我已经跟维森顿太太说了，请她和我通通信。幸好她答应了。啊，天各一方，可知思念之苦，这时若能收到几封信，那真是莫大的幸事了。她会事无巨细都告诉我的。看了她的来信，我就等于又亲身在海伯利了。"

就这样，无限亲切的一次握手，无限真诚的一声"再见"为他的话划上了句号。不久门就关上了，弗兰克·丘吉尔走了。匆匆来访，匆匆一会，人就走了；爱玛感到这一别真是难过，想到他们这个小小的社交圈子少了他，失去了很多的乐趣，她不禁暗暗担心，担心自己真会难过得受不了。

这一变化，真是够惨的。本来，自打他来了以后，他们几乎每天都能聚在一起。朗道斯宅子有了他，无疑为这两个星期添了无穷的生趣——那真是难以表达的生趣。每天一早起来，就会想起可以看见他，就会巴巴地盼望着见到他，并且总能领教一番他的殷勤、他的活跃、他的风度！这可真是无比欢快的两个星期，现在却一下子又要去过哈特菲尔德宅子原来的平淡日子了,这个变化,真让人难受啊。特别值得一提的是,他几乎就要告诉她:他是爱她的。他对自己的感情能有多深,那另当别论,可是至少就目前而言,他的那份爱慕之情的热烈,她觉得这是毋庸置疑的。她尽管有些不好意思,可心里其实是很高兴的。这个想法,再加之其他的种种感受,使她觉得自己一定是开始对他有了一点爱意了。之前再三打定决不心动的主意,现在看来也是不可能了。

"肯定是这样,"她说,"不然我也不会这么没精打采、精神恍惚了!不会这样懒洋洋地不想坐下来做任何事了!不会这样觉得家里是处处沉闷、样样乏味了!我一定是恋爱了!看来这下没有几个星期就别想摆脱掉这种感觉啦。嗳,对了,甲以蜜糖乙以砒霜。不说弗兰克·丘吉尔的事吧,就说这舞会办不成,陪着我感觉可惜的大有人在,但奈特利先生该拍手称快了。现在他想要让他亲爱的威廉·拉金森陪他打发黄昏的光景,能如愿以偿了。"

可是奈特利先生却没有表现出一点胜利的喜悦。如果要说自己心里也感到很惋惜,这话他是说不出口的;要是真那么说了,他脸上那非常欢快的表情就说明他言不由衷。但是他说,并且说得还挺冠冕堂皇的:这一下大家都败了兴,他也很遗憾。他还以颇为体贴的口吻加上了一句:

"爱玛呀,你难得有机会跳舞,这一回真是太不巧了!"

过了好多天后她才见到简·菲尔法克斯。本打算去看一看经过这场不幸的波折到底引起她多少不快,可是等到一见面,发现她竟是一副安然的样子,爱玛反倒觉得令人反感了。不过小姑娘这一阵子身体十分不适,头疼得厉害,照她姨妈的说法是,舞会就算办成了,照她估计简也是参加不了的。爱玛还是善良仁厚的,她觉得对方这样的冷漠,估计是有一些健康欠佳、提不起劲的原因吧。

第十三章

爱玛对自己恋爱了深信不疑。只是在这爱是深是浅的问题上,想法有了些改变。起初还以为爱得极深,后来却觉得也不过只是有一点儿而已。听到别人谈起弗兰克·丘吉尔,她觉得特别喜悦;况且也由于他的原因,她现在越来越喜欢跟维森顿夫妇见面了。她总是想起他,只盼望有信来,想知道他的一切是否还好,下一个春天有没有可能再来朗道斯宅子。但另一方面,她又不肯承认自己的心情有什么不好,也不肯承认在头天早上后,自己会比往常懒做事。她还是照常一样忙忙碌碌、开开心心。并且,她尽管那么想念他,尽管在画画、做针线的时候头脑里总是遐想联翩,构思出一个又一个版本,设想他们的这一段情如何发展又如何收场,甚至还虚拟了许多隽永的对话,还设想了好多文辞典雅的书信,可是在假想中的他的求婚,但无一例外都是以她的拒绝告终的。他们的感情总是会如潮水退落,最终化为寻常友谊。即使分手的时候是柔情无限,旖旎之至,可是毕竟还是得分手了事。当她悟到了这一点以后,已经明白自己的感情不会深种在心底。因为,尽管她之前就已经下定决心,自己是绝不会离开父亲,也绝不出嫁的,但现在真要是在爱河里沉溺的话,她内心的斗争就肯定翻腾不已,绝不会像现在这样波澜不惊的。

"我思来想去，觉得自己的词典里没有牺牲这两个字，"她说，"一次次巧妙的答对，一次次委婉的拒绝，可这些从来就没有包含着我要做出牺牲的意思。我总认为我的一生的幸福不见得就非他不可。我当然也绝不会去自作多情。我爱得已经够深了。如果再深的话，我想我会后悔的。"

至于如何看待他的情意，她觉得，总体说来自己的态度也是得当的。

"他呀，不用说，一定是在情网里陷得很深了——一切都表明是这样——陷得可深了。他下次再来，如果还是这样情意绵绵的话，我一定得多加注意，不能助长了他这种心思才好。既然我已经拿定了主意，要不再注意着点那就是不可原谅的了。这也不是说我认为自己之前就有过什么表示，可能会被他看成我对他已经暗有情愫。绝没有这种可能！当时他要是真要是觉得我也有意于他，他也不至于那么快快不乐。他真要是觉得我对他有意，临分手时也不会是那么一副模样，说那样的话了。不过，我还是得注意点才好。这当然有个前提，就是假设他到时候依然还有深情；但我看他也不见得就会那么死心眼儿，我觉得他不像是那样的人——我也不会相信他会忠贞不渝。他的感情是热烈的，但我也看得出来，他的感情也容易变。总之，一想到这个，我就要暗自庆幸：还好，到此为止了，还不至于影响我的一生幸福。再过些日子，我又可以一如既往，过得好好的了——到那时还有个好处，因为听别人说，人这一生总是要恋爱一次的，这样一来，我就算是顺利过关了。"

弗兰克给维森顿太太的信一到，爱玛立刻就细读了一遍。她看信的时候心里竟然这样的喜悦、这样的倾倒，开始她真为自己有这样的情态而困惑不已，认为太低估了自己对他的感情。信写得很长、也很用心，详细汇报了一路的情景，字里行间表达的那种无限的敬爱感激之情都是真诚的、发自肺腑的；当地凡是有可能引起兴趣的种种新闻，信中都以生动而精彩的文笔作了描述。之后又表示歉疚、关切，也并没用什么让人感到有虚伪之嫌的华丽辞藻；字字句句都是对维森顿太太的真情流露。至于从海伯利到恩斯康伯宅子的环境转换，以及初涉愉快的社交生活，所见的两地差异，这些都是点到为止，但却又能让人感受到他观察的敏锐，要不是担心在这里多说有点不大得体，还可以多讲一些。在信中她的名字也不乏夺目的光彩。多次出现伍德雷斯小姐的字样，每次都会引起一些心里的甜蜜，或是夸赞她品格高雅，或是想起了她说过一句什么话。最后一处见到自己的名字，即使没有用那种生花之笔的手法，说了她很多好话，却明显可以看出自己对他的影响竟然是如此大。在信笺最底下角落里的一个空白处，挤下了这样两句话："你也知道，周二我确实是没有时间去看伍德雷斯小姐的那位美丽小友了。务必请代我致歉，并向她辞别。"爱玛相信这两句话是写给她看的。至于什么向哈利特附笔致意，只是因为那是她朋友罢了。至于恩斯康伯宅子，据他描绘的情况，和对今后的展望，和他来前的估计相差不多，不算好也不算坏。丘吉尔太太病体在逐渐康复，不过他还不敢说什么时候可以再来朗道斯宅子。

尽管这封信的实质内容，信里所传达的感情，都是让人很高兴的，然而，当她把信折好还给维森顿太太时，却觉得自己并没有因此增添哪怕是丁点的可以持久的热情——即使没有这个写信的人，她也照样过得下去，倒是这个写信的人，更应该学会没有她也要照样生活。她并没有改变她的打算。她现在倒是越来越觉得有绝妙的理由拒绝他了,她又有了一个念头,那是为他以后的幸福着想,也是对他的最好的安慰。他既然还惦记着哈利特,而且还给她起了一个"美丽小友"的佳名,这就使她萌生了一个想法,觉得不妨就让哈利特代替她,去接受他的爱情。这有什么不可能的? 绝对可能。论才情,哈利特无疑是万万不如他的。但是论容貌,她秀丽的姿容,热情而纯真的待人风格,却能深深地将他打动,环境、人缘,这些方面对她也是有利的。事情如果真能成功,对哈利特倒的确很有好处,这也不失为一件可喜之事。

"我可不能总是想着这件事,"她说,"我明白,总是这样东想西想是很危险的。这个世界纷繁复杂的事情很多;如果我们能从此煞住两情相悦之意,这倒也不见得有什么不好,至少可以让我们借此就把那种纯真友谊牢牢地维持下去,我看我们建立这样的友谊是可能的,这也是我真心希望的。"

将来替哈利特把事情这样一办,这让她也能得到一些安慰,那当然是件美事。不过当下还是少去胡思乱想为好,因为有件坏事就要临头了。起初弗兰克·丘吉尔一来,就取代了艾尔顿先生订婚一事,成了海伯利人们谈论的中心话题,大家对这新话题的兴趣完全盖过了原先的话题。现在也一样,弗兰克·丘吉尔一走,艾尔顿先生受关注的程度就又有了无法比拟的优势。他的婚期已经定下了。不久之后他又要来到大家中间了。如今可是艾尔顿先生和他的新娘一起来了。恩斯康伯宅子的第一封来信还没有得到大家的关注,"艾尔顿先生和他的新娘"就已经成了大家讨论的热门话题,弗兰克·丘吉尔就这样被大家遗忘了。爱玛一听人家提到那个名字就腻烦。能够三个星期不见艾尔顿先生,她觉得真是开心,按她自己的想法,哈利特这一阵子精神也该恢复起来了。至少,心里一直想着维森顿先生的舞会,对别的事情该都不怎么关心了。可是现在看来,她还没有达到那种心如止水的境界,还经受不了那即将到来的现实的刺激——新人的马车啦,婚礼的钟声啦,等等。

可怜的哈利特情绪极为波动,爱玛不得不想方设法对她,又是劝解,又是给她各方面的关怀照料。爱玛认为自己对她的帮助是只会嫌少,不会嫌多的,她应该为哈利特用尽自己的心思,拿出最大的耐心;可是,却完全收不到什么效果,总是听对方说"对,对",然而意见却始终不能统一,这种工作多难做呀。她说话时哈利特就低头听着,听完就答应道:"一点都不错。正像你说的——我实在是犯不上去想他们——我再也不想他们了。"但是尔再换话题也没有用,没出半个小时,她又是那样心神不定,满脑子全是艾尔顿两口子。最后爱玛只好换个角度来打动她。

"哈利特呀,你因为艾尔顿先生结婚的事总是想不开,这样闷闷不乐的,这无疑是对我最严厉的惩罚。虽然我犯了这个错误,可是你对我的责备还能怎么样严重呢? 我知道,相信我,我并没有忘。我自己受了骗,结果又骗了你,这才铸成大错。这永远对我是个痛苦的教训。你放心好了,我是绝对不会忘记的。"

哈利特听得实在过意不去,她急得除了发出了几声惊叫,什么也说不出来。爱玛接着说了下去:

"哈利特呀,我这么说不是让你因为我而有什么触动,更不是让你为了我而少想艾尔顿先生;其实,我希望你这样做可都是为了你自己,并不是为了能让我得到些宽慰,更为重要的一点——为了能让你学会以后要善于自制,要懂得考虑自己的责任,注意自己行为得体,要竭力避免人家的猜疑,不要伤身体、坏名声,心绪一乱就再也恢复不了了。就是因为这些,我才老是跟你这样要求。这些都是特别重要的,但遗憾的是你还不大看重这些,没有好好去做。能够让我免去痛苦,这一点还是很次要的。最重要的是你能够少受伤害。要是你看重这些的话,我有时候或许就会在心里暗暗地想:哈利特还真是没有忘记做人的道理呢——或者更应该说,倒真是处处顾及到我哩。"

这一番如此贴心的话,比什么话都管用。哈利特对伍德雷斯小姐确实是发自内心的敬重,如今一想到自己竟对她不知感激,哈利特真觉得心如刀割。后来经爱玛一再劝解,虽然不是痛不欲生,可心里仍然悔恨不已,所以她当下的反应倒也得宜,此后的种种应对也都还算在理。

"你是我这一生最好的朋友!我对你真是不知怎样感谢呀!绝对没有谁能比得上你!你是我最最敬爱的人呀!我真是忘恩负义啊!"

这样连续的表白,加上那种神情和态度,真叫爱玛感动至极,她只觉得哈利特真是从来没有这样让人怜爱,对方的情分也从来没有这样让她深深感到珍贵。

"人的最可爱之处,也许就是心地善良了,"后来她曾这样琢磨过,"什么也不如这一条重要。仁心和热心,再加上坦诚亲切的态度,这样的人要比天下最最聪明的人还惹人喜爱。我亲爱的父亲正是因为心地善良,所以才受到了这样尊重——伊莎贝拉也正是因为这一点,大家才那么喜欢她。虽然我并没有这样的优点,但是我懂得应该怎样珍惜和尊重这种长处。哈利特心地仁慈,才这样有福气,所以才这样可爱。在这一点上我是不如她的。亲爱的哈利特呀!哪怕有人要拿人世间最有头脑、最有远见的女子来换你,我也不换。像简·菲尔法克斯那样的人,心里冷漠呢!哈利特一个人就抵得上一百个这种人。娶她做妻子——哪个聪明人要是能娶她做妻子——那绝对是得了无价之宝了。我不想指名道姓,但舍爱玛而要娶哈利特的人,那绝对是福气呢!"

第十四章

艾尔顿太太首次露面是在做礼拜的时候。虽然一个坐在礼拜堂座位上的新娘,也许能引得人们中断一下祈祷,但毕竟还是满足不了人们的好奇心,那就只能等到正式上门拜访时去细看了,好看明白她究竟算是特别漂亮呢,还是只能说是比较漂亮而已,还是完全算不上漂亮。

爱玛自有她的想法,她觉得自己做礼节性访问一定不能落在最后,倒不是她好奇心作怪,而是出于自尊,不想失礼。她还想要带哈利特一起去,尽早让那尴尬场面过去。

再次踏进他的家,来到那间她三个月前枉费了一场心思,躲进假装系鞋带的屋子,她就不能不回想起旧事了。种种恼人的心思又涌上心头,又想起那些字谜,那些恭维的话,那些阴错阳差的事。可怜的哈利特不可能不会有什么想法吧,可是看她的举止是那么的得体,只是脸色有些苍白,而且不怎么样说话。他们做客的时间当然是长不了的。另外又加以那么尴尬的场面,心里又总想着要设法尽快告辞,所以爱玛也无法从从容容地对女主人做出一个评价,以后跟人谈起时也说不出什么明确的想法,只是说些"打扮得很高雅,非常惹人喜欢"之类的话,简直就和什么也没说一样。

爱玛才不真心喜欢她呢。她不想匆匆忙忙地就去挑她的毛病,不过她总觉得她谈不上高雅两个字。只能说大方,谈不上高雅。况且她有很大的把握说:一个年轻女孩,又是从外地来的,还是个新娘,是不是有点热情过度了呢。她长得还不错,不能说不漂亮,但是要论眉眼、气度,或是言谈、举止,没有一样是高雅的。爱玛心想:以后会有好看的了。

至于艾尔顿先生的礼数,似乎就并不——不妥! 艾尔顿先生的礼数怎样,她可不会一恼火就说气话,更不要说什么讽刺人的话了。新婚夫妇接待来访的客人,在任何时候都只是一种虚礼客套,要知道那场面是让人很窘迫的。新郎若没有点落落大方的气度,就别想应付周全,过好这关。不过新娘的处境就要好得多,她的华丽服饰可以帮她一把,而且又有扭捏作态的特权,可怜的新郎却只有自己的一颗机灵脑袋可以依靠。爱玛想:可怜的艾尔顿先生真是雪上加霜了,他偏偏就跟他刚娶的女人,他本来想娶的女人,还有人家想要让他娶的女人同时处在一间屋里,所以这也就不能怪他了,你看他的样子,真是不能再傻了,那种故作从容的姿态真是虚伪至极了。

"哎,伍德雷斯小姐,"从他家里出来之后,哈利特就等她的朋友开口,可苦等了半天,只好自己说了,"我说,伍德雷斯小姐,(轻轻叹了口气)你对她的印象怎么样啊? 不是很可爱的吗?"

爱玛回答的口气里显得稍有些迟疑。

"啊! 对,她是挺惹人喜欢的一位年轻女士。"

"我觉得她很美,真的很美。"

"打扮得很好看,那件长袍十分雅致。"

"那我就一点也不觉得奇怪了,怪不得他会看上她呢。"

"就是嘛! 这本来就没有什么可奇怪的。人家有一笔可观的财产,又碰巧让他给撞上了。"

"依我看,"哈利特又叹了口气,答道,"我看她是很爱他的。"

"或许是吧,不过男人也不见得个个都能娶到最最爱他的女人的。霍金丝小姐或许正想要建个家庭,并且认为再也攀不到比这更称心如意的亲事了。"

"对,"哈利特诚挚地说,"她这样做也在情理之中,还到哪去找比现在更称心的亲事啊? 好吧,我衷心祝福他们幸福。伍德雷斯小姐,我想以后我就不会再见到他就感到不好意思了。我觉得他还是那么了不起,但你也知道,人一旦结婚,情况就不一样了。不过你不用担心,伍德雷斯小姐,你真的不用担心。我现在绝对可以坐在那儿细细地欣赏他,绝不会心里难过了。知道他没有自暴自弃,我觉得十分欣慰！没错儿,看上去她是个可爱的年轻女士,他唤她'奥库斯塔'。看他们相处得多甜蜜啊！"

对方来回访的时候,爱玛铁下了心:这一回她可要观察更细心些,判断得更透彻些。由于哈利特恰好不在哈特菲尔德宅子,家里又有老父亲可以陪着艾尔顿先生说话,所以她就可以同女客人单独谈一刻钟,静静地又是听她说又是把她看。经过这一刻钟的相处,她完全了解艾尔顿太太是个自命不凡的女人,而且极为自鸣得意,自认为有多了不起,一心想着突出自己,显得高人一等,可她那些言谈举止明显是一所劣等的学校里培养出来的,举止又放肆又骄横。她脑子里的那一套观念全是在一种人群、一个生活方式中形成的,即使说不上是愚蠢,也算是无知,跟她来往的那些朋友对艾尔顿先生一定没有什么好处。

换作哈利特的话,那就般配多了。尽管哈利特自己学问并不深,也没多少教养,不过通过她,他就可以跟那些有学问、有教养的人士常来常往。可是霍金丝小姐呢,从她那种目空一切而毫不知羞的样子来看,可以确定地说:她应该是她那些同道里首屈一指的人物了。提到她的亲戚,她最得意的是那位住在布里斯托尔附近的阔姐夫,提到她姐夫,她最得意的是他那所住宅、那几辆马车。

坐定以后,她谈的第一个话题就是枫树林宅子——"什么我姐夫撒科林先生的宅第"。这就免不了要哈特菲尔德宅子跟枫树林宅子相比较一通。哈特菲尔德宅子的庭园虽然小了点,但是整洁精致,房子式样新颖,盖得也很考究。不过给艾尔顿太太印象最好的,全都集中在一个"大"字上:什么房间大,入口大,以及她所能看到的、想到的,什么都好在一个"大"字上。"真太像枫树林宅子了！能够像到这种地步,我大吃一惊。那个房间的形状、大小,跟枫树林宅子的起坐间竟是一模一样——我姐姐最喜欢那个起坐间了。"她还当场请艾尔顿先生来评一评:"你看,这不是像得惊人吗？说真的,我差点儿以为自己就是在枫树林宅子了。

"还有楼梯。不瞒你说,我一进来,就留意到了这楼梯真是相似啊！在房子的同一个位置,简直不差分毫。我当时还忍不住喊了出来呢！我给你说,伍德雷斯小姐,枫树林宅子是我最爱的地方,没有想到还有如此相像的地方,真叫我太高兴了。我在枫树林宅子住的日子也长了,那真是段幸福的岁月啊！（她饱含感情地微微叹息一声。）真是个可爱的地方。只要去过那里的人,无不为那儿的美丽所打动的,尤其对我来说,那简直已经成了我的家了。伍德雷斯小姐,你要是什么时候也像我这样离开了家,你就会感受到:一个地方只要跟自己的家乡哪怕有一丝一毫的相似之处,你一旦碰上的话就会非常非常高兴。我常说,这也是结婚的一弊端呀。"

爱玛不想多说,只是应了一声,但是这对艾尔顿太太而言,就已经足够,她要的也无非就是自己说,人家听。

"真是和枫树林宅子像极了！不仅房子像,就连这庭园,我看也是惊人的相似。枫树林宅子的月桂树也跟这儿一样密,甚至就连所在的位置也简直一模一样——都在草坪的那一边。我刚才还看到有一棵大树,真壮观,周围起了一圈长凳,我一见就想到了那里也有棵树跟它一模一样！我姐姐,姐夫见了这宅院准得迷上。对于那些自己有大庭园的人,只要一看到庭园格局相仿的宅院,准会感到高兴。"

爱玛对这个说法有点怀疑。她倒是一直有个看法,觉得自己家有大庭园的人,对别人的大庭园是不会有太大兴趣的。不过对方这种观点早已根深蒂固,也犯不上多费口舌去与她反驳了,所以她只是回答说:

"等你在这一带看的地方多了,你可能就会觉得你对哈特菲尔德宅子是言过其实了。萨里郡的美景那才是真的多得是呢。"

"啊,是这样的!这我是深有感触的。你知道,那里可是英格兰的花园,萨里郡是英格兰的花园啊。"

"对,不过我们也不能独想这份荣誉。除了萨里郡,还有好几个郡也都有英格兰的花园这样的称号呢。"

"那倒不见得,"艾尔顿太太带着一脸自信的笑容回答说,"除了萨里,我从没有听说过还有哪个郡能配得上这样的称号。"

爱玛只好不说话了。

"我姐夫说了,到春天,最晚在夏天,他们一定会来探望我们,"艾尔顿太太又接着说,"到那时我们就能出去转转了。等他们来了,我想我们一定要多出去走走,好好看一下。他们来的时候,不用说一定坐的是他们的四轮大车,那种大车正好能坐四个人,所以到时候我们就能一起云痛痛快快地看看各处的景点了,就不用我们自己的马车了。他们在那个季节里来,我看是不太可能会坐他们的双轮轻便马车的。对了,等到他们快来的时候,我一定要建议他们坐四轮大车来,坐那种车要舒服得多。你也知道,伍德雷斯小姐,人家既然到这样山清水秀的地方来,我们当然希望能够带他们尽量多去一些地方转转,要知道撒科林先生就最喜欢出游。还记得去年夏天出游的时候,我们到金斯维森顿去了两次,都是坐的四轮大车,那时他们刚添置这辆四轮大车。伍德雷斯小姐,你们这儿每年到了夏天,是不是总有很多像他们这样的观光客?"

"这可真不多见。你说的那种观光客,爱去的都是一些特别热门的名胜景点,那离我们都相当远。我们这一带的居民呢,我看都是极爱清静的,不怎么喜欢去玩乐,倒都宁愿待在家里。"

"啊!待在家里,其实那才真叫舒服呢。我就会专门待在家里,这一点上谁也比不上我。在枫树林宅子,我居家不出的事简直成了大家的谈资了。塞利娜要去布里斯托尔时,就总是说几句:'这个丫头就是不愿离开家门。我实在是没有办法,只好独自一人上车了,尽管我真不愿意没有伴儿,就一个人大模大样坐在四轮大车里。奥库斯塔可能也是出于好心吧,反正她就是半步也不离开这花园栅栏了。'她这话说了很多次,不过我并不主张完全闭门不出。相反,一直守在宅内,与外界不相往来,这很不好。跟外界的交往最好要有个度,不能过头,也不要太少。不过,我完全理解你的处境,你父亲的健康状况一定会让你非常为难。那他何不到巴斯去试试呢?我郑重向你推荐巴斯。伍德雷斯先生去试试肯定有好处,一定错不了的。"

"父亲以前去试过很多次,可一点效果也没有。佩利先生——你可能也听说过他的大名吧——他觉得到了今天这个地步,恐怕不可能再有什么见效了。"

"啊!那真太遗憾了,伍德雷斯小姐,其实有些地方的温泉只要能够适应下来,那疗效真的很神奇。我经常去巴斯,亲眼见到过这样的例子! 那个地方真是叫人赏心悦目,一定有助于改善伍德雷斯先生的精神,我看伍德雷斯先生就是有时候太压抑了。至于温泉对你的好处,就不用我再啰唆了,你都了解。巴斯温泉对年轻人好处多多,这是尽人皆知的。你过的向来都是这样与世隔绝的生活,所以去那里倒也是个机会,可以借此机会把你领进那里的社交界。我可以马上替你找上几位当地数得上的上流社会人士,介绍你们认识。只要我写上一个条子,我相信你很快就会一大堆朋友。我有个极为亲密的朋友叫帕特里奇太太,我在巴斯期间一直是住在她家里,请她来照顾你的话,她一定会十分乐意的,由她来带你进社交界就再合适不过了。"

爱玛简直忍无可忍,差点失礼! 这算什么话! 难道她爱玛还得托艾尔顿太太的情,需要由她来领进所谓的社交界! 难道她爱玛进社交界还需要靠艾尔顿太太的朋友的提携! 她的那个可怜的朋友说不定是个俗不可耐的寡妇哩,是家里不收个把房客就过不了日子的那种人哩。我们伍德雷斯小姐的体面,哈特菲尔德宅子的体面,简直被她丢尽了。

本想抢白几句,不过她还是克制住了自己,最终还是一句话都没说,只是冷冷地谢过了艾尔顿太太,并且表示:"去巴斯的事也就只能算了吧,我还是有点不放心,那个地方对我父亲不见得怎么好,对我恐怕也未必怎么合适。"为了免得再生气动火,她赶紧换了个话题。

"我不用问也知道你喜欢音乐,艾尔顿太太。外来的新嫁姑娘就是这样:人未到,名已先闻了。海伯利早就晓得你是位弹琴高手。"

"哎呀,哪儿的话呀! 我得郑重声明,绝没有这样的事。弹琴高手! 我可以告诉你,这话绝对谈不上。你别乱听,你这消息恐怕有失公正。我虽然对音乐是一往情深——爱得热血沸腾,我的朋友也都认为我并非没有鉴赏力,可是说到其他方面,我不骗你,若论我的琴技,那是上不得台面的。我很清楚,伍德雷斯小姐,反倒是你,那琴才弹得让大家都说好呢。我告诉你,我一听说今后要跟我一起相处的都是一些特别有音乐修养的朋友,我的那份乐意,就别提了。要是没有了音乐我一天也过不下去,音乐是我生活之必需。在枫树林宅子也好,在巴斯也罢,跟我日常交往的都是些非常有音乐修养的人,所以要是换个没有了音乐的地方的话,那这个牺牲可就太大了。起初我家先生跟我谈起我未来的家时,我就是原原本本这样跟他说的,那时他还担心这里地处偏僻,会不合我意——当然了还有家里房子比较差,他知道我以前住惯的是什么样的房子。那时他跟我谈起这些的时候,我就对他说,社交生活我可以不要——至于没有宴请,没有舞会,看不上戏,这些我都无所谓——因为我并不怕生活冷清。不过,好在我肚子里本钱足,爱好也多,对我来说社交生活并不是必需品,没有社交生活我也完全过得很好。要是肚子里没有东西的人就不一样了,但因为我爱好多,就有自己找乐儿的本事啦。至于住的房间比原先的小些什么的,这些我根本不放在心上。我相信这种牺牲我还是完全能承受的。虽然在枫树林宅子我是过惯了奢侈的生活,但是我向他保证,没有两辆马车,没有宽敞的房间,我也能照样过得很幸福。'不过说老实话,'我说,'要是没有些音乐修养的朋友,那我真的生活不下去了。我没有什么别的要求,只要有音乐。'"

爱玛含笑说:"不用说,艾尔顿先生一定是立马地向你作了保证,说海伯利有的是极爱音乐的朋友。不过考虑他说这话的动机,我想你该不会认为他言过其实,不可原谅吧。"

"这是哪儿的话呢,这一点我是深信不疑的。能够在这么个圈子里与大家打交道,我倍感荣幸,我希望以后我们能在一起多办几次有意思的小型音乐会。照我看,伍德雷斯小姐,你我真应该成立一个音乐俱乐部,我们可以规定每周在我们家或者你们家聚会一次。你说这个点子怎么样?只要我们尽力而为,我想用不了多久,就会有人来参加的。我最乐意张罗这种事情了,因为这样一来,我就可以常常多练练琴了,因为你也知道,女人一结婚,往往情况就很悲哀。把音乐丢了的情况多了去了。"

"但你是对音乐喜爱到了极点——应该不会有这种危险吧?"

"我想应该不至于吧。不过,在我的熟人中间想想,还真是不寒而栗了。塞利娜可就已经把音乐完全丢了,尽管她以前的琴弹得那么美妙,可现在却连琴键都懒得去摸了。还有杰弗里斯太太——也就是以前的克拉拉·帕特里奇——也是一样,另外还有米尔曼家两姐妹——她们现在的身份是伯德太太和詹姆斯·库珀太太——还有很多人,真是不胜枚举。唉,你听了能不害怕么?我以前就总是很生塞利娜的气,但从心里面来说,我现在渐渐明白过来了,一个女人要是结了婚,就要操心很多事情。比如今天早上我就被管家绊住了,根本出不了门,被纠缠了足有半个钟头。"

"但我想这种事情用不了多久就都会上正轨的……"爱玛说。

"好啊,"艾尔顿太太笑着说道,"那我们就拭目以待吧。"

爱玛见她已下定决心,甚至不惜把音乐都丢掉了,就再无话可说了。停了一会儿,艾尔顿太太又换了个话题。

"我们已经去朗道斯宅子登门拜访过了,"她说,"还好,他们夫妇都在家。看来这对夫妇也是挺有意思的。我很喜欢他们。维森顿先生看来不是个寻常人物——他已经成为我第一等喜爱的人儿了,真的。太太呢,看上去是那么的善良和纯真——有一种和蔼仁厚之风,特别迷人。她以前似乎是你们家的家庭教师吧?"

爱玛听了大吃一惊,差点连话也没答上来。幸好艾尔顿太太也没有等她是否答一声"是",就说了下去:

"这我早就听说了,没有想到她竟有那样完美的贵妇人风度,我真是大吃一惊。不过说实话,她的确可称得上是一位有教养的女士。"

"维森顿太太的言谈举止一向是最令人称道的,"爱玛说,"蕙质兰心,稳重得体,而且又娴雅适度,可以称得上是年轻少女最好的榜样。"

"你猜,我们还在他们府上时,谁来了?"爱玛真不知道该猜谁好。听她那口气,像是个老熟人,可她哪猜得出来?

"是奈特利!"艾尔顿太太又接着说,"这不是挺巧合的吗?因为,几天前他上我们家来的时候,我刚好没在家,所以还从来没有跟他见过面。他是我家先生一位特别要好的朋友,所以我当然很想知道他到底是个什么样的人。'我的朋友奈特利'是艾尔顿先生常常挂在嘴边儿上的话,我正巴望着要见见他呢。我真想为我亲爱的丈夫①说句公道话,他能交上这么一位朋友的确不会让他丢人。奈特利不愧是有教养的男士,我太喜欢他了。我可以毫不含糊地说:他是个很有绅士风度的人。"

幸亏说到这里就到了该告辞的时候了。他们走后,爱玛这才舒了口气。

"这个女人真烦!"客人一走她就感叹起来,"比我事先设想的还要糟糕。实在是让人受不了!连'先生'二字都不加,竟然就直接叫他奈特利!这真叫我难以置信。居然就叫他奈特利!以前从未谋面,竟然就叫他奈特利,还说发现他是位有教养的男士哩。简直是个小小的暴发户一个,俗不可耐,满口她的先生、她的亲爱的丈夫怎样怎样,还尽吹嘘自己门道多,家底厚,真是浮华、骄横做作至极。她居然还敢说发现奈特利先生是位有教养的男士!我看奈特利先生倒也兴许会回敬她一句,说发现她倒还是位高贵的女士哩。我说什么也不能相信!还居然提出要我和她联手成立一个音乐俱乐部!人家还当我们是一对知心密友哩!还有,看她是怎么说维森顿太太的!说什么她见到培养我成人的是一位有教养的女士,这真让人感到吃惊!真是太不像话了!我还从来没有碰到过像她这样糟糕的人。我看她简直是无可救药了!竟然拿哈利特去跟她比,也不怕玷污了哈利特。嗨!要是弗兰克·丘吉尔在这儿,真不知道他会怎样说呢!不知道他会怎样又好笑又生气呢!哎!瞧我,怎么一下子又想起他了。总是一想他就冒出来了!我怎么总是要犯这毛病!"

她这些念头转得飞快,等艾尔顿夫妇告辞忙乱了一阵后,她父亲终于安静了下来,准备说两句了,这时她也总算能静下心来,安心地听他说了。

"亲爱的,我说,"他慢条斯理地说起来,"我们之前跟她素不相识,这是第一次见面,觉得她似乎是属于非常漂亮的那一类年轻女子,我看她倒是十分喜欢你。她说起话来是太急了点儿。话一急,声音就有些刺耳了。看来我是个爱挑剔的人,听不惯陌生人的声音,所以我认为只有你和可怜的泰尔勒小姐说话的声音最好听。可话又说回来,这位年轻女士看起来好像也非常有礼貌,言谈举止也都十分得体。我想她会成为一位很好的妻子的。不过,我总觉得艾尔顿先生这门亲事还是不攀为妙。他们这次大喜,我没有能亲自上门去贺喜,刚才我已经诚恳地表示了歉意,我说到了夏天,相信我总该能去补个礼吧。不过我想不应该去得太晚。不上门去向新娘贺喜毕竟是非常失礼的。啊!由此可见,我这个有病之人是多么让人感到悲哀了,但是牧师宅巷口的那个拐角,实在让我担心啊。"

"我看他们是能够体谅你的,爸爸。艾尔顿先生是了解你的。"

"话虽如此,但对一位年轻女士……对一位新娘……若是能去的话,按理我总是应该去登门拜访。不去总是不十分恰当。"

"我亲爱的爸爸,你一向就不赞成结婚,所以你又何必这样急于去拜访一位新

娘呢？在你的观念里我想这应该不是什么值得赞许的事吧。假如你把这套礼数看得那么重，那不就是在变相地鼓励人们结婚了吗？"

"不，亲爱的，我可绝没有鼓励人们结婚的意思，我只不过是想对待一位女士礼貌周全点——尤其是对新娘，那就更不能有半点怠慢了。她就是有过于常人的权利，这是大家公认的。亲爱的，你要知道，不管在一起的都是些什么人，大家都得把新娘放在第一位。"

"可是爸爸，要是说你这样还不算鼓励人们结婚，那我那就真不知道到底要怎样才算鼓励了。我可没想到你也会去支持这一套，那可是用虚荣心来引诱可怜的年轻女孩呀。"

"亲爱的，你误会我了。这只是个很平常的待人礼貌问题，是有没有良好教养的问题，这跟是否鼓励人们结婚是截然不同的。"

爱玛无言以对。她父亲有点烦躁，不能理解她的意思。她只好再回头去琢磨艾尔顿太太那些不中听的话了，这一琢磨就足足花去了半天时间。

第十五章

从之后种种情况来看，爱玛对艾尔顿太太的不良印象是根深蒂固了。她的观察还是相当正确的。艾尔顿太太在第二次见面时给她留下的印象还是这样，以后每次相见给她的印象都是一模一样 妄自尊大，愚昧无知，专横放肆，毫无教养。她虽说长得也算略有几分姿色，也略会一些才艺，但缺的是见识，自认为比别人见过世面，此来定要把这个乡下地方弄得气象一新；她觉得自己这个霍金丝小姐的社会地位是高到无人能及的，只有凭艾尔顿太太这样的高贵身份，才能再往上提高一步。

现在认为艾尔顿先生的看法会和他太太有什么不同那是不符实际的。娶了这位太太，他似乎不仅十分满意，而且还非常自豪。看他的神气好像总是在暗自庆幸：他带到海伯利来的这位太太就连伍德雷斯小姐都不能与之相提并论呢。她新结识的当地人呢，有的就喜欢说别人的好话，有的是从众，看见贝茨小姐客客气气地说好便也跟着说好，还有的看到新娘表面上那么和善那么聪明，就想当然地以为她真的就是如此了，因此他们大多数人都对这个新娘特别满意。如此一来，赞扬艾尔顿太太的话也就自然地广泛传播了。伍德雷斯小姐当然不会去唱反调，她原本怎样说，现在还是爽爽快快地这样说，还是高高兴兴说她"非常惹人喜欢，看上去也是非常高雅"。

有一天，艾尔顿太太只露出一些端倪，就变得格外刺眼了。她改变了对爱玛的态度。或许是因为她本来有意地亲近爱玛，却得不到爱玛的一点回应，这让她生气了，所以如今她反倒不愿意来套近乎了，越来越疏远了，渐渐变得越来越冷淡。尽管这样一来倒是合了爱玛的心意，可是对方这原本就不是怀的好心，这就必然使爱玛越发对她反感了。而且，她对哈利特的态度也不客气了。艾尔顿先生也是这样。夫妻俩对她又是拿话奚落，又是爱答不理的。爱玛心想，这下子哈利特的心病这一下总可以很快治好了吧，但一想起这种行径的背后是出于一种什么样的感情在作怪呢,这下两个人都感到沮丧。毫无疑问,可怜的哈利特对艾尔顿先生的一片深情早已作为一点谈资,成为夫妻间私房话的题材了。而且爱玛在这件事里扮演的角色好像早已被捅了出来,而且一定是被渲染得一文不值,这让他痛快至极。她不用猜也知道她已经成了他们两口子的眼中钉。他们无话可谈时,肯定就会把伍德雷斯小姐随意地拉出来骂上一通。他们不敢公然对她不敬,然而有个更好的办法能发泄他们胸中的那口恶气,那就是对那可怜的哈利特尽可能表示轻蔑。

不过意外的是艾尔顿太太特别喜欢简·菲尔法克斯,并且从一开始就喜欢上了她。这并不是因为现在在跟一位年轻小姐斗气,要抑此而扬彼,而是从一见面就喜欢上了她。表示下一般的恰当的赞美之意,她都嫌不够。尽管人家并没有来恳求她,要借口没借口,要特权没特权,她就是一个劲儿地非要去亲近她。就在爱玛还没遭到她冷落的时候,或许就在她们第三次见面的时候吧,爱玛听到了艾尔顿太太一大篇侠义心肠的高论,就是谈这个问题的:

"简·菲尔法克斯太可爱了,伍德雷斯小姐。我对简·菲尔法克斯非常欣赏。那真是一个招人疼的有趣的人儿。那么温柔又那么有大家风范——而且又是那么多才多艺!我可以告诉你,在我看来,她的才艺不凡。我要毫不犹豫地说她的琴弹得真是好极了。怎么说我也好歹是懂些音乐的,可以毫不含糊这样说。啊!她实在可爱!你可能要笑话我太激动,是的,事实上,我什么都不想谈,就是要谈简·菲尔法克斯——她的处境太可怜了!伍德雷斯小姐,我们一定要设法去帮她一把才好。我们一定要让她声名鹊起,像她这样的才艺,埋没下去就太可惜了呀。你可能也听过诗人这样两行优美的诗句吧:

"有多少花儿绽放却最终无人得见。

"一片芬芳空自飘向那荒凉寂寞的苍天。①

"我们可不能让这两行诗应验在那招人疼的简·菲尔法克斯身上啊。"

"你说得太严重了吧,"爱玛若无其事地回了一句,"等到你对菲尔法克斯小姐的情况更加了解的时候,知道了她以往住在堪贝尔上校夫妇家过的是怎样的生活的时候,我估计你就不会有这种担忧了。"

"哦!可是亲爱的伍德雷斯小姐呀,她现在总躲在家里,根本没人理会,没人知晓。就算她以前住在堪贝尔家千好万好,可今天也都享受不到啦,这不明摆着的吗?我看她一定对此是深有体会。而且她生性又非常害羞,沉默寡言。看得出来,她是需要有人能来给她鼓鼓气呢。正因为这样,我反倒是更喜欢她了。我得承认,依我看来,这其实是个优点。我是极力主张做人应知道害羞的——可惜知道害羞的人现在是太少了。不过有些社会地位低一点的人还是知道害羞的,那就招人喜欢了。哎,我告诉你说,简·菲尔法克斯这个人儿真是惹人喜欢,我对她是再欣赏不过的了。"

"看来你是很有同情心的,可是无论是你,还是菲尔法克斯小姐在本地的各位相识——他们认识她的时间都比你长久——我真想不出你们还能再怎样关心她?"

---

① 此处诗句来自英国诗人托马斯·格雷(1716—1771)著名的诗篇《墓园挽歌》。

"亲爱的伍德雷斯小姐呀,勇于行动的人们可做的事情可多着去了。你我是用不着有什么顾虑的。只要我们先做出个榜样来,尽管人家不一定和我们一样那么的富裕,毕竟还是有许多人会尽其所能,跟着我们去做的。我们家都有马车,完全可以接送她回家,按我们这种的生活势派,身边多一个简·菲尔法克斯也绝不会感到有丝毫的不便。我请了简·菲尔法克斯她们过来吃饭,赖特给我们在楼上开出来的饭从来不会让我感到有任何的歉疚,要不然我是会万分不安的。在我印象里是从没有那样的事情的。我过惯了那样的生活,不可能会做出这种于心不安的事来。说到家务事,要是我真可能出点什么岔子的话,那可能就是凡事都太讲究,花钱太随便了。或许是我学枫树林宅子学得过头了吧——虽然我们不应该打脸硬充胖子,我们的收入怎么能和姐夫撒科林先生相比呢。不过我还是下定决心,一定要在社交场合上让简·菲尔法克斯多露面。我一定要常常请她来我家,抓住任何机会介绍她多认识一些人,更重要的是要举办一些音乐会,好让她充分展现自己的才华,另外还要随时替她留心,争取找一份适合的工作。我认识的人多,相信过不了多久,一定能替她谋到一份合她心意的工作。不过,最要紧的还是我姐姐和姐夫,等他们一来,我就专程把她介绍给他们。我相信他们见了她,一定会非常高兴的,等她跟他们稍微熟悉了以后,她的顾虑就会消除的,因为他们两口子待人是非常和善的,谁见了都会感到无比亲切。对了,我就是要趁他们在我家里时多请她上我家来。到时候我们出去游山玩水,也许还可以在四轮大车里给她留一个合适的座位。"

"可怜的简·菲尔法克斯!"爱玛心想,"那这不是太委屈你了吗?就算你有错,对待狄克逊先生不该那样,可也不应该让你受到这样的惩罚呀。竟然让你去领受艾尔顿太太的照顾,落入她的保护!'简·菲尔法克斯!'地叫个没完。天哪!如果她胆敢'爱玛·伍德雷斯!爱玛·伍德雷斯!'拿我的名字到处乱嚷嚷,我可不依!不过,说真的,这个女人真有一条长舌头!"

好在爱玛也无须再多听这种自我吹嘘了——无须去听那种完全是说给她一个人听的耍贫嘴了,一口一个"亲爱的五德雷斯小姐",听着让人太肉麻啦。所幸没过多久,艾尔顿太太就闭口不言了,爱玛这才算是落了清静——既不被迫作艾尔顿太太至亲密友的角色,也不用再在艾尔顿太太的点拨下主动地去充当简·菲尔法克斯的保护人了,而仅仅是跟着大家听些一般的关于简的议论:她都有些什么想法,有些什么动静,有些什么打算,她和大家一样的见识罢了。她这种冷眼旁观,倒也十分有趣。贝茨小姐见艾尔顿太太这么关心简,真是感激涕零。在她看来,艾尔顿太太是她最敬重的人了,这样和气、这样可亲,再也找不到第二个这样讨人喜欢的太太了,她的修养那么好,又不摆一点架子——艾尔顿太太收到了自己预期的效果。不过唯一使爱玛觉得意外的倒是简·菲尔法克斯竟然会接受这种种关心,而且好像还容忍了艾尔顿太太。听说她有时和艾尔顿夫妇在一起散步,有时陪着艾尔顿夫妇闲坐聊天,有时竟然能在艾尔顿家度过一整天!这真让人意外!她怎么也不能相信,像菲尔法克斯小姐那样高雅、体面、有自尊的人,在那儿怎么也会忍受得了!

"这位小姐实在叫人费解,"她说,"以前情愿月复一月地赖在这里,过着缺这少那的日子。现在偏又不惜忍受屈辱,以求艾尔顿太太的提携,宁肯听她的贫嘴薄舌,也不愿回到那些高尚的同伴那里去——他们也是慷慨大度,一片情真意切热爱着她的。"

简到海伯利来的时候,原本说是待三个月,是因为堪贝尔一家要去爱尔兰三个月。但是现在堪贝尔夫妇答应了女儿,至少也要待到施洗约翰节①再走,因此他们最近几次来信,邀她去那儿与他们团聚。贝茨小姐说——这些消息都是从她那儿听来的——狄克逊太太的信写得诚恳至极。说只要简肯去,她就提供交通工具,甚至是派仆人来接,还可以替她找人结伴同行——总而言之,这一路上都确保她一切都不成问题。可她还是谢绝了。

"她谢绝这个邀请肯定是有原因的,而且事实上理由绝不是像表面那么轻浮,"爱玛得出了如下的结论,"她心里肯定有什么负担,压得她特别痛苦,那如果不是堪贝尔他们造成的,那就是她自身的原因。不知道她为什么总是忧心忡忡,小心翼翼,但却又心坚如铁。她就是不肯到狄克逊夫妇那儿去住。也不知是谁下了这么一道令。可是她又何必非要乖乖地跟着艾尔顿两口子走呢?这又是一个谜,真让人难懂。"

有几个人是知道她对艾尔顿太太有看法的,她把自己对这个问题的满腹狐疑向他们讲了讲,维森顿太太就大胆地设想出了这样一种理由来为简辩护:

"亲爱的爱玛,虽然我们说不好她在牧师家里能找到多大的乐趣,但是那也总比老待在家里强啊。固然她的姨妈是个好人,可总是守着她,那也必定是够腻味的。我们先别去责怪菲尔法克斯小姐的品位不高,竟然去了那种地方,我们也得先看看她想摆脱的是一种什么样的环境。"

"你说得对极了,维森顿太太,"奈特利先生也热情地说,"菲尔法克斯小姐也和我们大家一样,我想她是有能力对艾尔顿太太做出一个公正的评价的。如果她能够想同谁交往就同谁交往的话,我想她也绝不会挑中那一位,可是,(他带点责怪的意味冲爱玛微微一笑)别人都不关心她,只有艾尔顿太太关心她,那她也只能领受了。"

爱玛觉得这时维森顿扫了她一眼,再说,奈特利先生那样诚恳的话也的确使她有所触动。她脸微微一红,立即答道:

"照我看,恐怕艾尔顿太太的那种关心只会让菲尔法克斯小姐反感,而不会让她高兴的。估计艾尔顿太太的邀请是没人能瞧得上眼的。"

"我看也许还有一种可能,"维森顿太太说,"那就是:艾尔顿太太对她盛情邀请,她姨妈竭力敦促她去,尽管菲尔法克斯小姐不是太情愿,可也只好勉为其难了。可怜的贝茨小姐很可能是在替她外甥女做主,在她的督促下,菲尔法克斯小姐才与他们显得那么的亲近,事实上她并不糊涂,她当然也很希望能稍换换环境,不过她

---

① 英国传统习俗,施洗约翰节为六月二十四日,一般为夏至日的两三天后,英国习俗中将此日作为一年中的四个结账日之一。

知道这种亲近是很不妥当的。"

她们两个都很想再听听奈特利先生的意见，他沉默了半晌才说：

"不过还有一点也必须考虑到——艾尔顿太太和菲尔法克斯小姐当面说的，和她在背后说她的，肯定不一样。我们平时说话最常用的代词一个是他或她，一个是您，我们都知道这两者用起来在分寸上是不一样的。我们大家都有这种体会，就是我们在个人交往中，除了要受日常礼节的约束之外，还有另一种观念也在影响着我们——一种早已养成的观念。即便一个钟头以前我们还是一肚子的气，话中带刺，但一个钟头之后我们可就不是对谁都能再提这些话了。我们对事物的感觉总是要随时变化的，这是我们在思考问题时必须牢记的一条总的原则。此外还有一点你们也尽管放心，那就是菲尔法克斯小姐无论在才华见解上，还是在风度人品上都要远远地超出艾尔顿太太一筹，毕竟对此艾尔顿太太还是有自知之明的。艾尔顿太太当着菲尔法克斯小姐的面，对她还是十分尊敬的。像简·菲尔法克斯这样的女士，艾尔顿太太以前恐怕是还从来没有见到过呢——她再自高自大，也不得承认自己在对方面前自惭形秽，即使她心里再怎么不服，但在行动上还是不得不有所顾忌的。"

"我知道你对简·菲尔法克斯的印象是非常好的。"爱玛说。这时候她脑海里忽然浮现出小亨利的身影，这使她产生了一种既微妙而又惊慌的心情，一时不知该说些什么。

"是的，"他回答说，"我对她的印象非常好，这是公开的秘密。"

"可是，"爱玛又说，她开始带着一副俏皮的表情说得很快，可一下子又打住了，不过最好还是早听见那些不中听的话，所以她又急忙说了下去，"可是这印象之好到底到了什么程度，或许你自己都还不是很明白哩。我想啊迟早有一天，你会为你自己倾倒的程度大为吃惊呢。"

当时奈特利先生正埋头扣他厚皮高筒靴底下的几颗扣子，真不知道是因为扣扣子使的劲儿大了呢，还是因为其他的什么原因，他整张脸都涨红了，不过他还是应道：

"哦！你原来是这个意思？真可惜呀，你说晚了。克尔先生在六个星期前就向我表示过这个意思了。"

他停了一下。爱玛被维森顿太太踩了一下脚，一时真有些不知道该怎么办才好。不过还好过了一会儿奈特利先生又接着往下说：

"但我可以告诉你，当然这是绝对不可能的。菲尔法克斯小姐她呀，就算我去向她求婚，我看她也不见得愿意嫁给我呢，何况我是绝不会向她求婚的。"

爱玛回踩了她的好朋友一脚，不同的是这下踩得更重。她心里一高兴，就嚷起来：

"哦，你倒一点也不自负呀。这我可真要表扬你啦。"

他似乎根本没有听见她的话。过了会儿才开口——看他的表情，好像心里不大高兴：

"听你这么说，你就是认定我就应该娶简·菲尔法克斯？"

"绝对不是,我绝没有这个意思。你以前总是怪我太喜欢做媒,现在我哪还敢对你这么放肆呢。我刚才那两句话绝对没有其他的意思。这种话只不过都是说着玩儿罢了啊,绝对别无他意!我向你担保,我绝对不是盼望你跟简·菲尔法克斯结婚,或者跟个简·某某结婚。你真要是结了婚,就不会像现在这么逍遥自在,有兴致到我们家来,和我们这样闲坐聊天了。"

奈特利先生凝神想了一会儿。结果是说了这么两句话:"不,爱玛,你说我对她的倾倒之情总有一天也会让我自己大吃一惊,我看绝对不会。我对她的好感,绝没有到那种地步。"过了会儿他又接着说,"简·菲尔法克斯的确是一位非常可爱的姑娘——不过她也不见得是十全十美的。她有个缺陷:性格不够坦诚。要娶妻子,还是娶个性格直爽点儿的好。"

当爱玛听说简有个缺陷,不由得兴高采烈起来。"那好啊,"她说,"如此说来,你三言两语就让克尔先生无话可说了吧?"

"是啊,一句话就够了。他本来也只是很含蓄地给了我一个暗示,我对他说他误会了,他请我原谅,于是就缄口不言了。克尔可并没有一定要表现得比一般邻里乡亲聪明些、机灵些的意思。"

"他在这一点上就跟亲爱的艾尔顿太太可是完全不同了,艾尔顿太太整天就想显得比普天下的人都要聪明机灵!真不知道她提到克尔夫妇俩时是怎么说的——是如何称呼他们的?她不但粗俗,也放肆惯了,能对他们有什么好称呼呢?她是就管你叫奈特利呢,还能对克尔先生叫什么好听的?现在呢,简·菲尔法克斯能够接受她的盛情之邀,答应做她的常客,我也不应该觉得意外。维森顿太太,我觉得还是你的理由最合情理。说菲尔法克斯小姐是想逃避贝茨小姐,这话合乎我的胃口;说菲尔法克斯小姐的才华见解盖过了艾尔顿太太,那绝对不可信。我就不信艾尔顿太太会承认自己不如对方,也不信她除了自己原有的那点家教规矩能管着她以外,当下还能有什么能约束得了她。我看她一会儿又是鼓励,一会儿又是称赞,再加上帮这帮那的,不断以此来侮辱她的那位客人。她还不停地标榜自己有多少了不起的意图,甚至是大到替她谋一个固定的工作,小到坐四轮大车出外游山玩水时替她争得一席之地这种鸡毛蒜皮的小事。"

"简·菲尔法克斯是个感情细腻的人物,"奈特利先生说,"我觉得她不缺乏感情。我看她的感情还是很丰富的,性情很好,自制力也很好,可惜就是不够直爽。她拘谨,不过现在更甚了。我喜欢直爽的性格。真的,如果不是上次克尔言外有意,认为我对她心存爱慕,我可真没有想到会有这事情呢。虽然我跟简·菲尔法克斯见面、聊天的时候,总是觉得很开心,对她也很赞赏,但不过仅此而已,并没有什么别的想法。"

等他走后,爱玛就得意扬扬地说:"维森顿太太,你总说奈特利先生会娶简·菲尔法克斯,现在还有什么意见吗?"

"这个嘛,说真的,亲爱的爱玛,我的感觉是,就因为他一心想着千万别爱她,所以我看他到头来不爱上她才怪。你可千万别得意得太早了。"

第十六章

在海伯利，只要是去艾尔顿先生府上做过客的，都想替他庆贺一下新婚之喜。大家纷纷为他们夫妇摆宴席、办晚会，那些请柬就像雪片般飞来，没过多长时间艾尔顿太太就乐开了花：这赴宴的日程竟然排得满满的，连一天空闲时间都没有。

"我算是知道啦，"她说，"到你们这儿我就得过这样的生活。哎呀，再这样花天酒地下去，我们简直要变成社会名流了。看样子，我们果然成了红人了。如果这就是在乡下过的生活，那倒是也不错啊。我可以告诉你，从下星期一到星期六，每天的饭局都排得满满的。就算是经济条件比我差点儿的，也不用愁这个家该怎么当啦。"

但凡有邀请，她无不欢喜接受。她在巴斯习惯了这样的生活，参加晚会完全是家常便饭，况且又在枫树林宅子待过，因此品尝筵席的口味也提高了。看到海伯利的人家居然没有两个客厅，做出来的晚会糕点又是如此的粗糙，请人打牌竟没有冰激凌招待，她就觉得有点吃惊。贝茨太太、佩利太太、哥达德太太，还有其他各家的太太们，几乎都没怎么见过大的世面，十分闭塞落伍，反正用不了几天她就可以来教她们：这一宴会安排都应该是什么样的流程标准。趁这春天，她一定要办一个规格很高的宴会来还礼，每张牌桌上都要按标准各自点上蜡烛，摆上那些未拆封的新牌。等到了开宴那天晚上，除了本家的仆役得悉数出动以外，还要多雇上些人来侍候，至于时间次序，送茶送点，可是一样都不能乱了规矩。

此时的爱玛呢，认为不在哈特菲尔德宅子为艾尔顿夫妇设一次家宴总是有点心有不安。人家请了，他们是绝不能不请的，否则她就会受到恶意的猜疑，人家会觉得她八成儿是怀恨在心，心胸狭窄。看来设一次家宴请他们是免不了的。爱玛为此和老父亲足足谈了十分钟，伍德雷斯先生总算是不反对了，不过还是提出了入席时决不坐桌子上首的条件，这也就照样留下了那个老难题：届时由谁来代他坐这个座位。

请哪几位客人倒是不需多费脑筋。除了艾尔顿夫妇，还要请维森顿夫妇和奈特利先生。第八个席位得请可怜的小哈利特来坐，那也同样是不可不请的。不过这一位虽然受到了邀请却不像其他人那样领情。爱玛呢，见哈利特哀告求免，居然异常高兴。哈利特说："我想，能不跟他照面就尽量别跟他照面。现在我见到了他和他那位可爱的妻子在一起，总是会觉得不自在。伍德雷斯小姐，要是你不怎么见怪的话，我想我还是待在家里更好些。"爱玛对此正求之不得呢，她本以为不可能有这样的好事，所以也压根就不敢心存幻想。她为她这位小朋友变得坚强起来而感到高兴——因为她知道，现在待在家里，除了有坚强的意志外，否则是根本办不到。不过这一下她就可以请她真正想请的简·菲尔法克斯来坐这第八个座位了。自打上回跟维森顿太太、奈特利先生谈过话以后，她对简·菲尔法克斯就有点歉疚，她过去虽也经常会觉得内疚，却从来没有内疚得这么厉害。奈特利先生的一席话让她久久难忘。他说其他人都不来关心简·菲尔法克斯，只有艾尔顿太太来关心她，那她也只好领受了。

"这话真对,"她说,"至少对我而言是完全没错的,他话里的意思事实上也都是在说我呢,真是惭愧啊。我和她是一起长大的,的确应该跟她贴心点儿才对。我想她现在再也不会对我有什么好感了,谁让我那么久没有注意她呢。不过今后我一定要多关心她。"

请客人都非常顺利。大家正好都有空。然而,为筹备这次请客还没有忙活完呢,却又遇上了一件很不愉快的事。奈特利家两个最大的孩子原本说好要在春天来看望外公和小姨,住上几周,可现在他们的爸爸想现在就把他们带来,要在哈特菲尔德宅子完完整整地待一天——而十分不凑巧的是这一天恰恰就是预定要设宴请客的一天。他业务往来很忙,不能把日期再往后挪了,可是这样一来,却让伍德雷斯父女心里不安起来。伍德雷斯先生认为席上的人数不能超过八个,再多他的神经就受不了了——可现在却有第九个要来——爱玛则担心这第九位客人会被弄得十分不愉快:到哈特菲尔德宅子来省亲,连两天的清静都没有,还就偏偏遇上宴请外客!

爱玛虽然无法安慰自己,却还是要想办法来安慰父亲。她说尽管姐夫来了之后席上的人数就会增加到九个,但是他向来少言寡语的。其实她心里觉得自己的损失才大呢,原本坐在她面前的应该是他哥哥,可如今就得换上一面孔严肃、言语稀少的他了。

不过事情的进展倒是很合伍德雷斯先生的心意,但却未必会合爱玛的心意。约翰·奈特利来了,可是维森顿先生却因某些意外的情况不得不去了伦敦,那天白天是不能来了。晚上或许还能赶来相聚,但肯定是赶不上吃饭的。伍德雷斯先生这才放心了。见他安了心,加上小家伙们也来了,以及看到姐夫那种处世不惊的样子,爱玛连心里的烦恼也消去了一大半。

到了请客那天,客人都按时到了,约翰·奈特利好像也早早地就进入了角色,一心只想表现得随和些。在等待开席的时候,他没有像往常一样把哥哥拉到一边的窗前去,而是和菲尔法克斯小姐攀谈起来。对盛装打扮的艾尔顿太太,他只是扫了几眼,只要回去能有话向伊莎贝拉汇报就行——但菲尔法克斯小姐可以说是老相识了,而且又是那么一个文静的姑娘,所以跟她是可以畅所欲言的。早饭前他带着两个小家伙散步回来,路上就碰到过她,当时天刚下起雨来。于是在应酬的时候,自然就想到了这个话题,他说:

"菲尔法克斯小姐,今天早上你应该没有走远吧,要不我看你准得被淋湿了不可。我们要是再晚一点到家的话也得淋雨。你一定很快就回家了吧?"

"我去了邮局就回来了,"她说,"到家的时候那雨还没下大呢。你知道我现在每天都要去一次邮局。因为我住在这儿,我总是自己去取信的。一来可以省去些麻烦,二来也可以趁机出外走走。早饭前去散步,对我身体是有好处的。"

"可在雨里散步恐怕不大好吧。"

"那当然,不过我出门的时候不像是要下雨的样子。"

约翰·奈特利先生微笑了一下,回答说:

"那就是说,你还是决定要去散步,因为我有幸遇见你的时候,你离家也不过几码远,那时雨下得已经不小了,亨利和约翰两个小家伙早就数不过来地面上落下的雨滴。不过在我们的一生中是有这么一段时间,认为邮局是个很有吸引力的地方。等你到了我这个年纪时,你就会渐渐明白,信,那可绝对不值得冒雨去取的。"

姑娘脸微微有些泛红,接着她回答道:

"我才不敢奢望像你这样最亲的亲人都在身边。所以我也不能像你这样乐观,我想将来我是不会因为年纪大了,就对信不在乎的。"

"满不在乎?喔,别误会。信,是不能不在意的。但信,也往往是十足的灾难。"

"你说的那是生意往来的信件,不过我的信可全是朋友的来信。"

"我倒是经常觉得,朋友的来信更要不得,"他冷淡地答道,"你知道,生意倒还可能有钱可赚,可是朋友之情却从不生财啊。"

"啊!你别开玩笑了。我十分了解约翰·奈特利先生——谁都懂得朋友之情的可贵,他怎么可能不懂?不过信对你关系不大这种事情,我是完全相信,但你看得不如我重,不是因为你比我年长十岁,更不是因为年龄的差别,而是因为我们处境不同。你的亲人都一直在你身边,而我呢,就恐怕永远也不会有那么一天了。所以,只要我自身还有感情,我想邮局就势必永远会有吸引我出门的力量,我是风雨无阻,定会照去不误的。"

"我刚才说你的想法,会随着年岁的增长而有所改变,"约翰·奈特利说,"其实我的意思也就是说随着时间的推移,处境总是会变化的。我觉得这两者是相互影响着的。一般情况下,要是亲友不在你的日常生活圈子里,日久情疏,本来也是在所难免的,然而在我心目中的所谓你的变化,却并不是指的这个。我可是你的老朋友了,请允许我有这样一个心愿吧,十年之后,你也会像我今天这样,有这么一大堆会时刻让你牵肠挂肚的事情了。"

他此番话说得情真意切,完全没有要伤人感情的意思。简一声友好的"多谢你",似乎就想一笑了之,不过她脸上一红,嘴唇一抖,一颗泪珠夺眶而出,看来她听了这番话的感受不是一笑所能了得了的。幸亏这时伍德雷斯先生正好过来招呼她,每逢这种场合伍德雷斯先生有个习惯,总要把客人依次招呼过来,尤其对女宾,一定要好好地问候一番,此刻招呼到最后一位,就是她。他的话总是温婉之至:

"菲尔法克斯小姐,听说你今天早上出门淋了雨,我心里好不安哪。年轻的小姐要自己照顾自己才行。你就像娇嫩的花草。自己的身体、容颜,都要注意保护。亲爱的,你淋雨后有没有把袜子换了?"

"换了,先生,我真换了。承蒙您的好意关心我感激不尽。"

"亲爱的菲尔法克斯小姐,年轻小姐当然应受到关心的。你外婆和姨妈都好吧。她们和我都是多年的老朋友了。真希望我身体能好些,让我也可以多尽些做乡邻的情谊。你今天能来,我们脸上增光不少。我和小女都深知你人品非凡,你能到我们哈特菲尔德宅子来,我们真是太荣幸了。"

这位礼貌周到的善良老人,这才安下心坐下来:自己已经尽到了自己的责任,太太小姐们都依次招呼到了,看来大家可以各自随意了。

此时简冒雨出外的新闻早已传到了艾尔顿太太的耳里,于是简又收到一串的规劝。

"我亲爱的简呀,这到底是怎么回事?你居然冒雨去邮局了!这可使不得呀。我可怜的姑娘,你怎么能这样做呢?这就表明我还没有把你照顾好。"

简只好尽可能耐着性子,再三地向她解释自己没着凉。

"哦!我才不信呢。你这可怜的姑娘自己都照顾不了自己。居然到邮局去了!维森顿太太呀,看来你我真得来好好管教她了。"

"对,我是很想来劝两句,"维森顿太太用一副诚恳的规劝的口吻,"菲尔法克斯小姐,你可千万不能再去冒这种险了。像你这样很容易就重伤风的体质,一定要特别当心啊,尤其在这种季节里。我觉得到了春天一定要格外注意。与其冒着咳嗽复发的风险去取信,那就不如等上一两个钟头,或者等半天吧,信不也就到了吗?你说是吗?我相信你不会不明白这个道理的。我看得出来,你以后不会再那么莽撞了。"

"她绝对不能再做这种事了,"艾尔顿太太迫不及待地又抢上来说,"我们绝不能再让这种事情发生了。"说到这里她点了点头,一副颇有深意的样子,"必须想个办法。等我回头和艾尔顿先生商量一下。我们的信是每天早上派人去取的(那是我们家的一个仆人,我一下子想不起他的名字了),我们可以让他顺便问一声是否有你的信,有的话就给你一块儿送去。你看,这样问题不就全解决了吗,反正这对于我们来说也是很方便的事。说实在的,我亲爱的简,你也不用不好意思,就这样办吧。"

"你真是太体贴了,"简说,"不过反正我每天清早的散步是不能少的。医生嘱咐我要尽量多到屋外去走走,我总得去个什么地方吧,邮局也无非是我散步的一个去处。说实在话,以前是极少能碰到早上下雨刮风的。"

"你就别再推辞了,我亲爱的简。事情就这样定了,不过话得说明白,没有征得我那位'夫君大人'的同意,我自行做主的权力可是有限的,超过这个范围可不行啊!你知道的,维森顿太太,你我该如何表情达意,可还真得小心呢。不过我亲爱的简,不是我自夸,我说出来的话还是有影响力的。所以,如果没有什么意外的话,那这件事就这么定了。"

"对不起",简马上接口说,"说什么我也不能同意这样的安排,实在不必麻烦尊仆。如果我觉得自己跑邮局跑腻了,那也可以照我没来时的那个规矩办,外婆那儿也有个仆人……"

"喔,亲爱的,帕迪怎么能忙得过来啊!用我们家的仆人,也是看得起我们嘛。"

看简的样子,她好像还没被说服,不过她没有再就这个话茬接着说下去,而是跟约翰·奈特利先生谈了起来。"邮局这个机构真了不起!"她说,"办事那么有条不紊,那么麻利迅速!他们的工作量那么大,然而完成得是那么的出色,真叫人吃惊。"

"的确管理得有条不紊。"

"简直不会出什么疏漏差错!全国各地寄来寄去的信件成千上万,但是很少有投错的,一百万封信中也不会发生一起丢失事件。想想看,每个信封上的笔迹五花八门、千奇百怪,都得一一辨认,有些笔迹还是那么的潦草,就更让人惊叹不止了。"

"那儿的办事员都熟能生巧了。刚干这一行的时候,需要眼快手也快。多加练习以后,功夫自然就到家了。如果你一定要问个究竟的话,"他又笑着说,"那就是,他们是靠这个拿工钱的。很多事情之所以能办得那么好,答案就在这儿。公众出了钱,就应该享受周到的服务。"

他们又回过来谈五花八门的笔迹问题,说的无非是些老生常谈。

"我听说,"约翰·奈特利说,"一个家庭里的人,他们的笔迹往往都属于同一类型。如果大家都是由一个老师所教的,这倒也可以理解。不过就算有这一理由吧,照我看,笔迹相似估计主要还是只限于女性。因为男孩子们只是早年学了些皮毛,以后就不会再有老师教他练字了,结果就随便写成什么样就算什么样了。我看伊莎贝拉和爱玛的字就很相似。我有时候猛一看还有可能分辨不出来呢。"

"是的,"他哥哥的口气有些含糊其词,"是有些像,我懂你说的意思,不过我总觉得爱玛的字更刚劲有力一些。"

"爱玛和伊莎贝拉两人都写得一手好字,"伍德雷斯先生说,"而且从小就是一样。维森顿太太字也写得很好嘛。"他望着她,似感叹,似微笑。

"说到男士的字,我还没有见过哪一位能……"爱玛一边说,一边向维森顿太太望过去,她见维森顿太太正在应酬另外的一个人,就把话打住,趁这个空当又仔细想了想,"我该怎么介绍这个人的身份好呢? 当着这么多人的面我直接提他的姓名是不是有点不大合适呢? 是不是得应该对他换个叫法呢? '你们约克郡的那位朋友'啦,'从约克郡给你们写信的那位'啦,如果我要是真的很随意、调侃的话,我就大可以用这样的称呼。但我不能这么干,我完全可以堂而皇之直接直呼其名,没有什么不好意思的。我心里的确是越来越坦然了。想说就说!"

维森顿太太跟那个人应酬完了,爱玛便接着说:"就我所知,弗兰克·丘吉尔先生的字在男士中间可以说是数一数二的。"

"我就不太欣赏他的字,"奈特利先生说,"他字写得太小——没有笔力。像是女人写的。"

两位女士都听不下去了。她们纷纷为弗兰克·丘吉尔辩护,驳斥了这种中伤。"这是哪儿的话呢,那绝不是没有笔力——字的确写得不大,非常秀气,但是也很有笔力。维森顿太太有没有带着他的信,可以拿出来瞧瞧看。""没有带,不过最近倒是有他的来信,可惜都已经收起来了。"

"真遗憾我们此刻没在那间屋里,"爱玛说,"否则,我只要在我的写字台上找一找,就能拿出样儿来给大家看看。我有他亲笔写的一张字条。维森顿太太,你还记得吗,有一天就是你'雇'他替你写的呢?"

"他非得说这是我'雇'他写的。"

"刚好,反正这张字条我还留着,等吃完饭拿出来给大家看看,也好让奈特利先生没话说。"

"嘿! 像弗兰克·丘吉尔先生那么殷勤的男士,"奈特利先生默默地说,"想要给伍德雷斯这样漂亮的小姐写条子,他当然会把他的浑身解数都使出来的。"

饭菜一摆齐。艾尔顿太太没等主人对她说一声请,就站起来准备入席。伍德雷斯先生还没有来得及过来礼貌一通,刚陪她步入餐厅,她就已不客气地在说了:

"还让我走在前面?真是不好意思,每次都让我走在前面。"

简惦念着去取自己的信,她这种举动和心情并没逃过爱玛的眼睛。爱玛什么都看在眼里,心里禁不住有点好奇:不知道简今天早上冒雨走上这一趟,有什么收获吗?她认为是有的,若不是满心企盼至亲至爱的人儿的信,她不会那样坚定,不惜淋雨也要去走这一趟,而且看起来这一趟也不是白走。爱玛觉得简此时的神态要比平常都快乐。

她原本有两个问题想问她,从爱尔兰寄一封信来这儿需要几天?邮费要多少?话都到了嘴边,可终究她还是忍住没有问。她下定了这样的决心:有可能让简·菲尔法克斯听了不舒服的话,她一句也不会说。她们手挽着手,跟着两位太太走出了客厅,很热乎的样子。她们俩那样的美貌、那样的风度,再也没有别人可与之相比了。

第十七章

宴会过后女士们回到了客厅里,爱玛发现四个人已经明显地分成两组了:艾尔顿太太仍然一意孤行,妄加评论,根本还顾不上什么规矩,直接占住了简·菲尔法克斯不放,将爱玛冷落在一旁。爱玛和维森顿太太只好偶尔彼此说说话,或者都不作声,好长时间一直保持这种局面。艾尔顿太太逼得她们俩不得不这样。有时候简说几句话,艾尔顿太太不得不暂时住会儿口,可一转眼的工夫,她就又开始絮叨了。虽然她们之间的交谈声都轻得近乎耳语了,尤其是艾尔顿太太把声音压得特别低,但她们谈论的主题,还是被别人听到了。邮局啦,着凉啦,友情啦,取信啦,这些小事就说了很长的时间,接着还有一个话题,在简看来至少是她不愿意谈的:艾尔顿太太先是问她有没有打听到有什么合适的工作,然后又把自己为简筹划的情况表白了一番。

"一转眼已是四月了,"她说,"眼看六月就要到了。我都快为你急死了。"

"可是我从来也没决定是在六月啊——我只是想等到了夏天再说。"

"你真的什么也没有打听到?"

"我压根儿就没有打听,我也确实不想去打听。"

"哦,亲爱的,我们最好还是早点去打听。你不知道啊,找一个能让你自己称心满意的工作是多么的不容易啊。"

"这我怎么会不知道?"简边说边摇头,"对这件事难道我会比别人考虑的少吗?亲爱的艾尔顿太太。"

"可是你对人情世故就懂得不如我多。你不知道,那样的工作只要一有空缺,就会有多少人抢着去报名应征啊。在枫树林宅子那边,这种事我见多了。撒科林先生的一个表亲布拉奇太太,去她那儿求职的人就多得数不胜数。谁都想去他们家,因为与她家来往的都是上等人家。书房里还点着蜡烛哩!你想想那该多么诱人!世上千家万家,我最希望你去布拉奇太太家。"

"堪贝尔上校夫妇到施洗约翰节的时候就该回伦敦去了,"简说,"我得上他们那儿去住一段时间,我想他们一定会上我去的。以后的事如果我自己能做个安排还是挺好的。不过眼下我希望你就不要费心去给我打听了。"

"费心?啊,原来是这样!好,我知道你的顾虑了。你是担心给我添麻烦,我可以告诉你,亲爱的简,堪贝尔夫妇怎么会像我这样关心你呢。我再过一两天就打算给帕特里奇太太写封信,托她无论如何也要替你留心着点,有合适的工作千万不要错过。"

"太谢谢你啦,不过我还是希望你不要跟她提这件事。反正时间有的是,我不希望给人家添麻烦。"

"可是时间确实也不算早啦,我亲爱的孩子,眼下已经是四月了,六月,甚至七月也非常接近了,这件事又很难办。看你如此少不更事的样子,真让人着急啊!你应该找一个适合的职位,你的朋友也都想帮你找一个不错的职位,这可不是哪天都能碰到的,更不是说要就能得到的。真的,我们必须现在就开始到处打听。"

"太太,对不起,可我根本就没有这样的意愿。我自己是不会去打听的,但如果是我的朋友替我去打听,那我也只能表示谢意和可惜了。其实只要时间定了,根本就不用担心我会找不到工作。伦敦就有这样的地方,叫什么所来着?一打听就知道——那里介绍大家出卖的总不会是人的血肉之躯吧,要出卖人的可以到那儿去找。"

"哦!亲爱的,你说血肉之躯!这是说到哪里去了?如果你是在抨击奴隶买卖这一行,那你可以尽管放心,撒科林先生一向支持废除奴隶买卖活动哩。①"

"我不是这个意思,也完全没有想到贩卖奴隶这一行,"简回答说,"放心,我想到的只是介绍家庭女教师一类的活动。干这一行的,罪过虽然大不一样,但要问受害者的痛苦哪个大些,那我可真不敢确定了。不过我的意思是说,反正到处有张贴招聘广告的介绍所,只要去那儿交个申请,我相信肯定很快就能找到合适的工作。"

"合适的工作!"艾尔顿太太学着简的话厉声说,"你太妄自菲薄了,觉得那样的工作合适?我知道你为人一向非常谦虚,但你的朋友们看到你接受了那种人家的聘请,将就了一个平凡而且卑微的职位,他们是不会感到满意的,那种人家从不跟上等人士来往,而且没有资格享受高雅的生活哩。"

"我十分感激你的盛情,可对于这些,我看得十分淡薄。挤到有钱人堆里,绝不是我的本意。跟他们在一起,我想我反而会感到屈辱。跟他们一对比,我会觉得更难受。要说我有什么条件的话,那就是我想进一个绅士人家。"

"我了解你啊。你是捡到篮里就是菜,但我可要挑剔一些了,我觉得好心的堪贝尔夫妇肯定完全赞同我的这种态度。凭你这么优秀的才艺,绝对有资格在第一

① 18世纪后期英国慈善家、政治家威廉·威尔勃福司(1759—1833)开始的一次反对贩卖奴隶的运动。1811年英国议会通过一项禁止贩卖奴隶的法案。

流上等人士圈子里走动。单凭你在音乐方面的造诣,你就完全有资格这么做,想要几个房间就有几个房间,想跟人家相处得多亲密就有多亲密。比如说吧,我不知道你会不会弹竖琴,如果你会的话,以上几条我敢保证你完全可以做得到。况且,你不仅钢琴弹得非常好,而且歌也唱得好,是的,我相信,就算不会弹竖琴,想提什么条件也就只管提好了,不要有什么顾虑。你一定得有,而且也一定会有一个又称心、又体面的立身之所,如果不这样的话,堪贝尔夫妇和我,都是放不下心的。"

"你说这种职位应该又称心、又舒适、又体面,这自然很有道理的,"简说,"这几条确实都是同样重要的,但我也确实说的不是客气话:我不希望你现在就替我去找工作。我对你真是十分感激,艾尔顿太太。不管谁同情我,我都会很感激的,我希望在夏天以前,你千万不要帮我这个忙。我还想留在这儿呢,继续这样的生活,再过上两三个月再说。"

"我告诉你吧,我也绝没有说客气话,"艾尔顿太太春风满面地说,"我一定时刻留意着,也请朋友们多加留意,如有极好的职位,绝不会放过的。"

她就是这样叨叨个没完,即使偶尔给打断了也会立刻就接上,直等到伍德雷斯先生走进客厅里来,这个话头才算刹住。不过此时她的自吹又换了个箭靶子,爱玛听见她还是用那种近乎耳语的声音对简说:

"哎呀你看,我的这位亲爱的老情郎来了!真没想到他还这么会献殷勤,其他男人没来呢,他就在最前头来了!多可亲的人啊!我告诉你吧,我真的太喜欢他了。他那一套套老派的礼数我十分欣赏,它远比新派的所谓潇洒更加适合我的口味。我倒是常常觉得那种所谓的新派的潇洒惹人讨厌。不过这位伍德雷斯老先生也的确有意思,你没听见他刚才在席上对我的那一通恭维那才遗憾哩!哎呀我告诉你吧,我当时可真怕我那亲爱的丈夫会醋意大发哩。我觉得我还蛮受大家欢迎呢,他很欣赏我这身礼服。你也喜欢我这身礼服吗?这是塞利娜给我挑的——很漂亮吧?不过我感觉这花边是不是镶得多了点?我很受不了衣服上镶太多花边:花哨而且难看死了。不过眼下我还得装点修饰一下,因为我也得从俗哪。你也知道的,新娘子嘛,总得像个新娘子的样,不过我生性就喜爱朴素,朴实点的衣服,简直比花里胡哨的要好得多呢。不过我看我这种人还是属于少数,在衣着上崇尚朴素的人可不多啊——花哨艳丽才吃香呢。我有一件银白两色的'波普琳',我也要给镶上这样的花边。你觉得会好看吗?"

客厅里人刚刚到齐,维森顿先生也进来了。他办完事回到家里,吃了一顿晚饭就步行来到哈特菲尔德宅子。几位有眼力的早就料到他必来无疑,所以并不感到意外——不过大家还是一片兴高采烈。伍德雷斯先生从前一看到他就觉得很遗憾,但是此时再跟他相见,那份喜悦即使没有十分至少也有八九分了。只有约翰·奈特利一人惊讶得说不出话来。单独一人,在伦敦办了一天事,完全可以安静地在家歇上一晚,却又出了家门,走了半英里的路,来到别人家里,为的就是大家相聚到夜深,在应酬、人多声杂中过完这一天。见到这种事,他不能不大为惊异。要知道这位先生,他从早上八点钟就开始忙了,到现在本来应该享受些安静了,他已说了一天的话,本来该让嘴巴歇歇了,他已经跟许多人打了交道,本来应该一个人清静清静了! 可就是这样一位先生,他舍弃了自家火炉旁的那份安静和自由,在这寒峭逼人、连雨带雪的四月夜晚,急匆匆走出家门,一头扎进了尘嚣世界。如果他轻轻招招手,就能马上将妻子带回家去,那倒也是个理由。可他这一来,聚会不但不会散得早些,反而会散得迟些。约翰·奈特利望着他简直惊呆了,后来才耸了耸肩,说:"即使是他,我也不敢相信他会做出这样的事来。"

此刻,一点都没怀疑会有人太拿他不以为然的维森顿先生,还是跟平常一样兴高采烈,乐乐呵呵的,离家外出了一天,大家当然主要是要听他的了,他也很想多给大家讲些有意思的事情。先是太太问他吃晚饭的事情,他都一一做答,让她相信她指示的事情仆人们一条也没有忘记,接着他就把听到的那些社会新闻一一搬出来讲给大家听。说完这些以后,他才顾得上跟太太讲件家事,虽然这话主要是对维森顿太太说的,但是他百分之百地断定,客厅里的每个人对此都是很感兴趣的。他递给太太一封信——信是弗兰克写给她的。他路上碰巧遇上了邮差,见有信就拿了回来,并且擅自做主把它拆开来看了。

"你看哪,你看哪!"他说,"你看了肯定高兴。只有短短的几行——花不了你多少时间的。念给爱玛听听。"

两位女士把信看了一遍,他则一直坐在那里,笑吟吟地对她们不断说着,声音虽压低了一点,不过大家都还是能清清楚楚听见。

"哎,你瞧,他要来啦;是个好消息吧? 还有什么话好说呀? 我不是一直跟你说嘛,他很快就会再来的? 亲爱的安妮,我不是一直跟你这么说,但你就是不信我说的吗? 你瞧着吧,下星期就到了——我看最晚下星期。因为他舅母呀,一旦决定要做什么事,那性子急得真是跟'黑先生'①一样,也说不定他们明天就到,不是明天就是星期六哪。至于她的病嘛,当然压根儿没事啦。不管怎么说弗兰克能再来跟我们大家聚聚总是件大好事。他们来了以后总会待上好一阵吧。他应该有一半的时间可以和我们在一起吧。这倒是正合我意。你看呢,真是天大的好消息啊? 你看完了没啊? 爱玛也看全了吗? 收起来,我们改个时间要好好谈谈,不过现在不行。我只是把这件事跟大家提一下,不细谈了。"

维森顿太太此时满心欢喜,心里再也舒畅不过了。神气、说话,什么也控制不住了。她十分开心,也发觉自己的开心,更觉得自己应该开心。她几句祝贺的话说得那真是热情奔放;可是爱玛的话就没能说得那么顺溜了。她的心有点旁骛,她是在估量自己内心的感受,想看看清楚自己到底激动到了什么程度——她感到这激动程度相当深。

不过维森顿先生心切,就观察得不够仔细,而且自己谈了很多,也不希望别人再多说什么了,所以听爱玛说了这些话,他也就满意了,不一会儿他就走开了,去找其他的朋友,把这消息也略通报一下,好让他们也开心开心,虽然他也知这消息刚才满客厅的人一定都听见了。

---

① 这个词来自英国的一则谚语:"恶魔并不比画中的颜色更加黑暗"。因此人们通常称恶魔为"黑家伙",这里说"黑先生"是出于礼貌考虑的委婉说法。

多亏是他一厢情愿,只当作大家个个兴高采烈,要不他就不至于会认为伍德雷斯先生和奈特利先生最为高兴了。在爱玛和艾尔顿太太之后,接下来应该让他们开心。接着他本想去找菲尔法克斯小姐说的,可是她跟约翰·奈特利谈得正兴起,想必会打搅他们的。再一看艾尔顿太太正好就在他们旁边,此时也正好没有人来攀谈,于是他就自然地跟她谈起了这个话题。

第十八章

维森顿先生说:"我希望不久就能有机会介绍我的儿子和你认识。"

艾尔顿太太以为他的这番话是特别对她表示的敬意,所以很客气地笑了笑。

"我想你可能听说过弗兰克·丘吉尔的,"他接着又说,"也可能知道他就是我的儿子,虽然他并没随我的姓。"

"啊,知道,能认识他真是太高兴了。我相信艾尔顿先生马上就会去拜访他的,我们也衷心期盼他能够光临牧师宅第。"

"你真是太客气了,我相信弗兰克一定会很高兴的。他下个星期就到这城里了,说不定还要提前几天呢。信里说的,今天收到他写来的一封信。我今早在路上恰巧遇上邮差,见有信就顺便拿回来了,一看是我儿子的笔迹。我也没管收信人不是我,就自作主张拆开看了——收信人是我太太。不瞒你说给儿子写信这样的事情,主要由她管。我好像从来没有收到过他的信。"

"所以你就这么霸道,把写给她的信拆开来看了!哦,维森顿先生呀!"她故意哈哈大笑,"那我可要说你这样做很不对哪!这个先例开了,实在是太危险了!我恳求你,千万别让你的四邻也学了你的样。说实话,要是这种事将来发生在我的头上,那我们妇人们就不能不设法防患于未然了!哎呀,真想不到你会这样做呢,维森顿先生!"

"哎呀,我们男人都是无可救药哪。你还真得提防着点啊,艾尔顿太太。这封信上说——信是匆忙间写成的,所以很短,只是通知我们一声——信上说了:他们一家人很快就要来城里了,这些都是为丘吉尔太太打算的——一个冬天过来她一直身体不大好,觉得恩斯康伯宅子太冷,对她的健康很不好。所以他们打算赶紧举家搬到南边来住。"

"是嘛?是从约克郡来的?恩斯康伯宅子在约克郡吧?"

"对,他们距离伦敦一百九十来英里路,确实远了点。"

"对,说真的,远了还真不是一点呢。比枫树林宅子到伦敦还远六十五英里呢。不过,维森顿先生,对大户人家来说,远一点也算不了什么呢?我告诉你,你一定会觉得惊讶——我姐夫撒科林先生有时候东奔西走像飞一样,那个忙啊。说来你可能不大相信——他和布拉奇先生去伦敦,一个星期就得来回两趟,幸亏有四匹马哪。"

"从恩斯康伯宅子来,路远给他们带去了很大的难处,"维森顿先生说,"我听说,难就难在,丘吉尔太太已经连续七天没离开沙发了。弗兰克在上封信中说,丘吉尔太太经常抱怨自己的身子骨儿太弱,要是没有他和他舅舅一起搀扶着她的话,就压根儿进不了她的疗养室了。你看,她身子的虚弱已经到了多么严重的地步。可是现在她又迫不及待地想快快赶到城里,只打算在途中住上两夜——弗兰克信上是这么说的。娇贵的女士体质上的确是极为特殊,你得承认我这话说得没错,艾尔顿太太。"

"不,我一点也不同意。我是始终站在我们女性这边的,真的,我就是这个立场。我不妨告诉你,我在这个问题上的观点跟你是完全对立的。我是一向为妇女说话的。我告诉你吧,要是你了解塞利娜说的夜宿客栈里的那个难受劲儿,你就会了解丘吉尔太太这样拼命地赶路,想少在路上过夜,一点儿不奇怪。塞利娜说她实在受不了,她爱讲究的毛病,我看恐怕连我也感染了几分。她出外旅游一向自带被单,这个预防措施确实挺不错,丘吉尔太太也带吗?"

"没错,只要有哪个时髦的高雅女士想出了什么新招,她从来都是照办的。丘吉尔太太在这方面的积极性绝不会比任何女士差的——"

艾尔顿太太急忙插口说道:

"哦,维森顿先生,你可别误会了我的意思。塞利娜可并不是什么时髦的高雅淑女,真的。你这想哪里去了?"

"是吗?那就不好拿丘吉尔太太来跟她相比了,丘吉尔太太就是位很时髦的高雅女士,再地道不过了。"

艾尔顿太太不禁有些后悔起来,如此忙不迭地否认实在是失策了。她原本可绝不是要人家相信她的姐姐并不是一位时髦的高雅女士,或许自己没有勇气说明吧。她觉得还是把话说回来好。正在思量该怎么说的时候,维森顿先生又说了下去:

"你可能也猜到了,我对丘吉尔太太并没有多少好感,不过有些话只能我们两个人之间说说。她很喜欢弗兰克的,所以我也不想说她的坏话。再说,现在她身体很不好。不过据她自己说,她其实一直是这样的。有句话我也不是对谁都会说的,我不太相信丘吉尔太太真有什么疾。"

"要是她身体真的不好,那为什么不到巴斯去呢? 去巴斯,或者克利夫顿,不都更好吗?"

"她就是认定恩斯康伯宅子太冷,对她的健康不利。我觉得事实上呢,是她在恩斯康伯住腻了。她在那儿久居不动,现在每年在那儿住的时间是越来越长了,所以想换一个新环境了。那儿地方不错,但太偏僻了。"

"对了,一定是和枫树林宅子差不多的。枫树林宅子离大路就再远不过了。周围都是树木,一眼望不到边! 简直就跟整个世界隔绝了似的——真是清静幽深到了极点。丘吉尔太太可能不像塞利娜身体那么好、精神足,所以享受不了那种幽居的生活。也可能是她不大能够适应环境,不能自己找些消遣,所以不习惯乡居生活。我常说,女人要会尽量自己找办法消遣——真是谢天谢地,我自己有的是消遣的法子,所以也觉得不跟外界来往无所谓。"

"弗兰克今年二月曾来过这里,住了两个星期。"

"我记得好像听谁曾经说起过。他这次再来,就会发现海伯利的社交圈新添了一名成员——我是说,如果我也能不揣冒昧来充个数的话。不过或许他从来没有听说过这里还有这么个人呢。"

这明显是要人家来恭维她几句,别人怎么会听不出来呢,维森顿先生便立刻提高了声音,十分得体地说道:

"我亲爱的夫人!怎么会有这样呢,就你想得出来。我相信维森顿太太最近的几封信里恐怕全篇都是艾尔顿太太,哪里还顾得上写别人呢。"

任务完成了,也可以再回过头来说说自己的儿子了。

"弗兰克走的时候,"他又接着说,"我们不知道什么时候才能再跟他见面,所以今天一听到这个消息,大家就格外欢喜。完全是意外之喜啊。其实呢,我倒一直深信不疑他很快就会再回来的,我相信事情一定会有转机——可是谁也不信我的话。维森顿太太都泄气了。'他哪还会来啊?他舅舅舅妈怎么还会再放他回来?'说了很多这样的话。我却一直相信我们总有一天会时来运转,如愿以偿的。你看,现在果然不出我所料。艾尔顿太太,根据我一生的观察,人就是这样,这个月也许是诸事不遂,说不准下个月就会否极泰来的呢。"

"维森顿先生,你说得真是太对了。以前曾有一位先生追求我,和我好得形影不离,我每次就是对他这么说的——当时,因为事情进行得不很顺利——发展的速度不合他的心——他就唉声叹气,说照这样的速度下去,到五月海门①恐怕还不肯为我们披上他的深红长袍呢!哎呀,为了驱散他那低沉的情绪,让他看得开一些,真不知花了我多少心思啊!再比如说马车的事吧——为了马车我们弄得很不开心——我还记得,有一天早上,他垂头丧气地过来了……"

说到这里她娇声娇气地咳嗽了一声,停了下来,维森顿先生马上趁机继续说他的。

"刚才你提到了五月。也不知是大夫的嘱咐还是自己的决定,反正丘吉尔太太就是要在五月离开恩斯康伯宅子,换个稍微暖和点的地方去住——说直白了,就是要到伦敦来。这样,弗兰克也就可以常常到我们这儿来走动走动了,你看这多喜人啊——春天,正是一年里最理想的季节,白天几乎是最长的,气候也非常温和宜人,从早到晚都会令人激起出外散心的兴致,活动活动也不会热。他上次来的时候,我们就利用这个机会了,遗憾的就是那时的天气往往阴湿多雨,弄得人都打不起精神来;你也知道的,二月里的天就是这样。结果我们的心愿没能完全地满足。这次时机总算到了,我们可以好好聚一次了。艾尔顿太太,我觉得像我们这样,团聚的日期定下来了,免不了要这样时刻盼望,不晓得他是今天到还是明天到,却又有可能随时会到,这种盼望的快乐,也许要比他真的到了家还甜上几分吧?我是这样认为的。我看这种心绪最让人兴奋,也最让人高兴了。我希望你见了我儿子会满意,当然也别期望太高了,他绝不是什么奇才。大家都觉得他是个不错的年轻人,但别期望他会是什么奇才。我太太十分喜欢他,对他疼得不得了,你可能也知道了,我看

---

① 希腊神话中阿波罗的儿子,主管婚姻。

在眼里当然也欣喜万分。她认为这小伙子是没有人能及的。"

"维森顿先生,那您尽管放心,我相信我对他的看法肯定错不了。赞扬弗兰克·丘吉尔先生的话我已经听到不少了。不过,说一句良心话,我还一向是个颇有主见的人,绝不会不问是非,人云亦云的。我告诉你吧,我对你儿子的评价一定有一说一,有二说二。不会一味奉承的。"

维森顿先生低头思虑了片刻。

"我想我没有苛责可怜的丘吉尔太太吧,"他立刻又接着说,"如果她真的病了,那我就冤枉她了,应该赔个不是才对;不过她的性格中的一些特点,让我一谈到她,就想宽容也宽容不了。艾尔顿太太,我想你不会不知道我跟他们家的关系吧,也不会不知道我受到了他们家怎么样的对待吧。说句实话,这事都怪她,都是因为她挑拨。要不是她,弗兰克的母亲也绝不会那样被瞧不起了。丘吉尔先生是个很有傲气的人,然而他的傲气跟他妻子的可是完全不同的。他的傲气是闷在自己肚里的,不会找人发泄的,那是绅士式的傲气,不会伤了什么人,最多让自己有点无奈、惹人讨厌。可是他妻子的那种傲气就非常自大、蛮横了,更叫人不能容忍的是,其实她自己的门第家世,也没有什么可以自吹自擂的。嫁给丘吉尔先生的时候,她不过是个无名丫头,勉强能算个绅士的女儿。可是自从她嫁到丘吉尔家以后,她那神气活现,自以为是,真比他们丘吉尔家的人还要胜上十分呢。她这个人,我绝不对你说瞎话,绝对是个傲慢无礼的人而已。"

"倒真想不到啊!哎呀,不气死人才怪呢!我最讨厌傲慢无礼的人了。自从在枫树林宅子住过以后,我对于那种人真是,因为那一带有户人家,总是装腔作势,摆足了架子,我姐夫看得那个恼火啊!你把丘吉尔太太的情况一说,我马上就想起了那户人家。那户人家姓塔普曼,最近才刚刚搬到那里住,来往的亲友免不了很多都是下等人,但他们却把架子摆得足足的,妄想跟当地的名门望族平起平坐。他们在韦斯特府最多也不过住了一年半多吧,至于他们是怎么发财的,那就没有人知道了。他们是从伯明翰①搬来的,那地方,你也知道,维森顿先生,是不大会出什么好人家的。我对伯明翰是不能抱有什么希望的。我常说,这户人家的姓听上去就很是吓人,不过除了这些之外,对塔普曼这户人家的具体情况大家也就都一无所知了,不过我可以告诉你,他们确实有许多地方引起大家的疑心。可是看他们的神态举止,他们却显然自恃身份很高、派头十足。好像连我姐夫撒科林先生都比得过一样。我姐夫偏偏不巧做了他们的邻居。真是太不巧了。我姐夫撒科林先生已经在枫树林宅子住了十一年,在他之前是他父亲住的——至少我觉得是这样——我有八九成的把握敢这么说,这份产业肯定是在老撒科林先生生前就购置好的。"

他们的谈话被打断了,是送茶的来了。维森顿先生已经把想说的都说完了,就立刻利用这个机会赶紧走开了。

用茶后,维森顿夫妇就跟伍德雷斯先生坐下来一起打牌。其余的五位便各自

---

① 英格兰中部的大型工业城市,自 16 世纪起发展迅猛,但在一次瘟疫中衰落,到了 18 世纪才重新兴盛。

随意了。爱玛有一点担心，怕他们未必能处得很融洽，因为奈特利先生似乎不太想跟别人说话；虽然艾尔顿太太是很期望有人来和她攀谈的，但好像谁也没有这份兴致，她自己，却又有点心烦，如果能不说话也真不大想说。

倒是约翰·奈特利先生比他哥哥爱说话多了。由于他明天一早就得告辞回去了，所以一会儿他就说开了：

"我说，爱玛，关于小家伙们，我已经没有其他的要说了，反正你姐姐已经给你写信了，上面肯定什么都写得清清楚楚。我想拜托你的，比她要简略得多，实质内容恐怕也不怎么一样。我要叮嘱你的其实就两句话：别宠坏了他们，别给他们乱吃药。"

"我特别希望能让你俩都满意，"爱玛说，"我一定会尽全力使小家伙们快乐的，这就对得起伊莎贝拉了；而想要让他们快乐，就不能一味对他们无原则地纵容了，也不能给他们乱吃药。"

"如果你嫌他们太烦，千万别不好意思，打发他们回家就是了。"

"那倒也是有可能。你也觉得有这样的可能吧，是不是？"

"我想我应该能预想到小家伙们也许会吵吵闹闹的，打扰了老人家，甚至可能还会拖累你——假如你的来往应酬像近来这样日益增多的话。"

"日益增多？"

"是啊！你一定也感觉到了吧，最近这半年来，你的生活方式发生了很大的变化。"

"变化？绝对没有，我可没有感觉到什么变化。"

"有一点是不容置疑的，就是你的来往应酬比以前多了很多。这一次便是证明。我这次刚刚来了一天，就看见你办了一次宴会。以前根本没有过这样的事。你的邻居慢慢地越来越多了，你和他们的交往也越来越多了。一段时间，你给伊莎贝拉的来信每封都会讲到最近有些什么玩乐，不是在克尔先生家的晚宴，就是在科朗旅馆的舞会。之所以会变得这么忙，仅朗道斯宅子起的作用，就是够大了。"

"就是，"他的哥哥急忙接着说，"都是因为大家都在朗道斯宅子的缘故。"

"那好吧——我觉得朗道斯宅子的影响今后也不会减少多少，所以我就觉得，爱玛，如果亨利和约翰碍手碍脚的话，我只希望你马上就打发他们回家。"

奈特利先生嚷了起来："那又何必呢？""何必要打发回家呢！把他们送到唐沃尔来不就好了。反正我也正闲着。"

"哎呀呀！"爱玛也叫了起来，"看你说得多好笑！我倒要问，我这个应酬怎么就算多了点，可这些应酬哪一个你们没有参加？凭什么说我可能会没时间照顾小家伙呢？我这些应酬就让你们大惊小怪了——但那都是些什么应酬呢？有一次在克尔先生家吃晚饭，还有一次舞会只是商量要办，而始终没有办成。"她朝约翰·奈特利先生点了一下头，"你运气这么好，今天一下子碰到了那么多好朋友，心里一高兴就难免要表现表现。可是你，"她转过头去对着奈特利先生，"你是知道的，我是从来不轻易离开哈特菲尔德宅子一步的，哪怕只是出去两个钟头都是极难得的事——你怎么就料定我会有这样那样的一大堆玩乐呢，我实在想不出来。如果说到那两位亲爱的小家伙,那我倒得说一句,假如爱玛姨妈没工夫照顾他们的话,我觉得他们跟着伯伯过也不见得就会好多少。小姨要是有一两个小时不在家,那伯伯就会有四五个钟头不在家,况且即使在家,他不是在看书,就是在算账。"

奈特利先生忍不住要笑出来了,却又想拼命忍住,碰巧这时候艾尔顿太太来和他说话,所以他也十分恰当地把笑意收了起来。

第三卷

第一章

听到弗兰克·丘吉尔要来的这个消息后自己感到一阵激动,爱玛静下心来稍稍想了想,一下子就释怀了。她很快就让自己深信不疑了:自己之所以会担心、发窘,并不是因为自己的缘故——而都是为了他。自己的情愫早就消失得无影无踪,这是肯定的。可是他,无疑爱恋的程度比自己还要深十倍,回去时怀着一片真挚的热情,如果回来还是怀着这么一片火炽的热情,那就难办了。如果分别了两个月,他的头脑还没能冷静下来,她就免不了会有危险、有祸事,所以一定得提防着他,自己一定要小心。她可不想让自己的感情再和他有什么瓜葛,如果他还有什么追求的表示的话,她义不容辞的责任就是对他避而不理、冷眼相对。

她也希望自己能制止他,别让他做出过于明确的爱的表白。如果他做了表白,他们目前这种交往就得被迫终止,那可是十分难受的事情。不过她却禁不住地巴望着事情能有个决绝些的了结。她隐隐地感觉到,这个春天恐怕避免不了要出现一个转折点,要发生一件大事,一件会改变她目前这种平稳宁静的生活的大事。

好在过不了多久,她就可以亲自来判断一下弗兰克·丘吉尔的感情到底怎样了——虽然没多久,还是比维森顿先生预料的时间要长了一些,恩斯康伯一家就来到了城里,不过他一到城里就马上来到了海伯利。他乘车赶来得花两个钟头,但这已经是最快的了。不只要从朗道斯宅子出来,他肯定会立刻来哈特菲尔德宅子,到那时她就可以运用自己敏锐的观察力,判定他到底受了多少触动,自己又该怎么应对。他们在极其友好的气氛中见面了。他见到她很高兴,这是不用怀疑的。不过她也立刻就感觉到了,他对她恐怕已经不像以前那样在意了,原来的那一片柔情蜜意只怕已经不再那么浓了。她把他打量得非常仔细。很明显,他已经不像以前那样情意缠绵了。他可能是因为多时不在,再加上很可能已经意识到她的确在意于他,所以才变成了这样,这是很正常的事,也是她求之不得的。

他情绪不错,还跟以前一样爱说爱笑,看样子也很乐意谈起上次来这里小住的经历。重提一些旧话,他虽然看起来内心很平静,但在平静之中她看出了他有些许的激动,举手投足间有一种心神不定的样子。不过,她觉得自己的看法之所以没有错,是因为他仅仅只待了一刻钟,便匆匆告辞,去拜访海伯利的其他朋友。

"我刚才来的时候在路上碰到了许多朋友——只是停下来打了个招呼,也没多停留——倒不是我自以为自己有多了不起。但是如果我要是不去登门拜访一下的话,他们会失望的。再说我也想在哈特菲尔德宅子再多待一会儿,可是我得赶快过去。他确实已经不像以前那样对她情意缠绵了，这一点她很确信；可是他的心情还是有些激动，又忙着要走，他的问题好像并没有彻底解决。她觉得很有这样的可能，就是他担心她会旧情复燃，为谨慎起见他就下了决心，还是小心为好，别跟她相处得太久。

弗兰克·丘吉尔在十天里只来过这么一次。其实他是很想来的，而且时时刻刻都盼望着能来——却总是来不了。他舅妈简直一刻儿也不让他离开。这是他后来在朗道斯宅子所作的解释。假如他说的都是实话，如果他真想来而没来成，那就只能得出这样一个结论，丘吉尔太太搬到伦敦来住了以后，她病痛中的那部分神经性因素，并没有因此就能彻底治好。这就可以肯定了：她真的有病痛。在朗道斯宅子，弗兰克就曾明确表示他现在相信她是真的有病痛。尽管好多事情也许只是自己臆想的，不过现在回过头来，他觉得舅妈的健康状况确实要比半年前差了许多。他不相信精心护理，再加上好好医治还会治不好她的病，至少他不相信舅妈的病已经到了余日无多的地步。他父亲的种种猜疑也不能说服他，他不觉得舅妈的病痛完全都是自己的想入非非，也不认为她的身体还是那么好。

过了没多久，她就觉得连伦敦也不能住了。她受不了伦敦的喧闹环境。她的神经老是不断受到喧闹的刺激，这让她痛苦不堪。因此十天后，她外甥就给朗道斯宅子写了一封信，说他们要改变计划很快要搬到里士满去住了。丘吉尔太太听从了别人的建议，说是那里有位名医，医术很好，并且那里的其他条件也都很让她满意。因此他就找了这么个中意的地方，租了一幢房子。但愿再次更换环境，能使她的健康状况有明显的改善。

爱玛看到，弗兰克信中提到这次搬家，字里行间透着无比的兴奋，看来他最高兴的就是飞来了这么件大喜事：他将要有两个多月的时间可以跟许多亲爱的朋友经常相处了，因为五月和六月要在那儿居住。她还听说，弗兰克在信中说得把握十足，说是他这样就可以跟他们常常相聚了，简直是想什么时候就什么时候来。

爱玛也看出了维森顿先生对眼前的这件大喜事是如何理解的。他认为这件大喜事给他们的快乐，都是由于她的缘故。她真希望不要这样。反正两个月内事情总会水落石出的。

维森顿先生自己的快乐是不言而喻的，他开心极了。这样的好事，正是他求之不得的。这下子，弗兰克可真的就是近在身边了。九英里的路，对一个年轻人来说算得了什么呢？乘车过来，一个钟头就到了。他随时都可以过来。因此从这点来说，里士满和伦敦之间的差异可就大多了：一个是随时可以见到他，另一个却是永远也别想见到他，十六英里——不 是十八英里——到曼彻斯特街有十八英里——这十八英里成了天大的阻隔，即便是真能脱身出来走一趟，一来一往，一天的工夫就也都花在路上了。儿子在伦敦，故父亲的反而没有什么欣慰可言，和在恩斯康伯宅子又有多大的区别呢？而里士满却正好，来往就方便多了。再近的话，也就没有这样好了！

这次搬家，有一件好事倒是马上就拍板定了——在科朗旅馆举办舞会。以前大家也倒忘不了，而觉得日期没法定。不过现在是铁定要举办了；准备工作又都逐一恢复起来了，丘吉尔一家刚搬去里士满后不久，弗兰克就来了一封短信，说他舅妈换了个环境以后觉得身体情况好多了,说不管他们将日期定在哪天,他来相聚二十四小时是肯定没什么问题的,还敦促他们把日期越早定下来越好。

眼看维森顿先生主办的舞会要真办起来了。只要再过那么几个"明天",海伯利的年轻人翘首以盼的快乐就可以梦想成真了。

伍德雷斯先生也表示要去了。因为在他看来,这个季节已经不那么伤身体了。在五月,干什么总比二月里要强许多吧。当下他立刻就约好了贝茨太太,当晚就请她来哈特菲尔德宅子;他对詹姆斯也作了详细地交代。他这才一扫愁云,只盼望爱玛没在家的时候,亲爱的小亨利和小约翰可不要出什么事才好。

第二章

还好这次没有横生出什么倒霉事,舞会总算要开起来了。距离预定的日子越来越近,终于到了。等候了整整一个上午,大家等得都有点心急了,直到下午快要吃晚饭的时候,弗兰克·丘吉尔才到,这才诸事齐备了。

之前爱玛跟他就再没有见过面,这次重见,是在科朗旅馆的舞厅里,不过这总比大庭广众场合下的相见要好得多。维森顿先生请她早些到场,说主人先到一步,请她也尽早过来,这样就可以在其他客人到来之前,请她先查看一下各处的布置是否得当、舒适,以便能随时改进。他说得非常真诚,让爱玛无法拒绝。因此,这个年轻人就少不得要来相陪了,她尽管用不着多说话,但也得相处好一会儿呢。不过她先得去接哈利特,于是两个人便同车去科朗旅馆,不早不晚,正好让朗道斯府上各位先到了一步,也没有等候太久。

弗兰克·丘吉尔好像一直在那里观察,他虽然说话不多。但从他眼神中却看得出,他今晚是打算要玩个痛快的。大家就一起到处去走走看看,检查是不是还有什么不周到之处。不过没过多久,就又来了一辆马车,下来的人也加入了他们的队伍。开始爱玛一听马车声不由得吃了一惊。她差点儿就嚷嚷了起来:"真是怪了,来得这么早!"但是她马上就弄清楚了:这是他们的老朋友,也跟她一样,是维森顿先生特意请来帮着斟酌舞会布置情况的;他们刚到,后面又来了一辆,是一家表亲,也是那样一片至诚给请来的,任务也一样,照这样情形看,恐怕要不了多久将有一半客人提前到场了。

爱玛看得出来维森顿先生并不是只相信她一个人的眼光。她觉得像这样知己好友极多的人,能蒙他的垂青做他的好朋友,也并不真是什么无上的荣幸和值得夸耀的事情。她虽然欣赏他坦诚的为人,不过假如他的直率能稍微收敛点儿的话,他的人格将会更高尚。善待众人,而非尽人皆友,这才是良好的为人之道。这样的才是她最喜欢的。一大群人到处走了一遍,看了一通,称赞了一番。后来实在没什么事情可做了,就都围到壁炉前,几乎围成了个半圆,一时没有别的话题可谈,大家就都来谈这一炉火,大家各说各话,无非都是一个意思,那就是:虽然已经是五月天,可傍晚时分能烤烤火还是很惬意和舒适的。

爱玛这时才明白,维森顿先生这"枢密顾问团"的人数也就这么多了,并未再进一步的扩大,那也就怪不得他了。他们的车曾专门在贝茨太太家门口停了一下,想要把她家的姨甥俩给顺道带过来,但那姨甥俩说是要等艾尔顿两口子来接。

弗兰克是站在她的身边，但却常常待不住，他好像总是安静不下来，这说明他心不在焉。他时而四下张望，时而到门口瞅瞅，时而又侧耳听听是否有车来的声音——可能是希望舞会快点开始，等得着急了，要么就是害怕，不敢总是紧挨着站在她身边。

话题谈到了艾尔顿太太身上。他说："我想她应该快来了吧。我总是听到人家谈起她，真想见见她。我估计她应该不会来得很晚吧。"

传来了马车的声音，他一听见，提脚就走了过去，却又立刻转回来说："我差点忘了，我还没有正式跟她认识呢。艾尔顿先生和艾尔顿太太，我还一个都没有见过呢。这样冒冒失失去迎接不太好。"

正说着，艾尔顿夫妇俩进来了，大家都含笑招呼，热情迎接。

"菲尔法克斯小姐和贝茨小姐呢？"维森顿先生在四下边找边问，"我们还以为你们会把她们给一块儿接过来呢。"

这点小疏忽，算不上什么。马上再派车去接就是了。爱玛真想知道弗兰克跟艾尔顿太太见面后的感觉怎么样，他看见她那种故作风雅的打扮、那一脸笑意，是不是会被迷住了？这小伙子立刻就证明了自己是有能力评价的，证据是在双方介绍完后，他对她说得很得体的一番客气话。

过了不久，马车就回来了。有人说下雨了。"那我得赶紧送雨伞过去，爸爸，"弗兰克对他父亲说，"贝茨小姐一定得照看好。"说完他就走了。维森顿先生本打算也跟着去的，却被艾尔顿太太给留住了——因为艾尔顿太太要把他儿子好好称赞上一番，让他高兴高兴呢！她一刻也没等就说开了，小伙子尽管走得很快，但也不会听不见她的话。

"维森顿先生，他真是个顶好的年轻人哪。你知道的，我曾坦率地和你说过：凡事我都有自己的看法。我现在就很高兴地告诉你，我真的很喜欢他。我这话可是心里话啊。我从来不说奉承话。我认为他是一位出色的英俊青年，他待人有礼，我一向称许这样的态度，这是真正的绅士风度，没有丝毫的高傲狂妄。你知道，我最讨厌高傲逞能的小伙子了——见了这种人真是反感得让人起鸡皮疙瘩。在枫树林宅子，我们大家从来都容不下这种人。撒科林先生也好，我也好，都受不了这样的人，遇到这种人我们一点也不客气，后说得那才叫刻薄呢！只有塞利娜向来脾气很好，好得简直有点过了头！只有她见了他们才不大计较。"

因为前半段谈到了他儿子，维森顿先生听得很认真。但是一听扯到了枫树林宅子，他就回过神来，想起还得去招呼一下刚到的两位女客，便带着喜滋滋的笑容，匆匆走过去了。

艾尔顿太太转过头来又对维森顿太太说："我敢说，去接贝茨小姐和简的一定是我们家的车，绝对错不了。我们家的车夫和我们家的马，跑得那叫个快啊！我敢肯定我们家的车比谁家的车跑得都快！能用自己的车去接朋友，这是再高兴不过的事了！我听说难为你们也派了车去接，不过以后这样的事就不用麻烦了。你们尽管放心，这事我全包了，今后就由我来照看他们好了。"

贝茨小姐和菲尔法克斯小姐在两位男士的陪同下走了进来，艾尔顿太太认为迎接她们不只是维森顿太太的分内事，同样也有她的一份。虽说她的手势、动作，在一旁的人和爱玛一样一看就都懂,可是她的声音,以及其他所有人的声音,都立刻被淹没在了贝茨小姐那滔滔不绝叽叽呱呱中了。贝茨小姐进门的时候就在那儿唠叨了,直到大家给她让到壁炉跟前,她还是没把话说完。门刚一开就听见她的声音了:

"真难为你们这么体贴人! 根本就没什么雨。算不了什么的。我自己就完全没有当一回事。鞋子厚着哪。简还说……哎哟! 哎哟! 真是金碧辉煌啊! 好极了,好极了! 没的说,布置得真是太好了,简直没有一点毛病。这是我做梦也想不到的。灯火照得满屋通明! 简,看哪! 你倒是过来说说,你见过这么辉煌的地方吗? 喔,维森顿先生,你肯定把阿拉丁的神灯①都请来了,我看一定是! 我们的老板娘斯托克斯太太很可能连自己旅馆的大厅都不认识了。我进来时看见她站在大门口。'啊,斯托克斯太太,'我跟她打了个招呼。"这时维森顿太太走过来接待了。"我很好哇,谢谢你,太太! 你也很好吧。那很好,我听了很高兴。我真担心你会忙得头痛呢! 看见你一会儿过来一会儿过去的,知道你肯定是操心的事儿一大堆。那敢情好,我真是太开心了! 啊! 亲爱的艾尔顿太太,太感谢你了,派车来接我们,车来得正是时候,简和我刚好全部准备好了。一刻也没有让马儿等。你们家的马车再舒服不过了。哦,对了,说起来我们还真得好好感谢你呢,维森顿太太。承蒙艾尔顿太太之前就给简送了个条子,不然我们早就先搭车过来了。想想也是,一天中有两家的车子来接我们! 这样好的邻居到哪儿去找呢! 我和我母亲说了:'说心里话,老太太……'谢谢你,我母亲身体好着哩。我让她围上了披肩,一到黄昏还是一点也不暖和,就是她那条很大的新披肩,是狄克逊太太结婚时送给她的。真是难为她了,还想到了我妈妈! 你知道吧,那可是在韦茅斯买的,而且还是狄克逊先生挑的呢。据简说,还有另外三条,弄得他们很长时间都拿不准该买哪个。堪贝尔上校比较中意的是一条橄榄色的。亲爱的简呀,你的脚真的没踩湿吗? 雨虽然只下了一两滴,可我还是不放心哪……也多亏弗兰克·丘吉尔先生,想得真是太……还特意在地上铺了条席子这才让我们下得了脚。他招待得真是周全,我永世不忘的。啊,弗兰克·丘吉尔先生,我还得告诉你,我妈的眼镜后来就再没有出过什么毛病,那小铆钉再也没有脱落过。我母亲常说你心肠好,是吧,简? 我们不是经常谈起弗兰克·丘吉尔先生吗? 啊,伍德雷斯小姐在这儿呢! 亲爱的伍德雷斯小姐,你好吗? 我也很好,多谢你啦。我们简直是在仙境中相遇了。变得都认不出了! 我也知道,说奉承话是不好的,(说着她瞅着爱玛,一副扬扬自得的样子)说奉承话就是不尊敬了;不过说实话,你看上去真是……你喜不喜欢简的发型? 你真有眼光。那是她自己梳的。真了不起哪! 把头发梳得这样漂亮! 我看伦敦的理发师也没有一个能做出这样的发型来……啊,休斯医生,是你呀——还有休斯太太。我得走过去跟休斯医生和休斯太太说两句话。你好吗? 你好吗? 我很好,多谢你啦。真是太叫人兴奋了,亲爱的理查德先生在哪儿? 啊,在那儿呢。我看还是别打搅他了。让他去和年轻小姐多说说话吧,那可有趣多了。你好吗,理查德先生? 那天你骑着马从镇上过时,我看见你了呢! 哟,那不是奥特韦太太吗? 还有奥特韦先生,还有奥

---

① 阿拉丁是阿拉伯著名民间故事集《一千零一夜》中的人物,他的神灯能使人一切都如愿以偿。

特韦小姐,卡罗琳小姐。这么多朋友啊! 还有乔治先生,阿瑟先生! 你好吗? 大家都好吗? 我很好呢,谢谢你们啦。我亥不会听错吧,是不是又一辆车来了? 会是谁呢? 很可能是克尔府上的各位吧。说实话,能跟这么多朋友共聚一堂,这是多大的快乐呀! 而且炉火烧得又是这么旺! 我烤得浑身都热烘烘的了。谢谢,我不要咖啡,我从来不喝咖啡的。如果方便的话,一会儿请给我来点茶吧,先生,不用着急。哦! 这就来了。真是样样都很周到啊!"

弗兰克·丘吉尔也重返本位,到了爱玛的身边。贝茨小姐的话音一落,爱玛就发觉耳边传来了艾尔顿太太和菲尔法克斯小姐的说话声,她也不得不听——她们就站在她背后不远处呢! 弗兰克若有所思。至于他是否都听在耳里,这爱玛就不敢断定了。艾尔顿太太把简的衣着、相貌赞了又赞,简也很有礼貌,只是默默地听。赞完了人家,艾尔顿太太很明显就想要人家也来赞她一番了——她是这样说的:"你喜欢我这身礼服吗? 你喜不喜欢我这样镶的花边呀? 赖特给我做的发型漂亮吗?"她还问了其他诸多问题,简都客客气气做了回答。艾尔顿太太接着说:"其实总体说来,在衣着方面是谁也再马虎不过我了;不过在今天大家的眼光都紧盯着我,再说我也得顾到维森顿夫妇的面子——我知道他们举办这个舞会主要是为了招待我——所以我也不希望打扮得有什么地方不合适。今天这大厅里除了我很少有人戴珍珠项链的。听说弗兰克·丘吉尔舞跳得很好,舞艺一流。我很想看看我们的艺术风格是不是合拍。弗兰克·丘吉尔确实是一个漂亮的年轻小伙子。我真是挺喜欢他的。"

这时弗兰克也大谈特谈起来,看他说得这么带劲,爱玛不禁有点怀疑,她猜想弗兰克可能是暗暗听到了艾尔顿太太称赞他的话,他不想再继续听下去了。于是两位女士的谈话一时完全被盖住了,直到他的话第二次被打住以后,才又能听清艾尔顿太太的调门儿了。当时艾尔顿先生也来到了她们中间,他那嘴巴马上嚷嚷着说:"哎呀! 我们躲在清静角落里,还是让你给找到了,是吧? 我正在对简说呢,说这会儿你肯定着急了,一定是在到处打听我们都去哪儿了呢!"

"管她都叫简了!"弗兰克·丘吉尔一脸的不快和惊奇,嘴里嘀咕道,"也未免太不懂礼了吧! 不过,据我看菲尔法克斯小姐似乎倒也并不以为然。"

"你可喜欢艾尔顿太太?"爱玛悄悄地问。

"一点也不喜欢。"

"真是忘恩负义的家伙。"

"忘恩负义? 这是什么意思?"他紧皱的眉头随即化为一笑,"行,别给我解释了,我可不想知道你到底是什么意思! 我父亲在哪儿? 什么时候开始跳舞啊?"

爱玛真是琢磨不透他,他的情绪似乎很怪。他走过去了,去找他父亲了,但是很快又转回来了,维森顿先生和维森顿太太也跟着他过来了。他碰巧遇到了他们,他们正有一个小小的难题,来找爱玛商量。维森顿太太刚才忽然想起,这舞会的第一支舞总得请艾尔顿太太来跳吧,艾尔顿太太自己也一定会认为这是理所当然的事,而他们原本一心只想把这项礼遇给爱玛的,这就很难两全了。爱玛听了这个令人伤心的消息后,很遗憾。但还得面对现实,她显得很坚强。

"可是我们还得替她找一个舞伴,这该怎么办呢?"维森顿先生说,"她肯定会认为,请她跳第一支舞的一定是弗兰克。"

弗兰克立刻转过脸去看了爱玛一眼,意思是要爱玛兑现许下的愿,随即就露出了得意的口气,说他早已和人有约在先了。他父亲听了这话脸上有赞许之色——结果局面就变成了维森顿太太要他本人亲自去陪艾尔顿太太跳舞,而大家的任务也就变成了要去帮着说服他,他倒也爽快,很快就被说服了。接着维森顿先生和艾尔顿太太便领头登场,弗兰克先生和伍德雷斯小姐紧随其后。爱玛虽然一直认为这个舞会是特为她筹办的,可如今只好屈居第二,反倒让艾尔顿太太占了先。艾尔顿太太此刻无疑成了大赢家:她的虚荣心得到了满足,她虽然本来很想跟弗兰克·丘吉尔跳第一支舞,但是现在换成了他爸爸,也不算吃亏。论舞艺维森顿先生说不定比他儿子还高明了一点哩。而爱玛呢,虽然遇上了点小小的不快,但是看到一对对舞伴排起的长队已经蔚为壮观,想起难得能这样一连狂欢上好几个钟头,心里一高兴,渐渐笑得自然愉快了。倒是奈特利先生就是不肯跳舞,让她觉得实在很气恼。你看他,混在那"看客"里,那可不是他该去的地方;他该来跳舞,不该去与那些做爸爸的、做丈夫的为伍,不该去与那些表面装着很爱看跳舞、可是一搭起牌局就什么都忘了的牌迷们为伍,你看他的样子还很年轻哩!在别处也许还不显得那么出众,可是混在那堆人里就有鹤立鸡群的感觉了。他高大、结实而挺拔的身材,在那个上了年纪、腰也粗了、背也弯了的人群里很是显眼,爱玛觉得他肯定引得满场的人们注目。除了她自己的舞伴以外,那么长的一行年轻小伙子里头也没有一个能比得上他的。此时只见他往前挪了几步,只消看看他走这几步,就可以证明:如果他不怕麻烦,肯来跳两支舞的话,那舞步一定会是风度翩翩,优雅自如。爱玛每次跟他四目相对时,总要瞅得他微笑一下才罢,不过大部分时候他总是神情庄重。她独自想到:可惜他就是不大喜欢舞池,也不怎么喜欢弗兰克·丘吉尔。他好像总是在那里观察她。她不至于那么狂妄,以为他在欣赏自己的舞艺。不过,假如他对她的行为有什么不满的话,她是不怕的。她和她的舞伴之间绝不会有调情之类的事。他们不是情人,更像是笑笑闹闹、毫不拘礼的朋友。弗兰克·丘吉尔已经不像从前那样眷恋着她了,这点她是非常清楚的。

舞会进展得相当愉快。维森顿太太为这个舞会的牵肠挂肚、时刻操心,看来都没有白费。看来大家都其乐融融。一般来说舞会没结束时大家是不会赞一声"真来劲"的,可是今天的舞会上却从一开始赞扬声就不绝于耳了。要说真正值得铭记的事情,在这次舞会上出现的也不见得就比其他的舞会上的多。但是有一件事,爱玛觉得很有意思。晚宴前的最后两支舞开始了,哈利特却还没有找到舞伴,就剩她一个年轻小姐还坐在那儿了。以前,下场跳舞一直都是男女人数正好相等,这次怎么突然多出一个,倒是件怪事了。当爱玛看到艾尔顿先生在四处闲荡时,她的疑团很快就解开了,他不想去请哈利特跳舞,巴不得能免就免。爱玛看透了,他心里才不情愿呢——只怕他还随时可能溜去玩牌室里呢。

不过他并没有溜,他走去了全都是看客的那个角落,跟一些人说起话来,在他们面前晃悠,好像要告诉别人他现在闲着,而且还想多闲上一会儿呢。他一晃悠就正好晃到了史密森小姐的跟前,有时还跟她身旁的人聊上几句,一点也不顾忌。爱玛全都看在眼里。她此刻跟队列的最后还没有迈开舞步,而是一点一点往前挪,所以还能抽空偷偷看上几眼，只需要把头稍稍偏过一点，这一切就都看在眼里了。她快要排到队列前面了，整个队伍也都转到了她的身后，这下她就不能再由着自己的眼睛四下观望了，不过当时艾尔顿先生正好离她比较近，他刚才跟维森顿太太之间的几句对话，她每一个字都听得很清楚。而且她还发现，就在她前边的艾尔顿太太也一直在注意倾听，还故意对他使了几个眼色，为他叫好呢！善良、温和的维森顿太太特意离开自己的座位来陪他说话，她说："你不跳舞吗？艾尔顿先生？"他立刻脱口说道："如果你肯赏脸的话，维森顿太太，我十二万分乐意。"

"我？我哪儿行——我不会跳舞，我倒很愿意给你介绍一位比我高明十倍的舞伴。"

"如果基尔波特太太想跳舞的话，"他说，"我当然也万分乐意。因为，虽然我成家以后逐渐觉得自己有点小老头儿的味道，而且跳舞的年代也早就过去了，可是能陪基尔波特太太这样的老朋友跳一支舞，我还是万分高兴，而且随时愿意奉陪的。"

"基尔波特太太不打算跳了，不过还有一位年轻小姐现在还没有舞伴，要是我能看到她也下去跳个舞，那实在是太好了——我说的就是史密森小姐！"

"史密森小姐？喔！我还没注意到呢。多谢你的好意，我要不是成了家，都变成了老头儿了……不过，维森顿太太，请你原谅，我跳舞的时代已经过去啦。你如果还有什么其他的事要我办的话，我一定非常乐于效劳，不过我跳舞的时代确实已经过啦。"

维森顿太太没有再说什么，而是径自回到自己的座位上去了。爱玛可以想象她的那份吃惊和尴尬。艾尔顿先生，一向和蔼可亲、彬彬有礼的艾尔顿先生，原来是这样一个人！爱玛回头看了一下，艾尔顿先生已经到了稍远的奈特利先生那边去了，整理了一下衣服，好像打算作一番长谈的姿态。他和他太太都是满面春风，彼此对视而笑。

爱玛不想再看辖区了。她心里像着了火似的，她担心自己的脸会涨得通红。

过了不一会儿，她又看到了一幕，不由得高兴了起来——奈特利先生牵着哈利特的手，加入到跳舞的队伍中来了。此时此刻她心里真是无比的惊奇，也无比的欢喜。她心花怒放，觉得无比感激，为了哈利特，也为了自己。她真想去好好感谢他，可惜相隔太远，无法言传，不过两人的目光相遇时，一切都尽在不言中了。他的舞技果然无比高超，一如她所料。要不是刚才的那一幕过于残酷，要不是哈利特现在如此兴高采烈，表明她觉得受宠若惊，完全陶醉其中了——要不是诸如此类的原因，爱玛肯定会觉得：哈利特的运气真是太好了！哈利特才不会无动于衷呢，她跳得比任何时候都高，一个腾飞，就飞出很远，笑意一直挂在脸上。

艾尔顿先生也早已躲进玩牌室里去了，爱玛想，此刻他肯定是一脸的窘相。艾尔顿先生尽管越来越像他太太，但是终究还没有他太太那样刻薄。他太太怎么想，从她对舞伴说的话里就能听出来，这话不是私下里说的：

"奈特利怜惜史密森小姐这个可怜人儿了！真没想到，他为人还挺厚道的。"

宣布吃晚饭了。大家纷纷走进去入席。从这一刻开始，贝茨小姐的说话声一直在耳边徘徊，直到她在席上坐定，拿起了汤匙才停下来：

"简，简！我亲爱的简，你在哪儿呀？你的披肩在这儿呢。维森顿太太嘱咐你千万把披肩披上，说是怕过道里有凉风呢，尽管能想到的办法都想到了，一扇门也钉死了，还挡上了好多草席，我亲爱的简，你可千万要披上哦。丘吉尔先生，你真是太好了！看你体贴地替她把披肩都披上了，真是太感谢你啊！你的舞跳得好极了。是的，我亲爱的，我匆匆忙忙回了一趟家，我说过我必须得回去一趟，去服侍你外婆睡下，然后又赶紧赶了回来，居然没有人发觉。我不是跟你说过嘛，走的时候我一声都没吭。外婆好着呢！跟伍德雷斯先生做伴，很高兴度过了一个黄昏，聊得十分投机，还一起下了会儿十五子棋。楼下还煮了茶，准备了小甜饼和烤苹果，还有葡萄酒，她用过这些后才走的。她掷骰子，有几次运气好得让大家都很吃惊。她还问起你许多事情：你玩得高不高兴啊，请你跳舞的都有谁啊。我说：'哎呀，我可不想抢先，还是回头让简自己跟你说吧，我走的时候是乔治·奥特韦先生在请她跳舞。明天她会很乐意亲自告诉你舞会的详情的。她的第一个舞伴是艾尔顿先生，接下来会是谁我不知道，可能是威廉·考科斯先生吧。'我亲爱的先生，你真是太好了。别人一有困难你就出手帮助。我还不至于动不了呢。先生，你真是太体贴了。一只手搀着简，一只手扶着我，真是好极了。等等，等等！我们往后退一下，艾尔顿太太要过去呢。亲爱的艾尔顿太太，她呀，真是气质不凡，多漂亮的花边喔！好了，我们大家都跟在她后面走过去吧。她就是今晚舞会上的皇后啊！呀，我们到过道了。有两级台阶呢，简，小心点。啊，不对，只有一级！咦，我明明听说有两级啊。这就怪了！我原以为有两级呢，原来只有一级。这么气派的地方，我还真的从没有见到过呢——到处灯火通明。我刚刚不是在跟你说你外婆嘛，简——不过也出现了一点小小的遗憾。烤苹果和小甜饼都很有特色，味道极佳，你也知道。可是端上来的是一道配了一些芦笋的美味佳肴煨杂拌，好心的伍德雷斯先生觉得芦笋没有熟透，就让人撤了回去。要知道煨杂拌配芦笋可是外婆最爱吃的菜呢——所以她觉得很扫兴。不过我们一致认为，这事我们对谁都不讲，免得万一传到了亲爱的伍德雷斯小姐的耳朵里，会害得她不安的。哎哟，这真是太美妙了！我都快惊呆了！真是做梦也想不到哇——这么精巧、华丽！我这一辈子还从没见过有这么……呀，我们坐哪儿好呢？我们坐哪儿好呢？只要简吹不到凉风，坐哪儿都可以。我坐哪儿其实无所谓。什么，你让我们坐这边？好啊，当然行啦！丘吉尔先生，只是这儿似乎不该让我们坐吧——不过我们听命就是了。在这么气派的地方听你的安排，准保不会错的。亲爱的简啊，这么多菜，我们连记住一半都难呢，回去怎么向外婆汇报啊？还有汤！我的天！按理说我不该这么急地先用起来，可是我真忍不住要先尝尝了。这汤的味道实在是香啊！"

爱玛直到吃完晚饭才有机会跟奈特利先生搭上话，等大家又都到了舞厅里，爱玛便对他使了个眼色，令他不能不理，请他过来，向他表示了谢意。他对艾尔顿先生的所做所为痛加斥责，说那是不能饶恕的无礼行为，艾尔顿太太的那副嘴脸也受到了他的强烈谴责。

"他们要伤害的又何止哈利特一个呢，"他说，"爱玛，他们是怎么和你结怨的？"

他虽然面带着微笑，两道犀利目光却能看透她的内心，见她没回答，他又接着说:"依我看不管那男的是个什么人,那女的说什么也不应该生你的气呀。你可能不愿意对我这个推测表示意见,可是爱玛,坦白地说,你本来是想让他跟哈利特结婚的,是吧?"

"是的,"爱玛回答道,"所以他们夫妇俩就不能原谅我了。"

他轻轻地摇了摇头,不过在摇头的同时,脸上露出了一丝宽慰的笑意。他说道:"我不想责怪你。你还是自己好好反思一下吧。"

"我对待这种阿谀奉承、油腔滑调的家伙难道还会做错,你还质疑我?我也有我的傲气,我要是真的错了,我的傲气能放过我?"

"现在你再不能光靠一股傲气了,你要拿出认真劲儿来。如果傲气不能帮你看出问题本质的话,我相信你经过认真反思,就一定可以看出来。"

"我承认我完全看错了艾尔顿先生。他的人品多少有点卑鄙,你看出来了,我却没看出来。我还以为他爱上了哈利特。要不是阴差阳错,闹出了这么多误会,也不至于搞成现在这样。"

"既然你已坦率承认了这些,我也愿意为你说句公道话作为回报,你替他牵线的对象,确实比他自己选择的那位好呢。哈利特·史密森身上有一些非常优秀的品质,都是艾尔顿太太身上根本见不到的。她天真无邪,不装模作样,也不矫揉造作——一个男人,如果明晓事理、品味高尚的话,他就会觉得这个姑娘比艾尔顿太太那样的女人不知要强多少倍呢!我原先还以为哈利特不喜欢说话,现在才发现她其实还是蛮健谈的。"

爱玛听了心里真是无比欢喜。维森顿先生这时请大家再去跳舞了,场厅里一阵忙乱,他俩的谈话也被打断了。

"快来吧,你们都在干什么呀?伍德雷斯小姐,奥特韦小姐,菲尔法克斯小姐,来吧,爱玛,为你的同伴们做个榜样吧。大家怎么感觉都懒洋洋的?大家怎么都睡着啦?"

"我都准备好了,"爱玛说,"随时遵命呢。"

"你这次和谁跳呀?"奈特利先生问。

她犹豫了一下,答道:"你要是来请我,就跟你呗!"

"可以赏脸吗?"他说着,伸出了手。

"当然可以啊。你已经证明了自己很擅长跳舞,而且你也知道,我们这兄妹之谊到底不是很实在,跳个舞又有什么不行的呢?"

"兄妹之谊?根本不是。"

第三章

跟奈特利先生这样小小的和解之后,爱玛觉得心中大快。第二天早上她懒懒地在草坪上散步,细细回味舞会上的愉快的事情,这件便是其中之一。在艾尔顿夫妇的问题上他们达成了如此和谐的理解,对他们夫妇的看法也基本达成了一致,她太高兴了,而尤其令她高兴的是他还称赞了哈利特,这也就是间接地承认了爱玛说得对。昨夜艾尔顿夫妇的那些无礼举动,差点要搅得她一晚上都郁郁不乐了,没想到那竟是不错的机会,给她带来了当晚几个最欢乐的时光,但愿能再产生一个美满的结果就更好了——把哈利特的痴症也治好。舞会结束前哈利特曾经说起过那件事，从她当时说的话来揣测，爱玛觉得事情很有希望。仿佛哈利特终于睁亮了眼睛，认清了艾尔顿先生其实并不是她心目中那样优秀的人物。如今爱玛不用再担心献殷勤会误人误己弄得自己心跳加快，她发热的头脑已经退烧。她也确信艾尔顿夫妇居心不良，一定还会使出些故意不理不睬之类的阴招来，所以磨难仍然会有不少——说不定什么时候还会碰到呢。总之，哈利特变得理智了，弗兰克·丘吉尔不是那么情意绵绵了，奈特利先生也没有必要再跟她斗嘴了，所以她今年夏天可以过得轻松自在了。

今早她将不会跟弗兰克·丘吉尔见面了。他事先已经说过，自己一定要赶在中午以前回到家，所以很遗憾不能再到哈特菲尔德宅子来登门拜访了。不过她倒是没觉得有一点遗憾。

等把心里的这些问题都理了一遍，考虑了一番，解决妥当了，她只觉得一身轻松，爱玛正准备要转身回屋，去好好照顾一下两个小家伙和他们的外公，突然拱形大铁门打开了，进来的是她万万不曾想到的竟会在一起的两个人——一个是弗兰克·丘吉尔，只见他手上还扶着一个姑娘，是哈利特——居然是哈利特！她一下子就知道事情不妙。哈利特脸色惨白，一脸惊慌失措，弗兰克在极力安慰她。大铁门跟房间正门相距最多二十码，三个人很快到了门厅里面。一走到屋里哈利特立刻倒在了一把椅子里，昏厥过去。

年轻姑娘昏过去了总得想办法把她救醒，有问题得等着她回答，把别人吓了一跳也得解释清楚原因啊。谁不想弄清个究竟呢？不过心头的悬念也只悬了一小会儿。爱玛就了解了事情的前因后果。

史密森小姐同同样寄宿在哥达德太太家里、昨晚也参加了舞会的比克顿小姐结了伴，一起出去散步，所走的路叫里士满路，这里看上去人来车往，安全应该有保障，可是没想到她们却遇到了一次险。出海伯利走了大概半英里地，道路有一个急转弯，两边榆树夹道，树荫密布，有很长一段路地僻人稀。两位年轻小姐往前走了一小段，突然发觉前面不远处，路边一片开阔的草地上有一伙吉卜赛人。一个守候在那里的孩子一见她们就过来问她们要钱。比克顿小姐吓得慌了手脚，大叫一声，要哈利特紧跟着她赶快跑，她自己奔上一道陡坡，跃过坡顶一排稀疏的矮树丛，拼命抄近路跑回海伯利去了。可是可怜的哈利特却没能紧跟着她去。她昨天晚上跳过舞之后，脚抽筋抽得厉害，紧急时刻刚一抬脚要冲上坡去，脚又抽筋了，痛得她根本动弹不了，只能瘫在那里。

假如两位年轻小姐当时能够再勇敢一些，那些流浪人是否就不会那么胆大妄为，那就很难说了。可是她们这一次无疑是自己引祸上身，人家见有这样的机会怎么会放过呢？哈利特遭到了六个孩子的蛮缠强讨，领头的是一个身体壮实的妇人和一个大孩子，他们乱叫乱嚷，虽然没有出言不逊，但也都毕露凶相。哈利特更加胆战心惊，立即答应给钱，取出钱包，给了他们一个先令，求他们别再纠缠了，也别再难为她了。这时候她已经可以勉强走动了，尽管还是只能慢慢走，但也总算可以一点一点挪动了——可是看她这样惊恐，又有这么个钱包，他们怎么会罢休，于是一大帮人就紧紧跟住了她，确切地说是团团把她围在了中间，非要她再给钱不可。

弗兰克·丘吉尔就是在她处于这种境地时发现她的,当时她浑身直哆嗦,正在跟他们谈条件,他们扯直了嗓门,一副十足的蛮横相。幸亏有这样的巧合,他那天因为有点事,离开海伯利的时间晚了些,正好赶在这个紧要关头救了她。他看那天早上天朗气清,就想要步行一程,让马儿在前一两英里处的另一条路上接他。碰巧他前一天晚上向贝茨小姐借了一把剪子,忘了还了,他不得不去她家转一下,逗留了几分钟,如此一来,就比预定的时间晚些。由于他是步行,所以那帮人也没有看到他过来,待到发现,他已经到他们跟前了。刚刚是那个妇人和大孩子弄得哈利特惊恐万分,如今这惊恐滋味就该他们自己尝尝了。他把他们吓得屁滚尿流才罢休。哈利特紧紧抓住他不放,连话都说不出来了。她勉强支撑着一步步挪到了哈特菲尔德宅子,就再也挺不住了。送她来哈特菲尔德宅子是他的主意,他觉得只有送到这里最妥当。

前后经过大概就是这样,这是他讲述的,也有一些是哈利特苏醒过来后说的。看到她已经没事了,弗兰克不再多逗留,有些事情几经耽搁,现在连一分钟也不容他再耽搁了。爱玛说她一定派人去向哥达德太太报一声平安,还会去通知奈特利先生附近一带出现了这么一帮吉卜赛人,这样说着弗兰克便离去了。爱玛对他是说不尽的感激,道不完的祝福,为了她的朋友,也同样为了自己。

天底下竟有这样的奇遇,一个漂亮的年轻小伙和一个可爱的年轻姑娘竟会这样撞到了一起!哪怕你再古板、再淡漠,面对这样一桩奇遇,也不会不产生一些遐想吧?反正爱玛就觉得是这样。无论你是语言学家也好,是个语法学家也好,即使是个数学家也罢,要是你见到了她刚才看到的一幕,也亲眼目睹了他们俩是怎样一起闯进来,耳闻了他俩诉说的这段神奇经历,你难道不会觉得这是机缘巧合吗,促使两人萌生了特殊的感情?如果是像她那样的爱幻想的人,那还真不知会怎样心潮激荡,浮想联翩呢?况且她内心里也曾对此暗暗有过考虑,还有那么个现成的底子呢!

这真是太神奇了!就她所记得的,之前本地还从没有一位年轻小姐遇上过这种事呢。从来没有人碰上过这等事,也从来没有人碰到过这样的险情。而现在却正巧是这位年轻小姐碰上了这样的事,并且时间也分毫不差,恰好就在那位碰巧经过的时候,搭救了她!真是神奇至极了!尤其是因为她明白他们双方这段时间的心情都特别的好。所以她就越发感到这件事情的神奇了。小伙正一心要收回他对爱玛的眷恋,而小姐也恰好刚刚从对艾尔顿先生的一片痴迷中恢复过来。看来好像万事都很配合,都有意要成全这天大的美事似的。经历过这样一场风浪,他们俩都不可能不把彼此深深地印在心里。

在哈利特还没有苏醒过来的时候,爱玛跟弗兰克还谈了一会儿话,弗兰克讲到哈利特如何紧紧抓住他的胳膊不放,神色如何慌张,样子多么天真,情绪多么激动,他的话里自有一种感到有趣、觉得高兴的意思,后来听哈利特讲完自己的遭遇,他又对比克顿小姐那种愚蠢的行为大发愤慨,言辞激烈到了极点。不过,就让一切都顺其自然吧,不要去推,也不要去拉。她打定了主意,绝不采取半点的行动,连暗示都不会吐露。对,别人的事她已经管腻了。那不妨就自己在心里算计算计吧,只是暗暗算计而已。只限于心里有此想法。到此为止,绝不能再逾越一步了。

怕老父亲知道这事会担心着急,爱玛起初决意对他缄口不言,但转念一想,又觉得瞒不过。用不了半个小时,管保这事在海伯利就传得无人不知了。年轻人和底下人是最爱说三道四的,出了这种事他们就有的说了。没过多久,当地的少男少女、男仆女仆,无一例外,都已享受从这恐怖消息带给他们的乐趣。吉卜赛人一到来,昨晚的舞会好像就黯然失色不少。可怜的伍德雷斯先生听了后坐在那儿直发抖,果然不出爱玛所料,他一定要她们保证从此外出最远不能过灌木林,这才算罢休。一直到这天晚上,来问安的人络绎不绝,问了史密森小姐的好还不算完,都还来问候了他和伍德雷斯小姐(因为一些邻里乡亲都知道他很喜欢人家来问候),他这才觉得心头宽慰了些。现在都由他代为回答,说她们身体都很不好呢。尽管其实这话说得不全对,因为爱玛是什么病也没有,而哈利特除了惊吓一场以外也没有生什么大病,不过爱玛也还是由他说去了。有了这样一个父亲,她这个做女儿的健康情况也只能由父亲来向别人介绍啦,因为她其实从没有感觉到什么"身上不舒服"的。他要是不给她虚构出一些病情来,她也就当不成书信来往中的主角了。

那帮吉卜赛人还没等治安当局采取行动,就匆忙跑了。海伯利的年轻小姐们还没有觉得恐慌呢,又都可以放心出外走走了,于是偌大一件事情迅速就被大家淡忘了,不值一提了。只有爱玛跟她的两个外甥觉得并不是如此。在爱玛的遐想里这次事件还是那么的刻骨铭心,而小亨利和约翰,也总还是天天要姨妈给他们讲哈利特和吉卜赛人的故事,哪怕只是一点点小小的枝节跟原先讲的有点出入,他们便会立刻纠正,一点也不肯放过。

第四章

这次遇险过后没几天,有天早上哈利特提了个小包裹来到爱玛家,坐定之后,迟疑了一会儿,才说出两句话来:

"伍德雷斯小姐……如果你有空的话……我有件事得和你说……可以说是作个忏悔吧……你也知道,必须说出来,事情才能算完。"

爱玛吃了一惊,不过还是请她尽管放心说。听了她这样的开头,又见她这样一本正经的样子,爱玛断定:她要说的一定是件不寻常的事。

"在这个问题上我本应什么都不瞒你的,"她接着说,"其实我也巴不得什么都不瞒着你。好在某一方面我跟原来完全不同了,甚至可以说是脱胎换骨了,所以现在可以向你表明一切,让你也能稍感欣慰了。我就只说不得不说的吧,我丢人现眼已经够了,自己都快羞愧死了,我想你肯定能理解我的。"

"我当然能理解你,"爱玛说,"我相信我一定能理解你。"

"我怎么会糊涂了那么长时间呢,总认为自己……"哈利特激动得提高了声音,"简直就像发了疯一样!我现在实在看不出他身上有什么出众的地方……碰不碰到他,我都已经无所谓了……一定要二选一的话,我倒宁愿永远别再见到他……说实在的,只要能躲过他,让我绕多远的路我都愿意……我可一点都不嫉妒他的太太。我既不羡慕,也不眼红,不会再像过去那样了。她应该说长得还很迷人吧,也有一些这样那样的动人之处,但我觉得她脾气很坏,很难与人相处,我一辈子也忘不了她那天晚上对我的一副表情。不过我可以向你保证,伍德雷斯小姐,我也绝不会因此就巴望着她倒霉。我绝不会那样想。让他们就在一起幸福美满的过吧，我已经不会再因此有丝毫的痛苦了。为了让你相信我说的都是真心话，我现在要拿出一些东西销毁——这些东西我早就该销毁了——其实我根本就不应该留着……我心里又何尝不清楚呢！"说到这里她脸上微微一红。"不过现在我决心要把这些全部销毁掉，一点也不留。我更想当着你的面销毁，好让你看见我已经成熟了，也很有理智。你能猜出我这包裹里包的是什么吗？"她面带羞涩的神情问道。

"我实在是猜不出来。难道他曾给过你什么礼物吗？"

"没有——那可不是什么礼物。然而我却一直把它看得非常珍贵。"

她把包裹捧到爱玛的面前，爱玛看到包裹上有"至珍之宝"四个字。这引起了她的好奇。哈利特缓缓地解开包裹，她在一旁都等不及了。外边垫了好多层锡纸，里边裹着的是一只滕布里奇瓷壳的精致小盒子。哈利特轻轻地揭开盒盖，盒子里还用极为松软的棉花厚厚地垫了一层衬底，在棉花上面，爱玛只见到了一盒"宫廷膏"。

"这一下你应该记得了吧。"哈利特说。

"记不得了，确实记不起来了。"

"哎呀呀！你怎么能忘了就在这间屋子里问我要'宫廷膏'的事呢！我们在这里的最后几次相会，有一次不是有那么回事吗？那是我犯咽喉炎之前两三天的事——就是约翰·奈特利夫妻俩来的前一天——应该是那天的黄昏吧。你还记得吗，他用你那把新的削笔刀割破了指头，你让他快贴'宫廷膏'？但是你身边碰巧没有，你知道我有，就要我拿给他，所以我就拿出我的宫廷膏剪了一块给他。可是我剪得大了些，他就又剪小了些，把剪剩下的拿在手里把弄着玩儿，过了好一会儿才还给我呢。也怪我自己荒唐，把这半方宫廷膏珍惜得像是宝贝似的，收藏起来再也没舍得用，还时不时地拿出来看看，这竟成了我的一种快乐。"

"最亲爱的哈利特呀！"爱玛用手掩住了自己的脸，猛地站起来嚷道，"听你这么一说，我羞愧得无地自容了。你问我还记得吗？我记得！这一下我全都想起来了。只有一件，就是你把半方宫廷膏当作稀世珍宝似的保存了起来，这我直到现在才知道，我只记得当时他割破了手指，我让他快贴'宫廷膏'，说我身边碰巧没有……哎呀，真是罪过！其实我口袋里'宫廷膏'从来都是有的！那又是我耍的一个蠢招。真该让我脸红一辈子才对。好了，不说了，"她又慢慢地坐了下来，"你接着说吧，还有什么？"

"你当时身边真的有？我可是从来都没怀疑过。你装得太像了。"

"这么说，你这半方'宫廷膏'真是为他而收藏的！"爱玛说，她已经渐渐平息了羞愧的心情，觉得既奇怪又好笑，还暗暗地想："哎呀呀！如果是弗兰克·丘吉尔摆弄过的一方'宫廷膏'，我才不会垫上棉花，收藏起来呢。我还不至于做出这样的事来。"

"还有这个，"哈利特又扭过头来看着盒子，继续说，"这个就更珍贵了，不，应该说是在当初我看来就更珍贵了，因为这个本来就是属于他的，不像那半方宫廷膏，其实完全不是他的东西。"

爱玛真忍不住想看看这到底是什么稀奇的宝物。原来，是用剩的半截铅笔头，已经没有铅芯了。

"这才真正是他的东西，"哈利特说，"那是一天早上，你还记得吗？可不，我知道你一定忘记了。那是一天早上——具体是星期几我也已经想不起来了——反正就是那一晚的前一天，好像是星期二还是星期三吧，当时他想在笔记本里记点事，好像是要记云杉啤酒的制法什么的。因为奈特利先生刚教了他酿云杉啤酒的诀窍，他打算记下来。但是掏出铅笔一看，只剩了短短的一截，禁不起他三削两削，铅芯给他全削光了，没法写字了，因此你就拿出一支来借给他用，那铅笔头就被扔在桌子上了。可是我却一直留着个心眼儿，一直记着，起初还不敢去拿，后来终于壮了胆，一把抓起来藏好，从此就再也没舍得扔掉。"

"我想起来了，没错，"爱玛大声说，"我想起来了的确有那么回事。我们谈起云杉啤酒。奈特利先生和我都说自己喜欢云杉啤酒，艾尔顿先生听得动了心，也想学一手，凑个趣儿。我全都想起来了。慢点！奈特利先生当时就是站在这儿，对吗？我好像记得他当时就站在这儿。"

"哎哟，这我就不确定了。我实在记不大清了。说来也真怪，我怎么就想不起来了呢。我倒记得艾尔顿先生就坐在这儿，大概就是在我现在坐的这个地方。"

"好了，你再接着说说。"

"噢，就是这些，没有别的了。要给你看的都给你看了，要说的也都说了，我打算把这些全部扔进炉子里去，想请你做个见证。"

"可怜哪，我亲爱的哈利特！你把这些东西看得这么重，藏得这么好，真的能体会到那么多乐趣吗？"

"是啊，你看我就是这么傻！但是现在我只觉得很害臊，就想把它们烧个精光，也就能快快地把一切忘个精光。你知道，他都有家室了，我自己居然还留着这些做纪念，那也未免太不像话了。我也自己知道这不像话——但是一直都下不了决心抛弃它们。"

"可是哈利特呀，真要把'宫廷膏'也烧掉吗？你把铅笔头烧掉我完全没有意见，可是那'宫廷膏'或许还能派上用场呢。"

"烧掉了我心里才舒坦，"哈利特回答说，"要不然我看见它就觉得很讨厌。我要处理就得处理得干干净净。烧掉了，和艾尔顿先生就彻底一刀两断了——那才真是万幸呢。"

"那丘吉尔先生又什么时候才可以赢得你的心呢？"爱玛心里默默地想。

她很快就有了充分的理由，其实哈利特的心里早已有他了。因此她就不由得暗暗祈祷，那吉卜赛女人虽然没有来替谁算命，却很可能就此改变了哈利特的命运，说不定成全了她的好事哩。但愿以后的事实能如此。就在那次遇险后过了大概两个星期，她们俩谈了一次心，这回可谈透彻了，而且一切都是出于无意。爱玛当时一点也没有想到会这样谈起来，所以她得到的这个消息也就弥足珍贵了。她们原本是在聊家常，聊着聊着，她也不过就说了一句："哈利特，我说呀，将来到你出嫁的时候，我可要给你好好参谋参谋"——说罢她也就把这茬搁在一边了。谁知沉默一会儿后，她却听见哈利特摆出一副十分正经的口气，说道："我可是永远也不嫁人的。"

当时爱玛抬头看了一眼，马上就清楚了是怎么回事，她困惑的是对这句话是不闻不问好呢，还是打破砂锅问到底。她反复想了一会儿，才答道："永远也不嫁人？你这倒是个新的决定哎。"

"不过我再也不会改变这个决定了。"

又是略一犹豫之后，爱玛说："我想这总该不是因为……我想这总该不是为了高抬艾尔顿先生吧？"

"笑话！艾尔顿先生？"哈利特气愤地嚷道，"哪儿能高抬了呢！"——接下去爱玛只勉强听清了后半句的最后几个字："艾尔顿先生可差远了呢！"

爱玛又不禁琢磨起来，这一回费时良久。她是不是最好别接着这个话题说下去呢？她是不是应该去理会这些话，只作没有疑问的好呢？要是这样的话，哈利特也许会认为她太冷漠，也许会认为她生气了。要不，如果她压根儿一声也不吭，那或许反倒会逼得哈利特吐出一肚子话来呢，叫她听得头都发胀。反正她已经下了决心，再也不能像以前那样直言不讳了，千万不能再像往常那样跟她谈论希望、机遇，毫无禁忌了。她觉得，自己想要说什么、了解什么，还是一下子就都说清楚比较好，那才是明智的办法。坦然待人是良策。好在她事前早就拿定了主意：如果遇到这一类要她表态的状况，自己应该把话说到永远的份儿上。自己还是应该先快快理出一条清晰的思路来，只有这样双方才不至于都出错儿。待到主意已定，她便说道：

"哈利特呀！我可不想装模作样，只当不理解你的意思。我明白，你下定决心不嫁人，或者应该说你认定自己永远不会嫁人，并不是毫无原因的。原因就是你中意的人可能跟你地位相差悬殊，他眼里未必会有你。对吗？"

"喔，伍德雷斯小姐，请你相信我，我还不至于会狂妄到这样想入非非的地步——真的，我才不会那么狂妄呢。我只觉得，远远地对他仰慕，为他倾倒，想起他无人可比的崇高，对我来说便是一种快乐，此时心头涌起一种感激崇敬之情，一种惊叹不已之感也都合情合理、无可厚非！"

"你有这种心情我一点都不感到意外，哈利特。他帮了你那么大的忙，你当然要心头一热，感动万分啦。"

"帮忙？哎呀，哪是帮忙两字能概括的？这是千言万语都无法表达的大恩大德！只要一想起这件事，我立刻就会又体验到当时的那种种切身感受！那时我看见他走了过来——我只觉得他是那么伟岸高大、气宇轩昂，而我当时却那么狼狈。他一来一下子就全变了！无边的悲惨转眼就变成无比的幸福了！"

"这也是人之常情。是人之常情，就没有什么不光彩的。是的，你做出这个决定是很有头脑的，又是出于那样一种知恩图报的心情，我看没有什么难为情的。不过，若说你看中的人一定能带给你幸福，我就不敢打这个包票了。我是不希望你让这种情感放任自由的，哈利特。我也不敢担保对方就一定也能以情相报，做事一定要三思而行。趁现在你的感情还能控制住，及早控制恐怕是明智之举。至少不要沉湎于这种感情，太过于痴心了，要没有完全的把握断定他也喜欢你，就千万不要轻举妄动。你要时时刻刻观察他。看他如何行动，然后再决定自己感情的进退。我现在之所以这样郑重地告诫你，是因为将来我再也不会在这个问题上跟你讨论了。我决定就此打住,不再介入了。从今往后,我再也不来打听这种事了。我们再也不要提什么人的名字了。以前我们错得太离谱了,今后应该更加小心才好。他的地位确实比你要高,他们的反对啊,阻挠啦,想必会有很多,情况还挺严重。哈利特呀!可是,这世上多奇妙的事都发生过,地位相差多悬殊的人也是有机会走到一起的。不过你还是得注意,我希望你不要太过于乐观。不管将来如何,你既然有高攀之意,那就表明你是慧眼识珠,我总觉得这是一种非常宝贵的品质。"

哈利特十分感激,恭恭敬敬地吻了吻她的手。爱玛的看法现在已经十分坚定了,她觉得她的朋友能产生这样的爱情并不是坏事。那只会使她的境界逐渐提高,情操日益高尚——而这样一来,想必她也不会再有"自甘堕落"的危险了。

第五章

考虑归考虑,期望归期望,默许归默许。在这样的情况下哈特菲尔德宅子迎来了六月。海伯利总的说来没有什么重大变化。艾尔顿夫妇还在讨论撒科林一家的到访,谈论到时候该如何好好利用一下他们的四轮大车。简·菲尔法克斯还在她外婆家里,去了爱尔兰的堪贝尔夫妇再一次推迟了归期,本来定于施洗约翰节回来,现在已改为八月份,所以她很可能还要在这儿住上整整两个月,不过有个基本的前提条件:不能让艾尔顿太太为她采取的行动得逞,她才不想这样仓促地去将就那所谓的"美差"呢。

奈特利先生早就不喜欢弗兰克·丘吉尔,这是毫无疑问的,原因他自己最清楚,到了现在,他对这个小伙子非但不喜欢,反而越来越讨厌了。他怀疑这个小伙子追求爱玛时耍了些诡计。爱玛是小伙子想要捕获的猎物,这一点看来是毋庸置疑的了。一切迹象都表明:他本人大献殷勤,他父亲话里有话,他继母则索性守口如瓶,配合得很默契。或者表现在语言,或者表现在行动,或者表现为慎之又慎、叹了又叹,但传达的都是同一个信息。这么多人一心想撮合爱玛和他,而爱玛却有意让他去跟哈利特配成一对。可是奈特利先生渐渐对他起了疑心,觉得他对简·菲尔法克斯有些故意挑逗的意思。他觉得不可理喻,但他们俩眉目传情的蛛丝马迹是明摆着的——至少在他看来是这样的。这种迹象在男方表现为爱慕之意,一旦奈特利先生看在眼里,他就怎么也不能相信那是出于无心了,尽管他也想约束自己不要重犯爱玛那样的主观错误。他起初疑心的那次,爱玛并不在场。他跟朗道斯全家,还有简,在艾尔顿先生家吃晚饭。他看到那小伙子给菲尔法克斯小姐递了个眼色——不光是看了一眼,而是实实在在递了个眼色,一个正在追求伍德雷斯小姐的小伙子对另一位小姐送去这样一个眼色,看来很不合适。以后再跟他们同处一室的时候,他不禁又想起了上次看到的这一幕,不免多留一个心眼儿好好观察观察,除非如柯伯在黄昏的熊熊炉火中所见:

我之所见,我心所存。①

要不然,他观察的结果使他心头疑云更重:他怀疑弗兰克·丘吉尔和简之间不

---

① 诗句出自英国诗人威廉·柯伯(1731—1800)的长诗《任务》中的《冬日黄昏》,柯伯的诗歌内容多为对乡村生活和自然美景的赞赏。

仅私相爱慕,甚至可能已是心有灵犀了。

　　一天吃过晚饭,他还像往常一样散步到哈特菲尔德宅子去,打算就在那儿打发黄昏。正好爱玛和哈利特也要出去散步,他就和她俩做了伴。返回时,遇到的人更多了,那些人也跟他们一样,看天色要下雨,就趁早出来散散步。他们分别是维森顿夫妇和他们的儿子,贝茨小姐跟她的外甥女,大家都是不期而遇的。于是几拨人便合为一,爱玛的老父亲就欢迎这样的客人上门,到了哈特菲尔德宅子的大门口,爱玛当下力邀大家进屋去陪她老父亲一起喝杯茶。朗道斯一家人马上就同意了。贝茨小姐却唠叨了好半天,不过根本没有人去听她到底在说些什么,唠叨够了她才表示,既然亲爱的伍德雷斯小姐如此盛情相邀,那就不得不进去坐坐。

　　他们刚要转身走进庭园,佩利先生正好骑马经过。几位男士便议论起他的马来。

　　"我顺便问一下,"弗兰克·丘吉尔就问维森顿太太,"佩利先生不是打算要添置一辆马车吗,后来怎样了?"

　　维森顿太太显得非常吃惊,说:"他打算要添置一辆马车?我一点都不知道呢!"

　　"不会吧,我就是听你说的。三个月前你给我的信上提到的。"

　　"我?怎么会有这样的事!"

　　"我记得很清楚呢,的确是你在信上告诉我的呀。照你当时信上的语气,似乎这已是确凿无疑的事,过不了多久就要实现。说是佩利太太亲口说起过,她为此高兴得不得了。还说那都是她劝说的功劳,说先生常常风雨无阻出去替人看病,她觉得这样太伤身体了。这下你该想起来了吧?"

　　"哎呀,真是奇怪!要不是这会儿听你说起,我根本不知道呢。"

　　"根本不知道?不会吧!怎么会不知道?我的天,怎么会呢?没准是我做的梦吧……我当是真的呢……史密森小姐,看你这样像是走累了吧。好了,好了!已经到家了。"

　　"怎么回事?怎么回事?"维森顿先生嚷了起来,"什么佩利呀,马车呀,是怎么回事?是佩利要添置一辆马车吗,弗兰克?他买得起马车是件好事啊。这是你听他自己说的吗?"

　　"什么呀,爸爸,"儿子笑着说,"真是天大的怪事哎!我好像没有从任何人那里听到过。我记得清清楚楚,母亲明明几个星期前给恩斯康伯的一封来信中提到过这事,写的就是这样详细的,可是刚才她又说得那么明确,说是这件事她以前连听都没听到过,可见这不过是我做了个梦。我倒是真会做梦呢!我人不在海伯利,却能在梦里把海伯利的人个个都见到。亲朋好友都拜访了,又梦见佩利先生和佩利太太了!"

　　"真是怪事,"他父亲说道,"你在恩斯康伯宅子,居然会梦见他们!还把梦做得这样有条理。梦见佩利要添置马车!还是他太太劝他买的哩,是怕他顶风冒雪伤了身体——这种事情我相信迟早会有的,只是现在来说太早了点。梦,有时候就是那么明明白白,让人觉得说不定哪一天真会应验呢!有时候却是荒唐事儿。毫无疑问,弗兰克啊,你这个梦表明,有时候你虽然不在海伯利,心却一直牵记着海伯利。爱玛呀,我看你也一定很会做梦吧?"

　　爱玛早已急急忙忙赶在客人的前面,向老父亲通报有客登门了,维森顿先生的暗示她是根本听不到的。

　　"哎,说得有根有据,"贝茨小姐已经足足叨叨了好几分钟,却还是没有人听她说什么,这时她提高嗓门嚷了起来,"如果我非要在这个问题上说几句的话,我看有一点是无法否定的,那就是弗兰克·丘吉尔先生或许……我不是说他没做这样的梦啊……我自己有时候做的梦也是千奇百怪,莫名其妙……不过这事要是让我说,我得承认这样的想法在今年春天倒真是有过。因为佩利太太曾亲口对我母亲提起过,不光我们知道,克尔一家也都知道……不过这事并没有透露出去,其他人就不知道了,而且过了几天我们也就没再想它了。佩利太太一心想要她先生添置一辆马车,一天早上她兴冲冲跑过来找到我母亲,因为她认为自己已经说动了先生。简,那天我们一回到家里外婆就把这事告诉我们了,你还记得吗? 我不记得那天我们是去哪儿了——可能是去了朗道斯宅子吧;对,好像就是朗道斯宅子。佩利太太向来很喜欢我母亲——其实我母亲是人见人爱——她当时就把这事悄悄告诉了我母亲,她当然也不会反对我母亲告诉我们,不过只能到此为止了。我清清楚楚记得从那天起一直到现在,从来就没有把这件事告诉过任何一个人。不过我也不敢保证自己从来就没有透出一言半语,因为我知道自己有时候很可能会不知不觉说漏了嘴,说出点什么来。我这人就是爱说话,说起来就没完,你们也知道,所以不该说的话无意中说漏嘴也是常有的事。我不像简,我要是能像她就好啦! 我可以担保她就能守口如瓶。喔,她上哪儿去了? 啊,就在后边喔。佩利太太来我家的事我记得很清楚呢。这个梦倒真是奇了!"

　　说话间他们陆续进了屋。奈特利先生早已赶在贝茨小姐的前面先偷看了简一眼。因为刚才看见弗兰克·丘吉尔的神色有异,似笑非笑,好像想掩饰他的慌张,所以就不由自主地望了简一眼,可是简还在后边呢,只顾在那儿摆弄她的围巾。维森顿先生已经进去了。另外两位男士等在门口,好让她先进去。奈特利先生疑心弗兰克·丘吉尔大概一定想要找个机会给她使个眼色——看他那对眼睛一眨不眨地望着她——可他就算真有此意,也不会有任何结果的。简从两人中间直穿而过,进了穿堂,对他俩没有瞧一眼。

　　时间已不容许他们再谈下去,或者再做什么辩解了。梦这个说法暂且存疑,奈特利先生也只好跟大家一起,围着那个时髦的大圆台坐下。这个大圆台是爱玛引进介绍到哈特菲尔德宅子的,除了她还有谁有这个能耐,能把一个这么时髦的玩意儿摆在这儿呢,能说服她老父亲,从此不再用那张小型折叠桌而改用这个大圆台? 要知道他一日三餐中有两顿就是满满地挤在那张小桌上吃的,吃了都有四十多年了呢。此时大家都高高兴兴用过了茶,谁也没有起身告辞的意思。

　　"伍德雷斯小姐呀,"弗兰克·丘吉尔背后有一张桌子不用离座也能够得着,他打量了一番说,"你的两位小外甥把他们的字母卡片带走啦——不是有一盒字母卡片吗? 本来是放在这张桌子上的吧。现在怎么不见了? 今天晚上天色似乎有点阴沉,夏天也应该像冬天一样找些消遣打发打发。记得有一天早上我们玩这些字母卡片玩得很开心。我今天还想来为难一下你。"

这个主意正中爱玛心意,她取出盒子,很快桌子上就到处摆满了字母卡片。别人似乎不大有兴致玩这个游戏,除了他们俩。他们速度极快,不断排出一些字谜来让对方猜,或让旁边不怕伤脑筋的人来猜。玩这个游戏不用出声,这很合伍德雷斯先生的意思,以前有几次维森顿先生曾提出过一些比较热闹的游戏来让大家玩,可那样往往害得伍德雷斯先生苦不堪言。

此刻伍德雷斯先生就乐呵呵地坐在那里,时而想起了那两个"可怜的小家伙",不胜思念之情,不禁感叹上两声,时而又随手抓起近处的字母卡片,带着无限的疼爱,夸夸爱玛这字写得有多秀气。弗兰克·丘吉尔排出了一个字谜,摆到菲尔法克斯小姐面前。简对桌子周边微徵瞟了一眼,就猜了起来。弗兰克是挨着爱玛坐的,简就在他们对面。而奈特利先生所在的位置则正好可以把他们三个都看在眼里。他拿准主意,尽量不放过一切观察的机会,同时又尽量不露出一点声色。字谜猜中了,只看见淡淡一笑,卡片便被推开了。要是她有意要把卡片立即搅和,不想让人看见是个什么字的话,那么她的眼睛就应该瞧着桌子,而不是这样直望着对面,卡片事实上也并没有搅和。哈利特只要见到有新字谜排出来,就急不可耐,见一个猜一个,却没有猜对过一个,因此她就赶紧拿起那个字谜,用心猜了起来。她坐在奈特利先生的旁边,猜不出来,只好向他请教。答案原来是 blunder①,哈利特一时兴高采烈,便把答案大声说了出来,简的脸上顿时一红,这就使这个字增添了一层隐含的意思。奈特利先生由此联想到了那个所谓的梦,可是事情怎么会这样呢,他就难以破解了。小伙子那位心上人平时心那么心细、考虑那么周到,这一回怎么就浑然不知呢?恐怕这里边一定有某些复杂的情况。他越想越觉得处处都可以看到有口是心非、两面三刀的迹象。这猜字谜,不过是献殷勤、耍手腕的工具罢了。别看这只是小孩子的游戏,那可是弗兰克·丘吉尔特意用来掩盖其别有用心的狡滑目的。

他一方面是非常气愤,对小伙子继续冷眼观察,一方面又是极度的惊疑不安,对那两位迷住了眼的玩伴也照旧时刻注意。他看见小伙子又排出了一个字母不多的字让爱玛猜,递过去的时候神情是故作正经却暗含狡黠的。他看见爱玛一下子就猜了出来,而且还觉得挺逗的,不过她还是认为这种字谜不足为义,自己该做出个嗔怪的样子,因为只听见她说了声:"胡闹!简直不像话!"他还看见弗兰克·丘吉尔朝简瞟了一眼,就听见他说:"我想去给她猜一猜——你看如何?"他也同样清楚地听见爱玛急得忍住了笑,忙不迭地反对说:"不行,不行,绝对不行,使不得呀。"

可是使不得他还是做了。这个爱献殷勤的年轻人似乎爱而不知有情,想要人家喜欢却不会讨人喜欢,他还是把这个字谜立即递给了菲尔法克斯小姐,还不动声色,特意客客气气地请她研究研究。奈特利先生按捺不住好奇,想知道那究竟是个什么字,因此找机会冷眼望去,不久就看出了那个字原来是 Dixon②。他这边猜出来了,简·菲尔法克斯那边似乎也感悟过来了。这样五个字母,其内在的含义带来的更深一层的信息,自然只有她悟得最透彻了。她显然有点不快,抬起头来,看见目

---

① 这个词的意思是"说漏了嘴"。
② 暗指狄克逊。

光都落在自己身上,脸就红了。他从来没有见过她脸上红成这样,不过她只是说了声"我不知道姓名也可以猜啊",便恼怒地把字谜一把推开了,那神气好像有点冒火了,似乎拿定主意,再让她猜她说什么也不猜了。她不再理睬这帮人,背过脸去,望着她小姨这边。

"哎呀,就是嘛,就是嘛,我亲爱的!"尽管简根本半句话也没有说过,她小姨还是这样嚷嚷了起来,"我正要跟你说这句话呢。是不早了,我们也该回去了。天快要黑透了,外婆该不放心了。我亲爱的先生,真是太感谢你了。我们实在是得跟你道晚安了。"

看简的动作那样麻利,可知她的姨母确有先见之明,她是真的想要走了。她当下马上站了起来,想离开那张桌子,可是那么多人也都纷纷起身离座,她一时还出不去。奈特利先生依稀觉得,似乎又有一个字谜给急匆匆推到了她的面前,她却连看也没看,手一挥,就摆开了。后来只见她在找自己的围巾——弗兰克·丘吉尔也帮着找。光线越来越暗了,屋里人影散乱,他们到底是怎么分别的,奈特利先生就不太清楚了。

其他的客人都走了,就他还留在哈特菲尔德宅子,满脑子还是刚才见到的一幕,驱不散赶不走。后来蜡烛点上了,让他眼前可以看得更加清楚些了,他觉得自己义不容辞——对,作为一个朋友,一个只想为她分忧解难的朋友,自己当然义不容辞——得赶快给她一些提示,把一些事情问清楚。他不能眼看她落在这样一个处境里而不去设法保护她。他责无旁贷、义不容辞啊。

"对不起,爱玛,"他说,"我想问一下:刚才给你和菲尔法克斯小姐猜的那最后一个字谜,好玩得很,不过到底好玩在哪儿?刺到了痛处又到底痛在何处呢?我不小心看到了那个字,所以憋不住想请教:同样见了这个字,怎么会一位觉得挺逗的,而另一位却又感到很不快呢?"

爱玛一时完全慌了神。她不好意思把真情告诉他,因为尽管她心里的猜疑丝毫没有消除,可是现在居然泄露了出来,那可真是叫她羞愧得无地自容了。

"啊!"她掩不住自己一副窘态,嗓音也大了起来,"那根本不算什么,不过是我们几个人之间开的玩笑罢了。"

"这个玩笑,"他的回话却很严肃,"看来只是你跟丘吉尔先生两人之间的。"

他原本希望她能再开口说几句,可是她却不说了。她宁可去忙这忙那,不管忙什么都可以,却就是不愿意再开口了。他坐在那儿,一时疑惑不定。种种不幸的前景,在他脑海里一一掠过。去管一管吧——虽然管了也不见得会有什么效果。看爱玛这样慌了神,也默认了他们之间亲密关系,这就足以表明她已是情有所钟了。不过他还是要说。为了对她负责,他觉得应该冒一切风险,不讨好也要去管一管的,免得万一误了她的幸福。应该甘于面对任何风浪,免得落个大义当前却坐视不救不是遗恨一辈子。

"我亲爱的爱玛,"他终于诚诚恳恳地说道,"我们刚才说起的那位先生跟那位小姐,他们到底相互默契到了什么程度你完全了解吗?"

"丘吉尔先生和菲尔法克斯小姐吗?啊,当然完全了解啊。你怎么会产生怀疑呢?"

"你难道就没有看到过什么蛛丝马迹,觉得他们之间说不定有谁有了爱慕对方的意思?"

"从来没有! 从来没有!"她没有半点遮掩,忙不迭地大声说道,"这样的事我可从来没有想到过,一点也没有想到过。你怎么会这么想呢?"

"我近来总觉得他们之间有一些两情相悦的迹象,有一些眉来眼去的样子,依我看那都是故意避着人干的。"

"哎呀,你真叫我好笑死了。好哇,你居然让你的想象信马由缰,去驰骋一回,可是不行啊——真是抱歉得很,你刚一尝试,我就要来制止你——你干得实在不行啊。我明明白白告诉你,他们之间并没有什么两情相悦的事。你以为很了不起的那些表面迹象,是由一些特殊的情况造成的——那完全是另一种性质的情感。这种事是根本说不清楚的——里达有很多其实是胡闹——不过有一点是可以明确告诉你的,绝对不是胡闹的,那就是,他们之间绝没有什么两情相悦的事,或者爱慕对方的事,他俩跟两个素昧平生的人并没有什么两样。这话呢,就女的一方而言,我还只好说是据实推断。就男的一方而言,我就敢担保了。我敢担保那位先生是无意于此的。"

她话说得那样自信,使奈特利先生好像挨了一闷棍,而且她说得又是那样得意,奈特利先生只好缄口不言了。她说得来了兴致,本想跟他再多谈一些的,想听听他所怀疑的具体细节,听到底是怎么个眉来眼去法,问问清楚那些特别有趣的情况发生在哪儿、详细经过如何,可是她兴致虽高,对方却没有那么大的兴趣,看这情形,奈特利先生心情焦躁,便不想再谈下去了。伍德雷斯先生生性小心,很讲究养生,一到晚上就要把火炉生起来,一年到头天天如此;奈特利先生怕自己被这火一烤,真要弄得火气都上来了,因此没过多久就匆匆告辞,步行回到冷清而孤寂的唐沃尔宅子。

第六章

海伯利本来听惯了预告,满以为撒科林夫妇的光临就在眼前,现在听说他们不到秋天来不了,自然难免感到有些沮丧。眼下并没有什么新鲜事儿可以给他们的精神世界注入些活力。他们每天相互交换的话题,又只能局限于前一阵子同撒科林夫妇来访同时并存的其他话题了,比如:丘吉尔太太那边的最新传闻,关于她的健康情况似乎天天都有不同的说法;又比如:维森顿太太"有喜"的消息,她要添宝宝了,邻里们都平添了几分喜气,也都祝愿她将来能幸福。

艾尔顿太太万分失望。多少赏心乐事、多少炫耀的机会,就这样都泡汤了。自己替人介绍、代人举荐的打算,都只得等到以后再说了,计划中的种种聚会也就只能在口头上说说了。本来一开始她是这样想的,但是后来仔细一琢磨,她觉得也不尽然:不一定每样都要推迟到将来再办。撒科林夫妇不来,博克斯山之游为什么就不能办呢? 到秋天再陪他们去玩一次不就是了。因此她决定要办一次博克斯山之游。举办这样一次活动,本来早已是尽人皆知的事,甚至还由此而带出了另一个出游计划。爱玛还从没去过博克斯山。既然大家都说那里非常值得一游,她也很想去看看,因此就跟维森顿先生约定,等一个好天,一清早就坐马车去那里玩。同去的人不要太多,再斟酌一下,请上两三位就可以了。要玩得宁静风雅,避免张扬,这种玩法,比起艾尔顿夫妇、撒科林夫妇那种吵吵嚷嚷、大操大办、讲究吃喝、摆足郊游排场的玩法来,真不知要高尚多少倍。

由于双方对这个计划早已达成了充分的一致,所以爱玛一听维森顿先生带来的消息,不禁觉得很意外,而且还有一点不快:维森顿先生说他已向艾尔顿太太提出,既然她姐夫暂时不能来,那就双方合并起来一块儿去,还说艾尔顿太太已经欣然同意,所以如果爱玛不反对的话,那就这样定了。要说爱玛有什么不愿意,也无非是因为她对艾尔顿太太实在讨厌透了,对她这种心情维森顿先生想必早已心中明白,所以再提出来也没啥意思:提出来就势必要怪他的不是,这就会惹得他太太心里难受。因此她只能接受了她原先费尽心机想要避免的安排,而且这样一来她很可能还要落得个自轻的下场,被人家说成是艾尔顿太太的一路货!她只觉得一肚子的不爽。别看她表面上顺从,其实这份忍耐在她思想深处却留下了一笔沉重的包袱,她会在心里暗暗痛斥维森顿先生的这种做法:心好也应该知道有个边儿!

"这就好,我这样办你都同意就好,"维森顿先生心上一块大石头终于落了地,当下说道,"不过我早就料到你也会同意的。搞这种活动,要人多才有意思。多多益善啊。人多,自有一种乐趣。再说,她毕竟是个好心人。撇下她也不好。"

爱玛口头上一点也没有驳回,心底里却半点也不赞同。

如今已是六月中旬了,天朗气清。艾尔顿太太正急于把日子定下来,想跟维森顿先生商量一下是否就决定带鸠肉馅饼和冷切羊肉,没想到就在这时拉车的一匹马却偏偏拐了腿,这下可好,一切都无从谈起了。谁知道那匹马要歇上几天还是几个星期才拉得了车呢,反正准备工作就不好贸然继续进行了,计划也只得全盘陷入了停顿。艾尔顿太太纵然办法多,碰到了这样的意外却也一筹莫展。"你说这不是要气死人么,奈特利?"她直嚷嚷,"眼看这么好的天气,出游是最合适不过了!这样一天天地就耽搁了,扫了人的兴,叫人真懊恼死了。我们又有什么办法呢?照这样下去,这一年都快过去了,可结果还是落得一事无成。我可以告诉你,去年还没到这个季节呢,我们在枫树林宅子早已欢欢喜喜结队去金斯维森顿畅游过一番了。"

"你还是到唐沃尔来玩吧,"奈特利先生回答说,"没有马也来得了。何不来尝尝我的草莓呢,草莓马上就要熟了。"

如果说奈特利先生一开始有点闹着玩儿的话,那么接下来他就不能不当真了,因为对方顿时大喜,马上抓住了他的建议不放,那一声"哎呀!太好了,这真是再好不过了!"不仅口气十分坦率,态度也很认真。唐沃尔的草莓圃是出了名的,表面上看,那就是请她赏光的一个理由,其实要什么理由呢,不要说草莓圃,就是白菜畦也能把这位太太请到,她只要有个地方去就行。她当下又再三再四跟他保证一定去——这样信誓旦旦的,他还能不信吗?她是一厢情愿,认为那是有意要来亲近的一种表示,是非同寻常的一番好意,所以心里十分满意。

"你只管放心好了,"她说,"我一定来。你定个日子,我一定来。我能带简·菲尔法克斯一块儿来吗?"

"日子我现在还不能定,"他说,"我还想另外再请几个人,得先去说一声,到时候大家都来跟你商量。"

"嗳,这种事你统统交给我好了,只要你授给我全权①就行了。这么办:我来当发起人。客人都由我去邀请。到时候我就把大家一同带来。"

"我就希望你把艾尔顿带来,"他说,"其他客人就不好烦劳你去请了。"

"哎哟! 真看不出,你倒还挺有心计哩! 可是你想想——你全权委托给我这么个人,还有什么不放心的呢。我已不是个光凭自己好恶的年轻小姐了。有了家室的妇女,你也知道,托她们办事是最保险的。客人都由我去请吧。统统交给我就好了。我来替你把客人都请来。"

"不,"他不动声色地答道,"世界上只有一位有了人家的妇女可以得到我的允许,让她去决定都请哪些客人来唐沃尔,这一位就是……"

"是维森顿太太吧。"艾尔顿太太忍不住抢先说,脸上顿时下不来了。

"不——是奈特利太太,既然她目前不存在,这一类的事就都由我自己亲自来办啦。"

"呀! 你这个人真是怪哎!"她看到没有人能占她的先,还是很满意,就又嚷嚷起来,"你是位幽默大师! 爱怎么说就怎么说吧。那好,我就只带简来——只带简和她的姨母来。其他的客人你去请。要碰上哈特菲尔德那一家子我也完全没有意见。尽管去请好了。我知道你跟他们很有感情的。"

"只要我请得到,你肯定能碰上他们的,待会儿回家的路上我就顺便去拜访一下贝茨小姐。"

"你这就大可不必了,我跟简每天都见面的,不过随你吧。你知道吧,奈特利,这种活动应该最好安排在上午,其实再简单不过了。那天我只要戴上一顶大遮阳帽,臂弯里再挎上一只我的那种小篮子。喏——这只粉红缎带的篮子就很好。你看,就这样,再简单不过了。让简也这样来一只。不要讲什么形式,也不要什么排场——大家何不尽量随便一点。我们就到你的园子里走走,自己采采草莓,要歇就在树下坐坐。不论你还准备拿些什么来招待我们,反正吃喝也都在屋外面,餐席就摆在树荫里,你知道吧。一切都尽可能顺乎自然、力求简单。你就是这样考虑的,是不是?"

"也不尽然。我心目中的顺乎自然、力求简单,还是把餐席摆在餐厅里。依我看,绅士淑女,连同仆人和家具,要真正奉行顺乎自然、力求简单这两条,饭就一定得在屋里吃。你在园子里草莓吃腻了,屋里自有冷盘肉招待。"

"也好,随便你吧,也别大摆筵席。再顺便问一声需不需要我或者我的女管家来帮你参谋参谋? 请老实说好了,奈特利。假如你要我去跟霍奇斯太太说一声,或者要我先来看一下……"

"我看就不必了,谢谢你。"

"那好——不过你要是真遇上了困难的话,那我的管家倒还是脑筋很灵活的。"

"我保证我绝不是跟你瞎说:我那位管家才自以为脑筋绝灵呢。谁来帮她,她都要瞪眼了。"

"我们要是有一头驴子该多好啊。最好我们都能骑驴子过来——简,贝茨小

① 原文中此处为法语。

姐，还有我，我们三个人骑驴，我那亲爱的丈夫就跟在我们旁边走。我真得跟他认真说说，让他去买一头驴。在乡下过日子，我看备头驴倒是很有用的，因为你想呀，一个女人打发日子的法儿再多，总不能一年到头都关在家里吧。而且你也知道，在乡下要出门就得走好长的路——夏天尘土飞扬，冬天泥泞不堪。"

"在唐沃尔和海伯利之间我保证两样都不会有。唐沃尔巷从来不会尘土飞扬，如今又没下一滴雨。不过你想骑驴来，那么骑驴来也好。你可以去向克尔太太借。我总希望一切都能尽可能合你的意。"

"你的心我当然明白。其实对你的为人我向来是有一句说一句的，我的好朋友。别看你那副模样儿有点特别，冷冰冰硬邦邦的，我知道事实上你有一颗最热情的心。我对艾先生也说过的，你是位幽默大师，幽默到家了。真的，相信我，奈特利，你筹划这次游园，处处都考虑到我，我心领了。你这个主意，完全想在了点子上，实在太让我高兴了。"

奈特利先生之所以不想把宴席设在树荫下，还另有一层原因。他不但想把爱玛请到，还希望能说服伍德雷斯先生也一起来。他知道，要让他们两位不管谁在屋外坐下来吃饭，都难免会弄得老先生不痛快。千万不能耍小聪明，哄他说早上请他坐车出去兜兜风，再骗他到唐沃尔去玩上一两个钟头，这样诓他出门，只会让他老人家不开心。

奈特利先生是凭着一片至诚去请他的。千万不能埋下什么祸根，害得他以后怪自己轻信。他果然爽快地答应了。他已经有两年没去唐沃尔了。"只要是一个天气极好的早上，我，还有爱玛，再加上哈利特，我们一块儿去没有一点问题。我就陪着维森顿太太一起坐坐，不去走动了，让小女她们到园子里去走走转转。我看现在的中午时分，她们去也沾不上露水雾气什么的。我倒真很想再去看看你家的老房子，能借这个机会见到艾尔顿夫妇，还有其他的邻居，也是一件幸事。多承你想得周到，来请我们——你真是又心好，又懂事——那真要比在外边吃饭妥善多了。我一点也不喜欢在外边吃饭。"

奈特利先生的运气可真不错，他去请的人个个都爽快地同意了。看大家那种欢迎的态度，似乎大家也都跟艾尔顿太太一样，以为这次游园是特为邀请自己而想出来的。爱玛和哈利特都说这次一定可以好好玩玩了。维森顿先生也主动提出，能行的话他一定要叫弗兰克也来一起参加，这原本是想表示他的赞同和感激之意，其实却是适得其反。于是奈特利先生只好说也非常欢迎他来。维森顿先生说一定赶快写信，不惜多费些笔墨，务必要劝他过来参加。

偏巧那匹拐了腿的马也好得出奇得快，这下可好了：博克斯山之游又重新提上了日程。最后定下了日期：头天去唐沃尔，第二天就去博克斯山——因为看这天气正是出游的最好时光。

就在临近施洗约翰节的一天，日中的阳光一片灿烂，伍德雷斯先生上了马车，一边的车窗还放下了遮帘。就这样，他安安稳稳去参加这个户外举行的①聚会了。唐沃尔宅子里早已把最舒服的房间腾出来了，特地为他在壁炉里生起了火，预先烘

---

① 原文中此处为意大利语。

了一上午,他在壁炉前安顿下来,心里好生欢喜!一点也不觉得拘束,很想找人痛快地谈谈自己都做过了什么大好事,也很想劝大家都快来坐下,不要受了暑气。维森顿太太是一路走来的,她似乎是走累了,一直在这里陪他坐着,别人都给请走了,或者经不住劝说都给拉走了,独有她还留在这里,耐心听老人家诉说,还不住点头。

爱玛已经有很长时间没有来唐沃尔宅子了,一见老父亲被安顿得这样舒坦,也就放了心,高高兴兴地让他自己留在这里,自己马上去四处游逛了。这座房子连同周围的庭园,总是让她和她的家人感到那么神往,所以她很想去再好好观察观察,了解得再确切些,好加深自己心中的印象,有什么不对之处也好赶快加以纠正。房子的规模不小,建筑风格也属上乘,所在之处地低而隐蔽,选位得当、配合和谐、别具特色,巨大的园圃一直延伸到牧草边,牧草地上有一条小溪流过,修道院里景象破败,倒是树木很茂盛,或排列成行 或夹道而立,并没有受到追逐时尚或浪费成风而被砍伐得荡然无存。

爱玛看着这些景象,从心底感到不胜豪壮,不胜快慰,这座庄园现今的主人,也是今后的主人,跟她是姻亲,她有这种心理也是可以理解的。这里的房子比哈特菲尔德宅子大,而且跟那边风格完全不一样,这里占地虽广,布局很散,还有点儿乱,不过好多房间都很宽敞舒适,有一两间还相当富丽堂皇。总之非常本分,也非常朴实。想起世代居住在这里的是一户真正的绅士人家,无论其血统还是其观念都那么纯洁无瑕,爱玛对这所老屋的敬仰之情越发强烈。约翰·奈特利脾气是有些缺陷的,可是伊莎贝拉的这段婚姻应该说还是非常美满的。她的家庭、名望、地位,都没有什么可让他们感到脸红的。她想着想着心里好高兴,就只顾这样乐滋滋的,东转转西走走,后来觉得也总得跟大家一样,该到草莓圃里去采草莓了。人都到齐了,除了弗兰克·丘吉尔,大家都还在等他从里士满赶来。艾尔顿太太配上了自己最得意装备:头戴遮阳大帽,臂挎篮子。她巴不得样样都要由她来领头:采是这样,收是这样,连说话也是这样。现在大家想的,说的,就都是草莓了,也只有草莓了。"草莓是英格兰的第一水果……没有人不爱的……吃了只有好处,没有一点害处。这儿的草莓圃是一流的,草莓品种也是一流的。自己采自己吃是一种乐趣……这样才能真正领略到草莓的好味道呢。采草莓当然是上午最好啦……不会感觉到很累……各个品种都很好吃……麝香草莓是最好吃的了,真不知要鲜美多少倍呢……不能比,不能比啊……一比起来别的品种简直都不能吃了……麝香草莓是非常少见的……大家都比较喜欢 '红椒' 草莓……白梗草莓香味是最足的了……伦敦的草莓价格呀……布里斯托尔一带才多呢……枫树林宅子……要说栽培嘛……草莓地里到了要翻土平整的时候……行家的才不这样想呢……没有什么一定的规矩……管园圃的都有自己的一套办法,不能违反的……那种水果是够味儿……就是腻滋滋的不能吃多了……比起樱桃来还差点儿……倒是醋栗吃起来要更爽口些……采草莓就是得弯着腰,这一条叫人受不了……太阳火辣辣的……真累死人了……实在受不了……得去阴凉地坐会儿了。"

半个钟头,谈的全是这些,中间只被打断过一次,那是维森顿太太因为惦记着她的儿子,出来问问他来了没有。她有点不放心,就怕他的马有什么闪失。

勉强在阴凉处找到了坐处,这下子艾尔顿太太跟简·菲尔法克斯在谈话,爱玛就是不想听也没有办法了。她们在谈有个工作,有个再理想不过的工作。艾尔顿太太是当天早上得到的信儿,到现在还是欢天喜地的。不是在撒科林太太家,也不是在布拉奇太太家,不过要论家业兴旺、声名显赫,也就仅次于这两家,那是布拉奇太太的一位表亲家。那位太太跟撒科林太太也熟,在枫树林宅子一带还是很有些名气,为人脾气好,有人缘,人品也好,无论门第、身份、家世、地位,一切都是一流的,艾尔顿太太起劲得真恨不能叫简马上就把这个美差应承下来。她是心里一团火,浑身全是劲,得意之状毕露,尽管菲尔法克斯小姐对她讲得非常明确,目前还不打算出去工作,她却就是一点儿也听不进她朋友的这个"不"字,把刚才已经大力推销过的那些理由又搬出来唠叨了一遍。她不依不饶的,一定要简允诺由她来代写这封应承差事的信不可,好让明天的邮班就寄出去。爱玛越听越惊讶:这样的事简居然也受得了? 果然简的脸上显出了恼怒的神气,说话的口气也变得尖刻了——最后她终于采取了一个破了常例的果断行动,提出还是换个地方走走吧:"去走走好不好? 请奈特利先生带大家去园子各处看看——一个园子一个园子看过来,好不好? 要看总要看得完整些吧。"看她朋友这样死心眼儿,叫她也受不了啦。

天热,大家都走得稀稀落落,很少有三个人扎在一堆的。就这样在园子里漫步了一会儿以后,大家都不约而同地一个跟着一个,往一条绿荫怡人的林荫道上走去了。林荫道不长,但很宽,两边种的是欧椴。路在园外,同河相并而行,可供游览的园子大概也就这么大了。

顺着林荫道走到尽头,也看不到有什么值得一去的去处,但见一道矮石墙,配着高高的柱子,到此就只能隔着墙望远处了。看这石墙柱子的样子,大概当初建造的目的是想做成个宅第的入口的模样,而宅第却始终不曾有过。不过,把个林荫道的终点弄成这样,到底算风格奇异还是什么,还大可商榷。就这林荫道而言则一路走来赏心悦目,到终点处放眼望去也着实是风景宜人。眼前只见一大片斜坡,宅子的所在就大致位于斜坡的脚下,斜坡过了庭园就渐渐加大了坡度;到半英里处成了一道陡坡,看上去相当峻险、相当壮观,陡坡上林木葱葱,陡坡下就是阿比水磨坊农庄了,此地后有屏障,地势很理想,前边有牧草地,小溪就紧贴着农庄蜿蜒流过。

这一派景色真是太迷人了——不但悦目,而且让人看得心情都愉快。这才真是英国式的绿色世界,英国的人文教化,英国的恬适安逸,在艳阳高照下看去,怎还会有一点压抑的气息?

走在林荫道上的时候,爱玛和维森顿先生看到大家都还集中在一起,可是快要走到这个景点时,爱玛突然发现奈特利先生和哈利特撇下了大家,悄悄走到前面去了。奈特利先生跟哈利特! 这个 tête-à-tête① 好奇怪啊! 不过爱玛看在眼里,喜在心头。要是在过去,奈特利先生可是不屑于跟这个姑娘走在一起的,见了她还会不客气地掉头就走哩! 现在他们却似乎谈得很融洽。要是在以往,让哈利特来到这么个地方,看到阿比水磨坊农庄竟是这么好,爱玛心里是会不大高兴的,可是现在她一点也不担心了。就让她去看吧,去看看这农庄以及农庄内外那种种蓬勃兴

---

① 原文中此处为法语,意思为促膝谈心。

旺、美不胜收的景象,那丰美的牧草,那遍野的牛羊,果园花开似锦,轻烟袅袅升起。她在石墙跟前赶上了他们,发现他们并不是纵目远望,而是正忙着在说话哩。他正在给哈利特讲如何耕作之类的知识。见爱玛来了,便轻轻一笑,意思似乎是在说:"这都是我自己的事情啊。我谈谈这些总可以吧,你用不着疑心我是在讲罗伯特·马丁什么的。"她一点也不疑心。那些都是老掉牙的事了。罗伯特·马丁心里也恐怕早就没有哈利特了。他们就一起在林荫道上漫步了一会儿。这里的树荫下真凉爽极了,爱玛觉得玩了这半天,就数这段时光最愉快了。

接下来就该回屋里了。大家都寻去里边去吃饭。等到大家都已经坐下来了,弗兰克·丘吉尔还是没有来。维森顿太太望了又望、看了又看,却始终不见儿子的人影。做父亲的非但说自己没有什么不放心的,而且还笑她是瞎担忧。可是她的心却怎么也放不下来,心里不禁暗暗祈求:真希望他从此就别再骑他那匹黑母马了。小伙子曾表示过他是一定要来的,其口气之肯定超乎寻常。"舅母好多了,我来是绝无问题的。"不过,有好几位马上就提醒她:丘吉尔太太的病情很可能会发生什么突然变化,需要外甥照料,弄得他脱不了身,也是可以理解的事。在大家的劝说下,最后维森顿太太终于相信了,至少说了这么一句:一定是丘吉尔太太不知怎么又发病了,所以他来不了啦。正在大家这样你一言我一语议论的时候,爱玛瞅了哈利特一眼,见她举止如常,丝毫没有一点感情的流露。

冷餐用过了,大家要再一次出去,好去把还没有参观完的地方都参观到,比如老宅子的养鱼池,走得动的话还可以一直走到苜蓿地,那里的苜蓿明天就要开割了;至少可以再去享受一下先热后凉的那种乐趣吧。伍德雷斯先生已经到园子的最高处慢悠悠地转过一圈了,连他也认为那里没有一点河里来的潮气,够保险的,不过这一回他就不想再走动了。他女儿决定留下来陪他,好让维森顿先生说通他太太,让太太去活动活动筋骨,换换空气,看起来她的精神确实是需要调剂一下了。

为了让伍德雷斯先生有点什么消遣,奈特利先生真是动足了脑筋、想尽了办法。一册册版画、一抽屉一抽屉的纪念章、小浮雕、珊瑚、贝壳等等,但凡是他藏品柜里的家藏珍品,他全都尽数搬了出来,好让他这位老朋友消磨时光。他这番好意果然十分见效。伍德雷斯先生看得津津有味,非常认真。上午维森顿太太已经一件一件都拿给他看了,现在他要一件一件都拿给爱玛看一遍。好在老先生除了对面前的这些一窍不通外,其他倒没有什么像小孩子的地方:他做事慢条斯理,有板有眼。不过,在他开始看第二遍之前,爱玛先到门厅里去转了转,打算抽出一两分钟的空,来看看这房子的入口和底层的设计格局。可是刚到那里,就正好碰见简·菲尔法克斯从园子里匆匆回来,一副偷偷溜回来的样子。对方没料到一跑进门就撞上了她,起初吓了一跳,不过伍德雷斯小姐倒正好是想要找的人。

"托你一件事好不好,"她说,"要是有人问起我,就请你代我说一声我回家了。天色不早了,可是姨母把时间给忘了,也不想想我们出来已大半天了。我看家里外婆一定在等我们了,所以我决定马上就回去。我对谁都没有打过招呼,就怕打了招呼会招来麻烦,引起不快。他们有的去养鱼池了,有的又去林荫道了。他们可能要全都回来了才会问起我。要是问起来,就请你说一声我已经回家去了,好不好?"

"好的,我一定照办,可是你总不会就一个人走回海伯利去吧?"

"就一个人走呀,那又有什么呢?我走起来很快。二十分钟就到家了。"

"可是路毕竟太远,实在太远了,孤身一个人走可不行啊。让我父亲的仆人送你回去吧。我去叫他套车。只需要等五分钟就过来了。"

"谢谢你,谢谢你……可是不要费这个事啦……我倒觉得还是走回去好。我怎么会怕一个人走?说不定啊,我马上就得去给别人保驾呢!"

她这话说得很激动,爱玛很同情,就又说:"那你也不能就这样去冒险呀。我一定得吩咐套车去。不说别的了,这么热的天,你恐怕就顶不住。再说你已经很累了。"

"是很累,"她回答说,"我是很累,不过不是你说的那种累……我大步流星赶一程路,精神上反而会好些。伍德雷斯小姐呀,我们都是有过这样的体验的,知道这精神上的累是什么个滋味。不瞒你说,我精神实在是累到筋疲力尽了。你还是让我由着我自己的意思来办吧,只要有人问起我,你就说我已经回家,我就感激不尽了。"

爱玛再也没说一句话阻止她。她全都明白了,她很理解对方急迫的心情,就敦促她快走,带着知己一般的一片赤忱,目送她平安而去。简临走时一脸的感激,临走前说的那一句"伍德雷斯小姐呀,有时候只身一人倒成了一种享受了!"似乎是从一颗压得不堪重负的心里发出来的,从中也可以多少看出她就是这样长年过着这种隐忍的日子,就是对最热爱她的人也得这样默默隐忍。

"唉,这样的家!这样的姨母!"爱玛转身回到门厅时,不禁暗自感叹,"我真同情你啊。你受不了是理所当然的事,这种真情你越说给我,我就越喜欢你。"

简走了不到一刻钟,爱玛他们也只刚刚把威尼斯圣马可广场的几张风景版画看完,弗兰克·丘吉尔就走进屋里来了。爱玛早已不再惦记着他了,她只当他不会来了,但看到他来还是挺高兴的。这一下维森顿太太完全可以放心了。不是那匹黑母马出了岔子,而是猜想问题出在丘吉尔太太身上的那几位说对了。他走不开,因为他舅母的病情骤然加重了——是神经症状突然发作,持续了好久。他几乎已经死了心,以为来不了了,等到情况有了好转,已经很晚了。他要是早知道一路上会跑来这样热,急忙赶来还是这么晚才到的话,他恐怕还真是干脆别来的好呢。这天热得也真离谱儿,这样的热天他还从来没碰到过……他都有点后悔了……他最受不了天热了……冷点倒没什么,再冷他都经得起,可是天热就受不了了。尽管伍德雷斯先生壁炉里的那堆火已只剩些残灰,他还是尽量躲得远远的,找个僻静的地方坐了下来,显得十分狼狈。

"你坐下来,一会儿就不会觉得热了。"爱玛说。

"等到我觉得不热了,又得起身赶回去了。我的时间实在紧迫啊……可是承大家这样的盛情,我又非来不可!我看大家大概都快要回去了吧——大伙不是已经都散了吗?我来的路上就遇到了一位。这样的天气,弄得人都快发疯了——完全是发疯了!"

爱玛一边听,一边拿眼睛去瞅,她很快就看出来了:弗兰克·丘吉尔此刻的心情用个形象的说法来形容最贴切不过了,那就叫"气不顺"。有的人一热脾气就很躁。他也许就属于这种体质。她知道那并不算什么大毛病,只要吃点什么喝点什么往往就能好,所以她就劝他去吃些东西。饭厅里有的是吃喝的东西,要什么有什么。她急人之难,边说着还指了指门那儿。

"不,我不能吃。我不饿,一吃反而更热了。"不过,才两分钟,他就对自己让了步,态度一下子松动了。嘴里咕哝了一句,说去看看有没有云杉啤酒什么的,他就径自走了。爱玛便又回过来一意陪着老父亲看画,心里暗自思忖:"我幸亏没有再去爱他。今天早上不过是稍微热了点,他就这样受不了了,弄得六神无主的,这样的人我怎么能喜欢呢?哈利特性格温柔,脾气随和,配他倒还挺合适。"

他去了好长时间,估计是足够他尽情吃一顿了。等到回来,他样子就大为改观了——已经完全冷静了下来,恢复了常态,显得彬彬有礼。他拉了一把椅子过来坐到他们旁边,看他们是在看画,就表现对此很有兴趣的样子,还颇有分寸地为自己来得这么晚而表示了歉意。他的情绪毕竟还是很高,看上去似乎是在尽力打起精神来,到后来他终于能故意说上两句蠢话博取大家的笑声了。当时他们是在随意翻阅瑞士的风景画。

"等我舅母身体好了,我就要往国外跑,"他说,"那样的好地方我要是不去见识见识,真是死也不甘心的。说不定哪天我还会画几张素描寄给你们瞧瞧呢——或者写几篇游记让你看看——再不就写上一首诗。反正我一定要好好表现一下自己。"

"是吧——不过想在瑞士写生,那估计你是妄想了。你去不了瑞士的。你舅舅舅母绝对不会让你离开英国的。"

"可以劝他们一起去嘛。说不定医生也会建议舅母到气候比较暖和的地方去休养休养。我觉得我们一起去国外的希望倒是很大的。真的,希望是很大的。我今天早上好好想了想,觉得信心十足,我看我要不了多久就能去国外了。我也应该去外边走走了。老是这样无所作为,反正这日子我过腻了。我真想换换空气。我可不是说着玩儿的,伍德雷斯小姐,不管你犀利的目光能看透什么——反正我是在英国过腻了,巴不得明天就拔脚离开。"

"我看你是富贵的日子过腻了,娇惯的日子过腻了!难道你就不能找些艰辛来磨炼磨炼自己,心安理得地留下来?"

"我怎么会厌倦富贵和娇惯的日子!那你就完全错了!我认为自己过的日子一算不上富贵,二算不上娇惯。在一些大事要事上我总是事与愿违。我看幸运儿这三个字我是一点儿也沾不上边的。"

"不管怎么说,反正我看你已经不像刚进门那会儿那样人困马乏了。你再去吃点儿,喝点儿,管保更有精神了。把冷盘肉再吃上一片,把马德拉白葡萄酒兑上点水再喝上一些,你也就跟我们大家都一样,有玩儿的兴致了。"

"不——我不去。我要坐在你的身边。你才是我解乏的最佳良药呢。"

"我们明天要去博克斯山呢。你跟我们一块儿去吧。那儿虽不是瑞士,不过小伙子真要是想换换空气,那倒也能凑合凑合。你今天就别回去了,明天跟我们一块儿去怎么样?"

"不行,我怎么能不回去呢。等天一黑,天凉快了点我就得赶回去。"

"那你就明天一早趁天还凉快再赶过来。"

"不了——我要是赶来,我那躁脾气又要上来了。"

"那你就留在里士满吧。"

"可是我要留在那儿的话,脾气会变得更躁的。想想你们都去了,却独少我一个,那我怎么能受得了?"

"这个难题就只能由你自己解决了。左右都是个躁字,取其轻者还是取其重者,你决定吧。我也不想再说什么了。"

这时候外边的人陆续回来了,不一会儿大家就都到齐了。见了弗兰克·丘吉尔,有的人兴高采烈,有的人却无动于衷;可是,发现菲尔法克斯小姐不见了,把原委一弄清,大家都觉得略微不快,也很不安。时间也差不多了,大家都该回去了,话也只能谈到这里为止了。最后匆匆忙忙商量了一下第二天的出游事宜,大家就散了。弗兰克·丘吉尔说他明天不去,本来就不大情愿,他这不大情愿如今早已变成一百个不情愿了,因此他临了对爱玛说:"好吧,如果你真要希望我留下来明天一起去的话,那我就从命了。"

爱玛笑笑点头表示认可,这样,除非里士满派人来叫,否则的话,不到明天天黑他是说什么也不回去了。

第七章

还没到日出的时候,天刚有点蒙蒙亮,那是一种美妙苍茫的时刻。在深邃微白的天空中,还散布着几颗星星,地上漆黑,天上灰白,野草在微微颤动,四处都笼罩在神秘的黎明之中。一只云雀仿佛和星星会合到一起了,在天际唱歌,辽阔的苍穹好像也在屏息静听这个小生命为天边宇宙唱出的赞美颂歌。在东方,博克斯山映着吐露青铜色的天边,显示出它的轮廓。去博克斯山的那天,天气晴朗。加上其他条件也都很合人意。准备工作做得很充分,车马饮食都很周全,大家个个都很守时,所以这一趟至少有一个不错的开局。维森顿先生是总指挥,他在哈特菲尔德宅子和牧师宅之间协调得非常协和,所以一到那天大家早早都到了。爱玛和哈利特是坐一辆车来的,贝茨小姐和她外甥女搭的是艾尔顿家的车,男士们都骑马。只有维森顿太太陪着伍德雷斯先生留下来了。真是万事俱备,只欠东风,等一到目的地,大家就可以去玩个痛快了。七英里的路,就是在希望可以好好玩一下的心情下很快走完的。刚一到时大家都不住地赞叹。可是这一天总的说来叫好之声却并不是很多。大家身上有一种懒洋洋的气息,都提不起精神来,一种不太协调的迹象,是一直没有办法消除的。他们都各自结伴,分得太散。艾尔顿两口子走在一起,奈特利先生照料贝茨小姐和简,爱玛和哈利特则归弗兰克·丘吉尔照顾。维森顿先生想促使大家都处得更融洽些,但是没一点效果。这样分散的格局初看似乎是偶然形成的,但是以后一直没有发生什么大的变化。艾尔顿夫妇俩虽然没有表现出不愿意和别人打交道的意思,还是尽量显出随和可亲的样子,不过在山上整整两个钟头,另外两拨人却似乎抱定了一条互不来往的原则,那原则真是坚固,眼前的风景再好,带来的点心味道再美,乐呵呵的维森顿先生再有本事,也丝毫不能改变这条原则。

起初爱玛只觉得这世上的人似乎都呆了。她还从没有见过弗兰克·丘吉尔这样寡言少语,全没了一点机灵性儿。他说的话一句也不入耳,两眼呆滞无神,称赞两声也是毫无真意,听她说话更是毫无反应。他就这样痴呆呆的,难怪哈利特也一并发了呆。两个人都是这模样,叫她着实受不了。

待到大家都坐下以后,情况才有了些许的改善——在她看来这改善还不小呢,因为弗兰克·丘吉尔说话渐渐多起来了,热情也高涨起来了,首选的进攻目标就是她。只要有殷勤可献,这份殷勤就一定是献给她的。他就一心想引她高兴,讨她喜欢——而爱玛呢,也很愿意借此赶紧开心起来,明知是奉承也不以为然,因此也无拘无束、热情洋溢,还像交往之初让她心头发烫之时那样,对他一味采取鼓励欢迎的态度,就是允许他把殷勤献过来。不过现在在她看来,这不算什么,虽然在旁人看来,却不是这样的,他们觉得这种情况在英语里只有一个单词可以充分表达,这就是“调情”。“弗兰克·丘吉尔先生和伍德雷斯小姐这样相互调情,也未免太过分了吧!”这样的话来形容他们,那是一点也不为过的——更有甚者还很可能被一位女士写在信里报到枫树林宅子去,还有一位女士则可能会报到爱尔兰去。这倒不是因为爱玛真的觉得很快乐,轻飘飘的都有些忘乎所以了,正相反,那是因为她觉得今天玩得没有她预想的那么快乐。她纵声大笑是因为她自己心里很失望。她很喜欢他献上的殷勤,觉得他这些殷勤的言谈举止不管是友好的表示,还是爱慕的流露,即便就是逢场作戏也好,应该说都是极其精明的,不过即使是这样,那也赢不回她这颗心了。她只想把他作为一个普通朋友。

“我真是太感激你了,”他说,“幸亏你叫我今天一定来!如果没有你,今天这游山的乐趣我就要错过了。昨天我本来已经下定了决心要回去的。”

“是啊,你当时的脾气真是够烦躁的。我不知道什么事让你那么不痛快了,可能是因为来晚了,没能吃上极品草莓吧。当时你还不明白我这个做朋友的一番好意。亏得你还算放得下架子,死皮赖脸的,非得要我下命令叫你来不可。”

“哪儿是脾气烦躁啊。我那是累的。天那么热,我都快撑不住啦。”

“今天天气更热呢!我倒一点也没觉得,相反我觉得今天舒爽极了。”

“你觉得舒爽,那是现在你的脾气给克制住了。”

“大概是让你克制住的吧?也是。”

“这话说得好像是我故意要引你那么说的了,不过我的意思说的是自我克制。昨天,也不知道是什么缘故,你的行为很失控,自己都管不住自己了。不过今天你还是给管住了——我又不可能一直在你身边哪,所以你最好还是别那么想,要相信管住你脾气的不是我,而是你自己。”

“其实还不是一样。我要是心里没有股推动的力量,也是管不住自己。你开不开口都一样的,反正我是听了你的命令。再说你怎么不是一直在我身边呢?你就一直在我身边嘛!”

“那最多也只能说从昨天下午三点钟开始吧。要说我对你真有什么深刻的影响,也不会早于这个时间,否则,你以前也就不会那样发火了。”

“昨天下午三点钟?那是的。我记得我跟你第一次见面是在二月份。”

“你可真会说话,叫我都没话说了。不过,(她压低了声音)就我们两个在说话呢,我们总是这样闲扯,让七位沉默的看白戏,未免太过分了吧。”

"我们没说什么丢脸的话,"他厚着脸皮,嬉皮笑脸地继续说,"我和你第一次见面是在二月份嘛。我这话要让山上的每个人都听到。但愿我一字一音都能传到四方去。我跟你第一次见面就是在二月份嘛!"随即他压低了嗓音,悄声说道,"我们这同游的几位都是超级木头脑袋。我们想个什么办法来逗一下他们好呢?再怎么胡闹都行。好歹总得引大家说说话才行。女士们先生们,只要有伍德雷斯小姐参加的集会她就是理所当然的主角,现在我就奉她之命昭告各位:她很想听听各位现在心里都在想些什么呢。"

有人不禁笑了起来,高高兴兴搭了话。贝茨小姐就说了好一大堆。艾尔顿太太一听伍德雷斯小姐是他们今天这班人的佼佼者,气得肚子都鼓了起来。奈特利先生的回答是最别致的:

"伍德雷斯小姐真的很想听听我们大家都在想什么吗?"

"哎,没有的事,哪有!"爱玛摆出一副轻松的神态,笑呵呵地大声说,"绝对没有的事!现在我最受不了的就是这些。还是让我听听别的吧,随便什么都行,就是不听你们大家都在想些什么。也不是说谁的想法都不想听。可能总有那么一两位吧,他们的想法如何,我大概还是想听一下的。"

"这种事情嘛,"艾尔顿太太故意放大嗓门,加重语气说,"连我都觉得没这份荣幸,无权去探究呢。不过,这次结伴游山,我作为陪伴姑娘们的老大姐吧,或许还……我这个人可是从不搞什么小集体的……一块出来游山玩水嘛……姑娘家终归是姑娘家……太太们终究是太太们……"

她这后半段嘟嘟哝哝的话主要是说给自己的先生听的。她先生的回答也同样是嘟嘟哝哝的:

"说得对,亲爱的,说得对。一点都没错,就是这话……真是闻所未闻,不过现下有些上等妇女说话就是全无顾忌……当笑话听也就算了。反正你才是实至名归,大家心里都是很明白的。"

"不行,"弗兰克悄悄对爱玛说,"他们大半都赌气了。我要说得再高超点,好好刺刺他们。女士们先生们,我奉伍德雷斯小姐之命昭告各位:她收回成命,大家不必再一五一十汇报自己此刻都在想些什么了,而只希望你们说些趣事笑话好助助兴,不限题目。你们一共是七位,我就不在其中了。她只要求你们每个人或是说一个绝妙的段子,诗文不拘,照抄别人的,自己创作的均可,或是中等精彩的两个段子,如果实在淡而无味的,那就得说三个,反正得保证大家听完以后一定能报以开怀大笑。"

"哦,那就好,"贝茨小姐嚷起来,"那我就不用太担心了。'如果实在是淡而无味的,那就得说三个'。你们看,这一条正合我呢。什么时候只要我一开口,保证淡而无味的段子三个就有了,你们说是吧?"她一副老好人的样子,看着大家,巴不得大家都一致点头称是。"你们大家说到底是不是嘛?"

爱玛有点忍不住了。

"哎呀,夫人!有一点可能有些不好办呢。很抱歉,对你就得有个段数的限制——最多不能超过三段。"

她表面上装得仍非常客气,贝茨小姐也信以为真,一时没有明白这句话的意思。等到突然悟了过来，虽说不至于生气，却也微微有些脸红，这说明她心里还是有点不快的。

"啊！哎哟——真是！好好，我懂她什么意思了，"她转过去对奈特利先生说，"我一定要好好管住自己的舌头。我一定是不知趣，讨人嫌了，要不她绝对不会对一个老朋友说出这样的话来的。"

"这个主意好，"维森顿先生嚷嚷着说，"就这么定了！一言为定！我一定尽力而为。我这就出一个谜语。请问谜算不算数啊？"

"抱歉，父亲，实在不太好算数，'他儿子答道，"不过我们可以放宽一下，尤其是谁带头先来的话。"

"不，不，"爱玛说，"要算，一定要算。维森顿先生出一道谜，不仅自己可以过关，连他的邻座也可以带着过关。来吧，先生，请说出来我们听听。"

"我个人觉得这道谜恐怕还称不上绝妙，"维森顿先生说，"因为这太明显、太直白了。谜面是这样的：哪两个字母合在一起，就能表示尽善尽美？"

"两个字母……表示尽善尽美？我可实在猜不出来。"

"啊！你是永远也猜不出来的。你呀，"他指的是爱玛，"我能保证你永远也猜不出来。我来告诉你吧。是 M 和 A①，连起来念不就是'爱……玛'吗？明白了吗？"

爱玛悟了过来，心里感到一阵美滋滋的。这种谜虽然说不上有多大的妙趣，但是在她听来却是挺逗、也很值得玩味的，弗兰克和哈利特也有这样的感觉。在座的其他人却好像并没有听得这样津津有味，有几位甚至一脸的茫然，似乎根本没有听懂是什么意思。奈特利先生更是一脸凝重，说道："原来你们要求的所谓'绝妙'就是这样。维森顿先生一炮打响了，我们剩下的人就得统统交白卷了。尽善尽美，哪里有这样容易的事啊。"

"哦！要说我呀，请你们一定饶恕我呀，"艾尔顿太太说，"我是绝对不来的——我对这一套完全没有兴趣。以前有人拿我的名字作了一首离合诗②送给我，其实我根本就不喜欢这种玩意儿。我知道那是谁送给我的。是一个讨厌透顶的傻小子！你知道我说的是谁，（说着把头向她丈夫微微点了点）这种把戏在圣诞节围炉烤火的时候玩玩不错，可是如果夏天到野外来游玩还弄这一套的话，我觉得就太不合时宜。请伍德雷斯小姐饶了我吧。我可不是那种一开口就妙语连珠、供大家解闷的高手。我是不假装聪明的。我这个人确实非常好，可说句老实话，我也应该有权自己决定什么时候该开口，什么时候该沉默的。丘吉尔先生，请你高抬贵手，放过我们吧。艾先生，奈特利，简和我，就请你放过我们四个吧。我们是说不出什么绝妙的段子的——我们几个谁也不会说。"

"是啊，请放过我吧，"她丈夫带着点讥讽的口气接口道，"我是实在说不出什么好听的，没法给伍德雷斯小姐或者其他哪位小姐助兴了。我已是个有了家室的

---

① M 和 A 这两个字母的读音连起来很像"爱玛"。

② 属于藏头诗的一种：诗行中每句首词的第一个字母或尾词的最后一个字母，或者按其他规律安置字母，最后能组成一个词或词组。

老家伙了——完全是废物一个了。让我们起来走走好吗，奥库斯塔？"

"再好不过了。在一个地方玩得太久了，我正觉得有些乏味呢。来吧，简，你挽着我的另一只胳膊。"

简婉言拒绝了，那两口子就径自起来走了。一等他们走远，弗兰克·丘吉尔便开了腔："真是天生一对哪！也真叫有缘——他们俩是在一个公共场所里认识后就结婚的吧！在巴斯相识的时间，我看顶多也不过几个星期吧！这不是很有缘分吗？你想呀，在巴斯这种地方——就算不在巴斯，在其他的公共场所也一样——你能对一个人的品性有多少真正地了解呢？几乎等于零！你一丝半点也别想了解得到。要了解一个女人，只有见到了在自己家里的她，与她的朋友在一起的她，完全是平日面目的她，才能得出一个正确客观的判断。否则，那就只能是凭空猜测，撞运气——这运气一般总是好不了的，匆匆相识了就订婚，结果弄得悔恨终生，这样的男人也很多了！"

之前除了在女伴们之间说了几句以外一直极少开口的菲尔法克斯小姐，此时却开口说道："这种事情当然也有。"一阵咳嗽，话就被立即打断了。弗兰克·丘吉尔转过脸来想听她说。

"你还没说完呢？"他收起笑容说。

她这才清了清嗓子继续道："我只不过是想说，这种不幸的情况有时候确实是存在的，不仅男人有，女人也有，不过我看还不是十分常见。即使事前考虑欠周，匆忙就定了魂——事后设法补救，一般情况下也总还是来得及。总之，我的意思就是：只有优柔寡断、性格软弱的懦夫，才会因为认错了人而背上包袱，痛苦一辈子，其实这种人就是有得到幸福的，也不过是侥幸。"

他一言不答，只是怔怔地瞅了一会儿，恭恭敬敬鞠了一躬，然后便又以轻快的语气说道："哎呀，我对自己的眼光确实是缺乏信心，将来结婚的时候，倒真希望能有谁帮我挑选个妻子呢。你来帮我这个忙好吗？"他转过头去对爱玛说道，"你来帮我挑选个妻子怎么样？你选定的人，我肯定会喜欢的。我们家就是蒙你成其事的，不是吗？"说完他对着父亲微笑一下，"替我也找一个吧。我不急。只要你认定了她，就可以慢慢培养她。"

"把她培养得和我一样吗？"

"当然，只要你有办法。"

"好的。我谨受尊托了。你到时候一定会娶到一个称心如意的妻子的。"

"我只要求她一定要活泼，最好要有淡淡的棕色的眼睛。别的就无所求了。我要出国去待两年——等我回来后，我可要向你要老婆哦。可别忘了啊。"

爱玛哪儿能忘得了。托她办这件事，她是再乐意不过了。哈利特不刚好是他要的那个人吗？除了要有淡淡的棕色眼睛这一条外，再过两年包管她样样都符合他的要求。或许现在他心目中早已看中哈利特了呢，这事谁说得准呢？说要她慢慢培养什么的，看来恐怕就是这个意思了。

"姨妈，"简对她姨妈说，"我们也是不是该去找艾尔顿太太了？"

"好啊，我亲爱的。我百分之百个赞成。我马上就可以走。其实我刚刚早就想和她一起走了，不过现在也不迟，一会儿就能追上她了。你看那是不是她嘛？不，看错人了。那是爱尔兰大车游览团里的一位女游客，和她一点也不像。哎，我说……"

她们走后，奈特利先生也走了。只剩下维森顿先生父子俩和爱玛，还有就是哈利特了。小伙子此时已经兴奋到了让人讨厌的地步。连爱玛也对他的一味奉承打趣听不下去了，倒是情愿找谁一块儿去悠闲自在地散一会儿步，哪怕只身一人独坐一会儿也好，只求耳边能清净点儿，好静下心来观赏山下的美景。看到仆人来，禀报说马车已经备好了，她心里不觉高兴，经过好一阵忙乱终于收拾停当，临走时艾尔顿太太又要她的大车领头，所有这一切爱玛都欣然接受了，就是为了可以享受会儿安静，坐车回家了。原本以为可以痛痛快快玩一天，可是天知道尽了几分兴，现在总算一切都要结束了。她只希望，这样人多心杂的旅游活动，今后再也不要马马虎虎地参加了。

就在等着上车的时候，她看见奈特利先生就在她身边。奈特利先生向四周瞧了瞧，像是看清了近处无人，这才说道："我以前老是说你，爱玛，今天还是得说你。除了我，恐怕没有人会这样说你，我也知道这并不是你给了我什么特权，而只不过是勉强容忍了我而已，不过今天我还是得说你一回。我不能眼看你做错了事而不闻不管。你怎么能对贝茨小姐那样毫无同情之心呢？你说几句俏皮话也就罢了，可又怎么能对像她那样性格、那样年纪、那样处境的小姐这么蛮横无理呢？爱玛，我真没想到你竟然会做出这种事来。"

爱玛回想了一下，脸红了，心里感到非常愧疚，不过她还想一笑了之。

"可我当时怎么憋得住啊？话就脱口而出了！我想换了谁都憋不住的。那没什么大不了的。我看她也根本没有听懂我的意思。"

"她肯定听懂了。你的意思她当然明白了。她后来的话就是对你这个意思而说的。我想你也该听见了她是怎么说的——她说得多么坦诚、多么大度啊。我想你总该听见了吧，她称赞你待人宽厚，说她自知和自己人相处一定很招人讨厌，可是你和你父亲却一直对她宽厚相待。"

"唔！"爱玛嚷了起来，"我当然知道这世上再没有比她更善良的人了，不过你也得承认，在她身上善良和可笑偏偏都是合在一起的，这是分也分不清的。"

"是很难分清，"奈特利先生说，"这我也承认。要是她家境优裕点的话，你偶尔对她可笑的一面渲染了点，而对她善良的一面忽视了点，那我倒是完全可以体谅的。要是她是个富家女的话，你对她开些无伤大雅的玩笑，就算显得荒唐了点，是笑是恼我觉得都无所谓，绝不会来和你理论，怪你失礼的。要是她也有你这样的地位的话……可是爱玛，你得想想，她的实际情况却远不是这样呀。她是个穷人，刚出世的时候还有温饱日子过，但后来就越来越败落了，以后要是老了，家境只怕还要进一步败落下去。你应该同情她的处境才是，可是你呀！瞧你干了些什么！她在你还是个小孩子的时候就认识你了，她在人家还争相巴结她的时候就看着你长大了——可你倒好，心里一得意，脑袋一发昏，反而取笑起她来，弄得她多没面子啊——而且还是当着她外甥女的面——当着大家伙儿的面。你那样奚落她，就会有很多人（有某几位是肯定的）来学你这一套，这话你听着可能不高兴，爱玛——其实我何尝高兴得起来呢，但我还是得说，我还是要说……只要我嘴巴还能说话，就要对你说实话。我要尽量把实话告诉你,以此来证明我是你称职的朋友,能这样我也就安心了。或许你现在还不理解我,但是相信你总有一天会理解我的。"

他们一边说话,一边朝着马车走去。马车早已备好,还没等她再开口,他已经伸过手来,扶她上车了。看她始终避过脸,不说一句话。他误解她的心情了。其实她是生自己的气,再加上羞愧难当,又忧心忡忡。她是真的说不出话来了。一进车厢她就往座上一靠,瘫在那里半晌没有动弹,既而又责备起自己来:你看连再见都忘了说,也没道一声谢,竟然是一脸的怒气和人家分了手!她赶紧探出头去,又是叫喊又是挥手,想改变自己的形象,可是这已经来不及了。他早已转过身去,马也已撒蹄奔跑开了。她只顾向后望去,可是始终没看见任何反应。这车今天似乎也跑得比平常快,转瞬就已到了半山腰,一切都被远远甩在后面了。心头是说不出的烦恼——简直到了怎么也控制不住的地步。她这辈子从没有落到过这般田地,心里竟会是如此焦躁、如此羞愧、如此难受。她受到的打击实在是太大了。对方一番话说得句句在理,无可否认、无法辩驳。她能在心里体会到。她怎么能对贝茨小姐那样粗鲁、那样残忍呢?她怎么会这样有失检点,让她自己所尊重的人对她这样反感呢?怎么能连感谢的话都没有,"你说得对"之类的话都没有一句,就那样让他走了呢?

过了很久,她心里还是平静不下来。她越想,心里就越乱。她内心从来没这样沮丧过。好在这会儿也用不着说话。车厢里只有哈利特,她似乎也是没精打采的,应该是累坏了,正巴不得别说话呢。这回家的路上,爱玛觉得自己的泪水几乎没有停过,尽管落泪在她是很反常的事,但她也不想再硬去忍住了。

第八章

博克斯山之游玩得很是扫兴,当晚这一想法还一直萦绕在爱玛的心头,纠缠了她一夜。至于同游的几位觉得这次旅行怎么样,她就不得而知了。很可能此时他们都在各自的家里,从各自的角度,正津津有味地回味玩得有多痛快呢。可是在她看来这一天是完全虚度了,当时就感到没有一点是值得高兴的,事后回想起来就更是觉得生气,这样一无是处的一天,她还真从来没有碰到过呢。相比之下,陪老父亲玩一晚上的十五子棋也真得算是件大乐事了。对,真正的快乐应该是这样的,因为她把一天中最美好的一段时光用来陪伴父亲,为他解除寂寞,自己心里也就生出了一种感受,觉得尽管自己可能还不像父亲这般慈爱,但是自己的为人也不至于会受到人家严厉的责怪。她这个做女儿的,希望自己要有孝心。她希望谁也别对她说:"你怎么能对你父亲那样毫无同情之心呢?我得说,只要我嘴巴还能说话,我就要对你说实话。"再也不能对不起贝茨小姐了——丝毫不能了!如果今后能用加倍的关怀来弥补以前的罪过,自己也还有希望得到宽恕。扪心自问,自己确实太不注意了。这种不注意恐怕主要是在思想上,而不是在行动上,所以稍不留神就会嘲笑他人,有失礼貌。不过今后就再不可能这样了。

爱玛由衷感到懊悔,按捺不住激动的心情,决定明天早上立刻就上门去拜访,自己一定要从此刻开始,注意以平等的地位,同对方保持经常的、友好的交往。第二天一早,她下了很大决心,为了防备别的事情把她绊住,她很早就去了。她想,说不定路上会遇上奈特利先生呢，也有可能她也在她们家，他碰巧也来了。那也没什么。她登门赔罪，也不是什么见不得人的事，她来赔罪完全是出于一片诚意，堂堂正正。她一路走去，眼睛一直望着唐沃尔的方向，不过却始终没有见到他的身影。

"太太小姐都在家呢。"以前听到这声招呼，她从来没有感到一阵欢喜，以前走进这过道、登上这楼梯，也不会想到应该带给她们一点快乐，以为只要能来看望一趟就很好了，她不奢望自己能在这里得到什么快乐，要么就是随随便便取笑几句，或许这也算是一种乐趣吧。

她快到房门口的时候，只听见里面一阵阵忙乱。里边有很多走动声，说话声也很嘈杂。她听到了贝茨小姐的声音 好像那里有什么事，得赶紧过去。那女仆一脸的惊慌和尴尬，说对不起，请稍等，然后领她进去，也还是太早了点。那姨妈和外甥女两人，简直都是急急忙忙逃进隔壁房间里去的。她一眼望去，把简看得非常清楚。简看上去气色不大好，娘儿俩刚一进去，里屋的门就关上了，临关上前她还听到贝茨小姐在说："哎呀，我亲爱的，我说你就在床上躺着，我看你也的确病得不轻呢！"

贝茨太太，这位可怜的老阿婆，还和往常一样谦恭有礼，一副自知不如三分的样子，看来她对眼前的这一幕根本不知情。

"我看简怕是身体欠佳吧，"贝茨太太说，"不过我也不太清楚，她们告诉我说她很好。我估计小女一会儿就能出来了，伍德雷斯小姐。麻烦你自己找把椅子坐下吧。你看赫蒂不在，真是怠慢了。我的手脚也不大方便——你找把椅子坐下了吗，姑娘？你坐的地方怎么样还可以吗？她肯定一会儿就出来了。"

爱玛真盼望她赶快出来。她已经有点儿担心了，怕贝茨小姐是故意要避着她不见。不过过了没多久，贝茨小姐来了。"真是太高兴了！太感谢了！"但是爱玛从内心深处感觉到，她从前乐呵呵、说话滔滔不绝的劲头今天没有了，看她的神情也不像从前那样自在了。她想，还是从问候菲尔法克斯小姐入手，等跟她谈得亲热了，说不准可以引得她原有的热情又燃烧起来。这法子果然很见效。

"哎呀，伍德雷斯小姐，你心眼真是太好了！我想你肯定是听到了消息——因此来向我们道喜的吧。其实，这对我来说算不上什么喜事，（她把眼睛眨了眨，掉下了几滴眼泪）她已经跟我们说过很久了，如今一旦要和她分手，这滋味可真叫人难受。她写了整整一早上的信，这会儿头疼得厉害呢。你也知道，是写给堪贝尔上校和狄克逊太太的信，得写上长长一大篇哪。我说了：'我亲爱的，你要是再这样，眼睛都要哭瞎的。'因为她眼睛里满是一汪一汪的眼泪。也真难怪哪。这个变化实在太大了。虽说她能这样也算是幸运了……年纪轻轻的姑娘家一出去工作就能谋到这样一个好差事，这在过去我看是不可能的……伍德雷斯小姐呀，我们可不是交上了这样天外飞来的好运，还不识好歹。（又掉了几滴眼泪）可是这个可怜的丫头，你可能没看见她头疼得那个厉害呢！你也知道，人一旦痛苦到了极点，就会身在福中不知福的。她只好尽量躲着人了。人家要是见了她，谁会想到她竟然谋到了这样一个美差，心里可真是欢天喜地呢。她没能出来见你，还希望你多多原谅……她实在是见不了人了……她回自己房里去了。我要她去床上躺着。我说：'我亲爱的，我说你就在床上躺着。'可事实上她并没有躺着，而是在自己房里来回走动。不过她信都写好了。她说这头疼过会儿就好了。她不能见你,觉得实在非常抱歉,伍德雷斯小姐,不过你一向心肠好,一定会原谅她的。刚才让你在门口久等了……真是不好意思……当时也不知道是怎么搞的,大家有点手忙脚乱的……你敲门时我们碰巧都没有听见……直到后来你上了楼梯,我们才知道有人来了。我还说来着:'一定是克尔太太,肯定是的。8点别人是不会来得这么早的。'她说:'唉,反正早晚总要受这份罪,不如快点去受算了。'可是帕迪进来说是你来了。我说:'哦,是伍德雷斯小姐啊,你总愿意见她吧。'她说:'我谁也不能见。'说完她就起身要走。就因为说了这样几句话,让你久等了,真是太不好意思了。我当时就说:'你一定要走,也就只好这样了,我亲爱的,那你就在床上躺着吧。'"

爱玛把每个字都听到了心里。对简她本来早就萌生了同情之心,现在一听说她的处境竟是这样苦恼,从前那种种小心眼儿的猜疑也就顿时烟消云散了,心里对她只感到无限的怜悯。想起过去对她的直觉印象不那么公正和友善,爱玛非常过意不去,觉得简现在不肯见她,却肯见克尔太太那样的老朋友,也是情有可原的事了。她心里怀着一片真诚的歉疚和关切,心想听贝茨小姐的口气,现在事情实际上已成定局,那就只好由衷希望情况尽可能对菲尔法克斯小姐有利一些,苦恼尽可能少一些,因此她说:"对此我们大家无疑都特别难受。我听你的意思,她大概不会马上就去吧,总该等堪贝尔上校回来以后再说吧。"

"你真是关心备至啊!"贝茨小姐回答说,"不过你一向就是挺体贴人的。"

这"一向"两字听着着实让人受不了,为了赶快岔开她这篇有点刺耳的感恩经,爱玛干脆直截了当地问:"请问——菲尔法克斯小姐到底要去哪儿呀?"

"到一位叫斯莫尔里奇太太的府上……这位太太可好啦……门第极高……是去帮着照管她的三个小女儿……都是极讨人喜欢的孩子!真是再惬意再舒服不过的工作了,除非是撒科林太太自己家吧。此外还有布拉奇太太家,不过斯莫尔里奇太太和她们两家都是至交,并且就在同一个地区……离枫树林宅子才四英里。简今后的住处离枫树林只有四英里了。"

"菲尔法克斯小姐这事,我想一定是多亏了艾尔顿太太吧——"

"可不是嘛,全亏了我们那位好心的艾尔顿太太。就是这位帮忙帮到底的忠诚朋友啊。你不听她是不依的。就是她坚决不让简回绝,因为简猛一听到这个消息(应该是前天吧,就是我们去唐沃尔的那天早上)——是咬紧了牙关坚决说不干,原因呢,也就是你说的那些了……她打定了主意,就像你说的:堪贝尔上校没回来以前,她是什么都不会决定的,在目前这个时候她说什么也不会接受任何的聘用的……她回复艾尔顿太太的话来来回回就是这么两句……我已经只当她不会改变主意了!可是好心的艾尔顿太太就是有眼光,她看得比我长远多了。像她这样仁至义尽,对简的自作主张坚决坚持,可不是每个人都能做到的,但是她就肯。简要她昨天就写信回绝,她硬是斩钉截铁地说不写。她就是要拖一拖再说——你看果然,等到了昨天晚上问题就得到圆满解决了:简忽然决定去了。我真是没有想到啊!连做梦也没有想到!简把艾尔顿太太拉到一边,劈头就对她说,在仔细考虑了斯莫尔里奇太太家那个职位的各种好处和优点以后,她已经决定要接受了。我是直到事情定下来以后才知道的。"

"你们昨天晚上在艾尔顿太太家吗?"

"对呀,我们一家都过去了。艾尔顿太太非要请我们去不可。还是在山上我们跟奈特利先生一起走的时候说好的。她当时说:'今晚上你们一家子必须得到我们家来一起聚聚。一定要都来,一个也不能少。'"

"奈特利先生也去了吗?"

"没有,奈特利先生没去,他一开始就谢绝了。我听艾尔顿太太说她绝对不会放过他的,她以为他也会去,可他并没有去。不过我妈、简和我都过去了,在他们家我们过得非常愉快。你也是知道的,伍德雷斯小姐,跟这么好的朋友在一起,肯定会是很愉快的,尽管大家白天爬了一天山,都特别累了。你也知道,玩乐其实也是很累人的——况且我看他们昨天似乎玩得都不是十分开心。不过,我倒总觉得这回一起出游是很快乐的,我心里特别感激好心的朋友邀我同去。"

"尽管你并不知情,不过我想菲尔法克斯小姐昨天应该是整整考虑了一天,才拿定了主意的吧?"

"我想大概是这样的。"

"晚一天去也罢,早一天去也罢,反正对她和她的好友来说这总是件憾事——不过我总希望她的这个工作能称心些,也算是一种安慰吧——我是说,这是门第之家,讲礼貌有规矩,该是没错的吧。"

"多谢了,亲爱的伍德雷斯小姐。你说得很对,论条件绝对是没说的。只要这个世界上有的,那里都有,一定能让她过得非常舒服快活的。在艾尔顿太太认识的人中,除了撒科林太太和布拉奇太太府上以外,再没有谁家孩子的卧室是这样宽敞、这样讲究的。斯莫尔里奇太太待人非常好!那种气派的生活,简直跟枫树林宅子都有得一比了——至于他们家的孩子,除了撒科林府上和布拉奇府上的少爷小姐以外,那样斯文可爱的孩子在别的人家里也是找不到的。将来简去了,对她才敬重、才优待哩!你想,难道这还不是快乐吗——这才是真正快乐的生活呢!还有她的薪金——具体多少恕我就不能贸然告诉你了,伍德雷斯小姐。不过我看就是像你这样听惯了大数目的人,恐怕也不太敢相信他们竟会给简这样的年轻人开出那么高的薪金。"

"哎呀,夫人,"爱玛叫嚷了起来,"我小的时候是怎么个'德行'我是知道的,要是人家的孩子也都跟我一样,据我所知就算把这一行里的最高薪金再加上个四五倍,我看这钱也挣得不容易哪。"

"你的想法是多么高尚啊!"

"菲尔法克斯小姐什么时候走呢?"

"快了,真的,快了。我之所以难过也是因为这个原因,两个星期内肯定就要走了。斯莫尔里奇太太盼望她赶快去。我那可怜的妈妈一想到这就怎么也受不了。所以我也只好尽量想办法分分她的心,对她说:'算了,妈妈,我们就别再多去想了。'"

"她的朋友们肯定都不愿意她去的,堪贝尔夫妇见她不等自己回来就径自去找了工作,会不会不高兴啊?"

"是啊,简说他们肯定会不高兴的,可是这样的工作,她要推辞也确实说不过去啊。她把答应艾尔顿太太的事刚一告诉我,艾尔顿太太也就马上过来向我祝贺了,当时我那个吃惊啊!那是上茶点以前——等等——不对,不是上茶点以前,因为那时我们正要坐下来打牌……还是在上茶点以前吧,我记得当时我想……嗳,不对不对,现在我想起来了,现在我全都想起来了:上茶点以前是有件事的,可并不是这件事。上茶点以前是艾尔顿先生被叫了出去,约翰·阿布迪老头的儿子找他说句话。可怜的约翰老头——我真惦记他,他给我那可怜的父亲当了二十七年的伙计,可怜的老头啊,如今只能卧病在床了,他的关节罹患风湿痛……我今天必须得去看看他了,简要是出去的话我相信她一定也会去看看的。可怜的约翰,他儿子来找艾尔顿先生是为了谈教区救济的事。你也知道,他儿子在科朗旅馆也算是个领班——当马夫,兼打杂差事——儿子自己倒是过得还算比较宽裕,可是如果不申请救济还是养不起父亲。艾尔顿先生一回来就把马夫约翰对他说的话全部详细告诉了我们,然后又说起旅馆里派了辆马车到朗道斯宅子,接弗兰克·丘吉尔先生回里士满去了。这才是上茶点之前的事。简找艾尔顿太太说话是吃了茶点以后的事。"

爱玛很想说她倒还是第一次听到这些事,可是贝茨小姐根本就不给她开口的机会。不过由于贝茨小姐只当爱玛对弗兰克·丘吉尔先生匆忙赶回的前因后果都已知道,随后也就把这些全都念叨了一遍,所以爱玛说不说都一样。

艾尔顿先生从马夫那里了解到的关于此事的情况,其中不仅有马夫自己的见闻,还加上了从朗道斯宅子的仆人传来的消息,总而言之就是:就在大家游完博克斯山回家后不久,从里士满来了一个送信的人——不过这也不算意外,丘吉尔先生有一封短信写给外甥,大意是说丘吉尔太太的情况还算可以,只是希望他至迟要在明天清晨赶回来,千万不要再延误;不过弗兰克·丘吉尔先生接到信后决定还是马上动身回来,不再等到天明。不巧他的马好像是着了凉,于是就赶紧派汤姆到科朗旅馆去借了辆马车,马夫当时正在外边,看见马车驶了过去,小伙子把车赶得飞快,驾得很稳。

这番话里既没有什么让人惊奇之处,也没有什么引人注意的地方,爱玛之所以听得入神,无非是因为她一直在思考一个问题,把两者联系起来,就觉得十分有意思了。丘吉尔太太和简·菲尔法克斯在这人世间的地位高下竟是如此天壤之别,不禁使她心潮难平。一个是尊贵得跟什么似的,一个却低微到了什么都不是的地步——她只顾在那里默默思量妇女命运的巨大差别,没有意识到自己一直愣愣地眼望着何处。直到贝茨小姐的一句话把她惊醒:

"呀,我知道你在想什么了——你想到了那架钢琴。那钢琴怎么办呢?就是啊。我那可怜的简,刚才还说来着呢。她说:'你也得走了。我们得分手了。你不该在这儿待着了。'但是立即又说,'不过还是先留一留吧,容它在那儿放一放,等堪贝尔上校回来以后再说。这件事我还得跟他商量商量,他会帮我解决的。我的一切为难之处他统统都会帮我解决的。'据我看哪,她直到今天还不知道这钢琴到底是他送的,还是他女儿送的哩。"

这一下爱玛倒真想到那架钢琴了。她想起自己以前那么多的无端猜疑,心里感到万分愧疚,不过不久终于自己找到了退路,觉得自己在人家府上坐的时间确实也不算短了,她于是尽量找了一些不致冒犯人家而又能表达自己诚恳愿望的话说了一遍,便告辞回家了。

第九章

回家的路上,爱玛心情抑郁,只顾默默沉思。但是一进客厅,她就发现家里来了客人,这就不得不使她清醒了。原来就当她不在家的时候,奈特利先生和哈利特来了。现在老父亲正陪着他们呢。奈特利先生一见她就马上站了起来,态度也比平常严肃了许多,他说道:"我一定要见过了你才能走,不过由于我时间确实紧迫,所以现在我马上得走了。我要去伦敦,去约翰和伊莎贝拉家住几天。你有没有什么东西或者口信需要我带过去的? 当然你们之间的骨肉情深,是谁也带不了的。"

"没有什么需要麻烦你带的。可是你这次去,是不是有些唐突呢?"

"是的——是有一点——不过这个打算也有好一段时间了。"

爱玛看得出他并没有原谅她,因为他的神情似乎有些异样。她心想:时间一长他自会明白,他们还是应该会像原来一样做朋友的。就在他站在那儿想走而未走的时候,老爷子却开始问长问短了:

"哎,我亲爱的,你一路上没事吧? 我那位尊敬的老朋友和她的千金小姐,她们都还好吗? 你去看望她们,我想她们对你肯定感激万分了。我刚刚跟你说过了,奈特利先生,亲爱的爱玛刚才是看望贝茨太太和贝茨小姐去的。她对她们一向是体贴入微的。"

爱玛听到这些不很恰当的称赞,脸一下就红了。她望着奈特利先生微微笑了笑,摇了摇头,无穷的深意尽在其中。看来,对方似乎就在这片刻之间对她又有了一个很好的印象,好像他从她眼神中看到了真情,她情感世界中种种善良的表现马上就都被他想起来了,并且受到了应有的尊敬。他怀着无限的敬意,静静地望着她。这对她是一种热烈的奖赏——片刻之后变得更加热烈,因为对方还采取了一个小举动,这种友好表示是不同寻常的:他握住了她的手。那会不会是她采取了主动呢? 这她可就说不上来了。也很有可能是她先把手伸出去的。反正他握住了她的手,并且使劲地按了按,分明想凑上嘴去亲一亲了,可就在这当儿却不知怎的转念一想,又忽然放开了。他为什么还这样心存顾虑呢? 他为什么事到临头又突然改变主意了呢? 她实在弄不明白。她想,其实他如果不临阵脱逃,那才真叫英明呢。不过他这个意图是不容置疑的。不管这是因为他在待人接物方面一般不大善于取悦于女性,还是出于其他什么原因,反正事情就是那样的,不过她觉得那跟他的一贯为人倒是再切合不过了。他就是这么一个人,生性质朴,却又是那么高尚。想起他毕竟有这样的意图,她不禁心情舒畅、暗自高兴。这表明他们已经完全和好了。他后来即刻就走了——转眼没影了。他一向就是这样行动迅捷,平日处事一点都不优柔寡断,拖拖拉拉,不过今天似乎比平日还要快。

爱玛去探望了贝茨小姐,心里是再没有什么可后悔的了,只是她觉得,她要是早走十分钟就好了。要是能跟奈特利先生谈谈简的那份工作的事,该有多好啊。奈特利先生要去布朗惠科广场,她也没什么不乐意的,因为她知道他这次去了那边肯定会很高兴、很开心——只是时间有点不大对——而且要是能早点告诉人家的话,人家心里也就舒畅多了。不过不管怎么说吧,他们分别的时候又完全成了好朋友。他之所以要摆出那样的脸色,握住了她的手欲亲又止,她也不会看不透他的用心。他这都是为了让她宽心,她已经完全恢复了在他心目中的美好形象。她后来才知道,他等了足足半个钟头。真不凑巧啊,要是她早点回来就好了。

奈特利先生要去伦敦,走得又那样匆忙,又不坐车而骑马,老父亲感到很不放心。为了分散他的心思,爱玛就把简·菲尔法克斯的事情告诉了他。她相信这个办法很奏效,果然没错,这个消息既引起了老人的关注,又不至于让他过于忧虑。简·菲尔法克斯要去当家庭女教师了,他心里早已接受了这个事实,所以谈起来还能保持一个不错的心情,不像奈特利先生去伦敦一事,那对他简直就是个不小的打击。

"我亲爱的,听到她能去那样一个安逸的环境里安顿下来,说实话,我心里真高兴。艾尔顿太太脾气那样好,待人那么谦和,我看她的好友应该是错不了的。我就希望那里的气候能干燥一点,她就能把身体保养得好些。这一条应该摆在头等重要的位置上,起初可怜的泰尔勒小姐在我家时,我敢说,我们这里一直就是这样的。你也知道,我亲爱的,她去了这么一位陌生的太太家,今后在那里就好比当初泰尔勒小姐在我们家一样。有一点我希望她能学得好些,那就是,把那儿当成自己的家,但是住长了以后,可不要经不住其他的引诱一走了之啊。"

第二天从里士满传来的惊人消息,使其他的种种话题统统排到后边去了。一封加急专递送到了朗道斯宅子,信件上说丘吉尔太太去世了。尽管她外甥匆匆赶回去不是因为她病情有什么特殊的变化,可是外甥到了后还不到三十六个小时,她就死了。死因是急病发作,与原先病痛的症状截然不同,这是另外的一种病,病人只拖了没多长时间,便不治而亡。高贵的丘吉尔太太就这样走了。

出了这么大的事情,总还是有通常反应的。大家都或多或少都感到心情沉重,止不住难受,对逝者表示惋惜,对在世的朋友表示关心和劝慰。过了相当长的时间,又都忍不住好奇心的驱使想知道她将安葬在何处。哥尔斯密①告诉我们:美丽女人堕落到行为放荡,那就只有死路一条;如果堕落到招人讨厌,那倒不如以一死来洗刷恶名。丘吉尔太太遭人讨厌,少说也有二十五年之久了,现在大家谈到她时,却显得同情而又体谅。有一点她算是彻底洗清了冤枉。以前大家一直觉得她绝不会有什么大病。但是如今她一死,倒说明了她自己并不是胡思乱想,并不是因为每天只想着自己,想象出许多病痛来。

"可怜的丘吉尔太太!她一定给病痛折磨得够呛的,谁也没有料到她病得竟是如此厉害——长年受这样的折磨,自然就容易发脾气了。真是件叫人伤心的事啊……给人的打击确实太大了……虽说她有那么多的缺点,可是丘吉尔先生少了她怎么办呢? 丘吉尔先生的这个损失可真是惨了,丘吉尔先生挨了这一闷棍估计是再也不能复原了。"连维森顿先生也直摇脑袋,一脸的严肃,说道,"哎,可怜的女人,谁料得到啊!"他当即打定了主意:自己的哀悼之情,一定要表现得大度一些。他太太一边缝宽阔的折边,一边不停地叹息,还说到了做人的道理,哀怜之余,也不

---

① 指英国作家奥利弗·格斯密斯(1730—1774),著有《维克菲尔德的教区牧师》。

失理智,那都是真诚而又持续的。两个人从一开始就想到了此事将会给弗兰克带来什么影响。这也是爱玛早就考虑的一个问题。丘吉尔太太的性格,丘吉尔先生的悲痛,对这两个问题她只是一带而过,一个是感到不胜敬畏,一个则是不觉恻然,随后她心情逐渐放松了,细细想起弗兰克经此变故可能受到的影响:能得到什么好处,能得到什么样的解脱。能得到的好处,她马上都看出来了。现在要同哈利特缔结姻缘,就不会再遇到什么阻力了。丘吉尔先生失去了这位太太后,就不会有人再怕他了。他本人非常随和,很好说话,今后外甥有什么事求他,他是不会不答应的。只有一点还不大好说,就是那个外甥自己,希望他真有意于这段姻缘,因为,尽管爱玛一心想促成这件美事,但她还是没有十足的把握,敢说他已经有了这样的想法。

还好哈利特这一次的反应是极为得体的——她表现出很大的克制力。不管她觉得希望多了多少,反正她是完全没有流露出来。这证明了她的性格已经逐渐变得成熟起来,爱玛看在眼里,感到十分满意,不过还是忍住了没有说破,怕点破了反而会使她不好意思。所以,她们俩谈起丘吉尔太太去世的事,彼此都很克制。

朗道斯方面接到了弗兰克几封短信,信中把他们目前的情况和今后的打算择其紧要大致作了一下汇报。丘吉尔先生的情形倒是好得出乎意料,他们去约克郡送葬之后,打算先到温利莎一个多年旧交家里去住上一段时间,十多年来丘吉尔先生一直许诺说要去他家做客,却始终没有成行。因为哈利特的事眼下还没有半点眉目,爱玛也只好把美好的希望都寄于将来了。

如何去向简·菲尔法克斯表示关怀之情,这个问题现在更为迫切。哈利特那边的前景不错,而简这边的前景却越来越暗淡了。她马上就要应聘去工作,海伯利的人想要向她表示一下情谊。再迟就要错过了!对爱玛来说,这也成了摆在她心头的第一个愿望。想起过去自己表现得那么冷淡,她真是再懊悔不过了。很长时间怠慢了人家。现在要千方百计去向她表示特殊的体贴同情。她要让简感觉到她并不是可有可无的,她是个值得交往、可以信任的朋友,对她是一向尊敬体恤的。她决心一定要请她来哈特菲尔德宅子做一天客。为此她特地写了一封请帖盛情相邀。可人家却没接受,是让人带信来回绝的。"菲尔法克斯小姐身体不大好,不能回信了。"碰巧也就在那天上午,佩利先生到哈特菲尔德宅子来了。从他说的情况来看,简病得真是不轻。尽管她自己不情愿,还是让佩利先生去看过了。佩利先生说她主要是头痛欲裂,精神也处于一种高度焦虑的状态,能否在预定的日期去斯莫尔里奇太太府上恐怕还是个问题。目前她的整个机体功能好像已经完全紊乱了——饭都吃不下。虽说还没有发现什么特别危险的症候,尤其是家里人一直担心的肺部疾患已经排除,可佩利先生还是很不放心她。他觉得简是精神负担过重,承受不了,她尽管嘴上没说,其实自己也早已感觉到了。她精神已被压垮了。佩利先生说他不得不指出:简现在这个家实在是不宜于神经紊乱患者居住的,老是枯守在一间屋里是不行的,他认为最好不要这样。她那位好心的姨妈虽然是他多年的旧交了,他还是客观地说:让她陪着此种病症的病人实在不是很合适,她的照料没什么说的,事实上恐怕倒是太过于周到了。不过他很担心,那对菲尔法克斯小姐只怕是有害无益。

爱玛听着,不由得忧心如焚,她越来越为简感到担忧,巴不得能想个什么法子好帮帮她。让她暂时离开一下姨妈——哪怕只是一两个钟头也好——换换空气,换换环境,安静一下,安详地说说话,哪怕只说上一两个钟头也好,对她没准儿也会有些好处。因此第二天早上她又去了一封信,信是花了很大心思写就的,写得很动情,说是只要简指定时间,她一定亲自坐车去接她——还特意提了一句,说她征求过佩利先生的意见,佩利先生明确表示这样对病人很有好处。得到的回答却只是便条上这样短短一句:

菲尔法克斯小姐谨致问候,并深表谢意,可惜体力不支无法从命为憾。

爱玛觉得对自己的信就回这样两句,也太说不过去了,但是见对方连字都写得扭扭颤颤、歪歪斜斜的样子,很明显是有病在身,也就不好去计较了,她心里考虑的是有什么办法可以打消对方心里这种拒绝探望、拒绝帮助的态度。所以她也不管人家已经给了那样的回音,还是吩咐赶快备车,去贝茨小姐家,满心希望这一下简不要再拒绝不见她了——可是即使这样也还是无济于事。贝茨小姐千恩万谢赶到了马车门前,口口声声说"就是,就是的,透透空气是好,好处可大了!"托她传话好话都说尽了——可是还是不行。贝茨小姐只好独自又回来了:简就是一百个说不动。只要跟她一提出去走走,她似乎头反倒更疼了。爱玛想亲自去见见她,看看能否亲自把她说服,可是还没等她表达这个意思,贝茨小姐就马上表示,她已经答应了外甥女绝不让伍德雷斯小姐进去的。"真的,说实在的,这几天那可怜的简就是不能见人——什么人都见不得——当然,艾尔顿太太是不可以回绝的——克尔太太是怎么挡也挡不住的——还有佩利太太也是纠缠个没完——但除了她们三位以外,简真的是谁都不见。"

爱玛可不想和艾尔顿太太、克尔太太之流成为一路货,她们是无论哪儿都想要去插一脚的。她觉得自己也没有权利非要人家对自己另眼相看不可——因此就只得作罢了,只是又问了问贝茨小姐她外甥女胃口如何,平时都吃什么,心里很想弄清楚在这方面是否还能帮上点什么忙。一说到这个话题,可怜的贝茨小姐就苦起了脸,打开了话匣子:简什么都不想吃。佩利先生说尽量吃得好些,可是大家张罗来的东西(还有谁家能有这样的好乡邻?)却样样都不合她的胃口。

爱玛一回到家里,立刻就吩咐管家去查看一下家里预备的食物,她立即挑了一些上等竹芋,派人火速给贝茨小姐送去,并附了一纸措辞极为考究和友好的便条。半小时后,竹芋给退了回来,贝茨小姐再三交代,务必转达她的万分谢意,但是"尊赐不退还,亲爱的简于心不忍,她不能吃竹芋——并且一再要我恳切转告:她什么都不缺。"

爱玛后来听说,就在简·菲尔法克斯极力推辞体力不支无法从命、坚决不肯和她同车外出的那天下午,有人却看见简在离海伯利很远的牧草地上信步闲荡。把种种现象综合起来一想,爱玛觉得事情已经不容怀疑了:简是下定了决心,不再接受她的任何好意的了。她感到十分难过,深深地感到难过。她伤心的是自己竟落到了如此地步,精神又受到了这样的刺激,前后这样步调不一,处处感到力不从心,觉得自己的处境是越发可怜了。一片好心得不到接受,有意交好却被冷冷拒绝,她觉得心都凉了。不过她觉得欣慰的是,她自知自己的本意还是好的,她可以问心无愧地跟自己说:要是奈特利先生知道了她为帮助简·菲尔法克斯而做的这一切,要是奈特利先生还能洞察她的内心,那么这回,他就真没有什么可责备她的了。

第十章

丘吉尔太太去世后十来天的一个早上,爱玛被请下楼去,说是维森顿先生想要见她,他说"马上就要走,有句话要和小姐说说"。刚走到客厅门口,维森顿先生就迎了上来,他用平常的嗓音一问候完,就立刻压低声音,好不让她父亲听见,说了这样两句:

"你今天上午有空到朗道斯宅子来一下吗?要是能来请你务必过来。维森顿太太想要见你,一定要见你。"

"她哪里不舒服吗?"

"哪里!哪里!没什么不舒服的,只是有点心烦。她本来想吩咐备车,自己来找你,可是她一定得找你单独说话,你也知道这不太方便。"说着把头往她父亲那边一摆,"哼!你有空来吗?"

"好啊。可以的话,我这就过去。你这样来专门邀请,我能不去吗?可这到底是怎么回事啊?她难道真的不是病了?"

"你只要相信我就行了,别再多问了。一会儿你就什么都清楚了。世上的事可真是无奇不有啊!得——嘘!嘘!"

连爱玛也猜不透他这样到底是什么意思。看他的脸色,明显是有一件至关重要的大事。但她那位朋友却身体还好。她极力按捺不安的心情,对老父亲说,她此刻打算去散散步,于是不大一会儿,她就跟维森顿先生一起出了门,快步直奔朗道斯宅子而去。

"好了,"出了院门很远,爱玛急急地说,"好了,维森顿先生,现在你可以告诉我了,到底出了什么事?"

"不行,不行,"他一脸严肃地回答,"不要问我。我答应了我那位,什么都得由她来说。这个消息由她告诉你,比我说更合适。不要着急嘛,爱玛,一会儿就什么都清楚了。"

"快给我说!"爱玛心里一着急,就站住不走了,嘴里嚷嚷道,"天哪天哪!你怎么还不赶紧告诉我,维森顿先生。肯定是布朗惠科广场出什么事了。我知道一定是的!我要马上你告诉我,告诉我到底出了什么事。"

"真是没有的事,你误会了。"

"维森顿先生,你别骗我了。你想想看,眼下在布朗惠科广场有我多少亲朋好友啊。到底是哪个?希望你看在上天的分上,不要再来瞒我了!"

"我向你保证,爱玛……"

"就空口向我保证?为什么不敢以你的人格向我保证?为什么不敢凭你的人格担保,这跟他们谁都无关?天哪!要不是跟他们家的人有关,还会有什么消息可以让我知道的?"

"我以人格担保，"他很严肃地说，"这和他们谁都无关。这和奈特利一家的男女老少谁都没有一点关系。"

爱玛这才有了勇气，接着向前走去。

"我刚刚说向你报告消息，"他接着说，"确实不是很妥当，是用词不当。事实上，这跟你无关，只跟我有关——说具体点，只能说希望是这样的。哼！总之，我亲爱的爱玛，你完全用不着为这事担心。我并没有说是一件让人不愉快的事，不过事情本来说不定还要更糟糕呢。我们要是再走快一点，用不了多久就可以到朗道斯宅子了。"

爱玛看出来只得等了，也好，那就省点力气吧。因此她就不再多问，只管自己发挥自己的想象。不久她就想到了：那该不会和钱有关的事吧？是不是家庭经济方面新近爆出了什么事，什么不高兴的事？会不会是里士满前不久的那场变故引发的什么事？她的想象力确实很丰富。没准儿一下子冒出了好几个私生子，那可怜的弗兰克就被剥夺了继承权！虽然那也不是什么好事，不过对她毕竟并没有什么害处。最多只是让她心里憋不住一个劲地想知道个究竟而已。

"那位骑马的男士是谁？"一路走去，途中她就说过这么一句话。她说这话主要还是为了帮助维森顿先生守住秘密，倒不是有别的意思。

"认不出来嘛。可能是奥特韦家的人吧。不会是弗兰克，绝对不会是弗兰克。弗兰克怎么会在这里呢。他这会儿应该都快到温利莎了。"

"照这么说令郎去过府上了？"

"对啊！你不知道吗？哎，不过也无所谓，无所谓！"

他不作声了，过了半晌才又补上一句，那口气很有戒备的味道，拘谨多了：

"是的，弗兰克今天早上来过，无非是过来问个好罢了。"

他们还是急忙往前赶，一转眼就到了朗道斯宅子。刚进屋，维森顿先生就说："好了，我亲爱的，我可是总算把她请来了，你这就该好起来了吧。我出去一下，你们两个好好谈。要是有什么话还是痛快点说的好。我不会走远，有事叫我好了。"他临出去前，爱玛清楚地听见他还低声说了一句："我说到做到。她还什么都不知道呢。"

维森顿太太看上去气色很不好，一副心烦意乱的样子。爱玛心里越发不安了，等到屋里仅剩她们两个人时，她就迫不及待地说：

"到底发生了什么事啊，我亲爱的朋友？我看得出来，是件很不愉快的事，快直截了当告诉我吧，到底是怎么了啊？我这一路赶来，心一直在嗓子眼提着呢。我们都是受不了焦急的人。别让我再焦急下去了。不管你憋在心里的是什么事，快点说出来吧。"

"你真的都一点也不知道吗？"维森顿太太说，她的声音在颤抖了，"我亲爱的爱玛，你真的一点都猜不出……你真的一点都猜不出我要给你说什么事吗？"

"事情一定跟弗兰克·丘吉尔有关，这我猜得出来。"

"你猜得对。事情是和他有关，那我就明明白白告诉你吧。"她一边又做起手里的活来，可就是不愿意抬起头来，"今天早上他来过了，他这次来的用意真是再奇怪不过了。我们的惊讶实在无法言表。他是专门来跟他父亲说一件事的——他说他有了心上人——"

她停下来透了口气。先是想到了自己,又想到了哈利特。

"还不止如此呢,"维森顿太太接着说,"事实上已经订了婚了——明确订了婚了。这事一摊开,爱玛,你会怎么说呢?人家又会怎么说呢?弗兰克·丘吉尔和菲尔法克斯小姐订婚了——不,应该说是他们很早就订了婚了!"

爱玛大吃一惊,叫了起来:

"简·菲尔法克斯!我的老天!你这是说着玩儿吧?你是开玩笑的吧?"

"你很吃惊,这很正常,"维森顿太太避过了爱玛的眼光,又急忙忙说了下去,好让爱玛缓和一下情绪,"你吃惊,这一点不奇怪。不过事情就是这样的。他们在去年十月就正式订婚了——是在韦茅斯订的婚,把大家都瞒得严严实实。除了他们自己,没有任何人知道——堪贝尔一家不知道,女方家不知道,男方家也不知道。真是太蹊跷了,尽管事实摆在这里我不得不信,我却还是不敢相信。我真的不敢相信。我还以为我了解他呢。"

她的话爱玛一句也没听进去。她满脑袋就只想着两件事:一是自己以前和弗兰克谈起菲尔法克斯小姐时都说了什么话,二就是可怜的哈利特。过了许久,她还只是连连惊叹,并且始终不敢相信。

"哎哟!"好不容易她才勉强镇定了一下,说道,"这种情况我得好好想上整整半天,才能理出点头绪。好家伙!早在去年冬天前就跟她订婚了——也就是说,两个人都还没到海伯利来,就订婚了?"

"去年十月就订婚了——秘密订婚。爱玛呀,我真是难受死了。他父亲也是如此。他的行为,有一些是不能原谅的。"

爱玛又细想了一会儿,才回答道:"我不想装作没明白你的意思。为了尽我所能解除你的疑虑,可以请你放心:他对我虽然有过些比较殷勤的表现,却绝对不会引起你所担心的那种后果。"

维森顿太太慢慢抬起脸来,她真不敢相信,不过爱玛话说得很平静,脸色也很严肃。

"不是我夸张,我现在心里一点都不激动,"她继续说,"这你可能不信,为了让你更明白,我可以进一步告诉你,在我跟他相识的初期,有段时间我的确喜欢过他——我的确有意跟他发展感情——不,应该说的确对他产生了感情——但是这感情后来怎么中止的,那恐怕只能说是个谜了。不过,幸运的是这种感情终究还是中止了。这段时间以来——至少也有三个月了吧——我的心里确确实实已经没有他了。你相信我吧。我说的这些完全是实话。"

维森顿太太激动得热泪盈眶,亲了她好几下,好不容易才又开口,便忙不迭地对她说,她这番话比什么药都灵,一下子把自己的病完全治好了。"维森顿先生肯定也跟我一样,心上的一块大石头落了地,"她说,"在这个问题上我们被弄得异常狼狈。我们一直真心希望你们两个能够相爱,还以为你们两个已经相爱。结果弄得这样对不起你,你想想,我们心里该会多难受啊。"

"我总算没遭殃。我居然没遭殃,这对你们,对我,恐怕都应该说是十分幸运的。不过这不是说就可以这么放过他了,维森顿太太,我必须得说,我觉得他应该负很大的责任。他都有了心上人了,婚都订了,怎么还能装成一点事没有,一身轻似的混到我们中间来呢?他既然已经心有所属,又怎么能这样毫无顾忌拼命讨好一个年轻姑娘——怎么能这样对一个年轻姑娘,大献殷勤,缠着不放呢?他干的事要惹出多大的祸事来,他自己难道不知道吗?他那样的做法没准儿真会害我爱上他,他知道吗?实在是大错特错!"

"亲爱的爱玛,从他今天说的话中,我倒是感觉……"

"还有她,她怎么可以容忍他这种行为呢?他当着她的面,对另外一位年轻姑娘一再大献殷勤,而她,也真忍得住!居然冷眼旁观,好像若无其事,不以为然。这样能沉得住气,这倒真叫我无法理解了!"

"爱玛,他们之间有 一些误会,这一点他倒是清楚告诉我了。时间仓促,他也来不及细说。他来了总共不过一刻钟,而且心里很乱,就是这一刻钟也不能全用来好好说上几句话——不过这次发生这么大误会,他倒是明确说了。其实呢,目前的危机看来也是由这些误会引起的,这些误会很可能是由他行为有失检点引起的。"

"有失检点?哎哟,维森顿太太,你未免责备得也太轻了。岂止是有失检点,相差太远啦。他这是堕落了——照我看他这要比堕落还严重呢,我都不好意思说出口了。男子汉哪有这样的!男子汉为人处世应有的那种刚直坦荡、堂堂正正的品格,那种坚持原则、坚持真理的品格,对卑鄙伎俩、对阴谋诡计深恶痛绝的品格,他都早已抛诸脑后了。"

"不,亲爱的爱玛,这我可要替他说两句了,虽然他在这件事上是做得很不对,不过我对他的了解毕竟也不是一时了,我敢说一句,他还是有很多优点的,并且……"

"好啊!"爱玛不听她说,只顾自己大声说道,"那斯莫尔里奇太太的事该怎么解释呢?简已经到了要去当家庭教师的地步啦!他这样置她的死活于不顾,他这到底算是什么意思?居然让她自己去谋生!"

"对这件事他也是一无所知的,爱玛,这一点我敢负责得告诉你,是绝不能怪他的。这是她私自决定的,没有和他商量过,至少没有正经跟他沟通过。就我所知,他说直到昨天为止,对她的打算他还毫不知情。他后来突然听说了,我也不知道他是怎么听说的,不知是通过书面信件还是听别人说的,但是他一发觉她现在的举动,就马上挺身而出,向他的舅舅坦白承认了一切,只求他舅舅原谅,总之就是让他赶紧结束长久以来的这种躲躲藏藏的可怜巴巴的状态。"

爱玛这才平静下来,仔细听她说。

"他回头就会给我写信来的,"维森顿太太又说了下去,"他临走时对我说,很快就会写封信来,听他这口气,好像是有许多细节他现在还没来及说,他一定会在信里告诉我的。所以,我们还是等他的信吧。信里没准儿还有许多他觉得需要辩白的。等看过这些,说不定许多当下还无法理解的问题就都会水落石出了,可以原谅了。我们不要太苛刻,不要迫不及待地就对他多加指责。我们还是耐心点儿好。

我对他得爱护点。我既然已经在一个问题上——在一个重要的问题上——明白了，说句实话，我自然也就盼着能有疑团尽释的那一天，我就眼巴巴儿地盼着能有这一天。这些日子以来，他们一直那样躲躲闪闪地瞒着别人，两个人的日子也一定都是很不好过的。"

"就算他们的日子很不好过，"爱玛冷冷地说，"也不见得就会受到多少伤害。那么，丘吉尔先生听他说了以后，又是什么态度呢？"

"他全都原谅了他外甥——很爽快就答应了。你想想，前后也不过个把星期，经过了这种事，他们家发生的变化该有多大！假如可怜的丘吉尔太太在世的话，我看这件事是一丁点希望、一丁点机会和可能都没有的。可如今她的遗体才刚刚在墓地里安葬好，她丈夫就听了劝，做出了与她的一贯作风截然相反的决定。也真是够幸运的，她生前专横霸道，死后这种影响却没有留下！没费多少口舌，他就爽快地答应了。"

"啊！"爱玛心想，"要是换了哈利特的话，他一定也会这样爽爽快快就答应的。"

"问题是昨天晚上解决的，今早天一亮，弗兰克就赶过来了。我想他应该是先到海伯利，在贝茨家稍作停留，随即就赶到这里来了。可是时间很仓促，还得赶快赶回他舅舅那里去，他舅舅如今是越来越离不开他了，所以，我也跟你说了，他在我们这里只待了一会儿就走了。我看他心里乱透了——真是乱透了——人都变样了，我从来没有见过他这么个模样。其中很重要的一个原因，就是他见她病得那么重，很是吃惊，因为他原先一点也不知道她有病。从他的表情看得出他真是心急如焚。"

"你真以为他俩偷偷干的这档子事，就绝对没有人知道？堪贝尔夫妇，狄克逊小两口——难道他们真的都不知道他们订了婚？"爱玛说到狄克逊这个名字，感到有些脸红。

"他们都不知道，他说得非常肯定：世界上除了他们俩以外，绝对没有第三个人知道。"

"那好，"爱玛说，"我想慢慢地我们也会接受这个现实的，那我就祝他俩幸福美满吧。不过我还是保留我的看法，我总觉得这种做法是十分之可恶的。这不是虚伪欺骗又是什么呢？不是当密探做奸细又是什么呢？来到我们中间，明里装得特别坦率纯朴，暗地里却早已串通一气，对我们大家议论纷纷！我们就是这样被糊弄了整整半年，我们原以为大家都是一样真心诚意，襟怀坦荡，却不料其中有两个人就这样偷听到了本不该让他们俩听到的一些想法和意见，私下里相互传递，比长比短，说三道四。如果他们听到有人谈起他们的另一方，话说得不怎么中听，那也只能怪他们自己了！"

"这方面我倒一点也不忙，"维森顿太太接口说，"我心里非常坦然：跟他们两个，我可从来没有在一个人跟前说过另外一个人的什么坏话。"

"你算是运气好。但是却也有一次说走嘴，也只有我一个人听到了——就是有一次你猜测过我们的某一位朋友爱上了这位小姐。"

"对。不过我对菲尔法克斯小姐一向是十分尊重的,所以即便说漏了嘴,也绝不至于会说她什么坏话。至于说弗兰克的坏话,那更是绝没有的事。"

这时候维森顿先生出现在离窗前不远的地方,明显是在等里面的消息。他太太给他使了个眼色,让他进来。就在等他拐进屋里来的时候,她又接着说:"我最亲爱的爱玛,我现在有件事要求你,那就是得请你在言谈之间帮忙配合,好让他安下心来,让他觉得这门亲事其实也是可以的。我们也都只能这样勉为其难了——可以这么说吧,就是只要对简有利的好话,你都可以尽说无妨。这件婚事其实并不怎么称心,不过退一步想想,连丘吉尔先生都没有觉得有什么不好,我们又何必反对呢?何况,能跟这样一位性格稳重、见解又高明的姑娘相爱,对于弗兰克——可能倒还是件天大的好事呢。我向来认为这个姑娘就有这样的优点,我至今还觉得她有这样的优点——尽管这次严格说来,她严重背离了正直做人的准则。再说,设身处地替她想一想,尽管她犯下了那样的大错,毕竟也还是情有可原的。"

"的确情有可原!"爱玛不禁动了同情恻隐之心,声音也逐渐高了起来,"简·菲尔法克斯也无非是多考虑了自己而已,一个女人犯了这样的错,如果还可以原谅的话,那不原谅处于现今的处境的简,还能原谅谁呢?她那样的处境,简直可以用这么句话来形容,那就是:'这世界不是她们的,这世界的法则与她们又有何关系?'①"

维森顿先生刚一进门,爱玛迎接他的是灿烂的笑脸,并且大声说:

"哎,你真是跟我开了个不小的玩笑啊!我看你一定是故意想了这么个花招,存心要来刺激我的好奇心,好让我练练猜哑谜的本领。不过你这次可真把我吓了一大跳。我以为你至少是损失了半份家产呢!现在才明白,原来这并不是要向你表示同情的事,而是该向你祝贺才对。那我得衷心祝贺你啦,维森顿先生!在全英国数得上的一位绝顶可爱的才女快要做你的儿媳啦。"

他与妻子你瞅瞅我,我瞅瞅你,好久才终于相信了这话并不是瞎说,果然一切顺利,他的精神也立马为之一振,嗓音,神气,又都跟往常一样轻松愉快了。他诚恳而又感激地拉住了爱玛的手握了又握,才又谈起那个话题来,从他的态度可以看出:只要多给他些时间,多开导她点,他是能信这门亲事并不算太坏的。这两位也就只挑好听的说,一是为他那个做了鲁莽事的儿子好好讲个情,二是为了平平他的气。三人一起把事情的原委都讲清楚了,然后维森顿先生送爱玛回哈特菲尔德宅子,一路上两个人又把事情从头到尾说了一遍,到这时候他总算是恢复了平静,估计过不了不久,他也就能相信这应该是弗兰克最明智的选择了。

第十一章

"哈利特,可怜的哈利特!"这句话是最能说明爱玛现在的心情的。对她来说,这件事真正的苦恼之处就在于老是有很多恼人的念头驱赶不散——而那种种念头都包含在这句话里了。弗兰克·丘吉尔对她的行为举动虽然很过分——不像话的

———————————

① 这句话出自莎士比亚的戏剧《罗密欧与朱丽叶》。

地方多着呢——可是她之所以生他的气，原因不在于他对她的所作所为，而在于她自己的所作所为。弗兰克的行径之所以可恶至极，是因为在哈利特的问题上，他让她陷入了一个极其尴尬的局面。她出错了主意，拍错了马屁，再一次害苦了"可怜的哈利特！"奈特利先生真有先见之明，他就说过："爱玛呀，你哪儿算得上是哈利特·史密森的朋友呢。"遗憾哪，对哈利特她真是只有帮倒忙的份儿了。很明显，这次跟上次的情况不同，这次惹出麻烦事来，倒并不完全是她一手策划的，也不完全是她别出心裁，倒也并不是由她一提，哈利特才起了不该有的念头，动了本来不会动的感情，因为当初在这个问题上她还没有露出过一点意思的时候，哈利特就自己有过表示了，她对弗兰克·丘吉尔是很赞赏的，也很喜欢。可是即便这样，爱玛觉得自己还是绝对脱不了鼓励的责任，要不是她的极力撺掇，哈利特或许早就收起这份心思了。她不应该让哈利特的这种想法往这方面发展滋蔓。凭她对她的影响这是完全办得到的。她到现在才深深感觉到自己实在是不应该任其发展蔓延。她觉得自己简直是没一点把握，就拿朋友的幸福去冒险。自己只要稍懂一些人情世故，就应该告诫哈利特千万不可动了感情喜欢上他，他爱上她的可能性是连百分之一都没有的。"可是我对世故人情恐怕懂得太少。"她心里想。

她对自己的行为感到恼火极了。幸亏她还能同时生弗兰克·丘吉尔的气，不然的话那可就太难忍受了。至于简·菲尔法克斯，爱玛现在对她至少也可以松一口气，不用再担心什么了。一个哈利特，就够她操心的了。她已用不着再为简难过了，简的苦恼犯病，肯定都是同一个原因，想必现在也可以一并治愈了。她矮人三分、遭受苦难的日子可以结束了。要不了多久她也可以身体康复了，日子也可以过得既顺心又富足了。爱玛如今才悟出了自己好意关心，对方却并不领情的原因所在。一旦这个谜解开，许多细节也就都不难明白了。肯定都是妒忌心在作怪。在简的眼里她可是她的情敌呀。只要是她提供的帮助和关心，人家不拒绝才怪呢。坐哈特菲尔德宅子的马车去兜风，就等于是叫她受苦刑了。哈特菲尔德家藏的竹芋当然更是同毒药无异了。这些她都能理解，她尽管心里很生气，看问题难免有失公正，带些主观偏见，可是如果能够平心静气好好想一想，那她也承认，简·菲尔法克斯地位提高了，日子过好了，也没有什么于理不合的。可是那可怜的哈利特才真叫她操心呢！她哪还有这份闲心情去同情其他人呢。爱玛想起来心里就难受，她担心哈利特这第二次的失望要比第一次还要厉害。这第二次爱恋的对象各方面的条件都远优于第一次，所以打击必然更加沉重；这第二次爱恋对哈利特心理上的影响也更强烈，所以打击也肯定更加沉重。不过爱玛觉得她还是得把这不幸的情况如实透露给哈利特，并且越快越好。维森顿先生临分别时还特意叮嘱此情不可外露。"目前对于这整件事情还要严格保密。这是丘吉尔先生再三强调的，他觉得自己的夫人新近亡故，应该对逝者表示应有的尊重。大家也认为事关大礼，这是理所当然的。"爱玛当下就答应了，但是哈利特是个例外。她这个责任更加重大。

尽管她满心的烦恼，不过想起来还是感到事情有点滑稽，她现在要找哈利特去办的这件不好办的麻烦事儿，不就是和刚才维森顿太太找她，硬着头皮才办完的那回事一样吗！维森顿太太刚刚那样忧心忡忡向她诉说消息，不就是现在她忧心忡忡马上就要跟人家报告的消息吗！她一听见哈利特的脚步声和说话声,心就紧张得怦怦直跳。她转念又想,刚才自己踏进朗道斯宅子门口的时候,可怜的维森顿太太肯定也是这样难受和煎熬的。但愿消息一通报,结果都一个样! 不过,这种可能性是绝对不会存在的。

"哎呀,伍德雷斯小姐,"哈利特一进屋里,就嚷嚷开了,"你听听,这世界上还有比这条消息更奇异的吗?"

"你说什么消息呀?"爱玛接口道,她察言观色,却仍然摸不透哈利特是不是已经听到什么消息了。

"简·菲尔法克斯呀。你听过天下有这样离奇的事吗? 哎呀,你怕什么呀! 我不会要你来告诉我的,维森顿先生自己已经统统告诉我了。我刚遇到他了。他对我说这件事要严守秘密,要我对谁都不能说,只有你是例外,不过他说你也已经知道了。"

爱玛急忙问道:"维森顿先生到底告诉你什么啦?"她心里还是没底。

"哦,他全告诉我啦! 说简·菲尔法克斯和弗兰克·丘吉尔先生马上要结婚了,并且说好长一段时间来其实他们早已私下订过婚了。你看这稀奇不稀奇!"

稀奇! 确实稀奇! 哈利特的行为才真叫稀奇呢,当下弄得爱玛非常困惑! 她的性格几乎完全变了。看她这态度倒像是在说:对于这个新发现没有必要激动,也没有必要失望,也不必给予特别的关注。爱玛瞅着她,一句话也说不出来。

"你以前知道他爱她吗?"哈利特还是对她嚷嚷,"你应该知道点吧。你——"说到这里她脸儿一红,"不是能看透每个人的心思吗,别人谁都没有这种本事的……"

"说实话,"爱玛说,"我现在已经不怎么相信自己有这样的能耐了。哈利特,你刚刚问我先前知不知道他喜欢另外一个姑娘,你这不是存心跟我开玩笑吗? 因为你想呀,那时我不是还鼓动你放开去爱人家吗? 即使没有明说,至少也在暗暗鼓励你吧? 至于弗兰克·丘吉尔先生对简·菲尔法克斯有什么特殊的意思,我倒是从来没有看出来,直到个把钟点以前才刚刚听说。你还能不相信我吗,我要是知道的话,早就给你敲警钟了。"

"给我敲警钟?"哈利特涨得满脸通红,大叫了起来,一副吃惊万分的样子,"你为什么要给我敲警钟呢? 你该不会觉得我对弗兰克·丘吉尔有什么意思吧?"

"看到你能这样大胆地谈论这个话题,我感到很高兴。"爱玛微微一笑,说,"不过以前——还不算太久——是有过那么一段时期,你让我有充足的理由相信你对他的确是很有些意思的,你总不会否认这一点吧?"

"对他有意思? 绝对没有过的事,怎么可能! 亲爱的伍德雷斯小姐,你怎么会对我产生这样的误解呢?"说着她很生气地把头转了过去。爱玛犹豫了一下,大声说:

"哈利特,你这话是什么意思? 天哪,你这话到底是什么意思? 说我误解了你? 这么说我难道应该认为……"她再也说不下去了。嗓子眼里一点声音也发不出来了。她坐了下来,一副惊恐万分的样子,只等着哈利特把话接过去。

转过了脸,站在很远处的哈利特,并没有马上开口。可是她一说话,那声音差不多也和爱玛的一样激动。

"我真想不到你居然会这样误解我!"她说开了,"对,我们是说好了的,往后再也不提起人家的名字了——不过因为他的人品不知要比其他人好多少倍呢,我想我指的是谁,你绝对不会搞错。要是弗兰克·丘吉尔先生那样的人才怪呢!他如果要是跟那一位在一起,才不会有人对他瞧一眼呢。我想我的眼力还不会这样差劲,会看得上弗兰克·丘吉尔先生,跟那一位一比,他就太不足道了。你竟然会这样颠三倒四,真是太让我惊讶了!要不是我相信你完全赞成鼓励我去爱那一位,说实话,当初我也不至于那样不自量力,胆敢妄想去高攀他了。当初如果不是你对我说,天底下再奇妙的事也出过,地位相差再悬殊的人都有结成眷属的可能(这些完全都是你的原话)我也绝不会有这样的妄想了,我也绝不敢放胆去……可是,如果你,你既然和他一向相处得那么熟悉……"

"哈利特!"爱玛当机立断,立刻定了神,大声说道,"我们还是先来弄清楚,免得彼此再误会了。你说的是不是……奈特利先生?"

"当然是他啦。除了他还能有谁呢——所以我只当你也是心照不宣的。当时我们谈论的都是他,那是再明白不过的了。"

"这倒也不见得。"爱玛故作镇静,回答道,"因为你当时所说的那些,在我看来好像都是指另外一个人。我可以断定,你当时确实提到过弗兰克·丘吉尔先生的名字。我相信肯定不会错的,当时是弗兰克·丘吉尔先生帮了你的大忙,是他救了你,所以你才没有吃那帮吉卜赛人的亏。"

"伍德雷斯小姐,哎呀,你真是太健忘了!"

"我亲爱的哈利特,当时我说的一些话,大致意思我都还记得清清楚楚的。我当时对你说,你对他产生了感情,我并不感到很奇怪。再说了,他帮了你的大忙,你产生感情也是非常正常的。你也同意了,你的话说得很是激动,表示他帮了你的大忙,你非常感激,你甚至还说到你看见他过来救你的时候你的感受。我记忆里的印象可深了。"

"哎呀,天哪!"哈利特大声叫道,"原来你是这个意思啊,我现在全都想起来了,可是我当时心里想的却完全是另外一回事。我说的不是那帮吉卜赛人,也不是弗兰克·丘吉尔先生。你完全搞错了!我当时想的是比这可贵十倍的事——是奈特利先生见艾尔顿先生不愿来跟我跳舞,现场又没有其他人可以做我的舞伴,为此特地过来请我去跳。就是他这个善心的举动,就是他这种行侠仗义、崇高仁爱的精神,帮了我的大忙,使我从此觉得他的人品要比天下的人都高许多。"

"我的天哪!"爱玛叫了起来,"这样阴差阳错,真是太不幸太遗憾了!这可如何是好呢?"

"这么说,如果你当时了解了我的真意,就不会鼓励我了,对吗?要是换了那个人,那才叫糟呢,现在我再差劲,也不至于会那么糟吧,眼下至少……还有可能……"

说到这里她停了一会儿。爱玛待在那里一句话也说不出来。

"我觉得这并不奇怪,伍德雷斯小姐,"哈利特终于又接下去说了,"在你看来,这两个人是不能相提并论的,对我是这样,对任何其他人也是这样。你肯定认为,两个人虽然都高于我,但是一个更要比另一个强不知多少倍。不过我想,伍德雷斯小姐,假定……如果……尽管这话听来似乎很离奇……可是你知道这些都是你的原话,你说这天底下再奇妙的事都出现过,地位悬殊的人都有终成眷属的,那就是说,比弗兰克·丘吉尔先生和我之间的差距还要大。所以,看起来这样的事以前可能也是有过的——如果万一我能有这样的运气,能有这种不知该怎么说才好的幸运,竟可以——如果奈特利先生真会——如果他不在乎地位的差别,那我想,亲爱的伍德雷斯小姐,你该不会反对、从中捣乱吧。你是个大好人,我相信你不会这么做的。"

哈利特当时站在窗前。爱玛转过脸来,瞅着她惊异不定,立刻慌忙说道:"你想到奈特利先生对你的这番情意会有什么反应吗?"

"是的,"哈利特回答道,表情略显羞涩,可一点都不胆怯,"应该说是肯定的。"

爱玛立刻把眼光收回来,坐在那里一动也不动,默默沉思了几分钟。几分钟就足够她探明自己的内心了。头脑灵活如她,一旦起疑,就会飞快地一路追寻下去。她知道了自己真实的心思,她完全明白了,她什么都承认了。为什么哈利特喜欢奈特利先生比弗兰克·丘吉尔坏上一百倍、一千倍呢?为什么哈利特觉得两情相通有望,这件坏事马上就又坏上了一万倍、一百万倍呢?一个念头像利箭一样迅速,在爱玛的脑际一闪而过,奈特利先生跟谁都不可以结婚,要结婚就非娶她爱玛不可!

在这几分钟里,不仅自己的内心,就连行为举止,也都全部展现在她的眼前。她把这一切都看得很明白,可惜以前她缺少了这样一双慧眼。她对待哈利特,一向是多么不像话啊!她过去的行为,从来都是多么轻慢、那么粗暴、那么缺乏理智、那么不体恤人家啊!她就是那么盲目、那么激动,一味由着自己的想法做!她感到自己透心的痛切,对自己的行为真不知该怎么自责才好!尽管有诸多不是,她的自尊心总还是有一些的,对自己的仪表观瞻总应该有所顾忌,再说对哈利特也绝不能再有丝毫的怠慢了,因此爱玛决心照旧平静地坐在那儿,继续隐忍,装作若无其事,表面上甚至还表现得很亲切。对了,为了自身的利益着想,也应该趁这个机会尽量弄明白哈利特到底凭什么认为他们有希望两情相通呢。况且哈利特又没有做过什么对不起她的事,她过去体念对方、关心对方,完全是出于自愿和真诚,时至今日,也没有什么理由要中断。她给对方两次出主意,但两次都出了馊主意,那就更没有理由去冷落对方了。所以,她强打起精神来,不再沉思,控制好自己的情绪,把脸转向哈利特,以格外和婉温和的口气把先前中断了的谈话又继续了下去。她们的谈话最先是从简·菲尔法克斯的奇闻谈起的,谈着谈着,竟把这个话题给丢了。两个人的心里,都只想着奈特利先生和她们自己的事。

哈利特一直站在那里想入非非,正想得心满意足呢。不过既然伍德雷斯小姐这样有识见、有交情的人来打断她的遐思,情意恳切地来问她一些事,她还是十分愿意回答的,只要对方一问,她就很高兴地讲起这两情相通有望的缘由来,尽管心弦在颤动。爱玛提问时，倾听时，心弦也在颤动，尽管掩饰得比哈利特要高明一些，但是颤动的那个厉害劲儿并不亚于对方。她问话的声调表现得一点也不颤抖，可是心里却早已乱成一团麻——这样彻底揭开了自己隐蔽的一面，这样一下子看到了不幸就要临头，这样突然七情失控、张皇失措，又怎么能不心乱如麻呢？她内心无比痛苦，表面上却还要表现得十分有耐心，就这样听哈利特细说。要哈利特说得有条有理，或者要说得绘声绘色，那是办不到的。可是，剔除了陈述过程中的那许多废话，话里的实质性内容已经够叫她心里一沉了——尤其是她自己也忽然想起了几件事，从中也可以看出奈特利先生对哈利特已经有了很大的好感，这就更加证明哈利特所说是正确无误的了。

哈利特说，她感觉自从一起跳了那两支具有决定性意义的舞以后，他的态度就明显不同了。爱玛知道就是在那次舞会上，她发现他的人品要比她原先想象的高很多。也就从那天晚上起——至少也该说自从伍德雷斯小姐鼓励她对他留意以后吧——哈利特便发觉到他跟她说话比以前多多了，而且对她的态度也明显大不一样了：态度温柔了，亲切了。近来她对这一点有了更深切的体会。大家一起散步的时候，他经常过来跟她一起走，而且说起话来是那么幽默有趣！他似乎很想跟她接近。爱玛知道实际情况也的确如此 这个变化她也多次看了出来，而且观察得很细致。哈利特一再说起他如何称许她、赞赏她——爱玛觉得这和她了解的他对哈利特做出的评价是完全一致的。他称赞她不做作，不矫情，说她秉性善良，感情真挚，大方豪爽。爱玛呢，她也知道他在哈利特身上看到了这些优点，他曾经不止一次跟她谈起过这些优点呢。还有许多难忘的事，受到他特殊青睐的许多细枝末节——一个眼神，一番谈话，挪一下座位，一句含蓄的赞美，一个暗示——这些爱玛当时都没有能够察觉到，因为她根本就没有留这个心眼儿。一件又一件的事，让哈利特一讲就足可以讲上半个钟头，里边有很多的证据，足可以供她这个在场者多方证明。但是哈利特后来还提到了两件最近刚发生的事——也是哈利特觉得让她最能看到希望的两件事——这事爱玛自己也多少亲眼看到了一些。一件是那次去唐沃尔宅子，在种满欧椴的林荫道上，他跟哈利特撇下大家不顾，走到前面去了，他们走了好一阵爱玛才来，据哈利特看，他是用了很大的苦心，引她撇下大家跟着他往前走的，并且他跟她说话的态度要比以前任何时候都"知己"——那可真是"知己"极了！（哈利特一想起来就不由得脸红）看他的意思，好像是打算就要问她是不是已经心有所属了。可是一看见她（伍德雷斯小姐）可能要走到他们这边来，他就马上改变了话题，谈起耕作的问题来了。第二件事就是他最近来哈特菲尔德宅子，那天早上，在爱玛做客回来之前，实际上他已经坐在那儿跟哈利特说了近半个钟头的话了——尽管他一进门就表示他是连五分钟都不能待的——并且交谈中他还亲口告诉哈利特，说尽管此次去伦敦是必需的，但是实际上他很不愿意离开家乡。在爱玛听来，这话比他对自己说的话就贴心得多了。由这件事可以看出，他和哈利特亲密的程度已经在她之上，这使得她心中感到异常苦涩难言。

在谈到前一件事时，她也在片刻寻思以后，大胆地提出这样一个疑问："也许并不见得吧？是不是有这样的可能呢，那就是，依你所说，他想要问你的终身大事是不是已经有了眉目,他会不会指的是马丁先生呢——或许他是想帮马丁先生说两句好话吧?"可是哈利特坚决驳回了这种猜想。

"马丁先生?怎么可能!完全没有提到马丁先生半个字。我想我还不至于会这样蠢,别说喜欢马丁先生了,就是有人以为我喜欢他,我都难以忍受。"

哈利特列举完她的证据后,就请她亲爱的伍德雷斯小姐来品评一下:她认为事成有望,证据充分不充分?

"要不是你的说明,这件事我原本是连想都不敢想的,"她说,"你让我仔细观察他,看他的举动,再定自己的进退——我就照你的话办了。不过现在我倒觉得我似乎还是配得上他的,若是他真的选中了我,那也不算是太稀奇的事。"

爱玛听了这一段话,心中各种各样的滋味一起袭来,她不得不用尽全身力气,才算说出了这么句话作为回答:

"哈利特,我只想冒昧地发表一点意见,以奈特利先生的为人,他肯定不会拿虚情假意来故意蒙人的,他对一位女性表露的心意只会是真挚情意。"

哈利特听到了这样一句贴心话,似乎真的要拜倒在她这个朋友的脚下了。哈利特欣喜若狂对爱玛百般亲热,但这时对爱玛来说却是一场心如刀割的折磨,幸而就在这时候传来了她老父亲的脚步声,爱玛这才如遇大赦、如释重负。他已经进了门厅,眼看就要过来了。哈利特这么激动,实在很不好意思跟他相见。"我一下子平静不下来——这会惊吓到伍德雷斯先生的——我还是快走吧。"她那位朋友当时也正求之不得呢,便掩护她从另一扇门里偷偷溜了出去——她一走,爱玛的满腔怨气便不觉冲口而出:"哎呀天哪!只怪我怎么交了这样一个朋友!"

这一天,这一夜,晚上没有月,星星极密。十一点后人都睡了,四周真寂静啊!恐怕绣花针掉在地上也可以听到。漆黑的天空中点缀着繁星,可她的思绪怎么理也理不清。过去的几个钟头里一下子碰到了这么多事,简直一团乱麻,弄得她晕头转向。时时都会有意想不到的奇闻爆出来,桩桩件件都叫她感到屈辱。这一切都怎么来解释呢?她分明是构筑了一个虚幻世界,欺骗了自己,自己就一直生活在这个构造的虚幻世界里,可这又如何来解释呢?看自己的这颗脑袋、这颗心,做事那么鲁莽,总是出岔子!她静静坐着也好,四下走走也罢,待在自己房里也好,去灌木林里转转也罢——不管到哪里,不管是动还是静,总摆脱不了一个念头:觉得自己做事太蠢了。她上了人家的大当,虽然可气至极,可是更让人气愤的是她居然自己骗了自己。她处境如此狼狈,可是今天这狼狈处境,或许还只是个开始。

当务之急,是要先摸清自己的心意,彻底摸清。为此,她除了还是照常照顾老父亲以外,其余的时间全都用来琢磨这个问题。即使有时候不由自主走会儿神,想的也不外还是这个问题。

她现在总是觉得奈特利先生是她的心上人,这一点也错不了。他是她的心上人到底有多久了呢?他的影响,他的这种影响,是从什么时候开始的呢?弗兰克·丘吉尔曾短时间占据过她的心。后来奈特利先生又是什么时候顶替了他的位置呢?她回想了一下,把他们两人作了个比较——就她认识弗兰克·丘吉尔以来两人在她心目中的地位好好比较了一番——哎呀,以前她碰巧了随时都会心血来潮,把他们两人作个比较的。她觉得自己始终认为奈特利先生要优越许多,他对自己的关怀也不知要珍贵体贴多少倍。她觉得,那时她之所以会硬要自己反其道而想之,反其道而行之,那绝对是因为受了自己错觉的影响,根本没考虑顾及自己内心的本意,总而言之一句话:她根本就没有真正喜欢过弗兰克·丘吉尔!

这就是她第一阶段一系列思考后的结论。这就是她探究第一个问题后得出的答案。她觉得无比的气恼,也无比的痛心。她自己以前的种种情感无不让她感到非常羞愧,只有刚看清的这一点是例外。那就是:她对奈特利先生毕竟还是有感情的。除此之外,她觉得心里的一切念头都是让她感到恶心的。

此前她的妄自尊大真让人无法容忍,她竟然自认为可以把任何人的内心世界都看得明明白白,她的狂妄真是不可原谅,对任何人的命运她都想要自作主张来安排。而事实证明,她却是干到哪儿就错到哪儿。也不能说她完全无所作为——她到处害人,这就是她的作为。她害苦了哈利特,而且也害苦了自己,她现在最担心的就是,恐怕还害苦了奈特利先生。如果这桩最不般配的婚姻万一真成了事实,那都应该怪她这个罪魁祸首,因为她不得不承认,若不是奈特利先生感受到了哈利特的一片情意,也就不会有这段姻缘。即使这一条不成立,那么,要不是因为她胡闹,他本来也就绝不会认识哈利特。

奈特利先生配哈利特·史密森!这一门亲事,简直把天下最荒唐的婚姻都远远甩在后边了。相比之下,弗兰克·丘吉尔同简·菲尔法克斯结亲就不过如此普通,平淡无奇、索然寡味了,根本不会引起什么震惊,也显不出什么悬殊的差别了,没有什么可多说多想的。奈特利先生去配哈利特·史密森!在她是一步登天!而在他则是一落千丈!爱玛一想到这里,就觉得不寒而栗:这样一来他在大家心目中的地位该要大跌而特跌了,肯定有人会笑话他、嘲讽他,在一旁幸灾乐祸了,他弟弟也该觉得失了面子,和他生分了,他自己也该有诸多不便了。那可能吗?不,那是不可能的事。不过,要说一定不可能那倒也未必,真是未必呢。才华出众的男子拜倒在极低极贱的女流脚下,难道还算新鲜事嘛?比方说,一个忙得无暇去物色配偶的爷们,碰巧遇上了一个想找郎君的女子,于是他一下子就被抓到了手里,这种事难道还算新鲜?这世界上男女方不般配、不相称、不和谐的难道还少吗?人的命运就决定于环境和机缘,这种事难道还少见吗?

唉!要怪只能怪自己把哈利特带了出来!只能怪自己没让她安守本分!奈特利先生不就告诫过自己要让她安守本分吗?要不是自己发了无名的傻劲儿,非要她别嫁给那个其实很不错的年轻人,非不让她跟着他体体面面地去过本该属于她的那种生活,今天是什么风险也不会有,也绝不会闹出这么多要命的事的。

哈利特怎么居然能够这么狂妄,胆敢要去高攀奈特利先生!她怎么竟会这样大胆,心里还一点没把握,就自认为已被那样一位人物选中了!不过话又说回来,哈利特确实已不像以前那样低眉顺目、小心谨慎了。她好像已经不怎么觉得自己才智不如人,地位不如人了。她过去似乎还懂得艾尔顿先生配她是俯就,现在却好像根本就不觉得奈特利先生配她才是俯就呢。嘿!这不全是你自己一手造成的吗?用尽心思,把妄自尊大的思想灌输给哈利特的不正是你自己吗?教导她只要有可能就要设法提高地位,说她完全有资格踏进上流社会的,不是你自己又会有谁呢? 如果说原本是低眉顺目的哈利特如今已经变得自命不凡、桀骜不驯了,那也完全是你自己一手造成的。

第十二章

直到现在,眼看一切都要化为泡影了,爱玛才忽然领悟:原来自己要得到幸福,很关键的一条就是自己在奈特利先生心目中的地位必须始终保持第一,无论受到的关注,还是赢得的感情,都要保持第一。以前就是这样的,她一直觉得心安理得,想也不想,只管尽情享受这份幸福。今天眼看自己有被取而代之的危险,她才感觉这份幸福竟是那样重要,那样难以言喻。长久以来——很久以来,她觉得第一的位置一直是自己占据的,因为奈特利先生本人并无女眷,姻亲中论关系的亲近也只有伊莎贝拉可以跟她相比,而他对伊莎贝拉敬爱的程度,她向来心中有数。多少年来在他的心目中排第一位的一直是她。她总是不知珍惜,要不就一味任性,一点儿听不进去他的劝告,甚至还故意和他作对,一点也没把他的长处看在眼里,还经常和他吵嘴,因为她自以为是,错误地高估了自己。对此他也很不以为然——可由于是亲戚关系,又因性格使然,再加上他思想境界极高,因此他一直对她无比钟爱,从小关注有加,极力帮助她进步,一心只望她正直做人——能够这样尽心的,再也找不到第二个人了。她知道尽管自己有很多的缺点,他还是把她看得很亲——甚至说是至亲,恐怕也不为过。既然事情到了这一步,接下去自然就无可避免会产生一些想头,但是这她就不敢妄自多想了。哈利特·史密森认为奈特利先生对她情有独钟,爱护有加,而且一往情深——她也觉得自己配,那就由她这么去想吧。可她爱玛不能这么想。她不能自作多情,忘乎所以,认为他对自己绝对有意。最近的那件事,就证明了他那颗心还是不带一点私情的,他看见她那样对待贝茨小姐,看他多么的震惊! 他向她申述他在这个问题上的看法,话说得又是那么的激烈、那么的坦诚! 她实在错得荒唐,他说得再激烈些也不过分——可他除了刚正不阿、眼明心热这一面外,要是真还有那么一丁点儿女私情的话,那就绝对不会、万万不会把话说得这样激烈了。他对她爱玛是不会有这种儿女之情的,对此她不敢抱任何希望,即使只是丁点勉强的希望。不过要说哈利特也许是自欺欺人,高估了他对她的关心,这倒还是有点希望的——有时觉得希望渺茫,有时却又觉得希望还有一点的。为了他着想,她宁肯他独身一辈子——尽管那跟她爱玛已经没什么关系了。说实话,只要能保证他永远不结婚,她确信自己也就心满意足了,再没什么遗憾了。希望他在她和她老父亲的眼里依旧还是原来的那个奈特利先生,而且但愿他在全世界人的眼里还是原来的那个奈特利先生。但愿唐沃尔宅子和哈特菲尔德宅子之间还能一直保持原先那种极珍贵的信任友好的交往——要是能够这样,她也就完全放心了。反正嫁人这条路她自己是不能走的。嫁了人,就难报答老父亲对她的恩情了,就难尽她对老父亲的一片孝心了。她无论如何也不能跟老父亲分开。她绝不嫁人,即使是奈特利先生向她求婚她也不嫁。

她当然只有一心企盼哈利特的希望破灭。她想,等有哪天见到他们俩又在一起了，她至少可以留个心眼儿，亲自判断一下有没有这个可能。反正今后见到他们就应该尽量注意观察。尽管说来也真够呛的，之前她睁大了眼睛都会看错人，她就不信这一回她还会看走眼。说不定哪天他就要回来了。她也很快就可以来好好看一看了——因为满脑子的心思就都围着这一件事情转，所以她只感到日子过得飞快。在他回来之前，她决定暂时先不见哈利特。见面了彼此都没有什么好处，见了面又肯定要谈起那个问题，更无助于问题的解决。眼下她还可以不信，却又没有根据可以抗击哈利特那份自信的时候，她打定主意绝对不去相信。多谈只会让自己更加心烦意乱。因此她就给哈利特写了一封信，以友好而又坚决的语气，请求她目前暂时不要到哈特菲尔德宅子来，说是照她看来，某个话题的促膝谈心，还是到此为止，不要再谈为好，如果她们能够隔上几天再见面（有别人同在另当别论，她只是认为单独见面不宜），那么到时候她们就又可以一如往常，就当已经完全忘了昨天的谈话了。哈利特也觉得这话有理，就同意了，心里还着实感激了一番。

这边的事刚安排停当，恰好家里就来了一位客人，于是，过去二十四小时一直缠得爱玛寝食难安的那个问题总算是可以稍稍搁在一边了。来的是维森顿太太，她刚去看望了未来的儿媳回来，顺道来哈特菲尔德宅子转一下，一是自己想来玩玩，二是觉得自己也该来看看爱玛，刚才跟未来儿媳的见面实在很有趣，她想来一五一十全讲给爱玛。

她是由维森顿先生陪着到贝茨小姐家去的，他们这次主要是去她们家探访，维森顿先生的任务是完成得非常圆满的。他们在贝茨小姐的客厅里坐了大概有一刻钟，可以想得见那份絮烦那份别扭的感觉，没什么可多说的，可是过了一会儿菲尔法克斯小姐听了维森顿太太的劝，两个人出外去兜兜风，这一下维森顿太太听到的，就大可一说了，并且听起来还是很带劲的。

爱玛还是有一点好奇心的，她就拿出了最大的耐心，听她的好朋友讲。维森顿太太这次去登门拜访，心里面是七上八下的。她本希望最近不要去，打算给菲尔法克斯小姐写封信就算了，等过些日子丘吉尔先生认为可以公开订婚的消息了的时候，再来做个礼节性的访问。她经过多方考虑，认为去做这样一次拜访肯定会引出很多的流言蜚语。但维森顿先生的想法却不同，他迫不及待地想要向菲尔法克斯小姐和她的家人表示认可，他觉得去拜访一次不会引起大家的猜疑，并且即使引起人家的猜疑也没有什么关系，因为他说"这种事情总是要传开的。"爱玛听到这里不禁微微一笑，她觉得维森顿先生这话确实很有道理。总之他们就去了。那位小姐见他们来访，紧张得完全慌了手脚。她弄得一句话也说不出来，从她的神态举止上可以看得出她是羞得真恨不能找个地缝钻进去。老太太虽然不声不响，却从心底里感到很高兴，她那位女儿开心得都快神魂颠倒了，连说话都不像平日那么利索干脆了，这一幕真让人看着都开心，甚至有点感动。这母女俩的快乐都是那么纯真，那么真诚，她们或喜或愁都完全不是为自己，她们心上想的是简，是大家，却单单没有考虑到她们自己，所以她们把仁爱之心发挥到了极致。菲尔法克斯小姐最近身体不大好，维森顿太太正好可以以此为由，请她坐车去兜兜风。她开始还有点犹豫，本来说是不想去，后来经不住再三相劝，于是就去了。在马车上，维森顿太太循循善诱,最终让她克服了害怕难为情的心理,一起谈到那个紧要的话题来。开头自然免不了要先谢个罪,道个歉,因为刚才自己没怎么说话,似有失礼之处,然后又以最热情的话语,表明自己心里对他们夫妇俩一直是多么的感激。诉完了这番衷情以后,她们就谈起婚约的事来,谈了眼下的情况如何,以后又准备如何,一谈就谈了一大箩。维森顿太太心想,他们订婚已经那么长时间了,姑娘一直只能把话憋在心里,今天终于有机会倾吐一下,相信她肯定是痛快淋漓。姑娘在这个问题上的种种想法,她听得都十分欢喜。

"藏在心里好几个月,可想而知她的那份难受劲儿,"讲完这些维森顿太太接着说,"可是尽管如此,她却没失了志气。她说的话里就有这么一句:'订了婚以后,我不敢说没有多少愉快的时候,但却可以说连一小时的安静都无福消受。'爱玛呀,她说这话时嘴唇都在发抖,我相信她说的是实话。"

"真是可怜的姑娘啊!"爱玛感叹起来,"这么说,她觉得自己私订终身是犯了个错误?"

"岂止是觉得错了!听她的意思,我看她自责的程度啊,真要远远超过任何一个人对她的责怪了。她说:'那结果呢,是我遭到无尽的苦难,我这也是罪有应得。可是,做错了事就算是受够了罪,错总还是错,不能减去一丝一毫。痛苦是赎不了罪的。我再也不能算是白璧无瑕了。我这个行为完全颠覆了我的是非观念,尽管事情到头来也真是万幸,大家现在对我又是如此的宽容和善,但在良心上,我还是对太太十分有愧。她又接着说,'千万别认为这是因为我从小受到的不良教育,也千万别认为这是因为抚育我的恩人或许为人并不怎么正派,或者抚育我并不怎么尽心。我的错全怪我自己。不瞒你说,尽管事到今日我也完全可以找出些理由来为自己作些辩解,但我心里仍是战战兢兢,不大敢把事情的原委详详细细地告诉堪贝尔上校。'"

"可怜的姑娘啊!"爱玛禁不住又感叹了一声,"照这么看来,那一定是她爱他爱得过了头了。要不是爱得难舍难分,她也不至于走到订婚这一步的。一定是感情压倒理智了。"

"是啊,我也相信她对他的感情是非常深厚的。"

"也真是遗憾,"爱玛叹了口气,接着说,"我有时一定还给她增添了许多的不快。"

"亲爱的,你那都是无心的。不过,从弗兰克对我们说的话里可以听得出,确实是有一些误会的,姑娘提到这些误会时心里很可能会有这种想法。她说,人只要一搭上她的这种心思,自然就难免要变得不通情理了。她自己觉得做事很不当,所以她心里老是考虑这考虑那的,人也变得专爱挑不是、好发脾气了,弄得很可能连他也受不了了——事实上他也确实是受不了了。她自己就这么说来着:'我应该体谅他却没能够体谅他,他就是这样的脾气个性嘛——他的个性其实是很可爱的,他生来就是那么热情奔放,那么爱闹着玩儿,一相识我就醉心于此,我相信那将永远令我心醉,怎么也不会变的。'她随后又说起了你,说她生病的时候你待她那么好,她让我有机会就代她向你致谢,感谢你的好心和帮助——其实要说感谢我是无论如何也感谢不尽的。她说这话时脸颊还一红，我一看就明白了其中缘由。她自己心里有数：她从来就没有好好谢过你。"

爱玛立刻就正色说道："如果不是知道她现在已经很快乐，她的谢意我是实在不能领受的。尽管她严于律己，快乐也应该打了许多小小的折扣，不过我想她快乐总该是很快乐的吧。说真的，维森顿太太，如果把我对菲尔法克斯小姐做的坏事好事列一篇总账的话，那……好了，不说了，"她收住了话头，故意做出很轻松的样子，"这些都忘掉算了。多谢你，把这么些有趣的事原原本本地告诉了我。经你一说，我对她的了解就深多了。我知道她是一个特别好的人，希望她今后能无比幸福快乐。那一位幸亏家道富有，因为我看优点都让这位占尽了。"

听到这最后一句话，维森顿太太可不能不回几句了。在她心中弗兰克可以说是样样都好，加上她又十分疼他，因此为他辩护也就挺当回事儿的。她讲的都很有道理，话也都说得很有感情，但她想要说的实在太多，叫爱玛听都听不过来了。不久爱玛的心思便不知是去了布朗惠科广场呢，还是唐沃尔宅子，反正她已无心再听下去了。待维森顿太太说到末了："你也知道，我们巴巴地等他的来信，可他的信却到现在还没来，不过我想这两天无论如何也该来了。"爱玛竟一时答不上话来，她只好定了定神，才胡乱应付了两句，直到说完以后她才想起他们这巴巴儿等的是封什么样的信。

"我的爱玛，你没觉得不舒服吧？"维森顿太太临走时问了一句。

"哎，好着呢。我身体一向是很好的，这你也知道。别忘了只要信一到，可要尽快告诉我啊。"

维森顿太太带来的信息又给爱玛增添了几分愁思，她对菲尔法克斯小姐是越发敬重同情了，可也更感到自己过去真是太对不起她。她真后悔自己当初没去多接近她，这自然多少是因为妒忌，想到此处她脸都红了。要是她早就听从奈特利先生明确说过的意思，多多关心菲尔法克斯小姐（她怎么说也有这个责任），要是她早就能想办法去多了解她，要是她能早些跨出这一步，去和她做个至交，要是她能早些把择友的对象定在这儿，而不是在哈利特·史密森身上，那此刻压得她特别难受的种种痛苦估计十之八九也就都可以免掉了。无论出身，才能，还是教养，情形都是清清楚楚的。一位是堪以当她的同道的，能与她结交应该是一种欣慰；而另一位——她又算什么呢？就算她爱玛和菲尔法克斯小姐并没有结成知心朋友吧，就算菲尔法克斯小姐跟她还不够知己，在这件大事上也还不能把心腹话透露给她吧——这种事很可能是不会对任何人透露的——但是，她爱玛总还是应该了解她的，要是真能了解她，也就不至于这样胡乱来一通，去猜测怀疑她对狄克逊先生会有什么见不得人的爱恋之情了。她爱玛不但荒唐到私下这样胡猜乱想，而且竟还说给别人听，这真是无法原谅的！她真担心，说不定弗兰克·丘吉尔做事轻率，或者一时失口，那么她这种瞎猜疑恐怕已经酿成了祸根，害得简那脆弱的感情蒙受了巨大痛苦。她现在已深信不疑：自从简来到海伯利后，给这位可爱的姑娘带来祸害的那众多根源中，她爱玛位居榜首。她老是要跟她作对。只要他们三个人在一起，她爱玛哪一次不是百般地惹她刺她，就是不放过她。特别是博克斯山上的那次，给她心灵造成的痛苦,恐怕是让她再也无法忍受了。

哈特菲尔德宅子这天的黄昏又是那么的凄凉而漫长。天气也来大肆捣乱,这就更增加了几分阴沉的感觉。一场冷雨挟着狂风袭来,眼前哪有个七月的样?只有那一排排受尽狂风摧残的大大小小的树木,算是勉强显露出一些夏意,还有就是这白天长了许多,但那也只不过让你把这种凄惨的景象多看上几眼罢了。

这天气也影响了伍德雷斯先生,幸亏女儿不辞辛苦服侍,忙得几乎是片刻不停,他才觉得勉强过得去。要是在从前,她连这一半的力气都用不着花的。这让她想起了维森顿太太结婚那天晚上父女俩第一次显得孤零零的情景。不过那一天用过茶点后一小会儿奈特利先生就来了,把种种烦人的胡思乱想都一扫而空。唉!有这样的佳客上门,表明了哈特菲尔德宅子还是有吸引力的,可惜不久以后这样的好景恐怕就难以为继了。那一次她还担心到了冬天家里就会一片冷清,可是结果证明那担心都是多余的,朋友们都还依旧上门,家里也依旧是欢乐一片。但是这一次的预感,恐怕就要不幸成为现实了。她现在看到的只是满天的黑云滚滚,别说云消日出是休想,恐怕连露出一角青天的希望都没有。如果在她朋友中间她担忧的那些事情全都成了事实的话,那哈特菲尔德宅子就不免要冷落不少了——就只剩下她,抱着断送了幸福的无奈,承欢于老父亲膝下了。

朗道斯宅子一旦添了娃娃,肯定要比她亲多了。维森顿太太一定会一心扑在娃娃身上,也不会再有多少空闲了。她不会再到他们家来了,恐怕她的先生也不大会来了。弗兰克·丘吉尔是不会再回到他们中间了,菲尔法克斯小姐看来也好像顺理成章地迅速就不再属于海伯利了。小两口结婚后,如果不是在恩斯康伯宅子住下,也应该是住在恩斯康伯宅子附近吧。好端端的一切,眼看就要接近尾声了。要失去的太多了,如果再加上唐沃尔这边的损失的话,那他们还能留下几个亲朋故旧可以握手言欢呢?奈特利先生再也不会一到晚上就到这儿来散心了!再也不会想来就来,仿佛自己的家都可以不要,宁可要他们的家一样!那可怎么受得了呢?如果说因为哈利特的缘故他从此就不来了,要是说今后他有哈利特相伴就心满意足了,如果说哈利特就是他的意中人,就是他的最爱,就是他的心上人,就是他的伴侣、他的全部,就是他人生最大的幸福寄托,那爱玛越想越苦恼又能怪谁呢?还不都是你自作自受?而且谁让你又总是摆脱不了这样的念头呢?

每当想到动情之处,她总忍不住要猛然一惊,或者长吁一声,有时甚至还要在房间里踱上好一会儿。能给她稍稍带来一点慰藉,让她内心得到一点平静的,也只有自己坚强的决心了。她痛下决心,今后在为人处世方面一定要好好修正。到今年冬天,到往后的每年冬天,不管热闹的光景,欢乐的气氛怎么不如从前,但愿自己能多一点理性思考,多一点自知之明。这样等冬天过后,就不会再有那么多事让她追悔不已了。

第十三章

第二天一上午,天气还是没怎么变化,道路两旁成熟的谷物热得弯下了腰,低着头的蚱蜢多得像茶叶,在小麦和黑土地里,在两岸的芦苇丛中,发出微弱而嘈杂的叫声。太阳像个巨大的火球,光线灼人。哈特菲尔德宅子似乎还是那么冷冷清清,一派沉闷气象。可到了下午,天气就逐渐好起来了,风不再那么大了,云散了,太阳也出来了,又是一番夏日的景象了。天一变好,爱玛心里就按捺不住了,决定要尽早出去走走。那一派美景、那一阵清香、那暴风雨过后大自然带给人的温暖、安谧、鲜亮的感觉,在她看来从没有哪天像今天这样动人心魄、触人灵魂。她希望这一切能赶快抚平她的心绪,正好午饭后不久佩利先生就来了,他刚好有一小时的空闲可以来陪她父亲说说话,所以她利用这工夫,赶紧到灌木林里去走走。在灌木林里散了会儿步后,她精神好多了,心情也轻松了一些,就在这时她突然看见奈特利先生进了花园门,向她走来。她这才知道,他已经从伦敦回来了。她刚才还想到了他呢,只觉得他已经离她十万八千里了。仓促间,只能匆忙定一定神。要镇定自若,千万千万!不久,他们就相会了。互道"你好",都是轻轻地,不大自然。她问他们共同的至亲身体怎么样。大家都还不错。他是何时告辞回来的?就是当天早上。这么说那一路上淋雨了。就是!她觉得他似乎有意要跟她一块儿走走。"我刚才去餐厅里看了看,他们谈兴正浓,就想还是出来走走好。"看他的神色,听他的语气,她感觉他好像不大高兴。她自己也是满肚子的心事,所以首先想到的就是,可能他已经把自己的打算全都告诉兄弟了,对方并不赞成,因此弄得他自己非常扫兴。

他们一起散步,他却一声不吭。她觉得他好像老是不住地在瞧她,好像不管得当不得当,得体不得体,一定要把她的脸看个一清二楚似的。这样一想,她又担心起来。他或许是想跟她谈谈他爱上了哈利特的事吧,或许是希望她先来点一句,然后自己再开口说吧。她觉得这样的话题由她提出来是不合适的,并且她也做不到。所以还得由他自己来开这个头。但他这样老不开口她也受不了。他这种表现十分反常。她想了想,把主意拿定以后,才强作欢笑,开口说:

"既然你回来了,就向你报告一个会让你惊讶不小的消息吧。"

"是吗?"他不动声色地说,然后两眼直望着她,"什么消息啊?"

"啊,天下第一等的好消息——要办喜事了!"

他等了一会儿,确定对方已经把话讲完了才回答说:"如果你指的是菲尔法克斯小姐和弗兰克·丘吉尔,那么我早就已经听说了。"

"这怎么可能?"爱玛嚷了起来。她向他转过脸去,满面通红,因为就在她话出口时,她忽然想起,他或许顺路到哥达德太太家去探访过了。

"我今早收到了维森顿先生的一封信,来信谈的都是教区的事务,不过在信的结尾他也给我简要说了说那件事的来龙去脉。"

爱玛这才长舒了一口气,马上就有了应对的话,声音也稍微平静了些说:

"你是不会像我们那样惊讶的,因为你早就有所觉察了。我还记得有一次你曾特意提醒过我。遗憾的是我当时并没有领会……我这个人呀!"她声音低了下去,还长叹了一口气,"恐怕我是一辈子就这样有眼无珠。"

许久谁也没有再说一句话,爱玛起先还没有觉得自己的话已经引起了很不寻常的反应,可是后来忽然发觉自己的胳膊已经挂在他的臂弯里,紧贴着他的心窝了，并且听见他以十分亲切动情的口气，轻声说了这样一番话：

"我最亲爱的爱玛，时间是能让伤口愈合的。好在你见识过人……又把心思都用在老父亲的身上……我知道你一定不会总是沉湎在……"她觉得胳膊又被使劲夹紧了，耳边传来的话压得声音更低了，说得也越发若断若续了，"出于最真诚的友谊，表示愤慨……我表示同情……可恶的流氓！"最后几句话声音才逐渐大了些，语气也连贯了些，"他不久就要走他的了。不久他们就要去约克郡。我也为简难过。落得这样的命运，也太委屈她了。"

爱玛听懂了他的意思。这一番体贴温存的话实在太叫她快活啦！等到激动的心情平静了下来，她就立刻回答说：

"你真是太好了，不过你误会了，我得给你说清楚。我不需要这种同情。要怪都怪我见事不明，对待他们的态度没有问题，我可能一辈子都要引以为耻。而且我还一时糊涂，鬼迷心窍，说了很多话，做了很多事，很可能会引起人家种种不快的猜测。不过除此之外，我再没有其他理由要为我过去不明真相而感到懊悔了。"

"爱玛！"他殷切望着她，不禁叫了起来，"真的吗？"可他马上又镇定了下去，"不，不，我了解你，请原谅我，你能这样说，我实在太高兴了。说真的，实在犯不上为他而悔恨！我希望过不了多久，你就能不光是从理智上承认这一点。幸亏你的感情还没有陷得太深！老实说吧，看你的态度，我始终也拿不准你对他的感情到底到了什么程度——不过有一点我能肯定，那就是你喜欢他——你那么喜欢他，我看他是说什么也不配的。他简直丢尽了男人的脸面。他这么个人，怎么能让那个可爱的姑娘去做他的配偶？简啊！简啊！你真是太可怜了。"

"奈特利先生，"爱玛说——她想尽量表现出轻快的样子，其实心里很慌乱，"我目前的处境是非常特殊的。我不能让你再继续误会下去了。不过，既然我的态度已经给人家造成了那样的印象，这么说吧，就是：姑娘家不好意思承认爱上了某某人乃人之常情，但我却正好相反，我是不好意思说自己完全就没有爱上过前面你说的那一位的。不过我是的的确确没有爱上过他。"

他只是倾听，始终没有吭声。她真希望他能开口，可他就是不说话。她想，看来自己还得再多说两句，不然就别想得到他的宽容，可是自己在他眼里已经矮了好几分了，再要矮下去也实在是太委屈自己。不过她到底还是说了：

"关于我自己的行为，我确实没有什么要辩解的。我被他的殷勤迷住了心窍，我有失检点，表现出了很高兴的样子。这样的事，好像也算不得什么新鲜事了——没什么可稀罕的——我们做女人的过去出这种事的多了，我也不过就是那么回事而已。不过恐怕也不会因为出在我这样一个一向自以为明理的人身上，就可以宽恕一二。我之所以迷了心，当时有很多因素共同起到了推波助澜的作用。他是维森顿先生的儿子——又经常来这里——我又觉得他非常讨人喜欢。"她叹了口气说，"我把原因说得再天花乱坠，归根到底还是一点，那就是我的虚荣心经不起一捧，就陶醉了，对他献的殷勤也就来者不拒了。不过，近来——时间也不能算短了——我已经觉得他的殷勤实在毫无意义。我觉得那不过是他养成的一种习惯，一种惯玩的把戏，不值得我认真对待。他让我上了一次当，但是并没有伤害到我。

我从没对他产生过爱慕之情。应该说我现在对他的行为已经完全了解了。他从来就不想跟我发展感情。他只不过想掩盖他跟别人的真正关系，他的目的，是想要瞒过周围一切人，而最容易让他这一拿得逞、被他瞒过的，恐怕就要数我自己了——不过我到底还是没有被他瞒过——也幸亏我运气好——总之一句话，我好歹算是没被他伤害到。"

说到此处，她本以为他该接口说两句了——对她的行为表示一下理解也好嘛，可是他还是一声不吭，据她的推测，也该是在凝神思考。过了好一会儿，他总算开了口，那语气还跟往常差不多：

"我对弗兰克·丘吉尔一向没有什么好印象。不过，是我小看了他也有可能。我跟他的交往很浅。就算我没有小看他吧，他还是有变好的可能的。有这样一位好姑娘做妻子，他还是有希望的。我可没有理由希望他不好——他人品好了，行为正了，姑娘才会幸福，就算为姑娘着想，我当然也希望他好啦。"

"我相信他们会真心真意彼此相爱的。"爱玛说，"我相信他们结成一对会幸福的。"

"他是个挺幸运的男人，"奈特利先生接着说，字字铿锵有力，"那么年轻的——才二十三岁呢——人家在这个年龄选妻子往往不得其人。才二十三岁就得到了这么一位好妻子！不管人家说常人的平均寿命是多少，反正在他的面前有的是幸福的岁月了！他可以安享这样一位女性的爱——无私的爱——因为简·菲尔法克斯的性格注定了她的爱是无私的。他真是样样顺利——双方条件相当——我说的是朋友交往，以及一些生活习惯之类的，那都很相当，可说是样样相当，只有一点除外——而这不相当的一点呢，由于简的心地纯洁，所以那反倒会增进他的幸福，因为她的唯一所缺能得之于他所赠，这对他来说就是一种快乐。一个男人，总希望给女人安排的家比原来的家要好，谁只要能做到这一点，只要女方不是无动于衷，我看他就是世界上最快乐的人了。弗兰克·丘吉尔真是个幸运儿。他简直是幸福无边。他在一处温泉碰上一位姑娘，得到了她的爱情，无论如何冷淡她都不能让她心灰意冷——我看他就是全家出动，跑遍全世界去帮他找个理想的妻子，也别想找得到比简好的了。他的舅妈本是块绊脚石。而她却死了。结果他一开口大事就成了。他的朋友又都巴不得他能早些得到幸福。他对谁都不惜亏待——可是人家却无一例外高高兴兴原谅了他。他真是个有福气的人哪！"

"听你的口气，似乎还很羡慕他。"

"我的确很羡慕他，爱玛。在这一点上我羡慕的就是他。"

爱玛不好再问下去了。再说下去的话没准儿马上就要把哈利特给带出来了，她的直觉告诉她要尽可能回避这个话题。她已经做好打算了，她最好还是来谈些压根儿不相干的事——就谈布朗惠科广场的小家伙们吧。她刚吸了口气要开口，奈特利先生一句话却冷不防吓了她一跳：

"你不问我羡慕他的是什么嘛。我看得出来，你是铁了心不会问的。你很乖，可是我却学不了这个乖。爱玛，你不问，我也得告诉你，尽管我可能刚一说出就会后悔。"

"哦，那你就别说了，"她急得直叫，"先别着急，还是考虑一下，别把话说死了。"

"谢谢你。"他说,那口气是难堪至极的,接着便一句话也没了。

爱玛实在不忍心他难受。他这是想跟她说说心里话——或许还想跟她商量一下,她即便听着心里苦涩,也应该听听才是。她可以帮他拿定主意,也可以替他消除些疑虑困惑。她也可以实事求是地称赞哈利特几句,还可以劝他要有自己的主见,帮他摆脱这种举棋不定的状态——对他这种思想方式的人来说,举棋不定必然比挑了个不称心的老婆还难受。这时他们已经到了屋前。

"你或许要进去了吧?"他说。

"不,"爱玛听他还是一副沮丧的口气,越发不想进去了,"我还想再走一圈。佩利先生还没走呢。"走了几步,她就接着说,"刚才我很不礼貌,打断了你说话,奈特利先生,可能惹得你不高兴吧。不过,你作为一个朋友,如果有什么话想要坦率地跟我说,或者心里有什么打算,要问问我的意见——作为一个朋友,你只管赐教就是。只要你愿意说,我一定洗耳恭听。我也愿意如实告诉你我的想法。"

"作为一个朋友?"奈特利先生玩味着这几个字,"爱玛呀,这可能也只是说说吧,没有,我真没有什么话想说。等一下,对了,我何必还要犹疑不定呢?我已经都走到这一步了,心事想隐瞒也隐瞒不住了。爱玛,我接受你的提议——尽管这提议好像很特别,我还是接受,把我当成你的一个朋友。那请你告诉我:我真的没有成功的希望了吗?"

他收住了脚步,掩盖不住内心的焦急,把一切都写在了脸上,那副眼神叫爱玛看得都受不了。

"最最亲爱的爱玛,"他说,"不管我们此刻谈话的结果如何,你永远是我最最亲爱的——永远是我最最贴心、最最亲爱的爱玛——快,请直接告诉我吧。要说'是'也请尽管直说。"可她却就是半个字也说不出来。"你不说'是'啊,"他顿时精神百倍,叫了起来,"你就是不说'是'啊!能这样我就已经再高兴不过了。"

爱玛此时此刻真是万分激动,两条腿都要支撑不住了。别的她恐怕什么也不放在心上了——她现在就怕有人来惊醒了她这最最幸福的梦。

"爱玛,我说不了长篇大论,"不一会儿他又说了下去,口气里透出的那份情意是诚恳的、坚定的、真挚的,让人觉得无比温暖,"我要不是那样爱你,倒也许可以说上一大堆。可是你也知道我是怎么个人。我这人是只会实话实说。我教训过你,也责备过你,你听后都容忍了,能像你这样宽容大度的,我看跑遍英国也找不出第二个了。我最最亲爱的爱玛,我现在要跟你说的真心话,希望你听后还能像从前那样大度容忍。你恐怕从我说话的态度看不出我的一片真情。上天知道,我是个非常冷漠的人,但情感很深。幸好你是理解我的。对,你是理解我这一片深情的——而且只要你能以情相报的话你是不会不报的。此刻,我只祈求能听听,一定要听听你的意见。"

他在那里说,爱玛这里却满脑子忙个不停,各种念头转得飞快,既把话听得一字不漏,却又能抓住其整体的精神,理解其准确的含义。她知道了哈利特的所谓希望其实是毫无根据的,是个错觉,是个误解,和自己一样原来都是想入非非——原来他心目中只有她,她暗指哈利特所说的那些话,都被他理解成她自己感情的表述了,她的疑虑,她的不安,她不想听他说,她不让他说,都被他认为是她自己的不情愿了。就这一会儿工夫,她不但树立起了信心,快乐得心里美滋滋的,并且还暗自庆幸:幸亏自己没有把哈利特的秘密说出来,现在是用不着也不该再说了。现在她对她这位可怜的朋友也最多只能再帮这么个忙了,因为她还没有那种甘愿牺牲自己感情和幸福的精神,不会说求他别爱自己,不如去爱哈利特——她没有那么纯朴的崇高品德,所以也不会因为两女不能嫁一男,就什么理由也不说,干脆拒绝他。对哈利特她是很同情的,心里是又愧疚又难过,但是脑子里却也没有闪出过任何仗义到发傻的想法,不会连眼看就要成功的、幸福无比的事,都硬是要去推翻。她误导了朋友,为此她要引以为咎一辈子,但是在这个问题上她不仅感情强烈,而且判断问题也一样果断,现在和以前一样果断,她觉得他跟哈利特这样的人结亲是极不般配的。自己的这条道路倒还是畅通的,尽管不是毫无阻碍。既然他这样苦苦求她说两句,于是就开了口。她说些什么呢? 自然是能说什么就说什么吧。这是有身份的小姐一贯的说话原则。反正她说得既能让对方明白完全不必绝望,又能引得他也再来说上两句。他有一阵子真是绝望了,他乍一听到那个命令,要他别说,要他慎重,一时间觉得一切都灰飞烟灭了,她开始不是不想听他说吗? 后来的变化好像有些突然,她提出再走一圈,又恢复了刚刚打断的谈话,这也许有什么特殊的原因吧? 她也觉得无法自圆其说,幸亏奈特利先生是最能体谅人的,事情过去了也就过去了,不必再追问了。

世人吐露心中的秘密,能达到百分之百真实的是很少的,很少能有不加任何掩饰,不存在一点误解的。不过,就以他们这个例子而论,虽然在行为上的确有些误解,却并没有误解彼此的感情,这看起来问题就不大。爱玛已经是够宽容的了,对他也已经是十分心许了,奈特利先生还能要求她怎样呢?

其实,他完全没有意识到自己还是蛮有影响力的。他跟着她走进灌木林的时候,并没有想到要发挥这种影响。他来,是急于想看看她听到了弗兰克·丘吉尔订婚的消息是不是能承受得住,自己并没有什么私人的目的。如果一定要说有什么目的的话,那也无非就是想来安慰安慰她,或者好好劝劝她,可是她压根儿就不许他开这个口。其他就都是临时发生的了,是他听了她那几句话后引起了他在感情上的直接反应。爱玛表示自己的心根本不属于弗兰克·丘吉尔,这个好消息让他萌生了希望,觉得自己将来有一天或许可以赢得她的爱情,不过这个希望目前还很渺茫,他只是在激情压过理智的瞬间,巴望着能讨得一个信息,知道她并不是拒绝他来跟她发展感情。随后逐渐展露的各种希望又都近了一层,那就越发令他欣喜了。他原本只是心存祈求,希望她能允许他把感情建立起来。原来这感情的纽带早就握在他的手上了! 只有短短半个钟头的工夫,他的心情由万分苦恼变为欢天喜地了——这不叫欢天喜地又叫什么呢!

她的变化也一样大。就是这短短的半个钟头,使双方都如获至宝,认清了自己才是对方的心上人,也消除了彼此的误会隔阂,妒忌猜疑也都一下子消除殆尽。他这边的妒忌是由来已久了,是弗兰克·丘吉尔一来就有了,甚至可说是一知道他要来就有了的。他爱上爱玛，妒忌弗兰克·丘吉尔，差不多是同时开始的，很可能就是因爱生妒，又由妒而促了爱吧！他也正是因为弗兰克·丘吉尔的原因，才离开了乡下的。博克斯山之游，让他下定决心要走。还是走开点儿，免得再见到这种一方大献殷勤，另一方纵容乃至怂恿的场面了。他要找个地方，让心赶快冷下来。可是他没能找对地方。在弟弟那里家庭之乐的气氛太浓了，妇女的形象太可亲可爱了，伊莎贝拉跟爱玛也太像了(不像的只是几个明显不如爱玛的地方，那反倒总是让他感觉如见爱玛其人)，因此他即便住得再长，也不可能有多少收获。不过他还是锲而不舍，硬是一天又一天地住下去——直到今早，一封信带来了简·菲尔法克斯的消息。当时他肯定非常高兴，不，他从来就不信弗兰克·丘吉尔也配得到爱玛，所以应该说是乐开了怀，欢喜之余又不免情思萦逗，放心不下，弄得一天也待不下去了。他冒雨策马赶回家来，吃过午饭就立刻到她家，来看看这个天底下最出色、最可爱、最完美的姑娘，听到了这个令人震惊的消息还能不能承受得住。

他刚才看到她无精打采、心绪不宁。弗兰克·丘吉尔可真是个害人精哪！他听见她斩钉截铁地说她从来没有爱过他。这样看来弗兰克·丘吉尔还不算十恶不赦！等到他们回屋的时候，她已经变成了他一个人的爱玛了，他不仅握住了她的手，还得到了她的千金一诺。如果此刻他想起了弗兰克·丘吉尔的话，那他可能反倒会觉得：这小子还是蛮不错的！

第十四章

爱玛进屋时跟她刚出来时的心情相比，真可谓是天壤之别！刚才她还只是希望哪怕稍稍缓解下她心里的痛苦也好，此刻她却觉得欣喜若狂，乐得心头怦怦直跳——而且她相信，等这阵狂喜过去，接下来心里肯定还要甜上十倍。

他们坐下来喝茶——还是这样三个人，还是围着这张桌子——三个人曾一起在这里坐过多少回啊！她的目光曾多少次落在草坪上的这一片灌木上，欣赏夕阳返照时的美景！可是以前从来没有哪一次是这样兴高采烈，从来不曾有过这样的心情。她好不容易才稳住了自己，恢复了常态，还像平常那样当好她这个女主人——更何况还要当好这个乖女儿。

可怜的伍德雷斯先生满腔热情地迎接客人，还挺为他操心的，路上淋了雨可别着凉了啊，可是他怎么也没有想到人家心里正策划着对付他的阴谋。要是他能够看穿对方的心，他才不会去操心人家的肺呢。可是他万万没想到大祸临头，也完全没有觉察两人的神情举止有什么异样，所以还是心情十分舒畅，把刚才从佩利先生那里听来的新闻逐条讲给他们听。他说得自得其乐，绝对想不到要是叫他们也把肚子里的新闻掏出来说说的话，他听到后会有多吃惊。

只要奈特利先生在身边一刻，爱玛就兴奋得平静不下来，可是等他一走，她的心就平静了许多。一夜无眠是肯定的了，辗转反侧之间，她想到还有几个问题非常严重，必须认真考虑，甚至觉得自己的幸福也终不免要带上些遗憾了。一个问题是老父亲——还有一个就是哈利特。在她独处的时候，她不能不觉得他们俩都已成了包袱，沉甸甸地压在她的肩上。问题是如何才能尽量保障他们的幸福不受影响呢。关于老父亲的问题倒是很快就有了答案。她还不知道奈特利先生将提出怎样的希望，不过她自己在内心深处稍一思量之后，就做出了极为果断的决定：她是绝不会离开父亲的。她甚至还为自己动了这种念头而哭了起来，觉得这是思想上犯罪了。只要父亲在世，她就只能做到订婚为止。不过她又有个勉强可以安慰自己的想法，认为只要自己没有"嫁到人家去"的危险，那这门亲事也不见得就不能给他添上一些安慰。怎样才能为哈利特尽自己最大的努力，这就有些难办了。怎样让她免遭一些不必要的痛苦？怎样给她一些合适的补偿呢？怎样做才能不显示出敌意？在这些问题上她是一筹莫展，无比的烦恼，而且一想到这些，原来沉积在她心底的那种种痛苦内疚、伤心悔恨，又都得一一翻出来，尝了一遍又一遍。最后她只得下定决心，当下还是不要跟她直接见面，有什么话要说还是以去信为宜，现在如果能让她暂时离开海伯利，那就最好了。她老脾气又犯了，要出主意了：她已经隐约有了个打算，觉得可以设法去给她弄一封邀请信，让她去布朗惠科广场。伊莎贝拉一向是喜欢哈利特的。到伦敦去住上几个星期，哈利特也一定会欢喜的。她相信，以哈利特那样的性格，去看看色彩缤纷的新奇世界，逛逛商铺，遛遛大街，逗逗小家伙们，只怕是再高兴不过了。不管怎么说，这至少能证明她爱玛是关心她、体贴她的，她爱玛待人是错不了的。现在还是以互不相见为好，暂时躲过这大家一起面面相觑的难堪的一天。

她一早就起来，给哈利特写信，写完了总觉得心里很郁闷，甚至有点沉重了，所以她并没嫌特意来哈特菲尔德宅子吃早饭的奈特利先生到得太早。早饭后她偷得半个小时的空闲，跟他又去旧地重游了一番，说"旧地重游"，不只是把昨天走过的地方又都走了一遍，而且也确实有一种比喻的意思。经过了这番回味，她才多少恢复了昨天晚上的那种幸福的心情。

他告辞后没多久——真是没多久，她还没有来得及去想什么事呢——朗道斯宅子那边给她送来了一封信。信很厚，她猜得出信里的大致内容，心想不看也罢。她现在对弗兰克·丘吉尔完全抱着宽容大度的胸。她不想听他解释，她只希望自己能好好想想——要看懂他写的那一套，她自问也真没这个本事。不过好歹还是看一下吧。她拆开信封，果然如她所料：前面是维森顿太太给她的一纸简短的问候，后面附有弗兰克给维森顿太太的来信：

我亲爱的爱玛：随附一函，敬请一阅。我知道你定会觉得这封信写得确实不错，相信你看了也一定会十分高兴。我看我们对于写信者是再不会有很大的分歧了，我也不想在这里再多啰唆了，还是让你快些看信吧。我们都很好。看了这封信，我那种神经容易绷紧的老毛病就不治自愈了。星期二那天我看你脸色不大好，不过那天上午的天气也确实让人很难受。尽管尔不肯承认你会受天气的影响，可是我看一刮东北风，谁都免不了要有些不自在。星期二下午到昨天上午那场风雨好厉害，我着实为令尊担心，辛亏昨天晚上从佩利先生处得知令尊无恙，我这才安心。

你永远的朋友

A·W

[维森顿太太亲启]

亲爱的夫人：

如果我昨天的意思表达得清楚，那么这封信就不会让你觉得意外了。不过意外也罢不意外也罢，我相信你一定是怀着一颗厚道宽容的心来看我这封信的。你是个无比善良的人，不过即使是你这样善良的人吧，也真还得需要全部的仁慈和善良之心，才能对我过去的行径原谅一二。不过也确实有一位更有理由要恨我的人，却已经宽恕了我。所以当我写这封信时，也就来了一股勇气。一路顺风惯了，往往会忘了谦虚为人。在此之前我已经两度恳求人家的原谅，都能如愿以偿，所以这次我也许就很不自量，以为一定也能获得你的宽恕，以及你亲友中有理由要生我气的各位的宽恕了。务必请各位一定要理解我初到朗道斯宅子时所处的境地，也请各位一定要理解我当时心里藏着一段隐情，那是不管什么风险也绝不能泄露的。

情况就是这样。至于到底我这样瞒着大家是不是合适，那又是另外一个问题了。我在这里就不说了。如果有爱挑岔子的仁兄想要知道我到底受到了什么蛊惑，为什么就认为我应该，那我就要请他们不妨都去看看海伯利的一座砖房：楼下是几扇起落窗，楼上是一排横窗。我不敢在大庭广众之下和她说话。在恩斯康伯宅子的时候我处境之艰难想必大家都知道，这无须我明言。我还是十分幸运的，能在韦茅斯分别以前在心灵上与她的沟通，使这位称得上人世间最正派的女性大发慈悲，不惜俯就，跟我秘密订了婚约。她当时要是拒绝了我的话，我一定会发疯。可是你一定会问了：你这样做的目的是什么呢？能有什么好呢？好事坏事都可能有，什么都有可能——可能赢得了时间，抓住了机遇，可能还有这样那样一时还看不出来的好处，也可能会突然引发什么风波，可能锻炼了坚韧的意志，也可能会造成日久生厌的恶果，可能因此而身体好了，也很可能因此而弄出病来。反正我看到许多各种各样可能的好处，而第一个到手的好处就是得到了她的千金一诺，她保证此情不渝，与我书信相通。

我亲爱的夫人，如果你觉得这还不足以说明问题的话，那我还可以告诉你，我十分有幸能有这样一位父亲，我继承了他乐观积极的性格，这比传给我房产、田产都要强上千万倍。因此，你看，我就是在这样的情况下第一次来到朗道斯宅子的。关于来朗道斯宅子的这个问题我知道自己错了，因为我确实早就应该来了。

你回想一下就知道了：我是直到菲尔法克斯小姐到了海伯利以后才来的。我一直没来，这轻慢的是你，你呢，也马上就原谅了我。可是要求得到父亲的宽恕，我就得做工作了，我就说：只怪我福薄，一直没回家来看看，也就一直没有能一睹慈颜，得到你的抚爱。我在你们身边过了无比幸福的两个星期，我的行为是没什么可指摘的，只有一个除外。这也就是我现在要谈的正题了。我住在你们那时，也只有这个问题让我非常不安，或者说需要多用心来解释一下。我提到伍德雷斯小姐时，总是尊敬至极，极尽友好。我父亲可能认为还不够，觉得我应该再加上一条：不胜惭愧。昨天他不经意间漏出来的几句话，就明显有这样的意思。

我承认自己是很应该受到责备的。我过去对伍德雷斯小姐的态度，我看确实很过分。我们相识不久，相处得很亲密，我只想着守住秘密要紧，为了掩人耳目，于是把这种关系利用来保守秘密。我把伍德雷斯小姐拉来做了掩护，这我无法否认，但是我要说句真心话，我相信你们也一定会觉得是有道理的，这就是：我要不是深信她根本无意于我，我也就不会为了一己之私而乐此不疲继续下去了。伍德雷斯小姐尽管可亲可爱，但她给我的印象却绝不是一位会轻易跟别人相爱的年轻女子。她是绝对不会对我产生爱情的，我希望是这样，也完全相信是这样的。我献去殷勤，她抱着打趣的态度都受而不拒，显得随和而友好，这也正合我的心意。我们好像都能心照不宣。从我们彼此的关系看，我对她的那套恭维其实也不算太过分，当时大家也都是这么觉得的。我不知道伍德雷斯小姐是不是在那两个星期就已经看透了我的真实心意。我只记得在我云向她辞行时，我差点儿就对她吐露真情了，可又忽然觉得她好像也并不是一无所觉似的。不过我能肯定的是，她从这以后对我就已经有所察觉了——至少是有了一点察觉吧。其中情况她不一定全猜得到，但是凭她的机敏，一定看出了事情的一些蛛丝马迹。那是肯定无疑的。

目前此事虽还秘而不宣，可将来一旦公开，你看她好了，她是绝不会觉得十分意外的。她在话里就已经经常向我露出这样的口风。我记得她在舞会上就对我提过，说艾尔顿太太对菲尔法克斯小姐关怀备至，我真应该感谢艾尔顿太太才是。以上我把我对她的态度的来龙去脉都交代清楚了，希望二老阅后会觉得事情不那么大谬不然。只要你们还觉得我有对不起爱玛·伍德雷斯的地方，我就永远也得不到你们的海涵。请开脱了我的这个罪吧，一旦情况允许，请你们一定还要代我向这位爱玛·伍德雷斯讲个情，求她的谅解和宽恕，我对她怀着一片兄妹之情，真心希望她也能和我一样找到爱情，无限幸福。

我在那两个星期里说的话、做的事无论有多奇怪，现在你们应该都可以理解了吧。我的心是在海伯利，所以我就一心只想着找机会往海伯利跑，又要尽可能不引起人家的疑心。要是你们回想起来觉得某事有可疑之处，只要想到这一点，就一定都能理解了。就以大家议论纷纷的那架钢琴而论，我想只要说明一点就够了，那就是订购钢琴一事是菲小姐毫不知情的，要是事先征求她的意见的话，她是绝对不会让我买了送去的。

我亲爱的夫人啊，她在我们订婚过程中表现出来的那种思虑缜密，只恨我口讷笔拙，实在表达不确切。我竭诚希望你不久就能亲身感受到，对她有个深透的了解。她是再精妙的笔墨也无法描摹的。她的为人，只能由她自己来告诉你了——不过不会是口述的，因为像她那样刻意讳言自己优点的人，世上绝没第二个。没想到这封信会写得这么长，写到一半正好接到了她的来信。信上说她身体还不错，不过她从来不说自己的身体不好，所以我也不敢相信。我想请你看看她到底气色如何。我知道你是马上就要去看她的，她一直担心你去呢。也说不定你已经去过了。那就赶快告诉我，我在急切盼望你的消息呢，越详细越好。

你总还记得，我这次到朗道斯宅子来只逗留了那么短短几分钟，我弄得多么狼狈，多么尴尬，多么疯疯癫癫！直到现在我的情况还是没多少改善，一边是欣喜若狂，一边却又是苦恼得简直要发疯。想起人家对我的恩情和善心，想起她是那么人品出众，那么任劳任怨，想起舅舅的宽容，我真是欣喜若狂。可是再一想到给他惹出了那么多麻烦，自己实在不可原谅，我心里也火冒三丈，简直要发疯一样。我想我要是能再见她一面就好了！可是眼下我还万万不能提。舅舅待我这么好，我不能得寸进尺。

这封信我已经写得很长了，可还欲罢不能。还有些应该告诉你们的事，我还没来得及说。有些细节，昨天我根本就没工夫说。但是这件事之所以会这么突然，所以会出得这样不是时候，还是需要说明一下的。因为，现在情况很明显。上月二十六日的那件事是个关键，从此我的前途立刻就一片光明了。

可是当时要不是出现了一个火烧眉毛的情况，容不得我有半点的迟延，原本我是不会贸然做出这种操之过急的事情来的。那样仓促行事，我自己本不会干的，何况凡事我只要有一分顾忌，到了她心里这顾忌就会增添三分，而且想得也更细——可是我还是不得不豁出去了。那都是因为她仓促接受了那位太太的聘约——写到这里，我亲爱的夫人，我就不得不暂且搁一下笔，我得好好回想一下，静一静心，刚才我到田野里去走了一圈，现在头脑也清醒了，这一下可以把信有头有尾地写完了。

说实话，回顾这一段事对我来说是十分痛苦的。我当时的行为实在是丢人。现在我完全承认了，我对伍德雷斯小姐的态度惹得菲尔法克斯小姐很不愉快，这我绝对难辞其咎。她既然不赞成，我也就该到此为止了。我认为那是打掩护的需要，她却觉得这不能成为理由。她生气极了，我却觉得她生气是不讲道理，我觉得她总是过于多虑、过于小心，我甚至觉得她有些冷漠。可是道理却总是在她那边。假如我当时听从了她的意见，把自己的兴头控制在她认为合适的程度上，那这件我有生以来最不幸的事也就可以避免了。我们吵架了。

你们还记得那天上午大家去唐沃尔宅子玩吗？就在那儿，以前几乎忽微的种种不满，终于累积到了一触即发的地步。我来晚了，在路上碰见了她，见她独自走回家去，就想陪她同行，可是她不依。她硬是不让我陪她走，我当时觉得她很不合情理。不过现在我清楚了那完全是她出于谨慎，她天生就是这样的谨慎，一贯如此。

为了掩人耳目，不让大家知道我们订了婚，我既已对另一位女士大献肉麻的殷勤于前，她又怎么能尽弃严防死守，听我这馊主意呢？我们同行于唐沃尔宅子和海伯利之间如果被人撞见的话，人家肯定会起疑心，事情就会露馅了。可是我当时真是气昏了，居然怨恨起她来。我开始不信任她的爱情。

第二天在博克斯山我这不信任完全感升级了，我那天的行为确实很不像话，我使出了极不光彩的专横态度，故意不理她，露骨地向伍德雷斯小姐频致倾心之意。面对这种场面，只要不是个完全糊涂女人，那是换了谁都受不了的。她生气极了，话里有话地表示了她的愤慨，那我是绝对能听得懂的。

总之，我亲爱的夫人，这次吵架完全不能怪她，错全都在我；尽管我原本可以在你们那里过一夜，等第二天一早再走，但我还是当晚就回了里士满，为的就是要尽可能表示我生了她的气。但即使到了那时，我也还不是浑蛋得真要跟她绝情，仍是抱着日后再言归于好的打算的。不过我觉得受委屈的是我——是她的冷淡伤透了我的心——所以我走的时候是铁了心的：要和解也得由她先伸出手来。我一直暗自庆幸那天你没有参加博克斯山之游。你要是亲眼见到了我在那里的"表现"，我相信我在你心目中就将永远是个蠢才。我那天的"表现"对她的影响就是：促使她立刻下了决心。她一听说我确实已不在朗道斯宅子了，就把那个爱管闲事的艾尔顿太太介绍来的工作应承了下来——顺便说一句，我对这位太太待她的那一套做法，向来愤愤不平，心里好恨！人家以极大的宽容待我，我万万没有说三道四的理。可是，反过来说，像这女人那样一手包办，那我也要毫不客气地坚决反对的。还叫她"简"呢，也真有她的！你可能也注意到了，连我都不敢那么放肆管她叫"简"呢！哪怕跟你说起时也不会那么叫的。

你想想，我老是听艾尔顿两口子在那里"简""简"叫得不亦悦乎，心里该多么难受啊！他们有意把话兜来翻去，真是俗不可耐，而且又自以为有多了不起似的，作出一副盛气凌人的样子！

请再耐心听一下，我很快就要说完了。她当时就把那个工作应承了下来，决心跟我一刀两断，第二天就写信给我，说以后彼此不要再见面了。她认为我们之间的婚约只会给双方带来悔恨和苦痛，所以她就自己废除了。信正好是在我那可怜的舅妈去世的那天上午收到的。

我接信后不出一个钟头就回了信，可由于我当时心里乱七八糟的，况且那么多的事情一下子全落到了我的身上，结果忙中出错，我没有把这封信和当天的其他许多信件一起寄出去，而是锁在写字台里了。我想我的信虽只寥寥几句，但是话已经说得很明白，该让她满意了，所以心里也就不紧不慢的。没有得到她的回音，我免不了有些失望，不过想想或许她有她的原因吧，再加以我也实在太忙。而且——不知道这话当讲不当讲？我这个人看问题总是太乐观了，不会往坏处想。

后来我们搬到温利莎来住了，过了几天我收到她寄来的一个包裹——她把我过去给她的信全部都退回来了——同时还有一封短短的信，说她上次寄出一信，到现在还没有接到只言片语的回复，深感惊讶。又说，在这样的问题上沉默的含义是不全被误解的，再说双方的小事也自应及早处理清楚，俾可两便，所以她现将我以往的去信悉数妥为寄还。她过去的一应信件如果我不能及时检出，于一周内寄达海伯利，则请于一周后寄往某某处由她亲收亦可。总而言之，赫然映入我眼帘的，是布里斯托尔近郊斯莫尔里奇先生家的详细地址。这个地方，这个名字，我是知道的，这一下我立刻明白了她究竟是怎么回事。这完全符合她性格中刚强的一面，我知道她向来就是这么个刚强的人。她上次的信里专门没提她这个打算，却同样说明了她性格中还有心细如发、害怕失去的一面。她说什么也不能让我觉得她那是在威胁我。我当时的震惊可想而知。

不用说，我当时大骂邮局总是出错，后来才发现出错的竟然是自己。这一下该怎么办呢？只有一个办法。如实去跟舅舅说。要是没有舅舅点头，她哪里还能听我的话呢？我就老老实实跟舅舅说了。幸亏形势于我十分有利。最近的变故磨掉了舅舅的霸气，我真没有想到他的态度那么快就软了，给我说动了。可怜的人儿！最后他只能长叹一声，说希望我成婚以后也能和他一样幸福就好了。我倒觉得我的幸福肯定不会像他那样的。你可能想到了我的苦处,是不是有点可怜我了?因为你明白我向舅舅陈诉时感到的痛苦,成败在此一举,心里别提有多紧张了。

但是你也先别可怜我,等我后来到了海伯利时,看到了她被我害得病成了那步田地,再可怜我吧! 等我看到了她面黄肌瘦、恹恹病容的样子,再可怜我吧。我那天到海伯利,是把时间算准了的。我知道她们家早饭一向吃得比较晚,看准大概就她一个人在屋里的时候到了她家。

我这个算盘果然没有落空,我此来的目的,同样也没有落空。她的一肚子气都是件件在理、样样有因的,我得费多少口舌去消她这个气啊。不过我最终还是成功了,我们和好了,比以前更亲了,亲密百倍了,我们之间以后再也不会有什么风波了。

好了,我亲爱的夫人,我就不再缠磨你了,不过不写到这儿我实在是难以收笔啊。你待我一直这么好,真是要万分感谢! 以你这样的仁爱善良,待她一定也会关怀备至、宠爱有加的,对此我更要万分感谢。如果你认为我的福气未免太好了点,我是完全同意的。伍德雷斯小姐就叫我幸运儿。我想她说得没错。有一点我的幸运是毋庸置疑的,那就是,我有幸能把我的名字签作:

热爱你、感激你的儿子

F.C.维森顿·丘吉尔
7 月于温利莎

第十五章

弗兰克·丘吉尔的这封信一定打动了爱玛的心。尽管她事前已拿定主意,不为其所动,然而却还是同意了维森顿太太的那句话,觉得这封信写得真不错。一看到信上提到自己的名字,她就忍不住接着往下看了。每句与自己有关的话,她都看得津津有味,似乎每一句都看得很在理。后来信上虽然不再提自己了,但是自己以前对写信人的关心却已油然而生,再加上此刻一看在讲爱情,怎能不看,所以说信的吸引力还是蛮大的。她一口气把信看完,虽然还不至于觉得他完全没有错,却也觉得他的错不像想象的那么严重,他还是有他的苦衷,并且又深怀内疚。况且他对维森顿太太又那么感激涕零,对菲尔法克斯小姐又是那么一往情深,加之爱玛自己心里又那么快活,所以她要严厉都严厉不起来的了。此刻弗兰克·丘吉尔要是走进屋里来的话,她肯定会跟他握手言欢,还像从前一样热情。

她觉得这封信写得实在很好,所以等奈特利先生下次一来,她就拿出来请他看。她知道维森顿太太是希望大家传阅这封信的,尤其是要让奈特利先生这样的人看一看,他见过太多小伙子的行为失检的地方了。

"我很乐意拜读一遍,"他说,"只是貌似长了点。让我带回家去晚上再看吧。"

"这可不行。维森顿先生晚上要过来,要把信托带回去的。"

"我倒是宁肯跟你说说话的,"他回答说,"不过,既然不看说不过去,那我就看吧。"

他就看了起来——但没看几个字,就停下说:"如果在几个月前让我看这位先生写给他继母的信,爱玛,我就不会这样不情愿了。"

他默念着,又看了一小段,微笑说:"哼! 开始一顿恭维话说得好漂亮,不过他就是这样一个人。每个人有每个人的作风,不能强求大家都一样。我们就不要太过苛求了。""我有个老习惯,"过了一会儿他又说,"看文章看书,就要说出自己的看法。现在边看信边说说,也可以感觉你就在我身边。那也不会多花多少时间的,不过,要是你认为不好……"

"没有什么不好的,我很想听听。"

奈特利先生来了兴致,又接着看起来。

"哪里是什么蛊惑,他这是在要花招了,"他说,"他知道自己是错的,说不出什么合情合理的借口来辩解了。不像后,他订婚本来就是不应该的嘛。他父亲'遗传给他的性格'——这么说怎么对得起他父亲呢? 维森顿先生性格开朗乐观,是他的福气,因为他为人正直,做的都是光明磊落的事。不过维森顿先生能过上现在这样安乐的生活,不是他早就有这个造化,是他自己挣来的。这句话倒是说得不错:他是菲尔法克斯小姐到了这儿之后才买的。"

"我还记得呢,"爱玛说,"当时你讲得可确定了,说他要是想来的话早就来了。你确实很有君子风范,说过也就罢了,不过你看得还是挺准的。"

"我做出这样的判断也不是没有一点私心的,爱玛,不过,要不是因为事情和你有关,我看我到现在都还信不过他。"

他看伍德雷斯小姐的字样,就全文照念了,但凡是与她有关的文字,就见一句念一句,时而一笑,时而递个眼色,时而摇一摇头,时而又说几个字,或称赞一声,或不以为然,或仅是表示一下亲热,完全视内容而定。不过后来他凝神想了一会儿,认真地说了一段话:

"太不像话了——本来可能还要更不像话哩! 要了一个极具欺骗性的手段。为了开脱自己,什么都往外面的事上推。他对你的态度如何,不能由他自己说了算。他老是被自身的愿望蒙蔽了双眼,只要对自己有利就行,其他就什么都不管了。担心你猜透了他的秘密! 也难怪! 他自己是一肚子心计,所以就怀疑别人也在算计他了。要手腕,弄玄虚,看问题自然就颠三倒四了! 我的爱玛,这一切的一切不都越来越可以证明我们彼此真诚相待的可贵之处了?"

爱玛觉得他的话说得很有道理,可想起了哈利特,不觉心动了一下,脸上一红:哈利特的事她就没能坦诚相见说说清楚。

"接着看下去嘛。"她说。

他就接着看下去,可是不久又停了下来,说道:"哎呀! 那架钢琴! 这真是少不更事,做的事也太幼稚,也不思考弄来这玩意儿来,造成的麻烦可能要大大盖过带来的乐儿哩。真是小孩子的异想天开! 我就想不通了:明知道女方不大想要这爱情的证明,怎么男方就非要硬塞给她不可嘛? 事实上他明知道她要是拦得了的话,她早就拦住他了,不让他送琴来了。"

这之后他就一口气看了一大段。直看到弗兰克·丘吉尔承认自己的行为确实丢人,才觉得需要多说两句了。

"你这话算是说对了,老兄,"这是他当时的评论,"你的行为真是非常丢人。你的话就是这一句说得最对。"信上紧接着写的是小两口分歧的缘由,以及弗兰克怎样执意要跟简·菲尔法克斯的是非观念对着干。看完这段,他又停了一下,说得也更长了些:"这就更不像话了。是他,促使简为了他而宁愿自己处在极其窘迫的境地,那他的当务之急就应该是不让她再受不必要的罪才对。要保持双方通信,简克服的困难肯定要比他多。即便女方有什么不尽合理的顾虑,他也应当体谅才对;更何况简的顾虑都是合情合理的。不过我们也应该看到简这方面的一个缺点。我们不能忘记,她同意订婚,这事是她做错了,她也是自作自受,因此才吃了那么多的苦。"

爱玛知道他此刻该看到博克斯山这一段了,心里开始不安起来。当时她自己的行为不也是那么有失检点嘛!她充满羞愧之情,真不大敢再去看他的脸。不过他倒是一直看了下去,看得十分专心,任何评论也没有,其间只是对她飞快瞥了一眼,却立刻又把目光收了回去,生怕惹她不痛快——除此以外就什么反应都没有了,似乎他已经将博克斯山上看到的事全都忘了。

"我们的好朋友艾尔顿夫妇将简照顾得那么周到,他倒一句好话也没说,"接下来他说到了这个话题,"他这种态度,事实上也是很正常的。什么?决心跟他一刀两断!说她觉得结婚只会给双方都带来苦痛和悔恨,她就自己废除了!可见,她对他的行为确实是忍无可忍了!哎,这位老兄哪!可真是少有……"

"算了,算了,接着往下看,往下看就知道他心里其实有多痛苦了。"

"他痛苦才好呢,"奈特利先生冷冷地回了一声,又看起信来,"斯莫尔里奇!这是什么意思?这又是怎么回事?"

"她已经答应去斯莫尔里奇太太家当家庭教师了——是艾尔顿太太的一位知己——就住在枫树林宅子附近。顺便说一句,艾尔顿太太本来好端端的一件事这一下全吹了,看她怎么受得了?"

"既然你逼着我看信,我亲爱的爱玛,那就先不谈别的——连艾尔顿太太也不谈了。我就剩下一页了。很快就看完了。这位老兄写的信可真长啊!"

"你看信的时候可要对他宽容些才好哇。"

"哎呀,这方面他倒是真情流露了。他看她病成那样,看来心里还真是难受啊。当然啦,他喜欢她,这我是绝对不会怀疑的。'比以前更亲了,亲密百倍。'好不容易的和解哪!但愿他能永远认识到这次和解的可贵。他向人道谢真是挺大方的啊,什么万分啊万万分的。'我的福气似乎未免太好了点。'你瞧,这一点他倒很是有自知之明。'伍德雷斯小姐就管我叫幸运儿。'这是伍德雷斯小姐的原话吧?后面的结尾写得很有趣——好,把信还给你。'幸运儿',你真是这么叫他的吗?"

"你看了他的这封信,似乎并没有我那么高兴,不过你对他的印象总该有些改变了吧——至少我相信你应该会有改变的。我相信这封信你肯定没有白看。"

"对,当然不会白看。他缺点不少——考虑欠周啦,做事冒失啦。而且我也十分同意他自己的看法,觉得他或许真是福气太好了点。不过尽管如此,由于他和菲尔法克斯小姐真心相爱已是毫无疑问的事实,而且看来他不久就可以跟她朝夕与共,长年相守,因此我倒是很愿意相信,他的品格定会朝好的方向发展,品格中欠缺的沉着坚定、一丝不苟的精神必能从她那里得到弥补。现在我倒想跟你谈谈另外一件事。我如今心上怎么也放不下的是另外一个人,所以弗兰克·丘吉尔的事我是再也不打算想下去了。我今天早上从你这里出来以后,我脑子里一直在苦苦思索一个问题。"

接下去他就谈起这个问题来。话说得简单明了,不加任何否认修饰,完全是绅士式的谈吐,奈特利先生对自己心爱的姑娘,也是这样说话的。说的是:怎样才能求得跟她结合,而又不至于有损她父亲的幸福? 爱玛一听,心中早已有了应对。"只要我亲爱的老父亲在世一天,我就一天不论婚嫁。我是永远也不能离开他的。"不过,对方对她这个回答只认可了一部分。她不能离开她的老父亲,这一点奈特利先生跟她一样,态度是坚决的。但是要说其他他都一概不得通融,他就不同意了。对此他一直在反复考虑,想得极深,也极苦。起初他也想过,是不是能劝伍德雷斯先生随女儿一起搬到唐沃尔宅子去住;他心里是很希望如此的,可是他了解伍德雷斯先生,所以过了不久就连自己也哄不了自己了。现在他更是深信不疑:请她老父亲挪个窝,不但老人家的安乐生活可能要毁于一旦,如果弄得不好还会送了他的命,这个风险是千万冒不得的。请伍德雷斯先生搬出哈特菲尔德宅子——这是绝对使不得的,干脆连想都不要想。他就弃此而另想到了一个方案,对这个方案他相信他最亲爱的爱玛也不会觉得有什么不可行了。那就是:让他搬到哈特菲尔德来住! 既然为她老父亲的幸福计划——为了免得老父亲有什么三长两短——她还得在哈特菲尔德宅子住下去,那他也就住在哈特菲尔德宅子好了。

连老父亲也一起搬到唐沃尔宅子去住的想法,爱玛自己也想到过了。也跟他一样,她想了想也就放弃了。不过这样的替代方案她倒从没有想到过。她感受到了方案里透露出的一片深情。她想:他一旦离开唐沃尔宅子,自己原有的时间安排,原有的生活习惯,许多就得牺牲了。他就得常常跟她父亲在一起,那毕竟不是在自己的家里,一来他得忍受多少不便啊,真是太多太多了。当下她答应考虑考虑,劝他也再多想想。不过他的态度却十分坚定:再多考虑也没用,他在这个问题上的愿望、想法,都是改变不了的。他可以告诉她:他已经冷冷静静考虑了很久很久了。今天早上他就特意避开了威廉·拉金森,独自静静地思考,已经考虑了整整一上午了。

"啊! 这么说还漏掉了一个难题没有考虑到,"爱玛嚷了起来,"我看威廉·拉金森是肯定不乐意的。你得先征得他的同意,再来跟我说啊。"

不过她还是答应考虑考虑,而且听那口气似乎也有了这样的意思,就是但愿考虑下来觉得这个方案可行。

值得注意的是,爱玛现在已经开始想唐沃尔宅子的这个那个了,可是横想竖想,却就是没有想到过这一来可就有损她外甥亨利的利益了。

亨利本该是未来的继承人,对外甥的这份权利她向来都是不遗余力地维护的。可怜的小家伙今后是不是有什么不一样了呢? 想,她是不可能不想的,可是一想起来,也只是忸怩一笑,带点调皮的心情:真有趣! 之前自己曾那样一百个不愿意奈特利先生娶简·菲尔法克斯,娶其他的某某,其实真正的原因原来在这儿呢。在当时她还只说是因为她这个做妹妹的、做小姨子的亲情所在,所以才那么关怀呢。

他的这个建议,结婚后依然留在哈特菲尔德宅子的方案——她越来越觉得称心了。他账上的"弊"似乎逐渐少了,她自己的"利"似乎逐渐多了,两人共同的好处似乎盖过了许多的缺陷。今后如果遇上多忧多患的岁月,能有这么一位伴侣该多好啊!肩负的责任这么重,操心的事情这么多,将来愁苦也难免会一天比一天多,能有一位这样的伴侣该有多好啊!

如果不是想起了可怜的哈利特,本来她真会无限欢喜的,可自己的可喜之处越多,她这位朋友的痛苦似乎也就越多越深。如今哈特菲尔德宅子已经完全容不下这位朋友了。爱玛今后一家团聚,从与人为善的角度考虑,也得留个心眼儿,得设法回避可怜的哈利特。总之,无论如何哈利特也进不得这个家门了。爱玛也不觉得有什么十分可惜的:以后家里少了这位朋友,也不见得她的快乐会打什么折扣。他们一家团聚,哈利特来了也只能是个累赘。可对那个可怜的姑娘来说,这天下的事却是如此的残酷:非要罚她来吃这种冤枉苦头!

当然,奈特利先生是早晚会被忘记的,一定会有人取他而代之的,不过这种事也不会来得太早吧。奈特利先生可不像艾尔顿先生,不会用什么异样的行为刺激哈利特的,如果那样反而能治好她的心病。奈特利先生总是那么厚道,那么富有同情心,那么体贴别人,现在哈利特对他是这么敬重,将来还会更加敬重。再说,即使是哈利特这样的姑娘,要她一年里头连续爱上三个以上的男人,那恐怕也太难为她了吧?

第十六章

爱玛发现,原来哈利特跟她一样,也巴不得双方不要见面,她心上一块石头这才算落了地。书信往来,已是够难堪的了。见面的话就更不堪设想了!

事实果然不出所料,哈利特的话里没有一点责怪,也完全没有觉得委屈的意思,不过爱玛总觉得她好像有一点怨恨,笔触里似乎流露出了一些近乎是怨恨的情感,这就越发让她觉得以互不见面为好了。或许这只是她自己的心理作用吧,不过她总觉得,受了如此的打击而居然没有一点怨恨,除非她是天使。

她没用什么力气就征得了伊莎贝拉的同意:请哈利特去。她很幸运,有一个现成的理由就挺充分的,再也用不着去编造一个了。哈利特有颗牙齿不怎么好,很想找个牙医看一看,况且她也早就有这样的打算。约翰·奈特利太太很愿意帮忙。谁要是有个病痛什么的,请她帮忙她是从来没二话的。她虽然没有像喜欢温费尔德先生那样的医药顾问,却还是非常欢迎哈利特去,说很愿意照料她。姐姐那边说妥以后,爱玛才对她那位朋友提了这个事,结果一拍即合。哈利特同意去,这一去至少要请她住两周。还说好就由伍德雷斯先生的马车送她过去。一切都安排妥当了,也都圆满实现了——哈利特顺顺利利到了布朗惠科广场。

爱玛这才能好好享受奈特利先生来家时的那种快乐了。她现在说起话来,或听人讲话,心里感觉到一种真正的幸福,再也不会受到那种亏心感,那种负疚感,那种极其难受的感觉的困扰了。从前她只要一想到有一颗失意的心就离她不远，只要一想起不多远以外就有一个被她误导了感情的人儿正忍受着很大的伤心痛苦，她就怎么也摆脱不了这些困扰。

哈利特在伦敦不同于在哥达德太太家，这给爱玛的感觉造成的差异之大有些不近情理。可她一想到对方在伦敦，总觉得她肯定会有什么稀罕玩意儿看，会有好多事情够她忙的，因此也就不会再老想着过去了，不会再老在自身的痛苦中打转了。

心里的哈利特这个疙瘩好不容易解开了，爱玛可不想让其他的烦心事再来填补这个空缺。以后她还得去谈一次后，这个谈话只能由她亲自出马——那就是：把自己打算订婚的事原原本本告诉老父亲。不过这事她眼下还不想立即去说。她决定等到维森顿太太产后平安、身体复原了再来宣布。在此期间，尽量不要再惹自己心爱的人激动了——如果自己有什么逃不过的劫难，也不要过早预测，还是到时再承受吧。现在内心的欢乐是越来越激烈了，她也越来越兴奋了。待高潮过后，她至少也应该让自己的心灵闲上两个星期，安静上两个星期。

她很快做出了一个决定，准备就在这心灵的休假期间抽出半个钟头的时间，去拜访一下菲尔法克斯小姐；这既可表示礼节，也可以趁此去散散心。她应该去，再说她也确实想去看看她。两人目前处境十分相似，这也促成了她想要交好的愿望。得意，是只能藏在心里的；可是，想到两人的道路很相似，她当然也想听听简要对她说些什么话了。

她去了，自从博克斯山之游后的第二天上午她坐车赶来吃了闭门羹后，她还从没进过她家的门呢。那时可怜的简十分痛苦，她也充满了同情，不过爱玛还完全不知道简当时承受了最大的痛苦呢。她担心这次去又要遭到婉言谢绝，所以即使明知她们肯定在家，她还是决定就等候在过道里，先把名字报上。她听见帕迪报了自己的名字，此前一听就知道是可怜的贝茨小姐闹出来的那种忙乱的声音这次却没有出现。对了，她只听到很快就传来了一声回答："让她上来。"不一会儿她就在楼梯上遇到了急忙前来亲自迎接她的简——似乎不亲自来迎接，就不足以表明其心之诚似的。爱玛还从来没见过她气色这么好，模样儿这么可爱。其中有羞怯，有热情，还有可爱，总之凡是以前觉得她仪态之中似还欠缺的种种，如今全都有了。她伸出了手迎上前来，轻轻地，却是极为亲切地说：

"真是太感谢你了！伍德霍斯小姐呀，叫我说什么好呢……我相信你是能理解的……实在对不起，我真是无话可说了。"

爱玛心里很欢喜，本想滔滔不绝地打开话匣子，但一听起坐间里有艾尔顿太太的声音，她就没作声，只是一片诚恳地和简握了握手，乘机就把自己真诚的情谊、祝贺的意思，全部凝结在这一握之中了。

屋里是贝茨太太陪着艾尔顿太太。贝茨小姐出去了，所以刚才屋里才一点声息也没听到。爱玛本来是觉得艾尔顿太太在眼前很碍事，不过今天她心情十分好，对谁都能忍受。今天艾尔顿太太见面时的态度也客气得非同寻常，既然如此，那就但求这次偶然相遇对双方都没有伤害才好。

过了没多久，她就相信自己完全摸透了艾尔顿太太的心思，清楚她为什么也跟自己一样兴高采烈了。那是因为菲尔法克斯小姐给她交了底，她自以为掌握了人家都不知道的秘密。爱玛从她脸上的表情就可以看出来是这么回事。她在向贝茨太太嘘寒问暖并装作在听她老人家回话的时候，一眼瞟见艾尔顿太太带着一副故作诡秘的样子，把一封信折好放进身边一个紫金两色的手提网兜里，显然刚才她就是给菲尔法克斯小姐念这封信，随即又意味深长地点了点头，说道：

"我们改天再接着念吧。好在你我还是有机会的。其实你已经听到其中主要的部分。我只不过是想向你证明，斯太太是真心接受了我们的道歉，没有太生气。你看她的信写得多么落落大方。哎呀，她可真是个可爱的人儿！本来你要是去的话，一定会对她喜欢得不得了。好了，这事就不提了。我们还是小心点吧，要注意自己检点一点才好。嘘！有这样两行诗你还记得吧，整首诗我现在一下子想不起来了：

"只要事关一位女士，
"其他就都不足挂齿。

"要我说啊，亲爱的，既然说到咱们这档子事，倒可以把诗句改改，改成：事关女士——那就不说也罢！明白人又何须启齿？我今天兴致好得不得了，对吗？我这都是为了让你放心，斯太太的事你没什么需要自在的。你瞧，凭我这一番话，早就完全没必要了。"

还有一次，爱玛转过头去看看贝茨太太手中编结的活计，艾尔顿太太立刻又趁机补上两句，声音轻得像耳语：

"你看见了吗，我不指名不道姓的。其实我心里有数儿呢！心细得像一位国务大臣似的。应付得可真叫天衣无缝呢。"

爱玛听到此处心里雪亮的。这绝对是露骨的"自吹精"，只要一有机会总要来要这一手。后来大家又谈了一会儿天气，还谈起了维森顿太太，谈得倒也算融洽，可没想到艾尔顿太太的话却冷不防冲她来了：

"伍德雷斯小姐，你看我们这位俊俏的小朋友不是已经完全好了吗？佩利治好了她的病，他肯定会名誉大增！（说到此时，颇有深意地对简瞟了一眼。）说实话，佩利这么快就治好了她的病，也真够神了！哎呀，你没见过她病得最重时的那个样子哩，我可是见到过的！"见贝茨太太正在跟爱玛说什么，她又趁机悄悄地说了下去："我们只字不提有谁来帮了佩利的大忙，一字也不提温利莎来的一位某某年轻'医生'。不提！不提！把功劳全归给佩利吧。"

"自从博克斯山一游以后，我就一直无缘跟你相见，伍德雷斯小姐，"过后不久她又说开了，"那次去游山，可真是快活啊。不过我总觉得还有些不太够。那天的气氛好像并不是……我是说，有几位的情绪好像总有点不大高兴。至少我就有这样的感觉，不过可能我的感觉并不正确。但是我觉得有一点还是成功的，那就是去了一次，让人真想再去第二次。趁现在天气不错，我们集合原班人马，再去作一次博克斯山之游,你们觉得如何啊? 我兑一定要原班人马——必须是原班人马,一个都不多,也一个都不少。"

过了不久贝茨小姐回来了。爱玛和她打了招呼,看她那副手足无措的样子,不禁都乐了。她想,这可能是她不知道该说些什么好,但又有一肚子话急着想说的缘故吧。

"谢谢你,亲爱的伍德雷斯小姐 你真是太好心了。我都不知道该说什么好了……真的,我心里是很明白的……我最亲爱的简,她的前途……事实上我根本没那个意思……可是你看她的身体倒是已经完全好了……伍德雷斯先生身体怎么样? ……那太好了……我是完全做不了主……你看我们家来了这么多好朋友……就是,真是太好了……多么可爱的年轻人啊! 噢,我是说……可真是帮了我们的大忙啦,我说的是好心的佩利先生呀! 他为简真是尽了心了!"她对艾尔顿太太的来访感到非常高兴,那种感谢之意远过于常情。依此看,爱玛猜想早先牧师府上可能对简流露出一点不高兴的意思,现在已经被抛到一边了。艾尔顿太太说了几句悄悄话,别人也猜不透她说的到底是什么,然后她提高了分贝,说道:

"是啊,我的好朋友,我来了,我已经来了很久了,要是在别人家,我看我真得要告罪了。不过实话告诉你,我在等我那位'夫君大人'。他说过会儿就到,也要来看看你们。"

"什么? 艾尔顿先生也要大驾光临? 可真是太给面子了,我知道男士们一般是不喜欢上午到别人家做客的,况且艾尔顿先生又是位大忙人。"

"的确是,贝茨小姐。他真是每天从早忙到晚。为这样那样的小事来找他的人,从来没个完。治安官啦,济贫助理啦,教会执事啦,都要来询问他的意见。好像没了他,他们就什么事儿也干不了似的。我常跟他说:'说实在的,艾先生,亏得是你,不是我。要是来找我的人有找你的人一半多,我就不知道我这画还如何画,这琴还怎么弹了。'不过说来也真不好意思,这两门功课其实我都已荒废得实在不像话了。真的,两个星期里我一次琴都没有弹过。不过我敢说他今天一定会来的,一定会来,特意来拜访你们。"她故意抬起手往嘴边一遮,以免被爱玛听见:"我是专程来贺喜的呀。哎呀呀,贺喜怎么能不来呢!"

贝茨小姐前后左右瞅了瞅,高兴极了。

"他说好等结束了奈特利的事情,马上就来找我。现在他正跟奈特利在一起专心商量事情呢。艾先生可是奈特利的左右手哪。"

一听这话,爱玛笑意全无,只是说了句:"艾尔顿先生是走着去到唐沃尔宅子的吗? 今天走起来可真是挺热的。"

"哪儿呀,他们是在科朗旅馆开例会——维森顿先生和克尔先生也要去参加的,不过人家说起开会的人来,一般就只说几个管事的。我看什么事情都是艾先生和奈特利主管的。"

"你可能记错了一天吧?"爱玛说,"明天才要开科朗旅馆的会,我可以肯定这一点。昨天奈特利先生来过哈特菲尔德宅子,说起星期六才开这个会。"

"不,不,今天肯定就开会了。"扔过来一句生硬的回答,表明艾尔顿太太是正确的。"我总认为，"她又接着说，"这个教区的麻烦事儿比哪儿都多。这种事儿我们在枫树林宅子就从没有遇到过。"

"你们那儿教区太小。"简说。

"啊呀，亲爱的，这我可就不清楚了，因为我从来没听到人家谈起过教区大教区小的。"

"可是那边学校小，就说明了教区也小。我听你提起过，学校是依着你姐姐和布拉奇太太的赞助开办的，全教区只有这么一所，总共也不过二十五名学生。"

"哎呀，你这个机灵鬼，说得太对了。你那颗脑瓜子真好用啊！我说，简呀，你我两人要是能合二为一的话，那我们就是世上稀缺的完人了！我灵活，你稳重，合在一起就真是十全十美了。这倒不是我胆敢话里有话，表示有人认为你还算不上十全十美。慢。嘘！对不起，咱们不说了。"

这么一句话说得好像十分多余，因为简想要再说几句，说话的目标肯定不是她艾尔顿太太，而是伍德雷斯小姐——这一点爱玛早就看出来了。简总想在礼仪标准的指引下，不致冷落了她，这种意思是非常明显的，尽管表达的方式有时候一个眼神就足够了。

原来来的真是艾尔顿先生。他太太特意摆出快乐活泼的样子来欢迎他。

"你倒好啊，先生，让我先来了，也不怕我会成为朋友们的累赘，自己却来得这么晚，都已经这会儿了才大驾光临。不过你也知道听你差遣的是个极守本分的人。你也知道，我的'夫君大人'没到，我是不会离开半步的，我在这里坐了个把钟头，就是在为两位年轻小姐做榜样——为人妻者就是要这样才能算忠于夫妻之义。因为，你也知道，说不准什么时候就用着呢？"

艾尔顿先生既热又累，也就把这些连珠妙语当成了耳边风。但是对几位小姐太太的礼数还是尽得恰到好处，不过接下来就像是专门来哀叹的了：赶得汗流浃背，却白跑了一趟。

"我到了唐沃尔宅子，却怎么也找不到奈特利，"他说，"真让人纳闷啊！我一早就派人送了条子去，他也回复了，说一点以前一定在家里等着的。"

"唐沃尔宅子？"他太太嚷了起来，"我亲爱的艾先生，你怎么会去唐沃尔宅子呢？你该去说科朗旅馆吧。你应该是在科朗旅馆开完了会过来的吧。"

"不，不，明天才开会呢，我就是为了开会的事今天特意去跟奈特利碰个头。今天早上这天太热了，炎炎的太阳，高悬当空。红光如箭射到地面，地面都着火了，反射出油一般沸煎的火焰来。蒸腾、酷烈、奇泅，简直要使人们的细胞和纤维，由颤抖而炸裂了。热得可真够呛的，而且我又是从田野里走的。"听那口气像是受了很大的不公正待遇，"所以被烤得更厉害。到了他家他又没在，说实话，我心里真有些不痛快。没有留句话说个对不起，连个口信都没留给我。女管家说她根本就不知道约我见面的事。真是奇怪透顶！没有人知道他去了哪儿。说不定是去哈特菲尔德宅子了，说不定是去阿比水磨坊了，也说不定是钻进他的树林子里了。伍德雷斯小姐，咱们的朋友奈特利怎么会干出这样的事来呢！你倒说说看，这是为什么呢？"

爱玛也只能是无能为力，她说这倒真是怪透了，她也捉摸不出到底是什么缘故。

"我觉得不可理解，"艾尔顿太太说——她这个做太太的自然会觉得很气愤，"我觉得实在不可想象：他对你怎么能做出这样的事来？对别人倒也罢了，怎么竟会对你做出这样的事来？忘了别人倒还情有可原，可是绝不该忘了你。我亲爱的艾先生，他是给你留了口信的，我敢保证他肯定是给你留了口信的。就算是奈特利吧，也不会怪僻成这个样子——肯定是他仆人忘了。你瞧着好了，一定是这样的。唐沃尔宅子的那几个仆人啊，是很有可能闹出这样的事来的。我就经常觉得：他们无一例外都是手粗脚笨、干活马虎的。比如他那个哈里，那样的人我绝不会让他到餐厅里去侍候的。还有那个霍奇斯太太，赖特是不会看上她的。她答应把做菜的秘方给赖特一份，可从来也没有给。"

"在快到他家的时候我碰见了威廉·拉金森，"艾尔顿先生接着说，"他跟我说他主人不在家，可是我不相信他的活。威廉·拉金森看上去好像心情不好。他说他搞不明白他主人最近是怎么了，几乎对他不说话了。我不关心威廉有些什么苦闷，我今天一定要见到奈特利，这才是我的任务。结果呢，赶得汗流浃背的，还是白跑了一趟，真是费脑筋！"

爱玛觉得她最好还是赶紧回家。估计此刻奈特利先生十之八九是在她家里等她呢。还是走吧，免得再听到奈特利先生如何欺侮艾尔顿先生这类闲话，说不定还会有欺侮威廉·拉金森的事呢。

爱玛告别后出来，菲尔法克斯小姐执意要相送，她心里很高兴。简不仅送她出来，还送她下楼。机会难得，她立刻抓住这个良机，说道：

"我一直跟你说不上话，可能这反倒是个好机会。要不是今天你客人多。我也许就会忍不住要向你提起一个问题，问你一些事呢，就会但说无妨，话说失了分寸哩。真要是那样的话我恐怕就免不了要失礼了。"

"喔！"简叫了起来。她脸上微微发红，欲言又止，爱玛觉得这才符合她的个性，和她平日不动声色的娴静风度相比，这跟她反而相配多了，"这没有什么可担心的。倒是我可能会惹你腻烦呢。你关心我，就是对我最大的安慰了……说真的，伍德雷斯小姐，我自认为行为不当，真是很不当，我的朋友里有这么多的好心人，我应该谨记大家的金玉良言，特别让我感到安慰的是他们并没有因为我的行为而嫌弃我，而……我这一肚子的话，一点都来不及向你细说呢。我真巴不得该道歉就道歉，该说清就说清，该为自己表明心迹的就把心迹彻底表明。我觉得就应该这样。可是遗憾的是……总之，如果你觉得我那位朋友实在是不可原谅……"

"哎呀，你太多虑了，真是太多虑了，"爱玛紧紧抓住了她的手，亲热地大声说，"你有什么好向我道歉的呢，你觉得自己对不起人家，其实人家心中早已释怀了，甚至还高兴得很呢……"

"你真好，可是我知道自己从前对你是什么态度。那么冷淡、虚伪！一味的装腔作势。我过的就是这样的自欺欺人的生活！我知道我肯定让你十分生气。"

"请不要再说了。我觉得应该道歉的是我。我们这就相互谅解了吧。我们应该急事先办,我看解决我们的感情隔阂容不得再有一点耽误了。温利莎那边该来佳音了吧?"

"还好。"

"我看接下来要爆出的一条新闻,就该是我得和你分别了,但我还只是刚刚开始了解你呢。"

"喔!现在还不能考虑这些事儿呢。堪贝尔上校夫妇俩不让我走,我是不会走的。"

"对,恐怕还没到做具体决定的时候,"爱玛笑吟吟接口说道,"不过原谅我冒昧说一句,也得赶快考虑了啊。"

简也报以一笑,回答道:

"你说得很对,其实已经在考虑了。我可以坦白地告诉你(我相信说给你听是不要紧的),我们将来就跟丘吉尔先生一起住在恩斯康伯宅子,这一点是确定无疑的。重孝至少得守三个月,三个月后,我就不用再多等了。"

"真是多谢你啦。有你这一句话,我就放心了。哎,你不知道,我听了这些有多开心啊!再见啦,再见啦。"

第十七章

听说维森顿太太平安生下了娃娃,朋友们都十分欢喜。若说在爱玛看来这欢喜之外还另有一喜的话,那就是因为维森顿太太生下的是个女孩。她早就盼望维森顿太太生个维森顿小姐了。若说她早已安了心,想将来从中撮合:把小姑娘配给伊莎贝拉的某个儿子,那她是肯定不会承认的。不过有一点她是深信不疑的,那就是:对老两口来说,添个女儿是最好不过的了。维森顿先生老了以后——再过十年他总该老了吧——身边能有个不会"赶出家门"的孩子吵吵闹闹、任性撒娇,给他的家庭生活添几分活跃生动的气氛,不失是对他的一种安慰。而维森顿太太呢,有个女儿肯定也是最合她心意的了!那么会调教孩子的人如果没有再次施展所长的机会,真是太可惜了。

"你也知道,她有个有利条件,就是有调教我的经验了,"爱玛接着说,"就像德让利夫人[1]的作品《西奥多和阿黛莱德》里达尔芒男爵夫人有过调教道斯达丽女伯爵的经验一样。我们等着吧,这回她调教自己的阿黛莱德的水平一定会更高了。"

"这就是说,"奈特利先生接口说,"她今后娇惯自己的女儿,会比当初娇惯你更甚,却自己一点感觉不到。唯一的差别就在这里。"

"可怜的孩子啊!"爱玛嚷嚷开了,"要是那样的话她将来可怎么得了啊?"

"也没什么大不了的。走这样的路过来的人也多了。孩提时代有点惹人讨厌,等年龄大了些,自然就会纠正过来的。我最亲爱的爱玛,我原本对被惯坏的孩子是深恶痛绝的,可现在我已经渐渐觉得没那么讨厌了。我的幸福都是你给的,要是我还对惯坏的孩子横加指责,那不是太无情无义了吗?"

---

[1] 19 世纪的一位法国教育家。

爱玛笑了起来,回答说:"不过还得多亏你帮了我一把,是你极力抵制别人娇惯我。要没你的帮助,我看仅凭我的自觉,恐怕就未必能改正得了我的毛病。"

"是吗？我倒觉得你一定能改正。你天生悟性高,泰尔勒小姐又让你懂得了做人的道理。你自己一定能改正得过来的。我来多管闲事,恐怕是有利有弊的。按人之常情,你一定会来问一句:'你凭什么教训我？'心里或许还会认为我多管闲事呢。我不觉得我对你有过什么好处。倒是好处都归了我自己,因为你成了我一往情深的对象了。要不是我那么喜欢你,就连你的缺点也都照单全收的话,我还真不会那样想你呢。在我看来你的错误就是多,因此这样看来,至少该从你十三岁那年算起,我就已经爱上你了。"

"你对我的帮助肯定是很大的,"爱玛大声说道,"我受你正面影响可多了！尽管我当时没承认。真的,你对我一定是有很多好处的。将来可怜的小安娜·维森顿如果受到了娇惯的话,还望你大发善心,就像当年帮助我一样去帮助她——只有一条不能照办,可不能一等她长到一三岁就爱上她呀。"

"当你还是个小姑娘的时候,经常摆出一副调皮相,跑来跟我说:'奈特利先生呀,我要干什么什么去了,是爸爸准许我去的,'或者说,'是泰尔勒小姐点头了的,'反正你是知道我很不赞成你去干这种事的。遇到这样的情况,如果我再来阻挠你的话,你不对我恨上加恨才怪呢。"

"我小的时候倒挺逗的！怪不得你把我的话都记得那么牢,念念不忘呢。"

"你那时总是叫我'奈特利先生''奈特利先生'的,是叫习惯的缘故吧,听起来好像倒也不怎么拘谨。不过这种称呼毕竟是有些拘谨的。希望你对我能换个称呼,但我也想不出让你称呼我什么好。"

"我记得十来年前,有一次,我一时逗劲儿发作,就叫你'乔治'。我那时候想惹你生气,就故意那么叫。但你也没有说不可以,不过后来我就没有再叫过。"

"那你现在就不能叫我'乔治'吗？"

"那怎么行！我永远都只叫你'奈特利先生'。连艾尔顿太太那种别致的简称法我都不能仿效,我不能学她的样子叫你奈先生。不过我答应你,"她马上红了脸,又补上了一句,"必须用你的教名叫你一次。什么时候叫,我就不说了,不过你可能也猜得到这是该在哪儿说的——就是在 N 同 M 结为一体祸福与共①的殿堂里。"

有一点爱玛挺遗憾的,那就是自己不能把心胸放得更宽广些,毕竟有件事还是不能够正确对待:其实凭他那样超凡的见地,原本可能帮她一个大忙,原本只需他点拨她一番,她就不至于在她那套女孩儿家的胡闹中越陷越深了,还不至于那么一味任性,硬是要做哈利特·史密森的密友,可是这个问题实在是太敏感了。她不敢提。他们之间很少提到哈利特。从他那方面来说,或许只是因为他并没有想到她,可是爱玛却另有想法,她认为原因都在于这个话题很棘手,而且他很可能已经看出

---

① 西方举行婚礼的习俗中,婚约上签女方姓名处用 N 做标记,签男方姓名处用 M 做标记,正式宣读时代入结婚双方的姓名进行宣读。也有把解释为,N 为新娘(nupta)的简写,M 为新郎(maritus)的简写。"祸福与共"是婚姻誓言中的用语。

了一些迹象,隐约感到她们之间的友谊已大不如前了。她自己也不是没有完全意识到,要是换了以前,她们天各一方,肯定会经常书信往来,不会像现在这样的,伊莎贝拉的来信就成了唯一的消息来源。这个情况很可能让他看出来了。她不得不尽可能地瞒着他,那也是够烦恼的。但比起误了哈利特的幸福的那种烦恼来,那就差多了。

伊莎贝拉在来信中原原本本地报告了客人的情况,真是事无巨细。客人初到时,伊莎贝拉觉得她有些没精打采,想来这也一点都不奇怪,她心上有事:还要去看牙医呢。不过看完牙医以后,她觉得哈利特好像又恢复到以前的那副样子了。伊莎贝拉确实不是个观察力十分敏锐的人,可是如果哈利特连跟孩子们一起玩儿的精神都没有,那还是逃不过她的眼睛的。后来信上又说哈利特还要多住些日子,那真是太好了,于是爱玛又能宽慰下去了,祈望下去了。原计划待两个星期,现在很可能至少要住一个月了。约翰·奈特利夫妇俩八月份要来,因此就留她继续住下去,到时一起送她回来。

"约翰对你的朋友连提也没提,"奈特利先生说,"这是他的回信,你要不要看看?"

这是他写信告诉兄弟自己打算结婚后得到的回复。爱玛赶紧接过信来,心里急得什么一样,巴不得想知道他兄弟到底怎么说。至于听说信中没提她的朋友,她压根儿就没顾得上考虑。

"约翰和我手足情深,他也分享了我的快乐,"奈特利先生接着说,"不过他是说不出恭维话的。尽管我了解他对你也怀着一片最诚挚的兄妹之情,但他并没有说上许多好听的话,要是换了一般的姑娘,还真会怪他冷淡,觉得是特意不肯称赞人哩。不过他写的我倒是不怕给你看。"

"从他这些话里听得出他是一个明白事理的人,"爱玛看完信后回答说,"我很敬重他的诚实。很明显,他觉得我们俩订下婚约,沾光的都是我,但他觉得我还是很有希望的,会进步的,将来还是能配上你的爱的,尽管承蒙你喜爱,觉得我现在就已经够相配的了。要是他说的不是这种意思的话,我倒要信不过他了。"

"我的爱玛,他并没有这样的想法。他只是觉得……"

爱玛一脸凝重,微笑说:"事实上如果我们能免去客套,直言不讳地摊开来谈的话,那关于我们俩的评价问题,他和我的想法是没有多少分歧的,这分歧恐怕还没有他心目中想的那么多。"

"爱玛,亲爱的爱玛……"

"哎呀!"她嚷起来了,兴致也更足了,"若是你觉得你兄弟对我的看法有失偏颇的话,那不妨稍等一下,等我亲爱的老父亲知情以后,去听听他的意见吧。不信你瞧吧,他对你的看法保证还要偏颇得更多呢。他会以为在这件事上幸福的是你,沾光的是你,而论长处可都在我这边。希望我在他嘴里不会一下子就变成了'可怜的爱玛'。他心地仁慈善良,同情受了委屈的大人,不过他的同情也似乎只能到此为止了。"

"啊!"他也嚷了起来,"约翰一直都从善如流,但愿令尊也有他一半那么勇于服理,会相信你我彼此人品相当,可以在一起过得很幸福。我觉得约翰的信里有一些很耐人寻味的话——不知你注意了没有? 那就是:他说他听到我告诉他的消息时,并没有完全觉得意外,他已经有点料到了,早晚是会听到这样的消息的。"

"如果我对你兄弟的心意理解得没错的话,那他的意思是说,他预料到你会有结婚的打算。但我,他可是完全没有料到。他对此一点思想准备也没有。"

"是啊,是啊——不过我觉得还是挺耐人寻味的,对我的心思他竟那么体察入微。他是依照什么做出这样的判断的呢? 我觉得自己的情绪,自己的谈吐,并没有什么异样啊,为什么他以前没有想到,偏偏现在就认为我要结婚了呢? 不过这话恐怕也是。前一段时间我住在他们家的时候,我可能有点异样。我看我大概是不像以前那样喜欢逗小家伙们玩了。我记得有一天晚上那两个可怜的孩子还说来着:'伯伯现在好像老是很累的样子。'"

看来现在应该是把消息透出去的时候了,看看人家的反应。等到维森顿太太身体康复了,估计能接待伍德雷斯先生往访的时候,有意要借助她委婉的解劝求得大功告成的爱玛,就下决心先在家里宣布,然后再去朗道斯宅子透露这个消息。可是到底该对自己的老父亲怎么说好呢? 她说好这事由她去办,需要奈特利先生不在的时候办好,不然一到重要关头她肯定就会泄气,那就又要再等下次机会了。不过奈特利先生也一定要及时赶到,把她刚开头的话题接着说下去。这个口她是不得不开的,而且口气一定要比较轻松。她自己千万不能先是一副忧伤的口气,让他觉得这是个十之八九已经确定了的忧伤的话题。她绝不能露出丝毫的愁容,表现得好像这是一场祸事似的。她应该尽量表现出兴高采烈的样子,先对他说有件新鲜事儿要告诉他,然后就直接对他说:假如能蒙他应允——她相信他一定会欣然答应的,因为这是件造福大家的好事——她和奈特利先生准备要结婚了。这样一来,哈特菲尔德宅子就可以多一个人了——她知道要说到他最爱的人,除了两个女儿和维森顿太太外,也就数这个人了。

也确实是怪可怜的! 老人家初听的时候,就像挨了一闷棍,他苦苦相对,求女儿快抛弃这个念头。他再三提醒女儿,说她以前不是经常说自己永远不嫁人吗,说她保持独身要好得多。后来又"可怜的泰尔勒小姐""可怜的伊莎贝拉"地诉说起来。可都没能奏效。爱玛温情脉脉,缠着他不罢休,她始终赔着笑脸,说就得这么办,说她跟伊莎贝拉、跟维森顿太太可不能一概而论,她们结婚以后是要离开哈特菲尔德宅子的,这当然就惹他伤心了,但她不会离开哈特菲尔德宅子,她要永远留在哈特菲尔德宅子,她结婚后这里不仅不会少人,反而要添个人了,安逸的生活不但不会打折扣,反而会锦上添花。等时间长了,习惯了,身边有奈特利先生在,他一定会增添更多的快乐的。他不是挺喜欢奈特利先生的吗? 她知道用不着说这些。他有事要找人商量,不是总找奈特利先生的吗? 还有谁对他这样顶用呢? 还有谁总是欣然替他代笔写信呢? 又有谁总是这样乐于帮他办事呢? 还有谁总是这样乐呵呵的,对他一片真诚,关怀备至呢? 让他随时在身旁侍候不好吗? 好是好,她说的这些也都很对。他欢迎奈特利先生常来,也很愿意每天都看到他,而且他们现在实际上就已经每天都能看到他了。为什么不一直保持这样的局面呢?

伍德雷斯先生可不是一下子就能说得动的,但至少最大的难关已经通过了,已经把想法告诉他了,接下来就只能慢慢儿来,反复做工作了。奈特利先生也跟在爱玛的后边,又是恳求又是抚慰,他还充满深情地把爱玛赞扬了一番,老人家似乎能听进去这些话了。爱玛和奈特利先生一有比较适合的机会就及时进言,用不了多久他也就逐渐听惯了。在这方面他们还有伊莎贝拉的大力帮助,伊莎贝拉的来信中对这门亲事表示了最强有力的支持。维森顿太太也积极配合,她一见面就把这个问题给他分析得头头是道,真是帮了她太大的忙了:首先她觉得这件事是已经定了的,其次才说这是件大好事——她很清楚,要打动伍德雷斯先生的思想,着重强调这两条可以说是一样重要的。后来他总算勉强认可了,事情也就只好先这样算了。既然他向来言听计从的几位都说这门亲事对他是有福有利的,而且他自己也觉得这话似也有理,他脑子里的想法也就逐渐定了下来:过段时间,比如说一两年以后吧,他们真要想结婚的话,那也未尝不可。

维森顿太太并没有弄虚作假,她给他讲这门亲事的好处,说了那么多,都是真心话。爱玛刚把这事透露给她的时候,她大为吃惊,她还真是从来没有这样吃惊过。可是她觉得这件事只会给大家增添快乐,就马上对他极力相劝,一点也不犹豫。她对奈特利先生一向颇为敬重,觉得就是她最亲爱的爱玛,他也没有配不上的道理,这门亲事无论从哪方面来说都是极匹配的,可以说是十全十美,而尤其在一个方面,在一个最重要的方面,真可说是天赐良缘。现在看来,爱玛要是不嫁给他,嫁给谁都不合适。维森顿太太觉得自己真是天底下最大的糊涂虫:她怎么就没有早想到这一对,盼着他们结合呢?和爱玛门第这么相当的人,又肯丢下自己的家而搬到哈特菲尔德宅子去住的,世界上能有几个!除了奈特利先生,又有谁能对伍德雷斯先生有这份耐心、这样的理解,做出这样的皆大欢喜的安排?当初考虑弗兰克和爱玛之间的婚事时,她和她丈夫也设想过各种方案,然而却总有个绕不开的难题,那就是怎样安排可怜的伍德雷斯先生。怎样处理好恩斯康伯宅子和哈特菲尔德宅子的关系,这始终是块拦路石,她觉得问题实在太棘手了。维森顿先生似乎比她好些,不过就连他也一直想不出妥善的解决办法,只是说:"这些问题自然会解决的,年轻人总会有办法的。"但现在这样,就完全不存在什么障碍了,将来的前景如何就大可以去尽情想象了。一切都安排得那么妥妥帖帖。双方都算不上做出了什么牺牲。这宗婚姻本来就是非常美满,幸福可期,面前又没有什么困难来挡道、绊脚。

维森顿太太把娃娃抱在膝头,一心想着这些。此时的她,真可以说是数一数二的幸福人儿了。假如说现在还能有什么可以增添她的喜悦的话,那就是娃娃长得再快些,她备下的第一批帽子眼看就都要戴不上了。

消息传到哪儿,哪儿的人都免不了要吃惊一番。维森顿先生也惊讶了好几分钟。不过他脑子一向反应快,五分钟就想得非常透彻了。他觉得这门亲事好处很多,他和他太太一样为此由衷感到高兴,那种惊讶之感很快就荡然无存了。只过了一个钟头,他都快觉得其实自己早已有先见之明了。

"我觉得这事还不能说出去,"他说,"这种事总要等到尽人皆知,才能说给别人。什么时候能说给别人了,你就立刻给我说一声。不知道简是不是已经看出了一些苗头?"

第二天一早他就去了海伯利,把这一点弄明白了。他把消息告诉了简。他不是把她当女儿一样吗?把她当作他的大女儿一样吗?他肯定会告诉她的。当时贝茨小姐也在,消息自然立刻就传给了克尔太太,又传给了佩利太太,艾尔顿太太。

这其实也都在两位当事人的意料之中。他们早就预计到了,消息只要在朗道斯宅子一发布,肯定就会立刻传遍整个海伯利。他们知道自己已经成了很多人家新闻奇谈的中心人物了,正都自认为料事如神呢。总体上看,大家都还是十分赞成这门亲事的。当然也免不了会有人觉得是男方沾了光,同样也会有人认为是女方高攀了。还有些人觉得他们应该一起搬到唐沃尔宅子去,把哈特菲尔德宅子让给约翰·奈特利两口子才对。还有些人预计两家的仆人说不定不会有倾轧。

但总的来说,真正说不好的几乎没有,除了一家——那就是牧师府上。在他府上,惊讶之余,就说不上有任何的高兴了。艾尔顿先生比起他太太来还不算很在意,他只是说"这位小姐的傲气这一下总该完全满足了吧;"又说,"她原本就一直留着个心眼,打算一有机会就要把奈特利抓到手。"在谈到关于住在哈特菲尔德宅子的问题时,他竟还斗胆大喊了一声:"他要去住让他住去吧,我才不想去呢!"可是艾尔顿太太的心里就更为不平静了。"可怜的奈特利啊!可怜的家伙!这下他可真是太惨了。对他我还是很关心的,因为他虽然为人怪僻,但身上还是有很多优秀品质的。他怎么会这样冤呢?我不相信他真是爱上了对方——我才不信呢。可怜的奈特利!我们跟他这一段愉快的交往这一下也算是结束了。以前请他来家里吃饭,都是一请必到,劲头多足啊!但今后就再也不会有这样的事了。这个可怜的家伙!今后就再不会为了特意请我而约大家去唐沃尔宅子玩了。哪里还能呢!今后就会有个奈特利太太专门来泼冷水了。真让人扫兴啊!不过那天我话里损了他家的管家,我倒是一点也不后悔。住在一起?也亏他们想得出来。那是绝对不可能的。我以前认识一户人家,就住在枫树林宅子附近,他们就这么干过,可连三个月都还没住满呢,就不得不散伙了事。"

第十八章

时光荏苒。过不了几天,伦敦的那些人就该到了。这一来,恐怕就不会再有这样的好心情了。一天早上,爱玛正考虑此事,想起到时候该有多少事情令她心烦,令她不快,还没想完,就见奈特利先生来了,她便把忧虑搁过一边。先闲谈了一阵,谈得很投机很高兴,后来他却不作声了,过了一会儿,才换了一副比较严肃的口气,说道:

"爱玛,我有件事要告诉你。有个消息。"

"是好消息还是坏消息?"她急忙抬起头,盯着他问。

"我也不知道应该算好还是算坏。"

"啊,肯定是好消息。看你的表情我就知道肯定是好消息。你是故意把笑容藏起来的。"

"我可真担心啊，"他恢复了平静，说道，"我亲爱的爱玛，我真是好担心啊，就怕你听我一说，就再也笑不出来了。"

"是吗？可这是为什么呢？我就不相信能让你高兴、能让你觉得有趣的事，却会让我不高兴，觉得没趣。"

"有个问题，"他接着说，"希望也就只是这样一个问题，我们的看法是不同的。"

他顿了一下，又露出了笑容，两眼盯住了她的脸。

"你想不出是什么？你不记得了吗？是哈利特·史密森呀。"

一听到这个名字，她就脸红了，心里也忧虑了起来，却又说不出忧虑的到底是什么。

"你今早收到她的信了吗？"他大声问道，"我相信你一定是收到了，肯定什么都知道了。"

"没有呀，我没有收到她的信，什么也不知道，你快告诉我吧。"

"那好，你肯定做好最坏的打算了吧。消息呢，也确实是够坏的。哈利特·史密森要嫁给罗伯特·马丁了。"

爱玛吓了一大跳，看来她的确没有这个思想准备。她直愣愣地瞪着两眼，那眼神一定是在说："不可能，不可能的！"可是嘴里却吐不出一个字。

"是真的，肯定不会错的！"奈特利先生接着说，"这是罗伯特·马丁亲自告诉我的。我跟他分手还没有半个钟头呢。"她还是直愣愣瞅着他，那眼神惊讶得无与伦比。

"确实如我所想，我的爱玛，我就担心你听了会很恼火——可惜我们的看法并不一致。不过迟早我们的意见会一致的。你放心好了，过段时间，我们中的一个人会完全改变主意的，现在就不要多谈了。"

"你误会我的意思了，你完全误会我的意思了，"她竭力定了定神说道，"并不是因为这件事会惹得我心里多丧气，而是我确实无法相信啊。我觉得这是不可能发生的事！你刚说哈利特已经答应嫁给罗伯特·马丁了？不会的！你是说他又向她求婚了——又向她求过婚了？不会的！你可能只是说他心里有这个意思吧？"

"我是说事实上他已经去求过婚了，人家也真接受了。"奈特利先生笑着说，表情却是斩钉截铁的严肃。

"我的老天爷！"她叫了起来，"这真是！"好在眼前就是一只针线篮，她就借此机会低下头去，遮盖住了脸上的表情。她觉得既喜悦又好笑，知道自己脸上肯定流露出了种种微妙的感情。过后她才又接着说："那好，你就原原本本告诉我，给我说得明白点儿。到底是怎么一回事？在什么地点？什么时间？让我知道个明明白白。虽然我是异常吃惊——不过我可以告诉你，我心里却没有一点不痛快。这……这怎么可能呢？"

"说起来，也是非常简单的事情。三天前他有事去伦敦，我也正好有些东西要捎给约翰，便托他顺便带过去。他把东西送到约翰所在的事务所交给了他，他就请他跟他们一起到阿斯特利大戏院去看戏。去看戏的有我们的弟弟、姐姐、亨利、小约翰——还有史密森小姐！我的朋友罗伯特一听，怎能不去呢。他们就顺道接了他一起去了，大家都看得非常高兴，第二天弟弟又请他去他们家吃饭，他也真去了。据我所知，就是因为这一顿饭，他有了跟哈利特说话的机会，这话还确实很有效。她答应了，这一下他可快乐了。他是搭昨天的驿车回来的，今天刚吃完早饭就跑来找我，跟我说了他此行的经过，先交代了我托办的事，接着又谈起了他自己的事。你问'是怎么回事？什么地点？什么时间？'我所告诉你的恐怕就是这些了。下次你见到了你的朋友哈利特，她给你讲起来管保会更详细。她会把一些细枝末节都详细告诉你的，这种话只有你们女人家讲起来才有意思呢！我们说话就只谈些大概。不过我还是得说一句，罗伯特·马丁心里是快乐极了，不仅他自己感觉已经把持不住了，连我看着也觉得如此。还有一点，就是他无意中还说道：从阿斯特利大戏院的包厢里出来时，弟弟忙着照顾弟妹和小约翰，他和史密森小姐以及亨利就在后面跟着，前后左右都是人，弄得史密森小姐还挺不好意思的。"

他停住了。爱玛不敢立即就接下去。她知道自己一开口，快乐之情就会流淌出来，那种表情一定会十分出格的。她得缓缓再说，要不然，真会让他觉得爱玛发疯了呢。见她不作声，他心里倒有些不安了。对她略微端详一下后，他就又接着说：

"爱玛，我亲爱的，刚才我说的这件事是不是惹得你心里不舒服了，不过我看你还是估计不足，恐怕你心里还是非常难过的。他的社会地位的确很低，不过你应该多想想，其实这跟你的朋友倒也挺相配。而且我可以向你保证，你跟他熟悉了以后，对他的印象肯定会好起来的。他有头脑，讲原则，你一定会喜欢的。论他的人品，你的朋友和他再相配不过了。我也非常希望能再提高一下他的社会地位，可惜无能为力——我的意思也就都在这句话里了。真的，爱玛。我离不了威廉·拉金森，你笑我吧，可是这个罗伯特·马丁，我也一样离不了啊。"

他是一心希望她能抬起头来笑一笑。好在她现在已经基本控制住了自己，笑起来不会太过了，于是她就微微笑了笑，十分高兴地说：

"你不必用尽心思，来劝我同意这门亲事。其实我倒觉得哈利特这一回做的真是好极了。凭地位的话，她可能还赶不上他呢。凭人品的话，她家的人更是比不上他家。我之所以没开口，是因为我太吃惊了。完全是因为——我确实太吃惊了。刚一听到这个消息，我那个大吃一惊，那个猝不及防，你无论如何也想象不到的！因此我相信，就在目前，她对他的态度变得更坚决了，比以前还要坚决得多呢。"

"你的朋友当然是你最了解了，"奈特利先生接着说，"不过我想说。这姑娘脾气好，心肠软，人家小伙子对她表明了爱意，她或许就不会对人家那样深恶痛绝了吧。"

爱玛忍不住哈哈大笑了，她回答说："说实话，我相信你对她的了解远超过我。但是，奈特利先生，你敢百分之百确定她已经接受了他的求婚，千真万确，一句没也有差错吗？我看她将来有朝一日一定会接受他的求婚，但是说她已经接受，这可能吗？你是不是误会了他的意思？你们两个那时都是在谈其他的事情，谈买卖啦，谈牛展啦，或者谈新的播种机什么的。会不会是事情谈得太多了，你搞混了，误解了他的意思？哈利特确实答应嫁给他了吗？他还差得很多呢！倒是什么名种牛的体型尺寸，他报起来倒差不多。"

爱玛只是觉得奈特利先生跟罗伯特·马丁在相貌气度上的差别是那么的大，记忆中哈利特最近的一连串表现又都活生生地展现在她的眼前，说得十分铿锵有力的那句话——"哪儿呀，我想我现在还不至于那样蠢，心里还会有罗伯特·马丁呢?①"——仿佛都还声声在耳。由于这些因素，她总觉得这个消息很可疑，属于言之过早。她觉得一定是这样的。

"你竟然说得出这样的话?"奈特利先生嚷了起来，"你真当我是个大傻瓜，连人家在说些什么都听不懂吗? 你说我该怎么罚你?"

"罚我? 我是一向只有受尊重的份儿，不尊重我却反而罚我，我可是不依的，因此你应当痛痛快快、明明白白地给我一个答复。马丁先生跟哈利特之间的关系，你确定很了解吗?"

"当然是真的了，"他回答说，一个字一个字说得清清楚楚，"他告诉我，哈利特确实已经接受了他的求婚。他的话清清楚楚，没有一点难解之处，没有一点含糊不清之处。我还可以给你提供一个旁证，证明这件事绝对不是假的。他问我，据我看他下一步他应该怎么办。他想去了解一下她还有哪些亲友，目前的下落，但是除了哥达德太太外，他再无别处可以打听了。他想他最好不要去找哥达德太太，他问我还知不知道其他的途径? 我告诉他我也实在不知道。后来他就说，那他就打算今天去找找哥达德太太。"

"这我就完全相信了，"爱玛脸上露出了最灿烂的笑容，接着说，"我由衷地祝福他们幸福。"

"你的看法转变可真大啊，上次我们谈到这个问题时，你的态度可不是这样的。"

"希望如此吧! 因为那时候我很糊涂。"

"我的看法也有了转变呢，因为我十分愿意承认，你所说的哈利特的很多优点的确是一点不错的。为了你，也为了罗伯特·马丁(我相信他一直是不改初衷地爱着她的，对此我有充分的理由相信)，我特意花了些心思接近她。我经常找她谈心。这你一定也看到了。说实话，有时候我觉得你大概有些怀疑我，以为我是在帮马丁说好话呢，其实并不是那么回事。不过据我了解，我觉得她是一个纯真可爱的姑娘，很有头脑，很讲原则，把幸福寄望于热爱家庭生活、享受家庭生活上。没说的，这大多是你的功劳啊!"

"我?"爱玛直摇头，嚷嚷着说，"哎呀，可怜的哈利特!"但是她还是立刻住了口，默默接受了这份有点受之有愧的赞扬。

过了一会儿，她的老父亲进来了，他们的谈话也就此打住了。她并不感到遗憾。她刚想一个人清静会儿呢。心头还在扑扑直跳呢，满脑子都是惊讶，她怎么也提不起精神。此刻的心情她真想狂舞，高歌一曲，真想大叫一声。她得先去走走，去自问自答一番，去大笑一阵，去好好想想清楚。如果不这样的话，是恢复不了理性的。

---

① 这一句的原话在本书第三卷第十一章，这里复述时与原句略有不同。

她老父亲来是想说，詹姆斯已出去套车了——打算送他们去朗道斯宅子，他们现在每天都要去那儿。她也就可以借此走开一下了。

她内心的那份欢快，那份幸福是可想而知的。哈利特的幸福路上唯一的遗憾和不足就这样消失了，说实在的，她倒是怕自己会笑得肚子都要痛了。她还有什么别的要求呢？她再没其他的要求了，只希望自己能有所进步，好更配得上他，他的志向和见识真比她高多了。她再没有其他要求，只希望过去干的蠢事，今后要引以为鉴，做人应该要更谦虚些、更谨慎些。

她知道了自己该感谢的，还决心改正错误，是十分心诚的，可是她也会情不自禁笑出声来，有时想着想着就笑了出来。她笑的一定是：怎么会是这样的结局！五个多星期来的悲观失望怎么会这样就一扫而空！真是如此的一颗芳心！如此的一个哈利特！

现在她回来就应该是一片欢乐了，该是皆大欢喜了。能和罗伯特·马丁认识也该是件高兴的事。她觉得最要紧、感受最深的诸多快事中，居于榜首的就是：以后她就可以什么也不用瞒着奈特利先生了。就可以不用再装假，再躲躲闪闪，再故弄玄虚了，她本来也不喜欢这一套。

她以后就可以对他推心置腹，献出百分之百的真诚了，从她的性格来说她特别希望能这样，觉得这是她理所当然该做的。

她就怀着这样的无比高兴、无比幸福的心情，陪着老父亲出发了。一路上老父亲说的，她并不是句句都在听，但是却句句都点头称是。说上几句也好，一声不吭也好，反正她就任凭父亲把非说不可的话都开心地说上了一通，说自己是不得不每天都去朗道斯宅子的，要不可怜的维森顿太太就要心中不快了。

他们到了。会客室里只有维森顿太太一个人。但主人刚刚讲完娃娃的情况，刚刚对伍德雷斯先生的到来道完一声谢（其实他来也就是为了要听这一声道谢），他们就透过窗帘看见两个人影从窗前走过。

"是弗兰克和菲尔法克斯小姐，"维森顿太太说，"我正打算告诉你们呢，今早见他来了，我们可真是又惊又喜。他要到明天才走，我们再三相劝，菲尔法克斯小姐才答应今天在这里玩一天。我相信他们会进来的。"

果然，不久他们就进来了。爱玛见了他心里很高兴，可是双方一见面都不免有些尴尬不安，想起了之前的许多事情，都有些不好意思。大家含笑欣然相见，有点讪讪的，因此一开始都说不出什么话来。等到大家重新坐下后，一时竟出现了冷场，爱玛不由得暗自嘀咕了起来：心里一直想再见见弗兰克·丘吉尔，一直想看看他和简在一起，本来以为见到了一定挺开心的，现在看来恐怕也未必。可不一会儿维森顿先生来了，娃娃也抱来了，这下就不愁没有话题了，也不愁热闹不起来了。弗兰克·丘吉尔有了勇气，也有了机会来接近她了，他说：

"伍德雷斯小姐，我得谢谢你，维森顿太太的来信给我带来一个消息，知道你十分宽容厚道。我相信你是初衷不改的，还是肯原谅我的，我相信你是不会收回那时候说的话的。"

"哪里的话呢，"爱玛很高兴能把话头打开，就大声说道，"我怎么能那样呢。

能和你相见握手,能当面祝福你们,我感到很高兴。"

他诚恳地向她表示了谢意,心里着实感激,也的确很愉快,接着正儿八经地又聊了几句。"你看她现在不是气色蛮好的吗?"他一边说,一边拿眼往简那边望去,"这不是比以前要好得多吗? 现在你就能看出我父亲和维森顿太太有多疼爱她了。"

可是不多久他的兴头又上来了,眉开眼笑的。他先是说堪贝尔一家就要回来,随即又提到了狄克逊的名字。爱玛的脸一下子就红了,不允许他再在她的面前提这个名字。

她嚷嚷着说:"我一想起来就惭愧得要命"。

"应该惭愧的是我,"他接着说,"应该是我。你真的完全没起疑心? 我说的是最近,我知道你以前是不怀疑的。"

"我始终都没有疑心过,真的。"

"这还真不容易。有一次我几乎就要说出来了——我真后悔当时没有说,其实说了倒好了。我是经常做错事的,况且做的还都是非常严重的错事,做这种错事对我十分有害。不过我当时要是揭开了心里的秘密,什么都说了,罪过虽说还是罪过,不过事实上倒好得多了。"

"这种事现在也不值得再提了。"爱玛说。

"我觉得舅舅听从劝导,到朗道斯宅子来做客,也不是不可能的,"他又接着说,"他其实是很想见见她的。等堪贝尔一家回来,我们就打算到伦敦去跟他们碰头,我们或许还得在伦敦待上一阵子,要博得了谅解,才能带她北上,不过现在我跟她就只好天各一方了——你说这滋味能好受吗? 伍德雷斯小姐。我自从那天跟她和解之后,直到今天早上才有机会见面。你不觉得我很可怜吗?"

爱玛说这倒真是怪可怜的。她的话说得很真诚,很重感情,竟引得他突发遐想,高声说道:

"哎呀,顺便问一下,"说着他压低了嗓音,忽然一副十分正经的样子,"我想奈特利先生身体该很好吧?"说到此处他特意顿了一下。爱玛脸一红,笑了出来。"我知道你看过我的信了,相信你还记得我祝你幸福的事吧。让我也向你贺个喜吧。我不骗你,我听到了消息,真是从心里感到快乐,从心底感到高兴。像他这样的人物,我是不敢妄加赞美的。"

爱玛听得十分愉快,巴不得他继续说下去,但他的心思却又一下子回到自己的事情上来了,心里又一下子想着他自己的简了。他接下来说的却是:

"你见过有这样肌肤的人吗? 这么光润! 这么娇嫩! 却又不能真算得是白皙。她的肤色真是太稀罕了,配着那样黑黑的头发、浓密的睫毛——真是很特别! 跟姑娘的气质挺相配的。白里透出一丝色泽,恰到好处,那才叫美呢!"

"我一向是赞赏她肤色的,"爱玛摆出一副调皮的口气说,"你以为我就不记得了? 以前你还挑过她的刺呢,说她皮肤太白了! 就是我们第一次谈起她的时候。你全都忘记啦?"

"哦,是有这事! 那只怪我当时狗眼看人低! 我竟然胆敢……"

他想起前情,哈哈大笑起来,笑得那样爽朗,爱玛也忍不住替他打了个圆场:

"我想可能是你当时觉得很窘迫,就想捉弄捉弄我们大家,好开心一下。一定是这样的。这下你一定开心了。"

"哪里,哪有这样的事!我哪敢这样呢?你可别胡乱猜疑。我当时那才真是可怜哪。"

"就算再可怜,寻开心总还是会的吧?你肯定认为我们大家都上了你的当,觉得太有意思,太有趣了!这你恐怕是瞒不过我的,因为,说老实话,我要是处在你那样的境地,我想我也会觉得来这一手挺有趣的。我想我们之间还是有相像之处的。"

他鞠了一躬。

"就算谈不上性格相似吧,"她立即接着说,显出了一副感同身受的样子,"我们的命运还是很相似的——命运安排我们要和两个远远胜过我们的人物结合在一起。"

"对,"他热情地回答说,"不,这对你不适用。能胜过你的人是没有的。对我来说这就对了。她真是个十全十美的天使。你看看她。她的举手投足,哪一样不是天使的化身?你看看她的脖子。你看看她望着我父亲的眼神。告诉你你肯定会很高兴,"他凑过头来郑重其事地压低声音,"舅舅有意要把舅妈的珠宝全都给她。打算重新打成首饰嵌上。我准备选几种珠宝给她打个头饰。戴在她乌黑的头发上是再美不过了。"

"确实是挺美的,"爱玛说,因为说得情真意切,引得他感激涕零,话也夺口而出,"我太高兴又见到你了!见到你是如此的容貌非凡!今天这次会面我是说什么也不想错过的。你要是不来的话我还真要特意上哈特菲尔德宅子去拜访呢。"

其余几位一直在谈娃娃的事。维森顿太太说她昨晚见娃娃似乎有点不舒服的样子,还真有点慌呢。她知道这很有可能是庸人自扰,不过当时还是很慌神,差点儿就要派人去请佩利先生了。她自然是弄得挺丢人的,可维森顿先生当时竟也急得团团转,一点不亚于她。好在没过十分钟,小娃娃又好好的,什么事也没有了。她讲的事情就是这样的。伍德雷斯先生却得格外关切,他说她想到要去请佩利,这一点很好,遗憾的是想到了却没有去请。"娃娃只要有一丁点不舒服,哪怕只是一小会儿的事,也应该去请佩利。越早引起警觉越好。去请佩利,也绝不会是多事。昨天晚上没去请他来倒是很可惜。因为小娃娃现在看上去固然很好——总的说来应该是很好——不过,要是当时让佩利看下,恐怕就更好了。"

弗兰克·丘吉尔耳朵里听到了佩利的名字。

"佩利!"他这话虽然是对爱玛说的,但眼光却向菲尔法克斯小姐投了过去,想引起她的注意,"我的朋友佩利先生!他们在谈佩利先生呢?他今天早上来了吗?他现在出门怎么办?添置了马车吗?"

爱玛立刻就想了起来,清楚了这话的意思。也跟着一起哈哈大笑,看到简的脸色,就知她尽管装作没听见,其实也完全听见了他的话。

"我这个梦真是做得太离奇啦!"他大声说,"我一想起来就忍不住要发笑。我们的话她都听见了,伍德雷斯小姐! 看她两颊微红,面带微笑,想皱眉头却皱不起来,我知道她什么都听见了。你看不出来吗? 此刻她眼睛里看到的就是她信里给我通报的那一段,她想到的就是那回我是如何说漏了嘴,闹了个大笑话。她尽管装作在听别人说话,其实她谁的话都听不进去,就在听我们说呢。"

简也只好就一直这样满面堆笑,很久也没有收起。后来,脸上笑意犹在,她却突然冲他转过脸来,带着些不好意思,轻轻地,然而却沉着地说:"你真叫我惊讶,这种事你怎么都还记在心上? 有时候它们自己冒出来倒也罢了,你怎么还主动去说啊?"

他自然有一大堆话去回应,自然也说得妙趣横生,但在这个问题上爱玛的看法大部分却还是跟简一致的。那天从朗道斯宅子告辞回来,她很自然地就把两位男士作了一番比较。她觉得,见到弗兰克·丘吉尔她当然很高兴,自己对他的感情也确实不能说不友好,可她越来越感觉到奈特利先生的人品要高尚得多。这一比,就显出他的长处来了。她想得兴奋极了,这最快乐的一天,到此时才算画上句号。

第十九章

假如说爱玛至今仍不时会对哈利特感到放心不下的话,假如说爱玛的心头至今不时会闪过片刻的犹疑,以为哈利特不一定能真正斩断跟奈特利先生之间的情丝,也不一定能真正接受另一个男子的爱情的话,那么用不了太久,她就能完全摆脱这种疑虑的折磨了。只过了几天,伦敦的那些人就到了。她得了个机会跟哈利特单独谈了一个钟头,这一谈,心里就彻底踏实了:也真是不可思议! 罗伯特·马丁竟已完全取代了奈特利先生,现在哈利特心目中的幸福全都落在他身上了。

哈利特起先还有点不安——一开始的确是有点窘。可是当她痛痛快快承认了自己以前不知天高地厚,痴心妄想,蒙蔽了自己。一吐为快之后,原有的难堪似乎就一扫而空了,她好像再不为过去发愁了,一心只想着现在和未来,控制不住内心的欢喜和激动。因为,她朋友那头她一点都不愁了,爱玛一见面就对她表示了最衷心的祝贺,那她还有什么可担忧的呢? 哈利特把那天晚上在阿斯特利大戏院看戏的经过,以及第二天吃饭的情景,全都讲得一清二楚,讲得真是事无巨细,简直快活到了极点。这些细节又能说明什么呢? 有一条现在爱玛承认了,这就是:其实哈利特始终是喜欢罗伯特·马丁的,他那么执着地爱着她,她无法抗拒。除了这一条以外,别的方面爱玛就说什么也不理解了。

不过眼前的事情还挺让她开心的,而且每过一天又总会添上一条新的理由来让她高兴。哈利特父母的身份打听清楚了。原来她父亲是一位商人,相当有钱,他完全担负了女儿长年来的奢华生活,而且他还十分重视体面,所以一直不愿透露和姑娘的关系。爱玛以前一直说她肯定是好人家出身,果不其然! 尽管论血统她很可能跟那些绅士一样纯正,可是当初她想要去和奈特利先生攀亲,去和丘吉尔攀亲,哪怕就是去跟艾尔顿先生攀亲,凭她的身份那怎么配得上呢? 私生子女这个污点,即使有地位、财富加以掩盖,毕竟还是一个污点啊。

她父亲这方面没有表示任何异议,对待未来的女婿也显得宽宏大量,一切都在情理之中。罗伯特·马丁如今也来到了哈特菲尔德宅子，爱玛跟他相识之后，觉得他很有见识，人品也不错，她那位小朋友也确实有了终身的依靠了。她一直相信，哈利特只要能跟上个好脾气的男人，幸福肯定是少不了的。跟了他，住在那个家里，那能得到的就更多了：日子可以过得安安稳稳，一天好过一天。她可以和一些热爱她而且比她有见识的人相处，清静而又舒适，忙碌而又欢乐。她不会受什么诱惑，处在那样的环境里诱惑根本找不到她。她会过得既体面，又幸福。能赢得这样一个男人如此坚贞执着的爱情，爱玛觉得她真是世界上最幸运的人了——即便不能算最幸运的，至少也是仅次于她爱玛的。

哈利特现在免不了要常去马丁家，所以来哈特菲尔德宅子的机会越来越少了，这也没什么可惋惜的。必须淡化她和爱玛之间的亲密关系，两人之间的交情必须降温，而转为友好相待的关系。好在这种比较得当的关系，这种不得不为之的关系，似乎已经形成了，而且是逐渐形成的，显得颇为自然。

九月底之前，爱玛陪哈利特去了教堂，亲眼看到她跟罗伯特·马丁正式结了婚，她真是说不出来的欢喜和高兴。尽管站在新人面前的是艾尔顿先生，她也并没有因为想起以前她与他之间的瓜葛而有丝毫不快。或许她当时眼睛里压根儿完全没看到艾尔顿先生，她看到的仅是一位牧师——下一次或许就该轮到她自己在圣坛前领受他的祝福了。罗伯特·马丁和哈利特·史密森是三对情人里订婚最晚的，但却是结婚最早的。

简·菲尔法克斯早就离开了海伯利，回到了她心爱的温暖的家，也就是堪贝尔府上，又重新过起了那种舒服安逸的生活。丘吉尔先生舅甥俩也在伦敦，他们正在等十一月的到来。爱玛和奈特利也强硬撑着胆子，把婚期定在了中间的十月。他们决定要趁伊莎贝拉和约翰还在哈特菲尔德宅子的时候把婚事办完，这样他们就有两个星期的时间可以离家去海边了，那是他们早就商量好了的。约翰和伊莎贝拉，还有其他许多朋友，全都赞成这个方案。可是伍德雷斯先生，怎样才能说服伍德雷斯先生，得到他的同意呢？他还只当他们的婚事是十分遥远的事呢。

第一次去试探他的口气，他听后的那份难受，让他们看得心都痛了。第二次再提起，他的难受劲儿倒是减轻不少。他已经意识到事情是无法挽回的了，他是无论如何也拦不住的——这是他心理上从"不依"向"不得不依"迈出的极为重要的一步。可他心里还是很不痛快。可不，他女儿见了他那副不痛快的样子，哪还有一点勇气？她受不了啊——她不能眼看着老人家难受，她知道他是觉得自己被抛弃了。奈特利兄弟俩都一再安慰她，说只要事情过去了，老人家的伤心痛苦也肯定很快就会过去的。她觉得这话似乎也有点道理，但是心里仍然还是很犹豫：事情也就只能搁置在一边了。

就在这悬而未决的时候，事情却峰回路转了。这倒不是因为伍德雷斯先生的思想突然转变了，也不是他的神经系统发生了什么奇妙的变化，而是他的神经受了一次触动，正好歪打正着。一天晚上，维森顿太太鸡棚里的火鸡被偷了个精光——这明显是有人动了歪脑筋下手干的。附近一带很多人家的鸡笼也一起遭了殃。伍德雷斯先生向来胆小，在他看来小偷小摸也就等同入室抢劫了。他十分不安，要不是想到身边有女婿保护,这一夜定是提心吊胆、无法安心入睡的,可叫他怎么过啊?奈特利先生两兄弟力气大,很果断,遇事不慌,他是完全信得过的。只要两兄弟里有一个能来保护他和他的家,哈特菲尔德宅子的安全就不用愁了。可是约翰·奈特利先生到十一月的第一个周末就要回伦敦去了。

这场伤心痛苦的结局是:女儿连做梦都不敢想的事,老人家竟会这样心甘情愿、欢天喜地地点了头,于是她就把婚期确定下来了。罗伯特·马丁两口子结婚还不满一个月,又要敦请艾尔顿先生来为奈特利先生和伍德雷斯小姐举行婚礼了。

这场婚礼跟一般的婚礼差不多,当事者一不讲究,二不张扬。艾尔顿太太听她先生把情况详详细细一讲,下得评语是:简直太寒碜了,比她自己的婚礼差远了。"白缎子就用了那么点儿!网眼披纱就用了那么点儿!真是太可怜了!塞利娜要是听说了,简直要目瞪口呆、惊讶死了。"然而,尽管存在这些不足,婚礼现场观礼的还有一小群忠实的朋友,他们的祝福、期盼、厚望通通没有落空,因为这一对果然是天赐良缘,幸福美满!